ନିଜ ନିଜ ପାନିପଥ

ନିଜ ନିଜ ପାନିପଥ

(ଉପନ୍ୟାସ)

ଜଗଦୀଶ ମହାନ୍ତି

BLACK EAGLE BOOKS
2019

 BLACK EAGLE BOOKS

7464 Wisdom Lane
Dublin, OH 43016
E-mail: info@blackeaglebooks.org
Website: www.blackeaglebooks.org

First International Edition published by
Black Eagle Books, 2019

Nija Nija Panipath by Jagdish Mohanty

Copyright © **Sarojini Sahoo**

Cover and Interior Design: Ezy's Publication

ISBN- 978-1-64560-011-4 (paperback)

Printed in United States of America

ଉପନ୍ୟାସ ସମ୍ପର୍କରେ

ନିଜ ନିଜ ପାନିପଥ କୋଇଲା ଖଣିକୁ ଆଧାର କରି ରଚିତ ଏକ ସଫଳ ଉପନ୍ୟାସ। ଏହି ଉପନ୍ୟାସଟି ଅଶୀ ଦଶକରେ, ଓଡ଼ିଶାର ଅନ୍ୟତମ ସାହିତ୍ୟ ପତ୍ରିକା 'କଥା'ରେ ଧାରାବାହିକ ଭାବରେ ପ୍ରକାଶ ପାଇ ଯଥେଷ୍ଟ ପାଠକୀୟତା ଲାଭ କରିଥିଲା। ୧୯୯୦ ମସିହାରେ 'ଫ୍ରେଣ୍ଡସ୍ ପବ୍ଲିସର୍ସ'ଙ୍କ ଦ୍ୱାରା ବହିଟି ପ୍ରକାଶିତ ହୋଇଥିଲା। ଜୀବନର ଦୀର୍ଘ ପଇଁତ୍ରିଶ ବର୍ଷରୁ ଊର୍ଦ୍ଧ୍ୱ କାଳ ରାମପୁର କୋଲିଆରୀରେ ଚାକିରି ଜୀବନ କଟେଇଥିବା ଜଗଦୀଶ ମହାନ୍ତି, ନିଜ ଅନୁଭୂତି ଓ ଅଭିଜ୍ଞତାକୁ ପୁଞ୍ଜି କରି ଭୂମିଗତ କୋଇଲା ଖଣିର କାର୍ଯ୍ୟ ସଂସ୍କୃତି, ଶ୍ରମିକ ସଂଘମାନଙ୍କ ମନୋମୁଖୀ କାର୍ଯ୍ୟକଳାପ, ନିଜ ନିଜ କାମ ହାସଲ କରେଇ ନେବା ପାଇଁ ବିଭିନ୍ନ ରଣନୀତି, କୋଇଲା ଖଣିର ଅମଲାତାନ୍ତ୍ରିକ ବ୍ୟବସ୍ଥାରେ, ମ୍ୟାନେଜର, ଆଞ୍ଚଳିକ ମ୍ୟାନେଜର ଓ ଜେନେରାଲ୍ ମ୍ୟାନେଜର ମାନଙ୍କର ପରସ୍ପର ବିରୋଧୀ ମନ୍ତବ୍ୟ ଓ ନିର୍ଣ୍ଣୟ, ସ୍ୱାମୀ ମାନଙ୍କ ପ୍ରମୋଶନ୍ ଓ ଫାଇଦା ପାଇଁ ସ୍ତ୍ରୀମାନଙ୍କର ଭୂମିକା ଇତ୍ୟାଦି ବହୁବିଧ ପ୍ରସଙ୍ଗକୁ ବେଶ୍ ସାବଲୀଳ ଭାବରେ ଏହି ଉପନ୍ୟାସରେ ଉପସ୍ଥାପନ କରି ପାରିଛନ୍ତି।

ଏହି ଉପନ୍ୟାସଟି ପ୍ରକାଶ ପାଇଲା ବେଳକୁ ଜଗଦୀଶ ମହାନ୍ତି ରାମପୁର କୋଇଲା ଖଣିରେ କାର୍ଯ୍ୟରତ ଥିଲେ। ଉପନ୍ୟାସଟିରେ ସ୍ଥାନ କାଳ ପାତ୍ରକୁ ସାମାନ୍ୟ ପରିବର୍ତ୍ତନ କରି ଅବିକଳ କୋଇଲା ଖଣିର ଚିତ୍ରଟିଏ ଥୋଇ ଦେବାପରି ମନେହୁଏ। ରାମପୁର କୋଇଲା ଖଣି, ପାର୍ ବାହାର କୋଇଲା ଖଣି ନାମରେ ଉପନ୍ୟାସରେ ସ୍ଥାନ ପାଇଛି।

ଏହି ଉପନ୍ୟାସରେ ଦୁଇଟି ସମାନ୍ତରାଳ ଚରିତ୍ର ଏକ ସଂଗେ ପାଠକର ଦୃଷ୍ଟି ଆକର୍ଷଣ କରେ। ଉପନ୍ୟାସ ଆରମ୍ଭ ହୁଏ ହରିଶଙ୍କରଙ୍କ ପାଖରୁ। ପୋଷିଥିବା ହରିଣଟି ମୃତ୍ୟୁରେ ମର୍ମାହତ ହରିଶଙ୍କର ତାଙ୍କ ଅତୀତ ଜୀବନକୁ ଫେରି ଯାଆନ୍ତି। ଅଠର ବର୍ଷ ବୟସରେ ଚାକିରି ସନ୍ଧାନରେ ସେ ଆସିଥିଲେ ଏଇ ପାର୍‌ବାହାର କୋଇଲା ଖଣିକୁ ଯେତେ ବେଳେ କୋଇଲା ଖଣିଗୁଡ଼ିକ

ରାଷ୍ଟ୍ରାୟତ ହୋଇ ନଥିଲା ଓ ଇଂରେଜ ସାହେବ ହାତରେ ପାର୍‌ବାହାର କୋଇଲା ଖଣି ରହିଥିଲା। ଦୀର୍ଘ ବର୍ଷ ଧରି ଶ୍ରମିକ ସଂଗଠନ ସହ ଯୋଡ଼ି ରହିଥିବା ହରିଶଙ୍କର ପୌଢ଼ ବୟସରେ ପହଞ୍ଚି ରାଜନୀତିର ଶିକାର ହୋଇଛନ୍ତି, ସ୍ଥାନୀୟ ମନ୍ତ୍ରୀ ହେମବାବୁଙ୍କ ପ୍ରରୋଚନାରେ ନୂଆ ୟୁନିୟନ୍ ଗଠନ ହୋଇ ଧ୍ରୁବ ଖଟୁଆ ଭଳି ମଦ୍ୟପ ଓ ଗୁଣ୍ଡା ହାତରେ ଧରେଇ ଦିଆଯାଇଛି ସଂଗଠନର ଡୋର। କ୍ଷୀରରୁ ମାଛି ଫୋପାଡିଲା ଭଳି ହରିଶଙ୍କରକୁ ଫୋପାଡ଼ି ଦିଆଯାଇଛି ନ୍ୟସ୍ତ ସ୍ୱାର୍ଥପାଇଁ। ଉପନ୍ୟାସର ଶେଷ ଭାଗରେ ସେଇ ହରିଶଙ୍କର ଯିଏ ଶ୍ରମିକ ସଂଗଠନ ପାଇଁ ସମୟ ଦେଇ ନିଜ ପରିବାରକୁ ଅବହେଳା କରି ଆସିଥିଲେ ଆଜି ସୁଦ୍ଧା, ଯିଏ ନିଜର ଭଙ୍ଗା ସଂସାରକୁ ସଜାଡ଼ି ନେବାକୁ ଚେଷ୍ଟା କରୁଥିଲେ ସେ, ମ୍ୟାନେଜ୍‌ମେଣ୍ଟର ପ୍ରରୋଚନାରେ ନୂଆ ଶ୍ରମିକ ସଂଗଠନର ଶାଖାଟିଏ ଖୋଲିବାର ସ୍ୱପ୍ନ ଦେଖିଛନ୍ତି ଓ ସ୍ୱପ୍ନକୁ ସାକାର କରିବା ପାଇଁ ଅନଶନରେ ବସିଛନ୍ତି। ଶେଷରେ ସମସ୍ତେ ତାଙ୍କୁ ଛାଡ଼ି ଚାଲିଗଲା ପରେ ବି ଅସୁସ୍ଥ ହୋଇ ହାଲୁସିନେସନ୍ ଭିତରେ ରହିଛନ୍ତି।

ଅନ୍ୟ ଚରିତ୍ରଟି ହେଲା ସମାରୁ ଖଡ଼ିଆ ଓରଫ୍ ପ୍ରଦ୍ୟୁମ୍ନ ମିଶ୍ର। ପ୍ରଦ୍ୟୁମ୍ନ ମିଶ୍ର ପୁରୀର ବ୍ରାହ୍ମଣ ପରିବାରର ପିଲା ଜୀବନରେ କିଛି କରି ନ ପାରି କୋଇଲା ଖଣିରେ ପହଞ୍ଚିଛି କେବଳ ଚାକିରି ସନ୍ଧାନରେ। ମାତ୍ର ଜାଣି ପାରିଛି ଚାକିରି ପାଇବା ଏତେ ସହଜ ନୁହଁ ତେଣୁ ଗଣେଇ କକେଇଙ୍କ ମାଧ୍ୟମରେ ମାଫିଆର ଦ୍ୱାରସ୍ଥ ହୋଇ, ଟଙ୍କା ନେଇ ସାଧାରଣ 'ବଦଲି ଲୋଡର୍', ଚାକିରିଟିଏ କିଣିଛି। କୋଲ୍ ଇଣ୍ଡିଆର ନିୟମ ଅନୁଯାୟୀ ଯାହାର ଜମିଯିବ ତା ବଦଳରେ ତାକୁ ଚାକିରି ଖଣ୍ଡେ ଯୋଗେଇ ଦିଆଯିବ। ଏଭଳି ଏକ ବ୍ୟବସ୍ଥାର ଅପବ୍ୟବହାର କରି, ସାଧାରଣତଃ ଚାକିରି ଅନିଚ୍ଛୁକ ଆଦିବାସୀ ଯୁବକମାନଙ୍କ ଚାକିରିକୁ ଅଳ୍ପ ଟଙ୍କାରେ କିଣି ବେଶୀ ଟଙ୍କାରେ ବିକ୍ରି କରୁଥିବା ମାଫିଆର ଶିକାର ହୋଇଛି ପ୍ରଦ୍ୟୁମ୍ନ। ମନ ଭିତରେ ସବୁବେଳେ ଗୋଟେ କମ୍ପ୍ଲେକ୍ସ, ସେ ସମାରୁ ଖଡିଆ ନୁହେଁ, ସେ ପ୍ରଦ୍ୟୁମ୍ନ ମିଶ୍ର। ଆଇଡେଣ୍ଟିଟି କ୍ରାଇସିସ୍ ଭୋଗୁଥିବା ଏ ଯୁବକଟି ଶ୍ରମିକ ୟୁନିୟନ୍ ଚାଲାକି ପାଇଁ ନିଜ ଚାକିରି ନିଜ ନାଁରେ ଫେରି ପାଇଛି ଉପନ୍ୟାସ ଶେଷରେ।

ଏହି ଉପନ୍ୟାସର ଅନ୍ୟତମ ଚରିତ୍ର ଦେଶମୁଖ ସାହେବ, ବ୍ୟୁରୋକ୍ରାସିର ଅନ୍ୟତମ ପିଆଦା। କେବେ ଶୂନ ତ କେବେ ଶହେର ଖେଳରେ ଥାନ୍ତି। କେବେ ଅବହେଳିତ ତ କେବେ କୁର୍ସିନସୀନ୍, 'ବାଘ' ବସ୍। ଚାକିରିରେ କିଛି ଅସହାୟତା ଥାଏ ଏଇ ଚରିତ୍ରଟିକୁ ଲକ୍ଷ୍ୟ କଲେ ବୁଝିହୁଏ।

ଗାନ୍ଧିବାଦୀ ଆଦର୍ଶକୁ ନେଇ ଲେଖା ଏଇ ଉପନ୍ୟାସଟି ଭାଷା ସାବଲୀଳ, ଗତି ସ୍ୱଭାବିକ। ଏହି ଉପନ୍ୟାସରୁ ଓଡ଼ିଶା ଭିତରେ ଆଉ ଏକ ଓଡ଼ିଶାକୁ ଦେଖିବାକୁ ମିଳିଥାଏ ଯାହା ଶିଳ୍ପ, ଖଣି ଖାଦାନର ଓଡ଼ିଶା।

ସରୋଜିନୀ ସାହୁ

ପ୍ରଥମ ପରିଚ୍ଛେଦ

ଚାରିଆଡ଼ର ପରିବେଶରେ କେମିତି ଗୋଟେ ମଇଳା ଛାପ ଲାଗି ରହିଛି- ବୁଝିହୁଏନି। ସବୁକିଛି ଠିକ୍ ସେମିତି ଅଛି- ଟେବୁଲ୍ ଚେୟାର, ଏମ୍.ଟି.କେ ମାନଙ୍କ ଅଫିସଘର, ଲ୍ୟାମ୍ପକ୍ୟାବିନ୍, ବ୍ୟାଟେରୀ ସବୁକୁ ଚାର୍ଜ କରାଯାଉଥିବା ବତୀଘର। ଉପରର ଟିଣଛାତ, ପାଖରେ ଥିବା ବଙ୍କର, ସବୁ ଠିକ୍ ଅଛି। ଅଥଚ ପରିବେଶଟା ଯଥେଷ୍ଟ ଉଜ୍ଜ୍ୱଳ ନୁହଁ, କେମିତି ଗୋଟେ ମ୍ରିୟମାଣ ଚେହେରା ଭଳି।

ବାଁ ପଟରେ ଲ୍ୟାମ୍ପ କ୍ୟାବିନର ଦୁଆର, ଡାହାଣ ପଟେ ଏମ୍.ଟି.କେ ମାନଙ୍କ କାଉଣ୍ଟର। ତମେ ଯଦି କୋଇଲା ଖଣିରେ କାମ କରୁଛ, ତେବେ ଏମ୍ ଟି.କେ ପାଖକୁ ଯିବାକୁ ପଡ଼ିବ ଓ ସେହି ଫର୍ମ ଲେଖା ହେଇଥିବା ରେଜିଷ୍ଟର ଉପରେ ନଇଁ ପଡ଼ିଥିବ- ସେଠି ତମକୁ ଚିରାଚରିତ ହାଜିରା ଦେବାକୁ ପଡ଼ିବ। ତା'ପରେ ଏମ୍.ଟି.କେ ତମକୁ ଗୋଟେ କାଗଜର ସ୍ଲିପ ବଢ଼େଇ ଦେବ ଯେଉଁଟାକୁ ନେଇ ତମେ ଲ୍ୟାମ୍ପ କ୍ୟାବିନ ପାଖକୁ ଯିବ ଓ କାଉଣ୍ଟରରେ ଦେଖେଇଲେ ସ୍ଲିପ୍‌ଟା- ତମକୁ ସେଠୁ ଗୋଟେ ଅଣ୍ଡର ଗ୍ରାଉଣ୍ଡ୍ ଲାଇଟ ମିଳିବ ବ୍ୟାଟେରୀ ସହ। ତମର ମୁଣ୍ଡର ହେଲମେଟରେ ଲାଇଟ୍‌ଟାକୁ ଲଗେଇ ଅଣ୍ଟାରେ ବ୍ୟାଟେରୀଟା ଖୋଷିଦେଲା ମାତ୍ରେ ହିଁ ତମେ ହେଇଯିବ କୋଇଲାଖଣି ଶ୍ରମିକ, ଯେମିତି ଆମ ଉପନ୍ୟାସରେ ପ୍ରଦ୍ୟୁମ୍ନ ହେଇଯାଇଚି।

ପ୍ରଦ୍ୟୁମ୍ନର ଅବଶ୍ୟ ଏଠି ନାଁ ପ୍ରଦ୍ୟୁମ୍ନ ମିଶ୍ର ନୁହେଁ। ତା'ର ନାଁ ସମାରୁ ଖଡ଼ିଆ, ବାପା ନାଁ ବଇଠୁ ଖଡ଼ିଆ, ସେ ପାଠ ପଢ଼ିନି। ସେ ସିଡ୍ୟୁଲ ଟ୍ରାଇବ୍ ଅଣ୍ଡରଗ୍ରାଉଣ୍ଡରୁ ବାହାରି ଆସିଲା

ପରେ ସର୍ଫେସରେ ପ୍ରଦ୍ୟୁମ୍ନ ଅଲଗା ଲୋକ ହୋଇଯାଏ। ତା'ର ନାଁ ସେତେବେଳେ ପ୍ରଦ୍ୟୁମ୍ନ ମିଶ୍ର। ନନାଙ୍କ ନାଁ ଶ୍ରୀଯୁକ୍ତ ସର୍ବେଶ୍ୱର ମିଶ୍ର, ରିଟାୟାର୍ଡ ସ୍କୁଲ ମାଷ୍ଟର। ଘର ପୁରୀ ଜିଲ୍ଲାର ଶାସନିଆ ଗାଁରେ। ଘରେ ବାପା ମା'ଙ୍କ ଛଡ଼ା ଉଚ୍ଚଶିକ୍ଷିତା ଓ ବୟଃପ୍ରାପ୍ତା ଭଉଣୀମାନେ ଓ ବେକାର ଅଥଚ ବିବାହିତ ବଡ଼ଭାଇ, ତାଙ୍କ ସ୍ତ୍ରୀ ଓ ପାଞ୍ଚବର୍ଷର ଝିଅଟିଏ- ସମସ୍ତେ ଅଛନ୍ତି। ଅଥଚ ଏମ୍.ଟି.କେ.ର କାଉଣ୍ଟରରେ ଠିଆ ହେଲାବେଳେ, ସି ଫର୍ମ ଉପରେ ନଇଁପଡ଼ି ଆଦୌ ଆଖି ଉଠେଇ ଦେଖୁନଥିବା ମାଇନସ ଟାଇମ୍ କିପରଙ୍କ ନାଁ କ'ଣ ଡାକରେ ପ୍ରଦ୍ୟୁମ୍ନ ପ୍ରଥମେ ନିଜର ଅସଲ ନାଁଟା ହିଁ କହି ପକାଉଥିଲା। ପରେ ପରେ ନିଜର ଭୁଲ୍ ବୁଝି ପାରୁଥିଲା। ଭୁଲ ବୁଝି ପାରୁଥିଲା ଯେ ଏଇ କୋଇଲା ଖଣିର ପିଟ୍‌ହେଡ୍ ଅଞ୍ଚଳକୁ ଆସିଗଲେ ହିଁ ତା'ର ନିଜସ୍ୱ ପରିଚୟ ବଦଳିଯାଏ ବୋଲି।

ଦି' ପାଖରେ ବ୍ୟାଟେରୀ ଚାର୍ଜ କରାଯାଉଥିବା ମେସିନ ମଝିରେ ରାସ୍ତାଟେ ଲଂବି ଯାଇଚି ଓ ସେ ରାସ୍ତାରେ ଆଗେଇଗଲେ ହିଁ ଆଗରେ ତମେ ପାଇବ ଗୋଟେ ଛୋଟ ଦୁଆରଟେ, କବାଟ ଲାଗିନି। ଅସଲରେ ସେଇଟା ହିଁ ଖଣି ଭିତରକୁ ଯିବାର ପ୍ରଧାନ ରାସ୍ତା। ସେଇଠି ଜଣେ ଲୋକ ଠିଆ ହେଇଚି, ତା'କୁ 'ବଡ଼ିଚେକର' କୁହାଯାଏ। ସେ ତମ ପକେଟରେ ହାତଦେଇ ଦେଖିବ ବିଡ଼ି ସିଗାରେଟ ଦିଆସିଲି ଇତ୍ୟାଦି ତମେ ନେଇକି ଭିତରକୁ ଯାଉଚ କି ନାଇଁ।

ପ୍ରଦ୍ୟୁମ୍ନ କୋଇଲାଖଣିକୁ ଆସିବା ପୂର୍ବରୁ ତା'ର ମନେ ହେଉଥିଲା ବହିରେ କିମ୍ୱା ଫିଲ୍ମରେ ଦେଖିଥିବା ଛବି ଭଳି ଗୋଟେ ଲିଫ୍‌ଟରେ ଖଣି ଭିତରକୁ ପଶିକି ଯିବାକୁ ପଡୁଥିବ। ଅଥଚ ଏଇଠି ଆସି କୋଇଲାଖଣି ଦେଖି ସେ ନିରାଶ ହେଲା। ନାଁ କୌଣସି ପୁଲି ନାହିଁ, ଲିଫ୍‌ଟ ନାହିଁ। ବରଂ ଏଇ ଦୁଆର ଭିତର ଦେଇ ସୁଡ଼ଙ୍ଗକୁ ପଶିଗଲେ ତା'ପରେ ଲମ୍ୱା ସିଡ଼ି ଭିତରକୁ ପଡ଼ିଛି, ସେଇ ସିଡ଼ିରେ ଓହ୍ଲେଇଗଲେ- ତମେ ସିଧା ମେନ୍ ଲାଇନ୍ ପାଖରେ ପହଞ୍ଚିଯିବ। ସେଇଠି ଆରମ୍ଭ ଅଣ୍ଡର ଗ୍ରାଉଣ୍ଡର ରାଜତ୍ୱ। ସେଇଠି ପ୍ରଦ୍ୟୁମ୍ନ ମିଶ୍ର ବୋଲି ପିଲାଟିର ଅସ୍ତିତ୍ୱ ହିଁ ନଥାଏ। ସେଠି ଥାଏ ସମାରୁ ଖଡ଼ିଆ, ତା'ର ଡେଜିଗ୍‌ନେସନ୍ ବଦଲି ଲୋଡ଼ର୍। ତାକୁ ପ୍ରଥମେ ଓଭରମ୍ୟାନ୍ ଲୋଡିଙ୍ଗ୍‌ରେ ଦେଉଥିଲା। ଅବଶ୍ୟ ଲୋଡିଂରେ ଭଲ ପଇସା। କିନ୍ତୁ ପରିଶ୍ରମଟା ବି ବହୁତ ବେଶୀ। ପ୍ରଦ୍ୟୁମ୍ନ ଖଟି ପାରିଲାନି ବୋଲି ଗାଁ ସମ୍ପର୍କରେ କକେଇ, ଯିଏ ୟୁନିଅନ୍ ଅଫିସରେ ବସାଉଠା କରନ୍ତି, ସେ ମ୍ୟାନେଜରଙ୍କୁ କୁହାବୋଲା କରି ପ୍ରଦ୍ୟୁମ୍ନକୁ ଏବେ ଟବ୍ ଚେକର ପୋଷ୍ଟ କାମରେ ଲଗେଇ ଦେଇଚନ୍ତି।

ଟବ୍ ଚେକର୍ ପୋଷ୍ଟଟା ଟିକେ ବାବୁ ବାବୁ ଡ୍ୟୁଟି। ତମକୁ ଟିମ୍ବର କୁଲି, ଡ୍ରେସର, ହଲେକଜ୍ ଟ୍ରାମର କିମ୍ୱା ଟବ୍ ରାଇଡ଼ର୍ ପୋଷ୍ଟରେ କାମ କରିବାକୁ ଦିଆଗଲେ କୋଇଲା କଳା ସର୍ବାଙ୍ଗରେ ବୋଳି ତମେ କୁଲି ମଜଦୁର ଭଳି କାମ କରିଥା'ନ୍ତ। ତା'ଠୁ ତମେ ଏବେ ଖାତା ଓ ପେନ୍‌ସିଲ୍‌ଟେ ନେଇ ଟବ୍‌ମାନଙ୍କର ଆଉଟପୁଟ ଇନ୍‌ପୁଟର ହିସାବ ରଖିବ ଓ ସବୁଠୁ ଭଲ କଥା ଏ ଚାରିକିରେ ତମର ଉପୁରି ଦି ପଇସା ଅଛି- ୟା'ଠୁ ଭଲ ଚାକିରି କ'ଣ ଥାଇପାରେ ?

ପ୍ରଦ୍ୟୁମ୍ନ କୋଇଲାଖଣିକୁ ଆସିବା ପୂର୍ବରୁ ଭାବିଥିଲା- ଗପ ବହିରେ ବା ସିନେମାରେ ଯେମିତି ଦେଖିବାକୁ ମିଳିଥାଏ ଦାରିଦ୍ର୍ୟ ଶୋଷଣର ଚିହ୍ନ, କୋଇଲାଖଣି ସାରା- ସେମିତି କିଛି ସେ ଆଦୌ ଦେଖିବାକୁ ପାଇଲାନି। ଲୋକମାନଙ୍କ ହାତରେ ପଇସା ଅଛି, ଯଥେଷ୍ଟ ପଇସା। ଅଥଚ ତା' ସାଙ୍ଗରେ ଗୋଟେ ଦାରିଦ୍ର୍ୟ ବି ଅଛି। କେହି ଜାଣନ୍ତି ନାହିଁ ପଇସା କେମିତି ଖର୍ଚ୍ଚ କରିବାକୁ ପଡ଼େ। ଅଧିକାଂଶଙ୍କ ଘରେ ଦଉଡ଼ି ଖଟିଆ ଛଡ଼ା ପଲଙ୍କ ନଥାଏ, ଘରେ ପରଦା ନଥାଏ, ସ୍ତ୍ରୀର ଭଲ ଶାଢ଼ୀ ନଥାଏ ଅଥଚ ସେ ଲୋକଟି ମାସକୁ ଦି'ହଜାର ଟଙ୍କା ଦରମା ପାଏ, ଭାବିଲା- ବେଳକୁ ବି ପ୍ରଦ୍ୟୁମ୍ନକୁ ଆଶ୍ଚର୍ଯ୍ୟ ଲାଗୁଥିଲା।

ଆଜିକାଲି ଆଉ ଆଶ୍ଚର୍ଯ୍ୟ ହୁଏନି ପ୍ରଦ୍ୟୁମ୍ନ। କୋଇଲାଖଣିର ଏଇ ନୂଆ ଜଗତ- ଯାହା ତାକୁ ପ୍ରଥମେ ଆଶ୍ଚର୍ଯ୍ୟ ଚକିତ କରୁଥିଲା, ଏବେ ଦିହସୁହା ହେଇଗଲାଣି। ସେ ଯେତେବେଳେ ଗାଁର ସମ୍ପର୍କୀୟ କକେଇ ଅଗଣି ହୋତାର ଏଇ କୋଇଲାଖଣି ଠିକଣାରେ ଆସି ପହଞ୍ଚିଥିଲା, ଅଗଣି କକେଇ ମୁଣ୍ଡରେ ହାତ ଦେଇଥିଲେ : ତୁ ପାଗଳ ହେଇଚୁ ? କୋଇଲା- ଖଣିର ଚାକିରି କ'ଣ ଶସ୍ତା ହେଇଚି ? ବଦଳି ଲୋଡରୁ ଚାକିରି ପାଇଁ ବି.ଏ., ଏମ୍.ଏ.ଙ୍କର ଲାଇନ୍, ସେଥିରେ ପୁଣି ଏମ୍ପ୍ଲୟମେଣ୍ଟରେ ଟିପ ଚିହ୍ନ ଦସ୍ତଖତ ଦେଇ ନିଜକୁ ମୂର୍ଖ ବୋଲି କହି ନାଁ ରେଜେଷ୍ଟ୍ରୀ କରାଅ। ଏକ୍ସଚେଞ୍ଜ ବାବୁଙ୍କୁ ପାଁଶ / ହଜାରେ ଦେଇକି ନିଜର ନାଁ ବାହାର କରି ଇଣ୍ଟରଭ୍ୟୁ ସମୟରେ। ଇଣ୍ଟରଭ୍ୟୁରେ ଲେବର ଅଫିସର, ପର୍ସନେଲ୍ ଅଫିସରଙ୍କୁ ପାଁଶ / ହଜାରେ ହାତଗୁଞ୍ଜା ଦିଅ। ସେଠୁ ପାଶ୍ କଲେ ମେଡିକାଲରେ ଫିଟନେସ୍ ସାର୍ଟିଫିକେଟ୍ ପାଇଁ ଶହେ ଦି'ଶହ ହାତଗୁଞ୍ଜା ଦିଅ। ହାଇଡ୍ରୋସିଲ୍ ଥିଲେ କି ଆଖି ଖରାପ ଥିଲେ ତ କଥା ସଇଲା। ଦି' ତିନି ହଜାର ଟଙ୍କା ଡାକ୍ତରବାବୁ ମାଗିବେ ତମର ଫଟ ସାର୍ଟିଫିକେଟ ପାଇଁ। ସେ କ'ଣ ବି ଦିନକର କଥା ଯେ ଆସିଲେ ଆଉ ଚାକିରି ହୋଇଗଲା ?

ପ୍ରଦ୍ୟୁମ୍ନ ବୁଝି ପାରିଥିଲା, ତା'ର ଏମିତି ଆସି ପହଞ୍ଚି ଯିବାରେ କକେଇ ଖୁଡ଼ୀ କେହି ଖୁସି ନଥିଲେ। ସେ ଲକ୍ଷ୍ୟ କରିଥିଲା, ତା'ପଛରେ କକେଇ ଖୁଡ଼ୀ ଫୁସ୍‌ଫାସ୍ ହେଉଥିଲେ। ଅବଶ୍ୟ ତାକୁ ଦେଖିଲା ମାତ୍ରେ ଚୁପ୍ ହେଇଯାଉଥିଲେ। ପ୍ରଦ୍ୟୁମ୍ନର ଇଚ୍ଛା ହେଉଥିଲା ଫେରିଯିବାକୁ। ଅଥଚ ଫେରିଯିବା କଥା ଭାବିଲେ ଅସହାୟତାରେ ଭାଙ୍ଗି ପଡୁଥିଲା ସେ। କାହିଁକି ? କାହିଁକି ଯେ ?

ଅଗଣି କକେଇ ବି ପଚାରିଥିଲେ: ସର୍ବେଶ୍ୱର ଭାଇନାଙ୍କ କ'ଣ ଅଭାବ ରହିଲା ଯେ ତମେ ଏ ଅପନ୍ତରାରେ ଚାକିରି କରିବ ?

ପ୍ରଦ୍ୟୁମ୍ନର ନନା ଖୁବ୍ ଧନୀ ନୁହନ୍ତି। କିନ୍ତୁ ସେମାନେ ସ୍ୱଚ୍ଛଳ। ବାହାରର ଲୋକେ ଅବଶ୍ୟ ଭାବନ୍ତି ଯେ ସେମାନେ ଧନୀ। କାରଣ ଗାଁରେ ସେମାନଙ୍କର ଆଜବେଷ୍ଟସ୍ ଛପର ଘର ଅଛି, ଚଟାଣଟା ସିମେଣ୍ଟ ପଲସ୍ତରା। ଦି'ଟା ଗାଡିଆ, ପଚାଶ ଷାଠିଏ ସରିକି ନଡିଆଗଛ ଓ ପାଞ୍ଚ ଛ' ଏକର ଧାନଜମି ଛଡ଼ା ପୁରୀ ଟାଉନ୍‌ର ବଳଗଣ୍ଡି ସାହିରେ ଗୋଟେ ପକ୍‌କାଘର ଭଡ଼ାରେ ଲାଗିଛି।

ଏସବୁ ବାହାରକୁ ଦେଖିବା ପାଇଁ। ପ୍ରଦ୍ୟୁମ୍ନ ଜାଣେ ଭିତରଟା କିନ୍ତୁ ଫାଙ୍କା। ଘରେ ତିନି ତିନିଟା ଅଭିଆଡ଼ି ଭଉଣୀ ଏମ୍.ଏ.ପାଶ୍ କରି ବସିଛନ୍ତି; ବାହାଘର ହୋଇପାରୁନି। ବଡ଼ଭାଇ ବେକାର, ଗାଁରୁ କୁଆଡ଼େ ହଲିବାକୁ ମଙ୍ଗୁ ନାହାନ୍ତି କି ଚାଷବାସ ବି ସମ୍ଭାଳୁ ନାହାନ୍ତି। ତାଙ୍କର ସ୍ତ୍ରୀ, ଝିଅର ସଂସାର। ନନା, ବୋଉ ଓ ପ୍ରଦ୍ୟୁମ୍ନ, ସାଙ୍ଗକୁ ଦି'ଟା ମୁଲିଆ, ଚାରିହଳ ବଳଦ, ଛୁଆ ଫଳିଲେ ବି ତିନିମାସ ମାତ୍ର ଦୁଧ ଦେଉଥିବା ଦି'ଟା ଗାଈ, ଗୋଟେ ଚାକରାଣୀ ଓ ଟହଲ ଟିକର କରିବା ପାଇଁ ଗୋଟେ ଦଶବାର ବର୍ଷର ମୂଲିଆ ପିଲା- ଏତେ ବଡ଼ ସଂସାରକୁ ଏଇ ପାଞ୍ଚ ଛଅ ଏକର ଜମିର ଧାନ କିମ୍ବା ପଚାଶଟା ଗଛର ନଡ଼ିଆ କିମ୍ବା ପୁରୀ ଟାଉନ୍‌ର ଭଡ଼ା ଘରର ଭଡ଼ା ନିଅଣ୍ଟ ହୁଏ- ଏକଥା ବାହାର ଲୋକଙ୍କୁ ଯେତେ ବୁଝେଇଲେ ବି ସେମାନେ ବୁଝିବେନି। ପ୍ରଦ୍ୟୁମ୍ନ ଜାଣେ ଏ କଥାଟା।

ପ୍ରଦ୍ୟୁମ୍ନକୁ ଘରେ ତା'ର ଭଉଣୀମାନେ ଭାବନ୍ତି ଅଳସୁଆ ଓ ସ୍ୱାର୍ଥପର। ଭାଉଜ ଭାବନ୍ତି ସେ ପେଟସର୍ବସ୍ୱ। ନନା ଆଗେ ବହୁତ ଭରସା ରଖିଥିଲେ ପ୍ରଦ୍ୟୁମ୍ନ ଉପରେ। ଏବେ ବି.ଏ.ଫେଲ ହେଲାପରେ ଧରି ନେଇଚନ୍ତି- ଏଇ. ବି.ବଡ଼ଭାଇ ଭଳି ଘରେ ବସି ରହିବ ତେଣୁ କିଛିଟା ବିରକ୍ତ। ସାଙ୍ଗସାଥିମାନେ ପ୍ରଦ୍ୟୁମ୍ନକୁ କେବେ ପାସଙ୍ଗରେ ପକେଇ ନାହାନ୍ତି ତା'ର ଦୁର୍ବଳ ସ୍ୱାସ୍ଥ୍ୟ ପାଇଁ।

ଘରକୁ ଫେରିଲା ମାତ୍ରେ ହିଁ ନନା, ବୋଉ, ଭାଇ, ଭାଉଜ ଓ ବଡ଼ଭଉଣୀମାନଙ୍କ ଫେରାଦ : ରୁକୁ, ବଜାରରୁ ତୋତେ କହିଥିଲି ମୋ ଶାଢ଼ୀଟା ଡ୍ରାଇକ୍ଲିନ୍ କରେଇ ଆଣିବାକୁ, ରୁକୁ-ମୋର ଏ ଚିଠିଟା ଆଜି ଡାକରେ ଯିବ ବୋଲି କହିଥିଲି, ପକେଇଲୁନି ? କାଲି ଲାଷ୍ଟଡେଟ ଆପ୍ଲିକେସନ ପହଞ୍ଚିବାର। ଅଜି ତ ଡାକରେ ନ ଗଲେ କାଲି ଭୁବନେଶ୍ୱରରେ ପହଞ୍ଚି ପାରୁନି। ରୁକୁ, ମାର୍କେଟରୁ ମୋ ପାଇଁ ସିଗାରେଟ୍ ଆଣିବାକୁ କହିଥିଲି, ଆଣିଲୁନି ? ରୁକୁ, ତିନିଶହ ନଡିଆ ନେଇକି ହରିଆ ସାକ୍ଷୀଗୋପାଳ ଯାଇଚି, ତୁ ଟିକେ ଯାଇକି ଦେଖିଲୁନି କେମିତି କେତେ ଦରରେ ବିକ୍ରି କରୁଛି ? ରୁକୁ, ଏଥର କଣ୍ଟ୍ରୋଲରେ ଚିନି ଆସି ସରିଗଲା, ଖବର ନେଲନି ତମେ ? କକେଇ, ମୋ ସାହିତ୍ୟ ବହି ମାର୍କେଟକୁ ଆସିଛି- ଆଣି ଦଉନ ?

ପ୍ରଦ୍ୟୁମ୍ନ କ୍ଲାନ୍ତ ହେଇଯାଉଥିଲା। ମାର୍କେଟଟା ଗାଁରୁ ଦେଢ଼ ମାଇଲ ଦୂର ଓ ପ୍ରଦ୍ୟୁମ୍ନର ସମ୍ବଳ ସାଇକେଲଟିଏ। ଯେତେ କଲେ ବି ଗୋଟେ ନା ଗୋଟେ କାମ ବାକି ରହିଯାଏ। ପ୍ରଦ୍ୟୁମ୍ନ ବୁଝି ପାରୁନଥିଲା ସବୁ କାମଗୁଡ଼ା ଏତେ ଜରୁରୀ କେମିତି ହେଇ ପଡ଼େ ?

ପ୍ରଦ୍ୟୁମ୍ନ ଆଜନ୍ମ ହାଡୁଆ ପତଳା ପିଲାଟା। କୌଣସି ପ୍ରକାର ପ୍ୟାଣ୍ଟ୍ ସାର୍ଟ ତା'ର ଠିକ୍ ଫିଟିଙ୍ଗ୍ ହୁଏନା। ମୁଣ୍ଡର ବାଳଗୁଡ଼ାକ ପତଳା ଆଉ ରୋଗୀଣା। ସେଇଥିପାଇଁ କୌଣସିଠି ବାହାର ଲୋକ ସାମ୍ନାରେ ଫ୍ରି ହୋଇପାରେନା ସେ। ସବୁବେଳେ କଥା କହିଲାବେଳେ ମନେହୁଏ ତା'ର ଏଇ ଦୁର୍ବଳ ସ୍ୱାସ୍ଥ୍ୟ ଦେଖି ଲୋକଟା ଅବହେଳାରେ ବେଖାତିର କରିଦେବ ତାକୁ ମନେହୁଏ ଓ ପାଟି ଖନି ମାରିଯାଏ। ମନ ଭିତରଟା କଥା ସବୁ ଗୋଟେ ଘାଣ୍ଟି ହେଇଯାଏ। ହବଡ଼େଇ ଯାଏ ପ୍ରଦ୍ୟୁମ୍ନ।

ତାକୁ କେହି ହେଲେ ଖାତିର କରନ୍ତି ନାହିଁ। ଦୋକାନରେ ଜିନିଷଟେ ମାଗିଲେ ଦୋକାନୀ ଅଶୁଣା କରି ନିଜ କାମରେ ଲାଗିଯାଏ। ହୋଟେଲର ଚାକର ଟୋକାମାନେ ତା' ଟେବୁଲ୍ ଚାରିକଡ଼ରେ ବୁଲୁଥିଲେ ବି ତା' ବରାଦ ମୁତାବକ ଜଳଖିଆ ଆଣିଦେଉ ନଥାନ୍ତି। ବସ୍‌ରେ କଣ୍ଡକ୍ଟର ତାକୁ ଆପଣ ବଦଳରେ ତମେ କିମ୍ବା ତୁରେ ହିଁ ସମ୍ବୋଧନ କରିଥାଏ। ଏସବୁ ଭୀଷଣ ଅପମାନଜନକ ମନେ ହେଉଥାଏ ପ୍ରଦ୍ୟୁମ୍ନକୁ।

ପ୍ରଦ୍ୟୁମ୍ନର ସାଙ୍ଗସାଥିମାନେ ବି ତାକୁ ପାସଙ୍ଗକୁ ଆଣନ୍ତି ନାହିଁ। ତା'ର ଦୁର୍ବଳ ସ୍ୱାସ୍ଥ୍ୟ ସେମାନଙ୍କ ପାଇଁ ମଜାର ବିଷୟ ହେଇଥାଏ। ପ୍ରଦ୍ୟୁମ୍ନ ଯେ, ରକ୍ତମାଂସର ମଣିଷଟେ ତାକୁ ଫିଲ୍ ଲାଗେ, ସେ ଅପମାନିତ ହୁଏ, ଏକଥା ସାଙ୍ଗମାନେ ଭାବିପାରନ୍ତି ନାହିଁ। ପ୍ରଦ୍ୟୁମ୍ନର ବୟସ ସେତେବେଳେ ମାତ୍ର ଏକୋଇଶି ବର୍ଷ। ବି.ଏ. ଫେଲ୍ ହେବା ପରଠୁ ହିଁ ସମସ୍ତେ ତାକୁ ପଚାରିବାକୁ ଆରମ୍ଭ କରି ଦେଲେଣି ଏବେ କଣ କରୁଚୁ? କିଛି ତ ଗୋଟେ ହେଲେ କର?

ବାହା ହେଉଥିବା ବଡ଼ଭଉଣୀ ଘରକୁ ଆସିଲେ, ଡାକିକି ବୁଝେଇବ : ଆଉ କ'ଣ ନନାଙ୍କ ବୟସ ବଢୁଛି, ରୁକୁ? ଘରେ ତିନି ତିନିଟା ଭଉଣୀ ବାହା ହେବାକୁ। ବଡ଼ଭାଇଙ୍କୁ ତ ଦେଖିଲୁ, ତାଙ୍କ ଦ୍ୱାରା କିଛି ହେଲାନି। ଘରେ ଜମି ଜମାରୁ ଯାହା ଆୟ ହେଉଚି- ଏତେ ଲୋକଙ୍କ ଭରଣ ପୋଷଣକୁ ନିଅଣ୍ଟ। ତା'ଛଡ଼ା ନନାଙ୍କର ଆଉ ବଳ ବୟସ ଅଛି ବୁଝିବାକୁ? ତୁ କ'ଣ ଠିକ୍ କରିଚୁ? ବିଜିନେସ୍ କରିବୁ ନା ଚାକିରି?

ବାହା ହେଇନଥିବା ମଝିଆନାନୀ କହିବ; ରୁକୁଟା ତ ଯୋଉ ଅଳସୁଆ, ତା'ଦ୍ୱାରା ବିଜିନେସ୍ ହେବନି। ବିଜିନେସ୍ ପାଇଁ ସ୍ମାର୍ଟନେଟ୍ ଦରକାର, ବୁଦ୍ଧି ଦରକାର। ଦଶଟା ଚାରିଟା ଡ୍ୟୁଟି ରୁକୁ ପାଇଁ ଠିକ୍ ହେବ।

ଭାଉଜ କହିବେ; ତମେ ସକାଳ ଦଶଟା ପର୍ଯ୍ୟନ୍ତ ଶୋଇ ରହିଲେ ବିଜିନେସ୍ କି ଚାକିରି କୋଉଟା ହେଲେ କରିପାରିବନି ରୁକୁ।

ସାନ ନାନୀ କହିବ: ରୁକୁଟା ତ ଗୋଟେ ଚିଠି ଡ୍ରପ୍ କରିବାକୁ କହିଲେ ନାଇଁ ନାଇଁ କହିବ। ତା' ହାତରେ ଶାଗ ବି ଶିଝିବନି।

ଏମିତିକି ଦିନେ ନନା ବି ଦୀର୍ଘଶ୍ୱାସ ପକେଇ କହିଲେ- ଭାବିଥିଲି ରୁକୁଟଟା ମଣିଷ ହେବ। ସେ ବି ତା' ବଡ଼ଭାଇ ଭଳି ଅପଦାର୍ଥ ହେଇଗଲା। ଏଇଟାକୁ କହନ୍ତି ଭାଗ୍ୟ। ଭାଗ୍ୟ ଦୋଷ ନ ଥିଲେ ଏମିତି ହୁଏ।

ପ୍ରଦ୍ୟୁମ୍ନକୁ ସେ ଦିନ ବହୁତ ଦୁଃଖ ଲାଗିଥିଲା। କାନ୍ଦ ମାଡି ଆସିଥିଲା। ନନାଙ୍କ ସାମ୍ନାରେ ଯାଇ କହିବାକୁ ଇଚ୍ଛା ହେଉଥିଲା: ମୋର ବୟସ ମାତ୍ର ଏକୋଇଶି ବର୍ଷ। ବି.ଏ. ପରୀକ୍ଷାଟା ପାଶ୍ ବି କରିନି। ମୋର ସାଙ୍ଗମାନେ ସମସ୍ତେ ଏବେବି ପାଠ ପଢୁଛନ୍ତି ୟୁନିଭରସିଟି, କଲେଜକୁ ଯାଉଚନ୍ତି। ଫୁଲାଫାଙ୍କାଳିଆ ହେଇ ବୁଲୁଚନ୍ତି। କେହି କାହିଁ ରୋଜଗାର କଥାତ ଭାବୁ ନାହାନ୍ତି। ଅଥଚ ତମେମାନେ କେମିତି ମୋତେ ଏଇ ବୟସରୁ ରୋଜଗାର କରି ଆଣିବି ବୋଲି ଭାବିଥିଲ?

ତମେମାନେ ତ ଭାବିପାରିଥାନ୍ତ- ପିଲାଟା ଏମ୍.ଏ ପଢ଼ିବ, ଏମ୍.ଫିଲ୍ କରିବ। ତା'ପରେ... ଅଥଚ ତମେମାନେ, ଏତେ ଶୀଘ୍ର...।

ଏଇ କୋଲିୟାରୀର ଅଗଣି କକେଇଙ୍କ ଆଜବେଷ୍ଟସ୍ ଛପର ହେଇଥିବା ଛୋଟିଆ ଛୋଟିଆ ଦିଖଣ୍ଡ ବଖରା ଥିବା ମାଇନର୍ସ କ୍ୱାଟରରେ ଗୋଟେ ବଖରାରେ ଦଉଡ଼ି ଖଟିଆରେ ଶୋଇ ଶୋଇ ଶୁଣି ପାରିଥିଲା ପ୍ରଦ୍ୟୁମ୍ନ ଆର ଘରେ କକେଇ ଖୁଡ଼ୀଙ୍କ ଫୁସ୍‌ଫାସ୍ ଶବ୍ଦର ଆଲୋଚନା ଓ ସେଇ ମୁହୂର୍ତ୍ତରେ ଠିକ୍ କରି ଦେଇଥିଲା ତାର ଆଗତ ଦିନମାନଙ୍କର ପ୍ଲାନ୍ ପ୍ରୋଗ୍ରାମ।

ଗାଁରେ କେବେ ରୋଷେଇ ଘରକୁ ଯାଉ ନଥିବା ପ୍ରଦ୍ୟୁମ୍ନ, କେବେ ହାତରେ ପାଣି ହାଣ୍ଡିରୁ ଗ୍ଲାସେ ପାଣି ଢାଳିନେଇ ପିଇନଥିବା ପ୍ରଦ୍ୟୁମ୍ନ- ତା'ପରଦିନ ରୋଷେଇ ଘରେ କାମରେ ଭିଡ଼ି ଯାଇଥିଲା ଖୁଡ଼ୀଙ୍କ ମନ ନେବାକୁ। କୋଇଲା ଖଣି ଇଲାକାରେ ପ୍ରଚଳିତ ବଡ଼ ମୁହଁବାଲା ବିରାଟ ଚୁଲି କେମିତି ଧରେଇବାକୁ ପଡ଼େ, ରାତିରେ କେମିତି ଜାମ୍ ଦେବାକୁ ପଡେ ଠୁ ଆରମ୍ଭ ଲୁଗା କାଚିବା, ରୁଟି ସେକିବା, ଡାଲି ବଘାରିବା,

ତରକାରୀ ଛୁଙ୍କିବା- ଏମିତିକି ସାପ୍ତାହିକ ହାଟରୁ ପରିବା ବୋହି ଆଣିବା ପର୍ଯ୍ୟନ୍ତ ସବୁକାମ ନିଜ ହାତକୁ ନେଇ ଯାଇଥିଲା ପ୍ରଦ୍ୟୁମ୍ନ। ଭାବି ଆଶ୍ଚର୍ଯ୍ୟ ହେଇଥିଲା, ଏତେ ଶକ୍ତି, ଏତେ ପ୍ରାଣ ପ୍ରାଚୁର୍ଯ୍ୟ, ଏତେ ଉତ୍ସାହ କେଉଁଠୁ ପାଇଥିଲା ସେ ? ଗାଁରେ ତ ଥରେ ବସଷ୍ଟାଣ୍ଡ୍ ବଜାରରୁ ଫେରି ଆସିଲେ କ୍ଳାନ୍ତ ହେଇ ପଡୁଥିଲା ଯେ, ଆଉ ଥରେ ବଜାର ଯିବା କଥା ଉଠିଲେ ଚିଡି ଯାଉଥିଲା, ଅଥଚ ଏଠି-

ଅଣ୍ଡର ଗ୍ରାଉଣ୍ଡର ଗୋଟେ ଅଲଗା ରାଜତ୍ୱ। ଅନ୍ଧାର ଭିତର ଜଳନ୍ତା ଆଲୁଅ ସବୁ ମ୍ରିୟମାଣ। ସାମ୍ନାରେ ହଲେଜ ଲାଇନ୍ ଉପରେ ଧାଉଁଥିବା ଟବ୍। କେଉଁଠି ଗୁମ୍ କରି ଶବ୍ଦ ହୁଏ ଏକ୍‌ସପ୍ଲୋଜନର। ମାଟି ଥରି ଉଠେ। ଧାଁ ଦଉଡ଼ କରୁଥାନ୍ତି କଳା କଳା ଛାଇମାନେ। ମୁଣ୍ଡରେ ଜଳୁଥିବା ଆଲୁଅ ତଳର ହେଲମେଟ୍ ତଳକୁ ଥିବା ଚେହେରାଟି ଅନ୍ଧାରରେ ଲୁଚି ଯାଉଚି। ପ୍ରଥମେ ପ୍ରଥମେ ଅଣ୍ଡର ଗ୍ରାଉଣ୍ଡକୁ ଆସି ଲୋକ ଚିହ୍ନିବାକୁ କଷ୍ଟ ହେଉଥିଲା ପ୍ରଦ୍ୟୁମ୍ନକୁ। ସବୁ ଚେହେରା ଏକା ଭଳି ମନେ ହେଉଥିଲା। ଏବେ ଦିହସୁହା ହେଇଗଲାଣି ଏଇ ଅନ୍ଧାର। ତା'ଭିତରେ ସେ ବୁଝିପାରେ ଏବେ ଲୋକବାକ, ରାସ୍ତାଘାଟ।

କନ୍‌ଭେୟର୍ ପାଖରେ ଟବ୍‌ଚେକରମାନଙ୍କର ଅଫିସ୍। ଦିଟା ଏକ୍‌ସପ୍ଲୋଜିଭ ରହୁଥିବା ଖାଲି କାଠ ବାକ୍ସରେ ଟେବୁଲ୍ ଓ ଗୋଟେ କାଠ ଗଣ୍ଡିରେ ଚେୟାର। ମୁଣ୍ଡ ଉପରେ ଗୋଟେ ମର୍କରି ଲାଇଟ୍। ଟେବୁଲ୍ ଉପରେ ଦି' ତିନିଟା ତହୁଁ ମଇଳା ରେଜିଷ୍ଟର। ପ୍ରଦ୍ୟୁମ୍ନ ଦେଖିଲା ରିଲେଏର ଟବ୍‌ଚେକର ଅନନ୍ତ ଆଉ ନାଇଁ ଚାର୍ଜ ଦେବାପାଇଁ।ତା' ଜାଗାରେ ନୂଆ ଲୋକଟିଏ। ଲୋକଟି ପ୍ରଥମେ ପ୍ରଦ୍ୟୁମ୍ନକୁ ଦେଖି ଖାତିର୍ କଲାନି ଓ ରେଜିଷ୍ଟର ଉପରେ ନଇଁପଡ଼ି ହିସାବ କରିବାକୁ ଲାଗିଲା।

ପ୍ରଦ୍ୟୁମ୍ନ ବୁଝି ପାରିଲା ନାଇଁ, ଗଲା ସିଫ୍‌ଟରେ ଅନନ୍ତ ଆସି ନଥିଲା ବୋଲି ଏ ଲୋକଟା

ଡ୍ୟୁଟି କରୁଚି କି, ଅନନ୍ତ ଏଇ ଲୋକଟାକୁ ଚାର୍ଜ ଦେଇ ଚାଲିଯାଇଚି। ପ୍ରଦ୍ୟୁମ୍ନ କିଛିକ୍ଷଣ ଠିଆ ହୋଇ ରହି ପଚାରିଲା : ତମେ ରିଲେଏରେ କାମ କରୁଥିଲ କି ?

ଲୋକଟା ମୁଣ୍ଡ ନ ଉଠେଇ ଅବହେଳାରେ କହିଲା: ରିଲେ ବି ରେ।

ରିଲେ ବି ରେତ ମୋର କାମ କରିବା କଥା। ତମେ କିଏ ? କ'ଣ ତମର ଡେଜିଗ୍‌ନେସନ୍ ? ଏଇଠି କିଆଁ ବସିଛ।

ଲୋକଟା ଏଥର ମୁହଁ ଉଠେଇ ଅନେଇଲା। ଚେହେରା ସାରା ନିର୍ମମ କାଠିଣ୍ୟ। ଯେମିତି ଝଗଡ଼ା ଲାଗିବା ପାଇଁ ପ୍ରସ୍ତୁତ ହେଇଆସିଚି। କହିଲା : ଓଭରମ୍ୟାନ କହିଲେ, ଆଜିଠୁ ମୁଁ ଏଠି ଟବ୍ ଚେକର୍ କାମ କରିବି। ମୋର ଡେଜିଗ୍‌ନେସନ ଜେନେରାଲ୍ ମଜଦୁର୍। ମୁଁ ତମ ଭଳି ବଦ୍‌ଲି ହେଇନି। ପାର୍ମାନେଣ୍ଟ ଓ୍ୱାର୍କର୍। ଆଉ କିଛି ପଚାରିବାକୁ ଚାହଁ ? ଯାଅ ଓଭରମ୍ୟାନଙ୍କୁ ପଚାରିବ। ମୋତେ କାମ କରିବାକୁ ଦିଅ।

ଅପମାନରେ ପ୍ରଦ୍ୟୁମ୍ନର କାନମୂଳଟା ଗରମ ହେଇଗଲା। କୋଲିୟାରୀର ଅଧିକାଂଶ ଲୋକ ହିଁ ଏମିତି ଅଭଦ୍ର। ଗୋଟେ ସାଧାରଣ କଥାକୁ ଭଦ୍ର ଭାବରେ କହିପାରନ୍ତି ନାଇଁ। ବ୍ୟକ୍ତିଗତ ଆଚାର ବ୍ୟବହାରରେ କେଉଁଠି ଗୋଟେ ଅଭଦ୍ରାମି ସବୁଠି ଲୁଚି ରହିଥାଏ।

ଅଗଣି କକେଇ ତ ମ୍ୟାନେଜର ସାଙ୍ଗରେ କଥାବାର୍ତ୍ତା କରି ତାକୁ ଟବ୍ ଚେକର୍‌ରେ ରଖେଇ ଥିଲେ। ଏବେ ପୁଣି କ'ଣ ହେଲା ? ତାକୁ ଲୋଡିଙ୍ଗକୁ ଯଦି ଓଭର୍‌ମ୍ୟାନ୍ ପଠେଇ ଦେବ, ତେବେ ? ଟବ୍‌ଗାଡି ଲୋଡ୍ କରିବାଟା ଭୀଷଣ କଷ୍ଟକର। ପିଟ୍‌ରୁ ବାହାରିଲା ପରେ ଅଣ୍ଟା, କାନ୍ଧ ସବୁ ଦରଜ ହେଇଯାଇଥାଏ। ଲୋଡ଼ିଙ୍ଗକୁ ଯିବା କଥା ଭାବିଲା ମାତ୍ରେ ଥରି ଉଠିଲା ପ୍ରଦ୍ୟୁମ୍ନ। ଏତେ ପରିଶ୍ରମ ସେ କରି ପାରିବନି। ତା'ଛଡ଼ା ଲୋଡ଼ିଂକୁ ଗଲେ ଯେମିତି କୁଲି କୁଲି ମନେହୁଏ ନିଜକୁ।

ପ୍ରଦ୍ୟୁମ୍ନ ଜାଣେ ତା'ର ନିଜର ଏଇ ଅସହାୟତା କଥା ଏଠି କେହି ବୁଝିବେନି। ଏଇ ଯେ ଓଭରମ୍ୟାନ୍ ସେଇଠି ବସି ଡ୍ୟୁଟି ଡିଷ୍ଟ୍ରିବ୍ୟୁଟ କରୁଚି- ଏଇ ଲୋକଟାକୁ କ'ଣ ବୁଝେଇ ପାରିବ ପ୍ରଦ୍ୟୁମ୍ନ ଯେ ସେ ପୁରୀ ଜିଲ୍ଲାର ଗୋଟେ ଶାସନିଆ ପରିବାରର ବି.ଏ.ଫେଲ୍ ପିଲା- ଯିଏ କେବେ ଦିନେ ହେଲେ ହଳ ଧରିବା ତ ଦୂରର କଥା, କୋଦାଳରେ ମାଟି ହାଣିନି। ଦା'ଧରି ଧାନ କାଟିନି। ସେ ଆଜି କୋଇଲା ବୋଝେଇ କରିବ ଟବ୍ ଗାଡ଼ିରେ- ଏଇ ଦୃଶ୍ୟଟି କେତେ ପ୍ୟାଥେଟିକ୍ ପ୍ରଦ୍ୟୁମ୍ନର ଜାଗାରେ ଠିଆ ହେଲେ ବୁଝି ହେବ ସିନା; କିନ୍ତୁ ଓଭରମ୍ୟାନ୍‌ଠୁ ମ୍ୟାନେଜର ପର୍ଯ୍ୟନ୍ତ କେହି ବୁଝିପାରିଲେନି।

ତଥାପି ଓଭରମ୍ୟାନ୍ ପାଖକୁ ଗଲା ସେ। ଓଭରମ୍ୟାନ୍ ପାଖରେ ଭିଡ଼ ଲାଗିଚି। ଗାଉଁଲି, ମଫସଲି ଓ କୋଇଲା ଖଣିର ଟିପିକାଲ ବସ୍ତିବାସୀ ଲେବରମାନଙ୍କ ଭିଡ଼। ଛିଣ୍ଡା ହାଫ୍‌ପ୍ୟାଣ୍ଟ କିମ୍ବା ଅସନା ଲୁଙ୍ଗି ଉପେର ବେଲ୍‌ଟ ଓ ବ୍ୟାଟେରୀ। ଦେହରେ କଳା ମସମସ ମଇଳା ଗଞ୍ଜି। ହେଲମେଟ୍‌ଗୁଡ଼ାକ ବି ମଇଳା, କଳା ଦାଗରେ ବିବର୍ଣ୍ଣ। ସେମାନଙ୍କ ଭିଡ଼ ଭିତରେ ଓଭରମ୍ୟାନ୍

ବସିଚି ରାଜା ଭଳି। ଏଇ ଲୋକଟା କୁଆଡେ ପାଠଶାଠ ପଢ଼ିନି। ଏଇଠି କମ୍ପାନି ଅମଳରେ ଲୋଡ଼ର ହେଇ ଭର୍ତ୍ତି ହେଇଥିଲା। ଏବେ ବଢ଼ି ବଢ଼ି ଓଭରମ୍ୟାନ୍ ହେଲାଣି। ଏବେ କୁଆଡ଼େ ନିଜ ସାଇନ୍‌ଟା ବହୁତ କଷ୍ଟରେ ଶିଖିଚି। ଏଇ ମୁର୍ଖ ଲୋକଟା ପାଖରେ ଗୋଡ଼ ଭାଙ୍ଗି ଠିଆ ହେବ ଭାବିଲା ମାତ୍ରେ ନିଜର ମନ ତଳଟା ଶୋକର ଧୂଳି ଝଡ଼ରେ ଅସ୍ପଷ୍ଟ ହୋଇଗଲା।

ତଥାପି ଠିଆ ହେଇରହିଲା ପ୍ରଦ୍ୟୁମ୍ନ। ଭିଡ଼ ସରିଲା ପରେ ଓରଭମ୍ୟାନ ତା' ଆଡ଼କୁ ଅନେଇ କହିଲା; ଏଇ ଡ୍ୟୁଟିକୁ ଯାଇନୁ କିଆଁ? କ'ଣ ନାଁ ତୋର?

ପ୍ରଦ୍ୟୁମ୍ନର ଭୁଲ୍‌ବଶତଃ ନିଜ ନାଁ କହି ପକାଉଥିଲା। ସମ୍ଭାଳି ନେଇ କହିଲା; ସମାରୁ ଖଡ଼ିଆ। ବଦଳି ଲୋଡ଼ର୍।

ଓଭରମ୍ୟାନ୍ ତା'ର ଖାତା ଦେଖିନେଇ କହିଲା; ଯା' ଯା' ଲୋଡ଼ିଙ୍ଗ କରିବୁ ଯା। ଫାଇଭ୍ ଲୋଭେଲ୍ ସେଭେଣ୍ଟିନ୍‌ଥ ସାଇଜ୍ ସିକ୍‌ସଥ୍ ଡିଷ୍ଟିକରେ ଏକ୍‌ସପ୍ଲୋଜନ୍ ହେଇଚି। ତୋର ପାର୍ଟନର୍ ଭୀମସେନ୍ ବୈରାଗୀ। ଯା' ଗାଡ଼ି ବୋଝେଇ କରିବୁ ଯା'। ପ୍ରଦ୍ୟୁମ୍ନ ପ୍ରୋଟେଷ୍ଟ କଲା; କିନ୍ତୁ ମୁଁ ଟବ୍ ଚେକରରେ ଯାଇଥିଲି।

ଓଭରମ୍ୟାନ୍ ହସିଲା। ଥଟ୍ଟାର ହସ। କ୍ରୁର। ଅଭଦ୍ର ହସ। ଚିଡେଇକି କହିଲା; ଟବ୍ ଚେକର୍‌ରେ ଯାଇଥିଲି। ଯାଉଥିଲୁ ତ କ'ଣ ହେଲା? ଯେମିତି ଟବ୍ ଚେକର୍ ଡେଜିଗ୍ନେସନ୍ ମିଳିଯାଇଚି, ପର୍ମାନେଣ୍ଟ। ଶଳା, ବଦଳି। ଯୋଉଠି ଦେଲେ ସେଠି ଖଟିବୁ, ଅଲବତ୍ ଖଟିବୁ। ଲୋଡିଙ୍ଗ୍ କରିବୁ ଯା। କହୁଚି କ'ଣ ନା ଟବ୍ ଚେକର୍‌ରେ ଖଟୁଥିଲି।

ଓଭରମ୍ୟାନ୍‌ର ଗାଳି ଶୁଣି ଦାନ୍ତ ଚିପି ରହିଗଲା ପ୍ରଦ୍ୟୁମ୍ନ। ଚାକିରି କରିବା ପୂର୍ବରୁ ସେ ଥିଲା ବହୁତ ସେନ୍‌ସିଟିଭ୍। ସାଙ୍ଗମାନଙ୍କ ଥଟ୍ଟା, ଭଉଣୀମାନଙ୍କ କଡ଼ା କଥା, ବାପାଙ୍କର ଗାଳି-ସବୁକୁ ଧରି ବସୁଥିଲା। ତିନି ଚାରିଦିନ ମନ ଉଦାସ ହେଇଯାଇଥିଲା ତା'ର। ଏବେ ଏଠି ଆସି ଅଭ୍ୟାସ ହେଇଗଲାଣି। ଜାଣି ସାରିଚି- ଚାକିରି ମାନେ ଏମିତି ଗାଳିମନ୍ଦ ଶୁଣିବା ହିଁ। ଏସବୁକୁ ଖାତିର କଲେ ଚଳିବା ମୁସ୍କିଲ।

ପିଟ୍ ଭିତରୁ ବାହାରି ଆସିଲା ପ୍ରଦ୍ୟୁମ୍ନ। ଓଭରମ୍ୟାନ୍‌କୁ ଆସିଲା ବେଳେ କିଛି କହିଲାନି। ଉପରକୁ ଆସି ଏମ୍.ଟି.କେ.କୁ କହିଲା, ମୋର ଆଜି ରିଟର୍ଣ୍ଣ ଦେଖେଇ ଦିଅ। ଏମ୍.ଟି.କେ. ମୁହଁ ଉଠେଇ ଅନେଇଲା; ନାଁ କ'ଣ?

ସମାରୁ ଖଡ଼ିଆ। ବଦଳି।

ଏମ୍.ଟି.କେ ପଚାରିଲା; ରିଟର୍ଣ୍ଣ କାହିଁକି ଯାଉଛ?

ପଚାରିଲା ସିନା, କିନ୍ତୁସେ ଉତ୍ତର କିଛି ଆଶା କରି ନଥିଲା। ସି-ଫର୍ମ ରେଜିଷ୍ଟରରେ ନଇଁପଡ଼ି ସମାରୁ ଖଡ଼ିଆ ନାଁଟା ଖୋଜୁଥିଲା। ପ୍ରଦ୍ୟୁମ୍ନ କିଛି ଉତ୍ତର ଦେଲାନି। ଲ୍ୟାମ୍ପକ୍ୟାନିକ୍ କାଉଣ୍ଟରରେ ବତୀ ଫେରେଇ ଦେଲା ଓ ବାହାରି ଆସିଲା।

ବାହାରକୁ ଆସି ପିଟ ହେଡ୍‌ର କୋଇଲା ଗଦା, କଣ୍ଟାଘର କନ୍‌ଭେୟର, ୱାଗନ୍

ଦୌଡୁଥିବା ଟ୍ରକ୍- ଏସବୁ ଦେଖି ଉଦାସ ହୋଇଗଲା ପ୍ରଦ୍ୟୁମ୍ନ। ଏଇ ଛୋଟିଆ ଜାଗାରେ, ସହରଠୁ ଦୂରରେ ଗୋଟେ ନିଛାଟିଆ କୋଇଲାଖଣି, ତା'ର ଆହୁରି ଆଗକୁ ନିଛାଟିଆ କଲୋନି ତା' ଭିତରେ ସୀମାବଦ୍ଧ ନେଇ ରହିଯିବ ପ୍ରଦ୍ୟୁମ୍ନ ମିଶ୍ର। ଭୁଲିଯିବ ଯେ ସେ କଲେଜରେ ପଢ଼ିଲାବେଳେ ବହୁତ ସ୍ୱପ୍ନ ରଖିଥିଲା ମନ ଭିତରେ। ତା'ର ବହୁତ ବଡ଼ ହେବା କଥା ଥିଲା, ବହୁତ ଉଚ୍ଚକୁ ଉଠିବା ପାଇଁ ସେ ପ୍ରତିଶ୍ରୁତିବଦ୍ଧ ଥିଲା। ଅଥଚ ଏବେ ସେ ତା'ର ଜୀବନର ଆହୁରି ତିରିଶ ଚାଳିଶ ବର୍ଷ ଏଇ ନିଛାଟିଆ ଭୂଇଁରେ ନିର୍ବାସନ କରି ନେବ ଓ ଏଇଠି ନିଜର ଏଇ ଏତେ ଦିନର ପରିଚୟକୁ ବି ଭୁଲିଯିବ। ପୁରୀ ଜିଲ୍ଲାର ଗୋଟେ ଶାସନିଆ ପରିବାରର ସର୍ବେଶ୍ୱର ମିଶ୍ରଙ୍କ ପୁଅ ପ୍ରଦ୍ୟୁମ୍ନ ମିଶ୍ର ଭାବରେ ସେ ଯେ ବଞ୍ଚି ଆସିଥିଲା, ପୁରୀର ଏସ.ସି.ଏସ୍. କଲୋଜରେ ପଢୁଥିଲା- ଏସବୁ ମିଛ ହେଇଯିବ ତା' ପାଇଁ ଓ ସେ ସମାରୁ ଖଡ଼ିଆ, ବାପା ବଇଠୁ ଖଡ଼ିଆ, ସିଡ୍ୟୁଲ ଟ୍ରାଇବ୍ ହେଇକି ରହିବ। ତା'ର ଆଉ ରହିବନି କୌଣସି ଆଚିଭ୍‌ମେଣ୍ଟ୍ କି ଜୀଇଁ ରହିବାର ସାର୍ଥକତା। ସକାଳରୁ ଉଠି ଆଉ ପାଞ୍ଚଟା ଶ୍ରମିକଙ୍କ ଭଳି ସେ ପିଟ୍‌କୁ ଆସିବ ଓ ଫେରିଯିବ ସନ୍ଧ୍ୟାରେ କ୍ଲାନ୍ତ ହେଇ। କ୍ୟାଲେଣ୍ଡରରେ ଛୁଟି ଦିନ ଥିବା ଦିନ ଛଡ଼ା ଅନ୍ୟ ଗୋଟିକରୁ ଆରଟିକୁ ଅଲଗା କରି ପାରିବନି କେବେ ?

ଅସହାୟତାରେ ଭାଙ୍ଗି ପଡ଼ିଚି ପ୍ରଦ୍ୟୁମ୍ନ। ତା'ର ବିଗତ କୋଡ଼ିଏ ଏକୋଇଶି ବର୍ଷର ପରିଚୟ ପ୍ରତି ଗୋଟେ ମମତ୍ୱବୋଧରେ ଅତୀତ ଆଡ଼କୁ ବୁଲିକି ଅନଉ ଅନଉ ଅସହାୟତାରେ ଭାଙ୍ଗି ପଡିଲା। ତା'ର ମନେହେଲା ସେ ଭୀଷଣ ନିଃସଙ୍ଗ। ଏକାକୀ। ତା'ର ଅସହାୟତାକୁ ବୁଝିପାରିଲା ଭଳି କୋକେଇ ନେଲାଭଳି କେହି ନାହାନ୍ତି। କେହି ନାହାନ୍ତି ଯେ ତା'ର ପିଠିରେ ରଖିବେ ସମବେଦନାର ହାତ।

ଦ୍ୱିତୀୟ ପରିଚ୍ଛେଦ

ଦୃଶ୍ୟଟା ଏଇଭଳି :

ତିନିଜଣ ଲୋକ ମାଟି ଖୋଳୁଛନ୍ତି। ସେମାନଙ୍କ ଦେହରୁ ଝାଳ ଗଡ଼ି ପଡୁଛି। ପନ୍ଦର ବର୍ଷର ମଝିଆ ପୁଅଟା ପାଖରେ ବସି କାମ ତଦାରଖ କରୁଚି। ହରିଶଙ୍କର ଟିକେ ଦୂରରେ, ଗୋଟେ କଟା ହେଇଯାଇଥିବା ଗଛର ପରିତ୍ୟକ୍ତ ଗଣ୍ଡିବିହୀନ ଚେର ଉପରେ ବସିଚି ଥକା ହେଇ, ଫାଙ୍କା ଫାଙ୍କା ଆକାଶକୁ ଅନେଇ। ତା' ପାଦ ପାଖରେ ହରିଣ ଛୁଆର ଶବଟା ପଡ଼ି ରହିଚି।

ସମୟ କେତେ ହେବ? ହରିଶଙ୍କର ହାତଘଣ୍ଟାଟା ପିନ୍ଧିବାକୁ ଭୁଲି ଯାଇଚି। ସକାଳ ପହରୁ ଆକାଶଟା ଶାଗୁଆ ଓ କୁହୁଡ଼ିଆ କରି ରଖିଚି। ତେବେ ଅନୁମାନରେ ହରିଶଙ୍କର ବୁଝି ପାରୁଥିଲା, ଅପରାହ୍ନ ହେଇଯାଇଚି। ଦୁଇଟା ବି ହେଇପାରେ, ଚାରିଟା ବି। ହରିଣଟା ମରିଚି ତ କାହିଁ ଦିପହର ବେଳେ। ତା' ପରଠୁ ବେଶ କିଛି ଘଣ୍ଟା ବିତିଗଲାଣି।

ହରିଶଙ୍କର ହାତ ବଢ଼େଇ ହରିଣଟାକୁ ଆଉଁସି ଦେଲା। ଏବେ ବି ପିଠିଟା କେତେ କୋମଳ ଓ ମସୃଣ ଲାଗୁଚି। ମଝିଆ ପୁଅ କହୁଥିଲା ଚମଡ଼ାଟା କାଢ଼ି ରଖିବାକୁ, ହରିଶଙ୍କର ଧମକେଇ ଦେଲା। ହରିଣଟି, ହେଉ ପଛେ ଗୋଟେ ମଲା ହରିଣ, ଚମଡ଼ା ଉତାରି ନେବାଟା ଭୀଷଣ ନୃଶଂସ ଲାଗିଲା। ଯେମିତି ନିଜର ମଲା ପୁଅର ଚମଡ଼ା ଉତାରି ନେଉଚି।

ହରିଶଙ୍କରର ସେମିତି ବେଶି କିଛି ଇମୋସନ୍, ସେଣ୍ଟିମେଣ୍ଟ ନାହିଁ। ତା'ର ରାଜନୈତିକ

ଗୁରୁ ହେମକାନ୍ତ ବାବୁ ତାକୁ ସେଇ ଯୌବନରୁ ହିଁ ଶିଖେଇ ଆସିଚନ୍ତି, ପଲିଟିକ୍ସକୁ ଆସିଲେ ତମକୁ ସବୁ ସେଣ୍ଟିମେଣ୍ଟ୍ ଇମୋସନ୍ ଛାଡ଼ିବାକୁ ପଡ଼ିବ। ସବୁବେଳେ ପ୍ରାକ୍ଟିକାଲ୍ ହେବ ଓ ନିଜର ସ୍ୱାର୍ଥ କଥାଟା ହିଁ ଭାବି ଦେଖିବ। ସ୍ୱାର୍ଥଠୁ ବଡ଼ କିଛି ଆଦର୍ଶ ନାଇଁ ରାଜନୀତିରେ।

ହେମକାନ୍ତବାବୁଙ୍କ କଥାଗୁଡ଼ା ଯେ ଖୁବ୍ ପ୍ରାକ୍ଟିକାଲ୍, ଏକଥା ହରିଶଙ୍କର ଜାଣେ। ତା' ଛଡ଼ା ଏବେ ଏଇ ପଚାଶ ବର୍ଷ ବୟସରେ, ହରିଶଙ୍କର ଅନୁଭବ କରିପାରେ, ତା'ର ଅନୁଭୂତି ବୋଧଗୁଡ଼ା କେମିତି ଦନ୍ଥଡ଼ା ହୋଇଯାଇଚି। ଆଗେ ଛୋଟ ଛୋଟ କଥାରେ ବି ଖୁବ୍ ଇମୋସନାଲ୍ ହେଇପଡୁଥିଲା ସେ। ଏବେ ସେସବୁ ଘଟଣା ଆଉ ମନ ଭିତରେ ପ୍ରତିକ୍ରିୟା ସୃଷ୍ଟି କରେନି।

ଅଥଚ, ଆଜି ଏଇ ଗୋଟେ ହରିଣର ମୃତ୍ୟୁରେ କେତେ ଫାଙ୍କା ଫାଙ୍କା ଲାଗୁଚି ଦୁନିଆଟା। ଯେମିତି କ'ଣ ଗୋଟେ ଥିଲା, ଏବେ ନାଇଁ। ଏଇ ବୟସରେ ଛୋଟ ଛୋଟ ଦୁଃଖ ସୁଖଗୁଡ଼ାକ ବି ଅର୍ଥହୀନ ମନେ ହେବା କଥା। ଅଥଚ ହେଉନି କେମିତି ଯେ ?

ହରିଣଟା ଆସିଥିଲା ବର୍ଷେ ତଳେ। ରେଢ଼ାଖୋଲ ଜଙ୍ଗଲରୁ ଜଣେ ଲୋକ ଧରି ଆଣିଥିଲା ତିନି ଚାରି ମାସର ଏଇ ହରିଣଛୁଆଟିକୁ ଓ ମାତ୍ର ଶହେଟଙ୍କାରେ ବିକି ଦେଇଥିଲା ହରିଶଙ୍କରକୁ। ହରିଣଟା ସେତେବେଳେ ଖାଲି ଦୁଧ ପିଉଥିଲା। ଦୁବଘାସ ଖାଇବା ଶିଖିଲା ତା'ର ବହୁତ ପରେ। ହରିଶଙ୍କର ନିଜେ ହିଁ ଦୁବଘାସ ଖାଇବା ଶିଖେଇଥିଲା ହରିଣଟିକୁ।

ସୁନେଲି ପୃଷ୍ଠଭୂମିରେ ଧଳାକଳା ଛିଟିକା ସବୁ ଦେହସାରା। ଆଖି ଦିଟା ବେଶ୍ ନିରୀହ ଓ ଦେଖିଲେ ହିଁ ମନେ ହେବ ପୃଥିବୀର ଚରାଚର ସବୁ ଦୃଶ୍ୟକୁ ହରିଣଟି ଅବାକ୍ ବିସ୍ମୟ ନେଇ ଦେଖୁଚି। ହରିଣଟି ପ୍ରଥମେ ପ୍ରଥମେ ବେଶ୍ ତରକି କି ଡିଆଡେଇଁ କରୁଥିଲା, ଯେମିତି ପୃଥିବୀରେ ଗୋଟେ ଭୂମିକମ୍ପ ହେଉଚି ଓ ସେ ପାଦ ଥାପିଲା ମାତ୍ରେ ହିଁ ପଡିଯିବ ତଳେ।

ହରିଣଟି ଲୋକମାନଙ୍କୁ ଦେଖିଲେ ବେଶୀ ତରଳି ଯାଇ ଡିଆଁଡେଇଁ କରୁଥିଲା। କିନ୍ତୁ ହରିଶଙ୍କରକୁ ଭଲ ଭାବରେ ଚିହ୍ନୁଥିଲା। ଡରି ନ ଯାଇ ଆଗେଇ ଆସୁଥିଲା ଓ ଏମିତି ଭାବରେ ମୁହଁ ଘଷୁଥିଲା, ଯେମିତି ମା' ହୀନ ପିଲାଟା ବାପା ପାଖରେ ଆସି ଗେଲ ଖୋଜିବା ପାଇଁ ନସରପସର ହେଉଚି।

ହରିଶଙ୍କର ରାଜନୀତିକୁ ପଶିଲା ପରେ, କେମିତି ଗୋଟେ ନିଶାଗ୍ରସ୍ତ ଭାବରେ ବଞ୍ଚିରହିଥିଲା ଯେ; ପ୍ରେମ, ସ୍ନେହ, ଆବେଗ ଏସବୁକୁ ଅନୁଭବ କରି ପାରିନଥିଲା କେବେ। କୋଇଲା ଖଣିର ଟ୍ରେଡ ୟୁନିୟନ ସାଙ୍ଗରେ ଦୀର୍ଘ ପଚିଶ ବର୍ଷର ସମ୍ପର୍କ ତାର। ପ୍ରଥମେ ପ୍ରଥମେ ସେ ୟୁନିଅନ୍ କରିବାକୁ ଯାଇଥିଲା ଶ୍ରମିକଙ୍କ ଉନ୍ନତି କରିବା ପାଇଁ। ମାଲିକଙ୍କ ଶୋଷଣରୁ ସେମାନଙ୍କୁ ଉଦ୍ଧାର କରିବାକୁ।

ଟ୍ରେଡ୍ ୟୁନିଅନ୍‌ରେ ମିଶିଲା ପରେ ପରେ ସେ ବୁଝି ପାରିଥିଲା, ସର୍ବହରାଙ୍କ ଏକତା, ଶୋଷଣ- ସେସବୁ ସହ ଟ୍ରେଡ୍ ୟୁନିଅନ୍ ରାଜନୀତି ବିଷୟଟା ଆଦୌ କେଉଁଠି ମେଳ ଖାଏନି।

ଅସଲରେ ୟୁନିଅନ୍ ଧନ୍ଦାଟା ହେଉଚି ରାଜନୀତି। ଆଉ ରାଜନୀତି ମାନେ- ଗୋଟେ ଉତ୍ତେଜନା, ଗୋଟେ ନିଶା।

ତିନିଜଣ ଲୋକ ମାଟି ଖୋଳି ଚାଲିଛନ୍ତି। କେତେ ବେଳ ହେଇଗଲାଣି ଅଥଚ ସେମାନଙ୍କ କାମ ସରିନି? କେତେ ମାଟି ଖୋଳିବେ? ଗୋଟେ ହରିଣକୁ ପୋତିବାକୁ କେତେ ଫୁଟ ଗାତ ଦରକାର? ହରିଶଙ୍କର ଆଉଥରେ ଆଉଁସି ଦେଲା ହରିଣଟିକୁ। ଦେଢ଼ ଦୁଇବର୍ଷର ଅବୋଧ ଜନ୍ତୁଟେ। କେଉଁ ଦୂର ଜଙ୍ଗଲର ତା'ର ମା'କୁ ଛାଡ଼ିକି ଆସିଥିଲା। ହରିଶଙ୍କର ପାଖରେ କ'ଣ ଚାହିଁଥିଲା? ନିରାପତ୍ତା ଦିଓଳି ଦି'ମୁଠା ଦୁବଘାସର ନିରାପତ୍ତା? ସୁଖ? ଦୁଧ ଗିନାଏର ସମ୍ପନ୍ନତା? ପାଇଲା କି?

ହରିଣଟା ବି ଅଭିମାନ କରୁଥିଲା। ଥରେ ଗାଳି ଦେଇ ଚାପୁଡ଼ାଟେ ବସେଇ ଦେଇଥିଲା ହରିଶଙ୍କର ଯେ, ହରିଣଟା ପାଖକୁ ଆସୁ ନଥିଲା ଦି'ଦିନ କାଳ। ପଶୁମାନଙ୍କ ଭିତରେ ବି ସେ, ମଣିଷମାନଙ୍କ ଭଳି ସ୍ନେହ, ପ୍ରେମ, ଅଭିମାନ, କ୍ରୋଧ ଥାଏ- ଆବିଷ୍କାର କରି ପାରି ଶିହରି ଉଠିଥିଲା ହରିଶଙ୍କର ସେଦିନ। ମଝିଆଁ ପୁଅ ନାଁ ଦେଇଥିଲା ହରିଣଟାର, 'ଜଲି'। ମାଂସର ବିଳାପ ଅନୁକରଣରେ, ଜଲି। ସେ କହୁଥିଲା: ଆଉ ଗୋଟେ ଖାଲି କୁକୁର ଦରକାର, ତା' ନ ଦେବା 'ଡୋରା'। ହରିଶଙ୍କର ଥଟ୍ଟା କରି କହିଥିଲା: ଦିନେ ଗୋଟେ ମ୍ୟାନେଜର ସାହେବ ଆସିବ ଓ ହରିଣକୁ ମାରିଖାଇବ।

ହରିଶଙ୍କର ଜାଣେ, କୋଇଲା ଖଣିର କୌଣସି ମ୍ୟାନେଜର ତ ଦୂରର କଥା, ଡେପୁଟି ସି.ଏମ୍.ଇ କି ଜେନେରାଲ୍ ମ୍ୟାନେଜର ବି ଆଜିକାଲି ଯୁଗରେ ସାହସ କରିବନି ୟୁନିଅନ୍‌ର ଭୂତପୂର୍ବ ସେକ୍ରେଟାରୀର ହରିଣ ଛୁଆକୁ ମାରି ଖାଇବାକୁ। ହରିଶଙ୍କର ନିଜକୁ ସବୁଦିନ ଗୋଟେ ଇମ୍ପର୍ଟାଣ୍ଟ୍ ଲୋକ ଭାବି ଆସିଚି। ୟୁନିଅନ୍ ସେକ୍ରେଟାରୀ ଥିଲାବେଳେ ବି ନିଜକୁ ଇମ୍ପୋର୍ଟାଣ୍ଟ ଭାବୁଥିଲା। ଅଥଚ ତା'ଠୁ ବି ଜଣେ ଇମ୍ପର୍ଟାଣ୍ଟ ଅଛି, ସେ ହେଉଚି ସମୟ। ଗୋରା ସାହେବମାନଙ୍କ ଭଳି ଦୁର୍ଦ୍ଦଣ୍ଡ ପ୍ରତାପୀ ସମୟ।

ହରିଶଙ୍କରର ହଠାତ୍ ମନେ ହେଲା, ହରିଣଟାକୁ ମାଟିରେ ପୋତିଦେବା ଦୃଶ୍ୟଟାକୁ ଦେଖିବା ତା'ପକ୍ଷରେ ମର୍ମାନ୍ତିକ ହେଇପଡ଼ିବ। ତା'ର ଏଇଠି ନ ରହିବା ହିଁ ଭଲ। ଭାବିଲା ଓ ଉଠିପଡ଼ି ମଝିଆ ପୁଅ ରୁନାକୁ ଡାକି କହିଲା: ତମେମାନେ ପୋତିଦେବ ହରିଣଟାକୁ, ମୁଁ ଯାଉଚି।

କହିଲା ଓ ଉଠି ଆସିଲା। ରଗଡ଼ାଟା ଲମ୍ବି ଯାଇଚି ତଳକୁ। ସେଇ ତଳରେ ତା'ର ଘର, ନିଜସ୍ୱ ଘର। ମଝିଆ ପୁଅଟା କୁହେ ଶାନ୍ତି କାନନ। ମାଟି ଯୋଡ଼େଇ ପଥର କାନ୍ଥର ତିନିବଖରା ଖପରଲି ଛପରର ଘର, ଅଗଣା, କୂଅ-ଏଇ ସବୁକୁ ନେଇ ତା'ର ଘର, କୋଇଲା ଖଣିର ଉପକଣ୍ଠରେ, ମ୍ୟୁନିସିପାଲଟି ଏରିଆର ଆରମ୍ଭ ଯେଉଁଠି ସେଇ ଅଞ୍ଚଳରେ। ବଡ଼ ପୁଅ, ଯିଏ ଏବେ ବ୍ୟାଙ୍କ୍ ଅଫିସର ଅଛି ହାଇଦ୍ରାବାଦରେ, ପଚାରିଲା: ଏମିତି ନିଛାଟିଆ ଜାଗାରେ ଘରଟେ କାହିଁକି କଲ ବାପା?

ହରିଶଙ୍କର କେବେ ଏତେ ପ୍ଲାନ୍ ପ୍ରୋଗ୍ରାମ କରି ନଥିଲା ଘର ଫର ବାବଦକୁ। ହେମ ବାବୁ ମନ୍ତ୍ରୀହେଲାପରେ ଏଇ ଅନାବାଦୀ ସରକାରୀ ଜମିକୁ ତହସିଲଦାରକୁ କହି ହରିଶଙ୍କର ନାଁରେ କରେଇ ଦେଲେ, ତାଙ୍କ ମନ୍ତ୍ରୀତ୍ୱର ଉପହାର ଭାବରେ। ପାଞ୍ଚ ହଜାର ଟଙ୍କା ବି ଦେଇ କହିଥିଲେ- ଘର ବନେଇ ନେ ହରିଶଙ୍କର। ଜୀବନସାରାତ ତୁ ନିଜ ପାଇଁ କିଛି କଲୁନି।

ସେଦିନ କୃତ୍ୟ କୃତ୍ୟ ହେଇ ପଡ଼ିଥିଲା ହରିଶଙ୍କର। ବଡ଼ପୁଅ, ଯିଏ ହେମବାବୁଙ୍କୁ ସହିପାରେନି ଆଦୌ, ତା'କୁ କହିଥିଲା ହରିଶଙ୍କର ଦେଖିଲୁ ତ, ହେମବାବୁ ମୋତେ କେତେ ଭଲ ପାଆନ୍ତି ?

ବଡ଼ପୁଅ ଅବଜ୍ଞାରେ କହିଥିଲା: ଭଲପାଆନ୍ତି ? ସେ ମନ୍ତ୍ରୀ ହେଲା ପରେ ବାଙ୍ଗାଲୋର୍‌ରେ ଗୋଟେ ଷ୍ଟାର୍ ହୋଟେଲ କିଣିଲେ। ଗୋଟେ ଟୋୟୋଟା କାର୍ କିଣିଲେ। ଭୁବନେଶ୍ୱରରେ କୋଠାଘର କଲେ। ତାଙ୍କର ଦ୍ୱିତୀୟ ପକ୍ଷ ସ୍ତ୍ରୀ ବୋଲାଉଥିବା ରକ୍ଷିତା ପାଇଁ କେତେ ଗହଣା ଗଢ଼େଇଲେ, କେତେ ବ୍ୟାଙ୍କ ବାଲେନ୍‌ସ ରହିଲା, କେତେ କଳାଧନ କେଉଁ କେଉଁ ବିଦେଶୀ ବ୍ୟାଙ୍କ୍‌ରେ ଲୁଚେଇକି ରଖିଲେ ସେ କଥା ଛାଡ଼। ତମକୁ ଦେଲେ କ'ଣ ? ଗୋଟେ ଅନାବାଦୀ ସରକାରୀ ଜମି ଓ ପାଞ୍ଚ ହଜାର ଟଙ୍କା ?

ହରିଶଙ୍କର ସେତେବେଳ ପର୍ଯ୍ୟନ୍ତ ୟୁନିଅନରୁ ଏମିତି ତଡ଼ା ଖାଇନଥିଲା। ହେମବାବୁଙ୍କୁ ପ୍ରତି ମନଟା ଶ୍ରଦ୍ଧାରେ ଭରପୁର ଥିଲା। ହେମବାବୁ କିଛି ଖାଇଗଲେ, ନିଜର କିଛି ସମ୍ପତ୍ତି ବଢ଼େଇ ନେଲେ, ସେଥିରେ ଅସନ୍ତୁଷ୍ଟ ହେବାର କ'ଣ ଅଛି ସେ ବୁଝି ପାରୁନଥିଲା। ସେତେବେଳ ପର୍ଯ୍ୟନ୍ତ ମନେ ହେଉଥିଲା, ହେମବାବୁ ନିଜ ଲୋକ। ହେମବାବୁଙ୍କ ସମ୍ପତ୍ତି ଉପରେ କେମିତି କେଜାଣି ନିଜସ୍ୱ ଗୋଟେ ଅଧିକାରବୋଧ ଅଛି ବୋଲି ଭାବୁଥିଲା।

ହରିଶଙ୍କରର ଧ୍ୟାନ ଭାଙ୍ଗିଲା କାହାରି ନମସ୍କାର ଶବ୍ଦରେ। ମୁଣ୍ଡ ଉଠେଇକି ଅନେଇଲା- ଗିରିଧାରୀ ଠିଆ ହେଇଚି ସାମ୍ନାରେ, ବିନୀତ ଭଙ୍ଗୀରେ। ଗିରିଧାରୀ, ଷ୍ଟେସନ ବଜାରରେ ହୋଟେଲ ହେଇଚି। ଆଗେ, ଏଇ ଅଞ୍ଚଳକୁ ଆସିଲାବେଳେ ସେ ଭୀଷଣ ଗରିବ ଥିଲା। ଗୋଟେ ଠେଲା ଗାଡ଼ିରେ ପରିବା ନେଇ ବିକୁଥିଲା। ପରେ, ଗୋଟିଏ କେବିନ୍ ଭଡ଼ାନେଇ ପାନ ଦୋକାନ କଲା। ତା'ପରେ ହୋଟେଲଟିଏ; ଏବେ ବଜାର ଭିତରେ ଦି' ମହଲା କୋଠା କରିସାରିଲାଣି। ଭିଡ଼ିଓଟେ ଆଣି ସେ ଟିକେଟ କରି ଫିଲ୍ମ ସୋ କରୁଛି ଯେ, ତା'ର କୁଆଡ଼େ ଭଲ କିଛି ଟଙ୍କା ଇନ୍‌କମ୍ ହେଉଛି ଆଜିକାଲି ବୋଲି ଶୁଣାଯାଉଛି। ଗିରିଧାରୀ ପଚାରିଲା: ଶୁଣିଲି ଆପଣଙ୍କ ହରିଣଟା ମରିଗଲା ? ଆହା, ଭାରି ବଢ଼ିଆ ହରିଣଟା ଥିଲା।

ହରିଶଙ୍କର କିଛି କହିଲାନି। ଗିରିଧାରୀର କିଛି ମତଲବ ଅଛି ନିଶ୍ଚେ। ନ ହେଲେ ଗୋଟେ ହରିଣର ମୃତ୍ୟୁରେ ଶୋକ ପ୍ରକାଶ କରିବାକୁ ଏତେ ବାଟ ଆସିନଥାନ୍ତା ସେ। ତା'ଛଡ଼ା ଘରେ ପହଞ୍ଚି, ହରିଶଙ୍କରଙ୍କୁ ନ ଦେଖି, ଏଇ ରଗଡ଼ା ଆଡ଼େ ଆଗେଇ ଆସି ନଥାନ୍ତା।

ଗିରିଧାରୀ ଖୁବ୍ ବିନୟୀ ହେଇ ପଚାରିଲା : କେମିତି ମଲା ହରିଣ ଛୁଆଟା ?

କୁକୁର କାମୁଡ଼ି ମାରି ଦେଲେ ?

ଆହା ! ପାଟିରେ ଚୁ ଚୁ ଶବ୍ଦ କଲା ଗିରିଧାରୀ : ଏଇସବୁ ନିରୀହ ଜନ୍ତୁ ଖାଲି ମାୟା ବଢ଼ାନ୍ତି ଆଜ୍ଞା । ମୁଁ ଦେଖିଚି ହରିଣ କି ଶୁଆ ଏ ଦିଟା ପ୍ରାଣୀ ସବୁଦିନ ପୋଷା ମାନି ରୁହନ୍ତି ନାଇଁ । ତୋମର ଜେଜେ ବାପାଙ୍କ ହରିଣ ରଖିବାର ସଉକ୍ ଥିଲା । ହେଲେ ଗୋଟେ ବି ହରିଣ ବଞ୍ଚୁ ନଥିଲା । ଡିଆଁ ଡିଇଁ କରି କେଉଁଠି ବାଡ଼େଇ ହେଇ, କେଉଁଠି କଚାଡି ହେଇ, କେଉଁଠି କଣ୍ଟା ତାରବାଡ଼ରେ କାଟି କୁଟି ସବୁ ମରି ଯାଉଥିଲେ ।

ହରିଶଙ୍କର ନିଜର ଘରର ଅଗଣାକୁ ଫେରି ଆସିଲା । ମା' କାନ୍ଥକୁ ଆଉଜି ବସିଚି, ଆକାଶକୁ ଅନେଇ ହରିଶଙ୍କରକୁ ଦେଖି କହିଲା ହରିଣଟାକୁ ପୋତି ଦେଲୁ ? ପାଖ ସାହିର ପିଲାମାନେ ଆସିଥିଲେ, ହରିଣଟାକୁ କିଣିନେବେ ବୋଲି । ମଲା ହରିଣର ମାଂସ ଖାଆନ୍ତି କି ? ମୁଁ ତ ଜାଣିନି । ତା'ଛଡ଼ା କୁକୁର କାମୁଡ଼ିଥିଲା, ବିଷ ଫିଷ ଥିବ ଦିହରେ । ପିଲାମାନେ ଜିଦ୍ କରୁଥିଲେ ତା'ର ମାଉଁସ ବାଣ୍ଟିକି ନେବେ । ମୁଁ କହିଲି ପୋତିବାକୁ ନେଇଚୁ । ତୋ ନାଁ ଶୁଣି ଭରସିକି କେହି ଆଉ ଆଗେଇଲେନି ।

ହରିଶଙ୍କର ସେ କଥାର କିଛି ଉତ୍ତର ଦେଲାନି । ସାନପୁଅକୁ ଡାକି କହିଲା: ଟିକେ ଦେଖିଲୁ ଚା' ଫା' ହେବ କି ?

ଗିରିଧାରୀ ବିନୀତ ଭାବରେ କହିଲା: ଚା' ଫା' କ'ଣ ହେବ ଆଜ୍ଞା ? ମୁଁ ଏବେ ଚା' ଖାଇକି ଆସିଚି ଘରୁ ।

ହଉ । ଚା' ଟିକେରେ କ'ଣ ଅଛି ଯେ ? ହରିଶଙ୍କର ଟିଣ ଚେୟାରରେ ବସିକି ଦୂରକୁ ଅନେଇଲା । ରଗଡ଼ା ଉପରେ ତିନିଜଣ ଲୋକ ଓ ରୁନା କୁହୁଡ଼ି ସାଙ୍ଗରେ ମିଶିଯାଇ ଅସ୍ପଷ୍ଟ ଭାବରେ ଦେଖା ଯାଉଚନ୍ତି । କ'ଣ କରୁଚନ୍ତି ସେମାନେ ? ଗାତ ଖୋଳା ଏଯାଏ ସରିନି ? ହରିଣଟାକୁ ପୋତିଦେଲେ ସେମାନେ ?

ଗିରିଧାରୀ ଅଗଣାଟାକୁ ଦେଖୁ ଦେଖୁ କହିଲା: କୂଅଟା କେବେ ଖୋଳାଇଲେ ? ସିମେଣ୍ଟର ଚାନ୍ଦିନୀ କରିବେ କି ନନ୍ଦ ବସେଇବେ ? କିଛି ଗୋଟେ କରି ଦିଅନ୍ତୁ, ନ ହେଲେ ବର୍ଷାଦିନରେ ରଗଡ଼ାର ପାଣି ଆସି ପଶିବ କୂଅକୁ ।

ହରିଣଟାକୁ ନିଜ ହାତରେ କବର ଦେବା ଉଚିତ ଥିଲା କି ହରିଶଙ୍କରର ? ହରିଶଙ୍କରର ମନେ ହେଲା, ଯେମିତି ହରିଣ ନୁହଁ, ସାନପୁଅ କୁନାର ଶବକୁ ପୋତିବା ପାଇଁ ଚାରିଜଣ ରଗଡ଼ା ଉପରେ ମାଟି ଖୋଳୁଛନ୍ତି । ପର ମୁହୂର୍ତ୍ତରେ ସଚେତନ ହେଇଗଲା ହରିଶଙ୍କର । ଛି, ଛି, ଭାରି ଅମଙ୍ଗଳ କଥା ଏସବୁ ।

ଗିରିଧାରୀ କହିଲା: ସେଇ ଘର ବନେଇଲେ, ଅଥଚ ଗୋଟେ ଭଲ କୋଠାଘର ବନେଇଲେନି ? ଆପଣ ଏତେ ଦିନ ୟୁନିଅନ୍ ସେକ୍ରେଟାରୀ ରହି କିଛି କରି ପାରିଲେନି । ଏବେ ଦେଖନ୍ତୁ ଧ୍ରୁବ ବାବୁଙ୍କୁ । କେମିତି ଗୋଟେ ମୋଟର ସାଇକେଲ କରି ପକେଇଲେ ମାତ୍ର

ଛଅ ସାତ ମାସର ସେକ୍ରେଟାରୀସିପ୍ ଭିତରେ। ଆପଣ ୟୁନିୟନ୍ ଛାଡ଼ିକି ଆସିଲା ବେଳେ ବାଇଶି ହଜାର ଟଙ୍କା ଛାଡ଼ିକି ଆସିଥିଲେ। ଏବେ ଗୋଟେ ବି ପଇସା ନାହିଁ। ଅଠର ହଜାର ଟଙ୍କା ସେଣ୍ଟ୍ରାଲ କମିଟିକୁ ଦେବା କଥା ଚାନ୍ଦା ବାବଦକୁ। ସେତକ ବି ଦିଆହେଇନି-ଏଆଡ଼େ ଟଙ୍କା ଶେଷ।

ଗିରିଧାରୀ ଏତେକଥା ଜାଣିଲା କେମିତି ? ହରିଶଙ୍କର ଜାଣେ ଗିରିଧାରୀ ଖୁବ୍ ଚତୁର ଲୋକ। ପାଣି ୟୁଆଡ଼େ ଛତା ସିଆଡ଼େ କରିବା ଲୋକ। ହେମବାବୁ ଥରେ ନିର୍ବାଚନରେ ହାରି ଯାଇଥିଲେ, ତାଙ୍କର ପ୍ରଥମ ପକ୍ଷର ସ୍ତ୍ରୀ କୋର୍ଟରେ ମୋକଦ୍ଦମା କରିଥିଲେ ଦ୍ୱିତୀୟ ପକ୍ଷ ସ୍ତ୍ରୀକୁ ବାହା ହେବାର ଔଚିତ୍ୟ ନେଇ। ସେତେବେଳେ ଜିଲ୍ଲା ପରିଷଦର ସିଷ୍ଟମ ଥିଲା। ସେଇ ଜିଲ୍ଲା ପରିଷଦରେ ନିର୍ବାଚନରୁ ବି ହାରି ଯାଇଥିଲେ ହେମବାବୁ। ଚାରିଆଡ଼େ ସ୍କାଣ୍ଡାଲାଇଜେସନ୍ ହେଉଥିଲା ହେମବାବୁଙ୍କୁ ନେଇ। କୋଇଲାଖଣିର ମ୍ୟାନେଜ୍‌ମେଣ୍ଟ୍ ବି ଗୁରୁତ୍ୱ ଦେଉନଥିଲା ହେମବାବୁଙ୍କୁ। ଗିରିଧାରୀ ହୋଟେଲରେ ସେତେବେଳେ ୟୁନିୟନ ନାଁରେ ବାକିଖାତା ଚଲୁଥିଲା। ମାର୍କେଟରେ ୟୁନିଅନର ଲୋକବାକଙ୍କ ଆଡ୍‌ଡା ମାରିବା ବେଳେ ଦରକାର ଚା' ଜଳଖିଆ ସପ୍ଲାଇ କରୁଥିଲା। ହେମବାବୁ ବି ତାଙ୍କର ପାଖ ଗାଁରେ ଥିବା ଘରକୁ ଯାଉନଥିଲେ। ସେ ଘରଟା ଥିଲା ପ୍ରଥମ ପକ୍ଷର ସ୍ତ୍ରୀର ଅକ୍ତିଆରରେ। ଦ୍ୱିତୀୟ ପକ୍ଷର ସ୍ତ୍ରୀ ସାଙ୍ଗରେ ବି ସେତେବେଳେ ଭେଟଭାଟ ହେଉ ନଥିଲା। ଦ୍ୱିତୀୟ ପକ୍ଷର ସ୍ତ୍ରୀଟା ସେତେବେଳେ ବ୍ରହ୍ମପୁରରେ ଲେକ୍‌ଚର ଥାଏ ଓ ହେମବାବୁଙ୍କ ତରଫରୁ ଗୋଟେ ଝିଅ ହେଇସାରିଲା ପରେ ଦ୍ୱିତୀୟ ପକ୍ଷର ସ୍ତ୍ରୀ ଜାଣିପାରିଥିଲା ଯେ, ପ୍ରଥମ ପକ୍ଷର ଗୋଟେ ସ୍ତ୍ରୀ ଅଛି, ଯିଏ ସବୁତକ ସମ୍ପତ୍ତିର ଅଧିକାରିଣୀ ଓ ସେକଥା ଏତେ ଦିନଯାଏ ହେମବାବୁ ତା' ପାଖରେ ଲୁଚେଇ ଆସିଥିଲେ ବୋଲି। ହେମବାବୁଙ୍କ ସେଇଭଳି ଦୁର୍ଦ୍ଦିନରେ ଗିରିଧାରୀ ଦିନେ ହରିଶଙ୍କରକୁ ଡାକିକି କହିଥିଲା: ଆଉ ତ ପାରୁନି ହରିଶଙ୍କର ବାବୁ। ଯେତେହେଲେ ମୁଁ ବିଜିନେସ୍ କରୁଚି। ମାସ ମାସ ବାକି ପଡ଼ି ରହିଲେ ହୋଟେଲ ଚଳେଇବି କେମିତି ? ତା' ଛଡ଼ା ଆପଣଙ୍କ ୟୁନିଅନ୍ ବିଲ୍ କଥା କହୁନି। ହେମବାବୁଙ୍କ ଭଳି ଚରିତ୍ରହୀନ ଲୋକ ମୋ ହୋଟେଲରେ ଉଠାବସା କରୁଚନ୍ତି, ସେଥିରେ ମୋର ଓ ହୋଟେଲର କେତେ ବଦନାମ ହେଇଚି ଜାଣନ୍ତି ? ଭଦ୍ରଲୋକମାନେ ମୋର ହୋଟେଲକୁ ଆସିବା ଛାଡ଼ି ଦେଲେଣି। ନାଇଁ ହରିଶଙ୍କର ବାବୁ, ଆପଣ ଆଉ କେଉଁଠି ଆଡ୍‌ଡା ଜମାନ୍ତୁ, ମୋତେ ମୁକ୍ତି ଦିଅନ୍ତୁ।

ସେଇଦିନରୁ ଗିରିଧାରୀ ପ୍ରତି କେବେ ମନ ଭିତରେ ଶ୍ରଦ୍ଧା ରଖି ପାରିନି ହରିଶଙ୍କର। ସେଇ ଗିରିଧାରୀ ଏବେ ତା' ସାମ୍ନାରେ ବସି କହୁଚି; ମୁଁ ଭୁବନେଶ୍ୱର ଯାଇଥିଲି, ହେମବାବୁଙ୍କ ସାଙ୍ଗରେ ଦେଖାହେଲା।

ବିନା ଉଦ୍ଦେଶ୍ୟରେ ସେ ଗିରିଧାରୀ ଆସିନି, ହରିଶଙ୍କର ଆଗରୁ ଅନୁମାନ କରି ପାରିଥିଲା। ହେମବାବୁଙ୍କ ପ୍ରସଙ୍ଗ ଉଠାଇବା ଅର୍ଥ ହିଁ ତା'ର ଭୂମିକା କରିବା। କିନ୍ତୁ କ'ଣ ଉଦ୍ଦେଶ୍ୟ ଅଛି ଗିରିଧାରୀର ? କି ସ୍ୱାର୍ଥ ? ହରିଶଙ୍କର ଅନୁମାନ କରିବାକୁ ଚେଷ୍ଟା କଲା, କରି ପାରିଲାନି।

ଗିରିଧାରୀ କହିଲା, "ହେମବାବୁ କହିଲେ, ହରିଟା ଭୀଷଣ ସ୍ୱାର୍ଥପର। ୟୁନିଅନଟାକୁ ମଜ୍‌ବୁତ କରିବାକୁ ମୁଁ ଧ୍ରୁବକୁ ସେକ୍ରେଟାରୀ କଲିକି ନାହିଁ, ହରି ପୁରା କରଛଡ଼ା ଦେଇ ବିରୋଧୀ ହେଇଗଲା।

: ବିରୋଧୀ ହେଇଗଲା ? ମୁଁ ତ ହେମବାବୁଙ୍କ ବିରୋଧରେ କିଛି କରିନି ଗିରିଧାରୀବାବୁ।

: ଆଃ, ମୁଁ କ'ଣ ଜାଣେନି ସେ କଥା। ହେଲେ ହେମବାବୁ, ଯାହା କୁହନ୍ତୁ ଆଜ୍ଞା ନିଜ ସ୍ୱାର୍ଥଛଡ଼ା କିଛି ଜାଣନ୍ତି ନାଇଁ। କହୁଛନ୍ତି କ'ଣ ନା ହରିଶଙ୍କର ମୋ ସାଙ୍ଗରେ ଟକ୍‌କର ଦେଲେ ଭଲ ହେବନି। ମୁଁ ପଚାରିଲି, ଭଲ ହେବନିମାନେ ? ଆପଣ କଣ କରି ପାରିବେ ? ଆପଣ ଜାଣନ୍ତିନି ଆପଣ ଯେଉଁ ମନ୍ତ୍ରୀତ୍ୱର ଗମ୍ବୁଜରେ ଠିଆ ହେଇଛନ୍ତି, ହରିବାବୁ ତା'ର ମୂଳଦୁଆ ବୋଲି ? କାଲି ଯେତେବେଳେ ଆପଣ ଭୋଟ ପାଇଁ ଫେରିଯିବେ ନିଜ ନିର୍ବାଚନ ମଣ୍ଡଳକୁ, ହରିଶଙ୍କର ବାବୁଙ୍କ ମୋରାଲ ସାପୋର୍ଟ ନଥିଲେ ଜିତିପାରିବେ ଆପଣ ?

ହରିଶଙ୍କର ଜାଣେ, ଗିରିଧାରୀର ଏସବୁ କଥା ଭୀଷଣ ମିଛ। ସେ କେବେ ହେମବାବୁ ପାଖରେ ଏସବୁ କହିନଥିବ। ବରଂ ହେମବାବୁ ପାଖରେ ସେ କୃତକୃତ୍ୟ ହେଇ ତରଳି ଯାଉଥିବ ଓ ଦରକାର ସ୍ଥଳେ ହରିଶଙ୍କରର ଦୁର୍ଗୁଣ ବି ଗାଇଥିବ। ସେ କିଛି ହିଁ କହିଲାନି, ଅବଜ୍ଞାର ହସଟେ ଛଡ଼ା।

ହେମବାବୁ କହିଲେ, ହରିଶଙ୍କର ପାଇଁ ମୁଁ କ'ଣ ନ କରିଥିଲି ଆଉ ଶେଷରେ ସିଏ କ'ଣ ନ କଲା ? ସାମାନ୍ୟ ସେକ୍ରେଟାରୀସିପ୍ ନ ଦେବାରୁ ସେ ମୋଠୁ ଦୂରେଇ ଗଲା; ଏତେ ସ୍ୱାର୍ଥପର ସେ ?

ସାମାନ୍ୟ ସ୍ୱାର୍ଥ ? ମନେ ମନେ ଉତ୍ତେଜିତ ହେଇଗଲା ହରିଶଙ୍କର। ତା' ସାମ୍ନାରେ ଯେମିତି ଗିରିଧାରୀ ବସିନି, ବସିଚନ୍ତି ସ୍ୱୟଂ ହେମବାବୁ। ସାମାନ୍ୟ ସ୍ୱାର୍ଥ ଏଇ ସେକ୍ରେଟାରୀସିପ୍ କାଢି ନେବା ? କ'ଣ ଥିଲା ସେଇ ସେକ୍ରେଟାରୀସିପ୍ ପଛରେ ? ସେକ୍ରେଟାରୀସିପ୍‌କୁ ବିକି ଭାଙ୍ଗି ମୁଁ କେବେ ମ୍ୟୁନିସିପାଲିଟିର ଚେୟାରମେନ୍ ହୋଇନି, ଶାସକଦଳର ଜିଲ୍ଲା କି ପ୍ରଦେଶ ସ୍ତରର କୌଣସି ସମ୍ପାଦକ କି ଏକ୍‌ଜିକ୍ୟୁଟିଭ୍ ମେମ୍ବର ହେଇନି। ସେକ୍ରେଟାରୀସିପ୍‌ର ଜୋର୍‌ରେ ନିଜର ଲୋକଙ୍କୁ କୋଲିଆରୀ ଚାକିରିରେ ଭର୍ତ୍ତି କରିନି। ନିଜର ବ୍ୟାଙ୍କ ବ୍ୟାଲେନ୍‌ସ, କୋଠାଘର ବି କରିନି। ଅଥଚ ଏସବୁ ମୋ ପାଖରେ ସାମାନ୍ୟ କଥା ଥିଲା। ମୁଁ କରିପାରିଥାନ୍ତି। କରିବାର ରାସ୍ତା ଯେ ମୋତେ ଜଣା ନଥିଲା ତା' ନୁହଁ। ତଥାପି କହିନାହିଁ। କାହିଁକି ? କାରଣ ୟୁନିୟନ୍‌ଟା ମୋ ପାଖରେ ନିଛକ ୟୁନିୟନ୍ ନଥିଲା। ଉପରକୁ ଉଠିବାର ସିଡ଼ି ନଥିଲା। ଥିଲା ମୋର ସ୍ୱପ୍ନ। ମୋର ସାଧନା। ପଚିଶି ବର୍ଷକାଳ ସେଇ ୟୁନଅନ୍‌କୁ ମୁଁ ଗଢ଼ି ତୋଳିଥିଲି ନିଜର ଯୌବନ ଦେଇ, ରକ୍ତମାଂସ ଦେଇ। ଜାଣିଛନ୍ତି, ମୋର ସ୍ତ୍ରୀ ପାଗଳୀ ? କିନ୍ତୁ କାହିଁକି ସେ ପାଗଳୀ ହେଲେ ? ୟୁନିଅନ୍ ନିଶାରେ ମୁଁ ଏତେ ବ୍ୟସ୍ତ ରହିଲି ଯେ, ତାକୁ ତା'ର ପ୍ରାପ୍ୟ ଗାର୍ହସ୍ଥ୍ୟ ପ୍ରେମ ଓ ସାହଚର୍ଯ୍ୟ ଦେଇପାରିଲିନି। ମୋର ବଡ଼ପୁଅକୁ ଛାଡ଼ି ଅନ୍ୟମାନେ ବାଲୁଙ୍ଗା ହେଇଯାଇଚନ୍ତି।

କାହିଁକି ? ବଡ଼ପୁଅ ମାଉସୀ ପାଖରେ ରହି ପଢୁଥିଲା ବୋଲି ମଣିଷ ହୋଇପାରିଲା। ବାକିମାନଙ୍କ ପ୍ରତି ମୁଁ ଠିକ୍ ନଜର ଦେଇ ପାରିଲିନି। ବାପା ହିସାବରେ ସେମାନଙ୍କ ପ୍ରତି କୌଣସି ନଜର ଦେଇନି। ୟୁନିଅନ୍ ପାଇଁ ମୁଁ ମୋ ସ୍ତ୍ରୀ ପିଲା, ଛୁଆ, ପରିବାର, ଟଙ୍କା ପଇସା ସବୁ ଛାଡ଼ିଥିଲି। କାରଣ ବହୁତ ଦୁର୍ଦ୍ଦିନ ଭିତରେ ଆମେ ୟୁନିଅନ୍‌ଟେ ଗଢ଼ିଥିଲୁ। ବହୁତ ସଂଗ୍ରାମ କରିଚ ଆମେ ତା'ପାଇଁ। ନ୍ୟାସ୍‌ନାଲ୍‌ଇଜେସନ୍ ପୂର୍ବରୁ କୋଇଲା ଖଣିର ମାଲିକମାନେ ଆମକୁ ସମ୍ପୂର୍ଣ୍ଣ ଶତ୍ରୁ ଭୂମିକାରେ ଦେଖୁଥିଲେ। ନ୍ୟାସନାଲାଇଜେସନ ପରେ ଅବସ୍ଥା ବଦଳି ଗଲା। ୟୁନିୟନ ଲିଡରମାନେ କୋଇଲା ଖଣିର ମ୍ୟାନେଜମେଣ୍ଟ ପାଖରୁ ସମ୍ମାନ ପାଇଲେ। ଆମେ ପ୍ରାଇଭେଟ କମ୍ପାନୀ ଅମଳରେ ଯେଉଁ ସଂଗ୍ରାମୀ ଭୂମିକାରେ ଥିଲୁ ସେ ଭୂମିକା ବଦଳି ଗଲା। ଆମେ ବିଦ୍ରୋହୀଠୁ ରାଜା ହେଲୁ। ରାଜାହେବା ପରଠୁ ହିଁ ଆମେମାନେ ଆମର ସ୍ୱପ୍ନ, ଆମର ସାଧନା, ଆମର ସାର୍ଥକତାର ସ୍ତମ୍ଭ ୟୁନିଅନ୍‌କୁ ବିକିଭାଙ୍ଗି ଖାଇବାକୁ ଆରମ୍ଭ କଲୁ ଓ ସେଇ ସ୍ୱାର୍ଥର ଟଣାଓଟରା ଭିତରେ ମୁଁ ହାରିଗଲି। ମୋଠୁ ୟୁନିଅନ ଛଡ଼େଇ ନିଆଗଲା। ନା, ଅନ୍ୟ କୌଣସି ୟୁନିଅନ ଆସି କବ୍‌ଜା କଲାନି ଆମ ୟୁନିୟନକୁ। ନିଜ ୟୁନିୟନ ଭିତରେ ହିଁ ଅଶାନ୍ତ ହେଲା ଓ ହେମବାବୁ, ଆପଣ ଆସି ବିଚାରକର ଭୂମିକାରେ କହିଦେଇ ଗଲେ; ହରିଶଙ୍କରଠୁ ସେକ୍ରେଟାରୀସିପ୍ କାଢି ନେଇ ଧ୍ରୁବ ଖଟୁଆ ଭଳି ଲୋକ ହାତରେ ଦିଆଯାଉ, ଯାହାର ଆଜିସୁଦ୍ଧା ୟୁନିୟନ୍‌ରେ କୌଣସି ସିନସିଅରଟି ନଥିଲା। ଯାହାର ସୁବିଧାବାଦୀ ଭୂମିକା ଛଡ଼ା କୌଣସି କ୍ୟାରେକ୍ଟର ହିଁ ଆଖିରେ ପଡ଼େନା। ହେମବାବୁ, ଏଇ ରାୟ ଆପଣ ଆଗରୁ କାହିଁକି ଦେଲେନି- ପଚିଶ ବର୍ଷ ତଳୁ ? ସେତେବେଳେ ଏଇ ନିଷ୍ପତ୍ତି ଶୁଣେଇଥିଲେ ମୋର ସ୍ତ୍ରୀ ପାଗଳୀ ହୁଅନ୍ତା ନାଇଁ, ମୋର ପିଲାମାନେ ବାଲୁଙ୍ଗା ହୁଅନ୍ତେ ନାଇଁ। ଗୋଟେ ସାଧାରଣ ଗୃହସ୍ଥର ଭୂମିକାରେ ମୁଁ ନିଜକୁ ବେଶ୍ ସୁଖୀ ମଣିଷଟେ କରି ପାରିଥାନ୍ତି ହେମବାବୁ।

ପ୍ରକୃତିସ୍ଥ ହେଲା ହରିଶଙ୍କର। ତା' ସାମ୍ନାରେ ହେମବାବୁ ନାହାନ୍ତି, ଅଛି ଗିରିଧାରୀ। କହୁଚି; ଆପଣ ସିନା ସେତେବେଳେ ହେମବାବୁଙ୍କୁ ଚିହ୍ନି ନଥିଲେ, ମୁଁ କିନ୍ତୁ ତାଙ୍କୁ ଆଗରୁ ଚିହ୍ନିଚି। ସେ କାହାରି ନୁହନ୍ତି। ଯେଉଁ ଡାଳରେ ବସନ୍ତି, ତା'ର ଅଗ ବି ଖାଆନ୍ତି। ମୂଳ ବି। ଛାଡନ୍ତୁ ହରିଶଙ୍କର ବାବୁ, ଏବେ ଆପଣଙ୍କୁ ଦମ୍ଭ ଧରି ଠିଆ ହେବାକୁ ପଡ଼ିବ। ହେମବାବୁଙ୍କୁ ଦେଖେଇ ଦେବାକୁ ହେବ ଆପଣ କିଏ, କ'ଣ କାପାବିଲିଟି ଆପଣଙ୍କର ଅଛି। ମୁଁ ଭୁବନେଶ୍ୱରରେ ଶୁଣିଲି ହେମବାବୁ ଚାହାନ୍ତି ଆସନ୍ତା ମ୍ୟୁନିସିପାଲିଟି ନିର୍ବାଚନରେ ଦ୍ୱିବେଦୀଙ୍କୁ ଚେୟାରମ୍ୟାନ୍ କରିବାକୁ। କୁହନ୍ତୁ, ସେ ବିହାରୀ ଶଳାର କ'ଣ ଯୋଗ୍ୟତା ଅଛି ? ଖାଲି ଗୋଟେ ମଦ ଦୋକାନ ଛଡ଼ା ଆଉ କ'ଣ ଅଛି ତା'ପରେ ? ସାକ୍ରି ଫାଇସ ? ସିନ୍‌ସିଆରିଟି ? ଖାଲି ମନ୍ତ୍ରୀ ଚାହିଁଲେ ଯେ କୌଣସି ରାମା ଦାମା ଶ୍ୟାମାକୁ ଚେୟାରମ୍ୟାନ୍ କରେଇ ଦେବେ ? ମୁଁ ଭାବିଚି ନିଜେ ଚେୟାରମ୍ୟାନ ପାଇଁ ଠିଆ ହେବି। ଆପଣ ମୋତେ ସାହାଯ୍ୟ କରିବେନି ହରିଶଙ୍କର ବାବୁ ? ମୁଁ ଅବଶ୍ୟ ଆପଣଙ୍କଠୁ ଆଶୀର୍ବାଦ ପାଇଲେ ହିଁ ପ୍ରତିଯୋଗିତାରେ ଓହ୍ଲେଇବି।

ହରିଶଙ୍କର ଏଥର ବୁଝିପାରିଲା ଗିରିଧାରୀର ହଠାତ୍ ଆସିବାର, ବିନୟୀ ହେଇ କୃତ କୃତ୍ୟ ହେଲା ଭଳି କଥା କହିବାର ପ୍ରକୃତ କାରଣ। କହିଲା : ନା ଗିରିଧାରୀ ବାବୁ, ମୁଁ ଆଉ ରାଜନୀତିରେ ନାଇଁ- ମୋତେ ସେସବୁ ଭିତରକୁ ଟାଣନ୍ତୁ ନାଇଁ।

କି କଥା କହୁଛନ୍ତି ଆପଣ? ଆପଣ ରାଜନୀତି ଛାଡ଼ିଦେବେ? ହେମବାବୁଙ୍କୁ ଡରି ରାଜନୀତି ଛାଡ଼ିଦେବେ? ଆପଣ ଜାଣି ନାହାନ୍ତି- ଆପଣଙ୍କ ଭିତରେ କେତେ ଶକ୍ତି ଅଛି। ଆପଣଙ୍କ ପଛରେ କେତେ ଜନଶକ୍ତି ଅଛି। ଆପଣ ଥରେ ଦମ୍ଭଧରି ଆଗେଇ ଆସନ୍ତୁ, ଦେଖିବେ ହେମବାବୁଙ୍କ ଦେହରୁ ନେତୃତ୍ୱର ରାଜପୋଷାକ ଖସି ପଡ଼ିବ।

ମୁଁ ଖୁବ୍ ସାଧାରଣ ମଣିଷ ଗିରିଧାରୀ ବାବୁ। ମୋର କୌଣସି କ୍ୟାପାବିଲିଟି ନାହିଁ, ମୁଁ ଜାଣେ। ମୁଁ ରାଜନୀତି ପାଇଁ ପୁରା ଅନଫିଟ୍। ଯଦି ରାଜନୀତି ପାଇଁ ମୁଁ ପୂର୍ବରୁ ପ୍ରସ୍ତୁତ ହେଇ ଆସିଥାନ୍ତି- ତେବେ କେବେଠୁ ହେମବାବୁଙ୍କୁ ଛାଡ଼ି ନିଜେ ଉଠି ସାରନ୍ତିଣି। କାରଣ ମୋ ସାମ୍ନାରେ ହେମବାବୁ ଅନେକଥର ଉପରକୁ ବି ଉଠିଚନ୍ତି ଆଉ ତଳକୁ ବି ଖସି ଯାଇଚନ୍ତି। ଏତେ ତଳକୁ ଯେ, ମୁଁ ତାଙ୍କୁ ହାତ ଧରି ଉପରକୁ ଉଠେଇଚି। ରାଜନୀତି କରିବାର ଥିଲେ ମୁଁ ନିଜେ ତାଙ୍କୁ ମାଡ଼ିକି ଉଠି ଯାଇଥାନ୍ତି। ଅସଲରେମୁଁ ଗୋଟିଏ ସ୍ୱପ୍ନ ଦେଖୁଥିଲି, ପଚିଶି ବର୍ଷର ସ୍ୱପ୍ନ ଧରି। ପଚିଶି ବର୍ଷର ସ୍ୱପ୍ନ ଭାଙ୍ଗିଗଲା ପରେ ଦେଖୁଚି ମୁଁ ଜଣେ ସାଧାରଣ ମଣିଷ। କୋଇଲା ଖଣିର ଜେନେରାଲ୍ ମ୍ୟାନେଜର ଅଫିସର ଷ୍ଟକ୍ ଭେରିଫାୟାରରୁ ଛଡ଼ା କିଛି ନୁହେଁ।

କୁନା ଆଣି ଦି'ଟା କପ୍‌ରେ ଚା' ଦେଲା। ଖୁବ୍ ବି-ସ୍ୱାଦ ଚା'। ଚିନି କମ୍। ହରିଶଙ୍କରର ମନେ ପଡ଼ିଲା, ଘରେ ଚିନି ନଥିବା କଥା ମା' ପୂର୍ବରୁ ଦି'ତିନିଥର କହି ସାରିଚି। କେଉଁଠୁ ଚିନି ଯୋଗାଡ଼ କଲା? ପଡିଶା ଘରୁ କି?

ଗିରିଧାରୀ କହିଲା: ଆପଣ ଭାବିଦେଖନ୍ତୁ ହରିଶଙ୍କର ବାବୁ, ଏତେ ଶୀଘ୍ର ଭାଙ୍ଗି ପଡ଼ିବାର କିଛି ମାନେ ହୁଏନି। ପଲିଟିକ୍‌ସଟା ହେଲା ଏମିତି ହିଁ କୁସ୍ତି ଖେଳ କଥା। ପେଞ୍ଚ ଟିକିଏ ଏପଟ ସେପଟ କଲେ ତଳରେ ଚିତାପଟ ହେଇ ପଡିଯିବାକୁ ପଡ଼ିବ।

ହରିଶଙ୍କର ଦୂରକୁ ଅନେଇଲା। ରଗଡ଼ା ଉପରେ ଚାରିଜଣ କ'ଣ କରୁଚନ୍ତି ଏତେବେଳ ଯାଏଁ? କେତେ ମାଟି ଖୋଳୁଚନ୍ତି? କବର ଦେଲେଣି ନା ନାହିଁ? ହରିଣଟାକୁ କବର ଦେଲାବେଳେ କଣ ହରିଶଙ୍କରର ଅନୁପସ୍ଥିତିରେ ହରିଣର ଆତ୍ମାଟା ଅଭିମାନ କରିବ, ଯେମିତି ଥରେ ଚାପୁଡ଼ାଟେ ଖାଇ ଅଭିମାନ କରିଥିଲା? ହରିଶଙ୍କର ଦେଖିଲା, କୁହୁଡ଼ି ଭିତରେ ଚାରିଟା କଳାଛାଇ। କ'ଣ କରୁଛନ୍ତି ସେମାନେ ଏତେବେଳ ଯାଏ? ସମୟ କେତେ ହେବ ଯେ?

ତୃତୀୟ ପରିଚ୍ଛେଦ

ଅଣ୍ଡରଗ୍ରାଉଣ୍ଡରୁ ବାହାରି ଆସି, ହସ୍‌ପିଟାଲକୁ ଯାଇଥିଲା ପ୍ରଦ୍ୟୁମ୍ନ ସିକ୍‌ଲିଭ ଆଣିବା ପାଇଁ।

ଡାକ୍ତର ପଚାରିଲେ : କ'ଣ ହେଉଚି ?

: ପେଟ ବ୍ୟଥା।

: ପେଟ ଚାପିକି ଦେଖି ଡାକ୍ତରବାବୁ କହିଥିଲେ; ଝାଡ଼ା କେମିତି ହେଉଚି ?

: ଭଲ।

: ତମ ନାଁ।

ପ୍ରଦ୍ୟୁମ୍ନ କ'ଣ କହିବ ? ସେ ଜାଣେ ଏଇଠି ନିଜର ନାଁ କହି ପାରିବନି ତାର ସବୁ ପରିଚୟ ସମାରୁ ଖଡ଼ିଆ ଭିତରେ ସୀମାବଦ୍ଧ। ଅଥଚ ପ୍ରଦ୍ୟୁମ୍ନ ମିଶ୍ରର ଅସ୍ତିତ୍ୱର କୌଣସି ମୂଲ୍ୟ ନାହିଁ ? ତା'ର କଲେଜ ପଢ଼ା ଅଭିଜ୍ଞତା, ଏଇ ଏକୋଇଶ ବାଇଶି ବର୍ଷର ପ୍ରଦ୍ୟୁମ୍ନ ମିଶ୍ର ଭାବରେ ଜୀବନଯାପନ- ସବୁ ମିଛକଥା ହେଇଗଲା ? ପ୍ରଦ୍ୟୁମ୍ନର ମନଟା ଭୀଷଣ ଦୁଃଖୀ ଦୁଃଖୀ ହେଇଗଲା।

ସିକ୍‌ଲିଭ ନେଇ ଆସିଲା ପ୍ରଦ୍ୟୁମ୍ନ, ପେଟ ବ୍ୟଥା କରୁଚି ବୋଲି ତା'ର ସିକ୍‌ଲିଭ୍ ଡିଉ ହେଇନି। ଏଇ ପିରିଅଡଟା ବିନା ଦରମାର ଛୁଟି ଭାବରେ ଗଣାହେବ। ହସ୍ପିଟାଲ କମ୍ପାଉଣ୍ଡରୁ ବାହାରକୁ ଆସି ପେଟ ବ୍ୟଥାର ଔଷଧତକ ଫିଙ୍ଗିଦେଲା ପ୍ରଦ୍ୟୁମ୍ନ। ସମାରୁ ଖଡ଼ିଆର ପେଟ ବ୍ୟଥା କରୁଚି, ପ୍ରଦ୍ୟୁମ୍ନ ମିଶ୍ରର ନୁହେଁ। ଅନ୍ତତଃ ହସ୍ପିଟାଲର ଖାତା ପତ୍ରରେ ସେଇୟା ହିଁ ଲେଖା

ହେଇଚି। ପ୍ରଦ୍ୟୁମ୍ନର ମନେହେଲା, ସେ ଅଗଣି କକେଇ, ଯିଏକି ପ୍ରଦ୍ୟୁମ୍ନର ଖୁଡ଼ୀଙ୍କୁ କରୁଥିବା ସାହାଯ୍ୟରେ ପ୍ରଭାବିତ ହେଇଥିଲେ ଓ ଖୁଡ଼ୀଙ୍କର କିଛିଟା ସୁପାରିଶ ହେତୁ ଆଉ ପ୍ରଦ୍ୟୁମ୍ନକୁ ଆଡ଼େଇ ଦେଇ ପାରିଲେନି, ଶେଷରେ ବାଧ୍ୟ ହେଇ ବଜାରରୁ ଗୋଟେ ଏମ୍ପ୍ଲୟମେଣ୍ଟ ଏକ୍ସଚେଞ୍ଜ କାର୍ଡ କିଣିଲେ। ସେଇଦିନ ପ୍ରଦ୍ୟୁମ୍ନକୁ କହିଥିଲେ; ଦେଖ ବାବୁ, ଥ୍ରୋ ପ୍ରପର ଚ୍ୟାନେଲ୍ ଯଦି ତମେ ଚେଷ୍ଟା କରିବ ଚାକିରି ପାଇଁ ତେବେ ଅନ୍ତତଃ ଚାରି ପାଞ୍ଚ ବର୍ଷ ଲାଗିବ ଇଣ୍ଟରଭ୍ୟୁ କଲ୍ ଆସିବା ପାଇଁ। ତା'ପରେ ବି ତମେ ସିଲେକ୍ଟ ହେଇଚ କି ନାଇଁ, ଚାକିରି ପାଉଚ କି ନାଇଁ ତା'ର କିଛି ଗ୍ୟାରେଣ୍ଟି ନାଇଁ। ପ୍ରଥମେ ତମକୁ ଏମ୍ପ୍ଲୟମେଣ୍ଟ୍ ଏକ୍ସଚେଞ୍ଜ ସାମ୍ନାରେ ଲୁଙ୍ଗି ପିନ୍ଧି ନାଁ ରେଜିଷ୍ଟ୍ରେସନ୍ କରିବାକୁ ପଡ଼ିବ। ସେଥିରେ ବି କଟକଣା ଅଛି, ତମେ ଏଇ ଲୋକାଲ୍ ଲୋକ ହେଇଥିବ, ପାଠ ପଢ଼ି ନଥିବ, ତମର ଏନ୍.ଏ.ସି.ଓ୍ୱାର୍ଡ ଗୋଟେ ଧାରକରା ଜୀବନ ଜୀଉଁଚି। ଟଙ୍କାଟା ଗୋଟେ ବଡ଼ ଫ୍ୟାକ୍ଟର ମଣିଷ ପାଖରେ। ଟଙ୍କା ପାଇଁ ପ୍ରଦ୍ୟୁମ୍ନ ତା'ର ନିଜର ଅସ୍ତିତ୍ୱ ଭୁଲିଯାଇ ଗୋଟେ ଆଦିବାସୀ ଯୁବକ ଭୂମିକାରେ ଅବତୀର୍ଣ୍ଣ ହେଇଚି ଏଇ କୋଲିଆରୀରେ।

ପ୍ରଥମେ ଯେତେବେଳେ ଅଗଣି କକେଇ ପ୍ରସ୍ତାବଟା ଆଣିଥିଲେ, ରାଜି ହେଇନଥିଲା ପ୍ରଦ୍ୟୁମ୍ନ। ଯେତେହେଲେ ବ୍ରାହ୍ମଣ ଘର ପିଲା। ବି.ଏ ପର୍ଯ୍ୟନ୍ତ ପଢ଼ିଚି- ସେ ନିଜକୁ ସମାରୁ ଖଡ଼ିଆ ନାଁରେ ଅଶିକ୍ଷିତ ଆଦିବାସୀ ଯୁବକ ଭାବରେ ଲୋକର କାମ କରିବ, ଅଥଚ ତା'ର ଆତ୍ମ ସମ୍ମାନରେ ବାଧିବନି ?

ମେମ୍ବର କିମ୍ବା ପଞ୍ଚାୟତର ଚେୟାରମ୍ୟାନ୍‌ଠୁ କିଛି ହାତଗୁଞ୍ଜା ଦେଇ ସାର୍ଟିଫିକେଟ୍ ନେଇଥିବ। ତା'ପରେ ଇଣ୍ଟରଭ୍ୟୁରେ କଲ ବାହାର କରିବା ପାଇଁ ଏକସଚେଞ୍ଜ ବାଲାଙ୍କୁ ଧରାଧରି କରିବ, କିଛି ଟଙ୍କା ଖର୍ଚ୍ଚ କଲେ ସେମାନଙ୍କ ଦୟା ହେବ ଓ ସେମାନେ କଲ୍ ପଠାଇବେ। କଲ ଆସିଲେ ଇଣ୍ଟରଭ୍ୟୁ ବେଳେ କୋଇଲା ଖଣିର ବଡ଼ ବଡ଼ ଅଫିସରଙ୍କୁ କୁହାବୋଲା କରି, ହାତଗୁଞ୍ଜା ଦେଇ, ପାଶ୍ କରେଇ ଦେବାକୁ ପଡ଼ିବ। ତା'ପରେ ତମେ ତହସିଲଦାରଙ୍କ ଅଫିସରେ ଦେଢ଼ଟଙ୍କାର କୋର୍ଟଫିସ୍ ଦେଇ ଆପ୍ଲାଇ କରିବ ରେସିଡ଼େନ୍ସିଆଲ୍ ସାର୍ଟିଫିକେଟ ପାଇଁ। ସେ ଲେଖିଦେବେ ଆର୍.ଆଇଙ୍କ ପାଖକୁ। ଆର୍.ଆଇଙ୍କୁ କିଛି ଟଙ୍କା ଦେବାକୁ ପଡ଼ିବ। ସେ ଲେଖିଦେବେ ତମର ଅମୁକ ତହସିଲର ଅମୁକ ମୌଜାର ଅମୁକ ସ୍ଥାନରେ ଏତେ ଏକର, ଏତେ ଡେସିମିଲ୍ ଜମି ଅଛି- ଯେଉଁଟା କୋଇଲା ଖଣିର ପାଞ୍ଚ କିଲୋମିଟର ପରିଧି ଭିତରେ ଥିବ। ତା'ପରେ ତହସିଲଦାରଙ୍କ କୋଟରେ ନାଜରଠୁ ପିଅନ ପର୍ଯ୍ୟନ୍ତ ସମସ୍ତଙ୍କ ସାମାନ୍ୟ ଚା' ଜଳଖିଆ ଖର୍ଚ୍ଚ ଦେଇ ଆସିଲା ପରେ ତମକୁ ମେଡିକାଲକୁ ପଠାହେବ। ସେଠି ତମର ମେଡିକାଲ ଫିଟ୍‌ନେସ ପାଇଁ କିଛି ଟଙ୍କା ଡାକ୍ତରମାନଙ୍କୁ ଟେବୁଲ ତଳେ ଦେବାକୁ ପଡ଼ିବ। ସବୁଠି ଟଙ୍କାର ଖେଳ ବାବୁ। ତା'ଠୁ ଏଇଟା ସୁବିଧା ଯେ, ବାହାରେ ମିଳୁଥିବା ଇଣ୍ଟରଭ୍ୟୁ କଲ୍ କାର୍ଡ କଣ ଦି'ହଜାର ଟଙ୍କାରେ। ବାସ୍ ଯେଉଁଦଲଠୁ କିଣିବ ଗୋଟେ ରିକ୍ସ

ନେବେ ତମର ଇଣ୍ଟରଭ୍ୟୁଠୁ, ରେସିଡେନ୍‌ସିଆଲ୍ ସାର୍ଟିଫିକେଟ୍‌ଠୁ, ମେଡିକାଲ ଫିଟ୍‌ନେସ୍‌ଠୁ ସବୁ କିଛିରେ ପାରିକରି ଦେବେ। ତମକୁ ଆଉ କୌଣସିଠି ହାତଗୁଞ୍ଜା ଦେବା ପାଇଁ ପଡ଼ିବନି।

ପ୍ରଦ୍ୟୁମ୍ନ ପାଖରେ ଏଇଟା ଥିଲା ଅଲଗା ଜଗତ। ଏ ଜଗତର ରୀତିନୀତି, ଯାର ଚଳଣି, ମୂଲ୍ୟବୋଧ ଏସବୁ ସହ ତା'ର ପୂର୍ବରୁ ପରିଚୟ ହିଁ ନାଇଁ। କେଉଁଟା ଠିକ୍, କେଉଁଟା ଭୁଲ୍- ପ୍ରଦ୍ୟୁମ୍ନ ବୁଝି ପାରୁ ନଥିଲା ସତକଥା; କିନ୍ତୁ ସମାରୁ ଖଡ଼ିଆ ନାଁରେ ଥିବା ଇଣ୍ଟରଭ୍ୟୁ କଲ୍ କାର୍ଡ ପାଞ୍ଚହଜାର ଟଙ୍କାରେ କିଣି ଚାକିରି ପାଇବାରେ ମନ ରାଜି ହେଉନଥିଲା। ଯେତେହେଲେ ସେ ପ୍ରଦ୍ୟୁମ୍ନ ମିଶ୍ର, ତା' ନନା ସର୍ବେଶ୍ୱର ମିଶ୍ର, ରିଟାୟାର୍ଡ ହେଡମାଷ୍ଟର। ସେ କଲେଜରେ ପାଠ ପଢ଼ିଚି।

ଅଗଣି କକେଇ ତାକୁ ବୁଝେଉ ବୁଝେଉ ବିରକ୍ତ ହୋଇଯାଇଥିଲେ। ତୋର ଆପତ୍ତିର କ'ଣ ଅଛି କହୁନୁ? ସମାରୁ ଖଡ଼ିଆ ନାଁରେ କୌଣସି ଲୋକ ନାଇଁ ଯିଏ ଆସିକ୍ଲେମ୍ କରିବ। ତା'ଛଡ଼ା ଆଜିକାଲି ପାଠର ଗୁରୁତ୍ୱ କ'ଣ ଅଛି? ଅନେକ ଏମ୍.ଏ ବାଲା ଲୋଡର ହେଉଛନ୍ତି। ଅଭିନୟ କରିବାକୁ ଆସିଚୁ। ଏଇ କୋଲିୟାରୀଟା ଗୋଟେ ଷ୍ଟେଜ୍। ଏଠି ସମାରୁ ଖଡ଼ିଆ ଭୂମିକାରେ ଅଭିନୟ କଲେ ମାସକୁ ଦୁଇ ତିନି ହଜାର ଟଙ୍କା ମିଳିବ। ଅନେକ ତ ପେଟପାଟଣା ପାଇଁ ଅଭିନୟକୁ ପେଶା ବୋଲି ଧରି ନିଅନ୍ତି। ଦେଖ ବାବୁ, ଯାଠୁ ଶସ୍ତା ଉପାୟ କିଛି ନାଇଁ କୋଲିୟାରୀରେ ଚାକିରି ପାଇବାର। ଯଦି ମନ ହେଉଚି କର। ନ ହେଲେ ଚାଲିଯାଅ।

ଗାଁକୁ ଫେରି ଆସିବା କଥା ଭାବିଲା ମାତ୍ରେ ହିଁ ପ୍ରଦ୍ୟୁମ୍ନର ମନଟା ବିଷାଦରେ ଥରି ଉଠିଲା। ସେଇ ଗାଁର ବେକାର ଜୀବନ ଯାପନ, ସାଇକେଲ ନେଇ ତିନି କିଲୋମିଟର ଦୂର ମଫସଲ ସହରର ବଜାରକୁ ଯାଅ। ବନ୍ଧୁମାନଙ୍କ ପାଖରେ ନିଜର ଇନ୍‌ଫିରିୟରିଟି କଂପ୍ଲେକ୍ସକୁ ଲୁଚେଇ ବୁଲ। ଭଉଣୀମାନଙ୍କର ଅଳସୁଆ, ସ୍ୱାର୍ଥପର ଅଭିଯୋଗ, ନନାଙ୍କ ଗାଳି-ମନ୍ଦ, ବୋଉଙ୍କ ଦୀର୍ଘଶ୍ୱାସ, ନୂଆଉଙ୍କ ଚାଆପିଆ ନେଇ ଇଙ୍ଗିତପୂର୍ଣ୍ଣ ହସ ପ୍ରଦ୍ୟୁମ୍ନର ସେଇ ପୁରୁଣା ଜୀବନକୁ ଫେରିଯିବାକୁ ମନ ହେଲାନି। ଅଥଚ ସେଇ ପୁରୁଣା ଜୀବନର ପ୍ରଦ୍ୟୁମ୍ନ ମିଶ୍ର ଉପରେ, ତା'ର ଅସ୍ତିତ୍ୱ ଉପରେ, କେତେ ମୋହ ଦେଖ। ସେଇ ପୁରୁଣା ଜୀବନର ପ୍ରଦ୍ୟୁମ୍ନ ବଦଳରେ ନୂଆ ଜୀବନର ସମାରୁ ଖଡ଼ିଆ ହେବାକୁ ତଥାପି ମନ ଚାହୁଁନଥିଲା ତ? ତଥାପି ବାଧ୍ୟ ହୋଇ ସମାରୁ ଖଡ଼ିଆର ଜୀବନ ଜୀଇଁବାକୁ ରାଜି ହୋଇଗଲା ପ୍ରଦ୍ୟୁମ୍ନ। ଟଙ୍କାଟା ଜୀବନର ବଡ଼ ଫ୍ୟାକ୍ଟର ହେ।

ପ୍ରଦ୍ୟୁମ୍ନ ଠିଆ ହୋଇ ପଡ଼ିଲା। କୁଆଡ଼େ ଯିବ ସେ? ଏଇନା ଅଗଣି କକେଇଙ୍କ ଘରକୁ ଫେରିଗଲେ ଗାଧୁଆ ପାଧୁଆ କରି ହୁଅନ୍ତା। ଅଥଚ ଫେରିଯିବାକୁ ମନ ହେଲାନି। ଖୁଡ଼ୀ ଦେଖିଲେ ଗୋଟେ ପରେ ଗୋଟେ କାମ ବତେଇ ଦେବେ। ତଥାପି ଅଗଣି କକେଇଙ୍କ ଏ ଘରକୁ ଫେରିବା ଛଡ଼ା ଉପାୟ ନାହିଁ। ଡ୍ୟୁଟିର ଏଇ ମଇଳା ହାଫ୍ ପ୍ୟାଣ୍ଟ ସାର୍ଟ ନ ଖୋଲିଲା ପର୍ଯ୍ୟନ୍ତ କୁଆଡ଼େ ଯାଇ ହେବନି। ଅଗଣି କକେଇ ଘର କହିଲେ ହିଁ ବନ୍ଦୀଶାଳା କଥା ମନେହୁଏ। ଗୋଟେ

ଅସଂସ୍କୃତ, ଅସଭ୍ୟ ଘରଟେ। ଏଇ କୋଲିୟାରୀରେ ଅଧିକାଂଶ ଘର ହିଁ ଏମିତି ଅସଭ୍ୟ ଜୀବନ ଯାପନ କରନ୍ତି। ସାମାଜିକ ଦାୟିତ୍ୱବୋଧ ଟିକେ ହୁଗୁଳା ସେମାନଙ୍କର।

ଏଇଠିକୁ ଆସି, ଉଡ଼ା-ଖବର ଶୁଣିଚି ପ୍ରଦ୍ୟୁମ୍ନ, ଅଗଣି କକେଇଙ୍କ ଦି'ଟା ଝିଅ ହେଲା ପରେ ସେ ନିଜର ଫ୍ୟାମିଲି ପ୍ଲାନିଂଗ ଅପରେସନ୍ କରେଇ ନେଇଥିଲେ ଇମର୍ଜେନ୍‌ସି ସମୟରେ ବାଧ୍ୟ ହୋଇ। ଏବେ ପାଞ୍ଚ ଛଅ ବର୍ଷ ତଳେ ତାଙ୍କର ପୁଅଟେ ହେଉଚି। ଅଗଣି କକେଇଙ୍କ ସାନ ଝିଅଟା ଉଦଣ୍ଡ ଓ ଭାରି ସେକ୍‌ସି। ସବୁବେଳେ ପୁଅମାନଙ୍କ ସାଙ୍ଗରେ ଉଠାବସା ହେଉଥାଏ। ବେଳେବେଳେ ରାତି ରାତି ଘରୁ ପଳେଇ ଯାଇ କୁଆଡ଼େ କୋଉ ପୁଅ ସାଙ୍ଗରେ ଲୁଚି ରୁହେ ବୋଲି ପ୍ରଦ୍ୟୁମ୍ନ ଶୁଣିଚି। ବଡ଼ ଝିଅଟା ଟିକିଏ ଲାଜକୁଳୀ ଟାଇପ୍‌ର, କିନ୍ତୁ ଭାରି ସ୍ୱାର୍ଥପର। ନିଜର ସ୍ୱାର୍ଥଛଡ଼ା କିଛି ବୁଝେନି। ତା'ର ବି ଗୋଟେ ଖ୍ରୀଷ୍ଟିଆନ ଧର୍ମଭାଇଟେ ଅଛି ଓ ସେ ଭାଇଗତ ପ୍ରାଣ। ଧର୍ମଭାଇ ପ୍ରତି ତା'ର ଏତେ ଅବସେସନ ଯେ ଦେଖିଲେ ଉଦାରମନା ଲୋକଟି ବି ସଙ୍କୁଚିତ ହୋଇପଡ଼ିବ।

ଅଗଣି କକେଇଙ୍କ ସବୁ ଭଲ ଗୁଣ ଭିତରେ ଦି'ଟା ଦୁର୍ଗୁଣ ଅଛି। ପ୍ରଥମତଃ ସେ ରାତିରେ ପିଇକି ଆସନ୍ତି ଓ ଦ୍ୱିତୀୟଟି ହେଲା ଏଇ ଖଣି ଅଞ୍ଚଳ ତଳ ବସ୍ତିରେ ତାଙ୍କର ଗୋଟେ ଛତିଶଗଡ଼ୀ, ରକ୍ଷିତାଟେ ଅଛି। ବେଳେବେଳେ ଖୁଡ଼ୀ ରାଗିଗଲେ ପାଟି କରି କହନ୍ତି; ଯାଇନ୍ତୁ, ଯା'ଯା' ତୋର ସେଇ ଛତିଗଡ଼ୀ ମାଇପୀ ପାଖରେ ରହିବୁ।

ଦି'ଟା ବଡ଼ ବଡ଼ ଝିଅ ସାମ୍ନାରେ ଅଗଣି କକେଇ ଓ ଖୁଡ଼ୀଙ୍କ ଏମିତି ଝଗଡ଼ା ଭାରି ଅଶ୍ଳୀଳ ମନେ ହୁଏ ପ୍ରଦ୍ୟୁମ୍ନକୁ। କିନ୍ତୁ ଭାବିକି ଆଶ୍ଚର୍ଯ୍ୟ ହୁଏ। ଯେତେ ମଦ ପିଇ ମାତାଲ ହୋଇଥିଲେ ବି, ଯେତେ ରାଗିଥିଲେ ବି ଅଗଣି କକେଇ ଖୁଡ଼ୀଙ୍କୁ କେବେ ପଚାରି ନାହାନ୍ତି ସାନ ପୁଅଟି ଜନ୍ମିବାର ରହସ୍ୟ କଥା। କେବେ ଖୁଣ୍ଟା ବି ଦେଇ ନାହାନ୍ତି। ପୁଅ ସୋନୁକୁ ସ୍ନେହ ଦେବାରେ ଊଣା ବି କରି ନାହାନ୍ତି।

ଏମିତି ଗୋଟେ ପରିବାର ଭିତରେ ବାନ୍ଧି ହୋଇଯିବ, କେବେ କଳ୍ପନା ବି କରି ପାରି ନଥିଲା ପ୍ରଦ୍ୟୁମ୍ନ। ଗାଁକୁ ଆଗେ ଅଗଣି କକେଇ ଯାଉଥିଲେ କେବେ କେମିତି। କୋଇଲା ଖଣିରେ ଚାକିରି। ବେଶ୍ ପଇସା ରୋଜଗାର କରନ୍ତି। ମୁଠା ମୁଠା ଟଙ୍କା ଗାଁରେ ଖର୍ଚ୍ଚ କରିକି ଫେରି ଆସନ୍ତି। ଗାଁର ସମସ୍ତେ ତାଙ୍କୁ ବିସ୍ମୟ ଆଖିରେ, ପ୍ରଶଂସାରେ ଅନେଇ ରହନ୍ତି। ଏଇ ଅଞ୍ଚଳକୁ ଆସିବା ପୂର୍ବର କୋଇଲାଖଣି ଓ ଅଗଣି କକେଇଙ୍କ ବିଷୟରେ କଳ୍ପନାରେ ତା'ର ଅଦ୍ଭୁତ ରୋମାଣ୍ଟିକ ଧାରାଣା ସବୁହିଁ ଥିଲା ! ଏଇଠିକୁ ଆସି ସବୁ ଭାଙ୍ଗିଗଲା।

ପ୍ରଦ୍ୟୁମ୍ନ ଲକ୍ଷ୍ୟ କରିଛି, ଖାଲି ଅଗଣି କକେଇ ନୁହନ୍ତି, ଏଇଠି ଊଣା ଅଧିକେ ସମସ୍ତେ ସେମିତି। କେହି କାହାରି ସ୍ତ୍ରୀକୁ ଉଡ଼େଇ ନେବା, ଜଣେ ଜଣେ ଦି'ତିନିଟା ସ୍ତ୍ରୀ ରଖିବା, ବଡ଼ ବଡ଼ ପୁଅ ଝିଅ ଛାଡ଼ି- ଚାଳିଶ ପଇଁଚାଳିଶି ବର୍ଷର ସ୍ତ୍ରୀଟେ ଅଠର ଉଣେଇଶି ବର୍ଷର ପିଲାଟେ ସାଙ୍ଗରେ ଘର ଛାଡ଼ି ପଳେଇବା, ପୁଅ ପାଇଁ ଦେଖିବାକୁ ଯାଇଥିବା ଝିଅକୁ ବାପା ବାହା ହୋଇ

ଚାଲିଆସିବା ଏମିତି ସେକ୍ସ ସ୍କାଣ୍ଡାଲ ଗୋଟେ ପରେ ଗୋଟେ ଲାଗି ରହିଥାଏ କଲୋନିରେ। ଉପକୂଳର ଗୋଟେ ଶାସନିଆ ଗାଁରୁ ଆସିଚି ପ୍ରଦ୍ୟୁମ୍ନ। ତାଙ୍କ ଘରେ କେହି ତ୍ରିସନ୍ଧ୍ୟା କରନ୍ତିନି, ଯାଜମାନୀ କରନ୍ତିନି। ତଥାପି ବ୍ରାହ୍ମଣ ହିସାବରେ ଗୋଟେ ସୂକ୍ଷ୍ମ ଶ୍ରେଷ୍ଠ ଜାତିବୋଧ ସେମାନଙ୍କର ଅଛି ଓ ସାମାଜିକତାର ଗଣ୍ଡି ବାହାରେ ରିଭୋଲ୍ଟ କରିବା ପାଇଁ ତା'ର ସାହସ ହିଁ ନାହିଁ।

ନହେଲେ ମୀନାକ୍ଷୀ ସାଙ୍ଗରେ ତା'ର ସମ୍ପର୍କ ସେ କେବେଠୁଁ ନନାଙ୍କ ସାମ୍ନାରେ ଖୋଲିକି ରଖି ଦିଅନ୍ତା। କିନ୍ତୁ ଜାଣେ, ସେ ପାରିବନି। କେବେ ବି ପାରିବନି। ତା'ର ନିଜ ତିନିଟା ଭଉଣୀ ବାହା ହୋଇ ନାହାନ୍ତି। ଏଇ ସମୟରେ ଯଦି ଏମିତି ଅଜାତିରେ ଜୋର୍ କରି ବାହା ହୋଇପଡ଼େ, ତିନିଜଣ ଭଉଣୀଙ୍କ ଭବିଷ୍ୟତ କ'ଣ ହେବ।

ତମେ ତମର ଭଉଣୀମାନଙ୍କ କଥା ହିଁ ଭାବିଲ ପ୍ରଦ୍ୟୁମ୍ନ, ଅଥଚ ଥରେ ବି ଭାବିଲନି ମୋର କ'ଣ ହେବ ବୋଲି ?

ପ୍ରଦ୍ୟୁମ୍ନର ମନେ ପଡ଼ିଗଲା, ପୁରୀର ବଳଗଣ୍ଡୀ ସାହିରେ ଥିବା ତାଙ୍କ ଘରେ ଭଡ଼ାରେ ରହୁଥିବା ପୁରୀ ଏସ୍.ଡି.ଜେ.ଏମ୍.କୋର୍ଟରେ କାମ କରୁଥିବା କୁଳମଣି ବାବୁଙ୍କ ଝିଅ ମିନାକ୍ଷୀ ବଳବନ୍ତରାୟର ଚେହେରାଟା। ତକିଆ ଉପରେ ମାଡ଼ିଥିବା ମୁହଁଟା ଉଠେଇଚି ମୀନାକ୍ଷୀ। ଆଖି ଦି'ଟା ଲାଲ, ଫୁଲା, ଛଳଛଳ। ମୁଣ୍ଡର ବାଳ ମୁକୁଳା। ଗୋଟେ କୋଟା ଶାଢ଼ୀ, ଖୁବ୍ ମଣ୍ଡ ଦିଆହୋଇ, ଇସ୍ତ୍ରୀ କରି ଖଡ଼୍‌ଖଡ଼୍ କରୁଥିବା ଶାଢ଼ୀଟେ ପିନ୍ଧିଚି ମିନାକ୍ଷୀ। ନାକରୁ ଶିଙ୍ଘାଣିକୁ ସଁ କରି ଟାଣି ନେଇ କହୁଚି; ଯେତେବେଳେ ତମେ ମୋତେ ଭଲ ପାଇଲ ପ୍ରଦ୍ୟୁମ୍ନ ଯେତେବେଳେ ତମେ ମୋତେ ପ୍ରଥମ କରି ଚୁମା ଖାଇଲ, ମୋତେ ଚିଠି ଦେଇ, ଲୁଚେଇକି ସିନେମା ଯିବା ପାଇଁ ଡାକିଲ, ସମୁଦ୍ର କୂଳରେ ବଙ୍ଗାଳୀ ଟୁରିଷ୍ଟଙ୍କ ମେଳରେ ଯେତେବେଳେ ସ୍ୱପ୍ନ ଦେଖିବା ପାଇଁ ଉତ୍ସାହିତ କଲ, ସେତେବେଳେ ତମେ ଛୋଟ ପିଲାତ ନଥିଲା। ବେଶ୍ ଯୁବକ ହୋଇଥିଲା। ଦୁନିଆର ସବୁ ଭଲ ମନ୍ଦ ବୁଝୁଥିଲ। ସେତେବେଳେ ତମେ ଜାଣିନଥିଲ ଯେ ମୁଁ ଖଣ୍ଡାୟତ ଝିଅଟେ। ମୋ ବାପା ସାମାନ୍ୟ କ୍ଲର୍କ। ମୁଁ ତମଠୁ ବୟସରେ ଦି'ତିନି ବର୍ଷ ବଡ଼ କିମ୍ବା ତମେ ଶାସନିଆ ବ୍ରାହ୍ମଣ ପରିବାରରୁ ଆସିଛ ଓ ତମର ତିନିଜଣ ଅବିବାହିତା ଭଉଣୀ ଅଛନ୍ତି। ଅଛି ତମମାନଙ୍କ ପାଖରେ ସାମାଜିକତା ଏସବୁ ଜାଣି ନଥିଲା ? କୁହ କୁହ- କାହିଁକି ସେତେବେଳେ ତମେ ଆଗେଇ ଆସିଲ ? ଯେଉଁ ଓଠକୁ ତମେ ଅଇଁଠା କରିସାରିଲ, ସେଇ ଉଚ୍ଛିଷ୍ଟକୁ ମୁଁ ଆଉ କା' ପାଖରେ ଅର୍ପଣ କରିବି ପ୍ରଦ୍ୟୁମ୍ନ ?

ପ୍ରଦ୍ୟୁମ୍ନ ଅସହାୟ ହେଇଯାଉଥିଲା। ସେ ମୀନାକ୍ଷୀକୁ ଭଲ ପାଏ କି ? କେଜାଣି। କ'ଣ ସେ ଭଲ ପାଇବା ? ପୁରୀରେ ଥିଲାବେଳେ ପ୍ରଚଣ୍ଡ ଭାବରେ ଆକର୍ଷଣ କରେ ମିନାକ୍ଷୀ, ଗାଁରେ ଥିଲା ବେଳେ ମନେ ହୁଏ ଭୁଲିଯିବା ଉଚିତ ମିନାକ୍ଷୀକୁ ଓ ଏଇ କୋଇଲାଖଣି ଅଞ୍ଚଳକୁ ଆସି ସେ ବୁଝିପାରିଚି ମିନାକ୍ଷୀକୁ କେବେ ଏ ଅଞ୍ଚଳକୁ ସେ ଆଣି ପାରିବନି କିମ୍ବା ଏଇଠି ଆସି ମିନାକ୍ଷୀ ଚଳି ପାରିବନି ଓ ସେତେବେଳେ ତା'ର ମନେ ହେଇଚି ମିନାକ୍ଷୀ

ଥିଲା ପ୍ରେସିଅସ୍ ଓ ଯେମିତି ମିନାକ୍ଷୀ ସାଙ୍ଗରେ ତା'ର ପ୍ରେମଟା ମଧୁର ସ୍ମୃତିର ଅନ୍ୟ ନାଁ ହେଇ ରହିଯାଇଚି।

ପ୍ରଦ୍ୟୁମ୍ନ ଫେରି ଆସିଲା ଅଗଣି କକେଇ ଘରକୁ। ଘର ସାମ୍ନାରେ ଗୋଟେ ନିମ୍ବଗଛ ଓ ଚଉତରାଟା ଉପରେ ଅଗଣି କକେଇଙ୍କ ସାନଝିଅ ବସିକି ଆଡ୍‌ଡା ଜମେଇଚି। ଦି'ଜଣ ପିଲା ଠିଆ ହେଇଚନ୍ତି ତା' ପାଖରେ। ଗୋଟେ ପିଲା ସାଇକେଲରେ ବସିକି, ଗୋଟେ ପାଦ ବଢ଼େଇ ଚଉତରା ଉପରେ ରଖିଚି। ଆଖ ପାଖର ଲୋକମାନେ କିଛିଟା କୌତୂହଳୀ ହେଇ ଅନେଇଛନ୍ତି ସେମାନଙ୍କୁ। ଅଥଚ ଝୁନୁର ସେ ଆଡ଼କୁ ନଜର ନାହିଁ।

ଘର ଭିତରକୁ ପଶିଲା ପ୍ରଦ୍ୟୁମ୍ନ। ପ୍ଲାଷ୍ଟିକର ହେଲମେଟଟା ବହୁତ ସମୟ ହେଲା ମୁଣ୍ଡରେ ହାତରେ ବୋଝ ହେଇ ରହିଥିଲା- ସେଇଟାକୁ ଟେବୁଲ ଉପରେ ଥୋଇଦେଇ, ଟିଣ ଚେୟାରରେ ବସି ଜୋତାର ଫିତା ଖୋଲିଲା। ଏଇ କୋଇଲା ଖଣିର ମାଇନର୍ସ କ୍ୱାର୍ଟରଗୁଡ଼ାକ ଭୀଷଣ ଛୋଟ ଛୋଟ। ଆଠଫୁଟ ବାଇ ନଅଫୁଟରେ ଦି'ଟା ବଖରା, ଆଜ୍‌ବେଷ୍ଟାସ୍ ଛାତ, ଭିତର ପଟେ ଗୋଟେ ବାରଣ୍ଡା, ଯେଉଁଠି ରୋଷେଇ କରାହୁଏ, ତା' ତଳକୁ ପାଣି ଟାଙ୍କି, ଗୋଟେ ପ୍ଲାଟଫର୍ମ, ଗାଧୋଇବା ପାଇଁ। ଅଗଣାଟା ବି ବେଶୀ ବଡ଼ ନୁହଁ। ସେଠି ଗୋଟେ ତାର ଟଣା ହେଇଚି ଲୁଗା ଶୁଖେଇବା ପାଇଁ। ଅଗଣାରେ ଗୋଟେ ପିଜୁଳି ଗଛ, ସେପଟେ ପାଇଖାନା, କୋଇଲା ରଖିବା ଜାଗା। ଖୁବ୍ ଛୋଟ ଏଇ ଘରେ ଏତେ ଗୁଡ଼େ ଲୋକ ରହି ପାରନ୍ତି। ଏଇଟା ଆଶ୍ଚର୍ଯ୍ୟ। ଘରଟା ସାରା ପ୍ୟାକ୍ ହେଇ ରହିଚି ଜିନିଷ ପତ୍ର। ଖଟ ତଳେ ଟ୍ରଙ୍କ୍, ବାକ୍‌ସ, ଭଙ୍ଗା କାଠପେଟି, ରୁନା ଓ ଝୁନାର ପୁରୁଣା ଛିଣ୍ଡା ବହିପତ୍ର, ଜୋତା, ଛିଣ୍ଡା ଇଲେକ୍‌ଟ୍ରିକ୍ ତାର, ଫିଉଜ ବାଲ୍‌ବ ଲାଇଟ ଏସବୁ ଦି'ଘରର ଦି'ଟା ପଲଙ୍କ ତଳେ ପଶି ରହିଛି। ଗୋଟେ ଷ୍ଟିଲ୍ ଫ୍ରେମର ପ୍ଲାଷ୍ଟିକ୍ ଫିତା ଖଟ, ଭାଙ୍ଗି ଦେଲେ ଚାରିଚଉତା ଦେଇ ଯାଉଥିବ-ଚଉକତି ରଖାଯାଇଚି ଦାଣ୍ଡଘରର କାନ୍ଥ ପାଖରେ। ଗୋଟେ ପୁରୁଣା ଧଡ଼ଧଡ଼ିଆ ଟେବୁଲ ଉପରେ ଗୋଟେ ବ୍ଲାକ୍ ଆଣ୍ଡ ହ୍ୱାଇଟ୍ ଟେଲିଭିଜନ ସେଟ୍‌ଟିଏ। ଭିତର ପଟ ଘରେ କାନ୍ଥରେ ଥିବା ଥାକରେ ଷ୍ଟିଲ୍ ବାସନ ପତ୍ର, ସିନ୍ଦୁର, ଚୁଡ଼ି, ପାଉଡ଼ର, କ୍ରିମ୍, ବେଣୀରେ ବାନ୍ଧିବା ପାଇଁ ଗାଡ଼ର୍ ଓ ଗୋଟେ କାନ୍ଥଟଙ୍ଗା ଦର୍ପଣ। ଖୁବ୍ ନିମ୍ନମଧ୍ୟବିତ୍ତ ଭାବରେ ସଜା ହୋଇଥାଏ ଘରଟି।

ଯା ତୁଳନାରେ ପ୍ରଦ୍ୟୁମ୍ନର ଗାଁରେ ଥିବା ଘର ଆହୁରି ରୁଚିସମ୍ମତ ଭାବରେ ସଜା ହୋଇଥାଏ। ତା'ର କାରଣ ବୋଧେ ପ୍ରଦ୍ୟୁମ୍ନର ଭଉଣୀମାନେ। ସମସ୍ତେ ଉଚ୍ଚଶିକ୍ଷିତା ଓ ରୁଚିବୋଧ ଅଛି ସେମାନଙ୍କର। ତେଣୁ ଟାଇଲି ଛପର ଘର ହେଲେ ବି- ଦେଖିଲେ ସମ୍ଭ୍ରାନ୍ତ ଲୋକର ଘର ବୋଲି ମନେ ହେବ। ପ୍ରଦ୍ୟୁମ୍ନ ଠିକ୍ ବୁଝି ପାରେନି ଅଗଣି କକେଇଙ୍କ ଘରେ କ'ଣ ନାହିଁ ଓ ତାଙ୍କ ଘରେ କ'ଣ ଅଧିକା ଅଛି- ତଥାପି ବୁଝି ହୁଏ ତାଙ୍କ ଘରେ ଗୋଟେ ସମ୍ପନ୍ନତା ଫୁଟି ଉଠୁଥାଏ ଓ ଅଗଣି କକେଇଙ୍କ ଘରେ ଗୋଟେ ଦାରିଦ୍ର୍ୟ। ଯଦିଓ ଅଗଣି କକେଇଙ୍କ ପାଖରେ ବହୁତ ଟଙ୍କା ଅଛି- ତାଙ୍କ ମାସିକ ଦରମା ତୁଳନାରେ ପ୍ରଦ୍ୟୁମ୍ନର ନନାଙ୍କ ରୋଜଗାର କିଛି ହିଁ ନୁହଁ।

ପ୍ରଦ୍ୟୁମ୍ନ ଶୋଇବା ଘରକୁ ପଶି ଯାଉଁ ଯାଉ ଟିକେ ଥମକି କି ଠିଆ ହେଇଗଲା। ଖଟ ଉପରେ ଅଗଣି କକେଇଙ୍କ ବଡ଼ ଝିଅ ରୁନୁ ଓ ତା'ର ଧର୍ମଭାଇ ଶୋଇଚନ୍ତି। କୌଣସି ଅଶ୍ଳୀଳ ଭଙ୍ଗୀରେ ଶୋଇ ନାହାନ୍ତି। ତେବେ ଶୋଇ ରହିଚନ୍ତି ଗୋଟେ ବିଛଣାରେ। ହୁଏତ ପ୍ରଦ୍ୟୁମ୍ନ ଘର ଭିତରକୁ ପଶିବା ପୂର୍ବରୁ ଗପ କରୁଥିଲେ। ଏବେ ତା' ଧର୍ମଭାଇ ଆଡ଼କୁ ପିଠି କରି ଶୋଇଚି ରୁନୁ ଓ ଧର୍ମ ଭାଇଟା ଶୋଇ ଶୋଇ ଗୋଟେ ହିନ୍ଦୀ ଫିଲ୍ମପତ୍ରିକା ଦେଖୁଚି।

ରୁନୁ ଲାଜ କରେ ପ୍ରଦ୍ୟୁମ୍ନକୁ। କଥା ହୁଏନା। ଏବେ ପିଠିକରି ଶୋଇଚି ପ୍ରଦ୍ୟୁମ୍ନ ଆଡ଼କୁ ବି। ତା' ଧର୍ମ ଭାଇ ପିଟର ନାଁର ପିଲାଟା ଆଦୌ ସଙ୍କୁଚିତ ହେଲାନି ପ୍ରଦ୍ୟୁମ୍ନକୁ ଦେଖି। କୌଣସି ଗ୍ଳାନିବୋଧ ବି ନାହିଁ। ନିର୍ବିକାର ଭାବରେ ଶୋଇ ଶୋଇ ପତ୍ରିକା ଉପରେ ସ୍ଥିର ଆଖି ରଖିଥିଲା। ପ୍ରଦ୍ୟୁମ୍ନକୁ ଦୃଶ୍ୟଟି ଭାରି ଅଶ୍ଳୀଳ ମନେ ହେଲା। କାହିଁକି? ପ୍ରଦ୍ୟୁମ୍ନର ମନଟା କି ଭାରି ରକ୍ଷଣଶୀଳ? ତା'ର ହଠାତ୍ ମିନାକ୍ଷୀ କଥା ମନେ ପଡ଼ିଗଲା। ମିନାକ୍ଷୀ ସାଙ୍ଗରେ ଏମିତି ଗୋଟେ ଖଟରେ ଶୋଇବା ସମ୍ଭବ ହେଇନି। ତେବେ ସେମାନଙ୍କ ଭିତରେ ପ୍ରେମଟା ଆଦୌ ପ୍ଳାଟୋନିକ୍ ନଥିଲା। ଉପଭୋଗ କରିନି ପ୍ରଦ୍ୟୁମ୍ନ କେବେ ମିନାକ୍ଷୀକୁ। ସେ ସେମିତି ଝିଅ ହିଁ ନୁହଁ ଯେ, ଦେହ ଦେଇଦେବ ବାହାଘର ପୂର୍ବରୁ। ତଥାପି ବହୁତ ଆଗେଇ ଯାଇଥିଲେ ସେ ଦି'ଜଣ।

ଏଇ ବେଡରୁମ୍ ବାଟେ ଅଗଣାକୁ ଯିବାକୁ ପଡ଼େ। ଗଲା ପ୍ରଦ୍ୟୁମ୍ନ। ଏଠି ଟାଙ୍କି ଅଛି। ପାଖରେ ଗାଧୋଇବା ପାଇଁ ସିମେଣ୍ଟର ପ୍ଲାଟଫର୍ମ। ପାଣିରେ ହାତ ବୁଡ଼େଇ ବହୁତ ସମୟ ବସି ରହିଲା ପ୍ରଦ୍ୟୁମ୍ନ ଅନ୍ୟମନସ୍କ ଭାବରେ। ସେ ଜାଣେ ଅଗଣି କକେଇ ରୁନୁ ସାଙ୍ଗରେ ତା'ର ବାହାଘର କଥା ଭାବୁଚନ୍ତି, ପ୍ରଦ୍ୟୁମ୍ନର ଅନ୍ତତଃ ଏଇ ଚାକିରିଟା ପାଇଁ ଗ୍ରେଟଫୁଲ୍ ହେବା ଉଚିତ ଅଗଣି କକେଇଙ୍କ ପାଖରେ, ଆଜିର ଏଇ ବେଡ୍‌ରୁମ୍ ଦୃଶ୍ୟଟି ଦେଖି ପ୍ରଦ୍ୟୁମ୍ନର ରାଗିଯିବା ଉଚିତ ଥିଲା କି? ମିନାକ୍ଷୀ କ'ଣ ଅପେକ୍ଷା କରିଥିବ ପ୍ରଦ୍ୟୁମ୍ନକୁ, ଏବେ ବି?

ପ୍ରଦ୍ୟୁମ୍ନର ଛାତିରୁ ଦୀର୍ଘଶ୍ଵାସଟେ ବାହାରି ଆସିଛି। ଜୀବନ ବଡ଼ ବିଚିତ୍ର। କାହାର ଜୀବନ? ପ୍ରଦ୍ୟୁମ୍ନର ନା, ସମାରୁ ଖଡ଼ିଆର? ସେ ପ୍ରକୃତରେ କିଏ? ପ୍ରଦ୍ୟୁମ୍ନ ସମାରୁ ଖଡ଼ିଆ? ଜୀଇଁ ରହିବାର ସାର୍ଥକତା କିଛି ଅଛିକି ପ୍ରକୃତରେ? ମନଟା ଉଦାସ ହେଇଗଲା ପ୍ରଦ୍ୟୁମ୍ନର।

ଚତୁର୍ଥ ପରିଚ୍ଛେଦ

ଦେଶମୁଖ ଦି' ପେଗ୍ ହ୍ୱିସ୍କି ପିଇ ସାରିଲା ପରେ ବି ଅନୁଭବ କରି ପାରିଲା, ତା'ର ରାଗଟା କମିନି ଏଯାଏଁ। ନିଶା ଲାଗି ଗଲାଣି କି ? ଦି' ପେଗ୍ ଯଥେଷ୍ଟ ହେଇଯାଏ ଦେଶମୁଖ ପାଇଁ। ତା'ଠୁ ବେଶୀ ପିଇଲେ ଖୁବ୍ ଲାଇଟ ହେଇଯାଏ ସେ। ବେଳେବେଳେ ବାନ୍ତି ବି କରିପକାଏ।

ଅନିତା ଏବେ ବୁଲି ଯାଇଥିବ ବୋଧେ। ଫେରିଲାଣି କି ? କିଛି ସମୟ ପୂର୍ବରୁ ଫ୍ରିଜରୁ ସୋଡ଼ା, ଆଇସ୍‌କ୍ୟୁବ୍ ଓ ହୁଇସ୍କି ବୋତଲ ବାହାର କରୁଥିବା ଚାକରାଣୀ ପାଖରୁ ଶୁଣିଥିଲା, ଆଜି ଲେଡ଼ିଜ କ୍ଲବ ମିଟିଂ ଅଛି। ବେଶ୍ ବୁଲୁଚି; କିନ୍ତୁ ଅନିତା। ବୁଲୁ... ଏଇ କୋଇଲା ଖଣିର ଅଫିସର୍ସ କଲୋନିରେ କ'ଣ ବା ଜୀବନ ଅଛି ? ଫିଲ୍‌ଡ, ପ୍ରୋଜେକଟ, ଅଫିସ ଏତେ ଆଡ଼େ ଧାଁ ଦଉଡ଼ କରୁଥିବା ଦେଶମୁଖ ପାଇଁ ଜୀବନଟା ବେଳେ ବେଳେ ବୋରିଂ ମନେ ହେଉଚି, ଆଉ ଚାରିକାନ୍ଥ ଭିତରେ ରହୁଥିବା ଅନିତାକୁ ମନେହେବନି ?

ଦେଶମୁଖ ହାତରୁ ଦ୍ୱିତୀୟ ପେଗ୍‌ଟା ସରିଗଲା, ନ ଚାହିଁଲେ ବି। ନିଶାଟା ଠିକ୍ ଲାଗିଲାନି। ଆଉ ଗୋଟେ ପେଗ୍ ନେବକି ? ଚାକରାଣୀକୁ କହି ଦେଇଚି- କେହି ଆସିଲେ ଯେମିତି ସିଧାସଳଖ ଏଇ ଘରକୁ ନେଇ ନ ଆସେ। ଅନିତାର ବାନ୍ଧବୀମାନେ ଆସିଲେ ତ ଆଦୌ ନୁହଁ। ଘରର କବାଟଟା ଆଉଜା ହେଇଚି। ସମୟ କେତେ ହେଲାଣି ? ଟି.ଭି.ରେ ନ୍ୟାସନାଲ ପ୍ରୋଗ୍ରାମ ଆରମ୍ଭ ହୋଇଯାଇଥିବ କି ? ଡ୍ରଇଂ ରୁମ୍‌ରେ ଯାଇ ବସିବ କି ଦେଶମୁଖ ?

ଘରଟା ଭିତରେ ଅନିତା ନାଇଁ, କେମିତି ଖାଁ ଖାଁ ଲାଗୁଚି। ବୁଲୁ, ସେଣ୍ଟ୍ରାଲ ସ୍କୁଲରେ ଅଷ୍ଟମ ଶ୍ରେଣୀରେ ପଢୁଥିବା ତା'ର ଝିଅ, କେଉଁଠି ଅଛି ? ପଢୁଚି ନା ଟି.ଭି ପାଖରେ ବସିଚି ? ନା, ତା' ମା' ସାଙ୍ଗରେ ବୁଲି ଯାଇଚି। ଅନିତାର ଭୀଷଣ ରେଷ୍ଟ୍ରିକ୍‌ସନ୍ ଅଛି-ପିଇ କି ବୁଲୁର ସାମା ସାମ୍ନି ନ ହେବା ପାଇଁ।

ଅଥଚ ଏଇ ବାଂଲୋଟା ଖାଁ ଖାଁ ଲାଗୁଚି। ଖୁବ୍ ଏକା ମନେ ହେଉଚି ଦେଶମୁଖଙ୍କୁ। ଚାକରାଣୀଟା କିଚିନ୍‌ରେ ଖୁଡ୍‌ଖାଡ୍ କରୁଥିବ। ଆଉ ଦେଶମୁଖଙ୍କୁ ତା'ରି ଷ୍ଟୋର୍ ଘରେ, ବିସ୍କୁଟ ଟିଣ, ପୁରୁଣା ଡାଲ୍‌ଡା ଡିବା, ଟ୍ରଙ୍କ୍, କାଠବାକ୍ସ, ବାନ୍ଧି କି ରଖା ହେଇଥିବା ବେଣା ଚେରର ପରଦା, ଏବେ ବ୍ୟବହାର ହେଉ ନଥିବା କୁଲ୍‌ର ଓ ବୁଲୁର ଭଙ୍ଗା ସାଇକେଲର ଜଞ୍ଜାଳ ଭିତରେ ଗୋଟେ ଇଜି ଚେୟାର୍ ଓ ଛୋଟିଆ ଷ୍ଟୁଲ୍‌ଟେ ନେଇ ବସିଚି। ଆଉ ପେଗ୍ ନେବ କି ଦେଶମୁଖ ?

ଅନିତାର ଖୁବ୍ ଗର୍ବ ତା'ର ସ୍ୱାମୀ ସବ୍ ଏରିଆ ମ୍ୟାନେଜର, ଇ-ଫୋର୍ ଗ୍ରେଡର ଏକ୍‌ଜିକ୍ୟୁଟିଭ୍, ଖୁବ୍ ଶୀଘ୍ର ଇ-ଫାଇଭ୍‌କୁ ପ୍ରମୋଶନ୍ ହେବ। ତାର ବାହାର୍ କୋଇଲାଖଣି ୟୁନିଟର ସେ ହର୍ତ୍ତାକର୍ତ୍ତା ବିଧାତା। ଜେନେରାଲ୍ ମ୍ୟାନେଜର୍, ଦି' ତିନିଟା ଡେପୁଟି ସି.ଏମ୍.ଇ ଓ ଷ୍ଟାଫ୍ ଅଫିସରଙ୍କୁ ଛାଡ଼ିଦେଲେ ଦେଶମୁଖ ସିନିୟର ଏକଜିକ୍ୟୁଟିଭ୍। ସାଧାରଣ ଇ ଓ୍ୱାନ୍, ଇଟୁ ଏକ୍‌ଜିକ୍ୟୁଟିଭିମାନେ, ଡାକ୍ତର କି ଇଞ୍ଜିନିୟର ପତ୍ନୀମାନେ ଅନିତାକୁ ଈର୍ଷାର ଆଖିରେ ଦେଖନ୍ତି ବୋଲି ଦେଶମୁଖ ଶୁଣିଚି ତା' ସ୍ତ୍ରୀଠୁ। ଲେଡିଜ କ୍ଲବରେ ସ୍ୱାମୀମାନଙ୍କର ଡେଜିଗ୍‌ନେସନ୍ ଅନୁଯାୟୀ ସ୍ତ୍ରୀମାନଙ୍କର ସମ୍ମାନ ବୋଧ ନେଇ ଚେୟାର ସଜେଇବା କଥାଠୁ ଆରମ୍ଭ କରି ସେମାନଙ୍କର ମନର ଅନ୍ତରତମ କଥା, ଘରର ଖର୍ଚ୍ଚବାର୍ଚ୍ଚ, ଚାକର ଚାକରାଣୀମାନଙ୍କ ପ୍ରତି କେଉଁ ଅଫିସର ସ୍ତ୍ରୀର କେମିତି ବ୍ୟବହାର ଏସବୁ ଦେଶମୁଖ ଶୁଣିଥାଏ ଅନିତାଠୁଁ।

କିନ୍ତୁ ସେଇ ଅନିତା କ'ଣ ଜାଣେ, ଦେଶମୁଖ ଅସଲରେ ଖୁବ୍ ଅସହାୟ କ୍ରୀତଦାସଟେ ବୋଲି ? ସେ କ'ଣ ଜାଣେ, ଡେପୁଟି ସି.ଏମ୍.ଇ ସାମ୍ନାରେ ତା'ର ସ୍ଥିତି କେତେ ଦୟନୀୟ ? କେତେ ଅପମାନର ଗାଳି ଶୁଣିବାକୁ ପଡ଼େ ଦେଶମୁଖଙ୍କୁ, ଡେପୁଟି ସି.ଏମ୍.ଇ, ପାଖରୁ ? ଅନ୍ତତଃ ଗୋଟେ ସାଧାରଣ ଲୋଡର୍ କି କ୍ଲର୍କ ହେଲେ ବୋଧେ ଦେଶମୁଖ ସୁଖରେ ଥାନ୍ତା। ସେମିତି କିଛି ଦାୟିତ୍ୱ ନାଇଁ, କାହାରି ପ୍ରତି ଅନୁଗତ୍ୟର ପ୍ରଶ୍ନ ନାଇଁ। ନିଜର ସି.ସି.ଆର୍. ପ୍ରତି ଡର ନାଇଁ।

ଆଜି ଡେପୁଟି ସି.ଏମ୍.ଇ. ମିଃ ମିଶ୍ରଙ୍କର ଗାଳିଗୁଡ଼ାକ ମନେ ପଡ଼ିଗଲା। ତାଙ୍କ ସ୍ତ୍ରୀ ପ୍ରତି ଅନିତା କୁଆଡ଼େ ଖରାପ ବ୍ୟବହାର କରିଛି। ଲେଡିଜ୍ କ୍ଲବ୍‌ର ଏକ୍‌ଜିକ୍ୟୁଟିଭ୍ ବଡ଼ିର ମିଟିଂରେ ଅନିତା ରୋଟାରୀ କ୍ଲବ୍ ଦ୍ୱାରା ହେଉଥିବା ଆଖି ଅପରେସନ୍ କେନ୍ଦ୍ରର ବୟକଟ୍ ପାଇଁ ସିଦ୍ଧାନ୍ତ ନେଇଚି, କାରଣ ରୋଟାରୀ କ୍ଲବ୍ କୁଆଡ଼େ ଲେଡିଜ୍ କ୍ଲବ୍‌କୁ ଫର୍ମାଲ ଇନ୍‌ଭାଇଟେସନ୍ ଦେଇନି। ତା' ଛଡ଼ା ଗତଥର ଆଖି ଅପରେସନ୍ ବେଳେ ଲେଡିଜ୍ କ୍ଲବ୍‌ର ମେମ୍ବରମାନଙ୍କ ପ୍ରତି ରୋଟାରିଆନ୍ ପତ୍ନୀମାନଙ୍କର ବ୍ୟବହାର କୁଆଡ଼େ ଭଲ ନଥିଲା ଯଦିଓ ଦେଶମୁଖ ରୋଟାରିଆନ୍, କିନ୍ତୁ ଲେଡିଜ୍ କ୍ଲବ୍‌ର ଅନେକ ମେମ୍ବରଙ୍କ ସ୍ୱାମୀମାନେ ରୋଟାରିଆନ୍ ନୁହନ୍ତି।

ଲେଡିଜ୍ କ୍ଲବ୍‌ର ସେକ୍ରେଟାରୀ ଅନିତା ଓ ମିସେସ୍ ଡେପୁଟି ସି.ଏମ୍.ଇ ହେଉଛନ୍ତି ଭାଇସ୍ ପ୍ରେସିଡେଣ୍ଟ। ମିସେସ୍ ଜି.ଏମ୍.ପ୍ରେସିଡେଣ୍ଟ। ଏକ୍‌ଜିକ୍ୟୁଟିଭ୍ ବଡ଼ିର ମିଟିଂରେ ଯେଉଁ ପ୍ରସ୍ତାବ ପାଶ୍ କରାଗଲା-ସେଇଟା କୁଆଡ଼େ ମିସେସ୍ ମିଶ୍ରଙ୍କ ବିନା ଅନୁମତିରେ ଓ ଅନୁପସ୍ଥିତିରେ କରାଗଲା। ସେ ଏବେ ମିଃ ମିଶ୍ରଙ୍କୁ କ'ଣ ଜବାବ ଦେବେ? ଯେତେ ହେଲେ ମିଃ ମିଶ୍ର ହେଉଚନ୍ତି ଜଣେ ଦାୟିତ୍ୱସମ୍ପନ୍ନ ରୋଟାରିଆନ୍ ଓ ଏଇ ଆଖି ଅପରେସନ୍ କେନ୍ଦ୍ରଟି କହିବାକୁ ଗଲେ ତାଙ୍କ ଉଦ୍ୟମରେ ହିଁ ହେଉଚି।

ଦେଶମୁଖ ଜାଣେ, ଲେଡିଜ୍ କ୍ଲବ୍ ମାମଲାଟା ସମ୍ପୂର୍ଣ୍ଣ ସ୍ତ୍ରୀଲୋକୀୟ ଓ ସେଥିରେ ମୁଣ୍ଡ ଖେଳାଇବା ଉଚିତ ନୁହେଁ। କିନ୍ତୁ ଡେପୁଟି ସି.ଏମ୍.ଇଙ୍କ ଧାରଣା ଦେଶମୁଖ ତାଙ୍କୁ ଅପମାନ ଦେବାପାଇଁ ତା' ସ୍ତ୍ରୀ ଜରିଆରେ ଲେଡିଜ୍ କ୍ଲବ୍ ମାର୍ଫତ୍ ଏମିତି ସିଦ୍ଧାନ୍ତଟେ ନେଇଛି। ଦେଶମୁଖ କ'ଣ ଅନିତାକୁ କହିବେ ଯେ ଲେଡିଜ୍ କ୍ଲବ୍‌ର ସିଦ୍ଧାନ୍ତ ବଦଳେଇ ଦେବାକୁ? ନା, ଦେଶମୁଖ କେବେ ଅନିତାକୁ ଏଇ ସାଧାରଣ କଥାଟା ପାଇଁ ଜୋର୍ ଦେବନି। ଅନିତାକୁ ଏଥିପାଇଁ ବାଧ୍ୟ କରିବା ମାନେ ହିଁ ନିଜର ଅକ୍ଷମତାଟା ଦେଖେଇ ଦେବା ଯେ ଦେଖ, ମୋର ଡେପୁଟି ସି.ଏମ୍.ଇଙ୍କୁ ମୁଁ କେତେ ଭକ୍ତି କରେ।

: ହୁଁ, ଡେପୁଟି ସି.ଏମ୍.ଇ. ଇଜ୍ ଇୟୋର ବସ୍, ନଟମାଇନ। ହ୍ୱାଇ ଶୁଡ୍ ଆଇ ଉଇଶ ହିମ୍? ପ୍ରଥମଥର କୌଣସି ପାର୍ଟିରେ ଡେପୁଟି ସି.ଏମ୍.ଇଙ୍କୁ ଦେଖି ନମସ୍କାର କରିନଥିଲା ଅନିତା ଯେ ଦେଶମୁଖ କହିଲାଠୁ, ରାଗିଯାଇ ଜବାବ ଦେଇଥିଲା। ସେଇ ପ୍ରଥମ ଦିନରୁ ଡେପୁଟି ସି. ଏମ୍.ଇଙ୍କ ଉପରେ ଭଲ ଇମ୍ପ୍ରେସନ ନାଇଁ ଅନିତାର, ତା' ମତରେ ତାଙ୍କର ପର୍ସଲାଲିଟି ନାଇଁ। ସ୍ତ୍ରୀ ଲୋକ ଦେଖିଲେ କେମିତି ଗୋଟେ ଅଶାନ୍ତି ଲାଳସାରେ ଆଖିରେ ଚକ୍‌ଚକ୍ କରିଉଠେ ତାଙ୍କର, ମିସେସ୍‌ଙ୍କ କଥାରେ ଉଠବସ ହୁଅନ୍ତି, ସ୍ତ୍ରୈଣ।

ଦେଶମୁଖ ବୁଝିପାରେନି, ମହିଳା ମହଲରେ ଘଟୁଥିବା ଘଟଣାସବୁ ସାଙ୍ଗରେ ଡେପୁଟି ସି.ଏମ୍.ଇ.କାହିଁକି ନିଜକୁ ଏତେ ଜଡ଼ିତ କରୁଛନ୍ତି। ଆଜି ଘଣ୍ଟାଟେ ଧରି ତାଙ୍କ ଚେମ୍ବରକୁ ଡକେଇ ଗାଳି ଦେଲେ। ପାଖରେ ପିଅନ ଠିଆ ହେଇଥିଲା। ଲେବର ଅଫିସର ଗୁପ୍ତା, ଡିଲିଂ ଆସିଷ୍ଟାଣ୍ଟ ରୁଙ୍ଗଟା, ଷ୍ଟେନୋ ମହାପାତ୍ର। ସମସ୍ତଙ୍କ ସାମ୍ନାରେ ମିଃ ମିଶ୍ର ତାଙ୍କୁ ଗାଳି ଦେଲେ, ଉତ୍ତେଜିତ ହେଇ କଠୋର ଶବ୍ଦରେ। ଦେଶମୁଖ ପ୍ରତିବାଦ କରିବାକୁ ଚେଷ୍ଟାକଲା, ପାରିଲାନି।

ଦେଶମୁଖ ଆଉରି ଗୋଟେ ପେଗ୍ ହୁଇସ୍କି ଢାଳିଲା। ଏଇଟା ଶେଷ ବୋତଲ। ଏ ମାସରେ ବେଶୀ ପିଇଛି କି ଦେଶମୁଖ। ଏ ମାସର କୋଟାଟା ଏଇ କୋଡିଏ ତାରିଖରୁ ସରିଯାଉଛି ଯେ? ଅନିତା ଆଉ ଟଙ୍କା ଦେବନି ହୁଇସ୍କି ଆଣିବା ପାଇଁ। ମାସ କରେ, ମଦ ପାଇଁ ବଜେଟ ହେଉଚି ଦୁଇଶହ ଟଙ୍କା। ଅନିତାର ସବୁବେଳେ ସତର୍କ ଦୃଷ୍ଟିଥାଏ... ଯେମିତି ଦି'ଶହ ଟଙ୍କାରୁ ବେଶୀ ଖର୍ଚ୍ଚ ନହୁଏ ମଦ ବାବଦକୁ। ତା'ଛଡ଼ା ବୁଲୁ ବଡ଼ ହେଉଚି। କିଛିଟା ବୁଝିବାକୁ ଶିଖିଲାଣି। ଦେଶମୁଖ ଅବଶ୍ୟ ପିଇ ସାରିଲା ପରେ କେବେ ବୁଲୁ ସାମ୍ନାକୁ ଯାଏନି। ତେବେ, ବୁଲୁବି କେମିତି ଆଡ଼େଇ ଯାଏ, ପିଇଥିଲା ବେଳେ।

ଦେଶମୁଖକୁ ଅସ୍ଥିର ଲାଗିଲା । ଅନିତା କୁଆଡ଼େ ଯାଇଚି ଯେ ଯାଇଚି । କୁଆଡ଼େ ଯାଇଚି ? ଚାକରାଣୀ କିଚେନ୍ ଭିତରେ । ବୁଛୁ ଓ ଦେଶମୁଖ ଭିତରେ ଗୋଟେ ମ୍ୟୁଚୁଆଲ ଇଗନୋରେନ୍ସ । ଏତେ ବଡ଼ ଘରଟା ଖାଁ ଖାଁ କରୁଚି । ଦେଶମୁଖ ବାହାରି ଆସିଲା ଘରଭିତରୁ । ଶୀତଟା ଟିକେ ଟିକେ ଜୋର୍‌ରେ ପଡ଼ି ଆସିଲାଣି । ଚାକରାଣୀକୁ ଡାକି ସ୍ୱେଟର ମାଗିଲା ଦେଶମୁଖ, ତା'ର ମନଟା ଭଲ ନାହିଁ । ମିଃ ମିଶ୍ର ଆଜି ତାକୁ ଅଭଦ୍ର ଭାବରେ ଗାଳି ଦେଲେ । ଅନିତାକୁ କହିବ କି ଦେଶମୁଖ ? ନା, କହିବନି । କହି ପାରିବନି । ଅନିତାର ମନ ଭିତରେ ଦେଶମୁଖର ଯେଉଁ ଇମେଜ୍ ଅଛି, ଥାଉ । ଅନିତା ଭାବୁଥାଉ ଯେ, ଦେଶମୁଖ ଏଇ ପର୍‌ବାହାର ଖଣି ଅଞ୍ଚଳର ମାଲିକ ବୋଲି । ଭାବୁ ଭାବୁ ।

ଦେଶମୁଖ ଟିକେ ବାହାରକୁ ଯିବ କି ? ବୁଲି ଆସିବ ? ଗ୍ୟାରେଜ୍‌ରୁ ଗାଡ଼ିଟା ବାହାର କରିବ କି ? ନା, ସେସବୁ ଭୀଷଣ ଝାମେଲା । ଗ୍ୟାରେଜର ଚାବି କେଉଁଠି ଅନିତା ରଖିଥିବ ଖୋଜିବା ମୁସ୍କିଲ । ତା'ଛଡ଼ା ଏବେ ଗାଡ଼ିଟା ଷ୍ଟାର୍ଟ ନେବାକୁ ଚାହିଁବନି ହଠାତ୍ । ମନଟା ଆହୁରି ଖରାପ ହେଇଯିବ । ଏକ୍ସଚେଞ୍ଜକୁ ଫୋନ୍ କରି କହିବ କି ଫାଇଭ୍ ଫୋର୍ ନାଇନ୍ ଏଇଟ୍ ଜିପଟାକୁ ପଠେଇ ଦେବାକୁ ? ଡ୍ରାଇଭର କିଏ ଅଛି ? ରାମବତାର ନା କାଳିଦାସ ?

ଫାଇଭ୍ ଫୋର୍ ନାଇନ୍ ଏଇଟ୍ ଜିପ୍‌ଟା ଦେଶମୁଖର । ଏଇଟା ବି ପୁରୁଣା ଜିପ୍ । ଆଗେ ଏଇଟା ମିଃ ମିଶ୍ରଙ୍କର ଥିଲା । ନୂଆ ଦି'ଟା ଜିପ୍ ଆସିଲା ବେଳେ ଗୋଟେ ମିଃ ମିଶ୍ର ନିଜେ ରଖି ନେଲେ, ଆଉ ଗୋଟେକୁ ଚିଙ୍ଗୁଡ଼ିଗୁଡ଼ା ଇନ୍ କ୍ଲାଇନ୍‌ର କୋଲିଆରୀ ମ୍ୟାନେଜର ତଥା ସୁପରିନ୍‌ଟେଣ୍ଡେଣ୍ଟ ଅଫ୍ ମାଇନ୍ସ ମିଃ ଘୋଷଙ୍କୁ ଦେଇଦେଲେ ।

: ତେବେ ତମ ଭାଗରେ ପୁରୁଣା ଜିପ୍ କିଆଁ ? ମିଃ ଘୋଷ ନେବେ ନୂଆ ଜିପ୍, ମିଃ ମିଶ୍ରଙ୍କ ପାଇଁ ନୂଆ ଜିପ୍ ଓ ତମ ପାଇଁ ପୁରୁଣା ଫାଇଭ୍ ଫୋର୍ ନାଇନ୍ ଜିପ୍‌ଟା କିଆଁ ?

ଅନିତାକୁ ସେଇ ମୁହୂର୍ତ୍ତରେ ପ୍ରଶ୍ରୟ ନ ଦେଇ ଧମକେଇ ଦେଇଥିଲା ଦେଶମୁଖ । ଅଫିସିଆଲ୍ ମ୍ୟାଟର୍‌ରେ ମୁଣ୍ଡ ପୂରାଅନା ତ । ସ୍ତ୍ରୀଲୋକ ସ୍ତ୍ରୀଲୋକ ଭଳି ରହିଥାଅ । ଧମକେଇ ଦେଇଥିଲା ସିନା ଅନିତାକୁ, କିନ୍ତୁ ଦେଶମୁଖ ଆହତ ଅପମାନିତ ହେଇନଥିଲା କି ମିଃ ମିଶ୍ରଙ୍କ ବ୍ୟବହାରରେ ?

ଡ୍ରଇଂରୁମ୍‌ରେ ଫୋନ୍‌ଟା ଅଛି । ବୁଛୁ ବସିଚି ସେଠି, ଟି.ଭି ଦେଖୁଚି । ଯିବ କି ଦେଶମୁଖ ଡ୍ରଇଂରୁମ୍‌କୁ । ଗଲେ କ'ଣ ହେବ ? ବୁଛୁ କ'ଣ ଗନ୍ଧ ବାରି ପାରିବ ? ଆହା, ବୁଛୁ, ଯେମିତି ଜାଣେନି ଦେଶମୁଖର ପିଇବା କଥା । ଜାଣେ, ଜାଣେ । ତା'ର ବୁଦ୍ଧି ବଢୁଚି । ବହୁତ କଥା ସେ ବୁଝିପାରୁଚି । ଦେଶମୁଖର ଏବେ ନିଜକୁ କଣ୍ଟ୍ରୋଲରେ ରଖିବା ଦରକାର । ବୁଛୁ ଯେମିତି ମଦୁଆ ବୋଲି ନିଜ ବାପକୁ ଘୃଣା କରି ନ ବସେ ।

ଦେଶମୁଖ ଡ୍ରଇଂ ରୁମ୍‌କୁ ଗଲାନି । ବାହାରି ଆସି ବଗିଚାରେ ଠିଆ ହୋଇଗଲା । ଅନିତା କୁଆଡ଼େ ଗଲା ? ଏତେବେଳ ଯାଏଁ ଫେରିଲାନି ଯେ ? ଆଜି ଜହ୍ନ ଉଇଁନି ଏଯାଏ । ଏଇ

ଲାଇନ୍‌ରେ ଷ୍ଟ୍ରୀଟ ଲାଇଟ୍ ଜଳୁନି କିଆଁ ? କେଉଁ ଇଲେକ୍‌ଟ୍ରିସିଆନ ଅଛି ଚାର୍ଜରେ ? କାଲି ଓ୍ୱାର୍କଶପର ଇଲେକ୍‌ଟ୍ରିକାଲ ଇଞ୍ଜିନିୟରକୁ ଡାକି ଧମକେଇବାକୁ ପଡ଼ିବ।

ଦେଶମୁଖ ଅନ୍ଧାର ଭିତରେ ଠିଆ ହେଇ ରହିଲା। ମହାରାଷ୍ଟ୍ରର ମରାଠାଓ୍ୱାଡା ଅଞ୍ଚଳର ଗୋଟେ ଛୋଟ, ଅତି ଛୋଟ ସହର ଜାଲ୍‌ନା। ଅନୁନ୍ନତ, ଅଶିକ୍ଷିତ ଗୋଟେ ବସ୍ତି ସହରରେ ଦେଶମୁଖର ଶୈଶବ ଓ କୈଶୋର ବିତିଥିଲା। ଔରଙ୍ଗାବାଦଠୁ ବଡ଼ ସହର ଦେଖିନଥିଲା ଦେଶମୁଖ ମାଟ୍ରିକ୍ ପାଶ୍ କଲା ପର୍ଯ୍ୟନ୍ତ। କେବେ ବି ଶିବସେନା, ଦଳିତ ପାନ୍ଥର ଓ କଂଗ୍ରେସର ରାଜନୀତିରେ ପଶିନଥିଲ। ଖୁବ୍ ବ୍ରିଲିୟାଣ୍ଟ ପିଲା ଥିଲା ଦେଶମୁଖ ମରାଠାଓ୍ୱାଡା ବିଶ୍ୱବିଦ୍ୟାଳୟର।

ଅନ୍ଧାରରେ ଠିଆ ହେଇଥିବା ଦେଶମୁଖର ମନେହେଲା, ସେ ଯେମିତି ଜୀବନଟାକୁ ଭୁଲ୍ ଭାବରେ ଗଢ଼ି ଆଣିଲା। ଦେଶମୁଖର ଏମିତି ଅପନ୍ତରା ଅପାଣ୍ଡବା ଦେଶର ପରବାହାର କୋଲିୟାରୀରେ ଜୀବନ ଜୀଇଁବା ଉଚିତ ନଥିଲା। ମାଟ୍ରିକ୍ ପଢ଼ିଲାବେଳକୁ ଦେଶମୁଖ ସ୍ୱପ୍ନ ଦେଖିଥିଲା ମୁମ୍ବାଇର। ଅଥଚ କେବେ ବି ମୁମ୍ବାଇରେ ବିଧିବଦ୍ଧ ଭାବରେ ବର୍ଷଟିଏ କି ମାସଟିଏ ବି କଟେଇନି ଦେଶମୁଖ। ତେବେ କ'ଣ ଭୁଲ୍ ଭାବରେ ରହି ଆସିଚି ? ତା'ର କ'ଣ ଅନ୍ୟଟି ରହିବାର ଥିଲା, ଅନ୍ୟ ଭାବରେ ? କେଉଁଠି ରହିବାର ଥିଲା ଦେଶମୁଖର ? କେମିତି ଭାବରେ ? ମୁମ୍ବାଇରେ କି ? ସେତେବେଳେ ଏତେ ଟଙ୍କା, ଗାଡ଼ି ଏସବୁ ପାଇ ପାରିଥା'ନ୍ତା ତ ଦେଶମୁଖ ? ତା'ର ମନଟା ଭାରି ଉଦାସ ହେଇଗଲା। ତା'ର ମନେହେଲା, ଏଇ ମୁହୂର୍ତ୍ତରେ ମୃତ୍ୟୁ ଆସି ତା' ସାମ୍ନାରେ ଠିଆ ହେଲେ ସେ ଆଦୌ ବିଚଳିତ ହେବନି। ସେ ନିର୍ବିକାର ଭାବରେ ମୃତ୍ୟୁ କବଳକୁ ଚାଲିଯିବ- ଯେମିତି ଶୋଇବାକୁ ଯାଉଚି।

ତା'ର ମନେ ପଡ଼ିଲା ମିଃ ମିଶ୍ରଙ୍କ ଗାଳି ଦେଇଥିବା ମୁହଁଟି। କେବେ ଦିନେ ପଛ ପଟରୁ ଗୁଳି କଲେ କେମିତି ହୁଅନ୍ତା ସ୍ନେଣ ଲୋକଟିକୁ। ଭାବିଲା ଓ ତାର ମନେହେଲା: ନା, ନିଶାଟା ବହୁତ ହେଇଯାଇଚି। ଯାପରେ ଟିକେ କଣ୍ଟ୍ରୋଲ କରିବାକୁ ପଡ଼ିବ ନିଜକୁ।

ପଞ୍ଚମ ପରିଚ୍ଛେଦ

ବହୁତ ଦିନ ପରେ ଜି.ଏମ୍.ଅଫିସ୍‌କୁ ଆସିଲା ହରିଶଙ୍କର। ଆଟେଣ୍ଡେନ୍‌ସ ରେଜିଷ୍ଟେର୍‌ରେ ଚଉଦ ଦିନର ସାଇନ୍ କଲା। ହରିଶଙ୍କର ୟୁନିଅନ୍ ସେକ୍ରେଟାରୀ ଥିଲାବେଳେ ମାସ ମାସ ଧରି ଆସୁନଥିଲା ଅଫିସକୁ। ବିଲକ୍ଲର୍କ ବିଲ୍ ବନେଇ ଦେଉଥିଲା ସେମିତି ବିନା ଆଟେଣ୍ଡେନ୍‌ସରେ। ଏବେ ଅନ୍ତତଃ ମାସକୁ ଥରେ ଆସିବା ଦରକାର ପଡୁଚି। ଅନ୍ତତଃ ବିଲ୍ ବନେଇବା ପୂର୍ବରୁ।

ହରିଶଙ୍କର ଯେତେବେଳେ ସେକ୍ରେଟାରୀ ଥିଲା, କେହି କମ୍ପ୍ଲେନ୍ କରୁ ନଥିଲେ। ଏବେ ଗୋଟେ ଅସନ୍ତୋଷ ଖେଳି ବୁଲୁଚି ଅଫିସ୍ ଭିତରେ ତା'ର ଆବ୍‌ସେଣ୍ଟ୍ ରହିବା ପ୍ରସଙ୍ଗରେ, ହରିଶଙ୍କର ଅନୁମାନ କରି ପାରୁଚି। ଏମିତିରେ ଜି.ଏମ୍.ଅଫିସରେ ସମସ୍ତେ ଊଣା ଅଧିକେ ଫାଙ୍କି ମାରନ୍ତି। ଡେରିରେ ଆସିବା ସଅଳ ପଳେଇବା କିମ୍ବା ଡ୍ୟୁଟି ଟାଇମ୍ ମଝିରୁ ଖସିଯିବା କଥାଟି ସାଧାରଣ। କିନ୍ତୁ ହରିଶଙ୍କର ସବୁଠୁ ବେଶୀ ଫାଙ୍କି ମାରୁଥିଲା। ମାସ ମାସ ଧରି ଅଫିସ ଆସୁ ନଥିଲା। ସେମାନଙ୍କର ଇମିଡିଏଟ୍ ବସ୍ ଫାଇନାନ୍‌ସ ମ୍ୟାନେଜର କିଛି କହୁ ନଥିଲେ। ଏବଭ୍ ଅଲ୍ ଜି.ଏମ୍‌ଙ୍କୁ ଏଇସବୁ ଡିପ୍ଲୋମ୍ୟାଟିକ ସିଚ୍ୟୁଏସନ୍ ଡିଲ୍ କରିବାକୁ ପଡ଼େ ଓ ସେ ଜାଣିଛନ୍ତି ୟୁନିୟନ ସେକ୍ରେଟୋରୀକୁ ହାତରେ ରଖିବା କେତେ ଦରକାର।

ସେକ୍ରେଟାରୀଶିପ୍ ହାତରୁ ଗଲା ପରେ ହରିଶଙ୍କର ମହତ୍ତ୍ୱହୀନ ହେଇପଡ଼ିଚି- ଅନୁଭବି ପାରେ। ଆଗେ, ଖାଲି କୋଲିୟାରୀର ମଜ୍‌ଦୁର ହିଁ ନୁହନ୍ତି- ଜି.ଏମ୍.ଅଫିସର ଷ୍ଟାଫମାନେ ବି ତା' ଆଗରେ ଫେରାଦ କରୁଥିଲେ। କାହାରି ଲୋନ ସାଂକ୍‌ଶନ ହେଇନି, କାହାର ପ୍ରମୋଶନ

ଡିଉ ହେଇଗଲାଣି, କାହାର ଦି'ଟା ଇନ୍‌କ୍ରିମେଣ୍ଟ ଏଯାଏଁ ମିଳିନି ତ କାହାକୁ କ୍ୱାର୍ଟର ମିଳୁନି ଏଯାଏଁ। ହରିଶଙ୍କର ଜାଣିଥିଲା ସେ କାହାରିକୁ ଏ ସମ୍ପର୍କରେ କିଛି ସାହାଯ୍ୟ କରି ପାରିବନି। ଅଥଚ ସମସ୍ତଙ୍କର ଧାରଣା ଥିଲା- ହରିଶଙ୍କର ଚାହିଁଲେ ସବୁ ହେଇପାରିବ। ଏବେ, ସେକ୍ରେଟାରୀଶିପ୍ ଗଲା ପରେ କେହି ଆଉ ନିଜସ୍ୱ ଅଭାବ ଅସୁବିଧା ବିଷୟରେ ଫେରାଦ କରୁ ନାହାନ୍ତି। ହରିଶଙ୍କର ଅନୁଭବି ପାରୁଚି ସେ ହଠାତ୍ ସମସ୍ତଙ୍କ ପାଖରେ ସାଧାରଣ ମଣିଷଟେ ହେଇଯାଇଚି। ସମସ୍ତଙ୍କ ତା'ପ୍ରତି ନିରୁତ୍ତାପ ଅନାଗ୍ରହ କ୍ରମଶଃ ହରିଶଙ୍କରକୁ ଗୋଟେ ନିର୍ଜନତା ଭିତରକୁ ଠେଲି ଦେଉଚି। ତା' ହାତରେ କିଛି କାମ ନାଇଁ। କାହାରି ଡିସ୍‌ମିସ୍ ଅର୍ଡର କ୍ୟାନ୍‌ସେଲ୍ କରେଇବାର ନାଇଁ, କାହାରି ଭାଇ କିମ୍ବା ପୁଅକୁ ଚାକିରି ଯୋଗେଇବାର ନାଇଁ କିମ୍ବା ଗୋଟେ ଲୋଡର୍ ଦିନକୁ ଦି'ଗାଡ଼ି କୋଇଲା ବୋଝେଇ କରିବ କି ଚାରିଗାଡ଼ି ଏସବୁ ବିଷୟରେ ଡେପୁଟି ସି.ଏମ୍.ଇ କିମ୍ବା ଜେନେରାଲ ମ୍ୟାନେଜରଙ୍କ ସହ ଗୁରୁତ୍ୱପୂର୍ଣ୍ଣ ଆଲୋଚନା ବି ନାଇଁ।

ଆଟେଣ୍ଡେନ୍‌ସ ରେଜିଷ୍ଟେର୍‌ରେ ସାଇନ୍ କରି ଦେଇ ହରିଶଙ୍କର ଫାଇନାନ୍‌ସ ମ୍ୟାନେଜରଙ୍କ ଚେମ୍ବରକୁ ଅନେଇଲା। ସେ ଆସି ନାହାନ୍ତି ଏଯାଏଁ। କ୍ଲର୍କମାନଙ୍କ ଭିତରୁ ଦି'ତିନିଜଣ ଆସିଚନ୍ତି ମାତ୍ର। ଏବେ ତ ଦିନ ଏଗାରଟା ହେଲାଣି। ହରିଶଙ୍କର ବହୁତ ଦିନ ହେଲା ଅଫିସ ଆସେନି। ତେଣୁ ଅଫିସ୍‌ର ଅଲିଖିତ ଟାଇମ୍ ଟେବୁଲ୍ ତାକୁ ଜଣା ନାଇଁ।

ସେକେଣ୍ଡ ଗ୍ରେଡର ଆକାଉଣ୍ଟସ୍ କ୍ଲର୍କ ଘୋଷ ବାବୁ କହିଲା : କ'ଣ ନେଜାତୀ, ଆଜି ସୂର୍ଯ୍ୟ କେଉଁଆଡ଼େ ଉଇଁଚି ? ଆପଣ ହାଜର ହେଲେଣି ଯେ।

କଥାଟା ଭିତରେ ଗୋଟେ ବ୍ୟଙ୍ଗ ଲୁଚି ରହିଚି ଯେମିତି। ନେତାଜୀ କଥାଟା ଉପରେ ଘୋଷ ବେଶୀ ଜୋର୍ ଦେଲା କି ? ହରିଶଙ୍କର ହାତରୁ ଯେ, ୟୁନିଅନ୍‌ର ସେକ୍ରେଟୋରୀଶିପ୍ ଚାଲିଯାଇଚି, ଘୋଷ ପ୍ରଛନ୍ନ ଭାବରେ ସେଇୟା- ଉଦ୍ଦେଶ୍ୟ କଲା କି ? ଉତ୍ତର ଦେଲାନି ହରିଶଙ୍କର ତା' କଥାରେ। ଏଇ ଘୋଷ ବିଚରା ତା'ର ଥାର୍ଡ ଗ୍ରେଡ୍‌ରୁ ସେକେଣ୍ଡ ଗ୍ରେଡ୍‌କୁ ପ୍ରମୋନ ପାଇଁ ହରିଶଙ୍କରକୁ ଏକଦା କେତେ ତେଲ ନ ଲଗେଇଚି। ଆଜି କେମିତି ଥଟ୍ଟା କଲାଭଳି ଆଖିରେ ଅନେଇ ଅଭଦ୍ର ଭାବରେ ହସୁଚି ଦେଖ।

ଫାଇନାନ୍‌ସ ସେକ୍‌ସନ୍‌ରୁ ବାହାରି ଆସିଲା ହରିଶଙ୍କର। କରିଡରର ଗୋଟେ କୋଣରେ ପାର୍ଟିଶନ୍‌ଟେ ଦିଆ ହେଇଚି। ସେଇଟା ଟିଷ୍ଟଲ୍। ଗେଷ୍ଟ ଏଣ୍ଟରଟେନ୍‌ମେଣ୍ଟ୍ ହେଡରେ ଦି'ହଜାର ଟଙ୍କା ପ୍ରତି ମାସରେ ସାଂଶନ ହୁଏ। ସେଇ ଟଙ୍କାରେ ଟିଷ୍ଟଲ ଖୋଲା ହେଇଚି। ଜି.ଏମ୍.ଅଫିସର ଅଫିସରଠୁ ପିଅନ ପର୍ଯ୍ୟନ୍ତ ଯାହାର ଯେତେବେଳେ ଦରକାର ହେଲା କିମ୍ବା ଯେତେ ବନ୍ଧୁ ବାନ୍ଧବ ପହଞ୍ଚିଲେ- ମାଗଣାରେ ଚା'ମିଳି ପାରିବ।

ସେକ୍ରେଟାରୀ ହେବା ପରେ ଥରେ ଆପତ୍ତି କରିଥିଲା ହରିଶଙ୍କର ଏଇ ଟି ଷ୍ଟଲ ପାଇଁ। ସେତେବେଳେର ପର୍ସନେଲ ଅଫିସର କହିଥିଲେ: କେତେ କିଏ ଖାଇ ଯାଉଚି ସରକାରୀ ଧନକୁ ହରିଶଙ୍କର ବାବୁ। ପ୍ରୋଜେକ୍ଟ ନାଁରେ ଲକ୍ଷଲକ୍ଷ ଟଙ୍କା ଡେପୁଟି ସି.ଏମ୍.ଇ, ସବ ଏରିଆ ମ୍ୟାନେଜର

ଓ ପ୍ରୋଜେକ୍ଟ ଅଫିସର ଖାଇଯାଉଚନ୍ତି। ଜି.ଏମ୍ ଅଫିସର ଷ୍ଟାଫମାନେ ମିଳି ମିଶି ତ ହେଲେ ଦି'ହଜାର ଟଙ୍କାର ଚା' ପିଉଚନ୍ତି। ଏମିତି ଛୋଟ ଛୋଟ କଥାକୁ ଧରିଲେ ଚଳେ ?

ପରେ ଭାବିକି ଦେଖିଥିଲା ହରିଶଙ୍କର। ପର୍ସନେଲ ଅଫିସରଙ୍କ କଥାଟା ହିଁ ଠିକ୍। ଆଜିକୁ କୋଡିଏ ପଚିଶ ବର୍ଷ ତଳେ ୟୁନିଅନ ରାଜନୀତି ଆଡ଼କୁ ଆକର୍ଷିତ ହେଇଥିବା ହରିଶଙ୍କରର ମନ ଭିତରେ ଗୋଟେ ଆଦର୍ଶ ବୋଧ ଥିଲା। ଶ୍ରେଣୀ ସଂଘର୍ଷ, ମାଲିକମାନଙ୍କ ଅତ୍ୟାଚାର, ଶୋଷଣନିରୀହ ଶ୍ରମିକଙ୍କୁ ଉଦ୍ଧାର କରିବାର, ରୋମାଣ୍ଟିକ ସ୍ୱପ୍ନଟେ ଦେଖୁଥିଲା। ଏବେ, ଏତେ ଦିନର ଅଭିଜ୍ଞତା ପରେ ସେ ଜାଣି ସାରିଚି ସେସବୁ ଆସ୍ଫାଳନ କେତେ ଅଯୌକ୍ତିକ। ଟ୍ରେଡ୍ ୟୁନିୟନ ଜିନିଷଟି ଗୋଟେ ବ୍ୟବସାୟ ଭଳି। ତମକୁ ସବୁବେଳେ ଦି'ପ୍ରକାର ଜୀବନ ଜୀଇଁବାକୁ ପଡ଼ିବ। ଶ୍ରମିକମାନଙ୍କ ପାଖରେ ତମକୁ ଶ୍ରମିକ ଦରଦୀ ହେବାକୁ ପଡ଼ିବ, ମାଲିକମାନଙ୍କ ନାଁରେ କଠୋର କଥା କହିବାକୁ ପଡ଼ିବ। କିନ୍ତୁ ମେନେଜମେଣ୍ଟ ସାମ୍ନାରେ ତମେ ବିଗଳିତ ହେଇଯିବ। ସେମାନଙ୍କର କୃପା ଦୃଷ୍ଟି ନ ପାଇଲେ ଯେମିତି ତମର ସ୍ଥିତି ନଷ୍ଟ ହେଇଯିବ- ସେମିତି ଭାବଟେ ଦେଖେଇବ।

ହରିଶଙ୍କର ଜାଣେ, ମ୍ୟାନେଜମେଣ୍ଟର ଆଶୀର୍ବାଦ ନ ପାଇଲେ କୌଣସି ଲୋକ ୟୁନିଅନ ରାଜନୀତି କରିପାରିବନି। ମ୍ୟାନେଜମେଣ୍ଟ ସହ ଲଢ଼େଇ କରି, ସଂଗ୍ରାମୀ ମନୋବୃତ୍ତିର ପରିଚୟ ଦେଇ ଆଉ ୟୁନିୟନ ରାଜନୀତି କରିହୁଏନା। ଲେବରମାନେ ଚାହିଁବେ ତମେ ତାଙ୍କର ତତ୍କାଳୀନ ଅଭାବ ଅସୁବିଧା ଗୁଡ଼ିକ ସମାଧାନ କର। କାହାକୁ କମ୍ପାନି ଡିସ୍‌ମିସ୍ କରୁଚି ଚୋରି ଅଭିଯୋଗରେ, କାହାକୁ ସସ୍‌ପେଣ୍ଡ୍ କି ଟ୍ରାନ୍‌ସଫର କରୁଚି ଅନ୍ ଅଥରାଇଜ୍‌ଡ ଆବସେଣ୍ଟ୍ ନାଁରେ, କାହାର ଲୋନ୍ ମିଳୁନି, କାହାର ପୁଅକୁ ଚାକିରିରେ ପଶେଇବା କଥା- ଏସବୁ କାମ ତମକୁ ହାସଲ କରିକି ଦେଖେଇବାକୁ ହେବ- ତେବେନା ତମେ ନେତାଜୀ! ଅଥଚ ଏସବୁ କାମ ପାଇଁ ମେନେଜମେଣ୍ଟର ଆଶୀର୍ବାଦ, ସହଯୋଗ ଦରକାର। ଖାଲି ଲଢ଼େଇ କରି, ଲେବର କମିଶନର କୋର୍ଟରେ କେଶ୍ ଲଢ଼ି ଏସବୁ ହାସଲ କରି ହୁଏନି।

ହରିଶଙ୍କର ଜି.ଏମ୍.ଅଫିସରଟି ଷ୍ଟଲ୍ ବିଷୟରେ ଆଉ କିଛି ପ୍ରତିବାଦ କରି ନଥିଲା ପର୍ସନେଲ୍ ଅଫିସରଙ୍କ କଥା ପରଠୁ। ସେ ଜାଣିସାରିଛି, କୌଣସି କିଛି ଭଲମନ୍ଦ ଜିନିଷକୁ ବଦଳେଇ ଦେବା ତା' ଭଳି ୟୁନିଅନ ଲିଡର୍ ହାତରେ କେବେ ନଥିଲା କି ଆଜି ବି ନାହିଁ। ହରିଶଙ୍କର ଟିଷ୍ଟଲ ଆଡ଼କୁ ଆଗେଇ ଗଲା ଓ ଚା' ବନେଇବା ଚାର୍ଜରେ ଥିବା ରାମଦୟାଲ ପିଅନକୁ କହିଲା, ଚା' କପେ ପାଇଁ। ରାମଦୟାଲ ପାଖରେ ବସିଥିବା ଜାନକୀକୁ କହିଲା; ଦେ, ବାବୁଙ୍କୁ ଚା' କପେ ଦେ।

ରାମଦୟାଲ୍ ଉଠିଲାନି ତା' ଜାଗାରୁ। ଜାନକୀ ବି ଖୁମ୍ବକୁ ଆଉଜି ଚଟାଣରେ ବସିଥିଲା...। ହରିଶଙ୍କରକୁ ଦେଖି ଟିକେ ବି ହଲିଲାନି, ସମ୍ମାନ ଦେଖେଇ ନମସ୍କାର କଲାନି। ରାମଦୟାଲ୍‌କୁ କହିଲା: ତୁ ଦଉନୁ।

ହରିଶଙ୍କରର କ'ଣ ୟୁନିଅନ୍ ସେକ୍ରେଟାରୀ ପଦବୀ ଛଡ଼ା ଆଉ କିଛି ହିଁ ନଥିଲା ? ବ୍ୟକ୍ତିତ୍ୱ, ବ୍ୟକ୍ତିଗତ ଗାରିମା, ନିଜସ୍ୱ ଚାକିରିର ପଦମର୍ଯ୍ୟାଦା, ବ୍ୟକ୍ତିଗତ ସଂପର୍କ ଚେତନା- ଏସବୁ କିଛି ହିଁ ନଥିଲା ? ଏଇ ଜାନକୀର ବର ଓଭରମ୍ୟାନ ଥିଲା, ଖଣି ଦୁର୍ଘଟଣାରେ ମରିଗଲା ପରେ ତା'ର ବକେୟା ଟଙ୍କା ମିଳିବାଠୁ ଆରମ୍ଭ କରି ଅସହାୟା ଜାନକୀକୁ ଚାକିରି ମିଳିବା, ଜେନେରାଲ୍ ମଜ୍‌ଦୁର ଭାବରେ ଡେଜିଗନେଶନ ଅଣେଇ ଦେବା ଓ ତା'କୁ ଜି.ଏମ୍ ଅଫିସରେ ପୋଷ୍ଟିଂ ଦେବା ବିଷୟରେ ହରିଶଙ୍କର କ'ଣ କମ ଦୌଡ଼ା ଦୌଡ଼ି କରି ନଥିଲା ? ସେତେବେଳେ ହରିଶଙ୍କରକୁ ଦେଖିଲେ ବିନୟରେ ବିଗଳିତ ହେଇପଡୁଥିବା ଜାନକୀ ବାରମ୍ବାର ନିଜ ଅସହାୟତାର ଦ୍ୱାହି ଦେଇ; କରୁଣା ଭିକ୍ଷା କରୁଥିବା ଜାନକୀ କ'ଣ କେବଳମାତ୍ର ହରିଶଙ୍କରର ପଛରେ ଥିବା ୟୁନିଅନ୍ ସେକ୍ରେଟାରୀ ପଦବୀଟାକୁ ହିଁ ସମ୍ମାନ ଦେଉଥିଲା, ବ୍ୟକ୍ତି ହରିଶଙ୍କର ତା' ପାଖରେ ମୂଲ୍ୟହୀନ ହୋଇ ରହିଥିଲା । ନ ହେଲେ, ଏମିତି ତ କେବେ ହେଉନଥିଲା ଯେ ହରିଶଙ୍କରଙ୍କୁ ଦେଖି ଅବଜ୍ଞାରେ ରାମଦୟାଲ ଓ ଜାନକୀ ବସି ରହିଥିବେ । ଅନ୍ୟଦିନ ହେଲେ ସେମାନେ ଉଠି ଆସି ନିଜର ଦୁଃଖ ଜଣେଇ ସାରନ୍ତେଣି ଓ ହରିଶଙ୍କର ସାମ୍ନାରେ ବିନୟ ଆତ୍ମୀୟତାରେ ତରଳି ଯାଆନ୍ତେଣି ।

ହରିଶଙ୍କରର ମନଟା ଉଦାସ ହେଇଗଲା । ହଠାତ୍ ମନେହେଲା ସେ ଯେମିତି ନାଇଁ । ହରିଶଙ୍କର ନଥିଲା । କେବେ ନ ଥିଲା ବ୍ୟକ୍ତି ହରିଶଙ୍କର । ତା'ର ନଥିବା ଅସ୍ତିତ୍ୱ କଥା ଭାବିଲା ମାତ୍ରେ ଦୀର୍ଘଶ୍ୱାସଟା ବାହାରି ଆସିଲା । ରାମଦୟାଲ ଉଠିଯାଇ ଚା' ଢାଳୁଥିଲା କପ୍‌ରେ । ହରିଶଙ୍କରଙ୍କର ଆଉ ଚା' ପିଇବା ପାଇଁ ଇଚ୍ଛା ହିଁ ନଥିଲା । ସେ ପର୍ସନାଲ ଅଫିସ୍ ପାଖରେ ପହଞ୍ଚିଚି କି ନାଇଁ, ଜି.ଏମ୍‌ଙ୍କ ପିଅନ ବାଳମୁକୁନ୍ଦ ଆସି କହିଲା, ସାହେବ ଆପଣଙ୍କୁ ତିନିଦିନ ହେଲା ଖୋଜୁଛନ୍ତି । ଏବେ ଅଫିସରେ ବସିଚନ୍ତି । ଟିକେ ଦେଖା କରି ଦିଅନ୍ତୁ ।

ଜି.ଏମ୍.ତିନି ଦିନ ହେଲା ଖୋଜୁଛନ୍ତି ? ଟିକେ ବିକୃତ ହେଇଗଲା ହରିଶଙ୍କର । ତା'ର ଏବେ ଦୁର୍ଦ୍ଦିନ । ସେ ଅଫିସ୍‌କୁ ଆସୁନଥିବା କଥାରେ ମିରଚଲାନି ସାହେବ ବିରକ୍ତ ହେଇଚନ୍ତି କି ? ମିରଚଲାନି ଜି.ଏମ୍.ହେଇ ଆସିଲା ବେଳେ ହିଁ ହରିଶଙ୍କରଙ୍କର ସେକ୍ରେଟାରୀଶିପ୍ ଗଲା । ଖୁବ୍ କମ୍ ମୁହାଁମୁହିଁ ହେଇଚି ସେ ତାଙ୍କର । ଆଜିକାଲି, ମିଟିଙ୍ଗ ଫିଟିଙ୍ଗକୁ ଡାକରା ପାଏନି ହରିଶଙ୍କର । ତା'ଛଡ଼ା ନିଜ ତରଫରୁ ବଳେଇ ହେଇ କି ପରିଚୟ ଦେବାକୁ ଗୋଟେ ସଂକୋଚ ମାଡି ବସେ । ଯଦିଓ ଜାଣେ ରାଜନୀତିରେ ଏମିତି ଗୋଟେ ସଙ୍କୋଚ ଖରାପ କଥା । କେହି ମାନୁ କି ନ ମାନୁ, ତମକୁ ସବୁବେଳେ ଦେଖେଇବାକୁ ପଡ଼ିବ, କି ଡ୍ୟାମ କେୟାର ଲୋକ ତମେ । ତମେ କଥାବାର୍ତ୍ତାରେ ତମର ପ୍ରତିପତ୍ତି, ଶକ୍ତି ଓ ଶୌର୍ଯ୍ୟ ଛିଟିକି ପଡୁଥିବା ଦରକାର । ପଲିଟିକ୍‌ସରେ ତମେ ବିଜୟୀ ହେଇ କଥା କହିଲେ ଲୋକ ତମକୁ ପାସଙ୍ଗରେ ପକେଇବେନି ।

ହରିଶଙ୍କର ଜାଣେ, ଏଇଟା ତା'ର ଦୋଷ । ସେ କେବେ ବି ବାହାଦୁରୀ ମାରିପାରିନି କଥାବାର୍ତ୍ତାରେ । ସେମିତି କହିବାଟା ତାକୁ ଟାଉଟରି କଳାଭଳି ମନେ ହେଇଚି । ସବୁବେଳେ

ବିନୟୀ ଭଳି, ଅଧସ୍ତନ ଭଳି ବ୍ୟବହାର କରିବାଟା ତା'ର ଅଭ୍ୟାସ। ହେମବାବୁଙ୍କ ସେକ୍ରେଟାରୀଶିପ୍‌ରେ, ନ୍ୟାସନାଲାଇଜ୍ ହେବା ପୂର୍ବରୁ, ଥରେ ପରବାହାର କୋଇଲାଖଣିରେ, ଷ୍ଟ୍ରାଇକ୍ ହେଇ ଲକ୍ ଆଉଟ୍ ପର୍ଯ୍ୟନ୍ତ କଥା ଯାଇଥିଲା। ସେତେବେଳେ ବି ୟୁନିଅନର ଏକ୍‌ଜିକ୍ୟୁଟିଭ୍ ବଡ଼ିର ମେମ୍ବର ହରିଶଙ୍କର ଯେଉଁଠି ସାହେବମାନଙ୍କୁ ଦେଖୁଥିଲା, ବିନୟରେ ନମସ୍କାର କରୁଥିଲା।

ଜି.ଏମ୍.ଚେମ୍ବର ଭିତରକୁ ପଶିବା ପୂର୍ବରୁ ଅଟକି ଗଲା ହରିଶଙ୍କର। ଜି.ଏମ୍.କ'ଣ ଖୁବ୍ ରାଗିକି ଅଛନ୍ତି? ତେବେ ତ ତା' ସାଙ୍ଗରେ ମିରଚଲାନି ସାହେବଙ୍କ ଅଧସ୍ତନ ଉପରିସ୍ଥର ସମ୍ପର୍କ। ସେ ଯିମିତି ମିରଚକାନିଙ୍କ ପି.ଏ ମହାପାତ୍ର ସାଙ୍ଗରେ ଟିକେ ଦେଖା କରି କଥାଟା କ'ଣ ବୁଝିଦେବ? ଗୋଟେ ଅସମଞ୍ଜସ ଅବସ୍ଥାରେ ପଡ଼ିଗଲା ହରିଶଙ୍କର। ସ୍ଲିପ୍‌ଟେ ଦେବ ଯେ, ପିଅନ, ବାଳମୁକୁନ୍ଦକୁ ବି ପାଇଲାନି ସେ। ଶେଷରେ କବାଟ ଠେଲି ପଶିଲା। ମେ ଆଇ କମ୍ ଇନ୍ ସାର୍।

ଜି.ଏମ୍.ମୁଣ୍ଡ ଉଠେଇ ଅନେଇଲେ। ଆରେ ହରିଶଙ୍କର ବାବୁ ଯେ? ଆସନ୍ତୁ। ଆସନ୍ତୁ। ବହୁତ ଖୋଜୁଥିଲି ଆପଣଙ୍କୁ।

ହରିଶଙ୍କର ନିଶ୍ଚିନ୍ତ ହେଲା। ନା, ଜି ଏମ୍. ତେବେ ରାଗି ନାହାନ୍ତି। ଆଗେଇ ଗଲା ସେ। ପାଦ ତଳେ ନରମ କାର୍ପେଟ। ଘର ଭିତରଟା ଥଣ୍ଡା। ବିରାଟ ସେକ୍ରେଟାରୀଏଟ ଟେବୁଲର ସେପଟେ ବସିଛନ୍ତି ମିରଚଲାନି ସାହେବ। ଇ-୮ ଗ୍ରେଡର। ଖୁବ୍ ଶୀଘ୍ର-ଇ୯ ହେବେ ଓ ଶୁଣାଯାଉଚି ପରବର୍ତ୍ତୀ ଏକ୍‌ଜିକ୍ୟୁଟିଭ୍ ଡାଇରେକ୍ଟର ଇଏ ହିଁ ହେବେ। ସେ ଚେୟାରରେ ବସିଲା।

ଜି.ଏମ୍‌ଙ୍କ ପଛପଟେ ବିଭିନ୍ନ ଗ୍ରାଫ ସବୁ ଟଙ୍ଗା ହେଇଚି କୋଲିୟାରୀର ଉତ୍ପାଦନ ବିଷୟରେ। ବାଁ ପଟରେ ଏଆର୍ କୁଲର୍‌ଟି ଖୁବ୍ ଅସ୍ପଷ୍ଟ ଶବ୍ଦ କରୁଚି। ହରିଶଙ୍କରକୁ ଗୋଟେ ଖୁସି ଖୁସି ଲାଗିଲା। ବହୁତ ଦିନ ହେଲା ତା'ର ଜି.ଏମ୍ ଭଳି ଉପରିସ୍ଥ ସାହେବମାନଙ୍କ ସହ ଆପଏଣ୍ଟମେଣ୍ଟ ନଥିଲା।

ଜି.ଏମ୍.କଲିଂବେଲ୍ ବଜେଇ ବାଳମୁକୁନ୍ଦକୁ ଡାକିଲେ ଓ ଦି' କପ ଚା' ଦେଇଯିବା ପାଇଁ କହି, ହରିଶଙ୍କରଙ୍କୁ ପଚାରିଲେ, ଆଉ କୁହନ୍ତୁ, କେମିତି ଚାଲିଚି ଆପଣଙ୍କର ପଲିଟିକ୍‌ସ?

: ଆପଣ କ'ର ଜାଣି ନାହାନ୍ତି ସାହେବ; ହେମବାବୁ ମୋତେ ୟୁନିଅନ୍‌ରୁ ବାହାର କରି ଦେଇଛନ୍ତି?

: ଆପଣ ଯେତେ ଖରାପ ଭାବନ୍ତୁ ପଛେ ହରିଶଙ୍କର ବାବୁ, ଜି.ଏମ୍. କହିଲେ: ହେମବାବୁ ଲୋକଟା ଭଲ ନୁହଁ। ଖୁବ୍ ସ୍ୱାର୍ଥୀ। ଦେଖନ୍ତୁ, ମୋଠୁ କେତେ କାମ ଆଦାୟ କରି ନେଇଛି ଲୋକଟା, ଅଥଚ ମୋର ଥରେ ଗୋଟେ ପର୍ସନାଲ୍ କାମ ଥିଲା, ମୁଁ ଭୁବନେଶ୍ୱର ଯାଇ ତାକୁ ଦେଖା ବି କରିଥିଲି। ସେ ମନ୍ତ୍ରୀ ଲୋକ, ଫୋନ୍ ଉଠେଇଲେ ହିଁ କାମ ହେଇଯାଇଥା'ନ୍ତା ଅଥଚ ସେ କାମ ବି କରି ହେଲାନି। ଅଥଚ ମୋଠୁ ହିଁ ହେମବାବୁ କେତେ ଲୋକଙ୍କର କାମ କରେଇ ନେଇଚି।

ହରିଶଙ୍କର ମୁହଁ ତଳକୁ କଲା। ହେମବାବୁଙ୍କୁ ତା'ଠୁ ବେଶୀ କିଏ ଆଉ ଜାଣେ ?କିନ୍ତୁ ତଥାପି ହେମବାବୁଙ୍କ ବିଷୟରେ ଦି'ପଦ ଶୁଣିଲେ, ନିଜକୁ ଅସ୍ୱସ୍ତିକର ଲାଗେ। ଏଇଟା କ'ଣ ଏତେ ଦିନର ପ୍ରଭୁ ଭକ୍ତିର ସଂସ୍କାର ?

ଜି.ଏମ୍. କହିଲେ ଶୁଣୁଚି ଆପଣ ହେମବାବୁଙ୍କ ଦ୍ୱାରା ସ୍ୟାକ୍‌ଡ ହେବା ପରେ ପଲିଟିକ୍‌ସ ଛାଡ଼ି ଦେଲେ ? ଏ ଭୁଲ୍ କାହିଁକି କରୁଛନ୍ତି ଆପଣ ? ପଲିଟିକ୍‌ସରେ କେହି କାହାରିକୁ ଲିଫ୍ଟ ଦିଏନା, ଜବରଦସ୍ତି ଉଠିଯିବାକୁ ପଡ଼େ।

ହରିଶଙ୍କର ଦୀର୍ଘ ନିଃଶ୍ୱାସ ପକେଇଲା: ମୁଁ ବହୁତ ଭାବି ଦେଖିଚି ସାହେବ। ୟୁନିଅନ ରାଜନୀତି, ମୋ ଭଳି ଲୋକ ବିନା ଗଡ଼ ଫାଦର୍‌ରେ କରିବା ମୁସ୍କିଲ। ମୋ ପଛରେ ମ୍ୟାନେଜ୍‌ମେଣ୍ଟର ଆଶୀର୍ବାଦ ନାଇଁ କି ହେମବାବୁଙ୍କ ମନ୍ତ୍ରିତ୍ୱର ପାୱାର ନାଇଁ। ମୁଁ କେମିତି ଉଠି ଠିଆ ହେବି ? କେଉଁ ଭରସାରେ ମୁଁ ମ୍ୟାନେଜମେଣ୍ଟକୁ, ପୁଲିସ୍‌କୁ, ବିରୋଧୀ ଗୋଷ୍ଠୀର ଲେବର୍‌ମାନଙ୍କ ସହ ମୁକାବିଲା କରି ପାରିବି। ଦରମା ସମୟରେ ଚାନ୍ଦା ସଂଗ୍ରହ ପାଇଁ ମୋର ଭଲେଣ୍ଟିୟରମାନଙ୍କ ଯଥେଷ୍ଟ ପ୍ରୋଟେକ୍‌ସନ୍ ଦେବାକୁ ପୁଲିସ୍ କିମ୍ବା ମ୍ୟାନେଜ୍‌ମେଣ୍ଟ ଆଗେଇ ଆସିବ କି ? ବିନା ଚାନ୍ଦା, ବିନା ଲୋକାଲ୍ ମ୍ୟାନେଜ୍‌ମେଣ୍ଟର ସମର୍ଥନରେ ମୁଁ କି ରାଜନୀତି କରିବି ?

ମିରଚଲାନି ସାହେବ ହସିଲେ: ସେଇଥିପାଇଁ ମୁଁ ଆପଣଙ୍କୁ ଡାକିଚି। ଆପଣ ପରବାହାର କୋଲିୟାରୀକୁ ସମ୍ଭାଳନ୍ତୁ। କ'ଣ ନାଁ ସେ ମଦୁଆ ଲୋକଟି, ଧ୍ରୁବ-ସେଇ ମ ଯାହାକୁ ହେମବାବୁ ବସେଇଚନ୍ତି ସେକ୍ରେଟାରୀ କରି ? ମୁଁ ତ ବୁଝିପାରୁନି ଆମର ପ୍ରୋଜେକ୍ଟ ଅଫିସର ମିଃ ମିଶ୍ର କାହିଁକି ସେଇ ଧ୍ରୁବ ବାବୁକୁ ଏତେ ମୁଣ୍ଡରେ ବସେଇଚି। ଗୋଟେ ୟୁନିଅନ୍‌ର ସେକ୍ରେଟାରୀ ହେବ ସେ ଲୋକଟା,ଅଥଚ ଚବିଶି ଘଣ୍ଟା ପିଉଚି। ଖାଲି ଲେବର୍‌ମାନଙ୍କ ପାଖରୁ ଜବରଦସ୍ତି ଟଙ୍କା ନେଉଚି ଓ ବଦଖର୍ଚ୍ଚ କରୁଚି। ଆପଣଙ୍କୁ ମୁଁ କଥା ଦେଉଚି ମ୍ୟାନେଜମେଣ୍ଟ ତରଫରୁ ସବୁ ସହଯୋଗ ପାଇବେ। ତା' ଛଡ଼ା ଏସ୍.ଡି.ପି.ଓଙ୍କ ସାଙ୍ଗରେ ମୋର ଦୁଇଦିନ ପରେ ଦେଖାହେବ, ମୁଁ କଥା ପ୍ରସଙ୍ଗରେ କହିବି, ସେ ସର୍କଲ୍ ଇନ୍‌ସପେକ୍ଟରଙ୍କୁ କହିଦେବେ ପୁଲିସ୍ ଆପଣଙ୍କୁ ଯେମିତି ହଇରାଣ ନ କରେ।

ଟେବୁଲ ତଳେ ନିଜର ପାଦ ଦେଖାଯାଉଚି। ଚପଲ୍‌ର ଷ୍ଟ୍ରାପ୍ ଛିଣ୍ଡି ଆସିଲାଣି। ପିନ୍ଧିଥିବା ଧୋତିଟା ବି ମଇଳା। ନିଜର ଲୁଗାପଟା ପ୍ରତି କେବେ ଯତ୍ନ ନେଇପାରିନି ହରିଶଙ୍କର। ସବୁବେଳେ ଅସନା ଅସନା। ସେ ଆଗେ ଭାବୁଥିଲା, ଉପରର ଦେଖାଣିଆ ଚେହେରା ଅପେକ୍ଷା ଭିତରର କର୍ମଶକ୍ତି ହିଁ ଅସଲ ଇମେଜ୍ ସୃଷ୍ଟି କରେ। ଏବେ କିନ୍ତୁ ଦେଖୁଚି, ଆଜିକାଲିର ପ୍ରଜନ୍ମର ଲୋକମାନେ, ଏମିତିକି ଧ୍ରୁବ ଖଟୁଆ ଭଳି ତା'ର ଦଶ ପନ୍ଦର ବର୍ଷର ଜୁନିୟର୍ ଲୋକମାନେ ବି ଉପରର ଭେକକୁ ବେଶୀ ଗୁରୁତ୍ୱ ଦିଅନ୍ତି, ଭିତରର କର୍ମଶକ୍ତି ପ୍ରତି ସେତେଟା ଖାତିର ନାଇଁ।

ଜି.ଏମ୍‌ଙ୍କ ଭାଷଣ ଶୁଣୁ ଶୁଣୁ ଅନ୍ୟମନସ୍କ ହେଇଯାଇଥିଲା ହରିଶଙ୍କର। ସେ ରାଶି

ଫଳରେ ବିଶ୍ୱାସ କରେନି କି ଅବିଶ୍ୱାସ ବି କରେନି। ତେବେ କ'ଣ ତାର ଗ୍ରହ, ନକ୍ଷତ୍ର, ରାଶିରେ କେଉଁଠି ପରିବର୍ତ୍ତନ ହେଉଚି। କିଛିଦିନ ହେଲା ବିଭିନ୍ନ ଲୋକ, ବିଭିନ୍ନ ଉଦ୍ଦେଶ୍ୟରେ ତାକୁ ୟୁନିଅନକୁ ଫେରି ଆସିବା ପାଇଁ କହୁଛନ୍ତି। ତେବେ କ'ଣ ବିଶ୍ୱନିୟନ୍ତାଙ୍କ ସେମିତି ହିଁ ଇଚ୍ଛା।

: ଆପଣ ଗୋଟେ ରାଇଭାଲ୍ ୟୁନିଅନ୍ ନ ହେଲେ କରନ୍ତୁ। ଜି.ଏମ୍. କହିଲେ : କିମ୍ବା ଆପଣଙ୍କ ସେଣ୍ଟ୍ରାଲ୍ କମିଟିକୁ ଲେଖନ୍ତୁ ଆପଣମାନେ ହିଁ ଅସଲ ୟୁନିଅନ୍। ପ୍ରଥମ ଲୋକାଲ୍ ମ୍ୟାନେଜ୍‌ମେଣ୍ଟ ବିରୁଦ୍ଧରେ ସ୍ୱର ଉଠାନ୍ତୁ। ଆମର ପ୍ରୋଜେକ୍ଟ ଅଫିସର, ଡେପୁଟି ସି.ଏମ୍.ଇ. ମିଶ୍ରର ଦୁର୍ନୀତି ବିରୁଦ୍ଧରେ ସଭା ସମିତି କରନ୍ତୁ। ଯଦି ପାରିବେ ଦିନେ ଦି'ଦିନ ପରବାହାର କୋଇଲା ଖଣି ବନ୍ଦ କରି ଦିଅନ୍ତୁ। ମୁଁ ଆପଣଙ୍କୁ ଆଶ୍ୱାସନା ଦେଉଚି ସାତ ଦିନ ଦରମାକାଟା ସର୍କୁଲାର, ମୁଁ ସେ ଷ୍ଟ୍ରାଇକ୍ ପାଇଁ ଲାଗୁ କରିବିନି।

ଆଶ୍ଚର୍ଯ୍ୟ ହୋଇଗଲା ହରିଶଙ୍କର। ଏ କ'ଣ କହୁଚନ୍ତି ମିରଚାଲନି ସାହେବ? ସେ ରାଜନୀତି କଲା ଦିନଠୁ ଆଜିଯାଏଁ କୌଣସି ଜି.ଏମ୍. କ'ଣ କୌଣସି ସବ୍ ଏରିଆ ମ୍ୟାନେଜର ବି ତାକୁ ଏମିତି ଷ୍ଟ୍ରାଇକ୍ ପାଇଁ ଉସୁକେଇ ନାହାନ୍ତି। ଅଥଚ ଖୋଦ ମିରଚଳାନି ସାହେବ, ଇ୮ର ଜି.ଏମ୍,. ଯିଏ ଆଉ କିଛିଦିନ ପରେ ଏକ୍‌ଜିକ୍ୟୁଟିଭ୍ ଡାଇରେକ୍ଟର ହେବେ, ସେ କ'ଣ କହୁଚନ୍ତି?

ମିରଚଳାନି ହସିଲେ : ମୋ କଥାରେ ଆପଣ ଆଶ୍ଚର୍ଯ୍ୟ ହେଉଚନ୍ତି, ନୁହଁ? ଭାବୁଚନ୍ତି, ଏସବୁ ମୁଁ କ'ଣ କହୁଚି? ଦେଖନ୍ତୁ ହରିଶଙ୍କର ବାବୁ, ଖାଲି ଆପଣମାନଙ୍କୁ ହିଁ ରାଜନୀତି କରିବା ପାଇଁ ପଡ଼ି ନଥାଏ, ପ୍ରତି ମୁହୂର୍ତ୍ତରେ ଆମମାନଙ୍କୁ ବି ରାଜନୀତି କରିବା ପାଇଁ ପଡ଼ିଥାଏ। ମିଃ ମିଶ୍ର, ଆମର ଡେପୁଟି ସି.ଏମ୍.ଇ., ମୋର ଆଡମିନିଷ୍ଟ୍ରେସନ୍‌ରେ ଗୋଟେ ମୁଣ୍ଡବ୍ୟଥା। ଆପଣ ଚାହାନ୍ତି ଧ୍ରୁବବାବୁଙ୍କୁ ହଟେଇବାକୁ, ମୁଁ ଚାହେଁ ମିଃ ମିଶ୍ରଙ୍କୁ ହଟେଇବାକୁ। ଆସନ୍ତୁ ଆମେ ଦି'ଜଣ ହିଁ ଏକା ସାଙ୍ଗରେ କାମ ଆରମ୍ଭ କରିବା। ଦେଶମୁଖ, ଆପଣଙ୍କର ସବ୍ ଏରିଆ ମ୍ୟାନେଜର, ତାକୁ ଡେପୁଟି ସି.ଏମ୍.ଇ ଭାରି ହଇରାଣ କରୁଚି। ତାକୁ ନିଜର ଲୋକ ବୋଲି ଭାବିବେ। ଯେତେବେଳେ ଯେଉଁ ପ୍ରକାର ସାହାଯ୍ୟ ଦରକାର, ତାକୁ କହିବେ। ତେବେ ମୁଁ ଚାହେଁ ମିଃ ମିଶ୍ର ବିରୁଦ୍ଧରେ ଗୋଟେ ଆନ୍ଦୋଳନ, ଗୋଟେ ତୀବ୍ର ପ୍ରତିକ୍ରିୟା।

ହରିଶଙ୍କର ବୁଝିପାରିଲା ମିର୍‌ଚଳାନି ସାହେବଙ୍କ ତାକୁ ଡାକିବାର ଉଦ୍ଦେଶ୍ୟ। ଜି.ଏମ୍‌ଙ୍କ ଅସନ୍ତୋଷ ଅଛି ମିଃ ମିଶ୍ରଙ୍କ ଉପରେ। ସେ ହରିଶଙ୍କରକୁ ମାଧ୍ୟମ କରିବା ପାଇଁ ଚାହାନ୍ତି। କିଛିକ୍ଷଣ ଆଖି ବନ୍ଦ କଲା ସେ। ପ୍ରସ୍ତାବଟା ଗ୍ରହଣ କରିନେବ? ନେଉନା, କ୍ଷତି କ'ଣ? ଆଉ ଥରେ ପୁଣି ୟୁନିଅନ ଝାମେଲା ଟେନ୍‌ସନ୍ ମୁଣ୍ଡେଇନେବ? ୟୁନିୟନରୁ ବାହାରି ଆସି କେଉଁ ଟେନ୍‌ସନ୍ ମୁକ୍ତ ଯେ? ଏଇଟା ତ ସୁଯୋଗ, ଜି.ଏମ୍‌ଙ୍କ ଲିଫ୍ଟ ମିଳୁଚି- ଦେଶମୁଖ ବି ସହଯୋଗ କରିବ। ଏଇଟା ହିଁ ତ ସୁଯୋଗ। ନେବ? ମାନିନେବ ଏ ପ୍ରସ୍ତାବ? ନେଉନା କ୍ଷତି କ'ଣ?

କହିଲା: ଠିକ୍ ଅଛି ସାହେବ। ଆପଣଙ୍କର ଆଶୀର୍ବାଦ ଥିଲେ ସବୁହେବ। ଏବେକାର ଥାନାର ସର୍କଲ୍ ଇନ୍‌ସପେକ୍ଟରଟି ନୂଆ ଆସିଚି। ମୋତେ ଚିହ୍ନେନି। ମୁଁ ଅବଶ୍ୟ ତା' ସାଙ୍ଗରେ ସମ୍ପର୍କ ରଖିବାର ଚେଷ୍ଟା କରିବି, ଆପଣ ବି ଏସ୍.ଡି.ପି ଓଙ୍କୁ ଟିକେ କହି ରଖିବେ।

ଉଠି ଆସିଲା ହରିଶଙ୍କର ଜି.ଏମ୍.ଙ୍କ ପାଖରୁ। ନୂଆ ୟୁନିଅନ୍ ଗଢ଼ିବାକୁ ହେବ। ପୁରୁଣା ଏକ୍‌ଜିକ୍ୟୁଟିଭ୍ ବଡ଼ିର ମେମ୍ବରମାନେ ଅନେକ ରାଜନୀତି ଛାଡ଼ି ଶାନ୍ତଶିଷ୍ଟ କର୍ମଚାରୀ ହେଇ ତାଙ୍କର ଡ୍ୟୁଟି ଓ ଘର ସଂସାର ସମ୍ଭାଳୁଚନ୍ତି। ବାକି ଜଣେ ଦୁଇଜଣ ଧ୍ରୁବ ଖଟୁଆ ୟୁନିଅନରେ ମିଶି ଯାଇଚନ୍ତି। ହରିଶଙ୍କର ମନେ ମନେ ଗୋଟେ ଲିଷ୍ଟ କରିଦେଲା, କାହାକୁ ରଖିବ- କାହାକୁ ନ ରଖିବ। କିଏ କାମ କରିପାରେ, କିଏ ନାଁ ନେବା ପାଇଁ ହାଇଁପାଇଁ, କିଏ ଟଙ୍କା ମାଗିବାରେ ଓସ୍ତାଦ୍ ସମସ୍ତଙ୍କ ଚେହେରା ଥରେ ଥରେ ମନେ ପକାଇବାକୁ ଚାହିଁଲା।

ନୂଆ କରି ରସିଦ ବହି ଛପେଇବାକୁ ପଡ଼ିବ। ସେମାନଙ୍କ ପୁରୁଣା ୟୁନିଅନ୍‌ର ସେଣ୍ଟ୍ରାଲ କମିଟିଟା ଏବେ ଦି'ଖଣ୍ଡ ହେଇଯାଇଚି। ଗୋଟେ ଗ୍ରୁପ୍ ଚୌବେଜୀଙ୍କ ଅନ୍ୟଟି ତିୱାରୀଜୀଙ୍କର। ଦିହେଁ ହିଁ ଲୋକସଭାର ସଦସ୍ୟ, ସେଥିରେ ପୁଣି ଗୋଟେ ରାଜନୈତିକ ଦଳର। ହରିଶଙ୍କରଙ୍କ ସମୟରେ ସେଣ୍ଟ୍ରାଲ କମିଟି ଭାଙ୍ଗି ଦି'ଟୁକୁରା ହେଇଥିଲା। ହେମବାବୁ ସେତେବେଳକୁ ଚୌବେଜୀଙ୍କ ସାଙ୍ଗରେ ରହିବାକୁ ଚାହିଁଥିଲେ। ତିୱାରଜୀ କିଛିଦିନ ଧାନବାଦରୁ ଆସି ଧାଁ ଦଉଡ଼ି କରିଥିଲେ, କିନ୍ତୁ ଏଠି ସେମିତି କିଛି ଫଳପ୍ରସୂ ହେଇ ନଥିଲା ତାଙ୍କ ଉଦ୍ୟମ। ହେମବାବୁ ଓ ଚୌବେଜୀଙ୍କ ଭିତରେ ଭଲ ରାଜନୈତିକ ସମ୍ପର୍କ ଅଛି।

ହରିଶଙ୍କର ତିୱାରୀଜୀଙ୍କୁ ଚିଠି ଲେଖି ତା' ୟୁନିଅନ ପାଇଁ ସେଣ୍ଟ୍ରାଲ କମିଟିର ତିୱାରୀ ଗ୍ରୁପର ଅନୁମୋଦନ ଆଣିବ କି ? ତିୱାରୀ ପାଖରେ ଏଇ ସମୟରେ ଗୋଡ଼ ଭାଙ୍ଗି ଠିଆହେବାଟା ସୁନ୍ଦର ଦିଶିବ କି ନାଇଁ, ହରିଶଙ୍କର ଆଉ ସେ ବିଷୟ ଭାବିଲା ନାଇଁ। ଏଇଟା ହିଁ ରାଜନୀତି। ତା'କୁ ଯେ କୌଣସି ସାହାରା ଧରି ଉଠିବାକୁ ପଡ଼ିବ।

ବହୁତ କାମ କରିବାକୁ ପଡ଼ିବ ଏ ଭିତରେ। ଦେଶମୁଖ ସାଙ୍ଗରେ ଦେଖା କରିବାକୁ ପଡିବ। ଷ୍ଟ୍ରାଟେଜି ତିଆରି କରିବାକୁ ପଡ଼ିବ। ମିଟିଂ ଆୟୋଜନ କରିବାକୁ ପଡ଼ିବ। ସେଣ୍ଟ୍ରାଲ କମିଟିରୁ ଅନୁମୋଦନ ଆଣିବାକୁ ପଡିବ। ପୁରୁଣା ୟୁନିଅନ୍‌ର ଘର ଧ୍ରୁବର ଦଖଲରେ। ନୂଆ ଘରଟେ ଦରକାର। ଆସବାବପତ୍ର, ଖାତାପତ୍ର ଦରକାର। ଚାନ୍ଦା ଆଦାୟ ପାଇଁ ଦରକାର ସେମିତି ଷଣ୍ଢମାର୍କା, ଗୁଣ୍ଡା ପ୍ରକୃତିର ଲୋକ କିଛି।

ହରିଶଙ୍କର କ୍ଳାନ୍ତ ହେଇଗଲା। ଏତେଗୁଡ଼େ କାମ କରିବାକୁ ଅଛି ଭାବିକି ? ବାର୍ଦ୍ଧକ୍ୟ ଛୁଇଁ ଆସୁଚି। ଆଗଭଳି ଉତ୍ସାହ ରହୁନି କୌଣସିଥିରେ। କେମିତି ଗୋଟେ କ୍ଳାନ୍ତି, ଅବସାଦ ମାଡି ଆସୁଚି। ବେଳ ନେଉଟି ଯାଉଚି ପରା। ସଞ୍ଜ ହେଇ ଆସୁଚି। ହରିଶଙ୍କର କେବେ ଏସବୁ ଭାବିନି। ସେଣ୍ଟିମେଣ୍ଟ, ଇମୋଶନ ସବୁକୁ ଆଡ଼େଇ ରଖି ଦେଇ ଆସିଚି। ଅନ୍ତତଃ ହେମବାବୁ ତାକୁ ସବୁବେଳେ ଜୋର୍ କରିଛନ୍ତି ସେସବୁ ଦୂରେଇ ଦେବାକୁ।

ତାକୁ ନିଶ୍ଚେ ଜି.ଏମ୍‌.ଙ୍କ ପ୍ରଦତ୍ତ ସିଡିଟି ବ୍ୟବହାର କରିବାକୁ ପଡ଼ିବ। ଜି.ଏମ୍‌. ତାକୁ ବ୍ୟବହାର କରନ୍ତୁ, ତା' ପୂର୍ବରୁ ହିଁ ଜି.ଏମ୍‌ଙ୍କୁ ବ୍ୟବହାର କରିନେବା ଉଚିତ। ଧ୍ରୁବ ଖଟୁଆ ତ ଛାର, ହରିଶଙ୍କରର ପ୍ରକୃତ ଲଢ଼େଇ ମିଃ ମିଶ୍ର ସାଙ୍ଗରେ ନୁହଁ, ଚୌବେଜୀ ସାଙ୍ଗରେ ନୁହଁ, ଶୋଷଣ ବିରୁଦ୍ଧରେ ନୁହଁ, ଶ୍ରମିକ ଏକତା ସପକ୍ଷରେ କି ବିରୁଦ୍ଧରେ ବି ନୁହଁ, ତା'ର ଲଢ଼େଇ ହେମବାବୁ ବିରୁଦ୍ଧରେ, ତା'ର ଲଢ଼େଇ ଅପମାନର ପ୍ରତିଶୋଧ ପାଇଁ, ତା'ର ଲଢ଼େଇ ନିଜର ସ୍ଥିତିର ପ୍ରମାଣ ପାଇଁ।

କିନ୍ତୁ କିଏ ତାକୁ ସାହାଯ୍ୟ କରିବ? ପୁରୁଣା ସାଙ୍ଗସାଥି ଆଉ ବାହାରିବେ? ଥରେ ୟୁନିଅନ ନିଶା ଛାଡ଼ିଗଲେ, ଲୋକଟିଏ ଗୃହସ୍ଥର ଅଗଣାକୁ ଫେରିଗଲେ, ବଶମ୍ବଦ ଶ୍ରମିକ କର୍ମଚାରୀଟେ ହେଇଗଲେ ଆଉ ଉତ୍ତେଜକ ଦିନଗୁଡ଼ାକୁ ଫେରିଯିବାକୁ ଚାହାଁନ୍ତି ନାଇ। ହୁଏତ ଅନେକ ଆଉ ଆସିବେନି। କିନ୍ତୁ ନୂଆ ଲୋକଙ୍କୁ କିଏ ଖୋଜି ଆଣିବ, କିଏ ମତେଇବ ସମସ୍ତଙ୍କୁ। ଖାଲି ହରିଶଙ୍କର ପକ୍ଷରେ ତ ସମ୍ଭବ ନୁହଁ। ଯେ ତ ଗୋଟେ ଟିମ୍ ୱାର୍କ ଭଳି। ହରିଶଙ୍କର ପାଖରେ ପାଞ୍ଚ ସାତ ଜଣ ଠିଆ ହେଲେ ସିନା ସେ ଦେଖେଇ ଦେବ ୟୁନିଅନ୍‌ଟା ଠିଆ କରେ ଦେଇ।

ଜି.ଏମ୍‌.ଅଫିସ୍ ସାମ୍ନା ଚା' ଦୋକାନରେ ବସି ଖବର କାଗଜ ପଢୁଥିଲା ହରିଶଙ୍କର। ପଢୁନଥିଲା ଆଦୌ। ଜି.ଏମ୍‌ଙ୍କ ଅଫିସରୁ ବାହାରିଲା ପରଠୁ ମନ କୌଣସିଥିରେ ସ୍ଥିର ରହୁନି। ଏଇ ଯେ, ଖବର କାଗଜ ଖୋଲି ବସିଚି, ଗୋଟେ ବି ଅକ୍ଷର ପଢ଼ି ପାରିନି। ଯେମିତି ଖବର କାଗଜଟି ଗୋଟେ ଚେସର ବୋର୍ଡ। ସେଇଠି ସଜେଇ ନେଉଚି ସେ ନିଜର ସୈନ୍ୟ, ସାମନ୍ତ, ରାଜା, ମନ୍ତ୍ରୀ, ହାତୀ, ଘୋଡ଼ା।

ଖବର କାଗଜରୁ ଆଖି ଉଠେଇ ନେଲାମାତ୍ରେ ତା'ର ନଜର ପଡ଼ିଗଲା, ଅଗଣି ହୋତା ହୋଟେଲ ବାହାରେ ଠିଆ ହେଇଚି। ପରବାହାର କୋଲିୟାରୀରେ ଇଲେକ୍‌ଟ୍ରିସିଆନ୍ କାମ କରୁଥିବା ଅଗଣି। ଉତ୍ସାହୀ ଲୋକଟା। ପୁରୁଣା ୟୁନିଅନ୍‌ରେ ବଡ଼ି ମେମ୍ବର ଥିଲା। ଧ୍ରୁବ ଖଟୁଆ ତାକୁ ସେଥିରୁ ବାହାର କରି ଦେଇଚି। ଅଗଣି ତଥାପି ୟୁନିଅନ୍ ଅଫିସ ଯାଉଚି, ସେ ଖବର ରଖିଚି ହରିଶଙ୍କର। ଅର୍ଥାତ୍ ଅଗଣିର ଆଗ୍ରହ ଅଛି। ଧ୍ରୁବ ଲିଫ୍‌ଟ ଦେଉନି। ତାକୁ ଅଣାଯାଇ ପାରେ। ପୁରୁଣା ଲୋକ, ପୁରୁଣା ଅଭିଜ୍ଞତା ଅଛି ଟ୍ରେଡ୍ ୟୁନିୟନ୍‌ର। ତା'ଛଡ଼ା ଉଦ୍ୟମୀ ବି। ତା'ର ୟୁନିଅନ୍‌ର ଆସିଷ୍ଟାଣ୍ଟ ସେକ୍ରେଟାରୀ ପଦଟି ବାଛି କି ରଖି ଦେଲା ହରିଶଙ୍କର ଏଇ ଅଗଣି ହୋତା, ଇଲେକ୍‌ଟ୍ରିସିଆନ୍ ପାଇଁ ଓ ହୋଟେଲରୁ ବାହାରି ଆସି ଅଗଣିର କାନ୍ଧରେ ହାତ ରଖିଲା।

ବୁଲିପଡ଼ିକି ହରିଶଙ୍କରକୁ ଦେଖିଲା ମାତ୍ରେ ଅଗଣି ଆନନ୍ଦରେ ନମସ୍କାର କରି ପକେଇଲା; ଆପଣଙ୍କ ପାଖକୁ ହିଁ ଆସିଥିଲି ନେତାଜୀ, ଦି' ତିନି ଦିନ ହେଲା ଆପଣଙ୍କୁ ଖୋଜୁଚି।

: ମୁଁ ବି ତମକୁ ଖୋଜୁଚି ଅଗଣି।

: ମୋର ଗୋଟେ ପୁତୁରା ଅଛି ନେତାଜୀ। ପୁତୁରା, ମାନେ ଗାଁ ସମ୍ପର୍କର, ଆମ ଗାଁରୁ

ଆସି ରହିଚି ଆମଘରେ, ବଦଳିରେ ଭର୍ତ୍ତି କରି ଦେଇଥିଲି, ଟବ୍‌ଚେକର୍‌ରେ ଯାଉଥିଲା। ଏବେ କୋଉ ଓଭରମ୍ୟାନ୍ କ'ଣ ବଦମାସି କରି ଲୋଡିଂରେ ପଠେଇ ଦେଇଚି। ତା' କଥା ଟିକେ ବୁଝନ୍ତନି ନେତାଜୀ ?

ହେବ, ହେବ, ହେବ। ଅଗଣିର ପିଠି ଥାପୁଡେଇ ଦେଲା ହରିଶଙ୍କର। ତା'ର ଗଳାର ସ୍ୱରରେ ଏତେ ଆତ୍ମ ବିଶ୍ୱାସ କିଏ ଆଣି ଦେଲା ? ଏଇ ସ୍ୱରଟିକୁ ତ ଦି'ବର୍ଷ ହେଲା ସେ ହଜେଇ ଦେଇଥିଲା। ଏବେ ଜି.ଏମ୍.ଙ୍କ ଚେମ୍ବରରୁ ବାହାରିଲା ପରେ ହିଁ ହରିଶଙ୍କର ଫେରି ପାଇଲା ତା'ର ପୁରୁଣା ଶକ୍ତି, ପୁରୁଣା ଉତ୍ସାହ। ସେ କହିଲା; ଏସବୁ ଛୋଟିଆ କାମ ତ ହେଇଯିବ ଅଗଣି। ତା'ଠୁ ବି ବଡ଼ କାମ ଆମକୁ କରିବାକୁ ପଡ଼ିବ। ଆସ, ହୋଟେଲ ଭିତରକୁ ଆସ। ସବୁ କହୁଚି ତମକୁ।

ଷଷ୍ଠ ପରିଚ୍ଛେଦ

ଦିନସାରା ପ୍ରଦ୍ୟୁମ୍ନର କିଛି କରିବା ପାଇଁ ନାହିଁ। ଆଗେ, ଚାକିରି ପାଇବା ପୂର୍ବରୁ ଖୁଡ଼ୀଙ୍କ ସାଙ୍ଗରେ ରୋଷେଇ କରିବାରେ ସାହାଯ୍ୟ କରୁଥିଲା। ଏବେ, ଚାକିରି ପାଇବା ପରେ ଅଗଣି କକେଇ ଓ ଖୁଡ଼ୀ ତାକୁ ରୁନୁ ପାଇଁ ଯୋଗ୍ୟ ପାତ୍ରଟେ ବୋଲି ଧରିନେଇ ସାରିଲା ପରେ କେମିତି ଟିକେ ସ୍ନେହମିଶା ସାମିଲ୍ କରି ଚଳନ୍ତି।

ପ୍ରଦ୍ୟୁମ୍ନର ଏମିତି ଟବଚେକର କାମରୁ ଲୋଡିଂକୁ ଚାଲିଯିବାର ଘଟଣା ଅଗଣି କକେଇଙ୍କୁ ଯେତେ ବିବ୍ରତ କରି ନଥିଲା, ତା'ଠୁ ବେଶୀ ବିବ୍ରତ କରିଛି ଖୁଡ଼ୀଙ୍କୁ। ସେ ପ୍ରଦ୍ୟୁମ୍ନର ହୋଇ ଓକିଲାତି କରିଥିଲେ ଅଗଣି କକେଇଙ୍କ ପାଖରେ; ଯେତେହେଲେ ପାଠଶାଠପଢ଼ା ବ୍ରାହ୍ମଣ ପୁଅ। କୋଉ ଗଣ୍ଡା ଘଷିଆ ହେଇଚି କି' ଯେ ଗାଡ଼ି ଭରିବ ?

ଅଗଣି କକେଇ ଟିକେ ଚିଡି ଉଠିଥିଲେ ଖୁଡ଼ୀଙ୍କ ଉପରେ; କୋଇଲା ଖଣିର ଚାକିରି, ସେଥିରେ ଏତେ ଜାତି ବିଚାର କ'ଣ ? କେତେ ବ୍ରାହ୍ମଣ ପିଲା ପଢ଼ା ଲେଖାପିଲା ଲୋଡିଂ କରୁଛନ୍ତି। ମୁଁ ବ୍ରାହ୍ମଣ ପିଲା ନଥିଲି ? କମ୍ପାନି ଅମଳରେ ମୁଁ ଯେତେବେଳେ ଭର୍ତ୍ତି ହେଲି, ସାହେବ ସୁହୁବାଙ୍କ ଅଇଁଠା ବାସନ ମାଜିଛି, ଗାଡ଼ି ଲୋଡିଂ କରିଛି, ସେତେବେଳର ଟ୍ରାମର କାମ ଆଜିକୁ ଅଛି ? ଟବ୍‌ଗାଡିକୁ ଦଉଡ଼ିରେ ବାନ୍ଧି ପୁଲିରେ ଝୁଲେଇ ଟାଣିଚି। ଆଉ ଦେଖ- ଏବେ ମୁଁ ଇଲେକ୍ଟ୍ରିସିଆନ୍। ପାଞ୍ଚ କେଟେଗରିର ଦରମା ପାଉଚି। ଓଭରଟାଇମ୍, ସନ୍‌ଡେ ଆକାଉଣ୍ଟ ମିଶେଇ ଏବେ ମୁଁ ଇନ୍‌କମ୍ ଟ୍ୟାକ୍ସ ଦେଉଚି। ଯଦି ବ୍ରାହ୍ମଣ ପୁଅ

ବୋଲି ଜାଣି ଅଭିମାନରେ ବସି ରହିଥାନ୍ତି- ଆଜିକୁ ଏତେ ଟଙ୍କା ତମେ ଦି'ହାତରେ ଧରି ଖର୍ଚ୍ଚ କରୁଥାନ୍ତ ?

ଅଗଣି କକେଇଙ୍କ ରାଗଟା, ପ୍ରଦ୍ୟୁମ୍ନର ମନେ ହେଇଥିଲା, ଖୁଡ଼ୀଙ୍କ ଉପରେ ନୁହଁ, ତା' ଉପରେ। ପ୍ରଦ୍ୟୁମ୍ନକୁ ଖୁବ୍ ଅସହାୟ ଲାଗିଲା। ତା'ର ନିଜସ୍ୱ ଅନୁଭୂତିବୋଧ ପ୍ରତି କାହାରି ମମତ୍ୱ ନାଇଁ। ସେ ଯେ ଗୋଟେ ମଣିଷ, ତା'ର ଇଚ୍ଛା ଅନିଚ୍ଛା ରହିଛି, ବ୍ୟକ୍ତିଗତ ରୁଚି ଅରୁଚି ଅଛି, ନିଜଭଳି ନିଜର ଜୀବନ ଜୀଇଁବାର ଅଧିକାର ଅଛି- ଏକଥା କେହି ମାନିବାକୁ ପ୍ରସ୍ତୁତ ନୁହଁନ୍ତି।

ପ୍ରଦ୍ୟୁମ୍ନ ଆଜନ୍ମ ଏମିତି ପରାଧୀନ। ସବୁଠି ସେ ବୋଝ ହେଇ ରହିଚି। ସେ ମା' ପେଟରେ ଅନାକାଂକ୍ଷିତ ଶିଶୁ ଭାବରେ ଥିଲା। ସେ ମା' ପେଟକୁ ଆସିଲାବେଳକୁ ଗୋଟେ ପୁଅ ଓ ତିନୋଟି ଝିଅ ଜନ୍ମ କରି ମା' କ୍ଳାନ୍ତ ହେଇ ସାରିଥିଲେ। କାଳେ ଆଗତ ଶିଶୁଟି ବି ଝିଅ ହେବ, ଏଇ ଆଶଙ୍କାରେ ପେଟର ପିଲାକୁ ନଷ୍ଟ କରିଦେବା ପାଇଁ ମା' ଏଆଡୁ ସେଆଡୁ ଔଷଧ ଖାଇଥିଲେ। ସେଇ ଔଷଧ ପ୍ରଦ୍ୟୁମ୍ନକୁ ମାରିପାରି ନଥିଲା, କିନ୍ତୁ ବୋଧେ ଏମିତି ଦୁର୍ବଳ ସ୍ୱାସ୍ଥ୍ୟର ମଣିଷଟେ କରି ଗଢ଼ି ତୋଳିଲା। ପ୍ରଦ୍ୟୁମ୍ନ ତା'ର ଜନ୍ମର ବହୁତ ପରେ ଜାଣିଥିଲା, ସେ ତା'ର ବାପା ମା'ଙ୍କର ଅନାକାଂକ୍ଷିତ ସନ୍ତାନ ଥିଲା। ଜାଣିବା ପରଠୁ ତା'ର ପାଦତଳର ମାଟି ଖସି ଯାଇଥିଲା। ଖୁବ୍ ଅସହାୟ ଛିନ୍ନମୂଳ ମନେ ହେଉଥିଲା ନିଜକୁ ନିଃସଙ୍ଗ ବ୍ୟର୍ଥ ଜୀବନର ବୋଝ ବୋହୁଥିବା ମଣିଷ ଭଳି।

ଅଗଣି କକେଇଙ୍କ ରାଗ ଦେଖି ପ୍ରଦ୍ୟୁମ୍ନର ଆଉଥରେ ମନେ ପଡିଯାଇଥିଲା ନିଜର ଜନ୍ମ ପୂର୍ବରୁ ପ୍ରଦ୍ୟୁମ୍ନର ମୃତ୍ୟୁ ପ୍ରାର୍ଥନାରେ ମା'ଙ୍କ କରୁଣ ଓ ଅସହାୟ ମିନତି କଥା। ତେବେ କ'ଣ ପ୍ରଦ୍ୟୁମ୍ନ ଆଜନ୍ମ କ୍ରୀତଦାସ ? ତାର ଜନ୍ମରେ ନ ଥିଲା ନିଜର ଇଚ୍ଛା ଅନିଚ୍ଛାର ପ୍ରଶ୍ନ ଓ ଜୀବନ ଜୀଇଁବାରେ ଆଜୀବନ ପ୍ରଦ୍ୟୁମ୍ନକୁ ଏମିତି ପରଇଚ୍ଛାର ଜୀବନ ଜୀଇଁବାକୁ ପଡ଼ିବ।

ଅଗଣି କକେଇ ପରେ ନେଇଯାଇଥିଲେ ୟୁନିଅନ ଅଫିସକୁ ଓ ସେଠି ଧ୍ରୁବ ବାବୁଙ୍କ ପାଖରେ ଫେରାଦ କରିଥିଲେ। ଧ୍ରୁବବାବୁ, ୟୁନିଅନ ଅଫିସ ଘର ଭିତରେ କେତେଜଣ ଚାମଚାଙ୍କ ପରିବେଷ୍ଟନୀରେ ବସି ରହିଥିଲେ। ଧ୍ରୁବବାବୁଙ୍କ ପଛପଟ କାନ୍ଥରେ ହେମବାବୁଙ୍କ ଗୋଟେ ବଡ଼ ଫଟୋ ଟଙ୍ଗା ହେଇଛି। ହେମବାବୁ ଏ ଅଞ୍ଚଳର ଏମ୍.ଏଲ୍.ଏ। ଓଡ଼ିଶା ସରକାରଙ୍କ କ୍ୟାବିନେଟପାହ୍ୟା ମନ୍ତ୍ରୀ। ଧ୍ରୁବବାବୁ ତାଙ୍କ ପାଖ ଲୋକ ବୋଲି ଶୁଣିଛି। ହେମବାବୁ ମନ୍ତ୍ରୀହେଲା ପରଠୁ ଆଉ ଏ ଅଞ୍ଚଳକୁ ଆସୁନାହାନ୍ତି। ଧ୍ରୁବବାବୁଙ୍କୁ କୁଆଡ଼େ ଏ ଅଞ୍ଚଳରେ ନିଜର ପ୍ରତିନିଧି କରିଦେଇ ଯାଇଚନ୍ତି। ତେଣୁ ଅନେକେ, ଏମିତିକି ବଡ଼ବଡ଼ିଆ ଅଫିସର ମାନେ ବି ଧ୍ରୁବବାବୁଙ୍କୁ ମନ୍ତ୍ରୀଙ୍କ ଚଳନ୍ତି ପ୍ରତିମା ବୋଲି ମନେ କରନ୍ତି।

ଧ୍ରୁବବାବୁ ମଦ ପିଇଥିଲେ- କଥାବାର୍ତ୍ତାର ଢଙ୍ଗ ଓ ଆଖିର ଚାହାଣୀରୁ ବୁଝି ହେଉଥିଲା। ଧ୍ରୁବ ବାବୁ ଏଇ ପିଇବା ଘଟଣାଟା କୋଲିୟାରୀରେ ସମସ୍ତଙ୍କ ପାଖରେ ଏତେ ସାଧାରଣ ଯେ,

କୋଇଲା ଖଣି ଅଞ୍ଚଳକୁ ଆସି ପହଞ୍ଚିଲା ମାତ୍ରେ ହିଁ ପ୍ରଦ୍ୟୁମ୍ନ ଶୁଣିଥିଲା ବିଷୟଟି। ଧ୍ରୁବ ବାବୁ ବେଶ କିଛିକ୍ଷଣ ଏଆଡୁ ସେଆଡୁ ଲୋକଙ୍କ ଅଭାବ ଅଭିଯୋଗ ଶୁଣି ସାରିଲା ପରେ, ଜିଏମ୍ ମିଃ ନରଚଲାନି, ପ୍ରୋଜେକ୍ଟ ଅଫିସର ମିଃ ମିଶ୍ର ଓ ସବ୍ ଏରିଆ ମ୍ୟାନେଜର ଦେଶମୁଖ ସାହେବଙ୍କୁ ଗାଳି ଦେଇ ସାରିଲା ପରେ, ଅଗଣି କକେଇକୁ ଅନେଇ ପଚାରିଥିଲେ କ'ଣ ବେ, ଆଜି କ'ଣ ମନେ କରି ଇୟୁନିୟନ ଅଫିସଆଡେ ମାଡିଆସିଲୁ।

ଯଥାସମ୍ଭବ ବିନୟୀ ହେଇ ଅଗଣି କକେଇ କହିଥିଲେ, ମୋର ଏଇ ପୁତୁରା ବଦଳିରେ ଭର୍ତ୍ତି ହେଇଚି। ଟବ୍‌ଚେକର କାମ କରୁଥିଲା। ଏବେ ତାକୁ ଲୋଡିଂକୁ ବଦଳି କରାହେଇଚି।

: ତୋ ପୁତୁରା ଜାଣି ନଥିଲା ଯେ ସେ ଲୋଡର ଭାବରେ ଭର୍ତ୍ତି ହେଇଚି ବୋଲି ?

: ଆଜ୍ଞା, ସେ ବ୍ରାହ୍ମଣ ପୁଅ। ବି.କମ୍ ପଢ଼ିଛି। ସେ ଗଣ୍ଡାଘଷିଆ ଭଳି ଲୋଡିଂ କରିବ।

: ଗୋଟେ ସମାଜବାଦୀ ଦେଶରେ ଜାତି ଫାତି କ'ଣ ଅଛି। ସମସ୍ତେ ସମାନ। ଶଳା ଅଗଣି, ତୁ ଏତେ ଦିନ ଧରି ହରିଶଙ୍କରର ପାଦ ଚାଟୁଥିଲୁ ଶଳା, ଏତିକି ବି ଜାଣି ପାରିଲୁନି ?

ଅଗଣି କକେଇ ନିର୍ଲଜ୍ଜଙ୍କ ଭଳି ହସି ହସି ସେ ଗାଳିସବୁକୁ ସମର୍ଥନ କରି କହିଥିଲେ; ଆପଣ ଚେଷ୍ଟା କଲେ ଧ୍ରୁବ ବାବୁ, ସବୁ ସମ୍ଭବ ହେବ। ଆଉ ହରିଶଙ୍କର କଥା କହୁଚନ୍ତି, ଆପଣଙ୍କ ୟୁନିୟନ ହେଲା ଦିନଠୁ ମୁଁ ପରା ତାଙ୍କ ସାଙ୍ଗରେ ସମ୍ପର୍କ ରଖିନି। ହେମବାବୁ ଆମର ନେତା। ହରିଶଙ୍କର କିଏ ସେ ? ହେମବାବୁ ଯାହାକୁ କହିବେ, ସେ ହେବ ଆମର ନେତା।

ଧ୍ରୁବ ବାବୁ ହସିଥିଲେ ଆତ୍ମଗର୍ବର ହସ। କହିଥିଲେ; ତୋ ପୁତୁରା ଆମ ୟୁନିଅନର ମେମ୍ବର ହେଇଚି ?

ପ୍ରଦ୍ୟୁମ୍ନର ୟୁନିଅନବାଲାମାନଙ୍କ ପ୍ରତି ଭଲ ଧାରଣା ନାହିଁ। ସମସ୍ତେ ଟାଉଟର ଶଳାଏ। ଶ୍ରମିକମାନଙ୍କୁ ଯଦି କେହି ଶୋଷଣ କରୁଥାଏ ସବୁଠୁ ବେଶୀ, ମାଲିକମାନଙ୍କ ଅପେକ୍ଷା ବି ବେଶୀ, ତେବେ ସେମାନେ ଏଇ ଟ୍ରେଡ ୟୁନିଅନ ବାଲାଏ ହିଁ। ଏଇଟା ଯେମିତି ଶୀଘ୍ର ପଇସା କମେଇବାର ଗୋଟେ ଶସ୍ତା ଉପାୟ। ତମ ପାଖରେ ଯଦି ଗୁଣ୍ଡାମୀ କରିବାର ସାମର୍ଥ୍ୟ ଅଛି, ତମେ ଯଦି ଟିକେ ସାହସ ସଞ୍ଚୟ କରିପାର, ଡରେଇ ଧମକେଇ ତମେ ଶ୍ରମିକମାନଙ୍କ ପାଖରୁ ଚାନ୍ଦା ଆଦାୟ କରିପାରିବ ଓ ପୁଲିସ୍‌ବାଲାଠୁ ଏଇ କୋଲିୟାରୀର ସବୁ ସାହେବ, କ୍ଲର୍କ କି ତମକୁ ସାମିଲ କରିବେ, ତାଙ୍କ ସାମ୍ନାରେ ବସିବା ପାଇଁ କୁର୍ସୀ ଦେବେ।

ପ୍ରଦ୍ୟୁମ୍ନ ଦରମା ପାଇବା ଦିନ ପେମେଣ୍ଟ କାଉଣ୍ଟରରେ ଦେଖିଥାଏ ଦଳ ଦଳ ଲୋକଙ୍କ ଭିଡ଼। ସେମାନେ ଆସିଥାନ୍ତି ପଇସା ଅସୁଲ କରିବାକୁ। ବଜାରର ତେଜରାତି ଦୋକାନୀ, ଲୁଗା ଦୋକାନୀ ମାସକୁ ଶତକଡ଼ା ଦଶଟଙ୍କା ସୁଧରେ ଧାର ଦେଉଥିବା କାବୁଲିବାଲା ଓ ଅନ୍ୟ ବ୍ୟବସାୟୀ। ଶ୍ରମିକଟେ ପେମେଣ୍ଟ କାଉଣ୍ଟରରୁ ବାହାରିଲା ମାତ୍ରେ ସମସ୍ତେ ତା' ଉପରକୁ ଝାମ୍ପି ପଡନ୍ତି। ସେଇମାନଙ୍କ ଦଳରେ ଥାନ୍ତି ୟୁନିଅନବାଲା ବି। ହାତରେ ଗୋଟେ ଗୋଟେ ରସିଦ ବହି ଧରି, ପାଞ୍ଚ ଛଅଜଣ ଦାଦାମାର୍କା ଲୋକ, ପାଖରେ ତାଙ୍କ ଦଳର ପତାକା ଉଡୁଥିବ,

ଏଇଟାହିଁ ୟୁନିଅନବାଲାଙ୍କ ପରିଚୟ। ପ୍ରଦ୍ୟୁମ୍ନର ସବୁବେଳେ ମନେ ହେଉଚି, ଲେବରମାନଙ୍କ ଉପରେ ଝାମ୍ପି ପଡୁଥିବା ଏଇ ବ୍ୟବସାୟୀ ଦଳଙ୍କଠୁ ୟୁନିଅନବାଲା ବି କିଛି କମ୍ ନୁହନ୍ତି। କାରଣ, ନିଜ ଅଭିଜ୍ଞତାରୁ ହିଁ ପ୍ରଦ୍ୟୁମ୍ନ ଜାଣେ କୌଣସି ଲେବର ସ୍ୱଇଚ୍ଛାରେ ସେମାନଙ୍କୁ ଚାନ୍ଦା ଦିଏ ନାହିଁ ବରଂ ଜବରଦସ୍ତି ଚାନ୍ଦା ଆଦାୟ କରାଯାଇଥାଏ।

ଅଗଣି କକେଇ କହିଥିଲେ ୟୁନିୟନ ଅଫିସରେ ଧ୍ରୁବ ଖଟୁଆଙ୍କ ସାମ୍ନାରେ ନିର୍ଲଜ୍ଜ ଭାବରେ ବିନୟୀ ହେବାର ଅଭିନୟ କରି; ହୋଇଯିବ ଆଜ୍ଞା। ନୂଆ କରି ଏବେ ତ ଜଏନ୍ କରିଛି, ତିନି ଚାରି ମାସ ହେଲା।

ଧ୍ରୁବ ଖଟୁଆ ପ୍ରଦ୍ୟୁମ୍ନକୁ ପଚାରିଲା- ତୋ ନାଁ କ'ଣ ?

- ପ୍ରଦ୍ୟୁମ୍ନ। ତେବେ ହାଜିରା ଖାତାରେ ମୋର ନାଁ ସମାରୁ ଖଡ଼ିଆ।

ଓ, ଇମପରନେଶନ୍ କେଶ୍? ଭୁଲିଯାଅ ତେବେ। ଏକଦମ୍ ଭୁଲିଯାଅ। କେବେ ବି ହେବନି।

କଲେଜରେ ପ୍ରଦ୍ୟୁମ୍ନ ଗୋଟେ ଜୋକ୍ ଶୁଣିଥିଲା। ଇଂରାଜୀ ଜୋକ୍‌ଟା, ଯା'ରି ଓଡ଼ିଆ କଲେ ହେବ ଏଇଭଳି; ନାରୀଟିଏ ଯଦି 'ନାଇଁ' ବୋଲି କୁହେ, ତେବେ ଧରିନିଅ ସେ 'ସମ୍ଭବତଃ' ବୋଲି କହୁଚି। ଯଦି ସେ 'ଦେଖିବା' ବୋଲି କହୁଚି, ତା' ଅର୍ଥ ସେ 'ନାଇ' ବୋଲି ହିଁ ଜାଣିବାକୁ ପଡ଼ିବ। ଆଉ ଯଦି ସେ 'ହଁ' କହୁଚି ତେବେ ସେ ଆଦୌ ନାରୀ ହିଁ ନୁହଁ। ରାଜନୈତିକ ନେତାଟିଏ ଯଦି 'ହଁ' ବୋଲି କହୁଚି, ତେବେ ଧରିନିଅ ସେ କହୁଚି ଦେଖିବା। ଯଦି ସେ 'ଦେଖିବା' ବୋଲି କହୁଚି, ଜାଣିନିଅ ତା କଥାର ମାନେ 'ନାଇଁ'। ହଁ ଯଦି ସେ 'ନାଇଁ' ବୋଲି କହୁଚି, ତେବେ ସେ ଆଦୌ ରାଜନୈତିକ ନେତା ହିଁ ନୁହେଁ।

ୟୁନିଅନ ଅଫିସରୁ ବାହାରି ଆସିଲାବେଳେ ଅପମାନରେ କ୍ଷୋଭରେ ଭାଙ୍ଗି ପଡିଥିଲା ପ୍ରଦ୍ୟୁମ୍ନ। କିନ୍ତୁ ସେସବୁକୁ ବେଖାତିର କରି, ଆଶାବାଦୀ, ଭଳି, ଅଗଣି କକେଇ କହିଥିଲେ ହବ, ହବ। ହାରାମଜାଦା ମଦୁଆଟା। କିନ୍ତୁ ପଇସା ପତ୍ର ଖର୍ଚ୍ଚ କଲେ କିଛି ହେବ ନିଶ୍ଚେ।

ଚାକିରିରେ ଭର୍ତ୍ତି ହେଲାବେଳେ ଏମ୍ପ୍ଲୟମେଣ୍ଟ ଏକ୍‌ସଚେଞ୍ଜ କାର୍ଡ କିଣା ବାବଦକୁ ଦି' ହଜାର ଟଙ୍କା ପ୍ରଦ୍ୟୁମ୍ନ ଏବେ ବି ଶୁଝିପାରିନି ଅଗଣି କକେଇଙ୍କୁ। ଏବେ ଆହୁରି ଟଙ୍କା ଖର୍ଚ୍ଚ କଥା ଶୁଣି ଟିକେ ଡରିଗଲା। ଅଗଣି କକେଇ ବୋଧେ ବୁଝିପାରିଲେ। କହିଲେ- ଟଙ୍କା ପଇସା କଥା ଭାବେନା। ସେସବୁ ବ୍ୟବସ୍ଥା ହେଇଯିବ।

ବ୍ୟବସ୍ଥା ହେଇଯିବ ମାନେ ପ୍ରଦ୍ୟୁମ୍ନ ଜାଣେ। ଅଗଣି କକେଇ ଦେବେ ଓ ପ୍ରଦ୍ୟୁମ୍ନ ଋଣ ଭାବରେ ଏତେ କୃତଜ୍ଞ ହେଇପଡ଼ିବ ତାଙ୍କଠି ଯେ, ରୁନୁକୁ ବାହା ହେବା ପାଇଁ ମନା କରିପରିବନି। ସେ କିଛି କହି ପାରିଲାନି। ଚୁପ୍‌ଚାପ୍ ଫେରି ଆସିଥିଲା ଅଗଣି କକେଇଙ୍କ ସାଙ୍ଗରେ ବସାକୁ।

ଆଜି ସକାଳୁ ଉଠି ପ୍ରଦ୍ୟୁମ୍ନ ଜଳଖିଆ ଖାଇସାରି ହସ୍ପିଟାଲକୁ ଗଲା ଓ ସିକ୍ ହାଜିରା

ଦେଇ, ଔଷଧ ନନେଇ ଫେରିଆସିଲା। ତା'ପରେ? କୁଆଡ଼େ ଯିବ? ପାନ ଦୋକାନରେ ଠିଆ ହେଇ ସିଗାରେଟଟିଏ ଲଗେଇଲା। ଏମିତିରେ ସେ ସିଗାରେଟ୍ ଖାଏନି। ଦି'ତିନି ଢୋକ ଗିଳି କାଶହେଲା, ଫୋପାଡ଼ି ଦେଲା। ଗୋଟେ ହୋଟେଲରେ ବସି ଚା' ପିଇଲା। ଗୋଟେ ତେଜରାତି ଦୋକାନରେ ବସି ହିନ୍ଦୀ ପେପର ପଢ଼ିଲା। ତଥାପି ସମୟ ଦଶଟାରୁ ଗଡ଼ିଲାନି।

କେମିତି ସମୟ କଟିବ ପ୍ରଦ୍ୟୁମ୍ନର? ଅଗଣି କକେଇଙ୍କ କ୍ୱାର୍ଟରରେ ତାକୁ ଆଶ୍ୱସ୍ତି ଲାଗେ। ଝୁନୁ ତା'ର ବୟଫ୍ରେଣ୍ଡ୍‌ମାନଙ୍କ ସାଙ୍ଗରେ ବାରଣ୍ଡା ଟାରେ ହେଁ ହେଁ ଫେଁ ଫେଁ ହେଉଥିବ। ତା'ର ଏମିତି ରଙ୍ଗ ଢଙ୍ଗ ଦେଖି, ଖୁଡ଼ୀ ଗରଗର ହେଉଥିବେ, ନ ହେଲେ ରୁନୁ, ଝୁନୁ, ଚୁଡ଼ି, ଫିତା, ସିନେମା ଦେଖା ଟଙ୍କା ଇତ୍ୟାଦି ପାଇଁ ବାସନପତ୍ର କଚଡ଼ା କଚଡ଼ି କରି ଝଗଡ଼ା ଲାଗୁଥିବେ, ନଚେତ୍ ସୋନୁକୁ କେଉଁ ପଡ଼ୋଶୀର ପୁଅ ବାଡ଼େଇଲା- ସେ ବିଷୟରେ ମା' ଝିଅ ସମସ୍ତେ ମିଶି ପଡ଼ୋଶିନୀ ସାଙ୍ଗରେ ଝଗଡ଼ା କରୁଥିବେ। ସବୁ ମିଶି ପରିବେଶଟା ପ୍ରଦ୍ୟୁମ୍ନ ପାଖରେ ଅଶ୍ୱସ୍ତିକର ମନେହୁଏ। ଗାଁରେ ତାଙ୍କ ଘରେ କେହି ବଡ଼ ପାଟିରେ କଥା କହନ୍ତି ନାହିଁ। ଏମିତି ବି ବେକାର ବଡ଼ଭାଇଙ୍କ ଉପରେ ନାନା ବୋଉ ଚିଡିଗଲେ ବି ବଡ଼ ପାଟିରେ କେବେ ଗାଳି ଦେଇ ନାହାନ୍ତି। ଆଚରଣରେ ଗୋଟେ ଭଦ୍ରତା, ଶାଳୀନତାବୋଧ ସେମାନେ ଛୋଟବେଳୁ ଶିଖି ଆସିଛନ୍ତି, ଯେଉଁଟା ଅଗଣି କକେଇଙ୍କ ଘରେ ଆଦୌ ନାହିଁ। ଝଗଡ଼ା ଲାଗିଲାବେଳେ ଏମାନେ ଘରଟାକୁ ପୂରା ଦାଣ୍ଡକରି ପକାନ୍ତି।

କ'ଣ କରିବ ତେବେ ପ୍ରଦ୍ୟୁମ୍ନ? ପୋଷ୍ଟ ଅଫିସ୍‌କୁ ଯାଇ ଦେଖିଲା ଚିଠି ଫିଠି କିଛି ଆସିନି। ନା ଘରୁ। ନା ମିନାକ୍ଷୀ ପାଖରୁ। ମିନାକ୍ଷୀର ଚିଠି କଥା ଭାବିଲାରୁ ତା'ର ମନେ ପଡିଗଲା ଯେ ମିନାକ୍ଷୀର ଶେଷ ଚିଠିଟା ପନ୍ଦର କୋଡିଏ ଦିନ ତଳେ ଆସିଥିଲା ଓ ତା'ର ଉତ୍ତର ଫେରେଇନି ପ୍ରଦ୍ୟୁମ୍ନ। ମିନାକ୍ଷୀ ପାଖକୁ ଚିଠି ଲେଖିବାର ଠିକ୍ ସମୟ, ପରିବେଶ ଓ ସୁଯୋଗ ପାଏନି ପ୍ରଦ୍ୟୁମ୍ନ। ଯେତେବେଳେ ପାଏ ବି, ତା'ର ଆଉ ମୁଡ଼ ହୁଏନି ଚିଠି ଲେଖିବାକୁ। ପ୍ରଦ୍ୟୁମ୍ନ କ'ଣ ମିନାକ୍ଷୀକୁ ଭୁଲିଯାଇଛି? ତେବେ କାହିଁକି ପୋଷ୍ଟମ୍ୟାନ୍ ଆଡ଼କୁ ଆଶାୟୀ ଆଖିରେ ଅନେଇ ରହିଥାଏ ସେ ମିନାକ୍ଷୀର ଚିଠି ପାଇଁ? ଅଥଚ ମିନାକ୍ଷୀକୁ ଚିଠି ଲେଖିଲାବେଳେ ତା'ର କିଆଁ ଏତେ ଅଳସୁଆମି, ଏଡ଼େ ଅନିଚ୍ଛା?

ପ୍ରଦ୍ୟୁମ୍ନର ଭିତରେ ଭିତରେ କେଉଁଠି ପରିବର୍ତ୍ତନ ହେଉଚି କି? ପୁରୁଣା ପ୍ରଦ୍ୟୁମ୍ନର ଉପରେ କେଉଁଠି ଶିଉଳିର ଆସ୍ତରଣ ଜମିଯାଉଚି? ଶିଉଳିର ନା କୋଇଲାର? ଏତେ ଆସ୍ତରଣ ଜମିଗଲାଣି ଯେ ପ୍ରଦ୍ୟୁମ୍ନ ଆଉ ଖୋଜି ପାଉନି ତା' ତଳେ ଅସଲ ଓ ପୁରୁଣା ପ୍ରଦ୍ୟୁମ୍ନକୁ? ସେ ତେବେ କ'ଣ ଆଉ ଗୋଟେ ପ୍ରଦ୍ୟୁମ୍ନରେ ପରିଣତ ହେବାକୁ ବସିଚି? ଆଉ ଗୋଟେ ପ୍ରଦ୍ୟୁମ୍ନ ମାନେ ସମାରୁ ଖଡିଆ ତ। ଏଇ ସମାରୁ ଖଡ଼ିଆର ତେବେ ସର୍ବେଶ୍ୱର ମିଶ୍ର କିମ୍ବା ମିନାକ୍ଷୀ ସାଙ୍ଗରେ ସମ୍ପର୍କ ନାଇଁ?

ପୋଷ୍ଟ ଅଫିସରୁ ବାହାରି, ପ୍ରଦ୍ୟୁମ୍ନ ଆଉଥରେ ଅନେଇଲା କଲୋନିଆଡ଼େ। ଦୁଇ ତିନି

ହଜାର ପରିବାର ରହୁଥିବା ଭଳି ଛୋଟ ତାର ବାହାର କଲୋନି। ଅଧିକାଂଶ ଘର ଆଜ୍‌ବେଷ୍ଟସ୍ ଛାତର। ଅଧିକାଂଶ ରାସ୍ତା ପିଚୁ ହେଇନି। ଚାରିଆଡ଼େ ଗୋଟେ ଦାରିଦ୍ର୍ୟ ଓ ମଳିନତାର ଛାପ। ଏଇ ବିଶାଳ ପୃଥିବୀ ଭିତରେ କେତେ ନଗଣ୍ୟ, କେତେ କ୍ଷୁଦ୍ର ଏଇ କୋଲିୟାରୀ। ଆଉ ତା'ରି ଭିତରେ ପ୍ରଦ୍ୟୁମ୍ନକୁ କଟେଇ ଦେବାକୁ ପଡ଼ିବ ତା'ର ଜୀବନର ଆହୁରି ପଇଁତିରିଶି ବର୍ଷ।

କଲୋନିରୁ ପିଟ୍ ପର୍ଯ୍ୟନ୍ତ ଓ ପିଟରୁ କଲୋନିକୁ ଗୋଟେ ଦୁଇଟା କିଲୋମିଟର୍ ବାଟ ମାତ୍ର ଚାଲିକି ଯିବ- ଘଷରା ଚିହ୍ନା ଓ ଅତି ମନୋଟନସ ରାସ୍ତାରେ ସବୁଦିନ। କେବେ କେମିତି ମାର୍କେଟ ଯାଅ। ତା' ଛଡ଼ା ଅନ୍ୟଆଡ଼େ ଯିବାର ଉପାୟ ନାହିଁ। ସାରା ଜୀବନ ତମେ ବନ୍ଦୀ ହେଇ ରହିଯିବ ତାର ବାହାର କୋଲିୟାରୀ କଲୋନି ଭିତରେ। ଅଥଚ କେତେବଡ଼ ଜୀବନ ପଡ଼ିରହିଚି ଦେଖ। ତାର ବାହାର କୋଲିୟାରୀ ସେପଟେ କେତେବଡ଼ ପୃଥିବୀ ଅପେକ୍ଷା କରି ରହିଚି। ପ୍ରଦ୍ୟୁମ୍ନ ଅପେକ୍ଷା କରି ରହିଚି ମିନାକ୍ଷୀ ନାଁରେ ପୃଥିବୀର ସବୁଠାରୁ କମନୀୟ ନାରୀର ହୃଦୟଟି। ସେ ସବୁକୁ ଭୁଲିଯିବ ପ୍ରଦ୍ୟୁମ୍ନ।

ଲାଲ୍ ରଙ୍ଗର ଷ୍ଟେଟବସ୍‌ଗୁଡ଼ାକ କଟକ ଭୁବନେଶ୍ୱର କି ପୁରୀ ଯାଉଥିବାର ଦେଖିଲେ ମନଟା ହାହାକାର କରି ଉଠେ ପ୍ରଦ୍ୟୁମ୍ନର। ମନେହୁଏ ଉଠିକି ବସିଯିବ ବସ୍‌ରେ। ରାତି ପାହିଲାବେଳକୁ ସେ ହାଜିର ହେଇଯାଇଥିବ ପୁରୀରେ। କେତେ ଦିନରୁ ସମୁଦ୍ର ଦେଖିନି, ବଡ଼ଦାଣ୍ଡ ଦେଖିନି, ଅଭଡ଼ା ଖାଇନି। ସାତଶଙ୍ଖ ଯାତ୍ରା ଦଳର ରିହର୍ସଲ ଦେଖିନି ତ। କେତେ ଦିନ ହେଲା, ମିନାକ୍ଷୀ ସାଙ୍ଗରେ ଦେଖା ହେଇନି। ତା' ଜୀବନରେ ଥରେ ମାତ୍ର ସେ ଶୋଇଥିଲା ମିନାକ୍ଷୀ କୋଳରେ ମୁଣ୍ଡଦେଇ। ଦି'ଥର ମାତ୍ର ଚୁମା ଦେଇଥିଲା ମିନାକ୍ଷୀକୁ। ଅଥଚ ଏତେ ପ୍ରତିଶ୍ରୁତି ଛାଡ଼ିଦେଇ କେମିତି ନିର୍ବାସନ କିରନେଲା ପ୍ରଦ୍ୟୁମ୍ନ ଦେଖ। ଏମିତି ନିର୍ବାସନ ଯେ ଖାଲି ନିଜର ପରିଚିତ ମାଟି, ପରିବେଶ ଓ ଲୋକଙ୍କୁ ଛାଡ଼ିକି ଆସିଲାନି ପ୍ରଦ୍ୟୁମ୍ନ, ନିଜର ଅସଲ ନାଁ ପରିଚୟ- ସବୁକୁ ଛାଡ଼ିକି ଚାଲିଆସିଲା ସେ।

: ମୁଁ ବୁଝିପାରୁନି ପ୍ରଦ୍ୟୁମ୍ନ, ତମେ ସମାରୁ ଖଡ଼ିଆ ନାଁରେ ଚାକିରି କଲେ କ'ଣ ଟା' ମାରା ହୋଇଯାଉଛି ? ପ୍ରଦ୍ୟୁମ୍ନକୁ ତା'ର ଚିହ୍ନା ପରିଚୟ ଭିତରେ ଥିବା ପରବାହାର କୋଲିୟାରୀର ସମସ୍ତେ ପଚାରନ୍ତି। ଅଗଣି କକେଇ, ଇଲେକ୍ଟ୍ରିସିଆନ୍ ନନ୍ଦବାବୁ, ପିଅନ ମିତ୍ରଭାନୁ, ସିକ୍ୟୁରିଟି ଗାର୍ଡ ରାମନାରାୟଣ ସିଂ, ଡ୍ରାଇଭର ରାମ ଅବତାର ସମସ୍ତଙ୍କ ପାଖରେ ପ୍ରଦ୍ୟୁମ୍ନ ଗୋଟେ କୌତୂହଳ।

ପ୍ରଦ୍ୟୁମ୍ନ ବୁଝେଇ ପାରେନି ତା'ର ଦୁଃଖ। କହିବାକୁ ଚେଷ୍ଟା କରେ – ମୋର ଗୋଟେ ନାଁ ଅଛି। ମୁଁ ପ୍ରଦ୍ୟୁମ୍ନ। ମୋର ବାପାଙ୍କର ନାଁ ଅଛି। ମୋ ଗୋଟେ ସ୍ୱତନ୍ତ୍ର ପରିଚୟ ଅଛି। ସେସବୁ ଭୁଲି ଯାଇ ମୁଁ ସମାରୁ ଖଡ଼ିଆ ହେଇଯିବି ?

କ'ଣ ହେଲା ସେଇଠୁ ?

ମୁଁ ତମ ପ୍ରଦ୍ୟୁମ୍ନ ଭାବରେ ଏତେଦିନ ବଞ୍ଚି ରହିଥିଲି, ମୋର ସେଇ ବଞ୍ଚିରହିବାଟା ବେକାର ହୋଇଯିବ ?

କୌତୂହଳୀ ହେଇ ସମସ୍ତେ ଅନାନ୍ତି ପ୍ରଦ୍ୟୁମ୍ନକୁ। ଯେମିତି ଆଜି ଯାଏ ଏଭଳି ଲୋକକୁ ଦେଖି ନଥିଲେ। ରାମ ଅବତାର କୁହେ କ'ଣ ହେଇଗଲା ସେଇଠୁ। ମୋର ନିଜ ନାଁ ହେଉଚି ଚନ୍ଦ୍ରଶେଖର। କମ୍ପାନି ଅମଳରେ ମୁଁ ଭର୍ତ୍ତି ହୋଇଚି। ସେତେବେଳେ ଆଜିକାଲି ଭଳି, ଏତେ ନିୟମ କାନୁନ୍ ନଥିଲା କି ଭର୍ତ୍ତି ପାଇଁ ଏତେ ଝାମେଲା ନଥିଲା। ମ୍ୟାନେଜର ସାହେବ ପଚାରିଲା, ତୋ ନାଁ କ'ଣରେ? ମୁଁ ମୋ ନାଁ କହିଲି। ଚନ୍ଦ୍ରଶେଖର ନାଁଟି ସେ ସାହେବକୁ କାହିଁକି କେଜାଣି ଅଡୁଆ ଲାଗିଲା। ସାହେବ ଲୋକ ତ! କେତେବେଳେ କୋଉ ମର୍ଜି। କହିଲା, ଆଜିଠୁ ତୋ ନାଁ ରାମ ଅବତାର ହେଲା। ବାସ, ସେହିଦିନଠୁଁ ମୋ ନାଁ ରାମ ଅବତାର। ଦେଖ, ମୋତେ ଦେଖ ମୋର ଟିକେ ବି କିଛି ପରିବର୍ତ୍ତନ ହେଇଚି? ଜୀବନର କୋଡିଏ ବର୍ଷ ପର୍ଯ୍ୟନ୍ତ ମୁଁ ଚନ୍ଦ୍ରଶେଖର ଥିଲି। ବାକି ପଚିଶି ବର୍ଷ ରାମ ଅବତାର। ଆହୁରି ପନ୍ଦର ବର୍ଷ କିମ୍ବା ମରିବା ପର୍ଯ୍ୟନ୍ତ ରାମ ଅବତାର ହେଇକି ରହିବି। ସେଇ ମୁଁ ତ ପୁଣି ଓଭର୍ ଟାଇମ୍ ମିଶେଇ ଦି' ହଜାର ଖଣ୍ଡେ କମଉଚି। ବାହା ହେଇଚି। ଝିଅର ବାହାଘର କରେଇଚି। କ'ଣଟା ଲୋକସାନ ହେଇଗଲା ମୋର? ଏବେ କେହି ଚନ୍ଦ୍ରଶେଖର ନାଁରେ ମୋତେ ଡାକିଲେ- ନାଁଟା ଅଜଣା ଅଜଣା ମନେହୁଏ। ଭାବି ହୁଏନି ଯେ ସେ ନାଁଟି ବି ଦିନେ ମୋର ଥିଲା।

"ଧରିନିଆଯାଉ ତମ ନାଁ ସମାରୁ ଖଡ଼ିଆ ନ ହେଇ ଧ୍ରୁବ ମିଶ୍ର ହେଇଥା'ନ୍ତା। କିମ୍ବା ଧ୍ରୁବ ଖଟୁଆ। ତମେ ମନ ଦୁଃଖ କରନ୍ତ? ହୁଏତ ଟିକେ ମନଟାରେ କେଁ ରହନ୍ତା। କିନ୍ତୁ ତମେ ମାନି ନେଇଥା'ନ୍ତ।" କଥାଟା କହିଥିଲେ ଧ୍ରୁବ ବାବୁ, ୟୁନିଅନ ଅଫିସରେ : ଅଥଚ ଯେହେତୁ ଖଡ଼ିଆ ହେଇଚି- ଖଡ଼ିଆ ଟାଇଟେଲ୍‌ଟା ଯେହେତୁ ଆଦିବାସୀ ଟାଇଟେଲ, ତମର ବ୍ରାହ୍ମଣିଆ ସଂସ୍କାର ବିଦ୍ରୋହ କରି ବସୁଚି। ନୁହଁ?

ପ୍ରଦ୍ୟୁମ୍ନ ଚୁପ୍ ରହିଥିଲା। କେମିତି ବୁଝେଇବ ସେ ତା'ର ଦୁଃଖକୁ। ହୁଏତ ଧ୍ରୁବ ବାବୁଙ୍କ କଥା ଠିକ୍। କିମ୍ବା ତାଙ୍କ କଥା ଠିକ୍ ନୁହଁ। ହୁଏତ ପ୍ରଦ୍ୟୁମ୍ନ ବି ଜାଣେନା ତା'ର ଅସଲ ଦୁଃଖଟାକୁ। ହୁଏତ ଖାଲି ଏତିକି ଜାଣେ ଯେ ପ୍ରଦ୍ୟୁମ୍ନ ମିଶ୍ରର ସମାରୁ ଖଡିଆ ହେଇଯିବା ଭିତରେ ତା'ର ମନେ ହେଉଚି, କେଉଁଠି କେମିତି ତା'ର ନିଜତ୍ୱ ହଜିଯାଇଚି, ତା'ର ସ୍ମୃତି ମରିଯାଇଚି' ପ୍ରଦ୍ୟୁମ୍ନ ମିଶ୍ରର କେଉଁଠି ଗୋଟେ ମୃତ୍ୟୁ ହେଇଯାଇଚି ଓ ତା' ବଦଳରେ ସମାରୁ ଖଡ଼ିଆ ଜୀଇଁ ଯାଇଚି। ଅଥଚ ପ୍ରଦ୍ୟୁମ୍ନ ମିଶ୍ରର ମୃତ୍ୟୁର ଶୋକ, ସମାରୁ ଖଡ଼ିଆ ଭୁଲି ପାରୁନି। ଏଇ ମୃତ୍ୟୁ ଶୋକଟି କ'ଣ, କେମିତି ଓ ୟାର କ'ଣ ଯଥାର୍ଥତା ଅଛି- ଏ ବିଷୟରେ କ'ଣ ପ୍ରଦ୍ୟୁମ୍ନ କାହାକୁ ବୁଝେଇ ପାରିବ। ନା, ସେ ପାରିବନି। ଜାଣେ, ସେ ଆଦୌ କାହାରିକୁ ବୁଝେଇ ପାରିବନି।

ଅଗଣି କକେଇଙ୍କ ଲାଇନ୍‌ରେ ରହୁଥିବା ମାଇନିଂ ସର୍ଦ୍ଦାର ଚତୁର୍ଭୁଜ ସା' ତାକୁ କହିଥିଲା ପ୍ରଦ୍ୟୁମ୍ନର ପ୍ରଭିଡେଣ୍ଟ ଫଣ୍ଡର୍ ଟଙ୍କା କେବେ ସମାରୁ ଖଡ଼ିଆ କିମ୍ବା ବଇଠୁ ଖଡିଆ ନାଁରେ କେହି ଅସଲ ଲୋକ ଆସି ଦାବୀ କରିପାରେ। ତେଣୁ ସବୁଠୁ ବଡ଼ କଥା ହେଲା, ପ୍ରଭିଡେଣ୍ଟ ଫଣ୍ଡ୍ ଖାତାରେ ନିଜର ନାଁ ବଦଳ କରିବା।

ଚତୁର୍ଭୁଜ ସା' ତା' ପାଇଁ ଉପାୟ ବତେଇ ଦେଇଥିଲା। ସବ୍‌ଡିଭିଜନ କୋର୍ଟକୁ ଯାଇ ଓକିଲକୁ ଦଶ ପନ୍ଦର ଟଙ୍କା ଦେଲେ ସେ ଗୋଟେ ଆଫିଡେଭିଟ କରେଇ ଦେବେ। ଆଫିଡେଭିଟ ଏଇ ମର୍ମରେ ହେବ ଯେ, ମୁଁ ସମାରୁ ଖଡିଆ, ପିତା ବଇଠୁ ଖଡିଆ- ଏତଦ୍ଵାରା ନିଜର ନାମ ପ୍ରଦ୍ୟୁମ୍ନ ମିଶ୍ର, ପିତାଙ୍କ ନାମ ସର୍ବେଶ୍ୱର ମିଶ୍ରକୁ ବଦଳାଇ ଦେଲି। ଯା'ପରେ ମୁଁ ପ୍ରଦ୍ୟୁମ୍ନ ମିଶ୍ର, ପିତା ସର୍ବେଶ୍ୱର ମିଶ୍ର ନାଁରେ ସବୁ ସରକାରୀ ଖାତା ପତ୍ରରେ ପରିଚିତ ହେବି। ଆଫିଡେଭିଟ କରେଇ ସାରି କୋଲିୟାରୀ ମ୍ୟାନେଜମେଣ୍ଟକୁ ଦରଖାସ୍ତ କରିଲେ ଓ ୟୁନିଅନବାଲାଙ୍କୁ ଧରାଧରି କଲେ ହିଁ ହେବ।

ପ୍ରଭିଡେଣ୍ଟ ଫଣ୍ଡର ସେଇ ବୁଢ଼ା କ୍ଲର୍କ ଶର୍ମାବାବୁ ଚଷମାତଳୁ ତୀକ୍ଷଣ ଆଖିରେ ଅନେଇଥିଲେ ସେ କଥାରେ। ପ୍ରଦ୍ୟୁମ୍ନ ଅପ୍ରସ୍ତୁତ ହେଇଯାଇଥିଲା, ଶର୍ମାବାବୁ କହିଥିଲେ। ଚତୁର୍ଭୁଜ ମାଇନିଂ ସର୍ଦ୍ଦାର ଏ ବୁଦ୍ଧିଦେଲା? ଚତୁର୍ଭୁଜ ମୁଣ୍ଡରେ ବୁଦ୍ଧି ଅଛି? ନିଜର ନାଁ ଟା ଇଂଲିଶରେ ଲେଖିବା ଛଡ଼ା ଇଂରାଜୀର ଗୋଟେ ଶବ୍ଦ ବି ଲେଖି ପାରିବନି। ସେ ପୁଣି ବୁଦ୍ଧିଦେବ? ତା' କଥାରେ ପଡ଼ନି। ଥରେ ଯଦି ମ୍ୟାନେଜମେଣ୍ଟ ଜାଣି ପାରିଲା ଯେ ତମେ ସମାରୁ ଖଡିଆ ନୁହଁ, ବାସ୍ ତମକୁ ଇମପର୍ସନେସନ୍ କେଶ୍‌ରେ ପକେଇ ଦେବ। ଇମ୍‌ପର୍ସନେସନ୍‌ଟା ଗୋଟେ ଠକେଇ ବୋଲି ଜାଣିଛ? ଆଇ.ପି.ସି.ର ଚାରିଶହ କୋଡିଏ ଧାରାରେ ସେଇଟା ଅପରାଧ। ତା'ପାଇଁ ତମକୁ ଜେଲ ଯିବାକୁ ପଡ଼ିପାରେ, ଜାଣିଛ?

ଜେଲ? ଅଗଣି କକେଇ ଶୁଣିକି ତାଛଲ୍ୟର ହସ ହସିଥିଲେ- କେତେ ଜଣକୁ ଜେଲ୍‌ଦେବ ମ୍ୟାନେଜମେଣ୍ଟ? ଏଇ କୋଲିୟାରୀର ସବୁ ବିହାରୀ, ଗୋରଖପୁରୀ, ଏହ୍ଲାବାଦୀମାନେ କୋଉ ନାଁରେ ଲୋକାଲ୍ ଲୋକ ବୋଲି ଇଣ୍ଟରଭ୍ୟୁ ଦେଇ ଚାକିରି କରୁଚନ୍ତି? ମ୍ୟାନେଜମେଣ୍ଟ୍ କ'ଣ ଜାଣେନା? ସବୁ ଜାଣେ। ରହ, ଆଜି ତୋତେ ହରିଶଙ୍କର ବାବୁଙ୍କ ପାଖକୁ ନେଇଯିବି।

ହରିଶଙ୍କର ବାବୁ, ମାନେ ହରିଶଙ୍କର ପଟ୍ଟନାୟକ। ୟୁନିଅନର ଏକ୍‌ସ-ସେକ୍ରେଟାରୀ। ପ୍ରଦ୍ୟୁମ୍ନ ଥରେ ଅଧେ ଦେଖିଚି ଉକ୍ତ ବ୍ୟକ୍ତିଙ୍କୁ। ସେମିତି କିଛି କରିତକର୍ମୀ ବୋଲି ମନେ ହୁଏନି। ତା'ଛଡ଼ା ସେ ତ ଏବେ ୟୁନିୟନରେ ନାହାନ୍ତି। ମ୍ୟାନେଜମେଣ୍ଟ୍ କାଇଁକି ତାଙ୍କ କଥା ଶୁଣିବ? ତା'ଛଡ଼ା ୟୁନିଅନ୍‌ବାଲାଙ୍କ ଉପରେ ପ୍ରଦ୍ୟୁମ୍ନର ଭଲଧାରଣା ନାଇଁ। କିଛି ଦିନ ତଳେ ଅଗଣି କକେଇ ୟୁନିଅନ୍ ଅଫିସକୁ ନେଇ ଯାଇଥିଲା ବେଳେ, ମାତାଲ ଧ୍ରୁବ ବାବୁଙ୍କ ବ୍ୟବହାର ଏଯାଏଁ ଭୁଲିନି ପ୍ରଦ୍ୟୁମ୍ନ। ପ୍ରଦ୍ୟୁମ୍ନର ଯଦି କ୍ଷମତା ଥା'ନ୍ତା ଏଇ ଭଣ୍ଡ, ସ୍ୱାର୍ଥାନ୍ୱେଷୀ ୟୁନିଅନ୍‌ବାଲାଙ୍କୁ ରାସ୍ତାରେ ଠିଆ କରେଇ ଚାବୁକ୍ ଦିଅନ୍ତା। ତାର ଆଦୌ ଶ୍ରଦ୍ଧା ନାଇଁ ଏମାନଙ୍କ ଉପରେ।

ଅଥଚ ଅଗଣି କକେଇକୁ ତା'ର ମନ ଭିତରେ ଏତେ ଗୁଡ଼େ ଘୃଣା, ଅବସୋସ କଥା କହି ପାରିଲାନି ପ୍ରଦ୍ୟୁମ୍ନ। ଖାଲି ପଚାରିଲା! ଆଉ ମୋତେ ଟବ୍‌ଚେକର୍‌ରୁ ଲୋଡ଼ିଂକୁ ବଦଳି ଦିଆହେଇଚି, ସେ ବିଷୟରେ କ'ଣ ହେବ।

ଅଗଣି କକେଇ କହିଥିଲେ ! ହେବ, ହେବ । ହରିଶଙ୍କର ବାବୁଙ୍କୁ କହିବା । ସେ ପୋଖତ ଲୋକ । ଏବେ ବି.ଜି.ଏମ୍.ଡେପୁଟି ସି.ଏମ୍.ଇ, ସବ୍ ଏରିଆ ମ୍ୟାନେଜର ତାଙ୍କୁ ଦେଖିଲେ ସମ୍ମାନ ଜଣାନ୍ତି । ତାଙ୍କ କଥା ସେମାନେ ଶୁଣିବେନି ?

ଅଗଣି କକେଇଙ୍କ କଥାଗୁଡ଼ାକ କ'ଣ ଖାଲି ମିଛ ଭରସା ପାଇଁ? କେଜାଣି । ପ୍ରଦ୍ୟୁମ୍ନ ବୁଝି ପାରିଲାନି । ତା'ର ଛାତି ଭିତରେ ଭୀଷଣ ଅସହାୟତାଟେ ମାଡି ଆସିଲା । ତା'ର ବ୍ୟକ୍ତିଗତ ଦୁଃଖସୁଖକୁ, ଆଶା ଆକାଙ୍‌କ୍ଷାକୁ କେହି ଖାତିର କରନ୍ତି ନାଇଁ । କିମ୍ବା ସମସ୍ତେ ନିଜସ୍ୱ ପରିଧିରେ ଏତେ ବ୍ୟସ୍ତ ଅଛନ୍ତି ଯେ, ଅନ୍ୟ ଆଡକୁ ଅନେଇବାକୁ କାହାରି ଫୁର୍ସତ ନାହିଁ । ଅଗଣି କକେଇଙ୍କଠୁ ଚାଲି ଆସିଥିଲା ପ୍ରଦ୍ୟୁମ୍ନ । ଏଇ ପୃଥିବୀ ବହୁତ ବଡ଼, ଅନେକ ଅନେକ ଦୂର ପର୍ଯ୍ୟନ୍ତ ବିସ୍ତାରି ରହିଚି । ଅଥଚ ଏଇ ପୃଥିବୀରେ ପ୍ରଦ୍ୟୁମ୍ନ ଏକୁଟିଆ, ପୂରା ଏକା । ତା'ର ସୁଖଦୁଃଖ, ଆଶା-ଆକାଙ୍‌କ୍ଷା, ସ୍ୱପ୍ନ, ସଫଳତା ଓ ଜୀଇଁବା ମରିବା ଭିତରେ ପ୍ରଦ୍ୟୁମ୍ନ ଏକା ।

ସପ୍ତମ ପରିଚ୍ଛେଦ

ଅଫିସ୍‌ରେ ଦେଶମୁଖର ବିଶେଷ କିଛି କାମ ନାହିଁ। ତା' ହାତରେ କୌଣସି କ୍ଷମତା ନାହିଁ। ଏମିତିକି ସେ କାହାରିକୁ ଛୁଟିଟିଏ ଦେବାର, କାହାରିକୁ ଅଧଘଣ୍ଟାଏ ପାଇଁ ଜିପ୍‌ଟିଏ ସ୍ୱେୟାର କରିବାର ଭଳି ସାମାନ୍ୟତମ କ୍ଷମତା ବି ତାକୁ ଦିଆଯାଇନି। ଅଥଚ ଏଇ ୟୁନିଟର ପ୍ରଡକ୍‌ସନ୍ ପାଇଁ ସେ ଦାୟୀ। ତା'ର କୌଣସି କଣ୍ଟ୍ରୋଲ ନାହିଁ ମାଇନ୍‌ସରେ। ପ୍ରୋଜେକ୍ଟ ଅଫିସର ହିଁ ଏଠି ସବୁର ହର୍ତ୍ତାକର୍ତ୍ତା ବିଧାତା। ମାଇନିଂ ସର୍ଦ୍ଦାର, ଓଭରମ୍ୟାନ୍‌ମାନେ ତାକୁ ଖାତିର ହିଁ କରନ୍ତିନି। ଅଣ୍ଡର ମ୍ୟାନେଜର୍‌ମାନେ ତାକୁ ଦେଖିଲେ ଉଇଶ୍ କରିବା ପାଇଁ ଭୁଲିଯା'ନ୍ତି। ପ୍ରଡକ୍‌ସନ୍ କେମିତି ବଢ଼ିବ ସେ ବିଷୟରେ ତା'ର ମତାମତକୁ କେହି ଖାତିର କରନ୍ତି ନାହିଁ। ଅଥଚ ପ୍ରତିଥର କୋଇଲା ରେଜିଂର ପରିମାଣ ବିସ୍ମୟକର ଭାବରେ କମ୍ ହେଉଚି ବୋଲି ପ୍ରୋଜେକ୍ଟ ଅଫିସର୍ ଦେଶମୁଖକୁ ଦାୟୀ କରନ୍ତି।

ଦେଶମୁଖ ଘଣ୍ଟି ବଜେଇଲା। ପିଅନ ଆସିଲାନି। ସେ ଜାଣେ, ପିଅନ ଆସିବନି। ସେ ଜାଣେ ତା'ର ଷ୍ଟେନୋ ଏବେ ଆଉ କାହାରି କୌଣସି ଜବ୍ ଟାଇପ୍ କରିବାରେ ବ୍ୟସ୍ତ ଥିବ। ଷ୍ଟେନୋକୁ ଡାକିଲେ ବି ସେ ଡେପୁଟି ସି.ଏମ୍.ଇ ଏ ଅର୍ଜେଣ୍ଟ କାମତକ ଦେଇଛନ୍ତି କହି ଆଡ଼େଇ ଯିବ। ସେ ଏମିତି ଗୋଟେ କଣ୍ଢେଇ ଭଳି ବସିଥିବା ପାଇଁ ବାଧ୍ୟ ଅଫିସ୍‌ରେ। ଅଫିସ୍ ଛାଡ଼ିକି ଗଲେ, ପ୍ରୋଜେକ୍ଟ ଅଫିସର ପାଖରେ ତାକୁ ଜବାବ ବି ଦେବାକୁ ପଡ଼ିବ: ଆପଣ ଯଦି ଏମିତି ଫାଙ୍କି ମାରିବେ, ତେବେ କୋଲିୟାରୀର ଅନ୍ୟମାନେ ଆଉ କ'ଣ ସିନ୍‌ସିଅରଲୀ କାମ କରି ପାରିବେ ମିଃ ଦେଶମୁଖ ?

ଦେଶମୁଖ ଯଥା ସମ୍ଭବ ଆଡଜଷ୍ଟ କରିବା ପାଇଁ ଚାହିଁଚି ଏଇ ପଦବୀରେ ନିଜକୁ। କିନ୍ତୁ ପାରୁନି। କେଉଁଠି ଗୋଟେ ବିଦ୍ରୋହର ସ୍ୱର ଉଠି ଆସୁଚି ତା' ଭିତରେ। ଅଥଚ ଅଫିସର୍ ହେବା ମାନେ ହିଁ ଏଇ ଅସହାୟତା। ତମେ ବିଦ୍ରୋହ କରି ପାରିବନି, ତମେ ପ୍ରତିବାଦ କରି ପାରିବନି।

ତମେ ଯଦି କ୍ଲର୍କଟେ ହେଇଥାଅ, କିମ୍ୱା ଲେବର୍‌ଟିଏ ତମର ରେସ୍‌ପନ୍‌ସିବିଲିଟି ବହୁତ କମ୍। ତମେ ଉପରିସ୍ଥଙ୍କ ଅର୍ଡରକୁ ବେଖାତିର୍ କରିପାର, ତମେ ଉପରିସ୍ଥଙ୍କୁ ଗାଳି ଗୁଲଜ ଧମକ ଚମକ କରିପାର – ତମର ମନ ନ ହେଲେ କାମ କରିବାକୁ, ତମେ ସି.ଏଲ୍ କି ସିକ୍‌ଲିଭ୍ ନେଇ ରହିଯାଇପାର। ତମେ ଠିକ୍ ଘଣ୍ଟା ବାଜିଲେ ଚାଲି ଯାଇପାର। କିନ୍ତୁ ଅଫିସର୍‌ଟେ ହେଲେ ତମେ ତମର ଉପରିସ୍ଥଙ୍କ ପାଖରେ ଆଜ୍ଞାବହ ଅନୁଚରଟେ ହେବା ଦରକାର। ତମକୁ ପ୍ରମାଣ କରିବାକୁ ପଡ଼ିବ ଯେ ତମେ ଜଣେ ଦାୟିତ୍ୱସମ୍ପନ୍ନ ଅଫିସର୍ ଓ ତମର ବ୍ୟକ୍ତିଗତ ତଥା ପାରିବାରିକ ଜୀବନ କିଛି ନାଇଁ ବୋଲି। ତମେ ତମର ଉପରିସ୍ଥ ତାଙ୍କ ଘରକୁ ନ ଗଲା ପର୍ଯ୍ୟନ୍ତ ଯାଇ ପାରିବ ନାଇଁ। ତମର ଉପରିସ୍ଥ ଯେତେ ମୂର୍ଖ ହେଇଥା'ନ୍ତୁ ନା କାହିଁକି, ସେ ତମର ବିଜ୍ଞତାପୂର୍ଣ୍ଣ କାର୍ଯ୍ୟରେଅସନ୍ତୋଷ ପ୍ରକାଶ କଲାମାତ୍ରେ ତମକୁ ମାନି ନେବାକୁ ପଡ଼ିବ ଯେ, ଅସଲରେ ସେ ହିଁ ଠିକ୍ ଓ ତମେ କିଛି ଜାଣିନା ବୋଲି।

ଦେଶମୁଖର ବହୁତ ଦିନର ସ୍ୱପ୍ନ ଥିଲା ସେ ଅଫିସର୍ ହେବ ବୋଲି। ଠିକ୍ ଦେଶମୁଖର ସ୍ୱପ୍ନ ନଥିଲା, ସ୍ୱପ୍ନ ଦେଖିବାକୁ ଆରମ୍ଭ କରିଥିଲା ଦେଶମୁଖର ମା'। ଦେଶମୁଖର ମା', ଯାହାକୁ ସେମାନେ ତାଙ୍କ ଭାଷାରେ 'ଆଇ' ବୋଲି ଡାକୁଥିଲେ ବିଧବା ହେଇଯାଇଥିଲା ଦେଶମୁଖକୁ ଯେତେବେଳେ ଦଶବର୍ଷ। ଦେଶମୁଖର ଜନ୍ମ ଗୋଟେ ରକ୍ଷଣଶୀଳ ପରିବାରରେ। ଯେଉଁଠି ଗୋଟେ ସ୍ତ୍ରୀ ଲୋକ ବିଧବା ହେଲେ ତାକୁ ମୁଣ୍ଡ ଲଣ୍ଡା କରିବାକୁ ପଡ଼ିଥାଏ। ଦେଶମୁଖର ସେଦିନର କଥା ମନେଅଛି। ବାପାଙ୍କ ଶୁଦ୍ଧିକ୍ରିୟା ରହିଥାଏ। ସମସ୍ତଙ୍କ ମନ ଶୋକାଭିଭୂତ। ଦେଶମୁଖର ନିଜର ଛାତି ଭିତରଟା ଖାଁ ଖାଁ କରୁଥାଏ। ମୃତ୍ୟୁ ସହିତ ତା'ର ପ୍ରଥମ ସାକ୍ଷାତ। ସେଇଟା ବି ତା'ର ଅତି ପ୍ରିୟଜନର ମୃତ୍ୟୁ। ସେଇ ସମୟରେ ହିଁ ଗଣ୍ଡଗୋଳଟା ହେଇଥିଲା। ବାହାରେ କେଉଁଠି, ଖୁବ୍ ନିର୍ଜନ ଜାଗାରେ ଠିଆ ହେଇ ଦେଶମୁଖ ସେତେବେଳେ ବାପାଙ୍କ ସ୍ମୃତି, ଅସ୍ତିତ୍ୱ ଓ ଅଭାବବୋଧ ସହ ନିଜକୁ ମୋଡିବାକୁ ଚାହୁଁଥିଲା- ଏଇ ଗଣ୍ଡଗୋଳ ଶୁଣି ଅଗଣାକୁ ଧାଇଁ ଆସିଥିଲା। ସମସ୍ତେ ଘେରିକି ବସିଥିଲେ ଓ ମା' ଠିଆ ହେଇଥିଲା ଖୁଣ୍ଟକୁ ଆଉଜି। ତା'ର ଲମ୍ୱା ମୁକୁଳା ବାଳ ଅଣ୍ଟା ତଳକୁ ଲମ୍ୱିଥିଲା- କଛା ମାରି ଶାଢ଼ୀ ପିନ୍ଧିଥିଲା ମା'- ଆଖି ଲୁହ ଟଳମଳ। ତାକୁ ଘେରି ବସିଥିଲେ ଜେଜୀ, କକାମାନେ ଓ ବ୍ରାହ୍ମଣ- ବାରିକ।

ଜେଜୀ, ଯିଏ ମୁଣ୍ଡ ଲଣ୍ଡା କରିବାରୁ ଓଢଣାଟାକୁ ଚାପିକି ମୁଣ୍ଡ ଉପରେ ପକଉଥିଲା- ପଚାରିଥିଲା : କହ- ମରିଯାଇଥିବା ତୋ ସ୍ୱାମୀ ବଡ଼ କି ତୋ ମୁଣ୍ଡର ବାଳ ବଡ଼।

ମା' କିଛି ଉତ୍ତର ଦେଇ ନଥିଲା।

ବ୍ରାହ୍ମଣ କହିଥିଲା: ଏଇଟା ପରମ୍ପରା ମା', ଏମିତି କରିବାକୁ ପଡ଼େ। ସ୍ୱର୍ଗରେ ତୋର ସ୍ୱାମୀଙ୍କ ଆତ୍ମା ଶାନ୍ତି ପାଇବ।

ମା'ତଥାପି କିଛି ଉତ୍ତର ଦେଇନଥିଲା।

କକାମାନେ କହିଥିଲେ: ଏଇଟା ଆମ ବଂଶର ମାନମର୍ଯ୍ୟାଦା କଥା ଭାଉଜ। ଆମ ବଂଶର ବୋହୂ ହିସାବରେ ୟା'ର ଇଜ୍ଜତ ବି ତ ଦେଖିବା କଥା। ତମେ ମୁଣ୍ଡର ବାଳ ନ କାଟିଲେ ଲୋକ କ'ଣ କହିବେ? ମାନୁଚୁ ଆଜିକାଲିର ଫେଶନିଆ ଯୁଗରେ ଅନେକ ବିଧବା ହେଇ ମୁଣ୍ଡରେ ବାଳ ରଖୁଚନ୍ତି। କିନ୍ତୁ ସେମାନଙ୍କ ସାଙ୍ଗରେ ଆମ ବଂଶର କ'ଣ ସମ୍ପର୍କ ଅଛି? ଆମ ବଂଶର ମହାନ ଐତିହ୍ୟ, ପରମ୍ପରା... ଜାଣିଛ ଆମ ବଂଶର ଲୋକେ ଶିବାଜୀଙ୍କ ରାଜ ସଭାରେ ମନ୍ତ୍ରୀ ଥିଲେ?

ମା' ତଥାପି ଚୁପ୍। ଆଜି ଲୁହ ଟଳମଳ। କେଜୀ ରାଗି ଯାଇ ଥରେ କହିଥିଲା, ଜବରଦସ୍ତି ଧରି ଆଣି ମା'ଙ୍କର ମୁଣ୍ଡର ବାଳକାଟି ଦେବାପାଇଁ। କିନ୍ତୁ ମା'ଙ୍କର କଟମଟ ଚାହାଣୀ ଦେଖି କେହି ଆଗେଇବା ପାଇଁ ଚାହିଁନଥିଲେ।

ସେତେବେଳକୁ ଭାରତ ସ୍ୱାଧୀନ ହେଇଯାଇଚି। ଅଥଚ ସେତେବେଳେ ବି କୁସଂସ୍କାରର ବନ୍ଧନ ଉପରେ ଆବଦ୍ଧ ଏମିତି ଗୋଟେ ପରିବାରରେ ହିଁ ବଢ଼ି ଆସିଥିଲା ଦେଶମୁଖ ଓ ସେଇ ପରିବେଶରୁ ହିଁ ଗୋଟେ ବଡ଼ ଅଫିସର୍ ହେବ ପୁଅ ମୋର ବୋଲି ସ୍ୱପ୍ନ ଦେଖୁଥିବା ମା'କୁ ଧନ୍ୟବାଦ ଦେବା ଦରକାର ତା'ର ସାହସ ଓ ଉଚ୍ଚାକାଂକ୍ଷା ପାଇଁ।

ମା' ମୁଣ୍ଡର ବାଳ ନ କାଟିବା ଫଳରେ ଘରେ ସମସ୍ତଙ୍କର ଅପ୍ରିୟ ପାତ୍ର ହେଇଯାଇଥିଲା। କ୍ରମଶଃ ତାଙ୍କୁ ଘରେ ସମସ୍ତେ ଅଲଗା କରି ଦେଇଥିଲେ ଓ ଏକଘରିକିଆ ହେଇ ଦେଶମୁଖକୁ ମଣିଷ କରିବାର ଯେଉଁ ଦୃଢ଼ ସଂକଳ୍ପ ନେଇଥିଲା ମା'। ତା'ର ପରିଣାମ ସ୍ୱରୂପ ଦେଶମୁଖ ଆଜି ମହାରାଷ୍ଟ୍ରରୁ ହଜାର ହଜାର ମାଇଲ୍ ଦୂର ଓଡ଼ିଶାର ପରବାହାର କୋଇଲା ଖଣିରେ ଏଇ ଅଫିସ ଚେମ୍ବର ଭିତରେ ବସି ରହିଚି।

କ'ଣ କୁହାଯିବ ଦେଶମୁଖର ଏଇ ଅବସ୍ଥାରେ ପହଞ୍ଚିବାଟାକୁ? ଆରୋହଣ ନା ଅବତରଣ? କ'ଣ ମନୁମେଣ୍ଟଟା ହେଇଗଲା ଦେଶମୁଖ ଏମିତି ଅଫିସରଟା ହେଇଯାଇ? ନ ହେଇଥିଲେ କ'ଣ କ୍ଷତି ହେଇଥାନ୍ତା? ମା'ସିନା ମନ ଭିତରେ ଆତ୍ମତୃପ୍ତି ପାଇଲା ସେ ପୁଅକୁ ବଡ଼ ଅଫିସର କରିଦେଲା ବୋଲି- ଅଥଚ ଦେଶମୁଖ କ'ଣ ହେଇ ପାରିଲା ନିଜେ?

ବହୁତ କଷ୍ଟରେ ମା' ମଣିଷ କରିଥିଲା ଦେଶମୁଖକୁ। ସ୍ୱାଧୀନତା- ପରେ, ମହାତ୍ମା ଗାନ୍ଧିଙ୍କୁ ଜଣେ ବ୍ରାହ୍ମଣ ମାରି ଦେଇଥିବାର ଖବର ପ୍ରଚାରିତ ହେଲା ମାତ୍ରେ, ମହାରାଷ୍ଟ୍ରରେ ବ୍ରାହ୍ମଣ ବିରୋଧି ଦଙ୍ଗା ବ୍ୟାପୀ ଯାଇଥିଲା। ସେହି ଦଙ୍ଗାରେ ଅଧିକାଂଶ ବ୍ରାହ୍ମଣ ଗାଁ ଛାଡ଼ି ସହର ଚାଲି ଆସିଥିଲେ। ସେମାନଙ୍କ ଜମି ସବୁ ମରାଠା ନ ହେଲେ ହରିଜନମାନେ ମାଡି ବସିଲେ। ସେଇଭଳି ବ୍ରାହ୍ମଣ ପରିବାରମାନଙ୍କ ଭିତରୁ ଦେଶମୁଖର ପରିବାର ଗୋଟେ। ମରାଠାୱାଡାର

ଗୋଟେ ଛୋଟିଆ ସିଭିଲ୍ ଟାଉନ୍ 'ଜାଲ୍‌ନା'ରେ ଦେଶମୁଖର ବାପା କକାମାନେ ଆସି ଲୁଗା ଦୋକାନ ଦେଇଥିଲେ- ସେଦିନ ହିଁ ସଂଯୁକ୍ତ ପରିବାରରେ ସମସ୍ତଙ୍କ ଜୀବନଯାପନ ହେଉଥିଲା। ବାହାର ପୃଥିବୀର ଆଲୁଅ ଯେମିତି ଛୁଇଁନଥିଲା ସେ ପରିବାରର ଭିତରେ। ଜେଜୀ ଯିଏ ସବୁବେଳେ ଘର କୋଣରେ ପଡ଼ି ରହୁଥିଲା ବାହାରର ଆଲୁଅ- ଯିଏ କେବେ ଦେଖିନି, ସେ ହିଁ ଥିଲା ମୁରବୀ ଓ ତା'ର ବଶମ୍ବଦ ପୁଅମାନେ ଜେଜୀର ନିର୍ଦ୍ଦେଶକୁ ଅମାନ୍ୟ କରିବାର ଶକ୍ତି କାହାରି ନଥିଲା।

ସେଇ ଅନ୍ଧାରୁଆ ପରିବାରଟିଏରେ ଦେଶମୁଖର ମା'ଥିଲା ବୋଧେ ଗୋଟେ ଦୀପରୁଖା। ତାକୁ ଲିଭେଇ ଦେବାର ସହସ୍ର ପ୍ରକାର ଚେଷ୍ଟାକୁ ବିଫଳ କରି ସେ ଜଳି ସାରିଥିଲା। ସାମନ୍ତବାଦୀ ପରିବାରର ରକ୍ଷଣଶୀଳତାର ଅନ୍ଧକାରକୁ ସେଇ ଛୋଟ ଦୀପଶିଖାଟେ କେତେ ଦୂର ହଟେଇ ପାରିଥିଲା କହିହେବନି, ତେବେ ସେଇ ଅଷ୍ଟାଦଶ-ଊନବିଂଶ ଶତାବ୍ଦୀର ଆଲୋକକୁ ଏକଘରିକିଆ କରି ଦେଇଥିଲା- ଏଇଟା ନିର୍ମମ ଭାବରେ ସତ୍ୟ।

ଦୋକାନୀର ଆୟରୁ କିଛି ମିଳୁ ନଥିଲା ମା'କୁ। ଘର ଭିତରେ ଗୋଟେ ଅତି ସଂକୀର୍ଣ୍ଣ ଦଶଫୁଟ ବାଇ ଛଅ ଫୁଟର ବଖରା ଖଣ୍ଡେରେ ମୁଣ୍ଡ ଗୁଞ୍ଜିବା ଛଡ଼ା ଆଉ କୌଣସି ଅଧିକାର ସାବ୍ୟସ୍ତ କରି ପାରି ନଥିଲା ମା'। ବ୍ରାହ୍ମଣ ଘରର ବୋହୂ ହେଇ ମା' ଓହ୍ଲେଇ ଆସିଥିଲା ଦାଣ୍ଡକୁ ଲୋକମାନଙ୍କ ଘରେ କାମ କରିବାକୁ। ଦେଶମୁଖର ମା' ଥିଲା ତାର ଜେଜୀ ଓ କକାମାନଙ୍କ ପାଖରେ ବଂଶର କଳଙ୍କ। ଦେଶମୁଖ ଅତି ଛୋଟ ବେଳରୁ ନିର୍ମମ ଭାବରେ ବୁଝି ସାରିଥିଲା ବଞ୍ଚି ରହିବାର ସତ୍ୟ ଟିକକକୁ। ବୁଝି ପାରିଥିଲା ପେଟର ଭୋକ, ମା'ର ଲୁହ, ଜେଜୀର ଗାଳି, କକାମାନଙ୍କ ଛି ଛାକର ଓ ଅଧରାତିରେ ମା'ର ଦୀର୍ଘଶ୍ୱାସକୁ। ସେଇ ସବୁ ଭିତରେ ହିଁ ମା' ପ୍ରତି ତା'ର ଭଲ ପାଇବା ବଢ଼ି ଯାଇଥିଲା।

ଦେଶମୁଖ ଚାରି ପଟକୁ ଅନାଇଲା। କାଠର ପାର୍ଟିକ୍ ଦିଆ ହେଇଥିଲା ତା'ର ଦରିଦ୍ରତମ ଚେମ୍ବର। ଗଡ଼ରେଜ୍ ଟେବୁଲ ଚେୟାର, ଟେଲିଫୋନ୍। ଗୋଟେ ଫାଇଲ୍ ର୍‍ୟାକ୍। କୁଲର୍ ଛଡ଼ା ଅଫିସ୍ ରୁମ୍‌ରେ ସେମିତି କିଛି ନାହିଁ। ଯା ତୁଳନାରେ ଡେପୁଟି ସି.ଏମ୍.ଇ ପ୍ରୋଜେକ୍ଟ ଅଫିସରଙ୍କ ଅଫିସ୍ ରୁମ୍ ବେଶ୍ ଆଭିଜାତ୍ୟ ସମ୍ପନ୍ନ। ଅଫିସ୍ ରୁମ୍‌ରେ ଇରାନୀ କାର୍ପେଟ। ସେକ୍ରେଟାରୀଏଟ୍ ଟେବୁଲ୍, କାନ୍ଥରେ ସୁଦୃଶ୍ୟ ବହିର୍‍ୟାକ୍, ଗ୍ରାଫ୍ ଓ ଏଯାବତ୍ ହେଉଥିବା ପ୍ରୋଜେକ୍ଟ ଅଫିସରମାନଙ୍କ ତାଲିକା। କାନ୍ଥରେ ଲାଗିଥିବା ଏୟାର କୁଲର, ଅଫିସରୁମ୍ ସଂଲଗ୍ନ ସୁଦୃଶ୍ୟ ଲାଭାଟୋରୀ। ପ୍ରୋଜେକ୍ଟ ଅଫିସରଙ୍କ ପାଖ ଘରେ ତାଙ୍କ ଷ୍ଟେନୋର ଅଫିସ୍- ସାମାରେ ସବୁବେଳେ ପ୍ରହରାଗତ ଦରଓ୍ୱାନ୍ ଓ କଲିଂବେଲ୍ ଅପେକ୍ଷାରେ ବସିଥିବା ପିଅନ। ପ୍ରୋଜେକ୍ଟ ଅଫିସରଙ୍କ ସାମ୍ନାରେ ଦେଶମୁଖର ଅଫିସରୀୟ ଦୈନ୍ୟ ତାକୁ ଏତେ ଦୂର ମ୍ରିୟମାଣ କରିଦିଏ, ସବୁବେଳେ ନିଜ ଭିତରେ ଭିତରେ କେଉଁଠି ଗୋଟେ ହୀନ ଭାବନାରେ ଜଡ଼େଇ ପଡୁଥାଏ। ଯେମିତି ସିଏ ଗୋଟେ ଜଙ୍ଗଲର ଅନାବନା ବୁଦା ଗଛଟିଏ, ଭୁଲ୍‌ରେ ଜନ୍ମ ନେଇଛି କୌଣସି ସୁଶୋଭିତ

ପାର୍କରେ। ଯେମିତି ତା'ର ଏଠି ରହିବା ହିଁ ଏଇ ପର୍‌ବାହାର କୋଲିୟାରୀ ପକ୍ଷରେ ଗୋଟେ ଲଜ୍ଜାର ବିଷୟ।

ଦେଶମୁଖ ବାହାରକୁ ଆସିଲା। ତା'ର ଜିପ୍‌ଟା ଅଫିସ୍ ସାମ୍ନାରୁ କେହି ନେଇଯାଇଛି। ଜିପ୍ କୁଆଡ଼େ ଗଲା ଖୋଜ୍‌ଖବର ନେବା ବେଳେ ମିଷ୍ଟର ମିଶ୍ର ଅଚାନକ ପହଞ୍ଚିଯାଇ ପାରିବେ। ଆପଣ ମୋତେ ପାରିଥାନ୍ତେ ମିଃ ଦେଶମୁଖ। ଏଇ ନଗଣ୍ୟ ଲୋକଙ୍କ ପାଖରେ କାହିଁକି ମୋର ବଦନାମ କରୁଛନ୍ତି ? ଆପଣ ଜଣେ ରେସ୍‌ପନ୍‌ସିବ୍ଲି ଅଫିସର ହେବା ଦରକାର ମିଃ ଦେଶମୁଖ। ଆପଣଙ୍କର ଏକ୍‌ଟିଭିଟିଜ୍ ଆପଣଙ୍କୁ କୌଣସି କ୍ଲର୍କ କି ଲୋଡରଠୁ ବେଶୀ ଉପରକୁ ଉଠେଇ ପାରୁନି।

ଦେଶମୁଖ ଭରସିକି କିଛି କହି ପାରିବନି। ସେ ଗୋଟେ ସିନ୍‌ସିଅର ଅଫିସର। ସେ ଗାଳି ଶୁଣିବା ପାଇଁ ବାଧ୍ୟ। ତା'ର ମା' ତାକୁ ଅଫିସରଟେ କରାଇବା ପାଇଁ ଏତେ କୃଚ୍ଛ ସାଧନା, ଏତେ ନିର୍ଯ୍ୟାତନା ସହିଥିଲା କ'ଣ ଏଇଥିପାଇଁ ଯେ ସେ ଏଇ ଅଫିସରୀୟ ମର୍ଯ୍ୟାଦା ରକ୍ଷା ପାଇଁ ଖାଲି କ୍ରୀତଦାସ ଭଳି ଗାଳି ହିଁ ଶୁଣି ଯାଉଥିବ ? ତା' ମା' କ'ଣ କେବେ ଜାଣି ପାରିଥିଲା ଏଇ ଅସହାୟତା କଥା ?

ଜାଣିବାର ଉପାୟ ବି ନଥିଲା ସେମାନଙ୍କର। ଦେଶମୁଖର ପରିବାରର କେହି ଚାକିରି କରି ନଥିଲେ। ଯିଏ ବି କରିଥିଲା, ସେ ମାଷ୍ଟର ଚାକିରିଠୁ ଆଉ ଉପରକୁ ଉଠି ପାରି ନଥିଲା। ଦେଶମୁଖ ତା' ଚାକିରି ପୂର୍ବରୁ 'ମୁମ୍ବାଇ' ନଗରୀ ଦେଖି ନଥିଲା, ପୁଣେ ଦେଖି ନଥିଲା, ଲୋଣାୱାଲାର ପ୍ରାକୃତିକ ଦୃଶ୍ୟ ତ ଦୂରର କଥା, ସବୁଠୁ ପାଖ ସହର ଔରଙ୍ଗାବାଦ୍ ବି ଦେଖି ନଥିଲା ସେ କଲେଜକୁ ଯିବା ପୂର୍ବରୁ କଲେଜରେ ହିଁ ପ୍ରଥମେ ଦେଶମୁଖ ଆବିଷ୍କାର କଲା ବୃହତ୍ତର ପୃଥିବୀକୁ। ଔରଙ୍ଗାବାଦରେ ଦୀର୍ଘ ଦୁଇବର୍ଷର ରହଣୀ କାଳ ଭିତରେ ଦେଶମୁଖ କେବେ ବି ଦେଖିବାକୁ ଯାଇନଥିଲା ଅଜନ୍ତା ଏଲୋରାର ଗୁମ୍ଫା, ବିବି କା ମକ୍‌ବରା କିମ୍ବା ଔରଙ୍ଗଜେବଙ୍କ କବର। ବରଂ ସେ ରାଜନୀତିରେ ହିଁ ଭାଗ ନେଇଥିଲା ବେଶୀ। ପ୍ରଥମେ ସେ ପଶିଥିଲା ଶିବସେନାରେ। ମହାରାଷ୍ଟ୍ରର ଏକୀକରଣ ଓ ହିନ୍ଦୁ ଜାତିର ଭବିଷ୍ୟତ ବିଷୟରେ ସେ ବିଭିନ୍ନ ପ୍ରଚାର ପୁସ୍ତିକା ପଢୁ ପଢୁ କ୍ରମଶଃ ରାଷ୍ଟ୍ରୀୟ ସ୍ୱୟଂସେବକ ସଂଘର ମତାଦର୍ଶରେ ବେଶୀ ଆକୃଷ୍ଟ ହେଇ ପଡିଥିଲା, ସେ ନିୟମିତ ଯାଉଥିଲା ପ୍ରଭାତ ଫେରିରେ। ଆଖଡ଼ା ଘରେ ଯାଇ ଲାଠି ଖେଳ ବି ଶିଖିଥିଲା। ରାଷ୍ଟ୍ରୀୟ ସ୍ୱୟଂସେବକ ସଂଘର ସେ ଯେତେବେଳେ ସବୁଠୁ ମତାନ୍ଧ ସମର୍ଥକ, ସେଇ ସମୟରେ ହିଁ ଦତ୍ତାତ୍ରେୟ ଯୋଶୀ ନାଁରେ ତାଙ୍କର ଗୋଟେ ଲେକ୍‌ଚରର ତାକୁ ଦଳିତ ପାନ୍ଥର୍ ମୁଭ୍‌ମେଣ୍ଟ ଆଡ଼କୁ ଆକର୍ଷିତ କରାଇଥିଲେ।

ଅଧ୍ୟାପକ ଯୋଶୀ ତାକୁ ବୁଝେଇଥିଲେ ମହାରାଷ୍ଟ୍ରର ରାଜନୀତି କେମିତି ଏବେ ମରାଠାମାନଙ୍କ ହାତରେ ଅଛି ଓ ସତଚାଳିଶର ବ୍ରାହ୍ମଣ ବିରୋଧୀ ଦଙ୍ଗାକୁ ଅସ୍ତ୍ର ହିସାବରେ ବ୍ୟବହାର କରି ମରାଠାମାନେ ବ୍ରାହ୍ମଣମାନଙ୍କର ମେରୁଦଣ୍ଡ ଭାଙ୍ଗି ଦେଇଛନ୍ତି। ଅଧ୍ୟାପକ ଯୋଶୀ

ତାଙ୍କୁ ବୁଝେଇଥିଲେ, ମହାରାଷ୍ଟ୍ର ରାଜନୀତିରେ ଏବେ ଦୁଇଟା ମେନଷ୍ଟ୍ରିମ୍। ଗୋଟେ ମରାଠାମାନଙ୍କର, ଅନ୍ୟଟି ହରିଜନମାନଙ୍କର। ବ୍ରାହ୍ମଣମାନଙ୍କୁ ବାଛିନେବାକୁ ହେବ ସେମାନେ କ'ଣ କରିବେ। ସେମାନେ କ'ଣ ମରାଠାମାନଙ୍କ ସାଙ୍ଗରେ ରହିବେ? ରହିଲେ, ଦେଖିବା କଥା ସେମାନଙ୍କ ଲାଭ କ'ଣ ହେବ? ମରାଠାମାନେ ସେମାନଙ୍କୁ କେବେ ଗାଦି ଛାଡ଼ିବେନି। ତା'ଠୁ ବରଂ ଦଳିତ ପାନ୍ଥରମାନଙ୍କ ସାଙ୍ଗରେ ରହିବା ଭଲ। ଦଳିତମାନେ ନିଜ ସଂସ୍କାର ଓ ପରମ୍ପରା ଦୃଷ୍ଟିରୁ କେବେ ବି ବ୍ରାହ୍ମଣମାନଙ୍କୁ ଟପି ଯାଇ ପାରିବେନି। ତା'ର ଅଫିସରୀୟ ସମ୍ପତ୍ତି, ପ୍ରତିପତ୍ତି କହିଲାମାନେ ଏଇ ଜିପ୍ ଖଣ୍ଡକ ହିଁ। ଏଇଟା ବି ତା'ର ଅକ୍ତିଆରରେ ରହେନି। କେତେବେଳେ ଡ୍ରାଇଭର ଆସେନି ତ କେତେବେଳେ ଜିପ୍‌ଟିକୁ ଅନ୍ୟ କାମରେ ଲଗାଯାଇଥାଏ। ଦେଶମୁଖ ପଚାରିଲା ଗୋଟେ କ୍ଲର୍କକୁ ତା'ର ଜିପ୍ ବିଷୟରେ। କ୍ଲର୍କକୁ ପଚାରିଲେ ସେ କହିବ, କହିପାରିବନି ଜାଣେ, ତଥାପି ପଚାରିଲା।

କ୍ଲର୍କଟି ତା'ର ଜାଣି ନଥିବା ବିଷୟ ପ୍ରକାଶ କଲା ମାତ୍ରେ ଉତ୍ତେଜିତ ହେଇଗଲା ଦେଶମୁଖ। କ'ଣ ଜାଣିଛ ତମେ? କ'ଣ? ଖାଲି ବାହାରେ ଘୁରିବୁଲୁଛ କାମ ଛାଡ଼ି। ଯାଅ, କାମ କରିବ ଯାଅ।

କ୍ଲର୍କଟି ଥତମତ ହେଇଗଲା। ବୋଧେ ଫାଙ୍କିମାରି ଘୁରି ବୁଲୁଥିଲା କ୍ଲର୍କଟି। କିମ୍ବା ଚା' କି ପାନ ସିଗାରେଟ୍‌ପାଇଁ ଯାଉଥିଲା। ଦେଶମୁଖର ଧମକରେ କିଛି ବି କହି ପାରିଲାନି, ଘାବରେଇ ଯାଇ ପଳେଇଲା।

ଦେଶମୁଖ ଫେରିଆସିଲା ନିଜ ଚେମ୍ବରକୁ। କ'ଣ ଦରକାର ଥିଲା ଏମିତି ଅଯଥାଗାଳି ଦେବାରେ କ୍ଲର୍କଟିକୁ।ତା'ର ଚାକେରିକାଳ ଭିତରେ, କିଏ ଯେମିତି ଥରେ ତାଙ୍କୁ କହିଥିଲା, ଉଇ ଇଣ୍ଡିଆନ୍‌ସ ବାର୍କ ଏଟ୍ ରଙ୍ଗ୍ ପ୍ଲେସ୍।

ଦେଶମୁଖ ଅଟୋ ସେକ୍‌ସନ୍‌କୁ ଫୋନ୍ କରି ବୁଝିଲା, ତା'ର ଜିପ୍‌ଟା ମ୍ୟାନେଜରମାନଙ୍କୁ ପିଟରୁନିଆ ଅଣାକରିବା ପାଇଁ ମ୍ୟାନେଜର ଡ୍ୟୁଟିରେ ବ୍ୟବହୃତ ହେଉଚି। ଦେଶମୁଖ ରାଗିଯାଇ ଚାର୍ଯ କଲା ମାତ୍ରେ ଅଟୋ ସେକ୍‌ସନ୍‌ର ଇନ୍‌ଚାର୍ଯ୍ୟ କହିଲା; ଆଉ ଜିପ୍ ନଥିଲା ସାର୍। ମିଶ୍ର ସାହେବ କହିଲେ...

ମିଶ୍ର ସାହେବ। ଅମୋଘ ଅସ୍ତ୍ର ଏଇ ମିଶ୍ର ସାହେବଙ୍କ ନାଁ। ସେ ଅସ୍ତ୍ର ସାମ୍ନାରେ କାପୁରୁଷ ଭଳି, ସରିସୃପ ଭଳି, ତରଳି ଯାଉଥିବା ବରଫ ଭଳି ଦେଶମୁଖ ନିଜର ଆକାର ହଜେଇ ବସିବ। ଆଉ କିଛି କହିପାରିଲାନି ଦେଶମୁଖ। ବେଶୀ କିଛି କହିଲେ ହୁଏତ ପ୍ରୋଜେକ୍ଟ ଅଫିସର ପାଖକୁ କଥାଟା ଚାଲାଣ ହୋଇଯିବ ଓ ତା' ପରଦିନ ମିଃ ମିଶ୍ର ତାଙ୍କୁ ଡାକି କହିବେ; ଆପଣଙ୍କର କିଛି କହିବାର ଥିଲା ତ ମୋତେ କହି ସବର୍ଣ୍ଣ ବିଦ୍ୱେଷୀ ଆକ୍ରୋଶକୁ ବଦଳେଇ ମରାଠା ବିଦ୍ୱେଷୀ କରି ପାରିଲେ ବ୍ରାହ୍ମଣମାନଙ୍କର ଲାଭ ହିଁ ଲାଭ।

ଅଧ୍ୟାପକ ଯୋଶୀଙ୍କର ଚମତ୍କାର ଭାଷଣ ଓ ପରିସ୍ଥିତିରୁ ଫାଇଦା ଉଠେଇବା ହିଁ ରାଜନୀତିର

ନାମ- ଏଇ ଆଦର୍ଶ ଦ୍ୱାରା ପ୍ରଭାବିତ ହେଇ ଦେଶମୁଖ ଦଳିତ ପାନ୍ଥର୍‌ରେ ଯୋଗଦେଲା ଓ ହରିଜନମାନଙ୍କର ବୌଦ୍ଧ ହେବାର ଆବଶ୍ୟକତା କିମ୍ବା ମରାଠା ସାମ୍ପ୍ରଦାୟିକତାବାଦ ବନାମ ଶିବସେନା କିମ୍ବା କମ୍ୟୁନିଜିମ୍ ଓ ନବ ବୌଦ୍ଧବାଦ ଇତ୍ୟାଦି ଉପରେ ସାରଗର୍ଭକ ଆଲୋଚନାରେ ମାତି ଉଠିଥିଲା।

ଦଳିତ ଆନ୍ଦୋଳନରେ ଯୋଗଦେବା ପରେ ହିଁ ସର୍ବହରା ଶୋଷଣ ବୁର୍ଜୁଆ ଇତ୍ୟାଦି ଶବ୍ଦଗୁଡ଼ାକ ସାଙ୍ଗରେ ତା'ର ପରିଚୟ ହେଲା ଏବଂ କ୍ରମଶଃ ମାର୍କସବାଦ କଥା ସେ ଜାଣିଲା। ମାର୍କ୍ସବାଦକୁ ଗ୍ରହଣ କରି ନେବା ପୂର୍ବରୁ ହିଁ ସେ ଦଳିତ ପାନ୍ଥର୍‌ର ଜାତି ଆଶ୍ରିତ ରାଜନୀତି ପ୍ରତି ବୀତସ୍ପୃହ ହେଇଯାଇଥିଲା ଓ ନାଗପୁରକୁ ଇଞ୍ଜିନିୟରିଂ ପଢ଼ି ଗଲାବେଳେ ହିଁ ସେ ମାର୍କ୍ସସ୍ ଓ ଏଙ୍ଗେଲସ୍ କିମ୍ବା ଲେନିନ୍ ନ ପଢ଼ିକି ହିଁ କମ୍ୟୁନିଜିମ୍ ଉପରେ ଗୋଟେ ଧାରଣା ବନେଇ ନେଇଥିଲା ଓ ଷ୍ଟୁଡେଣ୍ଟସ୍ ଫେଡେରେସନ୍‌ର ମେମ୍ବର ହେଲା। ତା'ପରେ ବି ଉପରଠାଉରିଆ ଭାବରେ କିଛି ମାର୍କ୍ସବାଦ ଉପରେ ପଢ଼ି ଦେଖିବାକୁ ଚେଷ୍ଟା କରି ସେସବୁ ପଢ଼ିବା ବନ୍ଦ କରିଦେଇଥିଲା, କାରଣ ତା'ର ଧାରଣା ହେଇଯାଇଥିଲା ଯେ ସେସବୁ ନ ପଢ଼ିଲେ ବି ତା'ର ସେମିତି କିଛି ଅସୁବିଧା ହେବନି। ସେ ଡ୍ୟାସ୍ କ୍ୟାପିଟାଲ ପୁରା ପଢ଼ିସାରି କମ୍ୟୁନିଷ୍ଟ ବନିଥିବା କୌଣସି ଲୋକକୁ ହିଁ ଦେଖି ନଥିଲା। ଦେଶମୁଖ ଷ୍ଟୁଡେଣ୍ଟ ଫେଡେରେସନ୍‌ର ମେମ୍ବର ହେଲାବେଳେ ଏଇୟା ହିଁ ଭାବିଥିଲା ଯେ ଜାତି, ବଂଶ ଉର୍ଦ୍ଧ୍ୱରେ ତା' ମା' ଜଣେ ସର୍ବହରାଓ ସେ ତା'ର କାୟିକ୍ ଶ୍ରମରେ ଦେଶମୁଖକୁ ମଣିଷକରିଚି। ମା'ର ସମସ୍ତ ପ୍ରକାର ବିଦ୍ରୋହ ତାକୁ କମ୍ୟୁନିଷ୍ଟମାନଙ୍କ ଆଡ଼କୁ ଆକର୍ଷିତ କରିଥିଲା ଓ ଏଇଭଳି ଭାବରେ ଆର.ଏସ୍.ଏସ୍.ରୁ ସେ କମ୍ୟୁନିଷ୍ଟ ହେଇଯାଇଥିଲା।

ମାଇନିଂ ଇଞ୍ଜିନିୟରିଂ ପାସ୍ କରି କୋଲ୍ ଇଣ୍ଡିଆରେ ଜୁନିଅର ଇଞ୍ଜିନିଅର୍ ଟ୍ରେନିଂ ଭାବରେ ସେ ଇ.ସି.ଏଲ୍.ର କୋଇଲାଖଣି ଗୁଡ଼ିକରେ ପଶ୍ଚିମ ବଙ୍ଗରେ ଚାକିରି ପାଇଥିଲା ଓ ସେଠି କମ୍ୟୁନିଷ୍ଟ ୟୁନିୟନଗୁଡ଼ିକର ପ୍ରତିପତ୍ତି ଓ କାର୍ଯ୍ୟକଳାପ ଦେଖି ଦେଶମୁଖ କମ୍ୟୁନିଜିମରୁ ଆସ୍ଥା ହରେଇ ବସିଥିଲା। ସେ ଜାଣି ସାରିଥିଲା, ରାଜନୀତି ମାନେକେବଳ ମାତ୍ର ସ୍ୱାର୍ଥର ଖେଳ ଓ କୌଣସି ଗୋଟେ ଗୋଷ୍ଠୀର, ଜାତିର ସ୍ୱାର୍ଥରୁ ଉର୍ଦ୍ଧ୍ୱରେ ବ୍ୟକ୍ତିର ସ୍ୱାର୍ଥ ପାଇଁ ହିଁ ରାଜନୀତିର ଉହାଡ଼ ନେବା ଦରକାର ହେଇଥାଏ ଓ ତା'ସାଙ୍ଗରେ ଆସେ କିଛି ଆଦର୍ଶ, ଥିଓରି ଓ ହାଇପୋଥେସିସ୍‌ର ଛଦ୍ମ ଆଚରଣ। ଦେଶମୁଖ ସାମ୍ନାରେ ତେଣୁ ରାଜନୈତିକ ନେତାମାନଙ୍କର ଚେହେରା ସବୁ ସମାନ ହୁଏ- ସେମାନେ ଆର.ଏସ୍.ଏସ୍. ହୁଅନ୍ତୁ କି କମ୍ୟୁନିଷ୍ଟ କିମ୍ବା ଜନତା ନ ହେଲେ କଂଗ୍ରେସ ସମସ୍ତଙ୍କୁ ଏକାଭଳି ଲାଗେ ଦେଶମୁଖର।

ମିଃ ମିଶ୍ରଙ୍କ ଢଙ୍ଗଢାଙ୍ଗରୁ ମନେହୁଏ, ସେ ଭାବନ୍ତି ଦେଶମୁଖର କୌଣସି ଧାରଣା ନାହିଁ ପଲିଟିକ୍‌ସ ଉପରେ। ସେ ଏଇ ଟ୍ରେଡ୍ ୟୁନିଅନ ଲିଡରମାନଙ୍କୁ 'ଟ୍ୟାକଲ୍' କରି ପାରିବନି। ଟ୍ରେଡ୍ ୟୁନିଅନମାନଙ୍କଠୁ ଦେଶମୁଖଙ୍କୁ ସେ ଦୂରରେ ରହିବାର ପରାମର୍ଶ ଦିଅନ୍ତି ସବୁବେଳେ ଓ ୟୁନିଅନର କୌଣସି ଲୋକ ସାଙ୍ଗରେ ଦେଶମୁଖ କଥା ହେଇଥିଲେ ବି ସନ୍ଦେହରେ ଅନାନ୍ତି। ପରେ,ଦେଶମୁଖ

ଜାଣିଛି, ମିଃ ମିଶ୍ର ଅନୁସନ୍ଧାନ କରନ୍ତି ବିଭିନ୍ନ ସୋର୍ସରୁ ଯେ ସେ ୟୁନିଅନର ଲୋକ ଏବଂ ଦେଶମୁଖ ଭିତରେ କ'ଣ କ'ଣ କଥାବାର୍ତ୍ତା ହେଉଥିଲା- ସେସବୁର ଟିକିନିଖି ବିବରଣୀ ସଂଗ୍ରହ କରି ନେବାକୁ। ମିଃ ମିଶ୍ର ଚାରିଆଡ଼େ ରଖି ଦେଇଚନ୍ତି ଓ ଦେଶମୁଖର ସବୁ କାର୍ଯ୍ୟକଳାପ, ଗତିବିଧି ଉପରେ ତୀକ୍ଷଣ ନଜର ରଖାଯାଉଚି।

ବେଳେବେଳେ ମିଃ ମିଶ୍ର ତାକୁ ଚେତାବନୀ ବି ଦେଇଛନ୍ତି ଆପଣ ଏଇ ୟୁନିୟନବାଲାଙ୍କୁ ଲିଫ୍ଟ ଦିଅନ୍ତୁନି ମିଃ ଦେଶମୁଖ। ଆପଣ ଜାଣି ନାହାନ୍ତି- ସାମାନ୍ୟ ଝିମଟି ଖେଳରୁ ମହାଭାରତ ସୃଷ୍ଟି କରିପାରନ୍ତି ଏଇ ୟୁନିଅନ୍ ବାଲାଏ। ଆପଣଙ୍କର କୌଣସି ପ୍ରତିଶ୍ରୁତି କିମ୍ବା କୌଣସି ଚ୍ୟାଲେଞ୍ଜ ଏଇ ୟୁନିଟ୍‌ଟିରେ ଶ୍ରମିକ ଶାନ୍ତି ବ୍ୟାହତ କରିପାରେ। ଯେ, କୌଣସି ପଲିସ ଡିସିସନ୍ କିମ୍ବା ୟୁନିଅନ୍ ମ୍ୟାଟର ଆସିଲେ ମୋ ପାଖକୁ ରେଫର୍ କରନ୍ତୁ।

ମିଃ ମିଶ୍ରଙ୍କ ସାଙ୍ଗରେ ୟୁନିଅନ୍‌ବାଲାଙ୍କ ବେଶ୍ ଭଲ ସଂପର୍କ ରହିଚି। ଧ୍ରୁବ ଖଟୁଆ ନାଁରେ ସେଇ ମଦୁଆଟା ୟୁନିଅନ୍‌ର ସେକ୍ରେଟାରୀ, ଯାହାକୁ ଦେଶମୁଖ କେବେ ବି ସହିପାରେନା- ତା' ସାଙ୍ଗରେ ମିଃ ମିଶ୍ରଙ୍କ ବେଶ୍ ଭାବଦୋସ୍ତି। ଦେଶମୁଖକୁ କେମିତି ଗୋଟେ ଅବଜ୍ଞାରେ ଦେଖେ ଧ୍ରୁବ ଖଟୁଆ। ଦେଶମୁଖକୁ ବି ଆଶ୍ଚର୍ଯ୍ୟ ଲାଗେ- ଏଇ ଘୋଡ଼ା ମଦୂଆ,ଟାଉଟର ଟାଇପ୍‌ର ଖଟୁଆକୁ କେମିତି ମିଃ ମିଶ୍ର ଲିଫ୍ଟ ଦେଇପାରନ୍ତି। କେତେଦୂର ସାଂସ୍କୃତିକ ଅଧଃପତନ ନ ଘଟିଲେ ଏଭଳି ଲୋକଙ୍କୁ ସହି ନେବା ସମ୍ଭବ ହୁଏ ? ଦେଶମୁଖ ତ କେବେ ବି କେମିତି କରି ପାରନ୍ତା ନାଇଁ।

ଜି.ଏମ୍. ମିରଚଲାନି ଥରେ ଦେଶମୁଖକୁ କହିଥିଲେ ଆପଣ ପଲିଟିକ୍‌ସ କରନ୍ତି ମିଃ ଦେଶମୁଖ। ଆମ ଭାରତରେ ସବୁ ଲେୟାର୍ ଏକ୍‌ଜିକ୍ୟୁଟିଭ୍‌ଙ୍କୁ ତା'ଚାକିରି ଖାତିର୍‌ରେ ପଲିଟିକ୍‌ସ କରିବାକୁ ପଡ଼ିଥାଏ। ଏଇଟା ପାର୍ଟି ପଲିଟିକ୍‌ସ ନୁହଁ। ବରଂ ନିଜ ଚେୟାର ପାଇଁ ପଲିଟିକ୍‌ସ।

ମିଃ ମିଶ୍ରଙ୍କ ଉପରେ ମିରଚଲାନିଙ୍କ ଭଲ ଧାରଣା ନାହିଁ। ଦିହିଁଙ୍କ ଭିତରେ ଥିବା ମନୋମାଳିନ୍ୟ ବାହାରକୁ ଜଣା ପଡ଼େ ନାଇଁ। ମିରଚଲାନି ସାହେବ ଥରେ କହିଥିଲେ ଦେଶମୁଖକୁ; ମିଃ ମିଶ୍ରଙ୍କ ଏକାଧିତ୍ୟ ଆପଣ ମାନି ନେଉଛନ୍ତି କାହିଁକି ? ଆପଣଙ୍କ ନିଜସ୍ୱ କ୍ଷମତା, ନିଜସ୍ୱ ପରିସର ଅଛି। ସେ ସବୁରେ ଆପଣ ମିଃ ମିଶ୍ରଙ୍କୁ କର୍ତ୍ତୃତ୍ୱ ଜାହିର କରିବାକୁ ଦେଉଛନ୍ତି କାହିଁକି ? ଆପଣ କ୍ଷମତା ପରିସର ଭିତରେ ଆସୁଥିବା ବିଷୟଗୁଡ଼ିକର ହାନିଲାଭ ପାଇଁ ଆପଣ ହିଁ ଦାୟୀ। ତେବେ, ମିଃ ମିଶ୍ରଙ୍କ ହସ୍ତକ୍ଷେପ ମାନିବେ କାହିଁକି ? ଆପଣ ବରଂ ୟୁନିୟନବାଲାଙ୍କୁ ଟିକେ ଧରାଧରି କରନ୍ତୁ। ସେମାନଙ୍କସହ ଭଲ ସମ୍ପର୍କ ରଖିଲେ ଆପଣଙ୍କର ଲାଭ। ମିଃ ମିଶ୍ରଙ୍କ ବିରୁଦ୍ଧରେ ସେମାନଙ୍କୁ ମତାନ୍ତୁ। ଦେଖିବେ ମିଃ ମିଶ୍ର କେମିତି ଆପଣଙ୍କର ଦ୍ୱାରସ୍ଥ ହେବେ।'

ମା' କଣ ଜାଣିଥିଲା, ସ୍ୱାଧୀନ ଭାରତର ଗୋଟେ ରାଷ୍ଟ୍ରାୟତ୍ତ ସଂସ୍ଥାରେ, ଜଣେ ଅଫିସରକୁ କେତେ ପରିମାଣରେ ତଳକୁ ଆସିବାକୁ ପଡ଼େ ବୋଲି ? ଅଫିସରର ରାଜପୋଷାକ ତଳେ କେତେ ଭୟାର୍ତ୍ତ ଆତଙ୍କିତ ଓ ନିଃସ୍ୱ ସେ ମଣିଷଟି ? ପ୍ରତି ମୁହୂର୍ତ୍ତରେ ନିଜର ସ୍ଥିତି ହଜେଇ ଦେବାର ଆଶଙ୍କାରେ ଆକ୍ରାନ୍ତ ? ମା'ର ଏତେ ଦିନର ସ୍ୱପ୍ନ କେତେ ବୃଥା ଥିଲା ସତରେ।

ଦେଶମୁଖର ମା'ର କଥା ଭାରି ମନେ ପଡ଼ିଲା। ଚାକିରି ଜାଗାକୁ ଡାକିଲେ ବି ମା'ଆସେନି। ବୋଧେ ଅନୀତାକୁ ଠିକ୍ ଭାବରେ ପସନ୍ଦ କରି ପାରେନି। ଅନୀତାର ସ୍ୱାଧୀନଚେତା ମନକୁ କ'ଣ ମା' ଗ୍ରହଣ କରି ପାରେନି ? ଦେଶମୁଖର ମନେହୁଏ, ଘଟଣାଟା ସେଇୟା ନୁହଁ। ଦେଶମୁଖକୁ ଖୁବ୍ ଗଭୀର ଭାବରେ ଭଲ ପାଇଥିଲା ମା'। ପୁଅଛଡ଼ା ଜୀବନରେ ସେ କାହାରି କଥା ଚିନ୍ତା କରିନଥିଲା। ନିଜର ସମସ୍ତ ଜୀବନଟିକୁ ତିଳତିଳ କରି ଖର୍ଚ୍ଚ କରିଥିଲା ସେ ପୁଅକୁ ମଣିଷ କରିବା ପାଇଁ। ସେଇ ପୁଅ ଉପରେ ଆଉ କେହି ଅଧିକାର ସାବ୍ୟସ୍ତ କରୁ,ଆଉ କେହି ସେ ପୁଅର ଭଲ ପାଇବାରେ ଭାଗ ନେଉ, ପୁଅ ଆଉ କାହାରି ପାଇଁ ଉତ୍ସର୍ଗିତ ହେଇଯାଉ- ଏଇ ନିର୍ମମ ସତ୍ୟଟିକକୁ ମା'ସହି ପାରି ନଥିଲା। ସେଇଥିପାଇଁ ଅନୀତା ଉପରେ ହିଁ ମା'ର ସବୁ ରାଗ ଜମା ହେଇ ଯାଇଥିଲା ଓ ଦେଶମୁଖର ବାହାଘର ପରେ ମା' ନିଜକୁ ଦୂରେଇ ନେଇଥିଲା ଦେଶମୁଖ ପାଖରୁ। ସୀମାବଦ୍ଧ କରି ନେଇଥିଲା ଜାଲ୍‌ନା ସହରର ସେଇ ଦଶଫୁଟ ବାଇ ଛଅଫୁଟର ସଂକୀର୍ଣ୍ଣ ଅନ୍ଧାରୁଆ ବଖରାଟିଏ ଭିତରେ।

ଦେଶମୁଖ ବହୁତ ଦିନ ହେଲା ଯାଇନି ମା' ପାଖକୁ। ଆଗେ ଟଙ୍କା କିଛି ପଠଉଥିଲା ମା'ଙ୍କ ପାଖକୁ। କେବେ କେମିତି ଯେ ଟଙ୍କା ପଠାଇବା ବନ୍ଦ ହେଇଗଲା, ନିଜେ ବି ଦେଶମୁଖ ଲକ୍ଷ୍ୟ କରିନି। ମା'ବି କେବେ ମୁହଁ ଖୋଲି ଟଙ୍କା ପଇସା କିଛି ମାଗିନି। ବିନା ପ୍ରତିବାଦରେ ସେ ଦେଶମୁଖ ଉପରୁ ତା'ର ସମସ୍ତ ଅଧିକାର ପ୍ରତ୍ୟାହାର କରି ନେଇଚି। କ'ଣ ଅଭିମାନରେ ! ଦେଶମୁଖର ତ ଉଚିତ ଥିଲା ଜୋର୍ ଜବରଦସ୍ତ କରି ମା' ପାଖକୁ ଧାଇଁ ଯିବାର। ଛୋଟ ବେଳେତ ମା'ଙ୍କର କୌଣସି ଅଭିମାନ, ବିରକ୍ତି ଗାଳିକୁ ଖାତିର୍ କରି ନଥିଲା ଦେଶମୁଖ। ସବୁବେଳେ ମା'ର କୋଳକୁ ହିଁ ଆଶ୍ରୟ କରି ନେଇଥିଲା। ଅଥଚ ଏବେ ଦେଶମୁଖର ମନେ ହେଲା, ଆଜି କାଲି ମା' କୋଳର ଆବଶ୍ୟକତା ସେ ହଜେଇ ଦେଇଚି। ମନେ ହେଲା ଓତା'ମନଟା ଖରାପ ହୋଇଗଲା। କ'ଣ କରୁଥିବ ମା'- ଏଇ ମୁହୂର୍ତ୍ତରେ। କ'ଣ କରୁଥିବ ?

ଦେଶମୁଖ ବାହାରି ଆସିଲା ନିଜ ଚେମ୍ବରରୁ । ଅଫିସ୍ ବାରଣ୍ଡାରେ ଚାଲ୍‌ବୁଲ୍ କରୁଥିବା କ୍ଲର୍କ,ଦରୱାନ୍, ପିଅନ ଓ ୱାର୍କରମାନେ କେହି ଖାତିର୍ କଲେନି ତାକୁ। ପ୍ରୋଜେକ୍ଟ ଅଫିସରଙ୍କ ଜିପ୍ ଥୁଆ ହେଇଚି। ପିନଅ ବ୍ୟସ୍ତ ଭାବରେ ମିଃ ମିଶ୍ରଙ୍କ ଚେମ୍ବରକୁ ପଶୁଚି ଓ ବାହାରି ଆସୁଚି। ଦରୱାନ୍ ପୂରା ଆଟେନ୍‌ସନ୍ ଭଙ୍ଗୀରେଠିଆ ହେଇଚି। ଦେଶମୁଖ ଅଫିସର ଫାଟକ ଡେଇଁଲା। ସେ ଜାଣେ, ତା'ର ଏଇ ଅଫିସ୍ ଛାଡ଼ି ଚାଲି ଯିବାର ଖବରଟା ମିଃ ମିଶ୍ରଙ୍କ ପାଖକୁ ଚାଲାଣ ହେଇଯିବ। ମିଃ ମିଶ୍ରଙ୍କ ସ୍ପାଇମାନେ ତା'ର ଚାରିପଟରେ ନଜର ରଖିଛନ୍ତି। ଭାବିଲା ମାତ୍ରେ ହିଁ ଦେଶମୁଖର ମନଟା ଆହୁରି ଦୁଃଖି ହେଇଗଲା। ସେ ଚାକିରି ଛାଡ଼ି ଦେବ। ସେ ନିଶ୍ଚେ ଚାକିରି ଛାଡ଼ିଦେବ। ସେ ପୁଣି ଫେରିଯିବ ଜାଲ୍‌ନାକୁ। ସେ ଆରମ୍ଭ କରିବ ପୁଣି ନୂଆ ଜୀବନ। ସେ ଫେରିଯିବ ତା' ମା' କୋଳକୁ। ସେ ନିଶ୍ଚେ ଚାକିରି ଛାଡ଼ିଦେବ।

ଘରକୁ ଫେରି ଆସିଲା ଦେଶମୁଖ। ଗେଟ ଖୋଲି ଭିତରକୁ ଆସି ବାରଣ୍ଡାରେ ଠିଆ

ହେଲା। ଅନୀତା ବେଶ୍ ଭଲଭାବରେ ଘରଟାକୁ ସଜେଇଚି। ବଗିଚାରେ ଫୁଲଗଛ, ଟବ୍‌ରେ ଫୁଲଗଛ। ବାରଣ୍ଡାରେ ଗୋଟେ କୋଣରେ ମନି ପ୍ଲାଣ୍ଟ, କ୍ୟାକ୍‌ଟସ୍। ବେତବୁଣା ଚେୟାର ଟେବୁଲ, ଛାତରୁ' ଟଙ୍ଗା ହେଉଥିବା ଟବ୍‌ରେ ଟେବୁଲ୍ ରୋଜ୍। ଅନୀତା ଗୋଟେ ରୁଚିସମ୍ପନ୍ନା ସ୍ତ୍ରୀ ଲୋକ। ଦେଶମୁଖ ଏଯାଏଁ ବୁଝି ପାରିଲାନି ଅନୀତାକୁ। ବେଶ୍ ସ୍ୱାଧୀନ ମନୋଭାବାପନ୍ନ ସେ। ଅଥଚ କେଉଁଠି ତା'ର ଗୋଟେ ଗର୍ବ ଅଛି। ଦେଶମୁଖର ପଦମର୍ଯ୍ୟାଦା ପାଇଁ, ଅନୀତା କେବେ ବି ମା'ଙ୍କ ପ୍ରତି ଖରାପ ବ୍ୟବହାର କରିନି। କୌଣସି ଅପଶବ୍ଦ କେବେ ବାହାରିନି ଅନୀତା ମୁହଁରୁ ମା'ଙ୍କ ପାଇଁ, ଅଭିଯୋଗ ଅନୁଯୋଗ ବି ନୁହଁ। ତଥାପି କେମିତି ଗୋଟେ ସମ୍ପର୍କର ଶୀଥିଳତା ଅଛି ମାଙ୍କ ସାଙ୍ଗରେ ତା'ର।

କବାଟ ଖୋଲି ଅନୀତା ଆଶ୍ଚର୍ଯ୍ୟ ହୋଇଗଲା: ତମେ !

ଅନୀତା ବେଶ୍ ସାଜିଚି ଆଜି। କେଉଁଠିକୁ ଯିବାର ଅଛି କି ତା'ର? କୌଣସି ଏନ୍‌ଗେଜ୍‌ମେଣ୍ଟ୍? ଦେଶମୁଖ ତ ଏଇ ସମୟରେ ପ୍ରାୟ ହିଁ ଘରକୁ ଫେରେନା। ଅନୀତା ଗୋଟେ ସ୍ୱାଧୀନ ମହିଳା। ସେ ଚାହେଁନା ଦେଶମୁଖ ତାକୁ ଗାଇଡ୍ କରୁ। ଦେଶମୁଖର ବି ସେମିତି ସ୍ୱାମୀପଣିଆ ଦେଖେଇବାର ଇଚ୍ଛା ନଥାଏ। ମିଃ ମିଶ୍ରଙ୍କ ସହିତ ତା'ର ଟେନ୍‌ସନ୍‌ର ଗୋଟେ ମୁଖ୍ୟ କାରଣ ଅନୀତା ହିଁ। ମିସେସ୍ ମିଶ୍ରଙ୍କୁ ଆଡ଼େଇ ଯିବାର ଏକ ଅବାଧ ଇଚ୍ଛା ଅନୀତା ଭିତରେ ଅଛି। ଦେଶମୁଖ କେବେବି ଅନୀତାକୁ ବାଧ କରିନି ମିସେସ୍ ମିଶ୍ରଙ୍କ ପ୍ରତି ଅନୁଗତ ହେବାକୁ।

ଅନୀତା କହିଲା : ମିସେସ୍ ଜି.ଏମ୍.ଙ୍କ ସାଙ୍ଗରେ ଗୋଟେ ଏନ୍‌ଗେଜମେଣ୍ଟ୍ ଅଛି। ଆମେ ସ୍ପେଶାଲ ଏକ୍‌ଟିଭିଟିଜ୍ ବଢ଼େଇବାର ସିଦ୍ଧାନ୍ତ ନେଇଚୁ, ରୋଟାରୀ କ୍ଲବ୍ ମାଧ୍ୟମରେ। ଗୋଟେ ପ୍ରୌଢ଼ଶିକ୍ଷା କାର୍ଯ୍ୟକ୍ରମ କରିବୁ ଭାବିଚୁ ଆମେ ଲେବର୍ ମାନଙ୍କ କଲୋନିରେ। ଆଜି ତା' ବିଷୟରେ ଫାଇନାଲ୍ ଡିସିସନ୍ ହେବାର ଅଛି।

ଦେଶମୁଖ ଆଉଜି ବସିଲା ସୋଫା ଉପରେ। ତା' ଘରର ଏଇ ଟିପ୍‌ଟପ୍ ଐଶ୍ୱର୍ଯ୍ୟ, ଅନୀତାର ବୟକଟ ବାଳ। ଚର୍ବିଶ୍ରମିତ ଆଭିଜାତ୍ୟ ଏସବୁ ପାଇଁ କେତେ ଦାମ୍ ଦେବାକୁ ପଡ଼ିଚି ଦେଶମୁଖକୁ। ତା' ମା' କେତେ ସ୍ୱପ୍ନ, କେତେ ସାଧନାକୁ ଖର୍ଚ୍ଚ କରି ବିଫଳତାର ଚରମସୀମାରେ ଦେଶମୁଖ- ଅଥଚ ଅନୀତାର ସୁଖ ମୁଗ୍ଧ ଅଫିସର ଘରଣୀ ସୌନ୍ଦର୍ଯ୍ୟ। ଦେଶମୁଖର ମନେ ପଡିଗଲା ଜାଲନାର ତାଙ୍କର ପୈତୃକ ଘରର ଦଶଫୁଟ ବାଇ ଛଅ ଫୁଟର ଅନ୍ଧାରୁଆ ବଖରା। ମନେ ପଡିଗଲା ନୀଳ ତନ୍ତବୁଣା ଶାଢ଼ୀକୁ କଛାମାରି ପିନ୍ଧୁଥିବା ତା' ମା'ର ଚେହେରା। ସେ ଅସ୍ପଷ୍ଟ ଭାବରେ କହିଲା; ମୁଁ ଚାକିରି ଛାଡ଼ିଦେବି ଅନୀତା। ମୁଁ ଫେରିଯିବି ଜାଲ୍‌ନାକୁ।

ଅନୀତା ଆଶ୍ଚର୍ଯ୍ୟ ହେଇଗଲା। ସୋଫା ଉପରେ ବସିଲା। ଦେଶମୁଖର ମୁଣ୍ଡବାଳ ସାଉଁଳେଇ ଦେଇ ପଚାରିଲା : କ'ଣ ହେଇଚି ତମର? ଅଫିସ୍‌ରେ ଭାରି ଟେନ୍‌ସନ୍ ହେଇଚି।

ଦେଶମୁଖକୁ ଆଉଜେଇ ଆଣିଲା ଛାତି ଉପରକୁ ଅନୀତା। ଅନୀତାର ଦେହରେ ବିଦେଶୀ

ଫରଫ୍ୟୁମ୍‌ର ଗନ୍ଧ। ଦେଶମୁଖର ମନେ ପଡ଼ିଗଲା ସେଇ ଦୃଶ୍ୟ, ବାପାଙ୍କ ଶୁଦ୍ଧିକ୍ରିୟା ସମୟର। ଅଗଣାରେ ମା'ଙ୍କୁ ଘେରି ବସିଚନ୍ତି ଜେଜୀ, କାକାମାନେ, ପୁରୋହିତ ଓ ବାରିକ। ଅନୀତା ଚୁମା ଖାଇଲା ଦେଶମୁଖର କପାଳରେ। ମା' ଛିଡ଼ା ହେଇଚି ଖୁଣ୍ଟକୁ ଆଉଜି। ବାଳ ମୁକୁଳା। ଆଖିରେ ଲୁହ ଡବଡବ। ଦେଶମୁଖ କୁଣ୍ଢେଇ ଧରିଲା ଅନୀତାକୁ।

: ମୋର ମେକ୍‌ଅପ୍ ନଷ୍ଟ ହେଇଯିବ। ଶାଢ଼ୀର କ୍ରିଜ୍-ମୋ ଶାଢ଼ୀର କ୍ରିଜ୍... ସୁନାଟା ପରା।

ଦେଶମୁଖ ଖୁବ୍ ଅସ୍ପଷ୍ଟ ଦୂରରେ ଡାକିଲା : ମା ! ମା !

କୁହୁଡ଼ି ପହଁରି ଅତୀତ ଆଡ଼କୁ ଚାଲିଯାଉଥିଲା ଦେଶମୁଖ। ରାତି ଅଧରେ ଜାଲନାର ସେଇ ଛୋଟିଆ ବଖରାଟିରେ ମସିଣା ଉପରେ ଶୋଇଥିଲା ବେଳେ ଚଟାଣରେ, ଅନେକ ଅନେକ ରାତି ଅପ୍ରାପ୍ତବୟସ୍କ ଦେଶମୁଖର ମୁଣ୍ଡରେ ବାଜିଛି ଦୀର୍ଘଶ୍ୱାସର ଗରମ ପବନ।

ହଠାତ୍ ଘଣ୍ଟି ଶବ୍ଦରେ ଛିଟିକି ପଡିଲା ଅନୀତା। ନିଜର ବେଶଭୂଷା ସମ୍ଭାଳି ନେଉନେଉ ଆଇନା ପାଖକୁ ଚାଲିଗଲା ଓ ଚାକର ଟୋକାକୁ ବଡ଼ପାଟିରେ ଡାକି, କିଏ ବାହାରେ କଲିଂବେଲି ଟିପୁଛି ଦେଖିବାକୁ କହିଲା। ଦେଶମୁଖ ଡ୍ରେସିଂଟେବୁଲ୍ ଆଇନାକୁ ଆସିଲା ଅନୀତାର ପଛେ ପଛେ। ଅନୀତାର ଆଖିରେ ଦୁଷ୍ଟାମିର ହସ। ବହୁତ ଦିନ ହେଲା ସେମାନଙ୍କର ଆଉ ଏମିତି ସମ୍ପର୍କ ନାଇଁ। ଅଥଚ ଆଜି ଏମିତି ହେବା ଉଚିତ ଥିଲା କି ? ଦେଶମୁଖର ମନ ଭଲ ନଥିଲା। ସେ ଚାକିରି ଛାଡ଼ି ଦେବା କଥା ଚିନ୍ତା କରୁଥିଲା ? ତା'ର ମା' କଥା ମନେ ପଡୁଥିଲା। ଅନୀତା ପ୍ରତି ତା'ର ଅନୁରାଗ କିମ୍ବା ଆସକ୍ତି ବି କିଛି ନଥିଲା। ଅଥଚ। ଆଶ୍ଚର୍ଯ୍ୟ।

ଚାକର ଆସି କହିଲା: ହରିଶଙ୍କର ପଟ୍ଟନାୟକ ଆସିଚନ୍ତି।

: ହରିଶଙ୍କର କିଏ ? ଅନୀତା ଆଶ୍ଚର୍ଯ୍ୟ ହେଇ ପଚାରିଲା: ଏମିତି କେହି ତ ତମ ପାଖକୁ ଆସନ୍ତି ନାଇଁ ?

: ଜଣେ 'ରିଟାୟାର୍ଡ ଟ୍ରେଡ୍ ୟୁନିଅନିଷ୍ଟ। ଜି.ଏମ୍ କଂପ୍ଲେକ୍ସର ଗୋଟେ କ୍ଲର୍କ ହେବେ ବୋଧେ ସେ।' ତା'ପରେ ଦେଶମୁଖ ନିର୍ଦ୍ଦେଶ ଦେଇଥିଲା ଚାକରକୁ: ତାଙ୍କୁ ଡ୍ରଇଂରୁମ୍‌ରେ ବସା। ଚା' କପେ କର।

ଦେଶମୁଖ ଆଇନାକୁ ଅନେଇଲା ଚାଳିଶୋର୍ଦ୍ଧ୍ୱ ଚେହେରାରେ ତା'ର ବାର୍ଦ୍ଧକ୍ୟର ଛାପ। ତା' ତୁଳନାରେ ଅନୀତା ବେଶ୍ ଯୁବତୀ ଦେଖାଯାଉଛି। ଅନୀତା ତରତର ହେଇ ତା'ର ମେକ୍‌ଅପ୍ କରୁଥିଲା। ତା'ର ଭୀଷଣ ଡେରି ହେଇଗଲାଣି।

ଅଷ୍ଟମ ପରିଚ୍ଛେଦ

ରାତିସାରା ନିଦ ହେଲାନି ହରିଶଙ୍କରର। ରାତି ପାହିଲେ ପିଟ ହେଡ୍‌ରେ ୟୁନିଅନ୍‌ର ମିଟିଂ। ସେଇ ମିଟିଂରେ ହିଁ ହରିଶଙ୍କରର ନୂଆ ୟୁନିଅନ୍‌ର ଜନ୍ମ ଘୋଷଣା କରାହେବ। ଏଇ କୋଲିୟାରୀର ପ୍ରୋଜେକ୍ଟ ଅଫିସର୍ ଓ ଡେପୁଟି ସି.ଏମ୍.ଇ ମିଶ୍ର ସାହେବଙ୍କ ପାଖରୁ ପ୍ରଥମେ ଏଇ ମିଟିଂ ପାଇଁ ପରମିଶନ୍ ମିଳି ନଥିଲା। ସେ ତ ପ୍ରଥମରୁ କହି ଦେଇଥିଲେ, ଆମର ଏଇଠି ଗୋଟେ ହିଁ ରେକୋଗ୍ନାଇଜ୍‌ଡ଼ି ୟୁନିଅନ୍ ଅଛି। ଦ୍ୱିତୀୟ ୟୁନିଅନ୍‌କୁ ଆମେ ପ୍ରଶ୍ରୟ ଦେଇପାରିବୁନି। ହରିଶଙ୍କର ଜି.ଏମ୍.ମିରଚନ୍ଦାନିଠୁ ପରମିଶନ୍ ନେଇକି ଆସିଥିଲା।

ସେଇଟା ତା'ର ବାହାଦୁରୀ ଓ ଅନେକେ ଭାବିଥିଲେ ହରିଶଙ୍କରର ପ୍ରଥମ ବିଜୟ ବୋଲି। ହରିଶଙ୍କର ଅବଶ୍ୟ କାହାରିକୁ କହିନି ଯେ ତା'ର ୟୁନିଅନ୍ ପଛରେ ଜି.ଏମ୍.ମିରଚନ୍ଦାନିଙ୍କ ସାହାଯ୍ୟ, ସହାନୁଭୂତି ଓ ପ୍ରଚ୍ଛନ୍ନ ସହଯୋଗ ଅଛି ବୋଲି। ଲେବର୍‌ମାନଙ୍କ ପାଖରେ କିଛି କିଛି ଜିନିଷ ଲୁଚେଇ ରଖିବାକୁ ପଡ଼େ। ଯେମିତି ମ୍ୟାନେଜ୍‌ମେଣ୍ଟର ପ୍ରଚ୍ଛନ୍ନ ସମର୍ଥନ କଥା।

ହରିଶଙ୍କରର ଏଇଟା ପ୍ରଥମ ମିଟିଂ ନୁହଁ। ହେମବାବୁଙ୍କ ୟୁନିଅନର ଜେନେରାଲ୍ ସେକ୍ରେଟାରୀ ଭାବରେ ସେ ବହୁତ ପିଟ୍ ହେଡ୍ ମିଟିଂ କରିଛି। କିନ୍ତୁ ନିଜ ୟୁନିଅନ୍‌ର ଏଇଟା ପ୍ରଥମ ମିଟିଂ, ତେଣୁ ଖୁବ୍ ବ୍ୟସ୍ତ ଲାଗୁଥିଲା ତାକୁ। ୟୁନିଅନ୍ ଅଫିସର ମାଇକ୍‌ସେଟଟା ଧ୍ରୁବ ଖଟୁଆର ଅକ୍ତିଆରରେ। ବଜାରରୁ ଗୋଟେ ମାଇକ୍‌ସେଟ ଭଡ଼ାରେ ଯୋଗାଡ଼ କରିଥିଲା

ହରିଶଙ୍କର। କିନ୍ତୁ ଅସୁବିଧା ହେଇଥିଲା ଦେଶଭକ୍ତିମୂଳକ ଗୀତର ରେକର୍ଡ ଯୋଗାଡ଼ କରିବାରେ। ମିଟିଂ ପୂର୍ବରୁ ସକାଳ ସିଫ୍ଟର ଲୋକମାନଙ୍କୁ କିମ୍ବା ନାଇଟ ସିଫ୍ଟର କର୍ମକ୍ଳାନ୍ତ ଘରମୁହାଁ ଲୋକଙ୍କ ଆକର୍ଷିତ କରିବା ପାଇଁ କିଛି ରେକର୍ଡ ଦରକାର। କିନ୍ତୁ ଦେଶଭକ୍ତିମୂଳକ ଗୀତ ସବୁ ଆଜିକାଲି ମାର୍କେଟରେ ମିଳେନି। ସବୁ ସିନେମା ଗୀତ ସେଠି। ଅଗଣି ହୋତା କହିଥିଲା, ସିନେମା ଗୀତ ହିଁ ନେଇଯିବାକୁ। ଲୋକଙ୍କୁ ଆକର୍ଷଣ କରିବା କଥା ତ? ଫିଲ୍ମ ଗୀତରେ ବେଶୀ ଆକର୍ଷିତ ହେବେ ଲୋକମାନେ। ହରିଶଙ୍କରର ମନ କିନ୍ତୁ ମାନିଲାନି। କ୍ଲବ୍ ଖୋଜି ଖୋଜି ଦେଶଭକ୍ତିମୂଳକ ସିନେମା ଗୀତର ରେକର୍ଡ ମିଳିଲା। କିନ୍ତୁ ମହାତ୍ମା ଗାନ୍ଧିଙ୍କର ପ୍ରିୟ ଭଜନ ରାମଧୁନ୍ ମିଳିଲାନି। ମାର୍କେଟରେ ଆଉ ସେ ଗୀତର ଡିମାଣ୍ଡ ନାହିଁ।

ଅବସୋସ ରହିଗଲା ହରିଶଙ୍କରର ମନରେ। ପୁରୁଣା ୟୁନିଅନ୍ ଅଫିସରେ ଏବେ ବି 'ଈଶ୍ୱର ଆଲ୍ଲା ତେରା ନାମ' ରେକର୍ଡଟି ଅଛି। ଧ୍ରୁବ ଖଟୁଆମାନେ ଆଉ ବଜଉ ନାହାନ୍ତି ସେସବୁ ରେକର୍ଡ। ସେମାନଙ୍କ ମିଟିଂରେ ବି ସେଇ ଚାଲୁ ସିନେମା ଗୀତ ବାଜୁଛି ଆଜିକାଲି। କିନ୍ତୁ ହରିଶଙ୍କର ସମୟରେ ସେମିତି ହେଉ ନଥିଲା। ଖୁବ୍ ବେଶୀରେ ଲତା ମଙ୍ଗେଶ୍‌କରଙ୍କ "ଏ ମେରେ ୱତନ୍ କେ ଲୋଗୋଁ ଜରା ଆଖୋଁ ମେଁ ଭର ଲୋ ପାନୀ" ଗୀତ ହିଁ ବାଜୁଥିଲା । ବିନା ରାମଧୁନରେ କୌଣସି ମିଟିଂ, ହରିଶଙ୍କର ପାଖରେ ଅପୂର୍ଣ୍ଣ ହିଁ ମନେ ହେଉଥିଲା।

ମିଟିଂ ପାଇଁ ସବୁ ପ୍ରସ୍ତୁତି ଶେଷ। ଏଜେଣ୍ଡା ତିଆରି ହେଇଯାଇଚି। ଥାନାରୁ ପର୍ମିଶନ୍ ଅଣା ସରିଚି। ଯଥାସମ୍ଭବ ପ୍ରଚାର ବି କରି ଦିଆହେଇଚି। ତାର ବାହାର କୋଇଲା ଖଣିରେ ଏବେ ଚାରିଆଡ଼େ ନୂଆ ୟୁନିଅନ୍ ଗଠନ କଥାଟି ହିଁ ଚର୍ଚ୍ଚାର ବିଷୟ। ବହୁତ ଦିନ ପରେ ହରିଶଙ୍କର ଲକ୍ଷ୍ୟ କରିଚି, ସେ ଲୋକମାନଙ୍କର ଆଗ୍ରହର କେନ୍ଦ୍ରବିନ୍ଦୁ ହେଇଯାଇଚି। ଲୋକେ ତାକୁ ଲକ୍ଷ୍ୟ କରୁଚନ୍ତି ଆଗ୍ରହରେ, ହୁଏତ ଭୟ ଓ ଭକ୍ତିରେ ନମସ୍କାର କରୁଚନ୍ତି- ନ ହେଲେ ଆଡ଼େଇ ହେଇ ଯାଉଚନ୍ତି। ତା'ର ଅସ୍ତିତ୍ୱ ଏତେ ଦିନ ପରେ, ଏଇ କୋଇଲା ଖଣି ଅଞ୍ଚଳରେ ଗୁରୁତ୍ୱପୂର୍ଣ୍ଣ ହେଇପଡ଼ିଚି।

ରାତିସାରା ଛଟପଟ ହେଉଥିଲା ହରିଶଙ୍କର। ଅଧାନିଦ ଭିତରେ ସେ ଖାଲି ମିଟିଂର ସ୍ୱପ୍ନ ହିଁ ଦେଖିଥିଲା ଓ ଭୋର୍ ହେଲାମାତ୍ରେ ଘରୁ ବାହାରି ଆସିଥିଲା। ପାଖର ଚା' ଦୋକାନର ଚାକର ଟୋକାମାନଙ୍କର ନିଦ ସେତେବେଳେ ବି ଭାଙ୍ଗି ନଥିଲା। କୋଇଲା ଚୁଲିରେ ଆଞ୍ଚ ଚଢ଼ି ନଥିଲା, ମାଲିକ ତା' ଘରୁ ଆସି ନଥିଲା। ହରିଶଙ୍କରର କପେ ଚା' ଦରକାର। ଘରେ ଚା'କପେ ମିଳିବା ମୁସ୍କିଲ। ଅଥଚ ଏଇ ପାହାନ୍ତିଆ ପହରରୁ କିଏ ଦେବ ଚା'କପେ? ଅଗଣି ହୋତାର କ୍ୱାର୍ଟରକୁ ଯାଇ ତାକୁ ଉଠେଇକି ଆଣିଥିଲା।

ନିଦ ମଳମଳ ଆଖିରେ, ଲୁଙ୍ଗି ଗଞ୍ଜି ଉପରେ ଟାୱେଲଟିଏ ଗୁରେଇ, ଚପଲ ପାଦରେ ଗଳେଇ ଅଗଣି ହୋତା ଆସି ବସିଥିଲା ଚା' ଦୋକାନରେ। କହିଲା: ଆପଣଙ୍କ ଭାଷଣଟା ପଟ୍ଟନାଏକ ବାବୁ, ଖୁବ୍ ଜୋରଦାର ହେବା ଉଚିତ୍। ଲୋକଙ୍କୁ ତତେଇ ଦେବାକୁ ହେବ ଖୁବ୍, ଖଟୁଆର ଭାଷଣଠୁ ଆହୁରି ଗରମ ହେବା ଦରକାର।

ହରିଶଙ୍କର ମନେ ମନେ ସ୍ଥିର କରି ସାରିଥିଲା ଭାଷଣର ସ୍ୱରୂପ କ'ଣ କ'ଣ ହେବ। ରାଷ୍ଟ୍ରାୟତ୍ତ ପ୍ରତିଷ୍ଠାନରେ ଟ୍ରେଡ୍ ୟୁନିଅନ୍‌ର ଭୂମିକା ଉପରେ ତା'ର କ'ଣ କ'ଣ କହିବାର ଅଛି। ଆଜିକାର ଏ ମିଟିଂ କରିବାକୁ ନ ଦେବା ପାଇଁ ପ୍ରୋଜେକ୍ଟ ଅଫିସରଙ୍କ ଦୂରଭିସନ୍ଧି କିଭଳି ରାଷ୍ଟ୍ରାୟତ୍ତ ପ୍ରତିଷ୍ଠାନର ବ୍ୟୁରୋକ୍ରାଟମାନଙ୍କ ଚକ୍ରାନ୍ତକୁ ପଦାରେ ପକେଇ ଦେଇଚି, ସେ କଥା ସେ ମିଟିଂରେ କହିବ।

ଅଗଣି ହୋତା କହିଥିଲା : ଖାଲି ପ୍ରୋଜେକ୍ଟ ଅଫିସରଙ୍କୁ ଗାଳି ଦେଲେ କ'ଣ ହେବ? ଆମ ୟୁନିଅନ୍ ତମ ପୂରା ମ୍ୟାନେଜମେଣ୍ଟ ବିରୋଧୀ, ସେ କଥା ସେଠି କହିବାକୁ ପଡିବ। ଦେଶମୁଖ ଓ ଜି.ଏମ୍.ଙ୍କ ବିରୁଦ୍ଧରେ କଡ଼ା କଥାକୁ ବାଛିକି ରଖିଥାଆନ୍ତୁ।

କିଛି କହି ନଥିଲା ହରିଶଙ୍କର ଅଗଣିର କଥା ଶୁଣି। ତା'ର ମନେ ପଡିଯାଇଥିଲା, କାଲି ସେ ଦେଶମୁଖର ଘରକୁ ଯାଇଥିବାର କଥା। ଦେଶମୁଖ ଲୋକଟିକୁ ଯେତେ ନିରୀହ ଭାବିଥିଲା ହରିଶଙ୍କର ପାଖରୁ ଦେଖିଲା ପରେ ଜାଣିଲା, ସେତେ ନିରୀହ ନୁହଁ। ତେବେ ହରିଶଙ୍କରର କାମରେ ଆସିବ। ଏବେ ଖୁବ୍ ସପ୍ରେସ୍‌ଡ୍ ଅଛି ପ୍ରୋଜେକ୍ଟ ଅଫିସରଙ୍କ ଡରରେ। ଏମିତି ଭାବରେ ସେ କଥାବାର୍ତ୍ତା କରୁଥିଲା, ଯେମିତି ସେ ହିଁ ଲିଫ୍ଟ ଦେଉଚି ହରିଶଙ୍କରକୁ। ହରିଶଙ୍କର ସେଇଥିପାଇଁ ଜାଣିଶୁଣି ଚେତେଇ ଦେଲା ଯେ ଟି ଏମ୍.ଙ୍କ ପରାମର୍ଶ ଅନୁସାରେ ହିଁ ହରିଶଙ୍କର ଆସିଚି ଦେଶମୁଖକୁ ଲିଫ୍ଟ ଦେବା ପାଇଁ। ଲିଫ୍ଟ ନେବା ପାଇଁ ନୁହଁ।

ହରିଶଙ୍କର ଓ ଅଗଣି ଚା' ଦୋକାନରୁ ଫେରିଲା ପରେ, ତା' ବସାରେ ଅଗଣି ପରିଚୟ କରେଇ ଦେଲା ତା ପୁତୁରା ସାଙ୍ଗରେ। କହିଲା: ଏଇ ମୋ ଗାଁ- ସମ୍ପର୍କରେ ପୁତୁରା। ପ୍ରଦ୍ୟୁମ୍ନ। ଏଇଠି ଏବେ ସମାରୁଖଡ଼ିଆ ନାଁରେ ବଦ୍‌ଲି ଲୋଡ଼ର୍‌ରେ ଭର୍ତ୍ତି କରେଇ ଦେଇଚି।

ଇମ୍‌ପର୍ସନେସନ୍ କେସ୍? ଧମକେଇବା ଭଳି ଅଗଣିକୁ କହିଲା: ତମେ ଜାଣିଛ ଅଗଣି, ଇମପର୍ସନେସନ୍ କେସ୍ ଜିନିଷଟି କ'ଣ? ତମର ପୁତୁରାକୁ ତମେ ଏମିତି ଭାବରେ ଭର୍ତ୍ତି କରେଇବାର ରିକ୍‌ସ କାହିଁକି ନେଲ?

: ଚାକିରି କଥା ତ ଜାଣୁଛନ୍ତି ଆଜ୍ଞା। ଅଗଣି ବ୍ୟସ୍ତ ହେଇ କହିଲା: ପୁତୁରାଟି ଏତେ ଦୂରରୁ ଆସିଚି। ହେମବାବୁଙ୍କ କଥା ତ ଜାଣିଛନ୍ତି। କହିକି ଲାଭ ନାଇଁ। ଆଜିକାଲି କୋଲିୟାରୀରେ ଚାକିରି ମିଳିବାଟା କ'ଣ ସମ୍ଭବ? ତା' ଉପରେ କୌଣସି ଡିପ୍ଲୋମା କି ସାର୍ଟିଫିକେଟ୍ ନାଇଁ। ସେଦିନ ତ ଦେଖିଲେ, କ୍ଲର୍କ ଇଣ୍ଟରଭ୍ୟୁ ପାଇଁ କେତେ ଝାମେଲାଗଲା। ଏଯାଏଁ ଇଣ୍ଟରଭ୍ୟୁ ବି ହେଇପାରିନି। ତା'ଛଡ଼ା ଆଜ୍ଞା ଟଙ୍କା ପଇସା କଥା। ଆଜି କାଲିକା ଯୁଗ ଖାଲି ଟଙ୍କା ଚାହୁଁଚି। ମାନ ଇଜ୍ଜତ ମହତ କିଛି ଚାହୁଁନି। ଏମ୍.ଏ ପଢ଼ି ପ୍ରାଇଭେଟ୍ କଲେଜରେ ପାଞ୍ଚ ଛଅ ଶହ ଟଙ୍କା ପାଇ ଲେକ୍‌ଚରର୍ ହେବାଟା କିଏ ଆଉ ଭଲ ଆଖିରେ ଦେଖୁଚି କୁହନ୍ତୁ? ତା'ଠୁ ଅଜାଗାରେ କୁଲିକାମ କରି ମାସକୁ ଦୁଇ ଅଢ଼େଇ ହଜାର ଟଙ୍କା ପାଇଲେ ବି ଭାରି ସମ୍ମାନ।

: ମୁଁ ଟଙ୍କା ପଇସା କଥା କହୁନି ଅଗଣି। ଇମ୍‌ପର୍ସେନେସନ୍ କେସ୍‌ଟା ଗୋଟେ ଠକାମି।

ଗୋଟେ ଧପ୍‌ପାବାଜି। ଯେ କୌଣସି ସମୟରେ ଚାକିରି ଯାଇପାରେ। ତା'ଛଡ଼ା ତାକୁ ସବୁବେଳେ ବ୍ଲାକ୍‌ମେଲିଂ ଭିତରେ ରହିବାକୁ ପଡ଼ିବ।

ଅଗଣି କହିଲା: କୋଲିୟାରୀରେ ଏସବୁ ଆଉ ଦେଖୁଚି କିଏ କୁହନ୍ତୁ? ମହତାବ୍ କହିନଥିଲେ ଥରେ, ଦୁର୍ନୀତିକୁ ନୀତି କରି ଦେଲେ କଥା ତୁଟିଯିବ। ଏଠିତ ସମସ୍ତେ ଜାଣନ୍ତି ଏଇ ଇମ୍‌ପର୍ସନେସନ୍ କେସ୍‌ରେ ଚାକିରି ପାଇବାଟା ସ୍ୱାଭାବିକ ବୋଲି।

ପ୍ରଦ୍ୟୁମ୍ନ ପଚାରିଲା : ମୋର କ'ଣ ହେବ ସାର୍? ମୋର ଚାକିରି? ଭବିଷ୍ୟତ? ମୋର ନିଜର ନାଁ?

ହରିଶଙ୍କର ଅନେଇଲା ପିଲାଟିକୁ। କେତେ ବୟସ ହେବ? ଏକୋଇଶି, ବାଇଶି? ତା' ପୁଅ ବୟସର ପିଲାଟେ, କେମିତି ସେ କହିବ ଯେ ଇମ୍‌ପର୍ସନେସନ୍ କେସ୍‌ରେ ଚାକିରି କରିବାଟା ନିଜ ପ୍ରତି ଗୋଟେ ପ୍ରତାରଣା ଭଳି? ଏଇ ପିଲାଟି କ'ଣ କରିବ ଏବେ? ସାରାଜୀବନ ସେ ଆଉ ଗୋଟେ ନାଁରେ ଚାକିରି କରିବ ଏଇ କୋଲିୟାରୀରେ ଆଉ ଗୋଟେ ନାଁ ନେଇ ବଞ୍ଚି ରହିବ? ପିଲାଟି କ'ଣ ଚାକିରି ଛାଡ଼ିଲା ପରେ ତା'ର ପ୍ରଭିଡେଣ୍ଟ ଫଣ୍ଡ, ଗ୍ରାଚ୍ୟୁଇଟି ବିନା କ୍ଲେମରେ ଛାଡ଼ିଦେବ? ତା'ର ପିଲାମାନେ କ'ଣ ତା'ର ପି.ଏଫ୍ କ୍ଲେମ କରି ପାରିବେ?

ହରିଶଙ୍କର କହିଲା: ଦେଖ, କଣ ହେବ କହି ହେଉନି। କାରଣ ତମର ଯେଉଁ କେସ୍-ସେଇଟାକୁ ସୁଧୁରେଇବା କାଠିକର ପାଠ। ତେବେ ମ୍ୟାନେଜମେଣ୍ଟ ଚାହିଁଲେ ସବୁ ହେବ। ମ୍ୟାନେଜମେଣ୍ଟ ଯଦି ଚାହେଁ, ତେବେ ତମେ ଗୋଟେ ଆଫିଡେଭିଟ୍ କରି ତମର ନାଁ ଫାଁ ବଦଳେଇ ଦେଇପାର। କିନ୍ତୁ ସବୁ ନିର୍ଭର କରୁଚି ମ୍ୟାନେଜମେଣ୍ଟରେ ଯେଉଁମାନେ ଅଛନ୍ତି, ସେମାନେ ସହଯୋଗ କରିବେ କି ନାଇଁ। କରିବା ପାଇଁ ରିକ୍‌ସ ନେବେ କି ନାଇଁ, ତା'ଉପରେ। ତେବେ ତମେ ଅପେକ୍ଷା କର। ଆମ ୟୁନିଅନ୍ ଟିକେ ଠିଆ ହେଇଯାଉ। ତା'ପରେ ଆମେ ଚେଷ୍ଟା କରିବା।

ଅଗଣି ଆଉ ହରିଶଙ୍କର ସାଙ୍ଗରେ ପ୍ରଦ୍ୟୁମ୍ନ ବି ଆସିଲା ପିଟ୍ ହେଡକୁ। ଖାଁ ଖାଁ ପିଟ ହେଡ୍। ଏଯାଏଁ ଭିତର ଲୋକ ବାହାରି ନାହାନ୍ତି। କ୍ୟାଣ୍ଟିନ୍‌ରେ କୋଇଲା ଚୁଲି ଲାଗିଚି, ଧୂଆଁ ବାହାରୁଚି। ଏମ୍ ଟି.କେ.ମାନେ ଟେବୁଲ ଉପରେ ପାଦ ଥୋଇ ଦେଇ ଆରାମରେ ଶୋଉଚନ୍ତି। ହରିଶଙ୍କରକୁ ଦେଖି ଜଣେ କହିଲା: କ'ଣ ନେତାଜୀ ଆଜି ପରା ଆପଣଙ୍କ ମିଟିଂଗ ଅଛି?

ଅଗଣି ବାହାରି ଆସି ଠିଆ ହେଲା ଇନ୍‌କ୍ଲାଇନ୍ ସାମ୍ନା ଗାତରେ। ପୁରୁଣା ପରିତ୍ୟକ୍ତ ଟବ୍, ଲୁହାଛଡ଼, ଆବୁରୁ ଜାବୁରୁ ଜିନିଷ ପାତିରେ ଭରା ଖଦାନ୍ ପିଟ୍ ହେଡ। ଆଜିକୁ ପଇଁତିରିଶ ବର୍ଷ ତଳେ ଏଇ ପାର୍‌ବାହାର କୋଇଲା ଖଦାନକୁ ଆସିଥିଲା ହରିଶଙ୍କର। ସେତେବେଳେ ଏଇଠି ପିଟ୍ ହେଡ୍ ହିଁ ନଥିଲା। ଏ ଅଞ୍ଚଳଟା ଥିଲା ବଣ ଜଙ୍ଗଲରେ ପରିପୂର୍ଣ୍ଣ। ଚଉଦ ନମ୍ବର ପିଟ୍ ସେତେବେଳେ ଚାଲୁଥିଲା। ଆଜିକାଲି ଚଉଦ ନମ୍ବର ପିଟଟା ପରିତ୍ୟକ୍ତ। କେହି ସେ ଆଡ଼େ ଭୁଲ୍‌ରେ ବି ଅନାନ୍ତିନି। ଅନାବନା ଜଙ୍ଗଲ ଭିତରେ ସାପର ଭୟ ସେ ଆଡ଼େ।

ହରିଶଙ୍କରକୁ ସେତେବେଳେ ଚାକିରି ପାଇଁ ଆଦୌ କଷ୍ଟ ହିଁ କରିବାକୁ ପଡ଼ି ନଥିଲା। ପିଟ ହେଡ୍‌ରେ ଠିଆ ହେଇଥିଲା ନିଜେ ଆସି ହରିଶଙ୍କର, ଅଠର ଊଣେଇଶି ବର୍ଷର ଯୁବକଟେ ଡରିଲା ଆଖିନେଇ ସବୁ କିଛି ନୂଆ ନୂଆ ଲାଗୁଥିଲା। ଲୋକବାକ, ଜିନିଷପତ୍ର, ଘରଦ୍ୱାର ସବୁ କିଛି କେମିତି ଅଲଗା ଅଲଗା। ଯେମିତି ନୂଆ ପୃଥିବୀଟିଏରେ ଆସି ପାଦ ଦେଉଚି।

ସେଇ ସମୟରେ ଜଣେ ଡାକିଥିଲା ହରିଶଙ୍କରଙ୍କୁ ପାଖକୁ। ହ୍ୟାଫ୍ ପ୍ୟାଣ୍ଟପିନ୍ଧା, ମୁଣ୍ଡରେ ହେଲମେଟ, ପୂରା ଗୋରା ସାହେବ ଜଣେ। ସେତେବେଳକୁ ଦେଶ ସ୍ୱାଧୀନ ହେଇଯାଇଚି। ଗୋରା ସାହେବମାନେ ଛାଡ଼ି ଚାଲି ଯାଇଛନ୍ତି ନିଜ ଦେଶକୁ। ହଠାତ୍ ଏଇ କଳା ଦେଶରେ ଗୋରା ଲୋକଟିକୁ ଅସ୍ୱାଭାବିକ ମନେ ହେଇଥିଲା ହରିଶଙ୍କରଙ୍କର। ପରେ ଜାଣିଥିଲା, ସେ ଫର୍ଗୁସେନ୍ ସାହେବ- ଏଠିକା ମ୍ୟାନେଜର୍- ସବୁଠୁ ବଡ଼ ଅଫିସର୍।

ସେଇ ଫର୍ଗୁସେନ ସାହେବ, ଏତେବଡ଼ ଅଫିସର ହେଇ, ପୁଣି ସାହେବ ସୁହୁବାଙ୍କ ଜାତି ଭାଇ ହେଇକି ସୁଦ୍ଧା ତା' ମନରେ ଟିକେ ଗର୍ବ ନଥିଲା। ସବୁ ହେଡ୍‌ର କୁଲି ମଜ୍‌ଦୁରଙ୍କ ସାଙ୍ଗରେ ମାଇନ୍‌ସକୁ ଯାଉଥିଲା ସେ। ଆଠଘଣ୍ଟା କାମ କରୁଥିଲା। ସେତେବେଳେ, ଆଜିକାଲି ଭଳି, ମାଇନ୍‌ସ ଭିତରକୁ ରେଜା (ମାନେ ସ୍ତ୍ରୀ ମଜ୍‌ଦୁର) ଓହ୍ଲେଇବା ମନା ନଥିଲା। ସେଇ ରେଜାମାନଙ୍କ ଭିତରୁ ଜଣକୁ ବାହା ହେଇଥିଲା ଫର୍ଗୁସନ୍। ହରିଶଙ୍କର ଚାକିରି କରିବାର ବର୍ଷେ ଦୁଇ ବର୍ଷ ପରେ କମ୍ପାନି ସାଙ୍ଗରେ ଝଗଡ଼ା କରି ଫର୍ଗୁସନ ରିଜାଇନ୍ କରି ପଳେଇଗଲା ନିଜ ଦେଶକୁ। ତାହାର ରେଜା ସ୍ତ୍ରୀ ଓ ଦୁଇଟି ଗୋରା ଗୋରା ପୁଅକୁ ଛାଡ଼ି। ଫର୍ଗୁସନର ଗୋଟେ ପୁଅ ପାନ ଦୋକାନ ଦେଇଚି ବଜାରରେ। ଆରଜଣକ ସଟ୍ଟା ଖେଳର ଗ୍ୟାମ୍ବଲର୍ ହେଇଚି। ଖାତା ଓ ପେନସିଲଟେ ଧରି ହମେଶା ଘୂରି ବୁଲୁଥାଏ ଗଳି ଉପଗଳିରେ, ହରିଶଙ୍କର ଅନେକଥର ଦେଖିଚି।

ସେଇ ଫର୍ଗୁସନ ସାହେବ ଡାକିଲା ହରିଶଙ୍କରକୁ; ତୁ କାମ କରିବୁ କୋଇଲା ଖଣିରେ ?

ଏତେ ଶୀଘ୍ର ତାକୁ କାମର ଅଫ୍‌ର ମିଳିଯିବ, ହରିଶଙ୍କର ଭାବି ପାରିନଥିଲା। ତା'ତଳେ ତିନି ତିନିଟା ଭାଇ। ଗାଁରେ ଛପର ହେଇପାରୁନଥିବା ଭଙ୍ଗାଘର। ଧୋତି କିଣିବାକୁ ପଇସା ନଥିବା ତା'ର ବିଧବା ମା'। ଆଉ ଭୋକ। ଅବିରାମ ଭୋକ। ସବୁବେଳେ ଚାରିଟା ପେଟର ଜଳୁଥିବା ହୁତୁ ହୁତୁ ନିଆଁ। ହରିଶଙ୍କର ଘରୁ ବାହାରି ଆସିବା ପରେ, ବସ୍‌ରେ ବସି ଭାରି ମନସ୍ତାପି ହେଇଥିଲା। ଚାକିରି କ'ଣ ଏମିତି ମିଳେ ? ହୁଟ କିନା ଗଲ ଓ ଯାଇକି ଟଙ୍କା ପୁଳେ ଉଠେଇ ଆଣିଲ ? ଅଯଥା ଘୂରିବୁଲି ଫେରିଯିବ ? ମା' ଯେ, ତା' କାନଫୁଲ ବନ୍ଧାପକେଇ ଟଙ୍କା କୋଡ଼ିଏଟା ଯୋଗାଡ଼ କରିଥିଲା, ସେତକ ବି ବେକାର ଯିବ ?

ଫର୍ଗୁସନ ସାହେବ କହିଲା; ଚାକିରି କରିବୁ ? କିଛି ପାଠ ଶାଠ ପଢ଼ିଚୁ ?

ଫାଷ୍ଟ କ୍ଲାସକୁ ଉଠିଥିଲି। ଅଭାବ ହେତୁରୁ ପଢ଼ି ପାରିଲିନି ଆଉ। ବଟ୍ ଆଇ ନୋ ଇଂଲିଶ୍ ଭେରି ୱେଲ୍ ସାର୍।

ସେତେବେଳେ ମ୍ୟାଟ୍ରିକର ଇଲେଭେନ୍‌ଥ କ୍ଲାସଟାକୁ ସମସ୍ତେ ଫାଷ୍ଟକ୍ଲାସ୍ ହିଁ କହୁଥିଲେ। କେମିତି ଗୋଟେ ଆଭିଜାତ୍ୟ ଓ ସମ୍ମାନ ମିଶି ରହୁଥିଲା ଶବ୍ଦଟି ସହ।

ଚଳିବ। ଚଳିବ। ତୁ ତ ଏତେ ପାଠ ପଢ଼ିଚୁ। ବାବୁ ଚାକିରି ଚାହୁଁଥିବୁ। ତୁ ହାଜିରୀ ବାବୁ ହେବୁ। ଯେତେଲୋକ ଖଣି ଭିତରକୁ ଯିବେ, ତୁ ସମସ୍ତଙ୍କ ନାଁ ଗାଁ ଆଉ ବାପାଙ୍କ ନାଁ ଲେଖିବୁ। ମୋତେ ସବୁଦିନ ସଂଧ୍ୟାରେ ସେ ଲିଷ୍ଟ ଦେଖେଇବୁ।

ଯେତ ଏକେବାର ରାଜା ଚାକିରି। ହରିଶଙ୍କର ତ କୁଲି କାମ କରିବା ପାଇଁ ବି ପ୍ରସ୍ତୁତ। ଏ ଭିତରେ ମା' ଦେଇଥିବା କୋଡିଏଟା ଟଙ୍କା ସରି ସରି ଆଉ ଟଙ୍କାଟିଏ ମାତ୍ର ବଳିଛି। ଏତିକି ଟଙ୍କାରେ ତ ସମ୍ଭବ ବି ନୁହଁ ଘରକୁ ଫେରିବା।

ତୋତେ ଦିନକୁ ବାରଣା କରି ମିଳିବ। ତେବେ ମାସକୁ ତିରିଶି ସେର ଚାଉଳ, ଚାରି ବୋତଲ କିରୋସିନ୍ ବି ତୁ ପାଇବୁ କମ୍ପାନୀ ଗୋଦାମରୁ।

ଦିନକୁ ବାରଣା, ମାସକୁ ତିରିଶି ସେର ଚାଉଳ, ଚାରି ବୋତଲ କିରୋସିନି। କେତେ ହେଲା ? ହରିଶଙ୍କର ନିଜ ଅଜାଣତରେ ହସି ପକେଇଲା। ଆଜିକାଲି ହରିଶଙ୍କର ଅଢେଇ ହଜାର ଟଙ୍କା ଦରମା ପାଏ। ଅଥଚ ସେତେବେଳର ସେଇ ଦରମା ତା' ପାଖରେ ସୁନାମୁଣ୍ଡା ପାଇଲା ଭଳି ମନେ ହେଉଥିଲା। ବାସ୍ତବିକ୍ ସେ ଯୁଗରେ ଏମିତି ଦରମା ଲୋଭନୀୟ ହିଁ ଥିଲା, ଅନ୍ତତଃ ହରିଶଙ୍କର ଭଳି ଗୋଟେ ଲୋକ ପାଖରେ ଯିଏ ମ୍ୟାଟ୍ରିକ୍‌ର ଫାଷ୍ଟ କ୍ଲାସ୍‌ରେ କି ବସିପାରିନି।

ମାଇକ୍‌ର ଗୀତରେ ଧ୍ୟାନ ଭାଙ୍ଗିଲା ହରିଶଙ୍କରର। ଓଁ ପ୍ରକାଶ ଗଛ ଉପରେ ମାଇକ୍‌ଟି ଫିଟ୍ କରିଛି। ପ୍ରଥମେ ଜଗନ୍ନାଥ ଜଣାଣ ଲଗେଇଚି। ହରିଶଙ୍କରର ପୁଣି ମନେ ପଡ଼ିଲା ଗାନ୍ଧିଜୀଙ୍କ ରାମଧୁନ ରେକର୍ଡ କଥା। ପୁରୁଣା ଜିନିଷ ସବୁ ଭାଙ୍ଗି ଯାଉଚି, ହଜି ଯାଉଚି। କେତେ ଶୀଘ୍ର ସବୁକିଛି ବଦଳି ଗଲା। ତାରବାହାର କୋଲିୟାରୀର ପିଟ ହେଡରେ ଠିଆ ହେଇ ପଇଁତିରିଶ ବର୍ଷ ତଳର ଚଉଦ ନମ୍ବର ପିଟ କଥା ଚିନ୍ତା କଲେ ବିଶ୍ୱାସ ହିଁ ହୁଏନା। ଅଥଚ କାଲି ହିଁ ତ ଯେମିତି ସେସବୁ ଘଟିଥିଲା। ଏଇ କାଲି ତ ! ଏଇମିତି କାଲି କି ପଅରିଦିନ ହରିଶଙ୍କର ରହିବନି। ଏଇ ପିଟ ରହିବନି। ଅଥଚ ମଣିଷ ରହିବେ, ପୃଥିବୀ ରହିବ। ଏଇମିତି ସକାଳ ହେଇଥିବ। ଏଇମିତି ସୂର୍ଯ୍ୟ ଉଇଁବ, ଘାସରେ ଶିଶିର ଜମିବ। ଅଥଚ ସେଇ ନୂଆ ପୃଥିବୀ ସବୁକୁ ଦେଖିବାକୁ ହରିଶଙ୍କର ନଥିବ। କେଉଁଠି ବି ନଥିବ। ଭାବିଲାମାତ୍ରେ ହିଁ ତାକୁ ଅସ୍ଥିର ଅସ୍ଥିର ଲାଗିଲା। ମନଟା ଭାରି ହେଇଗଲା।

ଆଜି ତା'ର ୟୁନିଅନର ଜନ୍ମ ମୁହୂର୍ତ୍ତ। ଏଇ ସମୟରେ ଏମିତି ସିନିକ୍ ହେବାଟା ସାଜେକି ହରିଶଙ୍କରର ? ୟୁନିଅନ୍ ହେଉ କି ରାଜନୀତି ହେଉ- ସବୁବେଳେ ଗୋଟେ, ଆଶାବାଦ୍ ଉପରେ ବଞ୍ଚିବାକୁ ହୁଏ। ନୈରାଶ୍ୟର ସ୍ଥାନ ସେଠି ନାହିଁ। ଜୋର୍ କରି ହରିଶଙ୍କର ସେସବୁ ଭୁଲିବାକୁ ଚେଷ୍ଟା କଲା।

ଓଁ ପ୍ରକାଶ ତା'ର ପ୍ରାରମ୍ଭିକ ଘୋଷଣା ବଜାୟ ରଖିଚି। କେତେବେଳେ ତା' ମାତୃଭାଷା

ହିନ୍ଦୀରେ ତ କେତେବେଳେ ଖଣ୍ଟି ଓଡ଼ିଆରେ। ବନ୍ଧୁଗଣ, 'ଆଜି ସକାଳ ଆଠଟା ବେଳେ ତାରବାହାର କୋଲିୟାରୀ ପିଟ ହେଡ୍‌ରେ ତାରବାହାର କୋଲିୟାରୀ ମଜଦୁର ସଙ୍ଘ ତରଫରୁ ଏକ ସାଧାରଣ ସଭାର ଆୟୋଜନ କରାଯାଉଚି। ସଭାରେ ମୁଖ୍ୟ ବକ୍ତା ଭାବରେ ଯୋଗ ଦେବେ ମଜଦୁର ସଙ୍ଘର ମହାନ୍ ନେତା ଶ୍ରୀ ହରିଶଙ୍କର ପଟ୍ଟନାୟକ। ଆପଣମାନେ ବହୁଳସଂଖ୍ୟାରେ ଉକ୍ତ ସଭାରେ ଯୋଗଦାନ କରି ସାଫଲ୍ୟମଣ୍ଡିତ କରିବାକୁ ଅନୁରୋଧ।"

ଅଗଣି ହୋଡା ଆସି କହିଲା; କେମିତି ଆୟୋଜନ ହେଇଚି କହିଲେ ନେତାଜୀ? ଲୋକ ଜମିବେ ନା ନାଇଁ?

ଲୋକ ଜମିବା ନ ଜମିବା ଉପରେ ହରିଶଙ୍କର ଗୁରୁତ୍ୱ ଦିଏନା। ପୂର୍ବରୁ ଜନତା, ମାସ୍ ଏସବୁ ଉପରେ ହରିଶଙ୍କର ବହୁତ, ଗୁରୁତ୍ୱ ଦେଉଥିଲା। ଲୋକେ କ'ଣ ଭାବିବେ। ସେମାନଙ୍କ ସାମ୍ନାରେ ନିଜର ଇମେଜ ନଷ୍ଟ ହେବ କି- କିମ୍ବା ଲୋକେ ହୁଏତ ସମର୍ଥନ କରିବାକୁ ଆଗେଇ ଆସିବେନି। କିନ୍ତୁ ମନ୍ତ୍ରୀ ହେବା ପରେ ଥରେ ହେମବାବୁ ହରିଶଙ୍କରର ସେ ଆଇଡିଆ ଟିକକକୁ ପୂରା ଉଡେଇ ଦେଇଥିଲେ ହସରେ। କହିଥିଲେ ମାସ୍? ଜନତା? ସେ କାହାରି ନୁହଁ ହରିଶଙ୍କର। ତମେ ମାସ୍ କି ଜନତା ପାଇଁ ଯାହା ବି କର ସେ ତମ କଥା ମନେ ରଖିବନି। ଭାରି ଅନ୍‌ଗ୍ରେଟଫୁଲ୍ ତମର ଏଇ ମାସ୍। ଭାରତୀୟ ଭୋଟର କେବେ ବି କୌଣସି ପ୍ରାର୍ଥୀଙ୍କୁ ଭୋଟ ଦିଏନା। ସେ ଦିଏ ଗୋଟେ ପାର୍ଟିକୁ, ଗୋଟେ ପ୍ରତୀକକୁ, ନ ହେଲେ ରାଷ୍ଟ୍ରମୁଖୀ ହେବାପାଇଁ ଯୋଗ୍ୟ ଭାବୁଥିବା ତା'ର ପ୍ରିୟ ନେତାର ମନୋନୀତ ପ୍ରାର୍ଥୀଟିକୁ। ତମେ ରାମା, ଶ୍ୟାମା, ଦାମାକୁ ଠିଆ କଲେ ବି ସେ ଜିତିଯିବ। କେତେଜଣ ଲୋକସଭା ସଦସ୍ୟଙ୍କୁ ଭୋଟରମାନେ ଚିହ୍ନି ଥା'ନ୍ତି। ଜାଣିଥାନ୍ତି। ଅଧିକାଂଶ ଏମ୍.ପି ତାଙ୍କ ସମ୍ପୂର୍ଣ୍ଣ ନିର୍ବାଚନ ମଣ୍ଡଳୀ ବୁଲି ପାରନ୍ତିନି, ନିର୍ବାଚନ ପ୍ରଚାର ବି କରି ପାରନ୍ତିନି। ସେମାନେ ଜିତିକି ଆସନ୍ତି। ଦ୍ୱିତୀୟ କଥା, ମାସ୍ ସବୁଠୁ ଅନ୍‌ଗ୍ରେଟ୍ ଫୁଲ। ତମେ ତାଙ୍କର ଯେତେ କରୁଥାଅନା କାହିଁକି ବ୍ୟକ୍ତିଗତ ସ୍ୱାର୍ଥସିଦ୍ଧି ନ ହେଲେ ପ୍ରତିଟି ମଣିଷ ତମ ଶତ୍ରୁ ହେଇଯିବ। ତେଣୁ ମାସ୍‌କୁ ବାନ୍ଧି ରଖିବାର ଉପାୟ ହେଉଚି- ଲୋକଙ୍କର ଆବଶ୍ୟକତା ସୃଷ୍ଟିକର ଓ ସେମାନଙ୍କର ଆବଶ୍ୟକତା ମେଣ୍ଟାଅ, ଲୋକଙ୍କୁ ହଇରାଣ କରାଇବାର ପ୍ରକ୍ରିୟାଟେ ଆରମ୍ଭ କରାଅ ଓ ନିଜେ ମୁକ୍ତି କର୍ତ୍ତା ସାଜି ସେମାନଙ୍କୁ ହଇରାଣରୁ ଉଠାଅ।

ହରିଶଙ୍କର ପ୍ରଥମେ ଏସବୁ ମାନିନେଇ ପାରୁ ନଥିଲା। ଯେତେ ଅବକ୍ଷୟ, ଅବମୂଲ୍ୟାୟନ ଦେଖିଲେ ବି, ହରିଶଙ୍କରର ମନ ଭିତରେ ସେଇ ପୁରୁଣା ଆଦର୍ଶବାଦୀ ଚେତନାଟା ଏଯାଏଁ ଲିଭିନି। ତେଣୁ ଏସବୁ ମାନିନେବାକୁ ମନ ହଠାତ୍ ଚାହେଁନି। କିନ୍ତୁ ପରେ ଭାବିକି ଦେଖିଥିଲା- ତା'ର ୟୁନିଅନ ଛାଡ଼ିବା ପରେ- କଥାଗୁଡ଼ାକ ପୂରା ମିଛ ନୁହଁ। କେଉଁଠି ଗୋଟେ ଅପ୍ରିୟ ସତ୍ୟଟେ ମିଶି ରହିଚି ତା' ସାଙ୍ଗରେ।

ସାତଟା ପଇଁଚାଳିଶି ବେଳକୁ ଲୋକ ଜମି ଗଲେଣି ମିଟିଂ ଆସର ପାଖରେ। ଯେଉଁମାନେ ବାହାରି ଆସୁଥାନ୍ତି ପିଟି ଭିତରୁ, ଅଗଣି, ପ୍ରଦ୍ୟୁମ୍ନ ଓ ଓଁ ପ୍ରକାଶ ସେମାନଙ୍କୁ ଡକାଡକି କରି

ବସେଇବାକୁ ଚେଷ୍ଟା କରୁଥାନ୍ତି। ସେଇ ଭିତରେ ଅଗଣି ଆସି କହିଲା; ପ୍ରୋସେସନ୍ କରେଇବା କି ଏମାନଙ୍କୁ ନେଇ? ପ୍ରୋଜେକ୍ଟ ଅଫିସରର ଅଫିସ୍ ସାମ୍ନାକୁ ନେଇଯାଇ କିଛି ସ୍ଲୋଗାନ ଦେବା।

ନା ଥାଉ। ହରିଶଙ୍କର କହିଲା। ଫାଷ୍ଟ ସିଫ୍ଟର ଲୋକମାନେ ତ ଯାଇପାରିଲେନି। ସେମାନଙ୍କର ଡ୍ୟୁଟି ଥିବ। ନାଇଟ୍ ସିଫ୍‌ଟିର ଲୋକମାନେ ଥକି ଯାଇଚନ୍ତି। ସେମାନଙ୍କୁ କାହିଁକି ହଇରାଣ କରିବା।

ଏଇ ସମୟରେ ଧ୍ରୁବ ଖଟୁଆର ମୋଟର ସାଇକେଲଟା ଦେଖିବାକୁ ପାଇଲା ହରିଶଙ୍କର। ତା'ର ପାଦ ଦି'ଟା ଥରିବାକୁ ଲାଗିଲା। ଧ୍ରୁବ ଖଟୁଆ ମୋଟର ସାଇକେଲ୍ ଷ୍ଟାଣ୍ଡ କରି ଜଣେ ଲୋକକୁ ଡାକିକି କ'ଣ ପଚାରୁଥିଲା। ବୋଧେ ମିଟିଂ ବିଷୟରେ। ହରିଶଙ୍କରକୁ ଟିକେ ଅପ୍ରସ୍ତୁତ ଲାଗିଲା। ଧ୍ରୁବ ଖଟୁଆକୁ ନୁହଁ, ହେମବାବୁଙ୍କ ବିରୁଦ୍ଧରେ ଏଇଟା ପ୍ରଥମ ସଭା। ହରିଶଙ୍କର ଏତେ ଦିନ ଧରି ହେମବାବୁଙ୍କ ଗୁଣ ଗାଇ ଆସୁଥିଲା। ଆଜି କେମିତି ସେ ଅସ୍ୱୀକାର କରିବ ସବୁ? କେମିତି ହେମବାବୁଙ୍କୁ ଗାଳି ଦେବ।

ଧ୍ରୁବ ଖଟୁଆକୁ ଦେଖି, ଅଗଣି ଧାଇଁ ଯାଇ ମାଇକ୍ରୋଫୋନ୍‌ଟାକୁ ଟାଣି ଆଣି ପାଟି କଲା : ଧ୍ରୁବ ଖଟୁଆ - ମୁର୍ଦ୍ଦାବାଦ।

ସମ୍ମିଳିତ ଜନତା ଚିତ୍କାର କଲେ: ମୁର୍ଦ୍ଦାବାଦ।

: କମ୍ପାନୀ ଦଲାଲ- ମୁର୍ଦ୍ଦାବାଦ।

ପୁଣିଥରେ ଉତ୍ତାଳ ସ୍ୱର : ମୁର୍ଦ୍ଦାବାଦ।

: ଶୋଷଣ ଶାସନ, ଗୁଣ୍ଡାରାଜ -ଚଳିବ ନାଇଁ।

: ଚଳିବ ନାଇଁ। ଚଳିବ ନାଇଁ।

: ହେମବାବୁ- ମୁର୍ଦ୍ଦାବାଦ।

: ମୁର୍ଦ୍ଦାବାଦ। ମୁର୍ଦ୍ଦାବାଦ।

ଏଇ ଉତ୍ତାଳ ଜନ ସମୁଦ୍ରର ବଜ୍ର ନିର୍ଘୋଷ ସ୍ଲୋଗାନରେ ପୁଲକିତ ହେଇ ଉଠିଲା ହରିଶଙ୍କର। ତା' ପଛରେ ଜନ ସମର୍ଥନ ଅଛି ତେବେ? ଏଇ ଯେ ଏତେ ଲୋକ ଆସି ଠିଆ ହେଇଚନ୍ତି- ଏମାନଙ୍କର ତ ସମର୍ଥନ ପାଇଲେ- ହରିଶଙ୍କର ପୃଥିବୀଟାକୁ ଓଲଟେଇ ଦେଇପାରେ। କିଏ କହିଲା ମାସ୍ କିଛି ନୁହଁ ବୋଲି? ହରିଶଙ୍କରର ମନେ ହେଲା ମାସ୍ ଗୋଟେ ଶକ୍ତି। ନଚେତ୍ ଏଇ ସ୍ଲୋଗାନ୍‌ରେ ହିଁ ହରିଶଙ୍କର ଏମିତି ଆତ୍ମବିଶ୍ୱାସ ଫେରିପାଆନ୍ତା?

ଧ୍ରୁବ ଖଟୁଆ ତରବର କରି ମ୍ୟାନେଜରଙ୍କ ଡ୍ୟୁଟି ରୁମ୍ ଆଡ଼େ ଚାଲିଗଲା। ଓଁ ପ୍ରକାଶ ଆସି କହିଲା: ଅଗଣିବାବୁ ଆପଣଙ୍କୁ ଡାକୁଛନ୍ତି; ମିଟିଂ କରିବେ ଆସନ୍ତୁ।

ହରିଶଙ୍କର ଭାଷଣ ଦେବା ଆଗରୁ ଅଗଣି ସଂକ୍ଷିପ୍ତ ସୂଚନାଟେ ଦେଇଥିଲା: ବନ୍ଧୁଗଣ! ଶ୍ରମିକ ଜାତି ଆଜି କେତେ ବଡ଼ ଷଡଯନ୍ତ୍ରଟେରେ ଶୀକାର ହେବାକୁ ଯାଉଚି ସେ ବିଷୟରେ ମୁଁ

ଆଜି ଆପଣଙ୍କୁ ସୂଚେଇ ଦେଉଚି । ହେମବାବୁ କେମିତି ମ୍ୟାନେଜ୍‌ମେଣ୍ଟ ସହ ମିଶି ଶ୍ରମିକଙ୍କୁ ଶୋଷଣ କରୁଚନ୍ତି ଓ ତା' ବିରୁଦ୍ଧରେ ବିଦ୍ରୋହର ସ୍ୱର ଉଠେଇଥିବାରୁ ଆପଣମାନଙ୍କର ପ୍ରିୟ ନେତା ହରିଶଙ୍କର ବାବୁଙ୍କୁ ୟୁନିଅନ୍‌ରୁ ତଡ଼ି ଦେଇ ହେମବାବୁ ଭାବିଥିଲେ ଯେ ତାଙ୍କ ରାସ୍ତା ନିଷ୍କଣ୍ଟକ ହେଇଯାଇଚି । କିନ୍ତୁ ହରିଶଙ୍କର ପଟ୍ଟନାୟକ ମରି ପାରେନା । ତା'ର ସ୍ୱରକୁ ଚାପି ଦିଆଯାଇ ପାରେନା । ହରିଶଙ୍କର ପଟ୍ଟନାୟକ କେବଳ ଗୋଟେ ନାଁ ନୁହଁ, ଗୋଟେ ସ୍ୱର, ଗୋଟେ ଚେତନା ଶ୍ରମିକଜାତିର ଅନ୍ୟ ନାମ ହରିଶଙ୍କର ପଟ୍ଟନାୟକ । ଆଜି ହରିଶଙ୍କରକୁ ମାରି ଦିଆଗଲେ ବି କାଲି ଶହଶହ ହରିଶଙ୍କର ପଟ୍ଟନାୟକ ଜନ୍ମ ନେବେ । ଚାରିଆଡୁ ଭାସି ଆସିବ ବିଦ୍ରୋହର ସ୍ୱର । ଅତ୍ୟାଚାର, ଅନୀତି, ଦୁର୍ନୀତି ବିରୁଦ୍ଧରେ ସମସ୍ତେ ଏକଜୁଟ ହେବେ ହିଁ ହେବେ । କାରଣ ଏ ଲଢ଼େଇରେ ଆମର ହରାଇବାକୁ ଶୃଙ୍ଖଳ ଛଡ଼ା କିଛି ନାଇଁ । ପାଇବାକୁ ଅଛି ସାରା ସଂସାର ।

ତାଳି ମାଡ଼ରେ ଭରି ଉଠିଲା ସଭାସ୍ଥଳି । ପିଟ ଅଫିସର ବାରଣ୍ଡାରେ ଅଣ୍ଡର ମ୍ୟାନେଜର, ଓଭରମ୍ୟାନ, ଏମ୍.ଟି.କେ. ଲ୍ୟାମ୍ପ କ୍ୟାବିନର ଲୋକମାନେ ଓ କିଛି ମଜଦୁର ଠିଆ ହେଇଚନ୍ତି । ଧ୍ରୁବ ଖଟୁଆ କାହିଁ ? ହରିଶଙ୍କର ଲକ୍ଷ୍ୟ କଲା, ତା' ମୋଟର ସାଇକେଲ ବି ନାଇଁ । କେତେବେଳେ ପଳେଇଲା ଲୋକଟା । ତା'ର ଅନୁଚରମାନଙ୍କୁ ନିର୍ଦ୍ଦେଶ ଦେଇଯାଇଥିବ ନିଶ୍ଚେ ଭାଷଣ ଟିପି ରଖିବାକୁ ।

ଅଗଣି ହୋତା ଭାଷଣ ଦେଇ ଚାଲିଥାଏ: ଆମକୁ ଏକଜୁଟ ହେବାକୁ ପଡ଼ିବ ଭାଇମାନେ । ଆମର ରକ୍ତକୁ ପାଣି କରି ଆମେ ପ୍ରଡକ୍‌ସନ୍ ଦେବୁ- ଅଥଚ ତା'ର ଫଳ ଭୋଗିବେ ମ୍ୟାନେଜରମାନେ । ସେମାନଙ୍କର ପ୍ରମୋଶନ ହେବ । କ'ଣ ପାଇବେ ମଜ୍‌ଦୁରମାନେ ? ସାମାନ୍ୟ କେଇଟା ଟଙ୍କା । ତା'ଛଡ଼ା ଆଉ କ'ଣ ? ଆମକୁ ଚିହ୍ନି ନେବାକୁ ହେବ ବନ୍ଧୁଗଣ, କିଏ ଆମର ମିତ୍ର, କିଏ ଆମର ଶତ୍ରୁ । କିଏ ଦୁଃଖରେ, ଶୋକରେ ଆମ ପାଖରେ ଠିଆ ହେବ, ଆଉ କିଏ ଡରେଇ ଧମକେଇ ଆମକୁ ଶୋଷଣ କରିବ । ଆମକୁ ଆଜିଠୁ ହିଁ ଲଢ଼େଇ ପାଇଁ ତିଆରି ରହିବାକୁ ପଡ଼ିବ ।

ପୁଣିଥରେ ତାଳି ମାଡ଼ରେ ଥରି ଉଠିଲା ସଭାସ୍ଥଳୀ । ଅଗଣି ଭଲ ଭାଷଣ ଦେଇପାରେ । ହେମବାବୁ ବି ଅନେକଥର ତା' ଭାଷଣର ପ୍ରଶଂସା କରିଛନ୍ତି । କିନ୍ତୁ ବିଶେଷ କିଛି କୁହେନା ଅଗଣି । ହରିଶଙ୍କର ଲକ୍ଷ୍ୟ କରିଛି- ଅଗଣିର ଭାଷଣରେ ମଜ୍‌ଦୁର ଉତ୍ତେଜିତ ହୁଅନ୍ତି, ତାଳି ବାଡାନ୍ତି । କିନ୍ତୁ ଅଗଣି କିଛି ହିଁ ସଲିଡ କଥା କୁହେନା । ଏଇଟା ହିଁ ଆଜିକାଲିର ଭାଷଣ ପ୍ରକ୍ରିୟା । ଭାଷଣରେ କିଛି ହିଁ କୁହାଯାଏନା । ଯାହା କୁହାଯାଏ, ସେସବୁ କିଛିଟା ମୁଖସ୍ଥ, ଉତ୍ତେଜକ ବାକ୍ୟାବଳି । ସେଇ ଗୋଟିଏ ପ୍ରକାରର ଫର୍ମୁଲା ମାର୍କା ଭାଷଣ ସମସ୍ତେ ଦିଅନ୍ତି ।

ହରିଶଙ୍କର ଭାଷଣ ଦେବାକୁ ଉଠିଲା ବେଳେ କ'ଣ କହିବ କିଛି ଠିକ୍ କରି ପାରିଲାନି । ଅଗଣି ଭଳି ଉତ୍ତେଜକ ଭାଷଣ ତାକୁ ଦେଇ ଆସେନା । ହେମବାବୁ ବି ପୂର୍ବରୁ ଥରେ କହୁଥିଲେ

: ତମ ଦ୍ୱାରା ଭାଷଣ ଦେବା କାମଟା ଆଉ ହେଲାନି ହରିଶଙ୍କର। ଭାଷଣ ନ ଦେଲେ ତମେ ଆଉ ନେତା କେମିତି ହେବ ? ଗାୟକଟେ ଯଦି ହାର୍ମୋନିୟମ ଧରି ନ ଜାଣେ, ତେବେ ସେ ଯେମିତି ଗାୟକ ହେଇପାରିବନି, ତମେ ଯଦି ଭାଷଣ ନ ଦେଇ ପାରିଲି ଓ ତମର ଭାଷଣ ଶୁଣି ଯଦି ସଭାସ୍ଥଳୀ ତାଳି ମାଡ଼ରେ ଫାଟି ନ ପଡ଼ିଲା, ତେବେ ତମେ ନେତା ବୋଲେଇବ କେମିତି ?

ହରିଶଙ୍କର ଆରମ୍ଭ କଲା: ବନ୍ଧୁଗଣ ! ଆଜି ଆମେ ଏଠି ଏକାଠି ହେଇଚୁ। ଆପଣମାନେ ସମସ୍ତେ ଜାଣନ୍ତି, ଆମେମାନେ ସମସ୍ତେ ସ୍ଥିର କରି ନେଇଚୁ ନୂଆ ୟୁନିଅନ୍‌ଟେ ଗଢ଼ିବା ପାଇଁ। ଏବେ ପ୍ରଶ୍ନ ଉଠିପାରେ, ନୂଆ ୟୁନିଅନ୍‌ର ଆବଶ୍ୟକତା କ'ଣ ଅଛି ଏଠି, ଯେତେବେଳେ ପୂର୍ବରୁ ଗୋଟେ ୟୁନିଅନ୍ ଅଛି। ଏ ପ୍ରଶ୍ନଟି ସବୁଠୁ ୱାଜିବ୍ ପ୍ରଶ୍ନ। ଏ ପ୍ରଶ୍ନ ସମସ୍ତଙ୍କର ପଚାରିବା ଦରକାର। ଖାଲି ୟୁନିଅନ୍‌ଟେ ଗଢ଼ି ଦେବା ହିଁ ଆମର ଲକ୍ଷ୍ୟ ନୁହଁ ବନ୍ଧୁଗଣ। ଆମର ଲକ୍ଷ୍ୟ...

ଲକ୍ଷ୍ୟ ? ଟିକେ ଅଟକି ଗଲା ହରିଶଙ୍କର। ଆମର ଲକ୍ଷ୍ୟ ? ଲକ୍ଷ୍ୟ କ'ଣ ନୂଆ ୟୁନିଅନ୍ ଗଢ଼ିବାର ? ଟିକିଏ ମୁରୁକି ହସି କହିଲା ହରିଶଙ୍କର: ଆମର ଲକ୍ଷ୍ୟ, ନିଜର ସ୍ଥିତି ବଜାୟ ରଖିବା। ଊନବିଂଶ ଶତାବ୍ଦୀରେ ହିଁ ଆରମ୍ଭ ହୋଇଥିଲା ଶ୍ରମିକ ଶ୍ରେଣୀ ଭିତରେ ଏକ ନୂତନ ଚେତନା। ସେମାନେ ଅନୁଭବ କରି ପାରିଥିଲେ ଶ୍ରମିକଟା ତା'ର ଶ୍ରମଲବ୍ଧ ଉତ୍ପାଦନ ଉପରେ ମାଲିକାନା ହରେଇ ବସୁଚି ଓ ଅନ୍ୟ ଏକ ତୃତୀୟ ପକ୍ଷ ସେଇ ଉତ୍ପାଦନ ଉପରେ ବ୍ୟବସାୟ କରି ମୁନାଫା କମଉଚି। ସେଇ ତୃତୀୟ ବ୍ୟକ୍ତିଟିର କୌଣସି ଭୂମିକା ହିଁ ନାଇଁ ଉତ୍ପାଦନ କ୍ଷେତ୍ରରେ। ବନ୍ଧୁଗଣ, ମାଲିକମାନଙ୍କର ଶୋଷଣରୁ ଶ୍ରମିକଙ୍କୁ ରକ୍ଷା କରିବା ପାଇଁ ହିଁ ୟୁନିଅନର ଜନ୍ମ। ଏଇଠି ଅନେକ ପ୍ରଶ୍ନ କରିବେ- ରାଷ୍ଟ୍ରାୟତ୍ତ ପ୍ରତିଷ୍ଠାନରେ ତ ଆଉ ପ୍ରାଇଭେଟ କମ୍ପାନି ନାହାନ୍ତି। ଏଠି ତ ମାଲିକ ନିଜେ ସରକାର। ତେଣୁ ସମାଜବାଦକୁ ଆଦର୍ଶ ଭାବରେ ମାନି ନେଇଥିବା ଗୋଟେ ଦେଶର ସରକାରଙ୍କୁ ପୁଞ୍ଜିପତି ଶ୍ରେଣୀଭୁକ୍ତ କରିବା ଉଚିତ କି ? ରାଷ୍ଟ୍ରାୟତ୍ତ ପ୍ରତିଷ୍ଠାନଗୁଡ଼ିକୁ ସେଇ ପର୍ଯ୍ୟାୟଭୁକ୍ତ କରାଯିବନି ସତ କଥା। କିନ୍ତୁ ଯେଉଁ ଅମଲାମାନେ ସେଇ ରାଷ୍ଟ୍ରାୟତ୍ତ ପ୍ରତିଷ୍ଠାନଗୁଡ଼ିକୁ ଚଳଉଚନ୍ତି, ସେଇ ଅଫିସରମାନେ ନିଜର କର୍ମ ଓ ଚିନ୍ତାରେ ଊନବିଂଶ ଶତାବ୍ଦୀର କୌଣସି ପୁଞ୍ଜିପତିଠୁ କମ୍ ଗୁଣର ନୁହନ୍ତି। ସେମାନେ ଭୁଲି ଯାଇଥାନ୍ତି ରାଷ୍ଟ୍ରାୟତ୍ତ ଉଦ୍ୟୋଗର ଲକ୍ଷ୍ୟ। ଶ୍ରମିକଙ୍କ କଲ୍ୟାଣ ଅପେକ୍ଷା ସେମାନଙ୍କ ପାଖରେ ଉତ୍ପାଦନ ବୃଦ୍ଧିଟା ବେଶୀ ଗୁରୁତ୍ୱପୂର୍ଣ୍ଣ। ସେଇ ଉତ୍ପାଦନ ବୃଦ୍ଧିଟା ବି ଦେଶର ଚାହିଦା ଦୃଷ୍ଟିରୁ ନୁହଁ। ବନ୍ଧୁଗଣ; ତାଙ୍କର ଚାକିରିର ପ୍ରମୋସନ ଦୃଷ୍ଟିରୁ ସେଇଟା ତାଙ୍କ ପାଖରେ ଗୁରୁତ୍ୱପୂର୍ଣ୍ଣ। ତେଣୁ ଯେନତେନ ପ୍ରକାରେଣ ସେମାନେ ପ୍ରଡକ୍ସନ୍ ବଢ଼େଇ ଟାର୍ଗେଟ୍ ଟପି ଯିବାକୁ ଚାହାଁନ୍ତି ଓ ତା'ର ଫଳ ଭୋଗିବାକୁ ପଡ଼େ ଶ୍ରମିକଙ୍କୁ। ସୁରକ୍ଷାର ନିୟମ ବହିର୍ଭୂତ ସମସ୍ତ ଉପାୟ ସେମାନଙ୍କୁ ଅବଲମ୍ବନ କରିବାକୁ ପଡ଼ିଥାଏ। କମ୍ ଦରମାରେ କେମିତି ବେଶୀ କାମ ଆଦାୟ କରାଯିବ- ସେସବୁ ପାଇଁ ସେମାନଙ୍କୁ ଫନ୍ଦି ଫିକର କରିବାକୁ ପଡ଼ିଥାଏ। ଆଇନ୍‌କାନୁନ୍ ଭାଙ୍ଗି ସେମାନେ କେବଳ ଉତ୍ପାଦନ ବୃଦ୍ଧି କଥା ହିଁ ଭାବିଥାନ୍ତି।

ଅଗଣି ଉଠି ଆସି କାନ ପାଖରେ କହିଲା ଭାଷଣ ଗରମ ହେବା ଦରକାର ନେତାଜୀ। ଏସବୁ ନିରାମିଶ ନୀତି କଥା କହିଲେ ଜମିବ ? ଆପଣ ଟିକେ ଗାଳିଗୁଲଜ କରନ୍ତୁ ପ୍ରୋଜେକ୍ଟ ଅଫିସର, ଜି.ଏମ୍.ଓ ଅନ୍ୟମାନଙ୍କୁ। ତେବେ ସିନା ଲୋକଙ୍କ ଆଗ୍ରହ ଆସିବ।

ହରିଶଙ୍କର ଦେଖିଲା, ମିଟିଂରୁ ଲୋକେ ଉଠିଯିବାକୁ ବସିଚନ୍ତି। ସେ ଗଳା ଖିଙ୍କାରି ଆରମ୍ଭ କଲା : ଆପଣମାନେ ଜାଣିଥିବେ; ପୂର୍ବରୁ ଯେଉଁ ୟୁନିଅନ୍ ଥିଲା କମ୍ପାନି ସମୟର ୟୁନିଅନ- ସେ ୟୁନିଅନର ଗୋଟେ ସଂଗ୍ରାମୀ ଚେହେରା ଥିଲା। ସେତେବେଳେ କମ୍ପାନି ମ୍ୟାନେଜ ମେଣ୍ଟର ସବୁ ଅନ୍ୟାୟ, ପ୍ରତିଶୋଧର ଆମେ ଠିକଣା ଜବାବ ଦେଉଥିଲୁ। ଏବେ କିନ୍ତୁ ଯେଉଁ ୟୁନିଅନ୍ ଅଛି- ସେ ୟୁନିଅନ୍ ମ୍ୟାନେଜମେଣ୍ଟର ଦଲାଲ ୟୁନିଅନ। ମ୍ୟାନେଜମେଣ୍ଟ ଦ୍ୱାରା ଗଢ଼ା ହୋଇଥିବା ଏହି ୟୁନିଅନ ଖାଲି ମ୍ୟାନେଜମେଣ୍ଟର ସ୍ୱାର୍ଥ ଦେଖିବା ଛଡ଼ା ଆଉ କ'ଣ କରିପାରିବ ?

ହରିଶଙ୍କର ଲକ୍ଷ୍ୟ କଲା, ତା'ର ଭାଷଣ ତଥାପି କାହାରିକୁ ଉତ୍ତେଜନା ଯୋଗାଉ ନାହିଁ। କେହି ତାଳି ବାଡଉ ନାହାନ୍ତି। ତା'ର ଭାଷଣ ମଝିରୁ ହିଁ ଲୋକ ଉଠିଯିବାକୁ ଆରମ୍ଭ କରିଥିଲେ। ଭାଷଣ ସରି ଆସିବା ବେଳକୁ ବହୁତ କମ୍ ଲୋକ ହିଁ ଥିଲେ। ଏତେ କମ୍ ଲୋକ ଯେ, ହରିଶଙ୍କର ମନଟା ଖରାପ ହେଇଗଲା। ଖୁବ୍ କଷ୍ଟରେ, ଖୁବ୍ ସଂକ୍ଷିପ୍ତରେ ଭାଷଣ ସାରିଲା ହରିଶଙ୍କର। କେବଳ ଘୋଷଣା କରିଦେଲା, ଅଗଣି ହୋତାର ପ୍ରେସିଡେଣ୍ଟସିପ୍‌ର ନୂଆ ୟୁନିଅନ୍ ଗଢ଼ା ହେଲା ବୋଲି। ଅଗଣି ଉଠି ଘୋଷଣା କଲା, ସେ ନୂଆ ୟୁନିଅନ୍‌ର ପ୍ରେସିଡେଣ୍ଟ୍ ହିସାବରେ ହରିଶଙ୍କର ପଟ୍ଟନାୟକର ନାଁ ଜେନେରାଲ ସେକ୍ରେଟାରୀ ହିସାବରେ ପ୍ରପୋଜ୍ କରୁଚି- ଲୋକେ ସମର୍ଥନ କରୁଚନ୍ତି କି ନାହିଁ ?

ଶ୍ରୋତାମାନଙ୍କ ଭିତରେ ତିରିଶ ଚାଳିଶ ଜଣ ଲୋକ ହେବେ। ସେ ଭିତରୁ, ହରିଶଙ୍କର ଲକ୍ଷ୍ୟ କଲା, ପନ୍ଦର, କୋଡ଼ିଏ ଜଣ ସିରିକି ସେଇ ଲୋକମାନେ ହେବେ- ଯେଉଁମାନେ ତା'ର ୟୁନିଅନ୍‌ରେ ବଡ଼ି ମେମ୍ବର ହେବାକୁ ଆଶାୟୀ ହେଇ ଆସିଚନ୍ତି। ସେଇ ତିରିଶି ଚାଳିଶି ଜଣଙ୍କ ହାତଟେକା ସମର୍ଥନରେ ହିଁ ହରିଶଙ୍କର ନିର୍ବାଚିତ ହେଇଗଲା।

ଆନୁଷ୍ଠାନିକ ଭାବରେ କାମଚଳା ଏକଜିକ୍ୟୁଟିଭ୍ ବଡ଼ି ମେମ୍ବରମାନଙ୍କ ନାଁ ପଢ଼ି ଦେଇ ଅଗଣି ଘୋଷଣା କଲା ଯେ ୟୁନିୟନ୍‌ର ଆନୁଷ୍ଠାନିକ ନିର୍ବାଚନ ଦୁଇ ତିନିମାସ ଭିତରେ କରାହେବ, ମେମ୍ବର ତାଲିକା ସଂଗ୍ରହ ପରେ। ଭାଷଣ ସାଙ୍ଗ ହେଲା ପରେ ଅଗଣି ବିରକ୍ତ ହେଇ କହିଲା: ଆପଣ ନେତାଜୀ, ଆଜିର ମିଟିଂଟାକୁ ମର୍ଡର କରିଦେଲେ। ଏମିତି ଭାଷଣ କେହି ଦିଏ ?

ହରିଶଙ୍କର ହସିଥିଲା। ଅପ୍ରତିଭର ହସ।

ସନ୍ଧ୍ୟାରେ ଶୁଣିଲା ହରିଶଙ୍କର। ରିଏକ୍‌ସନ୍ ଆରମ୍ଭ ହେଇଯାଇଚି ସକାଳ ମିଟିଂର। ଧ୍ରୁବ ଖଟୁଆ ଦଳର ଲୋକେ ମାରପିଟ୍ ଆରମ୍ଭ କରି ଦେଇଚନ୍ତି। ଓଁ ପ୍ରକାଶର ହାତ ଭାଙ୍ଗି ଯାଇଚି।

ନବମ ପରିଚ୍ଛେଦ

ପ୍ରଦ୍ୟୁମ୍ନ କେବେ ଏରୋପ୍ଲେନ୍ ଚଢ଼ିନି। ଫାଇଭ୍ ଷ୍ଟାର୍ ହୋଟେଲ ଭିତରକୁ ପଶିନି। ପ୍ୟାରିସ୍ କି ନ୍ୟୁୟର୍କ ତ ଦୂରର କଥା, ନେପାଳ କିମ୍ବା ବଙ୍ଗଳାଦେଶ ବି ଦେଖିନି। ଏମିତିକି ହିମାଳୟ ଦେଖିନି- ଦାର୍ଜିଲିଂ, କାଶ୍ମିରୀ, କନ୍ୟାକୁମାରୀ, ଗୋଆ- ଏସବୁ କିଛି ଦେଖିନି। ଭାରତର ଅନ୍ୟାନ୍ୟ ଅଂଶ ତ ଦୂରର କଥା, ପ୍ରଦ୍ୟୁମ୍ନ ଏଯାଏଁ ଓଡ଼ିଶାର ମୟୂରଭଞ୍ଜ, କୋରାପୁଟ, କେଉଁଝର, ଫୁଲବାଣୀ ଓ କଳାହାଣ୍ଡି ଅଞ୍ଚଳ ବି ଦେଖିନି।

ଛୋଟ ବେଳେ କିନ୍ତୁ ପ୍ରଦ୍ୟୁମ୍ନର ଠିକ୍ ମନେ ଅଛି, ସେ ଗୋଟେ ଗ୍ଲୋବ ନେଇ ଖେଳୁଥିଲା। ଅକ୍ଷାଂଶ, ଦ୍ରାଘିମାର ରେଖା, ସମୁଦ୍ର ଓ ସ୍ଥଳଭାଗର ବିଭିନ୍ନ ରଙ୍ଗ ଭିତରେ ଦେଶ ମହାଦେଶର ସୀମାରେଖା ବାରୁଥିଲା ଓ ବିଭିନ୍ନ ଦେଶ ମହାଦେଶ ଉପର ଦେଇ ଚାଲି ଯାଇଥିବା ଲାଲ୍ ରଙ୍ଗର ଆନ୍ତର୍ଜାତୀୟ ବିମାନ ପଥକୁ ଦେଖୁଥିଲା। କଲିକତା, ଦିଲ୍ଲୀ, ବମ୍ବେ, କରାଚୀ, ଇଜିପ୍ଟ, ମସ୍କୋ, ପ୍ୟାରିସ୍, ଲଣ୍ଡନ, ୱାଶିଂଟନ୍, ଟୋକିଓ ଓ ବିଭିନ୍ନ ଜାଗାକୁ ଯିବାର ରାସ୍ତା।

ନନା ଥରେ କହିଥିଲେ, ତୁ ମନ ଦେଇ ପାଠ ପଢ଼, ବିଦେଶ ଘୁରି ବୁଲି ଦେଖିବୁ। ପ୍ରଦ୍ୟୁମ୍ନ ଜାଣେନା ସେ ମନଦେଇ ପାଠ ପଢ଼ିଥିଲା କି ନାହିଁ। ମ୍ୟାଟ୍ରିକ୍‌ରେ ଫାଷ୍ଟ ଡିଭିଜନ ପାଇଥିଲା ସେ। ଆଇ.ଏସ.ସିରେ ସେକେଣ୍ଡ ଡିଭିଜନ। ପି.ସି.ବି ଥିଲା। ଅଥଚ ମେଡିକାଲ ଏଣ୍ଟ୍ରାନ୍‌ସ ପରୀକ୍ଷାରେ ପାଶ୍ କରି ପାରିଲାନି। ତା'ପରେ ବିକମ୍‌ରେ ଭର୍ତ୍ତି ହେଲା। ବି.କମ୍‌ର ପାଠ କିଛି ହିଁ ବୁଝି ପାରିନଥିଲା ପରୀକ୍ଷା ସୁଦ୍ଧା। ମନି ବ୍ୟାଂକିଙ୍ଗ୍, ପବ୍ଲିକ୍ ଫାଇନାନ୍‌ସ ଭଳି

ଇକୋନ୍ୟୋମିକ୍ସ ବିଷୟଗୁଡ଼ିକ ବି ବୁଝିବାକୁ କଷ୍ଟ ହେଉଥିଲା। ରେଜଲ୍ଟ ବାହାରିଲା ବେଳକୁ ପ୍ରଦ୍ୟୁମ୍ନ ଦେଖିଲା, ସେ ଫେଲ ହେଇଚି। ସପ୍ଲିମେଣ୍ଟାରୀ ଦେବା ପାଇଁ ମନ ନଥିଲା ତା'ର। ନନାଙ୍କ ଜବରଦସ୍ତିରେ ଦେଇଥିଲା। ପ୍ରିପାରେଶନ ହୀନ, ପଢ଼ିବା ପାଇଁ ସୁଯୋଗ ଓ ମୁଡ୍‌ହୀନ ସେ ପରୀକ୍ଷାରେ ଫେଲ୍ ହେଇଥିଲା ପ୍ରଦ୍ୟୁମ୍ନ। ତା'ପରେ ପୁଣି ଫାଇନାଲ୍ ଓ ଫେଲ୍। ତା'ପରେ ପୁଣି ସପ୍ଲିମେଣ୍ଟାରୀ ଓ ଫେଲ୍। ତା'ପରେ ଆଉ ପରୀକ୍ଷା ଦେଲାନି ପ୍ରଦ୍ୟୁମ୍ନ। ଘରେ ସମସ୍ତେ ଧରି ନେଇଥିଲେ ଯେ ସେ କେବେହେଲେ ପରୀକ୍ଷାରେ ପାଶ୍ କରି ପାରିବନି।

ପ୍ରଦ୍ୟୁମ୍ନ କ'ଣ କରିବ ଜୀବନରେ, ଏମିତି କୌଣସି ଲକ୍ଷ୍ୟ ରଖିନଥିଲା ଛୋଟ ବେଳରୁ। ଘରେ ସମସ୍ତେ ପାଠ ପଢ଼ନ୍ତି। ତେଣୁ ପଢ଼ିଥିଲା ସ୍କୁଲରେ, ସ୍କୁଲ ପରେ କଲେଜରେ, କିଛିଦିନ କବିତା ଲେଖିଥିଲା ପ୍ରଦ୍ୟୁମ୍ନ- କୌଣସି ପତ୍ରିକାକୁ ଛାପିବା ପାଇଁ ଦେଲାନି ଯଦିଓ। ଖୁବ୍ ଲୁଚେଇକି ରଖୁଥିଲା ତା'ର କବିତାଗୁଡ଼ିକୁ, ଯେମିତିକି ସେଗୁଡ଼ିକ ତା'ର ପାପ ଓ ପ୍ରେମ। ସବୁ କବିତାରେ ଅବଶ୍ୟ ମିନାକ୍ଷୀକୁ ନ ପାଇବାର ଦୁଃଖ ହିଁ ଭରି ରହିଥିଲା। କିନ୍ତୁ କବିତା ଲେଖିବାର ସ୍ପୃହା ବି ବେଶୀ ଦିନ ରହି ନଥିଲା ପ୍ରଦ୍ୟୁମ୍ନର। କିଛିଦିନ ନାଟକ କରୁଥିଲା ପ୍ରଦ୍ୟୁମ୍ନ। କଲେଜର ଡ୍ରାମାଟିକ ସେକ୍ରେଟାରୀ ପାଇଁ ଠିଆ ହେଇ ହାରି ଯାଇଥିଲା ବି। ରାଜନୀତିରେ ସେମିତି ଭାଗ ନେଇନି ପ୍ରଦ୍ୟୁମ୍ନ କେବେ। ତେବେ ଥରେ ଇମର୍ଜେନ୍‌ସି ପରେ କଂଗ୍ରେସ ସରକାର ବିରୁଦ୍ଧରେ ପ୍ରଚାର କରିବା ପାଇଁ ଲାଗି ପଡିଥିଲା ଓ ଜନତା ଦଳର ବ୍ୟାଚ ପିନ୍ଧି ବୁଲୁଥିଲା ଯେ ଆଜନ୍ମ କଂଗ୍ରେସର ସମର୍ଥକ ନନାଙ୍କ ସହ କିଛିଟା ମତାନ୍ତର ବି ହେଇଥିଲା। ପ୍ରଦ୍ୟୁମ୍ନର ଭବିଷ୍ୟତ ଅନ୍ଧକାର ବୋଲି ନନା ସେଇଦିନଠୁ ଦେଇଥିବା ମତାମତକୁ ଆଜିକାଲି ବି ସାନ ଭଉଣୀ ରାଗିଗଲେ ଖୁଣ୍ଟା ଦେଇକି କୁହେ: ନନା ପରା କହିଚନ୍ତି, ତମ ଦ୍ୱାରା କିଛି ହେବନି- ତମ ଭବିଷ୍ୟତ ଅନ୍ଧକାର ବୋଲି?

ପ୍ରଦ୍ୟୁମ୍ନ ନା କବିତା ଲେଖିଥିଲା, ନା ରାଜନୀତି କରିଥିଲା, ନା ନାଟକ କରି ନାଁ କମେଇଥିଲା। ସାଙ୍ଗ ମେଳରେ କମ୍ପିଟେଟିଭ୍ ପରୀକ୍ଷା ଓ ତା'ର ରେଜଲ୍ଟ ବିଷୟରେ ବହୁତ ଆଲୋଚନା କରୁଥିଲେ ବି, କେବେ ସେସବୁ ପରୀକ୍ଷା ପାଇଁ ସ୍ୱପ୍ନ ଦେଖି ନଥିଲା କି ଗ୍ରାଜୁଏସନ୍ ପୂର୍ବରୁ ହିଁ ପ୍ରିପାରେସନ୍‌ରେ ଲାଗି ପଡି ନଥିଲା। କ'ଣ କରିବ ତମେ ପ୍ରଦ୍ୟୁମ୍ନ?' ଏଇ ପ୍ରଶ୍ନଟିର ସଠିକ୍ ଉତ୍ତର ଜାଣି ନଥିଲା ସେ। ତେବେ ସାଧାରଣ କ୍ଲର୍କଟେ ହେବାର ସ୍ୱପ୍ନ ବି ଦେଖି ନଥିଲା ସେ। ତେବେ କ'ଣ ସେ ଅଫିସରଟେ ହେବାର ସ୍ୱପ୍ନ ଦେଖିଥିଲା? ନା ବ୍ୟବସାୟୀଟେ? ନା ଶିଳ୍ପପତିଟେ? ପାରାଦ୍ୱୀପରେ ଟ୍ରଲର ଚଳେଇବାର ସ୍ୱପ୍ନ ଦେଖିଥିଲା କି? ସିନେମାହଲ୍ କି ହୋଟେଲ ଖୋଲିବାର ସ୍ୱପ୍ନ ଥିଲା କି ତା'ର? ସେ କ'ଣ ଭାବିଥିଲା ପ୍ରେସ୍‌ଟିଏ କିଣି ମାସିକ ପତ୍ରିକାଟେ ବାହାର କରିବ? କ'ଣ ଭାବିଥିଲା ପ୍ରଦ୍ୟୁମ୍ନ ତେବେ? ନା, ସେ କିଛି ଭାବି ନଥିଲା ଓ ଏଇ କୋଲିୟାରୀକୁ ଆସି ସମାରୁ ଖଡ଼ିଆ ହେଇଯିବା ପରେ ଅନୁଭବି ପାରିଲା- ଏମିତି ଜୀବନ ବି ସେ ଚାହିଁ ନଥିଲା ତ। ତା'ର କଳ୍ପନାର ବାହାରେ ବି ଥିଲା ସମାରୁ ଖଡ଼ିଆର ଜୀବନଯାପନ।

ହୋଟେଲରେ ବସି ଚା' ପିଇଲା ବେଳେ ହିଁ ଅନ୍ୟମନସ୍କ ହେଇଯାଇଥିଲା ପ୍ରଦ୍ୟୁମ୍ନ। ତା' ପାଖରେ ବସି ଓଁ ପ୍ରକାଶ ବକବକ ହେଉଚି, ସକାଳର ପିଟ ହେଡ୍ ମିଟିଂ କଥା କହୁଚି, ଏସବୁଠୁ ଦୂରେଇ ଯାଇ କେଉଁଠି ଗୋଟେ ହଜିଗଲା। ହଜିଗଲା ଅରମା ସ୍ମୃତିର ଜଙ୍ଗଲ ଭିତରେ। ପୁରୀର ବଡ଼ଦାଣ୍ଡ, ବେଳାଭୂମି, ଗାଁର ଯାତ୍ରା ପାର୍ଟିର ରିହସର୍ଲ, ଗୋଟମାରେ ଭରା ଗାଡ଼ିଆ କୂଳ, ନଡ଼ିଆ ଗଛ, ଦହିଚୂଡ଼ା, ଚକଟା, ପକ୍‌କା ଚଟାଣରେ ଲକ୍ଷ୍ମୀପାଦ, ମଗୁଶିର ମାସରେ ବିଲ ଭିତରେ ପାଚିଲା ଧାନର ବାସ୍ନା। ତା' ସାମ୍ନାରେ ଓଁ ପ୍ରକାଶ ନଥିଲା। କୋଲିୟାରୀ ନଥିଲା ଟ୍ରେଡ୍ ୟୁନିଅନ୍ ନଥିଲା। ସମାରୁ ଖଡ଼ିଆ ତ କେଉଁଠି ବି ନଥିଲା, ନା ସ୍ମୃତିରେ, ନା ବିସ୍ମୃତିରେ।

ଆଜିର ପିଟ୍ ହେଡ୍ ମିଟିଂକୁ କାହିଁକି ଯାଇଥିଲା ପ୍ରଦ୍ୟୁମ୍ନ? ସେ ରାଜନୀତିକୁ ନେଇ କେବେ ସିରିଅସ୍‌ଲି ଭାବିନି। ଟ୍ରେଡ୍ ୟୁନିୟନ ବାଲାଏ ଯେମିତି ଭାବନ୍ତି; ଶୋଷଣ, ଅତ୍ୟାଚାର, ସଂଗ୍ରାମ ସଂଗ୍ରାମ ଓ ମୁକ୍ତିକଥା- କେବେ ସେମିତି ଭାବି ଦେଖିନି ପ୍ରଦ୍ୟୁମ୍ନ। ସେ ମଧ୍ୟବିତ୍ତ ଶ୍ରେଣୀରୁ ଆସିଚି ଓ ସେଇଟା ହିଁ ତା'ର ଗୌରବ ଭାବି ଆସିଚି। ତା'ର ସବୁଠୁ ଅସଲ ଦୁଃଖ, ତା'ର ମଧ୍ୟ ବିତ୍ତମାର୍କା ବାବୁଗିର ଉପରେ ବି ଶ୍ରମିକ ଶ୍ରେଣୀର କୁଲିଗିରି ଛାପଟେ ମାରି ଦିଆଯାଉଚି ବୋଲି। ବୋଧେ ପ୍ରଦ୍ୟୁମ୍ନ ମିଶ୍ର ନିଜକୁ ସମାରୁ ଖଡିଆରେ ଚଳେଇ ନେଇ ଯାଆନ୍ତା। କିନ୍ତୁ ପ୍ରଦ୍ୟୁମ୍ନ ମିଶ୍ର, ଯିଏ କଲେଜରେ ପାଠ ପଢ଼ିଚି, ତ୍ରିସନ୍ଧ୍ୟା ଗାୟତ୍ରୀ ନ କଲେ ବି ଯିଏ ଏବେ ସୁଦ୍ଧା ଝାଡ଼ା ପରିଶ୍ରା ଗଲାବେଳେ କାନରେ ପଇତା ଗୁଡ଼େଇ ନିଜର ଅଶୌଚ ଅବସ୍ଥାରୁ ପଇତାକୁ ରକ୍ଷା କରେ, ସିଏ ଟବ୍‌ଚେକର୍ ଭଳି ବାବୁମାର୍କା ଚାକିରିରେ ନିଜକୁ ଚଳେଇ ନେଇପାରେ। କିନ୍ତୁ ବଦଲି ଲୋଡର ଦେଇ କୁଲିମାନଙ୍କ ଭଳି ଗାଡ଼ି ଭରିବାର ଦୁଃସ୍ୱପ୍ନ ଦେଖି ପାରିବନି।

ତଥାପି ପ୍ରଦ୍ୟୁମ୍ନ ଯାଇଥିଲା ୟୁନିଅନ୍‌ର ମିଟିଂକୁ। ୟୁନିଅନ୍‌ର ଇଲେକ୍‌ସନ୍‌ରେ ହାତଟେକି ଭୋଟ ଦେଇଥିଲା। ନୂଆ ଗଢ଼ା ହେଉଥିବା ୟୁନିଅନ୍‌ର ଏକ୍‌ଜିକ୍ୟୁଟିଭ୍ ବଡ଼ି ମେମ୍ବର ଭାବରେ ତା' ନା ଘୋଷଣ କରାହେଲା। ଅଗଣି କକେଇ ଭାରି ବୁଦ୍ଧିମାନର କାମ କରିଥିଲା ଭଳି, ପରେ ପ୍ରଦ୍ୟୁମ୍ନକୁ କହିଥିଲେ ବଡ଼ି ମେମ୍ବର ଭାବରେ ରହିବା ଭଲ। ପ୍ରେଷ୍ଟିଜ୍ ବଢ଼ିବ। ଅଫିସରମାନେ ଟିକେ ସଂଭ୍ରମରେ କଥା କହିବେ। ତୋର କାମ ବି ହାସଲ୍ ହେଇଯିବ।

ପ୍ରଦ୍ୟୁମ୍ନର କିନ୍ତୁ ମନେ ହେଇଥଲା, ସେ ଯେମିତି ୟା'ପରେ ଜଣେ ସଚ୍ଚା ଶ୍ରମିକ ହେଇଗଲା। ଆଉ ମଧ୍ୟବିତ୍ତ ଶ୍ରେଣୀର ହେଇ ରହିଲାନି। ଏମିତି କାହିଁକି ମନେହେଲା? ଶ୍ରମିକଙ୍କୁ ନେଇ ରାଜନୀତି କରୁଥିବା ସବୁ ଲୋକ ତ ମଧ୍ୟବିତ୍ତ ପରିବାରରୁ ଆସିଥାନ୍ତି। କିଏ ଭଲା ଶ୍ରମିକ ପରିବାରରେ ଜନ୍ମି ଶ୍ରମିକ ଭାବରେ ବଢ଼ି ଆସି ନିଜର ଦାବୀ ହାସଲ କରିବା ପାଇଁ ଏକଜୁଟ ହୁଏ। ମଧ୍ୟବିତ୍ତ ମଣିଷମାନେ ହିଁ ତ ନିଜର ସ୍ୱାର୍ଥସିଦ୍ଧି ପାଇଁ ଶ୍ରମିକମାନଙ୍କୁ ଏକଜୁଟ ହେବାକୁ କହନ୍ତି ଓ ତାଙ୍କ ପାଖରୁ ଫାଇଦା ହାସଲ କରନ୍ତି। ଶ୍ରମିକ ନେତାମାନେ ଶୋଷଣରେ କୋଉ କମ୍ କି?

ଓଁ ପ୍ରକାଶ ଲୋକଟିକୁ ଦେଖିଲେ କିନ୍ତୁ ଅଲଗା ଅଲଗା ମନେ ହୁଏ। ଭାରି ବୁଦ୍ଧୁ ଏ

ପିଲାଟି। ଉତ୍ତର ପ୍ରଦେଶ କି ବିହାର କେଉଁ ଆଡ଼ର ପିଲାଟିଏ। ପ୍ରଦ୍ୟୁମ୍ନ ଜାଣେନା, ସେ ମଧ୍ୟବିତ୍ତ ପରିବାରରୁ ଆସିଚି କି ଶ୍ରମିକ ପରିବାରରୁ ? ତା'ର ଚାଲିଚଳନରେ ଏକ ଗ୍ରାମ୍ୟ ଫୁଟାଣି ଫୁଟି ଉଠେ। ଯେମିତି ଖୁବ୍ ପଇସା ଅଛି ତା'ର। ଭାରି ଦିଲ୍‌ଦାର ଲୋକ ସେ। ଯେମିତି ତା' ଦେଶରେ ଗଙ୍ଗା କୂଳରେ ଏକର ଏକର ଜମି ଓ ଦଶ ପନ୍ଦରଟା ଦୁଧିଆଳୀ ଗାଈ ମଇଁଷୀର ଐଶ୍ୱର୍ଯ୍ୟ ଛାଡ଼ିଦେଇ ସେ କେବଳ ଦୟା ଦେଖେଇ ରହିଚି ଏ ଦେଶରେ। ପ୍ରତିଟି କଥା ପଦକରେ ସେ ଦେଖେଇ ଦେବାକୁ ଚାହେଁ, ଏଇ ଓଡ଼ିଶା ଦେଶରେ କିଛି ନାଇଁ- ଯା ଅଛି ତାଙ୍କ ନିଜ ଦେଶରେ।

ପ୍ରଦ୍ୟୁମ୍ନର ହସ ବି ମାଡ଼େ ଓଁ ପ୍ରକାଶର ଏଭଳି ମୁର୍ଖାମିଭରା କଥା ସବୁ ଶୁଣି। କିନ୍ତୁ ଭଲ ଲାଗେ ତା'ର ସରଳତା। ସବୁ କିଛି ଉପରେ ବି ଓଁ ପ୍ରକାଶ ଏତେ ଜଟିଳ ନୁହଁ। ରୋକ୍‌ଠୋକ୍ କଥା କୁହେ ସେ। ଖୁବ୍ ଛୋଟ କଥାରେ ବି ଉତ୍ତେଜିତ ହେଇଯାଏ। ଖୁବ୍ ଗୋଟେ ମାନ ସମ୍ମାନ ଦେଇ କଥା କହି ଜାଣେନା। ଧୀର ଗଳାରେ ତ କଥା କହି ଜାଣେନା କେବେ। ଅଣ୍ଡରୱେୟରଟେ ପିନ୍ଧି ସେ ଚାରିଆଡ଼େ ବୁଲି ଆସି ପାରେ, ଲାଜ ମାଡ଼େନି ତାକୁ। ଧୋତି ସାଙ୍ଗକୁ ମୋଜା ଓ ଜୋତା ପିନ୍ଧିକି ଚାଲି ଆସେ, ବୁଝି ପାରେନି ଭୁଲ୍‌ଟା କେଉଁଠି ରହିଲା। ହମେଶା ତା' ଦେଶରେ ଏମିତି ସେ ପିନ୍ଧୁଥିଲା ପୂଜାପୁନିଅଁ କି ସ୍ପେଶାଲ ଦିନ ସବୁଥିରେ। ଏଇ ସରଳତା ଟିକକ ହିଁ ଭଲ ଲାଗେ ଓମ୍‌ପ୍ରକାଶର। ନଚେତ୍ ପ୍ରଦ୍ୟୁମ୍ନର ସାଙ୍ଗସାଥି ଏଇ କୋଲିୟାରୀରେ କିଏ ଅଛି ଯେ ?

କୋଲିୟାରୀର ଲୋକମାନଙ୍କୁ ଦେଖିଲେ ଭାରି ମାୟା ଲାଗେ ପ୍ରଦ୍ୟୁମ୍ନକୁ। କେବଳ କୋଇଲାଖଣି ଓ ଘର ଛଡ଼ା କିଛି ଜାଣି ନାହାନ୍ତି ସେମାନେ। ଏଇ ଏତେ ବଡ଼ ସଂସାର, ଏଇ ମୁହୂର୍ତ୍ତରେ ଆମେରିକାର ଅମୁକ ସହରର ଅମୂକ ଷ୍ଟ୍ରୀଟରେ ଶହଶହ ହଜାର ହଜାର ଜୀବନ ଧାଉଁଥିବେ, ସେମାନଙ୍କୁ ଦେଖିବାର, ଭେଟିବାର କିମ୍ବା ସେମାନଙ୍କ ବିଷୟରେ ଜାଣିବାର ସାମାନ୍ୟତମ ଇଚ୍ଛାଟେ ବି ତାଙ୍କର ନଥିବ। ତାଙ୍କର କେବେ ବି ଇଚ୍ଛା ନଥିବ ଟି.ଭି. ସିରିଏଲ୍‌ଟିର ହିରୋ ହେବାପାଇଁ, ଏଭରେଷ୍ଟ ଉପରେ ତ୍ରିରଙ୍ଗୀ ପତାକାକୁ ଉଡ଼େଇବା ପାଇଁ, ଏମିତିକି ସେମାନେ କେବେ ବି ଭୁଲ୍‌ରେ ଭାବୁ ନଥିବେ ଏକାଦିକ୍ରମେ ସାତଦିନ ସାଇକେଲ ଚଳେଇବା ପାଇଁ କିମ୍ବା ମୃତ୍ୟୁ ପରେ ସେମାନଙ୍କ ଆବକ୍ଷ ବ୍ରୋଞ୍ଜ ମୂର୍ତ୍ତିଟେ ରାସ୍ତା କଡ଼ରେ, ଛକ ଉପରେ ଥୁଆ ହେବା କଥା ବି। ସେମାନେ ଖାଲି ଜାଣିଚନ୍ତି ସଙ୍ଗମ୍, ସଞ୍ଚୟ ଓ ବସ୍ତୁବାଦୀ ସୁଖ କଥା।

ଆଉ କୋଲିୟାରୀର ସ୍ତ୍ରୀ ଲୋକମାନଙ୍କ ମୁହଁଗୁଡ଼ାକ ଦେଖିଲେ ବି ନିର୍ଜୀବ ମନେହୁଏ ପ୍ରଦ୍ୟୁମ୍ନର। ଯେମିତି ଜୀବନୀ ଶକ୍ତି ନାଇଁ ତାଙ୍କଠି। ଯେମିତି କେଉଁ ଏକ ଅଦୃଶ୍ୟ ଡାହାଣୀ ପ୍ରତିଦିନ ପ୍ରତି ରାତିରେ ନଡ଼ାଟିଏ ଲଗେଇ ଶୋଷି ନେଉଚି ରକ୍ତ। ଛାଡ଼ି ଦେଉଛି ଆନିମିଆ। ରେଡିଓ ହସ୍ପିଟାଲ ଓ ରେଡିଓ ଘର ଓ ରୋଷେଇ ଓ ପିଲାଛୁଆଙ୍କ କାନ୍ଦବୋବାଳି, ଜ୍ୱର, ଝାଡ଼ା ଓ ହସ୍ପିଟାଲ୍ ଓ ରତି ଓ ରାତି ପରେ ଦିନ ପରେ ରାତି ଏମିତି ବିତିଯାଉଚି ସେମାନଙ୍କ ଜୀବନ।

ଏଇଭଳି ଲୋକମାନଙ୍କ ମେଳରେ ପ୍ରଦ୍ୟୁମ୍ନ ଗୋଟେ ବିରାଟ ବ୍ୟତିକ୍ରମ। ତା'ର କ'ଣ ଏମିତି ହେବାର ଥିଲା ? ଏଇମାନଙ୍କ ଭଳି ? ଏମିତି ନିଜସ୍ୱ ପରିଧି ମୁଗ୍ଧ ସୁଖୀ ଲୋକମାନଙ୍କ ଭଳି ? ହୁଏତ ଏସବୁ ଭାଙ୍ଗି ନରଭସ୍ କରିଦେବା ଉଚିତ୍। ହୁଏତ ଚାଲିଯିବା ଉଚିତ ପ୍ରଦ୍ୟୁମ୍ନର ଆଉ କେଉଁଆଡ଼େ।

ନା, ପାରିବନି। ତାକୁ ସାରାଟା ଜୀବନ ଏଇ କୋଇଲା ଖଣିର ନିର୍ବାସନରେ ରହିବାକୁ ପଡ଼ିବ। ସେ ବି ଅଳ୍ପଦିନ ପରେ ଏମିତି ସଂସାର ମୁଗ୍ଧ ମଣିଷଟେ ହେଇ ଭୁଲିଯବ ବାହାରର ଜୀବନକୁ। ଭୁଲିଯିବ ତା'ର ନିଜର ଅସ୍ତିତ୍ୱକୁ ? ଭୁଲିଯିବ ତା'ର ଶୈଶବ, କୈଶୋର ଓ ଯୌବନର ଦିନଗୁଡ଼ିକୁ ? ଭୁଲିଯିବ ପ୍ରଦ୍ୟୁମ୍ନ ମିଶ୍ରକୁ ? ସେ ଖାଲି ସମାରୁ ଖଡ଼ିଆ ହେଇ ରହିଯିବ ? ଭାବିଲା ବେଳକୁ ମନତଳଟା ଉଦାସ ହେଇଗଲା ପ୍ରଦ୍ୟୁମ୍ନର।

ଓଁ ପ୍ରକାଶ ଚା' ଗ୍ଲାସଟା ଟେବୁଲ ଉପରେ ଶବ୍ଦ କରି ଥୋଇଲା ଓ ପ୍ରଦ୍ୟୁମ୍ନର କାନ ପାଖରେ ଫୁସ୍‌ଫୁସ୍ କରି କହିଲା: ଚା'ଲ ମିଶ୍ର, ଏଠୁ ପଳେଇବା। ଏଠିକା ଅବସ୍ଥା ମୋତେ ଭଲ ଦିଶୁନି।

ପ୍ରଦ୍ୟୁମ୍ନର ଉଠିବାକୁ ମନ ନଥିଲା। ଅସଲରେ ତା'ର କୌଣସି ଆଡ଼େ ଯିବାର ନାହିଁ। ଅଗଣି କକେଇର ସେଇ ଛୋଟ କ୍ୱାର୍ଟରଟିକୁ ଫେରିଯିବାର କୌଣସି ଆଗ୍ରହ ହିଁ ନାହିଁ ତା'ର। ରୁନୁ ଝୁନୁର ଅସ୍ୱସ୍ତିକର ଉପସ୍ଥିତି, ତା' ପାଖରେ ଅସହ୍ୟ। ଅଗଣି କକେଇଙ୍କ କ୍ୱାର୍ଟରରେ ସେ ସବୁବେଳେ ନିଜକୁ ମନକେରେ ପରଜୀବୀ ଗଛଟି ଭଳି ନିତାନ୍ତ ଅନାବଶ୍ୟକ। ଏଇ କୋଲିୟାରୀ କଲୋନିରେ କୌଣସି ଘରର ଦୁଆର ବି ସ୍ୱାଗତମ ଭଙ୍ଗୀରେ ଖୋଲା ନାହିଁ ପ୍ରଦ୍ୟୁମ୍ନ ପାଇଁ। କେତେ ଆଉ ଏମିତି ରାସ୍ତାରେ ଘୂରି ବୁଲିବ। ତା'ଠୁ ବରଂ ଚା' ଦୋକାନରେ କିଛି ସମୟ କଟେଇ ନେଇ ହେଉଚି ତ। ପଚାରିଲା କ'ଣ ହେଲା ? କ'ଣ ଏମିତି ଅବସ୍ଥା ଖରାପ ଦେଖୁଚୁ ?

: ଦେଖୁନ, ଚାରିଆଡ଼େ କେମିତି ଆମ ବିରୋଧୀ ପାର୍ଟିର ଲୋକମାନେ ବସିଚନ୍ତି, ସେମାନଙ୍କ ଆଖିର ଚାହାଣୀ ଦେଖୁନୁ। କିଛି ଗୋଟେ ଘଟିବ।

: କ'ଣ ଘଟିବ ?

: ଆଃ ପାଟିକରନା ତ !

ଓଁ ପ୍ରକାଶ ଉଠିଯାଇ କାଉଣ୍ଟରରେ ପଇସା ଦେଲା ଓ ପ୍ରଦ୍ୟୁମ୍ନକୁ ଟାଣି ନେଇଗଲା ବାହାରକୁ। କ'ଣ ହେଉଚି ବୁଝି ଦେଖିବା ଆଗରୁ, ପଛରୁ କିଏ ଡାକିଲା: ହେ ବାବୁ, ଶୁଣ ଟିକେ। ଟିକେ ଶୁଣ।

ପ୍ରଦ୍ୟୁମ୍ନ ବୁଲି ଦେଖିବାକୁ ଗଲାବେଳେ ଓଁ ପ୍ରକାଶ ତାକୁ ପୁଣିଟାଣିନେଇ ଧାଇଁବାକୁ ଆରମ୍ଭ କଲା, କହିଲା; ଧାଁ ଧାଁ। ପଳା ଏଠୁ। ସେମାନେ ଆମକୁ ମାରିବାକୁ ଆସୁଚନ୍ତି।

ପ୍ରଦ୍ୟୁମ୍ନ ପଛକୁ ବୁଲିକି ଦେଖିଲା, ଦି'ଜଣ କଳା ମୋଟା ଲୋକ ଧାଇଁ ଆସୁଚନ୍ତି ଓ ପ୍ରଦ୍ୟୁମ୍ନ ସେମାନଙ୍କୁ ଚିହ୍ନି ପାରିଲା, ଯଦିଓ ନାଁ ମନେ କରିପାରିଲାନି। ପ୍ରଦ୍ୟୁମ୍ନ ହଠାତ୍ ସଚେତନ

ହେଲା ଓ ବୁଝି ପାରିଲା, ଲୋକ ଦି'ଟା ଖରାପ ମତଲବରେ ହିଁ ଧାଇଁ ଆସୁଚନ୍ତି। ଧାଇଁଯିବା ପୂର୍ବରୁ ବୁଲିକି ଦେଖିଲା, ଓଁ ପ୍ରକାଶ ଖୁବ୍ ଜୋର୍‌ରେ ଧାଉଁଚି। ତା'ର ଛାତି ତଳଟା ଧକ୍‌ଧକ୍ କଲା ଓ ଭୟରେ କାକୁସ୍ଥ ପ୍ରଦ୍ୟୁମ୍ନ ଆଖି ବନ୍ଦ କରି ଓଁ ପ୍ରକାଶ ପଛରେ ଧାଉଁ ଧାଉଁ ଚିତ୍କାର କରି ଉଠିଲା: ହେଲ୍‌ପ। ହେଲ୍‌ପ।

ପ୍ରଦ୍ୟୁମ୍ନ ଆଉ ଦି'ପାଦ ଆଗେଇଚିକି ନାଇଁ, କିଏ ଜଣେ ତା'ର କଲାରୁ ଧରି ପକେଇଲା ଓ ଗଳା ପାଖରେ ତା'ର ସାର୍ଟଟା ଚିପି ହେଇଗଲା ଭଳି ଅଣନିଃଶ୍ୱାସୀ ଲାଗିଲା। ତା'କୁ ଅଧା ଶୁଆଇ ଦେଇଥିବା ଲୋକଟାର ମୁହଁକୁ ଅନେଇଲା ପ୍ରଦ୍ୟୁମ୍ନ। ଏଇ ଲୋକଟା ତ ହଲେଜ୍ ଟ୍ରାମର୍‌ରେ କାମ କରେ ତା'ର ମନେ ପଡ଼ିଗଲା। ଲୋକଟି ତା' ଉପରେ ମାଡ଼ି ବସି କହିଲା : ଭାରି ୟୁନିଅନ୍ କରୁଚୁ, ନୁହଁ? ରହ ତୋର ୟୁନିଅନ୍ କରିବା ସଉକ ଛଡ଼େଇ ଦେଉଚି। ପୁଣି ଘୁଷି ମାରିଲା ପ୍ରଦ୍ୟୁମ୍ନର ମୁହଁକୁ ଓ ପ୍ରଦ୍ୟୁମ୍ନକୁ ଅନ୍ଧାର ଦେଖାଗଲା। ତା'ର ମୁହଁ, ନାକ ପାଟିରେ ଅସହ୍ୟ ଯନ୍ତ୍ରଣା ହେଲା ଓ ଯେମିତି ନିଆଁଲାଗି ଯାଇଚି ମୁହଁସାରା। ସେ ନିଃସହାୟ। ସେ ଅନୁମାନ କରିନେଲା ନିଶ୍ଚେ ରକ୍ତ ବାହାରି ଯାଇଥିବ।

ଆଉ ଜଣେ ଲୋକ, ଯିଏ ଏ ଲୋକଟି ସାଙ୍ଗରେ ଧାଇଁ ଯାଉଥିଲା, ଫେରିଆସି ଏ ଲୋକଟିକୁ ହଲେଇ ଦେଇ କହିଲା: ଇଏ ଅସଲ ନୁହଁ। ଓଁ ପ୍ରକାଶକୁ ଧରିବାକୁ ପଡ଼ିବ। ୟାକୁ ଛାଡ଼ି ମୋ ପଛରେ ଆ।

ପ୍ରଦ୍ୟୁମ୍ନକୁ ମାଡ଼ି ବସିଥିବା ଲୋକଟିକୁ ଅପ୍ରସ୍ତୁତ ଅବସ୍ଥାରେ ଥିବା ଦେଖି ପ୍ରଦ୍ୟୁମ୍ନ ତା'କୁ ଠେଲି ପକେଇ ଦେଲା ଓ ପ୍ରାଣ ବିକଳରେ ଧାଇଁ ଗଲା ରାସ୍ତା ଦି'ପଟରେ ଥିବା କ୍ୱାର୍ଟର ଲାଇନ୍‌ଗୁଡ଼ାକୁ। ଏସବୁ ଲେବର୍ କ୍ୱାର୍ଟର ଓ କିଛିକ୍ଷଣ ପୂର୍ବରୁ ଏଇଠି ଗହଳ ଚହଳ ଥିଲା, ପିଲା ଖେଳୁଥିଲେ ଏଠି, ଦଉଡ଼ି ଖଟିଆ ପକେଇ ଲୋବର୍‌ମାନେ ଗପସପ କରୁଥିଲେ। କିନ୍ତୁ ଏବେ ସବୁ କବାଟ ବନ୍ଦ। ଖେଳୁଥିବା ପିଲାମାନେ, ଗପ କରୁଥିବା ଲୋକମାନେ ସମସ୍ତେ କିଏ କୁଆଡ଼େ ଚାଲି ଯାଇଚନ୍ତି।

ପ୍ରଦ୍ୟୁମ୍ନ ଦେଖିଲା, ସେଇ ଆତତାୟୀଟି ପୁଣିଥରେ ତା'ଆଡ଼କୁ ଧାଇଁ ଆସୁଚି ଓ ଆଉ ଜଣେ ଲୋକ ଓଁପ୍ରକାଶ ଯେଉଁଆଡ଼େ ଧାଇଁ ପଳେଇଥିଲା, ସେଆଡ଼େ ଧାଉଁଛି। ପ୍ରଦ୍ୟୁମ୍ନ ଏଥର ବିକଳରେ ଗୋଟେ ବନ୍ଧ କବାଟ ବାଡେଇଲା- କବାଟ ଖୋଲ, କବାଟ ଖୋଲ- ସେମାନେ ମୋତେ ମାରି ଦେବେ।

ଭିତରପଟୁ କବାଟ ଖୋଲିଲାନି। ଆତତାୟୀଟି ପାଖେଇ ଆସୁଥିଲା। ପ୍ରଦ୍ୟୁମ୍ନ ପାଖରେ ଅପେକ୍ଷା କରିବାର ସମୟ ନାଇଁ। ସେ ଆଉ ଗୋଟେ କ୍ୱାଟରର କବାଟ ବାଡ଼େଇଲା, କିନ୍ତୁ ସେ କବାଟ ବି ଖୋଲିଲାନି। ପ୍ରଦ୍ୟୁମ୍ନର ନଜରରେ ପଡ଼ିଗଲା, ଦୂରର ଗୋଟେ କ୍ୱାର୍ଟରର କବାଟ ଅଳ୍ପ ମେଲାଅଛି। ପ୍ରଦ୍ୟୁମ୍ନ ଖୁବ୍ ଜୋର୍‌ରେ ସେ କବାଟ ଆଡ଼କୁ ଆଗେଇ ଯାଇଥିଲା, କିନ୍ତୁ ସେଠି ପହଞ୍ଚିବା ପୂର୍ବରୁ ବି ସେ କବାଟଟା ଧଡ୍‌କିନା ବନ୍ଦ ହେଇଗଲା।

ପ୍ରଦ୍ୟୁମ୍ନ ଦେଖିଲା, ପଛରେ ଧାଇଁଥିବା ଲୋକଟି କେଉଁଠି ଗୋଟେ ବଡ଼ ଠେଙ୍ଗାଟେ ଯୋଗାଡ଼ କରି ନେଇଚି ଓ ଖୁବ୍ କ୍ଷୀପ୍ରଗତିରେ ଆଗେଇ ଆସୁଚି। ପ୍ରଦ୍ୟୁମ୍ନ ଆଉ କୌଣସି କବାଟ ବାଡ଼େଇବାର ଯଥାର୍ଥତା ନାହିଁ ବୋଲି ଅନୁଭବ କରି ପାରିଥିଲା। ସେ ତା' ଜୀବନରେ ଏମିତି ସନ୍ତ୍ରାସର ସାମ୍ନାସାମ୍ନି କରି ପାରିନଥିଲା ଓ ଏଇ ମୁହୂର୍ତ୍ତରେ ସେଇ ଆତତାୟୀ କବଳରୁ ଖସି ପଳେଇବା ଛଡ଼ା ଅନ୍ୟ କୌଣସି କଥା ଭାବୁ ନଥିଲା।

ପ୍ରଦ୍ୟୁମ୍ନ କେବେ ଗେମ୍‌ରେ ଭାଗ ନେଇ ନଥିଲା। ପୁରୀର ଜେଗା ଘରେ ମେମ୍ବର ହେଇନଥିଲା। ଥରେ ଛୋଟ ବେଳେ ଫୁଟ୍‌ବଲ୍ ଖେଳିବାକୁ ଯାଇ ତା'ର ଛାତି ବ୍ୟଥା ହେଇଥିଲା ଯେ, ସେଦିନଠୁ ଏମିତି ଦୌଡ଼ା ଦୌଡ଼ି ଖେଳ ବି ବନ୍ଦ ହେଇଯାଇଥିଲା ତା'ପାଇଁ। ତା'ର ପତଳା ହାଡୁଆ ଦେହ ସହ କେହି କେବେ ବି ମାରପିଟର କଳ୍ପନା କରି ପାରୁନଥିଲେ। ପ୍ରଦ୍ୟୁମ୍ନ କ'ଣ ଭାବିଥିଲା କେବେ, ଏମିତି ଗୋଟେ ଧସ୍ତାଧସ୍ତି ମାରପିଟି ଘଟଣା ସହ ସେ ସମ୍ପୃକ୍ତ ହେଇ ମାଡ ଖାଇ ବସିବ। ମୁହଁ ସାରା ବୋହି ଆସୁଥିବା ରକ୍ତକୁ ସେ ହାତରେ ପୋଛି ଆଣିଲା ଏବଂ ତାକୁ କୌଣସି କଷ୍ଟ ହିଁ ଜଣାଗଲାନି ସେତେବେଳେ। ସେ ଏତେ ଡରି ଯାଇଥିଲା ଯେ, ଆଉ ରାସ୍ତାକଡ଼ର ଲୋକବାକ, ଦୋକାନ, ଗାଡ଼ି ମଟର କଥା ଚିନ୍ତା ନ କରି ଧାଇଁଗଲା, ଧାଇଁଗଲା। ଧାଇଁଗଲା ଓ ତା'ର ହୋସ୍ ଆସିବା ବେଳେ ସେ ନିଜକୁ ଅଗଣି କକେଇଙ୍କ ଘର ଭିତରେ ପାଇଲା। ତାକୁ ଘେରିକି ବସିଥିଲେ ରୁନୁ, ଝୁନୁ, ପିଟର, ଅଗଣି କକେଇ ଓ ଖୁଡ଼ୀ।

ଖୁଡ଼ୀ ତା' ମୁହଁରୁ ରକ୍ତ ପୋଛି ଦେଉଥିଲେ ଏବଂ ସକେଇ ସକେଇ କାନ୍ଦୁଥିଲେ। ଅଗଣି କକେଇ ତାକୁ ବିଞ୍ଚୁଥିଲେ ଓ ପଚାରୁଥିଲେ କ'ଣ ହେଲା ବୋଲି। ପିଟର ଓ ରୁନୁ ଝୁନୁ ଦିହେଁ ଫୁସ୍‌ଫାସ୍ କରି କଥା ହେଉଥିଲେ। ସେମାନଙ୍କ କଥାବାର୍ତ୍ତାରୁ ୟୁନିଅନ୍, ଧ୍ରୁବ ଖଟୁଆ, ରାମଚନ୍ଦ୍ର ମଲ୍ଲିକ ଏମିତି କେତେଗୁଡ଼େ ନାଁ ପ୍ରଦ୍ୟୁମ୍ନର କାନରେ ବାଜିଲା। ପ୍ରଦ୍ୟୁମ୍ନର ହଠାତ୍ ମନେ ପଡ଼ିଲା, ତାକୁ ବାଡ଼େଇଥିବା ଲୋକଟିର ନାଁ ରାମଚନ୍ଦ୍ର ମଲ୍ଲିକ। ସିଏ ହଲେଜ୍ ଟ୍ରାମ୍‌ରେ କାମ କରେ ଓ ଧ୍ରୁବ ଖଟୁଆର ୟୁନିଅନ୍ ଅଫିସରେ ତାକୁ ଅନେକଥର ବସାଉଠା କରିବାର ଦେଖିଚି ପ୍ରଦ୍ୟୁମ୍ନ।

ପ୍ରଦ୍ୟୁମ୍ନ ଅନୁଭବ କରିପାରିଲା, ତା' ନାକ ପାଖରେ ଭାରି ଯନ୍ତ୍ରଣା ଦେଉଚି। ମୁଣ୍ଡ ବୁଲେଇ ଦେଉଚି। ପେଟ ଗୋଳେଇ ଘାଣ୍ଟି ହେଉଚି ଯେମିତି ବାନ୍ତିଟେ ହେଇଗଲେ ଶାନ୍ତି ଲାଗିବ। ସେ ଅନେଇ ରହି ପାରିଲାନି ପୁଣିଥରେ ଆଖି ବନ୍ଦ କଲା।

ପ୍ରଦ୍ୟୁମ୍ନର ହୋସ ଆସିଲା ବେଳକୁ ରାତି ହେଇଯାଇଚି। ପାଖରେ ଝୁନୁ ବସି ତା'ର ମୁଣ୍ଡ ଆଉଁଷି ଦେଉଚି। ଧଡ଼ପଡେଇକି ଉଠି ବସିଲା ପ୍ରଦ୍ୟୁମ୍ନ। ବଢ଼ିଲା ଝିଅଟା ଏତେ ଲାଗିକି ବସିଚି ପ୍ରଦ୍ୟୁମ୍ନର, ପୁଣି ଗଲା ଅଇଲା ଲୋକଙ୍କ ଆଖି ସାମ୍ନାରେ- ପ୍ରଦ୍ୟୁମ୍ନକୁ ଆଦୌ ଭଲ ଲାଗିଲାନି। ଏ ଧରଣର ନିର୍ଲଜ୍ଜତା ପ୍ରଦ୍ୟୁମ୍ନର ସହ୍ୟ ହୁଏନା। ଅଥଚ ଅଗଣି କକେଇଙ୍କ ଘରେ ଝିଅମାନଙ୍କର ଏମିତି ଦେହକୁ ଲାଗି ବସିବା କିମ୍ବା ଗେହ୍ଲେଇ ହେବା କିମ୍ବା ଅଳ୍ପ ଚିହ୍ନା କି

ଅଚିହ୍ନା ପୁଅମାନଙ୍କ ସାଙ୍ଗରେ ଅନ୍ତରଙ୍ଗ ଭାବରେ ଗପିବାଟା ସ୍ୱାଭାବିକ କଥା । ଏସବୁକୁ ସ୍ମାର୍ଟନେସ୍ ବୋଲି ଭାବେନା କେବେ ପ୍ରଦ୍ୟୁମ୍ନ ।

ତା'ର ନାକ ଓ ଓଠର ଉପର ଅଂଶଟା ପୋଡୁଥିଲା । ଦେହଟା ଜ୍ୱର ଜ୍ୱର ଲାଗୁଥିଲା । ମୁଣ୍ଡଟା ଓଜନିଆ ହେଇଯାଇଚି । ବୁଝି ପାରିଲା, ମୁହଁରେ ବ୍ୟାଣ୍ଡେଜ୍ ହେଇଚି । ଶୁଣିଲା, ଅଗଣି କକେଇ ଥାନା ପୁଲିସ୍ ଡରରେ ବାହାରୁ ପ୍ରାଇଭେଟ୍ ଡାକ୍ତର ଡକେଇଥିଲେ, ତିନିଟା ଷ୍ଟିଚ ପଡ଼ିଚି ନାକ ତଳେ । ବାହାରର ଡାକ୍ତର କୁଆଡ଼େ ତିରିଶି ଟଙ୍କା ଫିସ୍ ନେଲା । ଔଷଧ ଲେଖିଦେଲା ପଚସ୍ତରି ଟଙ୍କାର ।

ଶୁଣିଲା, ଏଇ ମାଡପିଟରେ ଓଁ ପ୍ରକାଶର ଗୋଡ଼ ଭାଙ୍ଗିଯାଇଚି । ଅଗଣି କକେଇ ଖବର ପାଇଲା ମାତ୍ରେ ଯିବାକୁ ବାହାରିଥିଲେ । ପ୍ରଥମେ ଖୁଡ଼ୀ ଓ ପରେ ରୁନୁ ଝୁନୁ ଯାଇ କବାଟ ପାଖରେ ଆଗୁଳେଇ ହେଲା ଠିଆହେଇଥିଲେ ତାଙ୍କୁ ଯିବାକୁ ଦେବନି ବୋଲି । ୟୁନିଅନ୍‌ର ମାରପିଟ ଘଟଣା କିଏ ଜାଣେ, ଧ୍ରୁବ ଖଟୁଆ ଦଳ ଯଦି ଛକି ବସିଥିବେ ଓ ତାଙ୍କ ଉପରେ ଆକ୍ରମଣ କରି ବସିବେ ?

ଅଗଣି କକେଇ କିଛି ଗାଳି ଦେଇ, ଧମକେଇ, ଏମିତିକି କବାଟ ସାମ୍ନାରୁ ମା'ଝିଅ ତିନିହେଁଙ୍କୁ ଠେଲି ଦେଇ ବାହାରି ଯାଇଛନ୍ତି ଯେ, ଏଯାଏଁ ଫେରି ନାହାନ୍ତି । ଖୁଡ଼ୀ ସେତେବେଳୁ ମୁହଁମାଡି ବିଛଣାରେ ଶୋଇ ସକେଇ ସକେଇ କାନ୍ଦୁଛନ୍ତି ଯେ କାନ୍ଦୁଛନ୍ତି । ତାଙ୍କ ସାମ୍ନାରେ ନିଜକୁ ଅପରାଧି ଅପରାଧି ମନେ ହେଲା ପ୍ରଦ୍ୟୁମ୍ନର । ଯେମିତି ତା'ପାଇଁ ହିଁ ଅଗଣି କକେଇଙ୍କ ଘରେ ଅଶାନ୍ତି ।

ଆଶ୍ଚର୍ଯ୍ୟ ଲାଗିଲା ପ୍ରଦ୍ୟୁମ୍ନକୁ, ଅଗଣି କକେଇଙ୍କ କଥା ଭାବିକି । ଥାନା ପୁଲିସ୍ ଘେର ଭିତରେ ପଶିବେନି ବୋଲି ପ୍ରଦ୍ୟୁମ୍ନ ପାଇଁ ପ୍ରାଇଭେଟ ଡାକ୍ତର ଡାକିଲେ । ଅଥଚ ଓଁ ପ୍ରକାଶର ଗୋଡ଼ ଭାଙ୍ଗିଯାଇଚି ଶୁଣି ନିଜେ ହିଁ ବାହାରିଗଲେ । ପ୍ରଦ୍ୟୁମ୍ନ ଜାଣେ, ଅଗଣି କକେଇ ନିଜେ ହରିଶଙ୍କର ବାବୁଙ୍କ ସାଙ୍ଗରେ ଧରି ଥାନାକୁ ଯିବେ ଓ ରିପୋର୍ଟ ଲେଖେଇବେ ।

ଅଗଣି କକେଇ ନିଶ୍ଚେ ଭୀରୁ ନୁହନ୍ତି, ନ ହେଲେ ସେ ଏଇ ମାର୍‌ପିଟ୍ ବେଳେ ଏମିତି ବାହାରକୁ ଯାଇ ନଥାନ୍ତେ । ତେବେ ସେ ପ୍ରଦ୍ୟୁମ୍ନକୁ ପୋଲିସ୍‌ରୁ କାହିଁକି ଦୂରେଇ ରଖିବାକୁ ଚାହୁଁଛନ୍ତି ? ଧୂର୍ତ୍ତାମି ? ପ୍ରଦ୍ୟୁମ୍ନ ଯେତେଦୂର ଜାଣେ ତାଙ୍କୁ, ସେ ଚାଲାକ୍ ହେଇପାରନ୍ତି, ଧୂର୍ତ୍ତ, ନୁହନ୍ତି ନିଶ୍ଚେ । ତେବେ ?

ପ୍ରଦ୍ୟୁମ୍ନ ଆଦୌ ବୁଝି ପାରିଲାନି ଅଗଣି କକେଇଙ୍କ ଚରିତ୍ରଟିକୁ । ପ୍ରଦ୍ୟୁମ୍ନ କ'ଣ ବୁଝିପାରିଚି କାହାରି ଚରିତ୍ର ? ନିଜର ଚରିତ୍ରଟିକୁ କ'ଣ ଠିକ୍ ଭାବରେ ଚିହ୍ନି ପାରିଚି ସିଏ ? ଏମିତି ଚିହ୍ନିବା କ'ଣ କେବେ ସମ୍ଭବ ହୁଏ ? କେହି କାହାକୁ ଚିହ୍ନିପାରେ କେବେ ? ଅନେକ ଦେଖିଲା ପରେ ବି ଏମିତିକି ଆଜନ୍ମ ନିଜକୁ ଦେଖି ଆସୁଥିଲା ପରେ ବି ତ ହଠାତ୍ କେତେବେଳେ କେମିତି ନିଜର ଅନ୍ୟ କୌଣସି ଚେହେରାଟି ଅନ୍ଧାରରେ ଲୁଚି ରହିଥିବାର ମନେହୁଏ । କେବେ କେମିତି ସାକ୍ଷାତ ହେଇଯାଏ ତା' ସାଙ୍ଗରେ ।

ପ୍ରଦ୍ୟୁମ୍ନ ରୁଟି ଖାଇବାକୁ ଗଲାବେଳେ ପାଟି ଖୋଲି ପାରିଲାନି। ଚୋବେଇବାକୁ ବି କଷ୍ଟ ହେଲା। ଝୁନୁ ଆସି ଦୁଧରେ ଗୋଳେଇ ଦେଇଗଲା ରୁଟିତକ। ଖୋଇ ଦେବାକୁ ଯାଉଥିଲା, ପ୍ରଦ୍ୟୁମ୍ନ ଧମକେଇ ଦେବାରୁ ପଳେଇଗଲା। ପ୍ରଦ୍ୟୁମ୍ନ ଔଷଧ ଖାଇସାରି ବାହାର ପଟ ଘରକୁ ଆସି ଦେଖିଲା, ତା' ପାଇଁ ବିଛଣା କରାହେଇଯାଇଚି। ରୁନୁତ ତା' ପାଖ ବି ମାଡ଼େନି ଲାଜରେ। ଏସବୁ ଝୁନୁର କାମ ହେଇଥିବ ନିଶ୍ଚେ। ଖୁଡ଼ୀ ଏଯାଏଁ ମୁହଁମାଡ଼ି ଶୋଇଚନ୍ତି ବିଛଣାରେ ଓ କାନ୍ଦୁଚନ୍ତି। କାଳେ ପ୍ରଦ୍ୟୁମ୍ନକୁ ଗାଳି ଦେବେ, ତା' ପାଇଁ ହିଁ ସବୁ ଅଶାନ୍ତି ବୋଲି। ଡରିକି ପ୍ରଦ୍ୟୁମ୍ନ ଚୁପଚାପ ଶୋଇ ରହିଲା। ନିଦ ଆସିଲାନି, ତଥାପି ଶୋଇ ରହିଲା। ରୁନୁ ଝୁନୁ ଗପ କରି କରି ଖାଇଲେ। ସେ ଚେଇଁ ଚେଇଁ ଶୋଇ ରହି ସବୁ ଶୁଣିଲା। ସେମାନେ ଖୁଡ଼ୀକୁ ଡାକିଲେ। ଖୁଡ଼ୀ ବିଛଣା ଛାଡ଼ି ଉଠିଲେନି ସେ ଶୋଇ ରହି ଶୁଣିଲା। ରୁନୁ ଝୁନୁ ବାସନ ଉଠେଇଲେ, ବାସନ ଧୋଇଲେ, ଅଗଣାର ସବୁ ଜିନିଷପତ୍ର ଆଣିଲେ, କବାଟ ବନ୍ଦ କଲେ, ସେ ଶୋଇ ଶୋଇ ସବୁ ଶୁଣୁଥିଲା, ଦେଖୁଥିଲା, ଅଥଚ ଅଗଣି କକେଇ ଫେରିଲେନି। କୋଲିୟାରୀର ଥାନା ଘଣ୍ଟାରେ ରାତି ଏଗାରଟା ବାଜିଲା, କକେଇ ଫେରିଲେନି ଓ ଖୁଡ଼ୀ ସେମିତି ଶୋଇ ରହିଥିଲେ ତାଙ୍କ ବିଛଣାରେ, କାନ୍ଦୁଥିଲେ ଅଥଚ ଉଠୁ ନଥିଲେ ବି। ସେ ଶୋଇ ରହିଥିଲା ଓ ସବୁ ବୁଝି ପାରୁଥିଲା।

ତା'ର ନିଦ ଲାଗି ଆସୁଥିଲା ଓ ହଠାତ୍ କବାଟ ଖଡ଼ଖଡ଼ ଶବ୍ଦରେ ନିଦ ଭାଙ୍ଗିଗଲା। ଖୁଡ଼ୀ ଧାଇଁ ଆସି କବାଟ ଖୋଲିଲେ। ଅଗଣି କକେଇ ଘର ଭିତରକୁ ପଶି ଆସିଲେ। ଭକ୍‌କିନା ମଦ ଗନ୍ଧ ଖେଳିଗଲା ଘର ଭିତରେ। ନାକରେ ଲୁଗା ଚାପିଲେ ଖୁଡ଼ୀ। ଅଗଣି କକେଇ କିନ୍ତୁ ଅସଙ୍ଗତ ଭାବରେ କିଛି କହିଲେନି। ଚୁପ୍‌ଚାପ୍ ଅଗଣାକୁ ଚାଲିଯାଇ କହିଲେ; ମୁଁ ଖାଇବିନି କିଛି, ଏଇ ଅଗଣାରେ ମୋ ପାଇଁ ବିଛଣା ପାରିଦେ'।

ପ୍ରଦ୍ୟୁମ୍ନକୁ ଭାରି କଷ୍ଟ ହେଲା। ତା'ର ଗାଁ କଥା, ଘର କଥା ମନେ ପଡ଼ିଲା। ତାଙ୍କ ବଂଶରେ କେହି ଏଯାଏଁ ମଦ ଛୁଇଁ ନାହାନ୍ତି। ଅଗଣି କକେଇ ଗୋଟେ ମଦୁଆ ଜାଣିଲେ ନନା ହୁଏତ ପ୍ରଦ୍ୟୁମ୍ନକୁ କହିବେ ତାଙ୍କ ଘର ଛାଡ଼ି ଦେଇ ଅନ୍ୟଠି ରହିବାକୁ। ନ ହେଲେ କୋଲିୟାରୀର ଚାକିରି ଛାଡ଼ି ଦେବାକୁ ବି ଜିଦ୍ ଧରିପାରନ୍ତି। ପ୍ରଦ୍ୟୁମ୍ନର ଦୁଃଖ ହେଲା, ସେ ବି ଦିନେ ଅଗଣି କକେଇ ଭଳି ହେଇଯିବ ଭାବିକି ? ତେବେ ସେ କ'ଣ ଆଉ କିଛି ହେବାକୁ ଚାହିଁଥିଲା ? ଆଉ କା' ଭଳି ?

ଭାବୁ ଭାବୁ ଶୋଇପଡ଼ିଥିଲା ପ୍ରଦ୍ୟୁମ୍ନ। ରାତି ଅଧରେ, ପ୍ରଦ୍ୟୁମ୍ନ ଅନୁଭବ କଲା ତା' ବିଛଣାକୁ କିଏ ଜଣେ ଆସିଚି, ଅଗଣି କକେଇଙ୍କ ଏଇ ଛୋଟିଆ ଦି'ବଖରିଆ ଘରେ, ବେଡ ରୁମ୍‌ରେ ପଟାଖଟ ଉପରେ ଖୁଡ଼ୀ ଓ ତାଙ୍କ ପୁଅ ଶୋଇଛନ୍ତି। ଚଟାଣରେ କାନ୍ଥ ପଟକୁ ଲାଗି ରୁନୁ ଝୁନୁ ଦି'ଭଉଣୀ ଶୋଇଚନ୍ତି। ବେଡ୍‌ରୁମ୍ ଓ ଡ୍ରଇଂରୁମ୍ ଭିତରେ ଥିବା ଦୁଆରରେ କବାଟ ନାହିଁ। ଡ୍ରଇଂରୁମ୍‌ରେ ଦଉଡ଼ି ଖଟିଆରେ ପ୍ରଦ୍ୟୁମ୍ନ ଶୁଏ।

କିଏ ପାଖରେ ଶୋଇଚି ତେବେ ତା'ର ? ମିନାକ୍ଷୀ ? ଚମକି ପଡିଲା ପ୍ରଦ୍ୟୁମ୍ନ । ନିଦ ଭାଙ୍ଗିଗଲା । ନା, ମିନାକ୍ଷୀ ନୁହଁ । ତେବେ ରୁନୁ କି । ରୁନୁ ସାଙ୍ଗରେ ଅଗଣି କକେଇ ବାହାଘର ସ୍ୱପ୍ନ ଦେଖୁଚନ୍ତି । ପ୍ରଦ୍ୟୁମ୍ନ ସାଙ୍ଗରେ ନା ସମାରୁ ଖଡ଼ିଆ ସାଙ୍ଗରେ ? ରୁନୁ ଅବଶ୍ୟ ଭାରି ଲାଜକୁଳୀ । ଏଯାଏଁ ପ୍ରଦ୍ୟୁମ୍ନ ସାଙ୍ଗରେ କଥା କହିନି । ତାକୁ ଦେଖିଲେ ପଳେଇଯାଏ । ସେ ଆସିକି ବିଛଣାରେ ଶୋଇଚି ଅଶ୍ଳୀଳ ଆଶାରେ ? ଦରାଣ୍ଡି ଦେଖିଲା ପ୍ରଦ୍ୟୁମ୍ନ ।ନା, ରୁନୁ ନୁହଁ ।

: ଝୁନୁ, ତମେ ?

: ମୁଁ ତମକୁ ଭଲପାଏ, ପ୍ରଦ୍ୟୁମ୍ନ ଭାଇନା ।

: ଏସବୁ ଭଲ ନୁହଁ, ଝୁନୁ ?

: କାହିଁକି ଭଲ ନୁହଁ ?

: ଏସବୁ ପାପ ।

: କାହିଁକି ପାପ ?

: ଅଗଣି କକେଇ ଖୁଡ଼ି ଜାଣିଲେ ରାଗିବେ,

: ରାଗନ୍ତୁ, ସେମାନଙ୍କ ଗୁଣ ମୋତେ ବି ଜଣାଅଛି । ସେମାନେ ମୋ ଉପରେ ରାଗି ପାରିବେନି ।

: କ'ଣ ଜାଣ, ସେମାନଙ୍କ ଗୁଣ ?

: କିଛି ନୁହଁ ।

: କହନା କ'ଣ ଜାଣ ?

: ନନାଙ୍କର ଗୋଟେ ଛତିଶିଗଡି ରକ୍ଷିତା ଅଛି ଆଉ...।

: ଆଉ ?

: ତମେ କାହାରିକୁ କହିବନି ତ ? ଝୁନୁ ଘନିଷ୍ଠ ହେଇ ଆସିଲା ପ୍ରଦ୍ୟୁମ୍ନ ଆଡ଼କୁ । ତା'ର ଡେଣା ଉପେର ମୁଣ୍ଡରଖିଲା, ପ୍ରଦ୍ୟୁମ୍ନର କାନ ପାଖରେ ଗରମ ନିଃଶ୍ୱାସ ଝୁନୁର: ସୋନୁଟା ନନାଙ୍କ ପୁଅ ନୁହଁ ।

: କେମିତି ଜାଣିଲୁ ?

: ଜାଣେ । ନନା ଓ ବୋଉଙ୍କ ଭିତରେ ଆଗେ ବହୁତ ଝଗଡ଼ା ହେଉଥିଲା ସେଥିପାଇଁ । କୋଲିୟାରୀରେ ଅନେକ ଜାଣିଛନ୍ତି ।

ସ୍ତବ୍ଧ ହେଇଗଲା ପ୍ରଦ୍ୟୁମ୍ନ । ତା'ର ଦେହ ଶୀତେଇ ଉଠିଲା ଘୃଣ୍ୟ ଅଶ୍ଳୀଳତାରେ । କି ବିଭତ୍ସ ପରିବେଶ ଏ । ଝୁନୁ କହିଲା: ତମକୁ କେହି ଭଲ ପା'ନ୍ତି ନି ଭାଇନା, ଖାଲି ମୋ ଛଡ଼ା କେହି ଭଲ ପାଆନ୍ତିନି । ତମକୁ ବୋଉ ନନା' ଯୋଉ ଆପଣାର କରୁଛନ୍ତି, ସେସବୁ ରୁନୁ ସାଙ୍ଗରେ ତମକୁ ବାହା ଦେବେ ବୋଲି । ନ ହେଲେ ପହିଲି କରି ତମେ ଯେତେବେଳେ ଆସିଥିଲ ବୋଉ ଗରଗର ହେଉଥିଲ, ଦେଖିନ ?

ପାଖରେ ଝୁନୁ ଶୋଇଚି। ତାର ହାତ ବୁଲି ଯାଉଚି ପ୍ରଦ୍ୟୁମ୍ନର ଅଜାଗା ସବୁରେ। ଅଥଚ ପ୍ରଦ୍ୟୁମ୍ନ ଥଣ୍ଡା ମାରି ଯାଉଚି। ଗଳାରୁ କଥା ବାହାରୁନି। ଝୁନୁ ପୁଣି କହିଲା: ରୁନୁଟା ପିଟରକୁ ଭଲପାଏ। ତା' ସାଙ୍ଗରେ ଦି'ତିନିଥର ଶୋଇଚି। ଥରେ ମୁଁ ଦେଖି ପକେଇଥିଲି। ତା' ଗୁଣ ବି ଜଣା ଅଛି। ତେବେ, ପ୍ରଦ୍ୟୁମ୍ନ ଭାଇନା ତମେ ରୁନୁକୁ ବାହା ହେଇପାର। ମୋର କିଛି ଆପତ୍ତି ନାହିଁ। ରୁନୁ ପିଟରକୁ ବାହାହେଇ ପାରିବିନି। ନନା ରାଜି ହେବେନି ଖ୍ରୀଷ୍ଟିୟାନ୍ ଜୋଇଁ କରିବାକୁ। ତମେ ରୁନୁକୁ ବାହା ହୁଅ। ସେ ବି ଅରାଜି ହେବନି। ତେବେ, ମୁଁ ତମକୁ ଭଲପାଏ, ସବୁଦିନ ଭଲ ପାଉଥିବି। ଆଉ କୋଉଠି ବାହା ହେଲେ ବି ତମକୁ ଭଲ ପାଉଥିବି।

ନିଃଶ୍ୱାସ ବନ୍ଦ ହେଇ ଯିବକି ପ୍ରଦ୍ୟୁମ୍ନର। ଝୁନୁ ସକ୍ରିୟ ହେଇ ଉଠିଚି। ଅଗଣି କକେଇ ଉଠି ଯିବେକି ଏଇ ଧସ୍ତା ଧସ୍ତି ଶବ୍ଦରେ? ଝୁନୁ ମାଡ଼ି ଆସୁଚି ପ୍ରଦ୍ୟୁମ୍ନ ଉପରକୁ। ତମେ କ'ଣ ପ୍ରଦ୍ୟୁମ୍ନ ଭାଇନା ପୁରୁଷ ନୁହଁ? ପ୍ରଦ୍ୟୁମ୍ନକୁ ବାନ୍ତି ଲାଗୁଛି? ମୁଣ୍ଡ ବୁଲଉଚି କି? ତମେ କ'ଣ ଆଦୌ ମରଦ ନୁହଁ ପ୍ରଦ୍ୟୁମ୍ନ? ଝୁନୁ ଉତ୍ତେଜିତ ହେଇ ଥରୁଚି। କ୍ରମଶଃ ପ୍ରଦ୍ୟୁମ୍ନର ରକ୍ତ ତାତି ଉଠୁଚି। ଅଗଣି କକେଇ, ଖୁଡ଼ୀ, ନନା, ବୋଉ ସମସ୍ତେ ତା' ସାମ୍ନାରୁ ଦୁରେଇ ଯାଉଚନ୍ତି। ଖାଲି ବିଛଣାରେ ଝୁନୁର ଅସ୍ତିତ୍ୱ ହିଁ ବଢ଼ିଯାଉଚି। କ'ଣ କହିବ ପ୍ରଦ୍ୟୁମ୍ନ? କେମିତି ଅଟକେଇ ରଖିବ ଏ ପାପର ବନ୍ୟାକୁ? କେମିତି? ମିନାକ୍ଷୀ, ତମେ କେଉଁଠି ଅଛ ମିନାକ୍ଷୀ? ଆସ, ଦେଖିଯାଅ ମୋର ପାଦ କେମିତି ଖସି ଯାଉଛି।

ଆଶ୍ଚର୍ଯ୍ୟ! ଏଇ ସମୟରେ ପ୍ରଦ୍ୟୁମ୍ନର ଖାଲି ମିନାକ୍ଷୀ କଥା ମନେ ପଡ଼ିବାକୁ ଥିଲା?

ଦଶମ ପରିଚ୍ଛେଦ

ହରିଶଙ୍କରଙ୍କୁ ଥାନା ଭିତରକୁ ନେଇଗଲା କନେଷ୍ଟବଲଟି। ଏ.ଏସ୍.ଆଇଙ୍କ ଅଫିସ୍‌ଘର ଭିତରେ ତାଙ୍କ ଟେବୁଲ ସାମ୍ନାରେ ଗୋଟେ ଚେୟାରରେ ବସେଇ ଦେଇଗଲା। ଏ.ଏସ୍.ଆଇଙ୍କ ଚେୟାର ଫାଙ୍କା। ଗୋଟିଏ ଧଳା ଟାର୍କିଶ୍ ଟାୱ୍ଵଲଟା ପଡ଼ିଛି ସେଠି। ଟେବୁଲ୍‌ରେ କିଛି ମାଟିଆ କାଗଜ ପତ୍ର। ଗୋଟେ ରୁଲ୍ ବାଡି। ଗୋଟେ ପେପର ୱେଟ। ଗୋଟେ ଫୋନ୍। କାନ୍ଥରେ ଗୋଟେ ଘଣ୍ଟା ଟଙ୍ଗା ହେଇଚି। ତା'ଛଡ଼ା ଯେମିତି ଯାହା ଥିବା କଥା; ରାଷ୍ଟ୍ର ନେତାମାନଙ୍କ ଫଟୋ, ସରକାରୀ କ୍ୟାଲେଣ୍ଡର ପାଖରେ ହାଜତ। ତାଲା ଖୋଲା। ଭିତରେ କେହି ନାହାନ୍ତି। ଗୋଟେ ମୂଷା ଧାଇଁ ଗଲା ଚଟାଣ ଉପରେ। କନେଷ୍ଟବଲ କହିଲା ବସିଥା'ନ୍ତୁ। ବାବୁ ଶୋଇଚନ୍ତି। ଉଠିଲେ ତାଙ୍କୁ ଖବର ଦେବି।

ଏଇ କନେଷ୍ଟବଲଟି ଏଠି ନୂଆ ଆସିଚି। ପୋଲିସ୍ ଡିପାର୍ଟମେଣ୍ଟରେ ହମେଶା ବଦଳି ହେଉଥାଏ। କିଛି ବର୍ଷ ପୂର୍ବେ ଯଦି କନେଷ୍ଟବଲ୍‌ଟି ଏଠି ଚାକିରି କରୁଥା'ନ୍ତା- ଯେତେବେଳେ ଧ୍ରୁବ ଖଟୁଆର ଉତ୍ପତ୍ତି ହେଇନି, ଯେତେବେଳେ ହେମବାବୁଙ୍କୁ ଏକମାତ୍ର ପ୍ରତିନିଧି ହରିଶଙ୍କର, ସେଇ ସମୟରେ କୌଣସି ଥାନାବାବୁ ଶୋଇଚନ୍ତି ବୋଲି ହରିଶଙ୍କରକୁ ଅପେକ୍ଷାରେ ବସେଇ ରଖିବାର ସାହସ କନେଷ୍ଟବଲ୍‌ର ହୁଅନ୍ତାନି।

ତେବେ କଣ ଶ୍ରଦ୍ଧା ଭକ୍ତି ବୋଲି କିଛି ଜିନିଷ ନାହିଁ? ଯା ଅଛି ଖାଲି ଭୟ। ଯେତେଦିନ ପର୍ଯ୍ୟନ୍ତ କ୍ଷମତା ଅଛି, ତମକୁ ସମସ୍ତେ ଜୁହାର ବିନତି କରୁଥିବେ। ଯେତେବେଳେ ତମେ

କ୍ଷମତାରୁ ଓହରି ଆସିବ, କେହି ତମକୁ ଖାତିର୍ ବି କରିବେନି। ଏଇ ଯେ ହେମବାବୁଙ୍କ ଏତେ ଖାତିର୍, ସେ ବି ତ ପୁଲିସକୁ କେତେ ଡରନ୍ତି- ହରିଶଙ୍କର ଅପେକ୍ଷା କିଏ ବେଶୀ ଜାଣେ ସେ କଥା ? ତାର ବାହାର କୋଲିଆରୀର ଲକ୍ ଆଉଟ୍ ସମୟରେ କିମ୍ବା ଇମର୍ଜେନ୍‌ସି ସମୟରେ ପୁଲିସ ଭୟରେ ହେମବାବୁ କେମିତି ଅଣ୍ଡର ଗ୍ରାଉଣ୍ଡକୁ ଚାଲିଯାଇଥିଲେ। ସେତେବେଳେ ସାଧାରଣ କନେଷ୍ଟବଲଟିଏ ବି ହରିଶଙ୍କରଙ୍କୁ ଧମକଉଥିଲା। ତମର ସେ ଧପ୍‌ପାବାଜ୍ ନେତା କାହିଁ ? ତା' ନାଁରେ ୱାରେଣ୍ଟ, ଝୁଲୁଚି।

ଅଥଚ ସେଇ ହେମବାବୁ କ୍ଷମତାରେ ଆସିଲା ପରେ; ଅନେକ ଥାନାବାବୁ, ଡି.ଏସ.ପି. ଏମିତି ଭାବରେ ତେଲ ଲଗେଇଛନ୍ତି ତାଙ୍କୁ, ସାମାନ୍ୟ ବଦଳିଟେ ବନ୍ଦ କରିବା ପାଇଁ। ତାଙ୍କ ପାଖରେ ଗୋଡ଼ ଭାଙ୍ଗି ଠିଆ ହେଇଚନ୍ତି, ପାଖ ଗାଁରେ ଥିବା ତାଙ୍କ ପ୍ରଥମ ସ୍ତ୍ରୀଙ୍କ ପାଖକୁ ମାଛ ଭାର ପଠେଇଚନ୍ତି- ସବୁ ହରିଶଙ୍କର ଦେଖିଚି। ଆଜି ତାର ଆସିବାର ଖବର ପାଇ ସୁଦ୍ଧା ଥାନାକୁ ଆସୁ ନଥିବା ପୁଲିସ୍ ଅଫିସର୍ ଜଣଙ୍କର ଧୃଷ୍ଟତାକୁ ତେଣୁ ହରିଶଙ୍କର ମନେ ମନେ କ୍ଷମା କରିଦେଲା। ସେ ପ୍ରସ୍ତୁତ ଅଛି ଏସବୁ ପରିସ୍ଥିତି ପାଇଁ। ଆଉ ତାକୁ ବିଚଳିତ କରେନି ଏସବୁ। ସେ ଟ୍ରେଡ୍ ୟୁନିୟନ୍ ରାଜନୀତିରେ ତ ପୁରୁଣା ଲୋକ।

ହରିଶଙ୍କର ଯେତେବେଳେ ନୂଆ କରି ଟ୍ରେଡ୍ ୟୁନିୟନ୍ ରାଜନୀତିରେ ପଶିଲା, ସେ ଏତେଟା ପ୍ରାକ୍‌ଟିକାଲ୍ ନଥିଲା। ଲୋକଙ୍କ ବ୍ୟଙ୍ଗ ବିଦ୍ରୂପକୁ ସହି ନେବାରେ ଶକ୍ତି ବି ନଥିଲା। ସାମାନ୍ୟ ନିନ୍ଦାରେ ସେ ରାଗି ଯାଉଥିଲା, ମିଛ ପ୍ରଶଂସାରେ ସେ ବିଚଳିତ ହେଇ ଉଠୁଥିଲା। ସବୁବେଳେ ଲୋକେ କ'ଣ ଭାବିବେ ସେଇ ବିଷୟ ନେଇ ସେ ଚିନ୍ତିତ ଥିଲା। କିନ୍ତୁ ହେମବାବୁ ହିଁ ତାକୁ ପଲିଟିକ୍‌ସ ଶିଖେଇଲେ। ଶିଖେଇଲେ ଯେ, ଆମର ଗଣତନ୍ତ୍ରରେ ଜନତାର କୌଣସି ସ୍ଥାନ ନାଇଁ। ସେ ହିଁ ଶିଖେଇଲେ ଯେ, ଜନତା ଗୋଟେ ଆତ୍ମ ସର୍ବସ୍ୱ ବସ୍ତୁ-ବିଶେଷ। ତା'ର କୌଣସି ଆଦର୍ଶ ନାଇଁ, ଚିନ୍ତାଶକ୍ତି ନାଇଁ, ବିଚାରବୋଧ ନାଇଁ। ନିଜର ତାତ୍‌କାଳିକ ସ୍ୱାର୍ଥ ଛଡ଼ା ସେ କିଛି ବୁଝି ପାରେନି। ଜନତାର ନାଇଁ କୌଣସି ସ୍ମୃତି, କୌଣସି ଅତୀତ, କୌଣସି ମିଥ୍ ନାଇଁ ତା'ର ଇତିହାସ ନାଇଁ। ଜନତା ଗୋଟେ ପାଣିସୁଅ। ଗଡ଼ାଣିଆ ଜାଗା ଦେଖି ଗଡ଼େଇ ଦେଲେ ଗଡ଼ିଯିବ- ତମେ ଯୁଆଡ଼େ ଚାହଁ।

ନ ହେଲେ ହେମବାବୁ କ'ଣ ଏମିତି ପ୍ରତିଥର ନିର୍ବାଚନରେ ଜିତୁଥା'ନ୍ତେ। ସେ ତାଙ୍କ ନିର୍ବାଚନ ମଣ୍ଡଳୀ ପାଇଁ କିଛି ହିଁ କରି ନାହାନ୍ତି। ଏବେ ତାଙ୍କୁ ଫୁର୍ସତ ହୁଏନା ନିଜ ନିର୍ବାଚନ ମଣ୍ଡଳୀକୁ ଆସିବାକୁ। ତାଙ୍କ ନିଜ ଗାଁକୁ ସେ ମେଟାଲ୍ ରୋଡ଼ଟେ ବି ବନେଇ ନାହାନ୍ତି। ତାର ବାହାର କୋଲିୟାରୀର ଏଇ ଟ୍ରେଡ୍ ୟୁନିଅନ, ଯାହା ତାଙ୍କର ରାଜନୀତିର ଶୈଶବ କୈଶୋର,ଯୌବନର ମୂଳଦୁଆ ତାକୁ ବି ସେ ଭଲ କି ଅନଉ, ନାହାନ୍ତି। କୌଣସି ଲୋକ ଭୁବନେଶ୍ୱର ଧାଇଁଗଲେ ବି ତାଙ୍କର ଦେଖା ପାଉନି। ଅଥଚ ତାଙ୍କ ନାଁରେ ହିଁ ଚାଲିଚି ୟୁନିଅନ। ଧ୍ରୁବ ଖଟୁଆର ଅଖଣ୍ଡ ପ୍ରତିପତ୍ତି ପଛରେ ଅଛି ହେମବାବୁଙ୍କ ମନ୍ତ୍ରୀତ୍ୱର ମୋହର।

ଏଇ ତାରବାହାର କୋଲିୟାରୀ ହିଁ ହେଉଚି ହେମବାବୁଙ୍କ ଭୋଟବ୍ୟାଙ୍କ୍ ତାଙ୍କର ଅଭେଦ୍ୟ ଦୁର୍ଗ।

ହରିଶଙ୍କର ଚେୟାରରେ ଆଉଜି ବସିଲା। ଛାତକୁ ଅନେଇଲା, ଖାଲି ହାଜତକୁ ଅନେଇଲା। ଟେବୁଲ ଉପରେ ଥିବା ମାଟିଆ ସରକାରୀ ଫାଇଲଗୁଡ଼ାକୁ ଅନେଇଲା। ତାର ବାହାର କୋଲିଆରୀର ଏଇ ଛୋଟିଆ ଫାଣ୍ଡି ନାଁରେ ଚାଲୁଥିବ ଥାନାର ଏ.ଏସ୍. ଆଇ ଶୋଇଚନ୍ତି। କନେଷ୍ଟବଲଟା ତାଙ୍କୁ ଥାନାରେ ବସେଇ ଦେଇ କୁଆଡ଼େ ପଳେଇଚି। ପାଖଘରୁ ୱାର୍ଲେସର ଘଁ ଘଁ ଶବ୍ଦ ଭାସି ଆସୁଚି। କେତେବେଳେ ଶୁଭୁଚି ହ୍ୟାଲୋ ହ୍ୟାଲୋ ଫାଇଭ୍- ଥ୍ରୀ-ସିକ୍ସ ଏଇଟ୍ ନାଇନ୍-ଜିରୋ-ୱାନ୍। ହ୍ୟାଲୋ ବ୍ଲାକ୍ ପାଗୋଡା କଲିଂ। ଓଭର୍। ହ୍ୟାଲୋ ହ୍ୟାଲୋ ନୋଟ୍‌ଡାଉନ୍। ଥ୍ରୀ-ସିକ୍ସ-ଏକ୍ସ ଏମ୍ ନାଇନ୍ ପି କ୍ୟୁ, ପି, ପି, ପି ଫର୍, ପାଟନା, ପିକ୍ୟୁ, ଜେଡ୍ ସି, ବି-ଥ୍ରୀ। ୱାରଲେସ୍ ରୁମ୍‌ରେ କେହି ନାହାଁ। ପୁରା ଥାନାଟା ଖାଁ ଖାଁ କରୁଚି। ଥାନାବାବୁ ଶୋଇଚନ୍ତି। ଥାନାର ପରଦା ହଲୁଚି। ପରଦା ଫାଙ୍କରୁ ଦେଖାଯାଉଚି ଘାସହୀନ ସୀମାବଦ୍ଧ ପଡ଼ିଆଟେ। ସେଠି ଗୋଟେ ବଣି ବସିଚି। ଏକୁଟିଆ, ଉଦାସ, ବିଷନ୍ନ।

ଥାନାବାବୁ ଫାଣ୍ଡିକୁ ଆସିଲେ ଭାରି ଲେଟକରି। ଚେୟାରରେ ବସୁ ବସୁ ହରିଶଙ୍କରର ଏଇଟା ଗୋଟେ ଅଦ୍ଭୁତ ଗୁଣ ମାନସିକ ଟେନ୍‌ଶନ୍‌ରେ ତାକୁ ନିଦ ମାଡି ଆସେ। ଥାନାବାବୁଙ୍କ ଚେୟାରରେ ବସିବାବେଳେ କ୍ୟାଁଚ କିନା ଶବ୍ଦ ହେଲା। ସେ ଶବ୍ଦରେ ନିଦ ଭାଙ୍ଗିଗଲା ହରିଶଙ୍କରର, ସଜାଡ଼ି ଦେଇ ବସିକି ନମସ୍କାର କଲା ସେ।

ଥାନାବାବୁ ସେ ନମସ୍କାରର ଉତ୍ତର ଦେଲେନି। ଖାଲି ହସିଲେ। ବ୍ୟଙ୍ଗମିଶା ହସ। କହିଲେ; କ'ଣ ଖବର ? ନିଶ୍ଚିନ୍ତରେ ତ ଶୋଉଚନ୍ତି ଆଉ ?

ହରିଶଙ୍କର ବୁଝିପାରିଲା, କାଲି ସନ୍ଧ୍ୟାର ମାରପିଟ ଖବର ବିଷୟରେ ଥାନାବାବୁ ୱାକିବହାଲ୍ ଅଛନ୍ତି। କହିଲା; ଆପଣଙ୍କ ପାଖରୁ କିନ୍ତୁ ମୁଁ ଜଷ୍ଟିସ୍ ଆଶା କରୁଥିଲି।

ଜଷ୍ଟିସ୍ ? ମାରପିଟ କରିବେ ଆପଣମାନେ ଓ ଆମକୁ ଜଷ୍ଟିସ୍ ମାଗିବେ ?

: ମାରପିଟ ? ଆମ ତରଫରୁ ମାରପିଟ ତ ଆରମ୍ଭ ହେଇନଥିଲା।

ଥାନାବାବୁ, ଅର୍ଥାତ୍ ଏ.ଏସ୍.ଆଇ ଜଣକ କ'ଣ ଲେଖୁଥିଲେ ଖାତାରେ। ଲେଖା ବନ୍ଦ କରି ହରିଶଙ୍କରର ମୁହଁକୁ ସିଧା ଅନେଇଲା; ଆପଣଙ୍କ ଘରକୁ ଯଦି ଆଉ କେହି ଜବରଦସ୍ତି ପଶିଆସେ, ଆପଣ ପ୍ରତିବାଦ କରିବେନି ? ମାରପିଟ କରିବେନି।

ହରିଶଙ୍କର ସଳଖି ହେଇ ବସିଲା; ଦେଖନ୍ତୁ ଥାନାବାବୁ, ଟ୍ରେଡ ୟୁନିଅନିୟମ୍ କାହାରି ବ୍ୟକ୍ତିଗତ ସମ୍ପତ୍ତି ନୁହଁ। ଏଇଟା ଗୋଟେ ମୌଳିକ ଅଧିକାର। ଆପଣ ଭୁଲିଯାଇଚନ୍ତି ଯେ ପ୍ରତିଟି ଶ୍ରମିକର ଅଧିକାର ଅଛି। ସେ କେଉଁ ୟୁନିଅନର ସଭ୍ୟ ହେବ। ଆମେ ନୂଆ ୟୁନିଅନଟେ ଗଢ଼ିଛୁ। ତାର ରେଜିଷ୍ଟ୍ରେସନ୍ ଅଛି। ସେଇଟା ଆଇନାନୁମୋଦିତ। ଆମର ସର୍ବ ଭାରତୀୟ ସ୍ତରରେ ଗୋଟେ ସେଣ୍ଟ୍ରାଲ କମିଟି ବି ଅଛି। ଭାରତର ବିଭିନ୍ନ କୋଇଲା ଖଣିରେ ସେ ୟୁନିଅନର

ବ୍ରାଞ୍ଚ ବି ଅଛି। ଗୋଟେ ଜାତୀୟ ସ୍ତରର ଟ୍ରେଡ୍‌ୟୁନିଅନର କ'ଣ ଏତିକି ଅଧିକାର ନାହିଁ, ତାର ବାହାର କୋଲିୟାରୀର ଶ୍ରମିକମାନଙ୍କୁ ତା'ର ନିଜର ସଭ୍ୟଭୁକ୍ତ କରିବ, ଯଦି ଶ୍ରମିକମାନେ ରାଜି ଥାନ୍ତି ତ।

ଏ.ଏସ୍.ଆଇ ଜଣକ କହିଲେ; ଧରି ନିଆଯାଉ ଆପଣ ପୂର୍ବରୁ ୟୁନିଅନର ସେକ୍ରେଟାରୀ ଥା'ନ୍ତେ। ଧ୍ରୁବ ବାବୁ ଆସି ଆଉ ଗୋଟେ ୟୁନିଅନ ଗଢ଼ିବାର ଚେଷ୍ଟା କରିଥା'ନ୍ତେ, ତେବେ ଆପଣଙ୍କ ତରଫରୁ ପ୍ରତିରୋଧର ଚେଷ୍ଟା ହୁଅନ୍ତା କି ନାହିଁ?

ପ୍ରତିରୋଧର ଚେଷ୍ଟା ହେବା ସ୍ୱାଭାବିକ। କିନ୍ତୁ ପ୍ରତିରୋଧଟା ହିଂସାତ୍ମକ ଉପାୟରେ ହେବା ଉଚିତ କି? ଗଣତାନ୍ତ୍ରିକ ଉପାୟରେ ତ ପ୍ରତିରୋଧ କରାଯିବା ଦରକାର। ଲୋକଙ୍କର ଆସ୍ଥାଠୁ ବଡ଼ଶକ୍ତି କ'ଣ ଅଛି ୟୁନିଅନର? କିନ୍ତୁ ହିଂସା ପ୍ରୟୋଗ ଦ୍ୱାରା ସେ ଶକ୍ତିର ପରିଚୟ ଦେବା ଉଚିତ୍ କି?

ଥାନାବାବୁ ହସିଲେ; ଆପଣ ବହୁତ କନ୍‌ଭେନସନାଲ୍ ଭଙ୍ଗୀରେ କଥାବାର୍ତ୍ତା କରୁଚନ୍ତି। ଟିକେ ପ୍ରାକ୍‌ଟିକାଲ ହୁଅନ୍ତୁ। ଦେଖନ୍ତୁ, ଆପଣ ଏତେ ବର୍ଷ ରାଜନୀତି କଲେଣି। ଆପଣ ବି ଜାଣନ୍ତି, ମୁଁ ବି ଜାଣେ ଅହିଂସା ଗଣତାନ୍ତ୍ରିକ ପନ୍ଥା, ଆଦର୍ଶ- ଏସବୁ କେବଳ ମାତ୍ର ଗୋଟେ ଶବ୍ଦ। ଏସବୁ ଶୁଣିବାକୁ ଭଲ, କହିବାକୁ ଭଲ। କିନ୍ତୁ ପ୍ରକୃତରେ ଏସବୁ କଥାର କିଛି ମାନେ ହୁଏକି? କେଉଁଟା ଗଣତାନ୍ତ୍ରିକ ପନ୍ଥା, କେଉଁଟା ଅହିଂସାତ୍ମକ ଉପାୟ, ଏସବୁର କିଛି ସଂଜ୍ଞା କିମ୍ବା ମାପଦଣ୍ଡ ଅଛି କି? ଆପଣଙ୍କ ପାଖରେ ଯେଉଁଟା ଗଣତାନ୍ତ୍ରିକ ଉପାୟ, ମୋ ପାଖରେ ହୁଏତ ସେଇଟା ଅଗଣତାନ୍ତ୍ରିକ ତା'ଛଡ଼ା ଅହିଂସା ବିଷୟରେ ମହାତ୍ମାଗାନ୍ଧୀ ବି କହିଯାଇଚନ୍ତି; ମୁଁ ଶ୍ମଶାନର ଶାନ୍ତି ଚାହେଁନା। କେହି ଗାଲରେ ଗୋଟେ ଚାପୁଡ଼ା ମାରିଦେଲେ ଅନ୍ୟ ଗାଲଟି ଦେଖେଇ ଦେବା କ'ଣ ଅହିଂସା। ସେଭଳି କ୍ଷେତ୍ରରେ ପ୍ରତିରୋଧ କରିବାଟା କ'ଣ ହିଂସାତ୍ମକ ଉପାୟ?

ହରିଶଙ୍କର ବୁଝିପାରିଲା, ଥାନାବାବୁ ଧ୍ରୁବ ଖଟୁଆ ଉପରେ କିଛି ଆକ୍‌ସନ ନେବେନି। ସେ କିଛିଟା କଠୋର ଗଳାରେ କହିଲା; ତା'ମାନେ ଆପଣ ହିଂସା ପାଇଁ ଉସୁକାଉଛନ୍ତି? ଆପଣ ଜଣେ ଥାନା ଅଫିସର। ଆପଣ ଏମିତି କଥା କହୁଚନ୍ତି, ଯେମିତି ଆପଣ ଧ୍ରୁବ ଖଟୁଆର ୟୁନିଅନ ମେମ୍ବର। ଆପଣଙ୍କ ପକ୍ଷପାତିତ୍ୱ କିନ୍ତୁ ଆପଣଙ୍କ ଚେୟାରରେ ଉପଯୁକ୍ତ ନୁହଁ, ମନେ ରଖିଥିବେ।

ଏ.ଏସ୍. ଆଇ ଜଣକ ଟିକେ ହଲିଗଲେ। ହସିବାର ବ୍ୟର୍ଥ ଚେଷ୍ଟା କଲେ। ହରିଶଙ୍କର ବୁଝିପାରିଲା, ପୋଲିସ ପୋଷାକରେ ଦାମ୍ଭିକ ଚେହେରାର ଏ ଲୋକଟା ଅସଲରେ ଗୋଟେ ଭୀରୁ। କିଛିଟା ବାକ୍‌ଚାତୁରୀ କିଛିଟା ଯୁକ୍ତିତର୍କର ଢାଲ, ତରବାରୀ ଆଢୁଆଳରେ ଲୋକଟା ଅସଲରେ ଅସୁରକ୍ଷିତ। ନିଜର ଚାକିରି ଓ ଚେୟାର ପାଇଁ ସେ ସବୁକିଛି କରିବାକୁ ପ୍ରସ୍ତୁତ। ଅସଲରେ ଏ ହେଉଚନ୍ତି ଗଣତାନ୍ତ୍ରିକ ଦେଶର ଏକ ଟିପିକାଲ୍ କ୍ରୀତଦାସ।

ଥାନାବାବୁ କହିଲେ; ଆମେ ଯଦି ପକ୍ଷପାତ କରନ୍ତୁ, ତେବେ ଆପଣମାନଙ୍କ ଏଫ୍.ଆଇ.ଆର୍‌କୁ କାହିଁକି ଖାତାରେ ଚଢ଼ାନ୍ତୁ। କାହିଁକି କେଶ୍ ରୁଜୁ କରନ୍ତୁ।

କ'ଣ କେଶ୍ ରୁଜୁ କରିଛନ୍ତି ଆପଣ ? ୧୬୦ ଧାରା ତ ? ଆପଣ ଦୁଇ ପକ୍ଷଙ୍କୁ ପକ୍ଷଭୁକ୍ତ କରିଛନ୍ତି ସେଠି। ଏଯାଏଁ କାହାରିକୁ ଆରେଷ୍ଟ କରି ନାହାନ୍ତି। ଏଇଟାକୁ କେଶ୍ ରୁଜୁ କରିବା କହନ୍ତି ? ସେମାନେ ଆମକୁ ଆସି ପିଟିଲେ ଓ ଆପଣ ଆମ ନାଁରେ କେଶଟେ କଲେ।

ଥାନାବାବୁ ପୁଣି ନିଜ ଫର୍ମକୁ ଆସିଗଲେ। କୁଟିଳ ହସ ହସି କହିଲେ; ମାରପିଟ କିଏ କରିଛି ? ଧ୍ରୁବ ବାବୁଙ୍କ ଦଳ ତ ଏଫ୍.ଆଇ.ଆର ଦାଖଲ କରିଛନ୍ତି। ଆପଣମାନେ ତାଙ୍କ ଦଳର ଲୋକଙ୍କୁ ପିଟିଛନ୍ତି।

କିନ୍ତୁ ଆପଣ ଜାଣିଛନ୍ତି, ସେ କଥାଟା ସତ ନୁହଁ। ଆମର ଗୋଟେ ଲୋକର ହାତଗୋଡ଼ ଭାଙ୍ଗି ଯାଇଚି। ଅନ୍ୟ ଜଣକର ମୁହଁରେ ସାତ ଆଠଟା ଷ୍ଟିଚ୍ ପଡ଼ିଛି। ଆପଣ ସେମାନଙ୍କର ମିଛ ଏଫ୍.ଆଇ.ଆର ଆଧାରରେ ଆମ ବିରୁଦ୍ଧରେ କେଶ୍ ରୁଜୁ କରିଛନ୍ତି ?

ଥାନାବାବୁ ଚେଆରରେ ଆଉଜି ପଡ଼ିଲେ। ପକେଟରୁ ପାନବଟୁଆ କାଢ଼ି ପାନ ଖାଇଲେ। ପାନବଟୁଆ ବନ୍ଦ କରି ତା'କୁ ଟେବୁଲ ଉପରେ ଥୋଇଲେ ଓ କହିଲେ କେଉଁଟା ସତ ଓ କେଉଁଟା ମିଛ ? ସତ ମିଛର କିଛି ଅଥେଣ୍ଟିସିଟି ଅଛି କି ? ଆପଣ ଯେମିତି ଆଖିଦେଖା ସାକ୍ଷୀ ଯୋଗାଡ଼ କରିଛନ୍ତି, ସେମାନେ ବି ସେମିତି ସାର୍ଟିଫିକେଟ୍ ଆଣିଛନ୍ତି। ତା'ପରେ ବି ଆପଣ କହିବେ ସେମାନଙ୍କର ଦାବୀ ମିଛ ଆଉ ଆପଣଙ୍କର ଦାବୀ ସତ ବୋଲି ?

ତେବେ ସତ ବୋଲି କିଛି ନାହିଁ ? ଯିଏ ପାରିବି, କଳେବଳେ କୌଶଳେ ମିଛଟାକୁ ସତ କରିଦେଇ ପାରିବି ? ଏମିତି ହେଲେ କେଉଁଠି ପହଞ୍ଚିବ ଆମର ଦେଶ, ଆମର ସମାଜ, ଆମର ନୈତିକତା ?

ନୈତିକତା। ସତରେ କହିଲେ, ନୈତିକତା ବୋଲି କିଛି ଅଛି ? ଆପଣତ ଏତେଦିନ ରାଜନୀତି କଲେ। ଆପଣ ନିଜକୁ ଗାନ୍ଧିବାଦୀ ବୋଲାନ୍ତି। ଗାନ୍ଧିବାଦର କୌଣସି ଚିହ୍ନବର୍ଣ୍ଣ ଅଛି ଆପଣମାନଙ୍କର ରାଜନୀତିରେ ? ନୈତିକତା କେଉଁଠି ଅଛି ? ଜୀବନ ଯାପନରେ, ଶାସନ ତନ୍ତ୍ରରେ, ବିଚାର ପଦ୍ଧତିରେ କିମ୍ବା ଅମଲାତନ୍ତ୍ରରେ ? ନୈତିକ କଥା ଗୋଟେ ପ୍ରାକ୍ ଐତିହାସିକ ଶବ୍ଦ। ଯାହା ଖାଲି ଅଭିଧାନରେ ଥାଏ। ଆପଣ କୁହନ୍ତୁ, ମୁଁ ସତ କହୁଚି କି ନାହିଁ ?

ହରିଶଙ୍କର ସବୁଦିନ ଯୁକ୍ତିରେ ଦୁର୍ବଳ। ସେ ମୁହଁ ଖୋଲି ପାରେନା। ଭାଷଣ ଦେଇପାରେନା, ତର୍କରେ କାହାକୁ ହରେଇ ପାରେନା। ଅଥଚ ଯୁକ୍ତିର ଉର୍ଦ୍ଧ୍ୱରେ ଗୋଟେ ସତ୍ୟ ଅଛି। ସେଇ ସତ୍ୟକୁ ଅନୁଭବ କରିହୁଏ, ହରିଶଙ୍କର ଜାଣେ। ସେ ଆଉ କଥା ବଢ଼େଇଲାନି। ଜାଣେ କଥାବଢ଼େଇ ଆଉ ଲାଭ ନାହିଁ। ପୁଲିସ ଅଫିସର ଜଣକ ଯୁକ୍ତିରେ ଟିକେବି ପଛେଇବେ ନାହିଁ। ସେ ଉଠି ଆସିଲା। ଫାଣ୍ଡିରୁ ବାହାରି ଆସି ଠିଆ ହେଲା ରାସ୍ତା ଉପରେ।

ତାରବାହାର କୋଇଲାଖଣିର ରାସ୍ତାଘାଟ, ପାନ ଦୋକାନ, ସେଲୁନ, ହୋଟେଲ,

ପରିବା ମାର୍କେଟ ସବୁ ଥମ୍‌ଥମ୍ କରୁଚି । ଲୋକମାନେ ହରିଶଙ୍କରଠୁ କରଛଡ଼ା ଦେଇ ଅନେଇ ରହୁଚନ୍ତି ହରିଶଙ୍କରକୁ ଉତ୍ସୁକ ଆଖିରେ । ଅନୁଭବୀ ହରିଶଙ୍କର ଗୋଟେ ଗନ୍ଧ ପାଇଲା- ଉତ୍ତେଜନା ଆଉ ଟେନ୍‌ଶନର ଗନ୍ଧ । ଏ ଜାଗାଟା ଭଲ ନୁହଁ । ବେଶୀ ଡେରି ଯାକେ ରହିଲେ କିଛି ଗୋଟେ ଘଟି ଯାଇପାରେ ।

ହରିଶଙ୍କର ଖୁବ୍ ଜୋରରେ ପାହୁଣ୍ଡ ପକେଇ ଚାଲିବାକୁ ଆରମ୍ଭ କଲା । ସେ କ'ଣ ଡରିଯାଇଛି ? ଏଇ ତାରବାହାର କୋଇଲାଖଣି ଏକଦା ତା'ର ସାମ୍ରାଜ୍ୟ ଥିଲା । ଅଥଚ ଆଜି ? ଆଜି ଏ କେମିତି ଭୟ ତା'ର ? କାହାକୁ ଭୟ ? ଯେଉଁ ଲୋକମାନଙ୍କ ପାଇଁ ସେ ଲଢ଼ିଥିଲା, କମ୍ପାନି ସମୟରେ ଯେଉଁ ଲୋକଙ୍କ ଛଟେଇ ବିରୁଦ୍ଧରେ ଆନ୍ଦୋଳନ କରିଥିଲା, ଯେଉଁ ଲୋକମାନଙ୍କୁ ସେ ଲାଗିପଡ଼ି ଟେମ୍ପରାରିରୁ ପର୍ମାନେଣ୍ଟ କରେଇଥିଲା, ଯେଉଁମାନଙ୍କର ସସ୍‌ପେନ୍‌ସନ୍ ଆଦେଶ ପ୍ରତ୍ୟାହାର କରେଇଥିଲା, ଡିସ୍‌ମିସ୍ ହେଲା ପରେ ବି ଆଉଥରେ ଚେଷ୍ଟାକରି ରି-ଆପଏଣ୍ଟମେଣ୍ଟ କରେଇଥିଲା କମ୍ବା ଷ୍ଟ୍ରାଇକ୍ ପିରିଅଡ୍‌ର ଓ୍ୱେଜ୍‌କଟ ସତ୍ତ୍ୱେ ସେମାନଙ୍କର ଦରମାକୁ ପୁଣିଥରେ ଦେବାର ବ୍ୟବସ୍ଥା କରିଥିଲା- ସେଇ କୃତଜ୍ଞ ଲୋକମାନେ ବି ଏବେ ତାକୁ ସାହାଯ୍ୟ କରିବେନି ? କାହିଁ ସେମାନେ ଭିଡ଼ ଭିତରୁ ତ ଜଣେ ବି ବାହାରି ଆସି କହିଲାନି ନେତାଜୀ, ଆମେ ତମ ସାଙ୍ଗରେ ଅଛୁ ହେ, ତମର ଆଉ ଡର କାହାକୁ, ଭୟ କାହାକୁ ?

ହରିଶଙ୍କର ଶୀଘ୍ର ଘରକୁ ଫେରି ଆସିଲା । ଦଶଟା ବାଜିବାକୁ ଯାଉଛି । ଜି.ଏମ୍.ଅଫିସ୍‌ରେ ପହଞ୍ଚୁ ପହଞ୍ଚୁ ନିଶ୍ଚେ ଡେରି ହେବ ଆଜି । ସିନିୟର ଗ୍ରେଡ୍ କ୍ଲର୍କ ଘୋଷ ବାବୁ ନିଶ୍ଚୟ ଟିପ୍‌ପଣୀ ଝାଡ଼ିବେ ଆପଣ ଆସିଗଲେ ନେତାଜୀ । ମୁଁ ଭାବୁଥିଲି ଆପଣ ଆଜି ବି ଫାଙ୍କି ମାରି ଦେବେ ବୋଲି ।

ହରିଶଙ୍କର ତା'ର ପାରୁ ପର୍ଯ୍ୟନ୍ତ ଚେଷ୍ଟା କରୁଚି ରେଗୁଲାର ହେବା ପାଇଁ ଅଫିସ୍‌ରେ । ଅଥଚ ହେଇପାରୁନି । ଏକ-ଦୀର୍ଘ ଦିନର ଅଭ୍ୟାସ ରହିଯାଇଚି ଅଫିସ୍‌କୁ ନ ଯିବାର । ଦୁଇ- ପ୍ରତିଦିନ ଅଫିସ୍ ସମୟରେ ହିଁ କୌଣସି ନା କୌଣସି କାମ ରହିଯାଉଚି । କେତେବେଳେ ୟୁନିୟନ୍ ବିଷୟରେ ତ କେତେବେଳେ କୌଣସି ମଜ୍‌ଦୁର ପହଞ୍ଚି ଯାଉଚି ତା'ର ଅଭାବ ଅସୁବିଧା ନେଇ ।

ଟ୍ରେଡ୍ ୟୁନିଅନ୍‌ରେ ଯେଉଁମାନେ ଥାନ୍ତି ସେମାନେ ତାଙ୍କ କାମ ନ କରି ବି ଦରମା ନିଅନ୍ତି । ଏ ସୁବିଧା ଟିକକ କମ୍ପାନୀ ସମୟରେ ଥିଲା । ସରକାରୀ ହେବା ପରଠୁ ଲାଗୁ ହେଇଯାଇଚି ଅଲିଖିତ ଷ୍ଟାଣ୍ଡିଂ ଅର୍ଡର ଭାବରେ । ହରିଶଙ୍କରର ହାତରେ ସେମିତି କୌଣସି ୟୁନିଅନ ନଥିଲା ଦି' ବର୍ଷ ଧରି । ଅଥଚ ସେ ପୂର୍ବରୁ ସେଇ ସୁଯୋଗ ପାଇ ଆସୁଥିଲା । ଯଦିଓ ଅନେକଥର ସେ ବୁଝିପାରିଚି ତା'ର ଏମିତି ଅନୁପସ୍ଥିତି ରହିବାଟା ଅଫିସ୍‌ରୁ ଅନେକ ପକ୍ଷରେ ଗାତ୍ରଦାହାର କାରଣ ହେଉଚି- ବିଶେଷ କରି ତା'ର କଲିଗମାନଙ୍କ ପାଖରେ ।

ପର୍ସନେଲ ମ୍ୟାନେଜରଙ୍କ ଅଫିସ୍‌ର ଜଣେ ବଡ଼ବାବୁ ଥରେ ହରିଶଙ୍କରକୁ କହିଥିଲେ: ଆପଣମାନେ ଅର୍ଥାତ୍ ଶ୍ରମିକ ନେତାମାନେ ଶ୍ରମ-ଶ୍ରମିକ ଇତ୍ୟାଦି ବିଷୟରେ ବଡ଼ ବଡ଼ କଥା କହୁଚନ୍ତି। ଦୈହିକ ପରିଶ୍ରମର ଯଥାର୍ଥତା ପ୍ରତିପାଦନ କରୁଛନ୍ତି ଅଥଚ ନିଜେ ଆପଣମାନେ ନିଜର ଡ୍ୟୁଟି କରୁ ନାହାନ୍ତି? ଆପଣମାନେ ଶ୍ରମିକଙ୍କୁ ପ୍ରଡକ୍‌ସନ ବଢ଼େଇବାରେ ତ କାହିଁ ଉତ୍ସାହିତ କରୁ ନାହାନ୍ତି। ବରଂ ନିଜ ସ୍ୱାର୍ଥରେ ବାଧା ଆସିଲେ, ଶ୍ରମିକମାନଙ୍କୁ ଉସୁକାଉଛନ୍ତି, ସେମାନେ ଗାଡ଼ି ଭରିଲା ବେଳେ ଦେଉଳିଆ କରି ଗାଡ଼ି ନ ଭରି ଟବଲେଭେଲ୍ ପର୍ଯ୍ୟନ୍ତ ଗାଡ଼ି ଭରିବେ ବୋଲି। ଆପଣମାନେ ଶ୍ରମିକମାନଙ୍କୁ ଶ୍ରମକାତର ହେବାକୁ ପ୍ରୋତ୍ସାହିତ କରୁଚନ୍ତି। ମାର୍କସ୍, ଏଙ୍ଗେଲସ ଏମିତିକି ଲେନିନ କି ମାଓ ଭଳି କମ୍ୟୁନିଷ୍ଟମାନେ ତ କାହିଁ ଶ୍ରମିକମାନଙ୍କୁ ଶ୍ରମକାତର ହେବା କଥଶ କହି ନାହାନ୍ତି। ଏଠି କିନ୍ତୁ ଭାରତରେ, କମ୍ୟୁନିଷ୍ଟ ହୁଅନ୍ତୁ କି ଅକମ୍ୟୁନିଷ୍ଟ ହୁଅନ୍ତୁ, ସମସ୍ତେ ଏଇ ମାନସିକତା ସୃଷ୍ଟି କରି ଚାଲିଚନ୍ତି ଯେ ବିନା ପରିଶ୍ରମରେ କେମିତି ଅଧିକ ରୋଜଗାର କରିହେବ।

ହରିଶଙ୍କର ଯୁକ୍ତି ଛଳରେ ଏଆଡୁ ସେଆଡୁ କିଛି କହିଥିଲା, ଯଦିଓ ଯୁକ୍ତିଫୁକ୍ତି ସେ ଭଲ କରିପାରେନା; କିନ୍ତୁ ହରିଶଙ୍କର ଅନୁଭବି ପାରୁଥିଲା, ସେ ଭଦ୍ରବ୍ୟକ୍ତିଙ୍କ କଥାରେ କିଛିଟା ଦମ୍ ଅଛି। ତାଙ୍କ କଥାରେ ହରିଶଙ୍କରର ଅଫିସରେ ଅନିୟମିତତା ପ୍ରତି ସିଧାସଳଖ ଉଲ୍ଲେଖ ନଥିଲେ ବି, କେଜାଣି କାହିଁକି ତା'ର ମନେ ହେଉଥିଲା ଯେ ଗୋଟେ ଖୁଣ୍ଟା ବି ଅଛି ତା'ର କର୍ମବିମୁଖତା ପ୍ରତି। ସେଇଦିନରୁ ହରିଶଙ୍କର ଠିକ୍ କରି ନେଇଥିଲା, ଅଫିସ୍‌ରେ ନିୟମିତ ହେବା ପାଇଁ। ଯଦିଓ ଏମିତି ନ କଲେ ବି ଚଳନ୍ତା, ହରିଶଙ୍କର ଯଦି ଅଫିସ୍ ନ ଯାଏ ବି କେହି କିଛି କହିବେନି। କହିଲେ ବି, ଜି.ଏମ୍.ଙ୍କ ସାଙ୍ଗରେ ତା'ର ଯୋଉ ସମ୍ପର୍କ- ସେଥିରେ ତା'ର କିଛି ଅନିଷ୍ଟ ହେବନି। ତଥାପି ତା'ର କାହିଁକି କେଜାଣି ମନେ ହେଇଥିଲା, ଯାହା ହରିଶଙ୍କର କରିବାକୁ ଯାଉଛି ଯେଉଁ ଆଦର୍ଶରେ ଲୋକଙ୍କୁ ପ୍ରଭାବିତ କରିବାକୁ ଚାହୁଁଛି, ସେଇ ଆଦର୍ଶରେ ସେ ପ୍ରଥମେ ନିଜକୁ ଗଢ଼ି ତୋଳିବ।

ଅଗଣି ହୋତାକୁ କହିଥିଲା ହରିଶଙ୍କର ଏସବୁ ବିଷୟରେ। କହିଥିଲା, ମ୍ୟାନେଜ ମେଣ୍ଟ୍ ସାଙ୍ଗରେ ଲଢ଼େଇ କରିବା ପୂର୍ବରୁ ଆମକୁ ପର୍ଫେକ୍ଟ ହେବାପାଇଁ ପଡ଼ିବ। ଆମର ଲେବର୍‌ମାନଙ୍କୁ କହିବାକୁ ପଡିବ- ସେମାନେ ଯେମିତି ଫାଙ୍କି ନ ମାରନ୍ତି। ଯେଉଁ ଲେବର୍‌ମାନେ କାମ ନ କରିବାର ବାହାନାରେ ଆସି ସିକ୍‌ଲିଭ୍ କି ଛୁଟି ମାଗୁଛନ୍ତି ଓ ମ୍ୟାନେଜମେଣ୍ଟ୍ ତାଙ୍କୁ ସେ ଛୁଟି ଦେଉନି ସେ ସବୁଥିରେ ଆମେ ମୁଣ୍ଡ ଖେଳେଇବାନି।

ଅଗଣି ହୋତା ହରିଶଙ୍କରର କଥାକୁ ହସରେ ଉଡେଇ ଦେଇଥିଲେ: ସେମିତି ହେଲେ ଆମେ ୟୁନିଅନ କରି ପାରିବା ନେତାଜୀ? ଲୋକେ ଆମକୁ ମାନିବେ? ଆମେ ଯଦି କାହାରି ଦରକାର ସମୟରେ ଛୁଟିଟେ ଯୋଗାଡ଼ କରି ଦେଇ ପାରିବାନି, ଆମର ଗୁରୁତ୍ୱ କ'ଣ ରହିଲା? ଧରନ୍ତୁ ଗୋଟେ ଲୋକ ବିନା ଛୁଟିରେ ସାତ ଆଠଦିନ ନାଗା କରି ଦେଇଚି। ମ୍ୟାନେଜର ତାକୁ

ଡ୍ୟୁଟି ଆଲାଓ କରୁନି। ଆହୁରି ଦଶ ପନ୍ଦର ଦିନ। ତା'ର 'ନାଗା' ହେବ। ତା'ପରେ ଚାର୍ଜସିଟଟେ ପାଇ ସେ ଡ୍ୟୁଟି ଯିବ। ଲାଭ କ'ଣ ହେବ? ପନ୍ଦର କୋଡିଏ ଦିନର ପଇସା ମିଳିବନି ତାକୁ। ସେ ଯେମିତି ହେଲେ ଚାହିଁବ ତା'ର ଏତେ ଦିନର ପଇସା ନ କଟୁ। ଆମେ ତାକୁ ସାହାଯ୍ୟ ନ କଲେ ଧ୍ରୁବ ଖଟୁଆ କରିବ। ତା'ପରେ? ତା'ର ସିନ୍‌ସିଅରଟି ରହିବ ଆମ ଉପରେ? ସେ ତ ଧ୍ରୁବ ଖଟୁଆ ପଟର ହେଇଯିବ, ନୁହଁ।

: ତମେ ଅଗଣି, ତମେ ବି ତ ଅନେକଥର କହିଛ, ହେମ ବାବୁ ବି କହିଛନ୍ତି ଯେ ଜନତା ବୋଲି କିଛି ନଥାଏ, ତା'ର ଚିନ୍ତା ଶକ୍ତି ନାଇଁ ସ୍ମୃତି ନାଇଁ।

: ଉଃ ନେତାଜୀ ଆପଣ ପ୍ରାକ୍‌ଟିକାଲ୍ ହେଉ ନାହାନ୍ତି କାହିଁକି? ମୁଁ ଯାହା କହିଥିଲି- ଏଇ କୋଲିୟାରୀର ସମସ୍ତେ କହିବେ ସେକଥା- ସବୁ ୟୁନିଅନ୍‌ବାଲା, ସବୁ ପଲିଟିସିଆନ୍। ତଥାପି ଏଇଟା ସତ ଯେ, ଲୋକଙ୍କର ବ୍ୟକ୍ତିଗତ ସ୍ୱାର୍ଥସିଦ୍ଧି ନହେଲେ ସେ ଲୋକଟା ଆମର ଶତ୍ରୁ ହେଇଯିବ।

: ମୁଁ କିଛି ବୁଝି ପାରୁନି ଅଗଣି। ଏସବୁ କେଉଁ ତତ୍ତ୍ୱ, କେମିତି ସ୍ୱବିରୋଧୀ ତତ୍ତ୍ୱ ସବୁ।

: ଆପଣ ଏତେ ପୁରୁଖା ଲୋକ ନେତାଜୀ। ଦୀର୍ଘ ତିରିଶି ବର୍ଷ ହେଲା ୟୁନିଅନ୍ କଲେଣି। ଆପଣଙ୍କ ସାମ୍ନାରେ ମୁଁ ତ ସେଦିନର ଲୋକ। ମୁଁ କ'ଣ ବୁଝେଇବି? ଆପଣ କ'ଣ ଜାଣି ନାହାନ୍ତି, ଜନତା କ'ଣ, ଜନତା କେମିତି ଓ ଜନତା କ'ଣ ଚାହେଁ?

ସତରେ ଏଯାଏଁ ହରିଶଙ୍କର ପାଖରେ ଜନତାର ଚରିତ୍ର ବିଷୟଟି ଦୁର୍ବୋଧ ରହିଗଲା। ପ୍ରତି ପଦକ୍ଷେପରେ ତା'ର ସ୍ୱବିରୋଧୀ ଚିନ୍ତା ତାକୁ ବ୍ୟସ୍ତ କରି ପକଉଛି। ଗୋଟେ ମୁହୂର୍ତ୍ତରେ ଯେଉଁ ଜିନିଷଟି ଠିକ୍ ବୋଲି ମନେହୁଏ, ପରମୁହୂର୍ତ୍ତରେ ସେଇ ବିଷୟଟି ଭୁଲ୍ ବୋଲି ମନେ ହେଉଚି। ଏମିତି କାହିଁକି ହୁଏ? ହରିଶଙ୍କରର କ'ଣ କୌଣସି ସୈଦ୍ଧାନ୍ତିକ ଭିତ୍ତିଭୂମି ନାଇଁ? ଆତ୍ମ ବିଶ୍ୱାସ ନାଇଁ? ହରିଶଙ୍କରର ଏତେ ଦିନର ଅଭିଜ୍ଞତା କ'ଣ ତାକୁ କୌଣସି ସ୍ତରରେ ପହଞ୍ଚେଇ ପାରିନି?

ହରିଶଙ୍କର ନିଜ ଘରକୁ ପହଞ୍ଚିଲା। ଖୁବ୍ ଅବହେଳାରେ ତିଆରି କରାଯାଇଥିଲା ଖପରଲି ଘରଟେ। ଜି.ଏମ୍.ଅଫିସ୍ ଟ୍ରାନ୍‌ସଫର୍ ହେବା ପରେ ତାରବାହାର କୋଲିୟାରୀରେ ତା'ର କ୍ୱାର୍ଟର ଛାଡ଼ି ଦେଇଥିଲା ହରିଶଙ୍କର। ଯଦିଓ ନ ଛାଡ଼ିଲେ ଚଳିଥାନ୍ତା। ସେତେବେଳେ ହେମବାବୁ କହିଥିଲେ, କମ୍ପାନି ଘର କାହିଁକି ଛାଡୁଛ ହରିଶଙ୍କର। ଭଡ଼ା ତ କଟୁନି। ତମେ ଯଦି ଚାହଁ, ତମର ଟ୍ରାନ୍‌ସଫର୍ ମୁଁ କରେଇ ଦେବି।

ହରିଶଙ୍କର ସେତେବେଳେ ଟ୍ରାନ୍‌ସଫର ବନ୍ଦ କରେଇବାକୁ ଖପରଲି ଘରଟେ। ଜି.ଏମ୍.ଅଫିସ୍ ଟ୍ରାନ୍‌ସଫର୍ ହେବା ପରେ ତାରବାହାର କୋଲିୟାରୀରେ ତା'ର କ୍ୱାର୍ଟର ଛାଡ଼ି ଦେଇଥିଲା ହରିଶଙ୍କର। ଯଦିଓ ନ ଛାଡ଼ିଲେ ଚଳିଥାନ୍ତା। ସେତେବେଳେ ହେମବାବୁ କହିଥିଲେ, କମ୍ପାନି ଘର କାହିଁକି ଛାଡୁଛ ହରିଶଙ୍କର। ଭଡ଼ା ତ କଟୁନି। ତମେ ଯଦି ଚାହଁ, ତମର ଟ୍ରାନ୍‌ସଫର ମୁଁ ବନ୍ଦ କରେଇ ଦେବି।

ହରିଶଙ୍କର ସେତେବେଳେ ଟ୍ରାନ୍ସଫର ବନ୍ଦ କରେଇବାକୁ କିମ୍ବା କମ୍ପାନିର ଘର ନ ଛାଡ଼ିବାକୁ କିଛି ବି ଚେଷ୍ଟା କରି ନଥିଲା। ତା'ର କାରଣ, ହରିଶଙ୍କର ୟୁନିଅନ୍ ଛଡ଼ା କିଛି ବି ଭାବୁ ନଥିଲା ସେତେବେଳେ। ଜି.ଏମ୍.ଅଫିସ୍‌କୁ ଟ୍ରାନ୍ସଫର ହେଲା ପରେ ବି ସେ ଜାଣିଥିଲା ତାକୁ ଅଫିସ୍ ଯିବା ପାଇଁ ପଡ଼ିବନି। ତେଣୁ ତାରବାହାର କୋଇଲା ଖଣିର ଜେନେରାଲ ଅଫିସ୍ କିମ୍ବା ଷ୍ଟୋର୍ ହେଉ କି ଜି. ଏମ୍.ଅଫିସ ହେଉ ଯେଉଁଠକି ତାର ପୋଷ୍ଟିଂ ହେବା ନ ହେବାରେ କିଛି ଅସୁବିଧା ନଥିଲା, କାରଣ ୟୁନିଅନ୍ କାମ ତାକୁ କରିବାକୁ ପଡୁ ନଥିଲା। ଆଉ ରହିଲା ଘର କଥା, ସେ ତ କେବେ ବି ଘରକଥା ଭାବି ନଥିଲା। ଖାଲି ଶୋଇବାକୁ ଛାତଟେ ମିଳିଗଲେ ହିଁ ଯଥେଷ୍ଟ ଥିଲା ତା' ପାଇଁ।

ଘର ସାମ୍ନାରେ ମା ବସିଚି କାନ୍ଥକୁ ଆଉଜି। ଆକାଶକୁ ଅନେଇ ମା' କ'ଣ କାନ୍ଦୁଥିଲା ? ତା'ର ଆଖିରୁ ଲୁହ ଗଡ଼ି ଆସି ଗାଲ ଉପରେ ଶୁଖି ଯାଇଚି କି ? ମା' କାହିଁକି କାନ୍ଦୁଥିଲା ? କିଛି ବିଶେଷ ଦୁଃଖ ଅଛି କି ତା'ର ? କେଜାଣି। ହରିଶଙ୍କର କେବେ ବି ଘରର କାହାରି କଥା ଚିନ୍ତା କରିନି। ସେଇଥିପାଇଁ ତା'ର ସ୍ତ୍ରୀ ତରଙ୍ଗିଣୀ ଏମିତି ପାଗଳୀ ହେଇଯାଇଚି। କୁଆଡ଼େ କୁଆଡ଼େ ଘୂରି ବୁଲୁଥାଏ ସେ। ଆଗେ ତ ହରିଶଙ୍କରକୁ ଜଣା ନଥିଲା କୁନା, ରୁନା କଣ କରୁଥିଲେ, ପାଠ ପଢୁଥିଲେ କି ନାଇଁ, ପଢୁଥିଲେ କୋଉ କ୍ଲାସ୍‌ରେ ପଢୁଛନ୍ତି, କିଛି ହିଁ ଖବର ରଖୁ ନଥିଲା। ୟୁନିଅନ୍ ଧନ୍ଦାରୁ ମୁକୁଳିବା ପରେ ଜାଣିଥିଲା, ରୁନା ଦି'ବର୍ଷ ହେବ କଲେଜରେ ଫେଲ ହେଉଚି। କୁନା ପାଠପଢ଼ା ଛାଡ଼ି ଦେଇଚି କେବେଠୁ। ହେମ ବାବୁଙ୍କ ୟୁନିଅନରୁ ତାକୁ ଦାୟିତ୍ୱ ମୁକ୍ତ କରିଦିଆଗଲା ପରେ ବେଶ୍ ସଂସାରମନସ୍କ ହେଇଯାଇଥିଲା। ଅଫିସରୁ ଫେରି ଘରେ ରହୁଥିଲା। ରୁନା କୁନାର ପାଠ ଦେଖୁଥିଲା। ତରଙ୍ଗିଣୀ ସାଙ୍ଗରେ ହସ ଖୁସି ହେଉଥିଲା। ତରଙ୍ଗିଣୀ ବି ଆଉ ଏଆଡ଼େ ସେଆଡ଼େ ବୁଲୁନଥିଲା। ତା'ର ପାଗଳାମୀ କଟି ଯାଇଥିଲା। ରାତିରେ ଭଲ ନିଦ ହେଉଥିଲା ତା'ର। ଘର ସାମ୍ନାରେ ଶାଗ ପଟାଳୀ ବନେଇ ଥିଲା। ସବୁଦିନ ଘର ପୋଛୁଥିଲା, ଲୁଗା ସଫା କରୁଥିଲା। ପିଲାମାନଙ୍କର, ଗୋଟେ ପ୍ରେସରକୁକର୍ କିଣିବା ପାଇଁ ଜିଦ ଲଗେଇଥିଲା, ମାଂସ ରାନ୍ଧିବାକୁ ସୁବିଧା ହେବ ବୋଲି। ଅଥଚ ୟୁନିଅନ ଧନ୍ଦାରେ ପୁଣିଥରେ ପଶିଲା ପରେ ତରଙ୍ଗିଣୀରେ ଆଉଥରେ ପାଗଳାମୀ ଆରମ୍ଭ ହେଇଯାଇଛି। ପୁରୁଣା ନିଦ ଔଷଧ ଖୁଆଇକି ବି କାମ ହେଉନି। ଏବେ ରାତି ଅଧକୁ ଫେରେ ହରିଶଙ୍କର। ମା' ନିଦ ଭାଙ୍ଗି ଘୋଷାରି ଘୋଷାରି ହେଇ ଆସେ ଓ ଭାତ ବାଢ଼ିଦିଏ। ହରିଶଙ୍କର ଖାଉଥିଲା ବେଳେ ସଂସାର ଅଭାବ ଅସୁବିଧା କଥା, ସ୍ତ୍ରୀର ପାଗଳାମୀ କଥା, ରୁନା-କୁନାଙ୍କ ଦୌରାତ୍ମ୍ୟ କଥା କହେ। ହରିଶଙ୍କର କିଛି ଶୁଣେ, କିଛି ଶୁଣେନା; କିନ୍ତୁ ହୁଁ ହାଁ କରି ସବୁ ଶୁଣୁଥିବାର ଅଭିନୟ କରୁଥାଏ। ଏଆଡ଼େ ତା' ମୁଣ୍ଡ ଭିତରେ ୟୁନିଅନ, ମ୍ୟାନେଜମେଣ୍ଟ, ଧ୍ରୁବ ଖଟୁଆ, ମିଃ ମିଶ୍ର, ଦେଶମୁଖ, ଜି.ଏମ୍, ଅଫିସ ସବୁ ଆସି ଭିଡ ଜମେଇଥାନ୍ତି। ମା'ଙ୍କ କଥାଏ କାନରେ ପଶି ସେ କାନରେ ପାରି ହେଇଯାଉଥାଏ।

ମା' ବସିଥିଲା କାନ୍ଥକୁ ଆଉଜି, ଶୂନ୍ୟକୁ ଅନେଇ। ହରିଶଙ୍କରକୁ ଦେଖିଲା ମାତ୍ରେ

ହାଉଳି ଖାଇଲା। ସ୍ତ୍ରୀ ଲୋକମାନଙ୍କ ଏଇ ଗୁଣଟା ହରିଶଙ୍କରର ଆଦୌ ପସନ୍ଦ ହୁଏନି। ତରଙ୍ଗିଣୀର ବି ଏମିତି ଅଭ୍ୟାସ ଥିଲା। ହରିଶଙ୍କର ଘରେ ପାଦ ଦେଲା ମାତ୍ରେ ହିଁ ତା'ର ହାଉଳା ଆରମ୍ଭ ହେଇଯାଉଥିଲା। ସେମାନେ ଥରେ ବି ଭାବି ଦେଖନ୍ତି ନାଇଁ ଘରକୁ ଫେରୁଥିବା ଲୋକଟିର ମେଣ୍ଟାଲ ଟେନ୍‌ସନରେ ଅଛି କି ନାଇଁ। ବିରକ୍ତ ହେଇ ପଚାରିଲା; ଆଃ, କାନ୍ଦୁଚୁ କାହିଁକି ? କ'ଣ ହେଲା।

ଉଦ୍‌ଗତ କୋହକୁ ଚାପି ରଖିବାର କୌଣସି ଲକ୍ଷଣ ଦେଖାଗଲାନି ମା'ର। ସେଇଭଳି କାନ୍ଦୁ କାନ୍ଦୁ କହିଲା; ମୋ ଭାଗ୍ୟ ଖରାପ ବୋଲି ଏମିତି ଅବସ୍ଥା ଦେଖିବାକୁ ପଡିଲା। ହଇରେ ଏତେ କଷ୍ଟ କରି ତମମାନଙ୍କୁ ଜନ୍ମ କରିଥିଲି, ପେଟରୁ କାଟି ମଣିଷ କରିଥିଲି ଆଜିର ଏଇଦିନ ଦେଖିବା ପାଇଁ ?

ବିରକ୍ତ ହେଇଗଲା ହରିଶଙ୍କର- କ'ଣ ହେଇଚି କହୁନୁ ? ଏତେ ପେଖନା କାନ୍ଦୁଚୁ କାହିଁକି ?

ଛେନାଗୁଡ଼ ହେଇଚି ଯେ କହିବି। କିଛି ହେଇନି। ଖାଲି ମୋ କପାଳ ଫାଟିଛି।

ରାଗିଗଲା ହରିଶଙ୍କର; କ'ଣ କହିବାର ଅଛି କହୁନୁ। ମୋ ମୁଣ୍ଡ ଗରମ କରୁଚୁ କିଆଁ ? ଏମିତିରେ ମୋ ମୁଣ୍ଡ ଠିକ୍ ନାଇଁ। ବେଶୀ ବକବକ ହଅନା କହିହେଉଛି।

ମା' ଟିକେ ଦବିଗଲା। କାନ୍ଦ ବନ୍ଦ କରି କହିଲା; ସକାଳ ପହରୁ ଚା' ମୁନ୍ଦେ ପିଇନି। ଘରେ ଚାଉଳ ମୁଠାଏ ବି ନାଇଁ। ବୋହୁ ତ ସହଜେ ବାୟାଣୀ। ସକାଳୁ ରୁନା କୁନାଙ୍କର ବି ଦେଖା ନାଇଁ।

କୁଆଡ଼େ ଗଲେ ସେମାନେ ? ଆଉ କା' ହାତରେ ମଗେଇ ଦେଲୁନି ?

ପଇସାପତ୍ର ରଖି ଦେଇଯାଇଛୁ ଯେ ମଗେଇବି ? ତୋ' ବାପା ସନ୍ନ୍ୟାସୀ ହେଇଗଲା ପରେ ବି ଏମିତି ଅଭାବରେ କେବେ ଚଳି ନଥିଲି ମୁଁ। ହଇରେ, ମା' ବୁଢ଼ୀଟେ ତୋର ପେଟକୁ ମୁଠାଏ ଖାଇବ ବୋଲି ଏମିତି ଉହଳ ବିକଳ ହେବ।

ମା' ତା'ର କୋହକୁ ଚାପି ରଖି ପାରିଲାନି। ଛାତି ଫଟେଇ କାନ୍ଦ ବାହାରି ଆସିଲା। ମାୟାମମତାରେ ହରିଶଙ୍କରର ଆଖି ଜକେଇ ଆସିଲା। ଭାରି କଷ୍ଟରେ ମା' ତାକୁ ମଣିଷ କରିଛି। ବାପା ଘରଛାଡ଼ି ସନ୍ନ୍ୟାସୀ ହେଇ ଯାଇଥିଲେ ହରିଶଙ୍କର ଛୋଟ ଥିଲାବେଳେ ବାପାଙ୍କ ସାଙ୍ଗରେ ସାଙ୍ଗରେ ସେମିତି କୌଣସି ଆଟାଚମେଣ୍ଟ ନାଇଁ ହରିଶଙ୍କରର। ଖାଲି ମନେ ପଡ଼େ ଦାଢ଼ୀ ଜଟାଜୁଟ ସର୍ବସ୍ୱ ମୁହଁଟେ। ସନ୍ଧ୍ୟାର ଅନ୍ଧାର ଘୋଟି ଆସିଲା ବେଳେ ଆସି ତାଙ୍କର ଓଳିତଳେ ଠିଆ ହୁଏ। ମା' କାନ୍ଥକୁ ଆଉଜି ଠିଆ ହେଇଥାଏ, ଲୁଗାକାନିରେ ଲୁହ ପୋଛୁଥାଏ। ହରିଶଙ୍କରକୁ ମା' କୁହେ; ଯା' ବାପା ଆସିଚନ୍ତି, ପ୍ରଣାମ କରିବୁ।

ପ୍ରଣାମ କରିବାର ଆଦୌ ଇଚ୍ଛା ନଥାଏ ହରିଶଙ୍କରର। ଆଗେଇ ଯାଏ ତଥାପି ପ୍ରଣାମ କରେନା। ମା' ଚିହ୍ନେଇ ଦିଏ, ଏଇଟା ହରି।

ଏତେବଡ଼ ହେଇଗଲାଣି ? ବାପା ମୁଗ୍ଧ ହସଟେ ହସନ୍ତି; ମୁଁ ଭାବୁଥିଲି ଛୋଟ ଥିବ ଆହୁରି। ରବି କାହିଁ ?

ବାପା ଚାଲିଯାଉଥିଲେ ଅଳ୍ପ ସମୟର ରହଣୀ ପରେ। ସେ ଚାଲିଯିବା ପରେ ମା' ମସିଣା ଉପରେ ଗଡ଼ିଗଡ଼ି, ତକିଆରେ ମୁହଁ ଚାପି ଧରି କାନ୍ଦୁଥିଲା, ପ୍ରତିଥର। ମା'ଙ୍କର ସେଇ କାନ୍ଦ ହରିଶଙ୍କରର ଛାତିରେ ଏବେ ବି ପ୍ରତିଧ୍ୱନୀ ତୋଳେ। କେବେବି ବାପାଙ୍କୁ ଶ୍ରଦ୍ଧା କରି ଶିଖିନି ହରିଶଙ୍କର। ତଥାପି ତା'ର ଧମନୀରେ କେଉଁଠି ଯେମିତି ବାପାଙ୍କ ରକ୍ତ ଚଳପ୍ରଚଳ ହେଉଛି। ମା'ଙ୍କୁହେ ହରିଶଙ୍କର ଠିକ୍ ସେଇଭଳି- ବାପାଙ୍କ ମୁହଁ ସେଇଭଳି ଆଖି। ଠିକ୍ ବାପାଙ୍କ ଭଳି ଗୁଣର। ନିରାସକ୍ତ, ନିସ୍ପୃହ ମୋହହୀନ। କୌଣସି ଆଟାଚମେଣ୍ଟ ରଖିପାରେନା ଘରସହ। ଅଥଚ ହରିଶଙ୍କର ଏଇସବୁ ଗୁଣ ପାଇଁ ବାପାଙ୍କୁ ଭଲପାଇ ପାରିନଥିଲା କେବେ।

ଦିନେ ସନ୍ଧ୍ୟାବେଳେ ବାପା ଆସିଥିଲେ। ହରିଶଙ୍କରକୁ ଡାକି ନେଇ ଯାଇଥିଲେ। ଗାଁ ଦାଣ୍ଡରେ ଚାଲୁଥିବା ବେଳେ ବାପାଙ୍କ ହାତର ସ୍ପର୍ଶ ଅନୁଭବ କରିପାରିଥିଲା ପିଠି ଉପରେ। ବାପା କହିଥିଲେ; ଦେଖ ବାବୁ, ତୁ ବଡ଼ ହେଲୁଣି। ଘର ସଂସାର ତୋତେ ଲାଗିଲା। ମୁଁ ହିମାଳୟକୁ ଯାଉଛି। ମୋତେ ଠାକୁର ଡାକୁଛନ୍ତି। ଆଉ ଏ ମାୟା ମୋହରେ ଘାଣ୍ଟି ହେବାର ମନ ନାଇଁ। ତଥାପି ମାୟାଡ଼ୋରୀ ଛିଣ୍ଡେଇ ଦେଉନି। ସନ୍ନ୍ୟାସୀ ହେଇଚି ତେଣୁ ମୋର ମନ ପଡ଼ିରହିଥିଲା ଏଠି। ଆଉ ନୁହଁ। ସମୟ ବି ତ ଆଉ ଉଠି ଆସୁନି। ମୁଁ ଜାଣେ, ତୁ ମୋତେ ପସନ୍ଦ କରି ପାରୁ ନାହୁଁ ତଥାପି ମୋତେ ବୁଝିବା ପାଇଁ ଚେଷ୍ଟା କରିବୁ। ମୋତେ ଯଦି ବୁଝିପାରୁ, ମୁଁ ଭାବୁଚି ମୋତେ ନିଶ୍ଚୟ କ୍ଷମା କରିଦେବୁ। ତେବେ ତୋର ଦାୟିତ୍ୱରେ ହିଁ ମୁଁ ସଂସାର ଛାଡ଼ି ଦେଉଛି। ମା'ର ଦାୟିତ୍ୱ ନେବୁ। ରବିର ପଢ଼ାଶୁଣା ଅଛି। ମା'ଟା ତୋର ବଡ଼ ଅଭାଗୀ। ତାକୁ ମୁଁ ଆଜୀବନ ସୁଖରେ ରଖିନି। ତୁ ରଖିବାକୁ ଚେଷ୍ଟା କରିବୁ।

ଶେଷ କେଇପଦ କଥା କହିଲା ବେଳେ ବାପାଙ୍କର ଗଳାର ସ୍ୱର ଥରି ଉଠିଥିଲା କି ବାପାଙ୍କ ଆଖି ଜକେଇ ଆସିଥିଲା ? ବାପା ଆଗେଇ ଗଲେ ଗାଁ ଗୋହିରୀ ଭିତରେ। ହରିଶଙ୍କର ଠିଆହେଇ ରହିଥିଲା ଅନ୍ଧାରରେ। ନା' ଆଗରେ ବାପାଙ୍କ ସିଲହଟ ବି ଦିଶୁନଥିଲା। ତା'ର ଆଖିରେ ଲୁହ ନଥିଲା। ମନରେ ଦୁଃଖ ଥିଲା କି ? ରାଗ ? କ'ଣ ଭାବୁଥିଲା ସେ କେଜାଣି। ଘରକୁ ଫେରି ଆସି ଦେଖିଲା ମା' ଆଉ ପୂର୍ବଥର ଭଳି କାନ୍ଦୁନି। ନିଜକୁ ବେଶ୍ ସମ୍ଭାଳି ନେଇଚି। ଘର ଭିତରକୁ ଡାକି ମସିଣା ଉପରେ ବସେଇଥିଲା ମା'। ଲଣ୍ଠନ ଆଲୁଅରେ ହରିଶଙ୍କର ଦେଖି ପାରିଥିଲା ମା'ର ଆଖିରେ ଏକ ଦୃଢ଼ ପ୍ରତ୍ୟୟର ଚିହ୍ନ। ଅନେକଟା ଆତ୍ମ ବିଶ୍ୱାସ ଫେରିପାଇଥିଲା ହାଇସ୍କୁଲର ଫାଷ୍ଟକ୍ଲାସର ଛାତ୍ର ହରିଶଙ୍କର। ତା' ମୁଣ୍ଡରେ ଦାୟିତ୍ୱ-ବୋଧ। ସେ ହଠାତ୍ ବୟସ୍କ ହେଇଗଲା। ମା' କହିଥିଲା: ଘର କେମିତି ଚଳିବ ଯା ପରେ କହ ?

ମୁଁ ଚାକିରି କରିବି। ହରିଶଙ୍କରର ନିଜ ଗଳାର ଶବ୍ଦ ଆଶ୍ଚର୍ଯ୍ୟ ହେଇଯାଇଥିଲା। ଏତେ ଆତ୍ମପ୍ରତ୍ୟୟ, ଏତେ ବଜ୍ର ନିର୍ଘୋଷ ଆୱାଜ ସେ କେଉଁଠୁ ପାଇଲା ? କିଏ ଦେଲା ତାକୁ ଏତେ

ଶକ୍ତି। କିଏ ଭରିଦେଲା ମନରେ ଏତେ ଅଭିମାନ ? କହିଥିଲା; ତାରବାହାର କୋଇଲା ଖଣିରେ ଆମ ଗାଁର ଲୋକେ ଅଛନ୍ତି ନା ? ସେଆଡ଼େ ଯିବି ଚାକିରି ଖୋଜି।

ତା' ପରଦିନ ଗହଣା ବନ୍ଧା ପକେଇ ମା ଆଣି ଦେଇଥିଲା କୋଡିଏଟା ଟଙ୍କା। ତା'ପରେ ଆଉ ଗୋଟାଏ ଅଧ୍ୟାୟ ଆରମ୍ଭ। ସେ ଆଜିକୁ ପ୍ରାୟ ତିରିଶି ପଇଁତିରିଶି ବର୍ଷ ତଳର କଥା। ସେ ଦାୟିତ୍ୱ ବୋଧ କୁଆଡ଼େ ଗଲା ହରିଶଙ୍କରର ? ତାରବାହାର କୋଇଲାଖଣିରେ ଚାକିରି ପାଇଲା ପରେ ସେ ଧୀରେ ଧୀରେ ୟୁନିୟନ ଆଡକୁ ଆକର୍ଷିତ ହେଲା ଓ ଭୁଲିଗଲା ତା'ର ସଂସାର, ତା'ର ଦାୟିତ୍ୱବୋଧ, ତା'ର କମିଟ୍‌ମେଣ୍ଟ ସବୁ। ହୁଏତ ବାପାଙ୍କ ରକ୍ତ ଏବେ ବି ହରିଶଙ୍କର ଭିତରେ ଅଛି, ଯେଉଁଥିପାଇଁ ବାପାଙ୍କୁ ପସନ୍ଦ ନ କରି ପାରି ସୁଦ୍ଧା ସେ ବାପାଙ୍କ ଭଳି ନିରାସକ୍ତ, ନିସ୍ପୃହ ହେଇଯାଇଚି ସଂସାର ପ୍ରତି।

ଘରେ ଟଙ୍କାଟାଏ ବି ନାଇଁ। କା' ଆଗରେ ହାତ ପତେଇବି ? ଆଖିକୁ ଦିଶୁନି। ଏ ବିୟସରେ ହାତ ପୋଡ଼ି ରୋଷେଇ କରିବାକୁ ପଡୁଚି। ସେଇଥିରେ ଅଧାଦିନ ଖାଡ଼ା ଉପାସ।

ହରିଶଙ୍କର ଘର ଭିତରକୁ ଗଲା। କାଠ ଆଲମାରୀ ଭିତରୁ ପାଶବୁକ୍‌ଟେ ବାହାର କଲା। ପଇଁତିରିଶି ଟଙ୍କା ଗଲା ମାସର ବ୍ୟାଲେନ୍‌ସ ଥିଲା। ଏ ମାସର ଦରମା ଚବିଶିଶହ ପାଖାପାଖି ବ୍ୟାଙ୍କ୍‌ରେ ଜମା ହେଇଥିବ। ଏ ମାସର ଦରମା ହିଁ ଉଠିନି ତା'ର। ଉଠେଇବାକୁ ମନେ ନାଇଁ। ପାଶବୁକଟା ପକେଟରେ ରଖିଲା। ପକେଟରେ ଗୋଟେ ମାତ୍ର ଟଙ୍କା ପଡ଼ିଚି ହରିଶଙ୍କରର। ଚାଉଳ ଧାରରେ ଆଣିବ କି ଦୋକାନରୁ ? କେଉଁ ଦୋକାନରୁ ବାକି ଆସେ କି ଆସେନା ସେସବୁ ବିଷୟରେ ବି ତାକୁ ଜଣାନାଇଁ। ଏବେ କେଉଁ ଦୋକାନରେ ସେ ଯାଇ ଚାଉଳ ବାକିରେ ମାଗିବ ? କେବେ ତ ଦୋକାନ ସଉଦା ବି କରିନି ହରିଶଙ୍କର।

ବାହାରକୁ ଆସି, ମା'କୁ କହିଲା; ରୁହ, ମୁଁ ବରା ସିଙ୍ଗଡ଼ା ଦୋକାନରୁ ପଠେଇ ଦେଉଛି। ଆଜି ଦିନ ବେଳଟା ସେମିତିରେ ଚଳେଇ ନେ। ବ୍ୟାଙ୍କ୍‌ରୁ ଟଙ୍କା ଉଠେଇଲେ ସଂଧ୍ୟାବେଳେ ଚାଉଳ ଆଣିବି।

କହିଲା ଓ ମା'ର ଉତ୍ତରକୁ ଅପେକ୍ଷା ନକରି ଚାଲିଆସିଲା। ଯେମିତି ମା'ର ସାମ୍ନାସାମ୍ନି ହେବା ପାଇଁ ତା'ର ଆଉ ସାହସ ନାହିଁ। ମା' ଯଦି ପଚାରି ଦେବ ତୋ ବାପା ଯେଉଁଦିନ ଆମଠୁ ଶେଷଥର ପାଇଁ ବିଦାୟ ନେଇ ଚାଲିଗଲେ, ସେଦିନ ସଂଧ୍ୟାରେ ତୁ ଯେଉଁ ନିର୍ଭୟ ପ୍ରତିଶ୍ରୁତି ଦେଇଥିଲୁ, ସେ ପ୍ରତିଶ୍ରୁତି କୁଆଡ଼େ ଗଲା ? କ'ଣ ଉତ୍ତର ଦେବ ହରିଶଙ୍କର ?

ରାସ୍ତାକୁ ଆସିଲା ପରେ ପୁଣିଥରେ ସେଇ ପୁରୁଣା ଚିନ୍ତାଗୁଡ଼ାକ ଆସି ପହଞ୍ଚିଲା ହରିଶଙ୍କରର ମୁଣ୍ଡରେ। ଏତେ ବର୍ଷର ୟୁନିଅନ୍ ଧନ୍ଦାରୁ କ'ଣ ପାଇଲା ହରିଶଙ୍କର ? ଟଙ୍କା ପଇସା, ଘରଦ୍ୱାର- ମନ୍ତ୍ରୀତ୍ୱ। କ'ଣ ପାଇଲା ? ସେମିତି କିଛି ଚାହିଁଥିଲା କି ସେ ? ବୋଧେ ସେ କିଛି ବି ଚାହିଁ ନଥିଲା। ଗୋଟେ ଉତ୍ତେଜନାରେ, ଗୋଟେ କିଛି କରିବାର ଉତ୍ତେଜନାରେ, ଗୋଟେ ନୂଆ ସୃଷ୍ଟି ପ୍ରକ୍ରିୟାରେ, ପ୍ରତି ମୁହୂର୍ତ୍ତରେ ଘଟୁଥିବା ଘଟଣାବଳୀମାନଙ୍କ ଭିତରେ, ସେ

ନିଜର ଆଶା ଆକାଙ୍କ୍ଷାକୁ ତା'ର ପ୍ରାପ୍ତି ଅପ୍ରାପ୍ତିକୁ ବାନ୍ଧି ଦେଇଥିଲା। ଏସବୁ କ'ଣ ବ୍ୟକ୍ତିଗତ ସ୍ୱାର୍ଥ କୁହାଯିବ? ତେବେ ଯେ ସମସ୍ତେ କହୁଚନ୍ତି ଆଦର୍ଶବୋଧବୋଲି କିଛି ନାଇଁ, ନୈତିକତା ବୋଲି କିଛି ନାଇଁ। ସତରେ କ'ଣ ସେସବୁ ନାଇଁ? ତେବେ ହରିଶଙ୍କର କ'ଣ ନେଇକି, କା' ଉପରେ ଆଶ୍ରା କରିକି ବଞ୍ଚି ଆସିଥିଲା ଆଜିଯାଏ? ତା'ର ଘର ସଂସାର, ସୁଖଶାନ୍ତି, ଦାୟ ଦାୟିତ୍ୱକୁ ଜଳାଞ୍ଜଳି ଦେଇ କାହିଁକି ୟୁନିଅନ ପଛରେ ଲାଗିଥିଲା?

ହରିଶଙ୍କର ଆସି ଭାଇନା ହୋଟେଲ ସାମ୍ନାରେ ପହଞ୍ଚିଲା ବେଳକୁ ଭିଡ଼ କମିଯାଇଥିଲା ଓ ଭାଇନା ତା' କାଉଣ୍ଟରରେ ବସି ପେପର ପଢୁଥିଲା। ହରିଶଙ୍କର ଛଅଟା ସିଙ୍ଗଡ଼ା ଓ ଛଅଟା ବରା ଗୋଟେ ପ୍ୟାକେଟରେ ଦେବାକୁ କହି ଦି'ଟା ଆଳୁଚପ ଓ ଗୋଟେ ହାଫ୍ ଚା' ନିଜ ପାଇଁ ମଗେଇଲା। ମା' ଆଳୁଚପ ଖାଏନା। ଭାରି ବାଛି ଖାଇଟା। ଛଅଟା ସିଙ୍ଗଡ଼ା ଛଅଟା ବରା। ନିଶ୍ଚେ ମା' ଖାଇପାରିବନି। କିନ୍ତୁ ବେଶି ନେଇ ଯାଇଥିବା ଭଲ। ତରଙ୍ଗିଣୀ କିମ୍ବା ରୁନା କୁନା ବି ଭୋକିଲା ପହଞ୍ଚିଯାଇ ପାରନ୍ତି। ଏଇ ଭାଇନା ହୋଟେଲରେ ହିଁ ହରିଶଙ୍କରର ବାକି ଖାତା ଅଛି।

ଭାଇନା ତା'ର ପେପର ପଢ଼ିବା ବନ୍ଦ କରି ଉଠିଆସିଲା ହରିଶଙ୍କର ପାଖକୁ ଓ ସାମ୍ନା ଚେୟାରରେ ବସିପଡ଼ିଲା। ହୋଟେଲର ଚାକର ଟୋକା ଆସି ପ୍ଲେଟରେ ଆଳୁଚପ ଓ ଚଟଣୀ ଥୋଇ ଦେଇଗଲା। ଭାଇନା ଟିକେ ସାମ୍ନାକୁ ଝୁଙ୍କି ପଡ଼ି ଫିସ୍ ଫିସ୍ ଗଳାରେ କହିଲା; ନେତାଜୀ ଗୋଟେ କଥା କହିବାର ଥିଲା।

ଚାମୁଚରେ ଆଳୁଚପ ଟୁକୁରା କରିବାର ବ୍ୟର୍ଥ ଚେଷ୍ଟା କରୁ କରୁ ହରିଶଙ୍କର କହିଲା; କ'ଣ କହୁଚ?

ନେତାଜୀ, ଏ ମାସର ବାକି ଖାତାରେ ଛଅଶହ ଟଙ୍କା ହେଲାଣି। ଗତ ମାସରେ ତିନି ଶହ ଟଙ୍କା ବାକି ଅଛି।

ଚାମୁଚ ଥୋଇଦେଇ ଆଳୁଚପ ଉଠେଇ ନେଉ ନେଉ ଆଶ୍ଚର୍ଯ୍ୟ ହେଇଗଲା ହରିଶଙ୍କର; କ'ଣ? ଏ ମାସରେ ଛଅଶହ ଟଙ୍କା।

ଆହୁରି ମାସଟା ବାକି ଅଛି। ତମ ଘରେ ରୋଷେଇ ଫୋସେଇ ହେଉନି କି ନେତାଜୀ? ମୋତେ ଭୁଲ୍ ବୁଝିବନି, ଏସବୁ ଲକ୍ଷଣ ଭଲ ନୁହଁ। ଭାରି ଲକ୍ଷ୍ମୀଛଡ଼ା ଗୁଣ ଏସବୁ। ତମକୁ କହିବି କହିବି କରି କହି ପାରୁନି।

ଏତେ ଟଙ୍କାର ଜଳଖିଆ? କିଏ ନେଉଛି?

କିଏ କ'ଣ? ତମ ପୁଅ, ତମ ସ୍ତ୍ରୀ, ତମ ମା' ବୁଢ଼ୀ, ଯିଏ ପାରୁଛି ସିଏତ ମଗଉଛି। ଦିନକୁ ପନ୍ଦର କୋଡିଏ ଟଙ୍କାର ବିଲ୍। ନେତାଜୀ, ଘରେ ଟିକେ ଆକଟ କର। ଏତେଗୁଡ଼େ ଟଙ୍କାର ଜଳଖିଆ।

ହରିଶଙ୍କର ଗମ୍ଭୀର ହୋଇଗଲା। ଗୋଟେ ସଂସାର ଭାଙ୍ଗିପଡୁଚି। ହୁଏତ ତା' ପାଇଁ

ହରିଶଙ୍କର ହିଁ ଦାୟୀ। ରୁନା କୁନାଙ୍କୁ ମଣିଷ କରିବା ଦାୟିତ୍ୱ ତାର ହିଁ ଥିଲା, ଅଥଚ ସେ ଗୋଟେ ମହତ୍ ଉଦ୍ଦେଶ୍ୟରେ ନିଜ ଜୀବନକୁ ଉତ୍ସର୍ଗ କରି ଘର ପ୍ରତି ଏତେ ଅବହେଳା କରୁଥିଲା ବୋଲି ଭାବୁଥିଲା। ଅଥଚ କି ମହତ୍ ଉଦ୍ଦେଶ୍ୟ ଥିଲା ? କିଛି ଥିଲା କି ? ଯଦି ଥିଲା ସେ ଅସଫଳ ମହତ ଉଦ୍ଦେଶ୍ୟ ପାଇଁ ମା, ତୁରଙ୍ଗିଣୀ, ରୁନା କୁନାମାନଙ୍କର ଜୀବନକୁ ନଷ୍ଟ କରିବାକୁ ତାକୁ ଅଧିକାର କିଏ ଦେଇଥିଲା ?

ହରିଶଙ୍କର ହୋଟେଲର ପିଲାଟି ହାତରୁ ବରା ସିଙ୍ଗଡ଼ାର ପ୍ୟାକେଟ ନେଇକି ବାହାରି ଆସିଲା ବେଳେ ଭାଇନାକୁ କହିଲା; ମୁଁ ଦେଖୁଚି। ବୁଝାବୁଝି କରିବି ଘରେ। ତମେ ଏଇନା ବାକି ବନ୍ଦ କରୁ ନ'ଥା ଦି' ତିନିଦିନ ପରେ ମୁଁ କହିବି ତମକୁ।

ହୋଟେଲରୁ ବାହାରି ଆସି ହାତଘଣ୍ଟା ଦେଖିଲା ହରିଶଙ୍କର। ଦିନ ଏଗାରଟା ପନ୍ଦର। ହେଃ, ଭାରି ଲେଟ୍ ହେଲାଣି। ତାକୁ ଶୀଘ୍ର ଜି.ଏମ୍ ଅଫିସରେ ପହଞ୍ଚିବାକୁ ପଡ଼ିବ। ଜି.ଏମ୍.ଅଫିସ୍ ବି ଏଇଠୁ ସାତ ଆଠ କିଲୋମିଟର ବାଟ। ବସ୍ ମିଳିବ କି ନାହିଁ ସାଙ୍ଗେ ସାଙ୍ଗେ କିଏ ଜାଣେ।

ହରିଶଙ୍କର ନିଜ ଘରଆଡ଼େ ମୁହେଁଇଲା ବେଳେ ଶୁଣିଲା ପଛରୁ କିଏ ଡାକୁଛି; ନେତାଜୀ, ନେତାଜୀ।

ବୁଲିକି ଅନେଇଲା ହରିଶଙ୍କର। ଅଗଣି ଆସୁଚି, ସାଇକେଲରେ। ପିଟ୍‌ରୁ ସିଧା ଆସିଥିବ। କାରଣ ହାଫପ୍ୟାଣ୍ଟ୍ ଓ ସାର୍ଟରେ ହିଁ ଆସିଚି। ଦେହସାରା କଳାରଙ୍ଗ ସାଲୁବାଲୁ। ହେଲମେଟ ଟା ବି ମୁଣ୍ଡରୁ କାଢିନି।

ହରିଶଙ୍କର ପାଖରେ ପହଞ୍ଚି ସାଇକେଲରୁ ଡେଇଁପଡିଲା ଅଗଣି। ଖୁସିର ଖବର ନେତାଜୀ।

କ'ଣ ଖବର।

ପ୍ରୋଜେକ୍ଟ ଅଫିସର ଟ୍ରାନ୍ସଫର ହେଇଯାଇଚି।

ସତରେ ?

ଏବେ ପରା ଟେଲେକ୍ସ ମେସେଜ୍ ପହଞ୍ଚିଛି। ଜି.ଏମ୍ କ'ଣ ଟେଲେକ୍ସ ରିପୋର୍ଟ ପଠେଇଥିଲେ ହେଡ୍ ଅଫିସକୁ ପଅର ଦିନର ମାରପିଟ ଖବର ନେଇ। ତା'ର ଉତ୍ତର ଆସିଚି।

ଏତେ ଶୀଘ୍ର ଏମିତି ଭାବରେ ବିଜୟ ଆସି ପହଞ୍ଚିବ, ଭାବି ନଥିଲା ହରିଶଙ୍କର। ଖୁସିରେ ବରା ସିଙ୍ଗଡ଼ାର ପ୍ୟାକେଟଟା ଅଗଣି ହାତରେ ଧରେଇ ଦେଲା।

ଏକାଦଶ ପରିଚ୍ଛେଦ

କ'ଣ କେମିତି କଳ୍ପନା କରିଥିଲା ଦେଶମୁଖ ? କ'ଣ କ'ଣ ହେବା କଥା ଥିଲାତ ? ରାଜ୍ୟ ପ୍ରାପ୍ତି ସମୟରେ କେଉଁଠି ବାଜି ଉଠିବାର ଥିଲା କି ଭେରି ? ତୂରୀନାଦରେ କମ୍ପି ଉଠିବା କଥା ଥିଲା କି ଏଇ ଛୋଟିଆ କୋଇଲା ଖଣିର ଜଗତ ? ଗଛବୃଛ, ପ୍ରଜାମଣ୍ଡଳ, କୋଇଲା ବୋଝେଇ ଟବ, ଯାନ୍ତ୍ରିକ ଶବ୍ଦରେ ଧାଉଁଥିବା କନଭେୟର, ସକାଳ ଆଠଟାରେ ସାଇରେନ୍, ରାତି ଅଧରେ ପହରାବାଲାର ହ୍ୱିସିଲ୍ ଏସବୁ ଥରି ଉଠିବା କଥା ଥିଲା କି ? ରାଶି ଫଳରେ କ'ଣ ଲେଖା ହେବା କଥା ଥିଲା ରାଜ୍ୟ ପ୍ରାପ୍ତିର ଖବର ?

ଅଥଚ କିଛି ହେଇ ନଥିଲା । ଦିନ ଦଶଟା ବେଳେ ଜାଣିଥିଲା ଦେଶମୁଖ ଖବରଟି । ଟେଲେକ୍ସ ମେସେଜ୍ କୁଆଡ଼େ ଆସିଥିଲା ଜି.ଏମ୍.ଅଫିସକୁ । ଫୋନ୍ କରିଥିଲା, ଲାଇନ୍ ହିଁ ମିଳିଲାନି । ଜିପ୍ ଖୋଜିଥିଲା ଜି.ଏମ୍.ଅଫିସ ଯିବ ବୋଲି । ଗାଡ଼ିରେ ଡିଜେଲ୍ ନଥିଲା । ଡିଜେଲ୍ ଥିଲେ ଡ୍ରାଇଭର ନଥିଲା । ଡ୍ରାଇଭର ଥିଲେ ବ୍ୟାଟେରୀ ଖରାପ ହେଇଯାଇଥିଲା । ଦେଶମୁଖ ଆଉ କିଛି କରି ନଥିଲା । ତତ୍ପର ହେଇ ନଥିଲା ଆଦୌ । ଅଫିସ୍‌ରେ ବସି ଏଆଡୁ ସେଆଡୁ ବହି, ଟେକ୍ନିକାଲ୍ ମ୍ୟାଗାଜିନ୍, ସ୍କେଚ ପତ୍ରିକା, ଖଣି ସୁରକ୍ଷାର ନିୟମାବଳୀ ସବୁ ପଢ଼ିଥିଲା । ନା; ତା'ର ଟାଇପିଷ୍ଟକୁ ଡିଷ୍ଟର୍ବ କରିନଥିଲା । ଅନୀତାକୁ ଫୋନ୍ କରିନଥିଲା । ଡ୍ରାଇଭରକୁ ଗାଳି ଦେଇନଥିଲା । ଅଟୋ ସେକ୍ସନ୍‌ର ଫୋରମ୍ୟାନ୍ କି ଇଂଜିନିୟରକୁ ଆଉ ଗୋଟେ ଗାଡ଼ିର ଫରମାଇସ୍ କରିନଥିଲା । ସେ ଚୁପ୍‌ଚାପ୍ ବସି ରହିଥିଲା ।

ଅଫିସରୁ ଲଞ୍ଚ ବ୍ରେକରେ ଘରକୁ ଗଲାବେଳେ ଅନୀତା କଥାଟି ଉଠେଇଥିଲା। ପଚାରିଥିଲା, ତମର ପ୍ରମୋଶନ ହେଉଚି କି ଆଉ କେହି ଆସିବ ତାଙ୍କ ଜାଗରେ।

: କେଜାଣି। ନିସ୍ପୃହ ଭାବରେ କହିଥିଲା ଦେଶମୁଖ।

ତମେ ଜି.ଏମ୍.କୁ ପଚାରିଲନି ? ପର୍ସନେଲ ମ୍ୟାନେଜରଙ୍କୁ ? ହେଡ୍ ଅଫିସକୁ ଗୋଟେ ଟେଲେକ୍‌ସ ମ୍ୟାସେଜ୍ ପଠେଇଲନି। ହେଡ୍ ଅଫିସରେ ତମର ଚିହ୍ନା ଅଛନ୍ତି ପରା ଦେଓତାଲେ ସାହେବ ?

କେଜାଣି।

କେଜାଣି କ'ଣ ମ ? ତମେ ସବୁଦିନ ଏମିତି ଚାପା ଲୋକ। ପେଟରେ ସବୁ ରଖିଥିବ-ସ୍ତ୍ରୀ ପାଖରେ କିଛି କହିବନି। ଏଆଡ଼େ ତମ କୋଲିୟାରୀର ଅମୁକ ସାହେବ ତାମୁକ ସାହେବଙ୍କୁ ଦେଖ, ତାଙ୍କ ସବୋର୍ଡିନେଟ୍‌ମାନଙ୍କ ଭିତରେ କିଏ ଛୁଟି ନେଉଛି, କିଏ ଓଭରଟାଇମ୍ କରୁଛି, କିଏ କାହାକୁ ତେଲ ମାରୁଛି, ସବୁ ଆସି ସ୍ତ୍ରୀ ଆଗରେ ଗପୁଛନ୍ତି। ତମେ ଏକୁଟିଆ ପୁରୁଷପଣିଆ ଦେଖେଇ ସ୍ତ୍ରୀ ପାଖରେ କିଛି ଗୋଟେ ହେଲେ ବି ଦରକାରୀ କଥା କୁହନି।

ଏସବୁ ଡାଇନିଂ ଟେବୁଲର କଥା। ଶୋଇଲା ବେଳେ ସେଦିନ ଭାରି ଗମ୍ଭୀର ଥିଲା ଦେଶମୁଖ। ଗମ୍ଭୀରଥିବାର କିଛି କାରଣ ନଥିଲା। ସେ ଅନୀତାକୁ ସବୁ କହି ପାରିଥାନ୍ତା। କିନ୍ତୁ କିଛି କହି ନଥିଲା। ଏତେ ସବୁ କଥା ଡିଟେଲ୍‌ସରେ ବର୍ଣ୍ଣନା କରିବା କଥା ଭାବିଲା ବେଳକୁ, ତାକୁ କ୍ଳାନ୍ତିମାଡି ଆସିଥିଲା। ସେଇ ସମୟ ଭିତରେ ବରଂ ଭବାଯାଇ ପାରେ ଆଗତ ମୁହୂର୍ତ୍ତଗୁଡ଼ାକର ସମ୍ଭାବନା ସବୁକୁ। କିଛିଟା କଳ୍ପନା କରାଯାଇପାରେ। ତାକୁ ଫେଣାଯାଇପାରେ। କିଛିଟା ନିଜକୁ ଭୁଲାଯାଇପାରେ।

ଦେଶମୁଖର ଗମ୍ଭୀର ମୁହଁ ଦେଖି ଅନୀତା ଆଉ ଘାଣ୍ଟି ନଥିଲା ଦେଶମୁଖକୁ। ଦେଶମୁଖ କିନ୍ତୁ ପ୍ରଥମେ ଫୋନ୍ କରି ଜଣେଇଥିଲା। ଅନୀତାକୁ ଚାରିଟା ବେଳେ, ଅଫିସରୁ। ଲଞ୍ଚ ବ୍ରେକ୍ ପରେ ଅଫିସକୁ ଆସି ଜାଣି ପାରିଥିଲା ଦେଶମୁଖ, ଅଫିସର ସମସ୍ତେ ଜାଣି ସାରିଲେଣି ଖବରଟା। ଅଫିସ୍ ସୁପରିନ୍‌ଟେଣ୍ଡେଣ୍ଟ ଆସି କଂଗ୍ରାଚୁଲେସନ୍ ଜଣେଇ ଥିଲେ। କେବେବି ପାସଙ୍ଗରେ ଆଣୁ ନଥିବା ଡେପୁଟି ସି.ଏମ୍.ଇଙ୍କ ଦରୱାନ ଜଣକ ଲମ୍ବା ସଲାମ ଠୁଙ୍କିଥିଲା। ଖାତିର୍ କରୁନଥିବା କ୍ଲର୍କମାନେ ତରକି ଯାଇଥିଲେ।

ଜି.ଏମ୍. ଅଫିସ୍‌କୁ ଯିବା ପାଇଁ ଗାଡ଼ି ତିଆରି ହେଇଯାଇଥିଲା। ଡିଜେଲ୍ ଭରିକି ଡ୍ରାଇଭର୍ ଅପେକ୍ଷାରେ ଥିଲା। ଫୋନ୍‌ର ଲାଇନ୍ ଠିକ୍ ହେଇଯାଇଥିଲା। ସବୁକିଛି ଠିକ୍ ସେମିତି ହେଇଥିଲା, ଯେମିତି ଗ୍ରହଦଶା କଟିଗଲେ ହୁଏ। ଆଉ ଅପ୍ରତ୍ୟାଶିତ ଭାବରେ ନ ହେଲେ ବି ସେଇ ଆକାଙ୍‌କ୍ଷିତ ଅନୁମାନଟି ସତ ହେଇଗଲା। ସେତେବେଳେ ମିଃ ମିଶ୍ର ତାଙ୍କ ଅଫିସ୍ ରୁମ୍‌ରେ ନଥିଲେ। ଦେଶମୁଖ ତାଙ୍କ ଅଫିସକୁ ଗଲା ଦରୱାନ ସିଂହଦ୍ୱାର ଖୋଲିଦେଲା। ଡେପୁଟି ସି.ଏମ୍.ଇଙ୍କ ଅଫିସରେ ଦାମୀ ଗାଲିଚା ପଡ଼ିଥିଲା। ଏୟାରକୁଲର୍ ମୃଦୁଶବ୍ଦରେ ଥଣ୍ଡା ପବନ

ସିଞ୍ଚୁଥିଲା। କାନ୍ଥରେ ଦାମୀ ଡିସ୍‌ଟେମ୍ପରର କୋମଳ ରଙ୍ଗ ଆଲୁଅରେ ଚକ୍‌ମକ୍ କରୁଥିଲା। ରୁମ୍ ଫ୍ରେଶ୍‌ନରର ହାଲ୍‌କା ସୁଗନ୍ଧ ଘର ଭିତରେ। ଡେପୁଟି ସି.ଏମ୍.ଇଙ୍କ ଚେୟାର ତାକୁ ଅପେକ୍ଷା କରି ରହିଥିଲା।

ଏତେ ଶୀଘ୍ର ଏମିତି ବିଜୟ? ଅଥଚ କେତେ ଥଣ୍ଡା, ଉତ୍ତାପହୀନ ଏବଂ ନିର୍ଜୀବ। ଏତେ ଆକାଂକ୍ଷିତ ସେଇ ଚେୟାର୍ ଅଥଚ କେତେ ମାମୁଲି, ଚେମ୍ବରକୁ ଓ ଅନୀତା ପାଖୁକ ଫୋନ୍ କରିଥିଲା। ଫୋନ୍ କଲାବେଳେ ତା'ର ଗଳାର ସ୍ୱର ଭାରି ଶାନ୍ତ ଥିଲା। ଯେମିତି କିଛିହିଁ ହେଇନି। ଯେମିତି ତା' ବଗିଚାରେ କ୍ରୋଟନ୍ ଗଛଟି ମରିଯାଇଚି ଓ ଅନୀତାର ଉଦବେଗକୁ ସେ ଖାତିର ନ କରି କହୁଚି ଆଉ ଗୋଟେ କ୍ରୋଟନ୍ ଗଛ ଆଣି ଦେବା ନର୍ସରୀରୁ। ଯେମିତି ଦୁଧବାଲା ଦୁଧରେ ପାଣି ମିଶଉଛି ଅଭିଯୋଗ ଶୁଣି ଅନୀତାଠୁ ଅନ୍ୟମନସ୍କ ଭାବରେ କହୁଚି ଦେଶମୁଖ ନୂଆ ଦୁଧବାଲା ଦେଖ ତେବେ। ଠିକ୍ ସେମିତି ଭାବରେ କହିଥିଲା ସେ ଅନୀତା, ମିଃ-ମିଶ୍ରଙ୍କ ଟ୍ରାନ୍‌ସଫର୍ ହେଇଯାଇଚି। ମୁଁ ତାଙ୍କ ଜାଗାରେ ତାଙ୍କ କାମ ସମ୍ଭାଳିବି।

: ଆଉ ପ୍ରମୋଶନ? ଖୁସିରେ ପଚାରିଥିଲା ଅନୀତା। ତା'ର ଖୁସିକୁ ଖାତିର୍ ନ କରି କ୍ରେଡେଲ୍ ଉପରେ ଫୋନ୍ ଥୋଇ ଦେଇଥିଲା ଦେଶମୁଖ ଓ ପୁଣି ଥରେ ନିଜର ଚେମ୍ବରକୁ ଅନେଇଥିଲା। ଚାକଚକ୍ୟ ହୀନ। ଆଭିଜାତ୍ୟ ହୀନ। ଖୁବ୍ ସାଧାରଣ ଗୋଟେ ଅଫିସ୍ ଘର। ଗୋଟେ ଟେବୁଲ୍, ତିନିଟା ଚେୟାର, ଗୋଟେ ଷ୍ଟିଲ୍ ଆଲମିରା ଓ ଗୋଟେ ଫୋନ୍, ଟେବୁଲ୍‌ରେ କିଛି ଫାଇଲ୍ ଓ ପେପରଓ୍ୱେଟ। ବାସ୍। ଏଇ ଅଫିସ୍ ଘର ପ୍ରତି କ'ଣ ମୋହ ଥାଇପାରେ? ତଥାପି ଗୋଟେ ପ୍ରକାର ମମତା ଚିହିଁକି ଉଠିଲା, ଥରେଇ ଦେଇ ନିରାସକ୍ତ ଘଷରା ଅନୁଭୂତିବୋଧର ଉଇହୁଙ୍କା। ଛିଃ, ଇମ୍‌ପ୍ରାକ୍ଟିକାଲ୍ ସେଣ୍ଟିମେଣ୍ଟ ସବୁ।

ଏସବୁ ତିନିଦିନ ତଳର କଥା। ତା'ପରେ ଚେୟାର ଅକ୍ତିଆର କଲା ଦେଶମୁଖ, ଯେଉଁଦିନ ସକାଳରେ ସେ ସକାଳର ବି କ'ଣ କିଛି ବୈଶିଷ୍ଟ୍ୟ ଥିଲା? ତାକୁ ଗୁଡ୍ ମର୍ଣ୍ଣିଂ ଜଣେଇଥିବା ଷ୍ଟେନୋ ତା' ପାଖକୁ ଫାଇଲପତ୍ର ନେଇ ଆସିଥିବା ବଡ଼ବାବୁ, ତା' ପାଖକୁ ସାଲାରି ଆଡ଼ଭାନ୍‌ସ ମାଗି ଆସିଥିବା ଲୋକମାନେ, ମାଇନ୍‌ସର ରେଜିଂ ରିପୋର୍ଟ ଦେଉଥିବା ଲୋକଟି, ସିଭିଲ୍ କାମର କଣ୍ଟ୍ରାକ୍ଟର ବିଲ୍ ସାଇନ୍ କରାଉଥିବା ଓଭରସିୟର, ସ୍କୁଲ ପରିଚାଳନା କମିଟିର ଆଗାମୀ ବୈଠକ ଡାକୁଥିବା ହେଡମାଷ୍ଟର, ଷ୍ଟୋରରେ ସରି ଯାଇଥିବା ଆଇଟେମ୍ ସବୁ ଲୋକାଲ୍ ପର୍ଚେଜ୍ ହେବ କି ସେଣ୍ଟ୍ରାଲ୍ ଷ୍ଟୋରକୁ ରିକ୍ୟୁଜିସନ୍ ପଠାଯିବ ବୋଲି ପଚାରିବାକୁ ଆସିଥିବା ଷ୍ଟୋରକିପର, ଗାଡିଗୁଡ଼ାକୁ ସର୍ଭିସିଂ ପାଇଁ ଯିବା ଉଚିତ୍ ବୋଲି ସୂଚନା ଦେବାକୁ ଆସିଥିବା ଇଞ୍ଜିନିୟର- ସମସ୍ତେ ହିଁ ଏମିତି ଭାବରେ ଆସିଥିଲେ, ଯେମିତି ସେମାନେ ଦେଶମୁଖକୁ ଏଇ ଚେୟାରରେ ଦେଖି ଆସୁଚନ୍ତି ଯୁଗ ଯୁଗ ଧରି। କେଉଁ ଅନାଦି କାଳରୁତ। ଯେମିତି ଏସବୁ କିଛି ହିଁ ନୂଆ ନୁହଁ, ବଦଳିନି କେଉଁଠି। ଯେମିତି ଏଇ ଚେୟାରକୁ ସାଙ୍ଗରେ ନେଇ ଜନ୍ମିଥିଲା ଦେଶମୁଖ ମା' ପେଟରୁ।

ଯେଉଁଦିନ ଫେୟାର ୱେଲ୍ ସଭାରୁ ବାହାରିଥିଲା ଦେଶମୁଖ, ମିଃ ମିଶ୍ର ହାତ ମିଳେଇଥିଲେ। ସେଇ ସମୟରେ ହିଁ ଦେଶମୁଖର ସବୁ କମ୍ପ୍ଲେକ୍ସ୍ ଝଡ଼ି ପଡିଯାଇଥିଲା। ଦୃଢ଼ତାର ସହ ହାତ ମିଳେଇଥିଲା ସେ। ଛାତି ଉଁଚେଇ, ମୁରୁକି ହସି କହିଥିଲା: ଉଇଶ୍ ୟୁ ଗୁଡ୍ ଲକ୍। କହିଥିଲା ଏମିତି ଭାବରେ ଯେମିତି ସେ ନେପୋଲିୟନ୍ ବୋନାପାର୍ଟ। ମିଃ ମିଶ୍ର ତା' ସାମ୍ନାରେ ପରାଜିତ ସମ୍ରାଟଟେ। ଖୁବ୍ ଦୟା ଦେଖେଇ କ୍ଷମା କରିଦେଉଛି ସେ।

ନଚେତ୍ ଯଦି ଚାହିଁଥା'ନ୍ତ ସେ ଫେୟାର ୱେଲ୍ ଭାଷଣରେ ହିଁ ଦି'ପଦ ଝାଡ଼ି ଦେଇପାରନ୍ତା। କିନ୍ତୁ କିଛି କହି ନଥିଲା। ତା'ପରେ ବି ସେ ମନା କିରନଥିଲା ମିଃ ମିଶ୍ରଙ୍କ ବଦଳି ପରର ଆନୁଷଙ୍ଗିକ କାର୍ଯ୍ୟଗୁଡ଼ିକରେ। ଜିନିଷପତ୍ର ପ୍ୟାକ୍ ହେବ- କାଠ ଓ ବଢ଼େଇ ଦରକାର। ବିନା ବାକ୍ୟବ୍ୟୟରେ ହିଁ କରିଥିଲା ଦେଶମୁଖ। ଟ୍ରକ୍ ଦରକାର ଜିନିଷ ସିଫଟ ପାଇଁ। ହିଁ କରିଥିଲା। ଲୋକ ଦରକାର ଜିନିଷ ଲୋଡ୍ ଅନ୍‌ଲୋଡ୍ ପାଇଁ। ମ୍ୟାନ୍ ସିଫ୍‌ଟର ଲୋକ ଯୋଗେଇ ଦେଇଥିଲା।

ଏବେ ଦେଶମୁଖ ବସିଚି ତାର ନୂତନ ଆକାଂକ୍ଷିତ ସିଂହାସନରେ। ଅଥଚ ଅନୁଭବି ପାରୁନି କୌଣସି ଅଭିନବତ୍ୱ। ତା'ର ଜୀବନ ବଦଳି ଗଲା କି? କେବେ? କେଉଁଭଳି? କେମିତି? ଅଥଚ ଦେଶମୁଖର ଏତେ ଦିନର କଂପ୍ଲେକ୍ସ, ଏତେ ଦିନର ଯନ୍ତ୍ରଣା, ଏତେ ଦିନର ଷ୍ଟ୍ରଗଲ୍। ଏସବୁ କ'ଣ ମିଛ? ମିଛ ନ ଥିଲା। କିନ୍ତୁ ମନେହେଉଚି ଯେମିତି ସେଇ ପୁରୁଣା ଚେୟାର, ପୁରୁଣା ଚେମ୍ବର, ସେଇ ଦାୟିତ୍ୱମୁକ୍ତ ଜୀବନ ହିଁ ଭଲ ଥିଲା ତା'ର। ଭଲ ଥିଲା ସେଇ ଚେମ୍ବରରେ ବସି ବସି ବହି ପଢ଼ିପଢ଼ି ବୋର୍ ହେବା। ଭଲ ଥିଲା ସବୁଠୁ ଗୁରୁତ୍ୱହୀନ ମଣିଷ ଭାବରେ, ହଜାରେ ଅଫିସର ଭିତରେ ଗୋଟେ ହେଇ ବଞ୍ଚି ରହିବାରେ।

ଦେଶମୁଖ ଚେମ୍ବରରୁ ବାହାରି ଆସି ଠିଆ ହେଲା। ତା'ର ଚେମ୍ବର ସାମ୍ନାରେ ବସିଥିବା ପିଅନଟି ତରବରରେଇକି ଠିଆ ହେଇଗଲା। ଜିପ ଛାଡ଼ିକି ଦୂରରେ ଠିଆହେଇ ଗପୁଥିବା ଡ୍ରାଇଭର ଜଣକ ଧାଇଁ ଆସିଲା ଜିପ୍ ପାଖକୁ। ଗେଟ୍ ପାଖରେ ଦରୱାନ୍‌ମାନେ ଆଟେନ୍‌ସନ୍ ଭଙ୍ଗୀରେ ଠିଆ ହେଇଗଲେ।

ଆଜି ପେମେଣ୍ଟ ଦିନ। ଆଜି ଅଫିସ୍‌ର ମେନ୍‌ଗେଟ୍ ବନ୍ଦ। ଚାରିଆଡ଼େ ହଇଚଇ, ଲୋକଙ୍କ ମେଳା। ଆଗେ ଡେପୁଟି ସି.ଏମ୍.ଇମାନେ ଏଇ ଦିନରେ ଅଫିସ ଆସୁ ନଥିଲେ। ଆଜି ଦିନରେ ଯେକୌଣସି ୱାର୍କର୍ ପିଇଦେଇ ପରେ ତା'ର ସାହସ ବଢ଼ିଯାଏ ଓ ମ୍ୟାନେଜରଙ୍କୁ ଦେଖିଲେ ପାଟିତୁଣ୍ଡ କରି ଗାଳିଗୁଲଜ କରି ନିଜର ବାହାଦୂରୀ ଦେଖେଇବାକୁ ଭଲ ପାଏ। କୌଣସି ପ୍ରକାର ଝାମେଲାରେ କିମ୍ବା ଲୋକହସାରେ ନ ପଡ଼ିବାକୁ କୌଣସି ଡେପୁଟି ସି.ଏମ୍.ଇ ଆସୁନଥିଲେ ଅଫିସ୍‌କୁ।

ଦେଶମୁଖ ଯେତେବେଳେ ପ୍ରଥମ କରି କୋଇଲା ଖଣିରେ ଜଏନ କରିଥିଲା, ସେ ଦେଖିଥିଲା ଅଦ୍ଭୁତ ଗୋଟେ ଅସାମାଜିକ ସମାଜ ଅଛି। ଏଠି, ଯା'ର କୌଣସି ସମ୍ପର୍କ ନାଇଁ

ମହାରାଷ୍ଟ୍ରର ସେଇ ଛୋଟିଆ ସିଭିଲ୍ ଟାଉନ୍ ଜାଲ୍‌ନାର ସମାଜ ସହ। ମୂଲ୍ୟବୋଧରେ, ସଂସ୍କୃତିରେ, ଚେତନାରେ ସବୁ କୋଲିଆରୀ ଏକାଭଳି ଓ ଜାଲ୍‌ନା ଭଳି ଆଉ ସବୁ ସିଭିଲ୍ ଟାଉନ୍‌ଠୁ ଭିନ୍ନ। ଏଠି ମଦ ପିଇବାଟା ଯେମିତି ସାଧାରଣ, ଅତି ସାଧାରଣ ସେମିତି ସେକ୍‌ସ ସ୍କାଣ୍ଡାଲ୍ ବି। ଅବଶ୍ୟ ଏଇ କେତେ ବର୍ଷରେ ଦେଶମୁଖ ଲକ୍ଷ୍ୟ କରିଛି କୋଲିଆରୀର ଚରିତ୍ର ବଦଳି ଆସୁଚି। ମଦ ପିଇବାର ମାତ୍ରାଟା ଟିକେ କମିଚି। ମଦ ପିଇଲେ ବି ଲୋକେ ଆଉ ଆଗଭଳି ରାସ୍ତାରେ ମାରପିଟ କରୁନାହାନ୍ତି। ଆଗେ ଦରମା ଦିନ କୋଲିୟାରୀଗୁଡ଼ାକରେ ବହୁତ ରାତି ପର୍ଯ୍ୟନ୍ତ ଶ୍ରମିକ ବସ୍ତିରୁ ଭାସି ଆସୁଥିଲା ଝଗଡ଼ା, ମାରପିଟ ଓ କାନ୍ଦ ବୋବାଳିର ଶବ୍ଦ। କିଛିଦିନ ପରେ ଲକ୍ଷ୍ୟ କରୁଥିଲା ଦେଶମୁଖ, ଆଉ ଝଗଡ଼ା ମାରପିଟ ବଦଳରେ ଲୋକମାନଙ୍କ ଘରୁ ଭାସି ଆସୁଚି ମାଇକ୍‌ରେ ଉତ୍କଟ ହିନ୍ଦୀ ଫିଲ୍ମର ଶସ୍ତା ସଙ୍ଗୀତ। ଏବେ ଟି.ଭି. ଘରେ ଘରେ ହେଇଗଲା ପରେ, ଆଉ ଭାସିଆସେନି ମାଇକ୍‌ର ଉତ୍କଟ ଗୀତ କି ଝଗଡ଼ା ମାରପିଟର ଶବ୍ଦ। ଏବେ ସନ୍ଧ୍ୟା ବେଳୁ ବନ୍ଦ ହେଇଯାଏ ଶମ୍ରିକ ବସ୍ତିର ସବୁ ଘର।

କୋଲିଆରୀର ସାଧାରଣ ଲୋକ ଟିକିଏ ସିନେମା ସୌଖୀନ। ଜୀବନଟାକୁ ସିନେମାଟିକ୍ ଢଙ୍ଗରେ ଭାବିବାକୁ ଭଲ ପାଆନ୍ତି। ଯଦିଓ ସିନେମାଟା ହିଁ ଜୀବନ ନୁହଁ। ହେଇଥିଲେ ଦେଶମୁଖର କାହାଣୀ ଏଇଠି ହିଁ ସରିଥାନ୍ତା। ତା'ପରେ ଗୋଟେ ସଫଳ ସିନେମାର ହିରୋ ଭଳି ଦେଶମୁଖ ଏଇଠି ଠିଆ ହେଇ ଫ୍ରିଜ୍ ହେଇଯା'ନ୍ତା। ହେଲାନି ତ। ଦେଶମୁଖ ଦେଖିଲା, ଗେଟ ଠେଲି ପଶିଆସୁଛି ଧ୍ରୁବ ଖଟୁଆ। ଉତ୍ତେଜନାରେ ମୁହଁଟା ଥମ୍ ଥମ୍ କରୁଚି। ଗେଟ ପାଖରେ ଦରୱାନ୍ ତାକୁ ଅଟକାଇଲାନି, ବରଂ ନମସ୍କାରଟିଏ କଲା।

ଧ୍ରୁବ ଖଟୁଆ ଉପରେ ଦେଶମୁଖର କେବେ ଭଲ ଧାରଣା ନାହିଁ। ଅପସଂସ୍କୃତିର ପ୍ରଡକ୍ଟ ଏମାନେ, ମିଃ ମିଶ୍ରଙ୍କ ସମୟରେ ଖଟୁଆ ତାକୁ ପାସଙ୍ଗରେ କେବେ ପକେଇ ନଥିଲା। ଦେଶମୁଖର ପ୍ରମୋସନ୍ ଖବର ପାଇକି ଧାଇଁ ଆସିଥିଲା ସେ କଂଗ୍ରାଚୁଲେସନ୍ ଜଣେଇବାକୁ। ବିଗଳିତ ହେବାର ଅଭିନୟ କରିଥିଲା। କହିଥିଲା: ଆମେ ସାର୍ ସବୁଦିନ ମ୍ୟାନେଜମେଣ୍ଟର ଲୋକ। ଆପଣଙ୍କୁ ଆମେ ବାହାରେ ଗାଳିଦେବୁ। ସେସବୁ ଗାଳିର ଖବର ଆପଣଙ୍କ ପାଖକୁ ପହଞ୍ଚିଲେ ବି ଆପଣ ଖରାପ ଭାବିବେନି। ମାସ ସେଣ୍ଟିମେଣ୍ଟ ତ ଜାଣିଛନ୍ତି ମ୍ୟାନେଜମେଣ୍ଟକୁ ଗାଳି ନ ଦେଲେ ଲୋକମାନଙ୍କୁ କଣ୍ଟ୍ରୋଲରେ ରଖିହେବନି। ଆପଣ ତ ଜାଣିଥିବେ ଏସବୁ। କିନ୍ତୁ ମୁଁ ଥାଉଁ ଥାଉଁ ଆପଣ ହଇରାଣରେ ପଡିବେନି କେବେ।

କେତେ ମାତ୍ରାରେ ମଣିଷ ଧୂର୍ତ୍ତ ହୋଇପାରେ ଓ ତା'ର ଅସତ ଉଦ୍ଦେଶ୍ୟକୁ କେମିତି ହସି ହସି ନିର୍ଲଜ ଭାବରେ କହିପାରେ, ଦେଶମୁଖ ଦେଖିଥିଲା ସେଦିନ। ଦେଖିକି ଆଶ୍ଚର୍ଯ୍ୟ ହୋଇଥିଲା, ଘୃଣାରେ ଶିହରି ଉଠିଥିଲା। କିନ୍ତୁ ତଥାପି ହାତ ମିଳେଇଥିଲା ତ। ମିଠାହସ ହସିଥିଲା ତ। ଚା'ମଗେଇ ଖୁଏଇଥିଲା ତ। ମାଇନ୍‌ସର ଅଭାବ ଅସୁବିଧା ନେଇ ଗପିଥିଲା ତ।

ଧ୍ରୁବ ଖଟୁଆ ଆସି ନମସ୍କାର କଲା ଦେଶମୁଖକୁ। ତାକୁ ଦେଖିବା ମାତ୍ରେ ଖଟୁଆର

ମୁହଁରେ ଥିବା ରାଗ ଯେମିତି ଉଭେଇ ଯାଇଚି। ହସ ହସ ମୁହଁରେ ଗଦଗଦ ହେଇ କହିଲା: ଆପଣଙ୍କ ସାଙ୍ଗରେ ଟିକେ କଥା ଥିଲା ସାର୍। ଜରୁରୀ।

ଆସନ୍ତୁ! କହିକି ଦେଶମୁଖ ଚେମ୍ବର ଭିତରକୁ ପଶିଗଲା। ପଛେ ପଛେ ଧ୍ରୁବ ଖଟୁଆ। ନିଜ ଚେୟାର୍‌ରେ ବସିଲା ଦେଶମୁଖ। ଆଉଜିକି। ବେଲ୍ ବଜେଇ ପିଅନକୁ ଡାକିଲା ଓ ଚା' ଦି'କପର ଅର୍ଡର ଦେଲା। ରିଭଲଭିଂ ଚେୟାରରେ ଟିକେ ଆରାମ କରି ବାଁ ଓ ଡାହାଣକୁ ବୁଲିଲା। ତା'ପରେ ପଚାରିଲା: କ'ଣ କଥା ଥିଲା କହୁଥିଲେ?

ଖଟୁଆ ପୁଣି ପୂର୍ବରୁ ଫର୍ମକୁ ଆସିଗଲା। ମୁହଁ ତମ ତମ ହେଇଗଲା ରାଗରେ। ପଚାରିଲା: ଆପଣ ସେ ହରିଶଙ୍କରର ୟୁନିୟନ୍‌କୁ ଚାନ୍ଦା ଆଦାୟ କରିବା ପାଇଁ ଅନୁମତି ଦେଇଚନ୍ତି?

ଦେଶମୁଖ ଜାଣିଥିଲା, ଏମିତି ଗୋଟେ ନିଶ୍ଚୟ ଘଟିବ। ହରିଶଙ୍କରକୁ ଚାନ୍ଦା ଆଦାୟ ପାଇଁ ଅନୁମତି ଦେବା ତା'ର ଏଇ ଚେୟାରରେ ବସିବା ପୂର୍ବରୁ ସବୁଠୁ ବଡ଼ ଓ ଗୁରୁତ୍ୱପୂର୍ଣ୍ଣ ସିଦ୍ଧାନ୍ତ। ସେ ପୂର୍ବରୁ ଭାବି ବି ସାରିଥିଲା ଧ୍ରୁବ ଖଟୁଆ ଦଳ ଆସି ଚାର୍ଜ କଲେ କେମିତି ମୁକାବିଲା କରିବ ବୋଲି। ସେ ସାମାନ୍ୟ ହସିଲା ଓ କହିଲା : ଆଗେ ଚା' ପିଅନ୍ତୁ। ତା'ପରେ କଥାବାର୍ତ୍ତା।

ଧ୍ରୁବ ଖଟୁଆ ଚା' କପ୍ ଉଠେଇ ନେଇଥିଲା। ପୁଣି କ'ଣ ଭାବି କପ୍‌ଟା ଥୋଇଦେଲା। କହିଲା: ନା, ମୁଁ ଆଗେ ଉତ୍ତର ଚାହେଁ। ଆପଣ ଦେଇଛନ୍ତି କି ଚାନ୍ଦା ଆଦାୟର ଅର୍ଡର?

ଦେଶମୁଖ କାଲି ରାତିସାରା ବହୁତ ଭାବିକି ଦେଖିଚି। ହରିଶଙ୍କର ପଟ୍ଟନାୟକର ୟୁନିଅନ୍ ପ୍ରତି ତା'ର ସେମିତି ଯେ, ସଫ୍‌ଟ କର୍ଣ୍ଣର୍ ଅଛି ସେମିତି କଥା ନାହିଁ। କିନ୍ତୁ ଏକଥା କେମିତି ଅସ୍ୱୀକାର କରି ହେବ ଯେ, ତା'ର ଏଇ ରାଜତ୍ୱଲାଭ ପଛରେ ହରିଶଙ୍କରର ୟୁନିଅନର କିଛି ଭୂମିକା ନାହିଁ ବୋଲି। ଦେଶମୁଖ ଜାଣେ କୌଣସି ୟୁନିୟନ ଶ୍ରମିକର ମଙ୍ଗଳ କରିବ ନାହିଁ। ସମସ୍ତେ ନିଜ ନିଜ ସ୍ୱାର୍ଥ ପାଇଁ ବ୍ୟସ୍ତ। ହରିଶଙ୍କର ହୁଅନ୍ତୁ କି ଧ୍ରୁବ ଖଟୁଆ- ସମସ୍ତେ ଗୋଟେ ସିଷ୍ଟମର ଲୋକ। ଶ୍ରମିକମାନେ ବି ଜାଣନ୍ତି ନିଜ ନିଜ ସ୍ୱାର୍ଥ କଥା। ୟୁନିୟନ ଫ୍ୟୁନିୟନ ସବୁ ମିଛ ଧପ୍‌ପାବାଜି।

ତା'ଛଡ଼ା କେମିତି ସେ ଭୁଲିଯିବ ମିଃ ମିଶ୍ରଙ୍କ ସମୟରେ ଧ୍ରୁବ ଖଟୁଆମାନଙ୍କର ତା' ପ୍ରତି ଥିବା ଅବହେଳା ଓ ଉପେକ୍ଷାକୁ। କେମିତି ସଶ୍ରଦ୍ଧ ହେବ ସେମାନଙ୍କ ପ୍ରତି। ଅବଶ୍ୟ ଦେଶମୁଖ ବହୁତ ଭାବି ଦେଖିଚି। ଭାବପ୍ରବଣତା ତା'ର ବ୍ୟକ୍ତିତ୍ୱକୁ ଏବେ ଶୋଭା ଦିଏନା। ତା'ର ଯେ କୌଣସି ଭୁଲ୍ ସିଦ୍ଧାନ୍ତ ଏକ ମାରାତ୍ମକ କ୍ଷତି ଡାକି ଆଣିପାରେ ଯେମିତି ମିଃ ମିଶ୍ରଙ୍କର ହେଲା।

ଧ୍ରୁବ ଖଟୁଆର ଯେମିତି କିଛିଟା ଜନସମର୍ଥନ ଅଛି, ହରିଶଙ୍କରର ବି ଥିବ ନିଶ୍ଚେ। ନ ହେଲେ ସେଦିନ ହରିଶଙ୍କରର ପିଟ୍‌ହେଡ ମିଟିଂରେ ଏତେ ଲୋକ ହେଇ ନଥା'ନ୍ତେ। ତେଣୁ ଦେଶମୁଖ ଦି'ଜଣଙ୍କୁ ହିଁ ସମାନ ଭାବରେ ଖେଳେଇବା ଉଚିତ୍। କେହି ଯେମିତି ଭାବିବେନି, ଦେଶମୁଖ ସମୋନଙ୍କର ନୁହଁ ବୋଲି। ଦେଶମୁଖ ହସି ହସି କହିଲା: ସେମାନଙ୍କୁ ତ ଚାନ୍ଦା

ଆଦାୟ ପାଇଁ ହିଁ କହିଚି। ମୋ ସାଙ୍ଗରେ ପଲିସି ବିଷୟରେ କଥାବାର୍ତ୍ତା ପାଇଁ ଡାକିନି ଧ୍ରୁବ ବାବୁ। ତା'ଛଡ଼ା ସେମାନେ ପେମେଣ୍ଟ କାଉଣ୍ଟରର ଶହେଗଜ ଦୂରରେ ରହିବେ। ଆପଣମାନେ ରହିବେ କାଉଣ୍ଟର ପାଖରେ। ଯଦି ଆପଣମାନଙ୍କର ଜନସମର୍ଥନ ଅଛି, ତେବେ ଡରିବାର କ'ଣ ଅଛି ? ଆପଣଙ୍କ ପାଖରୁ ଯାଇ ଯଦି ଲୋକ ସେଠି ଚାନ୍ଦଦେଲେ ତେବେ ତ ଆପଣମାନଙ୍କର ଅକ୍ଷମତା ହିଁ ଜଣାପଡିଯିବ। ମୋର ବିଶ୍ୱାସ, ଏବେ ବି ତାର ବାହାର କୋଇଲାଖଣିର ଶ୍ରମିକମାନଙ୍କର ସମର୍ଥନ ଅଛି ଆପଣମାନଙ୍କ ପଛରେ। ଆପଣମାନଙ୍କର ଚାନ୍ଦା ସଂଗ୍ରହରେ କୌଣସି ବ୍ୟାଘାତ ଘଟିବା କଥା ନୁହଁ।

ଧ୍ରୁବ ଖଟୁଆ ଚେୟାର ପଛକୁ ଠେଲି ଠିଆ ହେଲା। କହିଲା: ଆପଣ ହରିଶଙ୍କରକୁ ଚାନ୍ଦ ଆଦାୟ ପାଇଁ ଆଦେଶ ଦେଇ ଭଲ କଲେନି ସାର୍। ଆଉ ଶ୍ରମିକଙ୍କ ସମର୍ଥନ କଥା ତ ? ଆପଣ ଜାଣିପାରିବେ ଆମ ପଛରେ ଜନସମର୍ଥନ ଅଛି କି ନାଇଁ। ଆଜି ହିଁ ଆମେ ଆପଣଙ୍କୁ ଜଣେଇ ଦେବୁ। କିନ୍ତୁ ତା'ର ଫଳାଫଳ ପାଇଁ ଆପଣ ହିଁ ଦାୟୀ ରହିବେ।

ଆପଣ କ'ଣ ମୋତେ ଧମକ୍ ଦେଉଚନ୍ତି ?

ଚେୟାର ଛାଡ଼ି ଚାଲି ଯାଉଥିଲା ଧ୍ରୁବ ଖଟୁଆ ଫେରିଆସିଲା। କହିଲା: ଆମେ ରାଜନୀତି କରୁଚୁ ସାର୍। ରାଜନୀତିରେ ଧମକ୍ ଦିଆ ଯାଏନି। ସେଠି ଖାଲି ଅଛି ଆକ୍ସନ୍। ଏବେବି କହୁଚି, ଆପଣ ନୂଆ ନୋଟିସ୍‌ଟେ କାଢନ୍ତୁ, ଆପଣଙ୍କ କୋଲିଆରୀରେ ସ୍ୱୀକୃତ ୟୁନିଅନ୍ ଛଡ଼ା ଆଉ କେହି ଚାନ୍ଦା ଆଦାୟ କରିପାରିବେନି ବୋଲି। ଆପଣଙ୍କ ନୋଟିସ୍ ବାହାରିଲା ପରେ ଦେଖିବେ ଆମେ ସେମାନଙ୍କୁ କେମିତି ତଡ଼ି ଦେଇଚୁ। ଦେଖନ୍ତୁ, ଆପଣଙ୍କ ଚେୟାରଟି ଏମିତି ଯେ ଏଠି ବସିଥିବା ଲୋକଙ୍କୁ ଚାରିଆଡ଼କୁ ଅନେଇ ଅନେଇ ପଦକ୍ଷେପ ନେବାକୁ ପଡ଼େ।

: ମୋତେ ମୋର କର୍ତ୍ତବ୍ୟ ଅକର୍ତ୍ତବ୍ୟ ଶିଖାନ୍ତୁ ନାହିଁ। ମୁଁ ଜାଣେ ମୋତେ କ'ଣ କରିବାକୁ ପଡ଼ିବ।

: ଆପଣ ତେବେ ନୂଆ ନୋଟିସ୍‌ଟେ କାଢି ବେନି।

: ନା।

: ଠିକ୍ ଅଛି। ୟା'ପରେ ଆଉ ଆପଣ ମୋତେ ଦୋଷ ଦେବେନି।

ଧ୍ରୁବ ଖଟୁଆ ବାହାରିଗଲା। ଗଲାବେଳେ କବାଟ୍‌ଟାକୁ ଟିକେ ଜୋରରେ ଧକ୍କା ଦେଇ ବନ୍ଦ କରିଦେଲା। ଯେମିତି ଚାପୁଡ଼ାଟେ ମାରି ଦେଇଗଲା। ଦେଶମୁଖଙ୍କୁ ଭାରି ଅପମାନ ଲାଗିଲା। ଧ୍ରୁବ ଖଟୁଆ ବାହାରେ ଠିଆ ହେଇ ଦେଶମୁଖ ନାଁରେ ଗାଳି ଦେଉଛି, ଶୁଣିବାକୁ ପାଇଲା ଦେଶମୁଖ। ତା'ର ଏତେ ଦିନର କୋଲିୟାରିର ଅଭିଜ୍ଞତାରେ ସେ ଜାଣିଛି- ଏମିତି ପାଟିତୁଣ୍ଡ କରିବା, ଗାଳିଦେବା ଘଟଣା କିଛି ହିଁ ନୁହଁ।

ପ୍ରଥମେ ପ୍ରଥମେ ସେ ଭାବୁଥିଲା, ଏସବୁ ବୋଧେ ଶ୍ରେଣୀଚେତନା ଓ ଶ୍ରେଣୀ ସଂଘର୍ଷ ସାଙ୍ଗରେ ଜଡ଼ିତ। ଏବେ ସେ ବୁଝିପାରିଚି ନା, ଏସବୁ ଫାର୍ସ। ଏସବୁ ପଲିଟିକ୍‌ସର ଗୋଟେ

ଗୋଟେ ମାରପେଞ୍ଚ। ଏମିତି ପାଟିତୁଣ୍ଡକୁ ଖାତିର କରେନି ଦେଶମୁଖ। ତଥାପି ତା'ର ମନ ତଳଟା ଖରାପ ହୋଇଗଲା। ଦେଶମୁଖ ଗଲାବେଳେ କବାଟଟା ଏତେ ଜୋର୍‌ରେ ବାଡ଼େଇ ଦେଇଗଲା, ପିଅନଟା କ'ଣ ଭାବିଥିବ ? ସେ ପିଅନକୁ ଘଣ୍ଟି ବଜେଇକି ଡାକି କହିଲା: ଦରୱାନ୍‌କୁ କୁହ ସେ ଖଟୁଆ ବାବୁଙ୍କୁ ଗେଟ ବାହାରକୁ ନେଇଯିବ।

ପିଅନର ନର୍ଭସ୍ ନେସ୍‌ର ହସ ଦେଖି ବୁଝି ପାରିଲା ଦେଶମୁଖ ତା'ର ହୁକୁମ ତାମିଲ୍ କରିବାର ସାହସ ପିଅନ ପାଖରେ ନାହିଁ। କିଛି ନ କହି, ନର୍ଭସ୍ ହେଇ ପିଅନ ଚାଲିଗଲା। ଦେଶମୁଖର କାନମୂଳଟା ଗରମ ଗରମ ଲାଗୁଚି। ପାଦ ଟିକେ ଟିକେ ଥରୁଚି। ଛାତିର ପାଲ୍ପିଟେସନ୍ ? ପାଣି ପିଇଲା ଦେଶମୁଖ। ଧ୍ରୁବ ଖଟୁଆର ଗାଳିକୁ ସେ ଖାତିର କରେନି, ଧ୍ରୁବ ଖଟୁଆର ଧମକ୍‌କୁ ସେ ଖାତିରକରେନି। କିନ୍ତୁ ଧ୍ରୁବ ଖଟୁଆ ଗଲାବେଳେ ଏମିତି ଜୋର୍‌ରେ କବାଟଟା ଧଡ଼ାସକିନା ବନ୍ଦ କଲା କାହିଁକି ? କ'ଣ ଭାବିଥିବ ପିଅନଟା ?

ଦେଶମୁଖ ଫୋନ୍ ରିଂ କଲା ଜି.ଏମ୍.ମିରଚଲାନିଙ୍କ ପାଖକୁ : ସାର୍ ମୁଁ ଦେଶମୁଖ କହୁଚି।

: କୁହ।

: ସାର୍ ଏବେ ଏବେ ଧ୍ରୁବ ଖଟୁଆ ଆସି ମୋତେ ଧମକ ଦେଇଗଲା।

: ଧ୍ରୁବ ଖଟୁଆ ? କାହିଁକି ?

: ମୁଁ ହରିଶଙ୍କର ପଟ୍ଟନାୟକକୁ ପେମେଣ୍ଟ କାଉଣ୍ଟରର ଶହେ ଗଜ ଦୂରରେ ଥାଇ ଚାନ୍ଦା ସଂଗ୍ରହ କରିବା ପାଇଁ ଅନୁମତି ଦେଇଚି ବୋଲି ?

: ହ୍ୱାଟ୍ ? ତମେ ହରିଶଙ୍କରକୁ ପରମିଶନ ଦେଲ ? କିଏ କହିଥିଲା ତମକୁ ପରମିଶନ ଦେବାକୁ ?

ଦେଶମୁଖ ଆକାଶରୁ ପଡିଲା। ମିଃ ମିର୍‌ଚଲାନି ତ ତାକୁ ଉସୁକେଇ ଥିଲେ, ହରିଶଙ୍କର ମାର୍ଫତ୍ ମିଃ ମିଶ୍ର ଓ ଧ୍ରୁବ ଖଟୁଆକୁ ପାନେ ଦେବା ପାଇଁ। ସେ କ'ଣ ଭୁଲି ଯାଇଛନ୍ତି ସେସବୁ ? କ'ଣ କହିବ ଭାବି ପାରିଲାନି ଦେଶମୁଖ। କହିଲା: ସାର୍, ମୁଁ ଭାବିଲି ଆପଣଙ୍କ ସମର୍ଥନ ଅଛି ହରିଶଙ୍କର ପ୍ରତି ?

ମିଃ ମିରଚଲାନି ରାଗିଗଲେ : କ'ଣ କହୁଚ ତମେ ? ମୁଁ ଏତେ ବଡ଼ ଏରିଆ ସଂଭାଳୁଚି। ମୋର କ'ଣ ଇଣ୍ଟରେଷ୍ଟ ଥାଇପାରେ ୟୁନିଅନ୍ ପଲିଟିକ୍‌ସରେ। ତା'ଛଡ଼ା ହୁ ହରିଶଙ୍କର ପଟ୍ଟନାୟକ ଇଜ୍ ? ମୁଁ କାହିଁକି ତାକୁ ସମର୍ଥନ କରିବି ? ଦେଖ ଦେଶମୁଖ, ତମର ଭୁଲ୍ ପାଇଁ ମୋ ମୁଣ୍ଡରେ ଅଠା ବୋଳିବା ଚେଷ୍ଟା ବନ୍ଦ କର।

ଦେଶମୁଖକୁ ଅନ୍ଧାର ଦେଖାଗଲା। ସେ ଏତେଟା ଅସହାୟ, ଏତେଟା ଭୟଭୀତ ଓ ଏତେଟା ଦୁର୍ବଳ ପୂର୍ବରୁ କେବେ ହେଇନଥିଲା ତ। ତା'ର ଗଳାର ସ୍ୱର ବି ନିଜ ପାଖରେ ଅପରିଚିତ ମନେ ହେଲା। ସେ କହିଲା: ସରି ସାର୍। ମୋର ଭୁଲ୍ ହେଇଗଲା।

ଭୁଲ୍ ? ଖାଲି ଭୁଲ୍ ? ତମର ଏଇ ଭୁଲ୍‌ର କ'ଣ ପରିଣାମ ହେଇପାରେ ଜାଣ ? ୟୁନିଟର କୌଣସି ଲାଭକ୍ଷତି ପାଇଁ ତମେ ହିଁ ଦାୟୀ ରହିବ, ମନେ ରଖ।

ଆଶ୍ଚର୍ଯ୍ୟ ଏ ସିଂହାସନ। ମିଃ ମିଶ୍ରଙ୍କୁ ମିଃ ମିର୍‌ଚଲାନି ଏଇଥିପାଇଁ ପସନ୍ଦ କରି ପାରୁନଥିଲେ ଯେ ସେ ଧ୍ରୁବ ଖଟୁଆଙ୍କୁ ବହୁତ ପ୍ରଶ୍ରୟ ଦେଇଚନ୍ତି। ଆଉ ଏବେ ଦେଶମୁଖ ଉପରେ ସେ ବିରକ୍ତ ଯେ ଦେଶମୁଖ ଖଟୁଆକୁ ଆଦୌ ପ୍ରଶ୍ରୟ ଦେଇନି ବୋଲି। କ'ଣ ଚାହାନ୍ତି ତେବେ ମିଃ ମିରଚଲାନି ?

ଜି.ଏମ୍. କହିଲେ; ତମେ ଶୀଘ୍ର ଅଫିସ୍‌କୁ ଚାଲିଆସ ଇମିଡିଏଟ। ଏଠି ସବୁ କଥା ଡିଟେଲ୍‌ରେ ହେବ।

ଦେଶମୁଖ ଫୋନ୍ ଥୋଇ ଦେଇ କଲିଂବେଲ ବଜେଇ ପିଅନକୁ ଡାକି ଡ୍ରାଇଭରକୁ ରେଡି ରହିବା ପାଇଁ କହିଲା ଓ ବାଥରୁମ୍‌କୁ ଚାଲିଗଲା। ଏଇ ବାଥ୍‌ରୁମ୍‌ଟା ତା'ର ନିଜସ୍ୱ। ବାଥ୍‌ରୁମ୍‌ରେ ସାନିଟାରୀ ସେଣ୍ଟସର ବାସ୍ନା ଆସୁଚି। ସଫା ଚକ୍ ଚକ୍ ବାଥ୍‌ରୁମ୍। କାର୍ପେଟ୍ ପଡ଼ିଚି ତଳେ। ଗୋଟେ ପଟରେ କାମୋଡ଼। ଅନ୍ୟପଟେ ୟୁରିନାଲ୍ ଓ ବେସିନ୍। ବେସିନ୍ ଉପରେ ଦର୍ପଣ ଲାଗିଛି। ଦେଶମୁଖ ପରିଶ୍ରା କରି ସାରି ମୁହଁ ଧୋଇଲା। ସାବୁନ୍ ବି ଲଗେଇଲା ଟିକେ ମୁହଁରେ। ଟାୱେଲରେ ମୁହଁ ପୋଛି ନେଇ ପକେଟରୁ ପାନିଆ କାଢ଼ି ମୁଣ୍ଡ କୁଣ୍ଡେଇଲା ଦେଶମୁଖ। ଯେତେଟା ସ୍ୱାଭାବିକ ଦେଖା ଯାଇପାରେ, ସେତିକିଟା ସ୍ୱାଭାବିକ ହେବାକୁ ଚେଷ୍ଟା କଲା। ତା'ର ମନ ତଳର ଅସ୍ଥିରତାକୁ ବାହାରକୁ ପ୍ରକାଶ କରିବାକୁ ଦେବା ଉଚିତ ନୁହେଁ। ଏହାହିଁ ବ୍ୟକ୍ତିତ୍ୱ। ତମେ ତମର ଅନୁଭୂତି ଗୁଡ଼ାକୁ ଯେତେ ଚାପି ରଖିବ, ନିଜର ଭିତରଟାକୁ ଯେତେ ଲୁଚେଇକି ରଖିବ ସେତେ ସୁଦୃଢ଼ ବ୍ୟକ୍ତିତ୍ୱର ଲୋକ ବୋଲି କୁହାଯିବ।

ମିଃ ମିରଚଲାନି ତାକୁ ଟିକେ ଭଲ ପାଆନ୍ତି ନିଶ୍ଚେ। ନଚେତ୍ ସେ ଏଇ ନୂଆ ଚେୟାରରେ ବସିଲାବେଳେ ଥରେ ଡାକିନେଇ ତାଙ୍କ ପାଠ ପଢ଼େଇଥିଲେ, ଯାହାକୁ ନେଇ ଛୋଟ ବହିଟେ ଲେଖା ଯାଇପାରେ, ଯାର ଶୀର୍ଷକ ହେବ : କେମିତି ଦକ୍ଷ ଅଫିସରଟେ ହେବ।

ମିଃ ମିରଚଲାନି ତାକୁ କହିଥିଲେ; ତମେ ଯେତେ ଚିଡ଼ିଚିଡ଼ା ଓ ଗମ୍ଭୀର ବୋଲି ବାହାରକୁ ଦେଖେଇ ହେବ, ସେତିକି ତମର ପ୍ରତିପତ୍ତି ବଢ଼ିବ। ତମେ କେବେ ବି କାହାରି ପ୍ରତି ଖୁସି ହେଲେ ବି ହସଖୁସି ଥଟ୍ଟା ମଜାରେ ରହିବନି। ଆଉ ଗୋଟେ କଥା, ତମେ କେବେ ବି କାହାରିକୁ କୌଣସି ବିଷୟରେ 'ହଁ' କହିବନି। କେହି ଛୁଟି ମାଗିଲେ, କେହି ଦରମା ଆଡଭାନ୍‌ସ ମାଗିଲେ, କେହି ଜିପ୍ ମାଗିବାକୁ ଆସିଲେ- ପ୍ରଥମ ଥରରେ ତମେ କେବେ ବି ହଁ କରିବନି। ତମେ ଯଦି ପ୍ରଥମ ଥରରେ 'ହଁ' କହିଦେବ ତେବେ ସେ ଲୋକଟି ଆଦୌ ଭାବିବନି ଯେ ତମେ ତା'ର ଉପକାର କଲ ବୋଲି ବରଂ ସେ ଭାବିବ ସେଇଟା ପାଇବା ତା'ର ଅଧିକାର। ତମେ ତାକୁ ଦି' ତିନିଥର ଦୌଡ଼େଇଲା ପରେ ତା'ର କାମଟା କଲେ ବରଂ ସେ ତମ ପ୍ରତି ବିଶ୍ୱସ୍ତ ଓ ଅନୁଗତ ହେବ। ତା' ମନରେ ଗୋଟେ

ଧାରଣା ହେବ ଯେ ତମେ ଅଫିସର ହିସାବରେ ଯେତେ ଦୃଢ଼ ହୁଅନା କାହିଁକି ତା' ପ୍ରତି ତମର ଗୋଟେ କୋମଳ ମନୋଭାବ ଅଛି।

ଦେଶମୁଖ ଥରେ ହାଇଦ୍ରାବାଦରେ ଗୋଟେ ମ୍ୟାନେଜମେଣ୍ଟ୍ ଟ୍ରେନିଂ ନେଇଥିଲା ନଅଦିନ ପାଇଁ, କୋଇଲାଖଣି ସମୁହର ମ୍ୟାନେଜରମାନଙ୍କ ପାଇଁ କନ୍‌ଡେନ୍‌ସଡ଼୍ ଟ୍ରେନିଂ କୋର୍ସ ଥିଲା। ସେଇଠି ଇନ୍‌ଷ୍ଟ୍ରକ୍ଟର ଜଣକ କହିଥିଲେ, ଏବେ ବି ମନେ ଅଛି ଦେଶମୁଖର- ସେ ଜଣେ ଭଲ ମ୍ୟାନେଜର କେବେ ବି 'ନା' କୁହେନା। କାରଣ ମ୍ୟାନେଜରର ପ୍ରଥମ କାମ ହେଉଚି ତା'ର ଲୋକଙ୍କ ପାଖରୁ କାମ ଆଦାୟ କରିବା। ଜଣେ ଅଧସ୍ତନ କର୍ମଚାରୀ ଯଦି ଟିକେ ଡେରିରେ ଆସିଲା, କିମ୍ବା ଛୁଟି ଦରଖାସ୍ତଟେ ଦେଲା କିମ୍ବା ଅଧବେଳା ଅଫିସ୍ ନ ଆସିବାର ପରିମିଶନ ମାଗିଲା, ତେବେ ତାକୁ ନା କରନା। ତମେ ତାକୁ ଛୁଟି ଦେଇ ନ ପାର। ସେ ବାଧ୍ୟ ହୋଇ କାର୍ଯ୍ୟ ସ୍ଥଳରେ ଉପସ୍ଥିତ ରହିପାରେ। କିନ୍ତୁ ସେ ହୁଏତ କାମ ହିଁ କରିବନି। ତା'ର କାମର ସ୍ପୃହା କମିଯିବ। କିନ୍ତୁ ତମେ ତା'ର ଛୁଟି ଯଦି ମଞ୍ଜୁର କରିଦିଅ ଏଇ ସର୍ତ୍ତରେ ଯେ ତା'ର ବାକିଆ କାମତକ ସେ ପରବର୍ତ୍ତୀ ସମୟରେ ବିନା ଓଭରଟାଇମ୍‌ରେ କରିଦେବ, ତେବେ ଦେଖିବ ସେ ଲୋକଟି ପାଖରୁ ତମେ ଯଥେଷ୍ଟ କାମ ଆଦାୟ କରିପାରୁଛ।

ଦେଶମୁଖ କହିଥିଲା ଜି.ଏମ୍‌ଙ୍କୁ ସେଇ ଟ୍ରେନିଂର ଇନ୍‌ଷ୍ଟ୍ରକ୍ଟରଙ୍କ କଥା। ମିଃ ମିରଚଲାନି ହସିକି ଉଡେଇ ଦେଇଥିଲେ : ସେସବୁ କେବଳ ଥିଓରିର କଥା। ତମେ କାହାରିକୁ ଯଦି କୌଣସି ସ୍କୋପ ଦେଲ, ସେ କେମିତି ଆହୁରି ସୁବିଧା ସୁଯୋଗ ତମଠୁ ଝଡେଇବ ସେଇ ଚକ୍‌କର୍‌ରେ ରହିବ। ତମେ ଆମର ଏଇ ଇଣ୍ଡିଆନ୍ ମେଣ୍ଟାଲିଟି ଜାଣିନ। ଭାରତୀୟ ମାନସିକତା ହିଁ ହେଉଚି ସୁବିଧାବାଦୀ, ଅଳସୁଆ ଓ ସ୍ୱାର୍ଥାନ୍ୱେଷୀ ପ୍ରବୃତ୍ତିର ସମାହାର। ତମେ ଭାବୁଚ ଗୋଟେ ଲୋକକୁ ଫୁସୁଲେଇକି କହିବ ତାର ବାକିଆ କାମତକ କରିଦେବାକୁ ଓ ସେ କରିଦେବ? କେବେ ନୁହଁ। ଯେତେବେଳ ପର୍ଯ୍ୟନ୍ତ ସେ ଧମକ ଚମକ ନ ପାଇଚି, ତମକୁ ସେ କରିକି ଦେଉନି। କାମ ଆଦାୟ କରିବାର ଗୋଟେ ହିଁ ପନ୍ଥା ଅଛି ଭାରତରେ। ତମର ଅଧସ୍ତନ କର୍ମଚାରୀଙ୍କ ପାଖରୁ ଯେତେଟା ଏଲିଟି ରହି ପାରୁଚ ସେତେ ଭଲ। ତମର ଅଧସ୍ତନମାନଙ୍କର ଦୁର୍ବଳ ବିନ୍ଦୁଗୁଡ଼ିକୁ ଖୋଜି ବାହାର କର ଓ ସେଇ ଗୁଡ଼ାକରେ ଆଘାତ କର। ସବୁବେଳେ ସେମାନଙ୍କର କାମର ଭୁଲ୍‌ଗୁଡ଼ାକ ଖୋଜ ଓ ସେଇଥିପାଇଁ ସେମାନଙ୍କୁ ଚାର୍ଜ କର। ଏମିତି ଗୋଟେ ପରିବେଶ ତିଆରି କର ଯେମିତି ତମେ କାମ ପାଇଁ ଉତ୍ସର୍ଗୀକୃତ ଓ କାମ ବିନା ଦ୍ୱିତୀୟ କିଛି କଥା ଜାଣନା। ଦେଖିବ ସମସ୍ତେ କେମିତି ଲାଙ୍ଗୁଡ଼ ଜାକି ତମର ବାଧ୍ୟ କର୍ମଚାରୀ ଭଳି କାମରେ ଲାଗି ପଡିଛନ୍ତି।

ଦେଶମୁଖ ବାହାରି ଆସିଲା ବାଥ୍‌ରୁମ୍‌ରୁ। ପିଅନଟେ ଧଡପଡେଇକି ଉଠି ଠିଆ ହେଲା। ଏଇ ପିଅନଟି କେବେ ବି ତାକୁ ଖାତିର କରୁ ନଥିଲା ମିଃ ମିଶ୍ରଙ୍କ ସମୟରେ। ଅଥଚ ଆଜି କେମିତି ବଶଂବଦ ଭାବରେ ଠିଆ ହେଇରହିଚି। ଦେଶମୁ ଯାଇକି ଜିପ୍‌ରେ ବସିଲା।

ଜି.ଏମ୍.ମିଃ ମିରଚଲାନି କହୁଥିଲେ, କଠୋର ହୁଅ। ଆହୁରି କଠୋର ହୁଅ। ଦେଶମୁଖ କ'ଣ ଠିକ୍ କଠୋର ହେଇ ପାରିନି ଏଯାଏଁ? ସେ କ'ଣ ତା'ର ଅଫିସରୀୟ ବ୍ୟକ୍ତିତ୍ୱକୁ ଏଯାଏଁ ଜାହିର୍ କରିପାରିନି? କିମ୍ବା ପୂର୍ବରୁ ସେଇ ଅବହେଳିତ, କ୍ଷମତା ବିହୀନ, ନାମକୁ ମାତ୍ର ଅଫିସର ହେଇ ରହିଥିବାର ଇମେଜଟିକୁ ଭୁଲି ପାରି ନାହାନ୍ତି ଲୋକମାନେ? ଆଜି ଧ୍ରୁବ ଖଟୁଆର ବ୍ୟବହାର ଟିକିଏ ପୂର୍ବରୁ କ'ଣ ଦେଶମୁଖର ବ୍ୟକ୍ତିତ୍ୱ ପ୍ରତି ଚାଲେଞ୍ଜ?

କ'ଣ କରିବ ଏବେ ଦେଶମୁଖ? ସେ କ'ଣ ଧ୍ରୁବ ଖଟୁଆ ବିରୁଦ୍ଧରେ ଠିଆ ହେବ? ବୋଧେ ସେ ହେଇ ପାରିବନି। କାରଣ ଜି.ଏମ୍. ଚାହିଁବେନି କୌଣସି ପ୍ରକାର ଶ୍ରମିକ ଅଶାନ୍ତି। ତା' ଛଡ଼ା ହରିଶଙ୍କର ପ୍ରତି ଏତେଟା ସହାନୁଭୂତିଶୀଳ ହେଇପଡ଼ିବାର କିଛି ମାନେ ଥିଲା କି? ହରିଶଙ୍କର କିଏ କି? ଗୋଟେ ଉଚ୍ଚାକାଂକ୍ଷୀ ଶ୍ରମିକ ନେତା। ଧ୍ରୁବ ଖଟୁଆ ସାଙ୍ଗରେ ତା'ର ପାର୍ଥକ୍ୟ କିଛି ନାହିଁ। ଗୋଟେ ମୁଦ୍ରାର ଦୁଇପାଖ ସେମାନେ। ତେଣୁ ହରିଶଙ୍କର ହେଉ କି ଧ୍ରୁବ ଖଟୁଆ, ଶ୍ରମିକମାନଙ୍କର କିଛି ଲାଭ କ୍ଷତି ଅଛି କି? ଜିପ୍‌ରେ ଆଉଜିକି ବସିଲା ଦେଶମୁଖ। ଜି.ଏମ୍.ନିଶ୍ଚୟ କିଛି ଗୋଟେ ଉପାୟ ବତେଇବେ। ଏବଭ ଅଲ, ସେ ଭଲ ପାଆନ୍ତି ଦେଶମୁଖକୁ ତ।

ଅପରାହ୍ନ ଚାରିଟା ବେଳେ ଖବର ପାଇଲା ଦେଶମୁଖ, ସେକେଣ୍ଡ ସିଫ୍ଟର ଲୋକମାନେ କାମକୁ ଯାଉ ନାହାନ୍ତି। ହଠାତ୍ ଷ୍ଟ୍ରାଇକ୍‌ର ଡାକରା ଦେଇଛନ୍ତି। ଖବରଟି ଜଣେଇ ଫୋନ୍ କରିଥିଲେ ଏବେ ମ୍ୟାନେଜର ଦାୟିତ୍ୱରେ ଥିବା ସେଫ୍‌ଟି ଅଫିସର ମିଃ ନାଇଡୁ।

: ସେମାନଙ୍କର ଦାବୀ କ'ଣ ଅଛି? ଫୋନ୍‌ରେ ପଚାରିଥିଲା ଦେଶମୁଖ।

: କିଛି ଜଣାପଡୁନି ସାର୍। ଆପଣ ଟିକିଏ ଆସିଥିଲେ ଭଲ ହୁଅନ୍ତା।

ଅନୀତା ପାଖରେ ଥିଲା ସେତେବେଳେ। ଠିକ୍ ଅଫିସ୍ ବାହାରିବା ପୂର୍ବରୁ, ଦି'ପହରିଆ ନିଦରୁ ଉଠିଥିଲା ଦେଶମୁଖ। ଏ ଯାଏଁ ଚା' ପିଇନଥିଲା। ଅନୀତା ଚା'କପରେ ସୁଗାର କ୍ୟୁବ୍ ଗୋଳଉଥିଲା। ପଚାରିଲା: କା'ଫୋନ୍? କ'ଣ ହେଇଚି।

: ଲେବର୍‌ମାନେ ହଠାତ୍ କାମକୁ ଯାଉ ନାହାନ୍ତି। କ'ଣ ହେଇଛି ବୁଝିହେଉନି। ମୋତେ ଯିବାକୁ ପଡ଼ିବ।

: ତମେ ଏଇ ପେମେଣ୍ଟ୍ ଡେ'ରେ ଯିବ ପିଟ୍‌କୁ? ଆଜି ଅଧିକାଂଶ ଲୋକ ପିଇକି ଆସିଥିବେ। ପୁଣି ଶ୍ରମିକ ଅଶାନ୍ତି କଥା। କେତେବେଳେ କ'ଣ ହେବ।

: ଆମର କାମ ଅନୀତା- ଶ୍ରମିକମାନଙ୍କୁ ନେଇ। ମୁଁ ଏଇ କୋଲିଆରୀର ଦାୟିତ୍ୱରେ ଅଛି। ମୋରି ୟୁନିଟ୍‌ରେ ଷ୍ଟ୍ରାଇକ୍ ହେବ, ଆଉ ମୁଁ ବସି ରହିବି, ଏଇଟା କ'ଣ ଭଲ ଦେଖାଯିବ?

ଦେଶମୁଖ ଉଠିକି ଠିଆ ହେଲା। ତରତରରେ ସାର୍ଟପ୍ୟାଣ୍ଟ ପିନ୍ଧିଲା, ଠିଆ ଠିଆ ହେଇ ଚା' ପିଇଲା। ଅନୀତା କାଢି ଦେଇଥିବା ଆମ୍ବାସାଡ଼ର୍ ଜୋତା ଛାଡ଼ି ସେଫ୍‌ଟି ଜୋତା ପିନ୍ଧିନେଲା ଖୁବ୍ ବ୍ୟସ୍ତଭାବରେ, କାଳେ ଅଣ୍ଡର ଗ୍ରାଉଣ୍ଡ୍ ଯିବାକୁ ପଡ଼ିପାରେ ବୋଲି ଓ ବାହାରିଗଲା।

ପିଟ୍ ପାଖରେ ପହଞ୍ଚିଲା ବେଳକୁ ଜନାରଣ୍ୟ ସେ ଜାଗାଟି। ଦି'ଜଣ ସିକ୍ୟୁରିଟି ଗାର୍ଡ ଧାଇଁ ଆସିଲେ, ଭିଡ଼ ଭିତରେ କର୍ଡନ କରି ନେବାକୁ। ଏତେ ଭିଡ଼ ଦେଖି ଦେଶମୁଖ ପ୍ରଥମେ ଡରି ଯାଇଥିଲା। କିନ୍ତୁ ବାହାରକୁ ଜଣା ପଡିବାକୁ ଦେଲାନି। ବାଡ଼ି ଉଞ୍ଚେଇ ତା' ପାଖରେ ଠିଆ ହେଇଥିବା ଗାର୍ଡ଼ ଦି'ଟାକୁ ଇଶାରାରେ କହିଲା। 'ସବୁ ଠିକ୍ ଅଛି। ବ୍ୟସ୍ତ ହେବାର କିଛି ନାଇଁ ବୋଲି।' ଗାର୍ଡ ଦି'ଜଣ ଭିଡ଼ ଭିତରେ ତାକୁ ଏକ ପ୍ରକାର ଧରାଧରି କରି ଅଫିସ୍ ଭିତରକୁ ନେଇଗଲେ।

ଅଫିସରେ ମିଃ ନାଇଡୁ ଖୁବ୍ ଚିନ୍ତିତ ଭାବରେ ବସିଥିଲେ। ପାଖରେ ଅନ୍ୟାନ୍ୟ ଅଣ୍ଡର ମ୍ୟାନେଜର, ଇଞ୍ଜିନିୟରମାନେ। ଓଭରମ୍ୟାନ୍, ମାଇନିଂ ସର୍ଦ୍ଦାରମାନେ ଠିଆ ହେଇ ରହିଥିଲେ ଟେବୁଲ ଚେୟାରକୁ ଘେରି। ଦେଶମୁଖକୁ ଦେଖି ଦେଚୟାର ଛାଡ଼ି ମିଃ ନାଇଡୁ ଆଉ ଗୋଟେ ଚେୟାରକୁ ଉଠିଗଲେ ଓ କହିଲେ: ଆପଣଙ୍କ ଆସିବାରେ କିଛି ଅସୁବିଧା ହେଇନି ତ ସାର୍। ଆଜି ପେମେଣ୍ଟ୍ ଡେ'ଟା। ଲୋକେ ଏମିତିରେ ପିଆପିଇ କରିଛନ୍ତି! କେତେବେଳେ କ'ଣ ହେଇଯିବ।

ଦେଶମୁଖ ପଚାରିଲା : କ'ଣ ହେଇଚି? ଘଟଣା କ'ଣ? କାହିଁକି ଲେବର୍‌ମାନେ ତଳକୁ ଓହ୍ଲଉ ନାହାନ୍ତି?

: ସେମିତି କିଛି କାରଣ ନାଇଁ ସାର୍। ଧ୍ରୁବ ବାବୁଙ୍କ ଦଳ କାହାରିକୁ ଭିତରକୁ ଛାଡୁ ନାହାନ୍ତି।

: କାହିଁକି ଛାଡୁ ନାହାନ୍ତି? ଏଇଟି କ'ଣ ଗୁଣ୍ଡା ରାଜ୍ ଚାଲିଛି କି? ଶ୍ରମିକମାନଙ୍କୁ ଏମିତି କାମରେ ଯୋଗ ନ ଦେବା ପାଇଁ ଦଳେ ଧମକେଇବେ ଆଉ ସେମାନେ ମାନିଯିବେ।

: ଡରରେ କେହି ଭିତରକୁ ଯାଉନାହାନ୍ତି। ଆଜି ପୁଣି ପେମେଣ୍ଟ୍ ଦିନ। ସହଜରେ ଆଜି ଆବସେଣ୍ଟିଜିମ୍‌ର ମାତ୍ରା ବେଶି ହୁଏ। ଲୋକଙ୍କର ଏମିତିରେ ମୁଡ୍ ନଥାଏ କାମ କରିବାକୁ। ତା'ଉପରେ ଏତେ ଝାମେଲା ନେଇ କିଏ କାମ କରିବାକୁ ଯିବ।

: ଆପଣ ୟୁନିଅନବାଲାଙ୍କ ସାଙ୍ଗରେ କଥା ହେଇଥିଲେ?

: ଧ୍ରୁବ ବାବୁଙ୍କ ଦଳର ଲୋକେ ଧରାଛୁଆଁ ଦେଉ ନାହାନ୍ତି। ଅଗଣି ହୋତା ସାଙ୍ଗରେ କଥା ହେଇଥିଲି। ହରିଶଙ୍କର ପଟ୍ଟନାଏକ ଦଳର ଅଗଣି ହୋତା। ସେମାନେ ବି ଏଇ ହଠାତ୍ ଷ୍ଟ୍ରାଇକ୍‌ର ଅର୍ଥ ବୁଝିପାରୁ ନାହାନ୍ତି।

: ତା' ଅର୍ଥ ଏ ଷ୍ଟ୍ରାଇକ୍ ୟୁନିଅନ ବାଲାଙ୍କ ତରଫରୁ ଦିଆ ହେଇନି?

ମିଃ ନାଇଡୁ ତଳକୁ ମୁହଁ ପୋତିଲେ କିଛିକ୍ଷଣ। ତା'ପରେ କହିଲେ: ସତ କହିବାକୁ ଗଲେ, ଧ୍ରୁବ ଖଟୁଆ ଦଳ ହିଁ ଲୋକଙ୍କୁ ଭିତରକୁ ନ ଯିବାପାଇଁ ମତେଇଛନ୍ତି। ଏବେ ସେମାନେ ଧରାଛୁଆଁ ଦେଉନାହାନ୍ତି।

: କାହିଁକି?

ଗୋଟେ ମାଇନିଂ ସର୍ଦ୍ଦାର ଏଥର ଆଗେଇ ଆସିଲା: ମୁଁ ଗୋଟେ କଥା କହିବି ସାର୍। ଆପଣମାନେ ଏଠି ଯେଉଁ ବିଷୟକୁ ଜାଣିଛନ୍ତି, ସେଇ ବିଷୟକୁ ନ ଜାଣିଲା ଭଳି ବାରମ୍ବାର କଥାବାର୍ତ୍ତା କାହିଁକି ହେଉଛନ୍ତି ? ଆପଣମାନେ ସମସ୍ତେ ଜାଣିଛନ୍ତି, ଏଇ ଷ୍ଟ୍ରାଇକ୍‌ର ଉଦ୍ୟୋକ୍ତା ଧ୍ରୁବ ଖଟୁଆ। ଆପଣ ହରିଶଙ୍କର ପଟ୍ଟନାୟକର ଦଳକୁ ଚାନ୍ଦା ଉଠେଇବାର ପରମିଶନ ଦେଇଛନ୍ତି; ତେଣୁ ସେମାନେ ଷ୍ଟ୍ରାଇକ୍ ଡାକରା ଦେଇଛନ୍ତି।

ଗମ୍ଭୀର ହେଇ ଅନେଇଲା ଦେଶମୁଖ ସେଇ ମାଇନିଂ ସର୍ଦ୍ଦାରକୁ। ଏଇ ଲୋକଟି କ'ଣ ଧ୍ରୁବ ଖଟୁଆ ପଟର ? କେଜାଣି। ପଚାରିଲା: ଏଇ କାରଣରେ ହିଁ ଷ୍ଟ୍ରାଇକ୍ ଡାକରା ଦିଆଯାଏ ? ତା'ପୁଣି ବିନା ନୋଟିସ୍‌ରେ ? ଦାବୀପତ୍ର କାହିଁ ? କାହିଁ ମାସିକିଆ ନୋଟିସ୍।

: ଦାବୀପତ୍ର ଯଦି କହୁଚନ୍ତି ସାର୍- ହଜାରେ ଏକ୍‌ଟା ଦାବୀର ଚିଠା ହେଇଯିବ। ଆଉ ମାସିକିଆ ନୋଟିସ୍ କଥା କହୁଚନ୍ତି। ସେଇୟାକୁ ଆଡ଼େଇ ଯିବା ପାଇଁ ଧ୍ରୁବ ଖଟୁଆ ଦଳ ସାମ୍ନାକୁ ଆସୁ ନାହାନ୍ତି। ତା' ଅର୍ଥ, ସେମାନେ କାଗଜ କଲମରେ ଷ୍ଟ୍ରାଇକ୍ ଡାକରା ଦେଇ ନାହାନ୍ତି, ଅଥଚ ସେମାନେ ଦେଖେଇ ଦେବାକୁ ଚାହାନ୍ତି ସେମାନଙ୍କର କେତେ ବଳ।

ଦେଶମୁଖ ଆଉ ମାଇନିଂ ସର୍ଦ୍ଦାର ସାଙ୍ଗରେ ଉଚ୍ଚବାଚ କରିବା ଠିକ୍ ମନେ କଲାନି। ସେ ହାତ ହଲେଇ ତା'କୁ ଚୁପ୍ ହେବା ପାଇଁ କହିଲା ମାତ୍ରେ ଓଭରମ୍ୟାନ୍ ମାଇନିଂ ସର୍ଦ୍ଦାରମାନେ ତାକୁ ଚୁପ୍ କରେଇ ଦେଲେ। ଜଣେ କିଏ ସେଇ ଲୋକଟାକୁ ଟାଣି ବାହାରକୁ ନେଇଗଲା। ଦେଶମୁଖ କହିଲା ମିଃ ନାଇଡ୍‌ଙ୍କୁ: ଆପଣ ଗୋଟେ ନୋଟିସ୍ ଟାଙ୍ଗି ଦିଅନ୍ତୁ, କୋଲ୍ ଇଣ୍ଡିଆର ଷ୍ଟାଣ୍ଡିଂ ଅର୍ଡର୍ ଅନୁଯାୟୀ, ବିନା ନୋଟିସ୍‌ରେ ଷ୍ଟ୍ରାଇକ୍ କରୁଥିବା ଲୋକମାନଙ୍କର ସପ୍ତାହକର ଦରମା କାଟ କରାହେବ ବୋଲି।

ମିଃ ନାଇଡୁ କହିଲେ; ମୁଁ ଗୋଟେ କଥା କହିବି ସାର୍ ? ମୋର ବ୍ୟକ୍ତିଗତ ଅଭିଜ୍ଞତା କହୁଚି, ଏମିତି ନୋଟିସରେ ଭଲ ଅପେକ୍ଷା ମନ୍ଦଟା ବେଶି ହୁଏ। ଆଣ୍ଟି ପାର୍ଟିମାନେ ଯଦି ଗୋଟେ ଦିନ ଲୋକଙ୍କୁ ଅଟକେଇ ରଖିପାରନ୍ତି, ତେବେ ସାତଦିନ ପର୍ଯ୍ୟନ୍ତ ଷ୍ଟ୍ରାଇକ ସଫଳ ହେଇଯାଏ। ଲେବର୍‌ମାନେ ଭାବନ୍ତି, କାମ କଲେ ବି ସାତ ଦିନର ଦରମା କଟିବ, ନ କଲେ ବି ସାତ ଦିନର କଟିବ। ତେଣୁ ଅଯଥା କିଏ ସାତଦିନ କାମ କରି ଦରମା କାଟ କରିବାକୁ ଚାହିଁବ ସାର୍।

କ'ଣ କରିବ ତେବେ ଦେଶମୁଖ ? ପୋଲିସ୍‌କୁ ଫୋନ୍ କରିବ ? ହରିଶଙ୍କର ପଟ୍ଟନାଏକକୁ ଡାକି କହିବ ଷ୍ଟ୍ରାଇକ୍‌ର ମୁକାବିଲା କରିବାକୁ ? - ନା ଧ୍ରୁବ ଖଟୁଆକୁ ଡାକି କହିବ ତାର ସର୍ତ୍ତସବୁ ମାନିନେଉଛି ବୋଲି ? କ'ଣ କରିବି ଦେଶମୁଖ ?

ହଠାତ୍ ତା'ର ମନେ ପଡ଼ିଗଲା ମିଃ ମିରଚଲାନିଙ୍କ କଥା। ତାଙ୍କୁ ତ ଜଣେଇବାକୁ ଭୁଲିଯାଇଚି ଦେଶମୁଖ। ଅଥଚ ଏରିଆର ମାଲିକ ହିସାବରେ ତାଙ୍କୁ ହିଁ ତ ଆଗେ ଜଣେଇବା କଥା ଦେଶମୁଖର। ଆଜି ଦି'ପହରରେ ହିଁ ଡାକିକି ମିଃ ମିରଚଲାନି ସତର୍କ କରେଇ ଦେଇଥିଲେ

ଯେ ଧ୍ରୁବ ଖଟୁଆ ଲୋକଟି ଭାରି ସାଘାଂତିକ ଓ ଯେମିତି ହେଲେ ତାକୁ ହାତରେ ରଖିବା ଦରକାର ବୋଲି। ଦେଶମୁଖ ଯେତେବେଳେ ଜି.ଏମ୍.ଙ୍କ ଚେମ୍ବରକୁ ପଶିଥିଲା, ଆଶାତୀତ ଭାବରେ ମିଃ ମିରଚଳାନି ଥଣ୍ଡା ଥିଲେ। ଟିକିଏ ପୂର୍ବରୁ ଫୋନ୍‌ରେ ପ୍ରକାଶ କରିଥିବା ଉଷ୍ମାର ଅଂଶ ବିଶେଷ ବି ତାଙ୍କ ଗଳାର ସ୍ୱର କି ଆଖିର ଚାହାଁଣୀରେ ନଥିଲା। ବେଶ୍ କିଛି ସମୟ ଦେଶମୁଖକୁ ବସେଇ ରଖିଥିଲେ ସେ। ଦେଶମୁଖ ବସି ବସି ଚା' ପିଉଥିଲା ଓ ସେ ଫାଇଲ୍ ପଢି ପଢି ସାଇନ୍ କରୁଥିଲେ। ଶେଷରେ ମୁହଁ ଉଠେଇ କହିଲେ; ତେବେ, ଧ୍ରୁବ ଖଟୁଆ ସାଙ୍ଗରେ ତମର ଆଜି କଥା କଟାକଟି ହେଲା ?

ଆଶ୍ଚର୍ଯ୍ୟ ହେଇଗଲ ଜି.ଏମ୍‌ଙ୍କ କଥାରେ ଦେଶମୁଖ। ସେ ଭାବିକି ଆସିଥିଲା, ଜି.ଏମ୍.ଙ୍କ ଚେମ୍ବରରେ ପଶିବା ମାତ୍ରେ ହିଁ ଗର୍ଜିଉଠିବେ ମିଃ ମିରଚଳାନି। ଗାଳି ଦେବେ ଦେଶମୁଖର ଏଭଳି କାର୍ଯ୍ୟ କଳାପ ପାଇଁ। ତା'ବଦଳରେ ଖୁବ୍ ଥଣ୍ଡା ଗଳାରେ ପଚାରୁଛନ୍ତି ଜି.ଏମ୍.ଏମିତି ପ୍ରଶ୍ନ ?

ମୋର କୌଣସିଠି ଭୁଲ୍ ରହିଗଲା କି ସାର୍ ?

ଦେଖ ଦେଶମୁଖ, ତାରବାହାର କୋଇଲା ଖଣିଟା ତମ ଅଞ୍ଚଳ। ତମର କାମରେ ମୋର ମୁଣ୍ଡ ପୂରେଇବା କଥା ନୁହଁ। ଯେହେତୁ ସେଇଟା ତମ ଜାଗା। ତା'ର ଭଲମନ୍ଦ, ସେଠିକାର ସ୍ଥାନୀୟ ପଲିସି, ଡିସିସନ୍ ଏସବୁ ପାଇଁ ତମର ସିଦ୍ଧାନ୍ତ ହିଁ ଲାଗୁ ହେବ। ମୁଁ ଏ ସବୁରେ କାହିଁକି ଦଖଲ ନେବି। ମୋର କେବଳ ଦୁଇଟି ଜିନିଷ ଦରକାର। ଗୋଟେ ହେଲା କୋଇଲାର ଉତ୍ପାଦନ ଓ ଅନ୍ୟଟି ହେଲା ଶ୍ରମିକ ଶାନ୍ତି। ଏ ଦୁଇଟି ନେଲା ପରେ ତମେ ଯା' ଇଚ୍ଛା ତା' କରିପାର ନିୟମକୁ ଜଗିରଖି। କିନ୍ତୁ ତୁମର ଭଲ ପାଇଁ କହି ଦେଉଛି, ଧ୍ରୁବ ଖଟୁଆ ଲୋକଟା ସାଙ୍ଘାତିକ। ଖାଲି ଭାବିବନି ଯେ ମନ୍ତ୍ରୀଙ୍କ ପାଇଁ ସେ ଏମିତି ବଳଶାଳୀ ବୋଲି। ତା'ର ବି ନିଜର କିଛିଟା ଜୋର୍ ଅଛି। ତା'ଛଡ଼ା ହରିଶଙ୍କର ପଟ୍ଟନାଏକଟା ଗୋଟେ ନିର୍ଜୀବ ଲୋକ। ତାକୁ ଭରସା କରି ମ୍ୟାନେଜମେଣ୍ଟ ଚଳେଇବାଟା ମୁସ୍କିଲ। ତେବେ ହରିଶଙ୍କର ଲୋକଟା ସେତେ ସାଙ୍ଘାତିକ ନୁହଁ। ତମେ ଯଦି ତାକୁ ନେଇ ୟୁନିଟ୍ ଚଳେଇ ପାରୁଛ, ଚଳାଅ। ମୋର କୌଣସି ଆପତ୍ତି ନାଇଁ।

ଏବେ ପୁଣି ଜି.ଏମ୍.ଙ୍କ କଥା ମନେ ପଡ଼ିଲା ଦେଶମୁଖର। ତାଙ୍କୁ ଏ ଖବରଟା ଦେବା କଥା। ଫୋନ୍ ଉଠେଇ ରିଂ କଲା। ସେପଟରୁ ମିଃ ମିରଚଳାନି ଉଠେଇଲେ ଫୋନ୍।

ସାର୍, ମୁଁ ଦେଶମୁଖ କହୁଚି। ଆମ କୋଲିୟାରୀରେ ଷ୍ଟ୍ରାଇକ୍ ଆରମ୍ଭ ହେଇଯାଇଚି ସାର୍। ଲୋକମାନେ ଭିତରକୁ ଓହ୍ଲଉ ନାହାନ୍ତି।

ଖବର ପାଇଚି। ମିଃ ମିରଚନ୍ଦାନିଙ୍କ ଗଳାର ସ୍ୱର ପୂର୍ବ ଭଳି ଥଣ୍ଡା, ଉତ୍ତେଜନାହୀନ।

ସାତ ଦିନିଆ ଦରମା କାଟ କରିବାର ନୋଟିସ୍‌ଟା ଦେବେକି ସାର୍ ?

ଦେଖ, ଯାହା ଯେମିତି ଠିକ୍ ଭାବୁଛ ?

କିମ୍ବା ପୋଲିସଙ୍କୁ ଖବର ଦେବି ?

ଦେଖ ଦେଶମୁଖ, ପୂର୍ବରୁ ମୁଁ କହିଚି ତମର ଜୁରିସଡିକ୍‌ସନରେ ଆସୁଥିବା ବିଷୟଗୁଡ଼ିରେ ମୁଁ ଦଖଲ ନେବିନି। ତମକୁ ସମ୍ଭାଳିବାକୁ ପଡ଼ିବ ତମର ରାଜତ୍ୱ। ପୂର୍ବରୁ ବି ମୁଁ କହିଚି, ମୋର ଦରକାର ଦୁଇଟି ଜିନିଷ। ଗୋଟେ ଉତ୍ପାଦନ ଓ ଅନ୍ୟଟି ଶାନ୍ତି ଶୃଙ୍ଖଳା। ଏ ଦୁଇଟି ପାଇଁ ତମେ ହିଁ ଉତ୍ତରଦାୟୀ ହେଇ ରହିବ। ଷ୍ଟ୍ରାଇକ୍ ବନ୍ଦ କରିବା ତମର ଦାୟିତ୍ୱ। ଯେମିତି ହେଲେ ବି, ଯେଉଁଭଳି ଭାବରେ ହେଉ ପଛେ, ଷ୍ଟ୍ରାଇକ୍ ବନ୍ଦ କରାଅ। ବାସ୍। ତମଠୁ ଆଉ କିଛି ମୁଁ ଶୁଣିବାକୁ ଚାହେଁନା। ଆଶାକରେ ତମର ଦ୍ୱିତୀୟ ଫୋନ୍ ମୁଁ ଖୁବ୍ ଶୀଘ୍ର ଶୁଣିବି ଯେଉଁଠି ତମେ ମୋତେ ଖବର ଦେବ ଯେ ସବୁ ଠିକ୍ ଠାକ ଚାଲିଛି ବୋଲି। ତା' ଭିତରେ ଆଉ ଅନ୍ୟକଥା କିଛି ଶୁଣିବାକୁ ଚାହେଁନା।

ମିଃ ମିରଚଲାନି ଫୋନ୍ ରଖିଦେଲେ। ତାଙ୍କର ଶେଷ କଥା ପଦକ ଥିଲା ଭାରି କର୍କଶ, ଭାରି ବିରକ୍ତିରେ ଭରା। ଦେଶମୁଖ ଫୋନ୍ ରଖିଦେଇ ସ୍ତବ୍ଧ ହେଇ ବସି ରହିଲା। ଏ କେଉଁ ରୂପ ମିଃ ମିରଚଲାନିଙ୍କର ? କ'ଣ ଚାହାନ୍ତି ସେ ? ଆଜି ଦି'ପହରରେ ତ ଭାରି ଶାନ୍ତ ଥିଲେ ସେ। ତା' ପୂର୍ବରୁ ଫୋନ୍‌ରେ ଭାରି ଉତ୍ତେଜିତ ହେଇପଡିଥିଲେ। କ'ଣ ଚାହାନ୍ତି ସେ ? ସେ କ'ଣ ଦେଶମୁଖର କାର୍ଯ୍ୟକଳାପରେ ଖୁସି ନୁହନ୍ତି ? ଆଜି ଦି'ପହରରେ ଦେଖା ହେଇଥିଲା ବେଳେ ତ କାହିଁ ସେମିତି କିଛି ବୁଝି ହେଇନଥିଲା।

ମିଃ ନାଇଡୁ ପଚାରିଲେ, ଜି.ଏମ୍. କ'ଣ କହିଲେ ସାର୍ ?

ଦେଶମୁଖକୁ ଭାରି ଅସହାୟ ଲାଗିଲା। ତା'ର ମନେହେଲା ସେ ଯେମିତି ଯୁଦ୍ଧକ୍ଷେତ୍ରରେ ଭାରି ଏକୁଟିଆ ହେଇଯାଇଚି। ତା'ର ଚାରିପଟେ ଶତ୍ରୁ ଘେରି ଯାଇଚନ୍ତି। ହାତରେ ଗୋଟେ ମାତ୍ର ଅସ୍ତ୍ର। ଅଥଚ ତା'ର ଚାରିପଟେ ସମସ୍ତେ ବନ୍ଧୁକ ଉଁଚେଇ ଆଗେଇ ଆସୁଛନ୍ତି। ଖୁବ୍ ଅସହାୟ ଭାବରେ ସେ ଯେମିତି ପାଟି କରୁଚି; ହେଲ୍‌ପ।

ଦ୍ୱାଦଶ ପରିଚ୍ଛେଦ

ଦେହ ହାତ ଘୋଳାବିନ୍ଧା ଆଗରୁ ଥିଲା । ପ୍ରଦ୍ୟୁମ୍ନ ବୁଝିପାରି ଥିଲା ତାକୁ ଜ୍ୱରରେ ଘାରି ଆସୁଚି । ଷ୍ଟିଚ୍ କାଟିବାକୁ ଆସିଥିବା ନର୍ସଟି ତା' କପାଳରେ ହାତମାରି କହିଥିଲା, ତମର ତ ଜ୍ୱର ଅଛି । ଡାକ୍ତରଙ୍କୁ ଦେଖେଇଲ ? ବୋଧେ ଷ୍ଟିଚଗୁଡ଼ା ପାଚି ଯାଇଚି ।

ପ୍ରଦ୍ୟୁମ୍ନକୁ ଡାକ୍ତରଖାନା ଆଦୌ ଭଲ ଲାଗେନା । ଡାକ୍ତରଖାନାର ଗୋଟେ ଗନ୍ଧ ଅଛି- ଯେଉଁଟା ତାକୁ ବେଶି ଅସୁସ୍ଥ କରିଦିଏ । ତା' ଛଡ଼ା ସେ ସାମାନ୍ୟ ବଦଳି ଲୋଡର୍ । ତା'ର ନାଁ ସମାରୁ ଖଡ଼ିଆ । ଡାକ୍ତର ପାଖରେ ଘଣ୍ଟା ଘଣ୍ଟା ଧରି ଠିଆ ଦେବା ପାଇଁ ପଡ଼େ ତାକୁ ଲାଇନ୍‌ରେ, ଯେଉଁଟା ତା'ର ପସନ୍ଦ ନୁହଁ । ତଥାପି ଯିବାକୁ ପଡ଼େ । ସେ ଯାଇଥିଲା ଓ ଡାକ୍ତର ସବୁଥର ଭଳି ନ ଦେଖିବି ତା'ର ପ୍ରେସ୍‌କ୍ରିପ୍‌ସନ୍‌ରେ ଦସ୍ତଖତ କରିଥିଲେ । ସେ ନିଜ ତରଫରୁ କହିଥିଲା; ସାର୍ ଷ୍ଟିଚ୍ ହେବାର ଆଠଦିନ ହେଇଗଲାଣି । ଡାକ୍ତର ବିନା ବାକ୍ୟ ବ୍ୟୟରେ ଷ୍ଟିଚ କାଟିବା ପାଇଁ ଲେଖି ଦେଇଥିଲେ ।

ନର୍ସଟି ଗୋଟେ ଝଟକାରେ ଟାଣି ଫିଟେଇ ଦେଇଥିଲା ଘା' ଉପରେ ପଡିଥିବା ନିଉକୋପ୍ଲାଷ୍ଟ । ତା' ସାଙ୍ଗରେ ଉଠି ଯାଇଥିଲା ଔଷଧ ଲଗା ଗଜ କନାତକ ଓ ନଇଁପଡ଼ି ଘା'କୁ ଦେଖୁଥିଲା ନର୍ସଟି, ଏତେ ପାଖରୁ ଯେ ଆଖି ମେଲି ଅନେଇଲା ବେଳେ ପ୍ରଦ୍ୟୁମ୍ନ ଦେଖି ପାରିଥିଲା, ନର୍ସର ନାକ ତଳକୁ ଅଳ୍ପ ଅଳ୍ପ ଭାରି ପତଳାରେ କଳା ଲୋମ ସବୁ ଉଠିଚି । ନର୍ସଟି କହିଥିଲା: ଆହା, ଦି'ଟା ଷ୍ଟିଚ ପାଚି ଯାଇଚି ।

ଷ୍ଟିଚ କାଟି ଦେଇ ଗୋଟେ ଜ୍ୱରର ବଟିକା ଦେଇଥିଲା ନର୍ସଟି। କହିଥିଲା; ଏଇ ବଟିକାଟା ଖାଇଲେ ଜ୍ୱର କମିଯିବ ଏଇନା। ତମେ କିନ୍ତୁ ଡାକ୍ତରଙ୍କୁ ଦେଖାଅ। ହାୟର୍ ଆଣ୍ଟିବାଇଓଟିକ୍ସ ଦେବା କଥା। ତମର ଷ୍ଟିଚଗୁଡ଼ା କାଟି ଦେଇଚି। କିନ୍ତୁ ଦି'ଟା ଜାଗାରୁ ଏବେ ବି ପୂଜା ବାହାରୁଚି।

ହସ୍ପିଟାଲର ଡ୍ରେସିଂ ରୁମ୍‌ର କାଚ ଝରକାରେ ନିଜର ଚେହେରା ଦେଖି ପାରିଥିଲି ପ୍ରଦ୍ୟୁମ୍ନ। ନାକ ତଳକୁ ଗୋଟେ ଅସୁନ୍ଦରିଆ ଦାଗଟେ ହେଇଯାଇଚି। ପ୍ରଦ୍ୟୁମ୍ନର ଧାରଣା ସେ ଆଦୌ ସୁନ୍ଦର ନୁହଁ। ନିଜର ଚେହେରା ପାଇଁ ନିଜ ମନରେ ହିଁ ଭାରି ଅସନ୍ତୋଷ ତା'ର। ଗାଲର ହନୁହାଡ଼ ଦି'ଟା ଉଚ୍ଚ ଉଚ୍ଚ, ଯେଉଁଥିପାଇଁ ତାକୁ ବୟସ୍କ ମନେହୁଏ। ପତଳା ହାଡୁଆ ଦେହରେ ବୟସ୍କ ମୁହଁ। ତା' ଉପରକୁ ଏଇ କଟା ଦାଗ। ପ୍ରଦ୍ୟୁମ୍ନର ମନେହେଲା ତାକୁ ନିଶ୍ଚେ ବିଭତ୍ସ ଦେଖାଯାଉଥିବ। ମନ ଖରାପ ହେଇଗଲା ତା'ର। ଆଉ ଡାକ୍ତର ପାଖକୁ ଯାଇନଥିଲା। ହସ୍ପିଟାଲରୁ ବାହାରି ଆସି ଅନୁଭବ କରିଥିଲା ପ୍ରଚଣ୍ଡ ଶୀତଟେ ମାଡି ଆସୁଚି ତା' ଉପରକୁ। ପାଦ ଦି'ଟା ଅବଶ ହେଇଯାଉଚି। କୁଆଡ଼େ ଯିବ ସେ? ଅଗଣି କକେଇଙ୍କ ଘରକୁ? ହୋଟେଲକୁ? ପାନ ଦୋକାନକୁ? ପୋଷ୍ଟ ଅଫିସକୁ? ଏବେ ତିନିଦିନ ହେଲା ଷ୍ଟ୍ରାଇକ୍ ଚାଲିଚି। ଧ୍ରୁବ ଖଟୁଆ ଦଳ ଜବରଦସ୍ତି ଷ୍ଟ୍ରାଇକ୍ ଡାକିଛନ୍ତି। ମାଇନିଂ ଷ୍ଟାଫ୍ ଛଡ଼ା ଗୋଟେ ବି ମଜଦୁର ଭିତରକୁ ଓହ୍ଲଉ ନାହାନ୍ତି। ଚାରିଆଡ଼େ ଗୋଟେ ଟେନ୍‌ସନ୍। ଲୋକମାନେ ପ୍ରଦ୍ୟୁମ୍ନକୁ ଦେଖିଲେ ବି କରଛଡ଼ା ଦେଉଛନ୍ତି। ସେ ତ ନୂଆ ୟୁନିଅନ୍‌ର ବଡ଼ି ମେମ୍ବର। ପୁରୁଣା ୟୁନିଅନ୍‌ର ଲୋକମାନେ ତାକୁ ଦେଖିଲେ ଆଡ଼େଇ ହେଇ ରହୁଚନ୍ତି। ସାଧାରଣ ଲୋକମାନେ କେମିତି ସହଜ ହେଇପାରୁ ନାହାନ୍ତି ପ୍ରଦ୍ୟୁମ୍ନ ପାଖରେ।

ପ୍ରଦ୍ୟୁମ୍ନ ତେବେ କୁଆଡ଼େ ଯିବ? ଏତେ ଦିନ ହେଲାଣି ପ୍ରଦ୍ୟୁମ୍ନର ଅଥଚ ସେ ଅଗଣି କକେଇଙ୍କ ଘରେ ନିଜକୁ ଗୋଟେ ମେମ୍ବର ବୋଲି ମାନି ନେଇ ପାରିଲାନି। ଏବେ ବି ସେ ଅତିଥି ଭଳି ଚଳେ। ଗୋଟେ ବଖରାରୁ ଆଉ ବଖରାକୁ ସିଧାସଳଖ ଯାଇପାରେନା। ଦୁମ୍‌ଦାମ କରି ଯାଇ ଖଟ ଉପରେ ଗଡ଼ି ଯାଇ ପାରେନା। ବଡ଼ ପାଟିରେ କହି ପାରେନା, ଭୋକ ଲାଗିଲାଣି- ଶୀଘ୍ର ବଢ଼ାବଢ଼ି କର। ଘରକୁ ଗଲେ ଖୁବ୍ ବେଶିରେ ଟିଣ ଚେୟାରରେ ଚୁପ୍‌ଚାପ୍ ବସେ।

ପ୍ରଦ୍ୟୁମ୍ନର କିନ୍ତୁ ଅନ୍ତତଃ ପକ୍ଷେ ଖଟିଆଟେ ଓ ରେଜେଇଟେ ଦରକାର। ପ୍ରଦ୍ୟୁମ୍ନର ଚାରିପଟେ ଜ୍ୱରର ଶୀତୁଆ ବଳୟ। ଏଇ ବଳୟ ଭିତରେ ହଜି ଯିବାକୁ ଚାହେଁ ସେ ଯୋଡ଼ି ହେଇ। ସେ ବୁଡ଼ି ଯିବାକୁ ଚାହେଁ ନିଜ ଭିତରେ। ସେ ଚାହେଁ ନିଜକୁ କିଛି ସମୟ ନିଃସଙ୍ଗ ଭାବରେ ପାଇବା ପାଇଁ। ଅଥଚ ତା'ର ଘର ନାଇଁ। ଏଇ ଘର ନଥିବା ବିଷୟଟି ହିଁ ବେଶି ଅସହାୟ କରିଦେଲା ପ୍ରଦ୍ୟୁମ୍ନକୁ ଓ ଗାଁର ଘରକଥା, ବୋଉ କଥା, ନନା କଥା ଏବଂ ବଡ଼ ଭଉଣୀମାନଙ୍କ କଥା ମନେ ପକେଇ ଦେଲା। ପ୍ରଦ୍ୟୁମ୍ନର ମନ ତଳଟା ଉଦାସ ହେଇଗଲା।

ପ୍ରଦ୍ୟୁମ୍ନ ନିଜ ଅଜାଣତରେ ହୋଟେଲ ସାମ୍ନାରେ ପହଞ୍ଚି ଯାଇଥିଲା। ଗୋଟେ ବେଞ୍ଚରେ

ବସି, କାଠ ଖୁମ୍ବକୁ ଆଉଜି ପଡିଲା ସେ। ନାକରୁ ଗରମ ପବନ ବାହାରୁଚି। ଷ୍ଟିଚ୍ କଟା ହେଇଥିବା ଜାଗାଟି ଧକ୍‌ଧକ୍ କରୁଚି। ଆଜନ୍ମ ଦୁବୁଲା ପିଲାଟିଏ ସେ। ବୋଉ କୁହେ, ଟିକେ ବି ଦୁଃଖ କଷ୍ଟ ସହି ପାରେନା। ଅଥଚ ସବୁ କେମିତି ସହି ନେଉଛି ତ ସିଏ- ଏଇ ମୁହଁରେ ପଡିଥିବା ଷ୍ଟିଚ ସବୁ ଓ ଦେହର ଜ୍ୱରକୁ। ପ୍ରଦ୍ୟୁମ୍ନ କ'ଣ ନିଜେ ବି ଭାବି ପାରିଥିଲା, ଗାଁରୁ ଘରୁ ଆସି ଏତେ ଦୂରରେ ସେ ରହି ପାରିବ, ଏକୁଟିଆ ? ଗାଁରେ ଥିଲାବେଳେ, ଏକୁଟିଆ ଗୋଟେ ବଖରାରେ ଶୋଇ ପାରୁ ନଥିଲା ସେ। ଡର ଲାଗୁଥିଲା। ଏବେ ପୂରା ସ ଏକୁଟିଆ ଗୋଟେ ବଖରାରେ ଶୋଉଛି। ପ୍ରଦ୍ୟୁମ୍ନର ପିଲାଦିନରୁ ଅଭ୍ୟାସ, ଖଟକୁ ଗଲା ମାତ୍ରେ ସେ କଡ ଲେଉଟଉଥାଏ। ଛଟପଟ ହେଉଥାଏ, ହଠାତ୍ ନିଦ ଆସେନା। ନିଦ ଭିତରେ ବି ସେ ଭାରି ଛଟପଟ ହୁଏ ବୋଲି ଘରେ ସମସ୍ତେ ଚିଡନ୍ତି। ଅଥଚ ଅଗଣି କକେଇଙ୍କ ଘରେ ସେ କଡ଼ ଲେଉଟାଏନି ଥରେ ହେଲେ, କାଳେ ଖଟ ଦୋହଲି ଯିବାର ଶବ୍ଦରେ କକେଇ କି ଖୁଡ଼ୀଙ୍କର ନିଦ ଭାଙ୍ଗିଯିବ ବୋଲି। କେମିତି ନିଜକୁ ବଦଳେଇ ନେଇ ପାରିଲା ତ ପ୍ରଦ୍ୟୁମ୍ନ। ସେ କ'ଣ ତେବେ ଏମିତି ବଦଳେଇ ଦେବ ଜୀବନ? ଏମିତି ଭାବରେ ସମାରୁ ଖଡ଼ିଆ ହେଇ ବିତେଇ ଦେବ ସାରା ଜୀବନ ?

ହୋଟେଲର ପିଲାଟିକୁ ଡାକିକି ପାଣି ଗ୍ଲାସେ ଓ ଚା'ଟେର ଅର୍ଡର ଦେଲା। ନର୍ସ ଦେଇଥିବା ଜ୍ୱରର ବଟିକାଟେ ଖାଇ ପାଣି ପିଇଦେଲା। ଚା'ଗ୍ଲାସଟେ ଉଠେଇବାକୁ, ଯାଉଛି ହଠାତ୍ ଶୁଣିଲା, କିଏ ଜଣେ କହୁଚି : ନମସ୍କାର ଆଜ୍ଞା। ଖୁବ୍ ବଡ଼ ପାଟିରେ ହିଁ କହୁଚି। ମୁଣ୍ଡ ହଲେଇବାକୁ କଷ୍ଟ ହେଉଥିଲା ତା'ର। ତଥାପି ଅନେଇଲା। ତା' ପାଖରେ ବସିଥିବା ମଜଦୁରଟି ତାକୁ ନମସ୍କାର କରୁଚି। ଲୋକଟି ପିଇ ଦେଇଚି। ପ୍ରଦ୍ୟୁମ୍ନ ବାରି ପାରିଲା ଦେଶୀ ମଦର ବାସ୍ନା।

ପୂର୍ବରୁ ମଦର ବାସ୍ନା ସହ ଏତେ ମାତ୍ରାରେ ପରିଚିତ ନଥିଲା ସେ। ଏଠି ଆସି ସେ ମଦକୁ ଏତେ ମାତ୍ରାରେ ପ୍ରଚଳିତ ହେବାର ଦେଖୁଚି ଯେ କ୍ରମଶଃ ମଦ ପ୍ରତି ଥିବା ତା'ର ଭୟ ଓ ଉତ୍ତେଜନା ହ୍ରାସ ପାଇ ପାଇ ଆସୁଚି। ଲୋକଟି ମଦ ପିଇ ଦେଇଚି, ତେଣୁ ବଡ଼ ପାଟିରେ ହିଁ ନମସ୍କାର କରୁଚି।

ପ୍ରଦ୍ୟୁମ୍ନ ତା'ର ଅଭିଜ୍ଞତାରୁ ଜାଣିଗଲାଣି ଯେ ମଦ ପିଇଥିବା ଲୋକମାନେ ନିଜ ଅଜାଣତରେ ହିଁ ବଡ଼ ପାଟିରେ କଥା କହନ୍ତି। ସେମାନେ ବୁଝି ପାରୁନଥାନ୍ତି ସେମାନଙ୍କର ଗଳାର ସ୍ୱରଗ୍ରାମ କେତେ ଉପରକୁ ଉଠୁଚି। ପ୍ରଦ୍ୟୁମ୍ନ ଗାଁରେ ଥିଲାବେଳେ, କେବେ ସାଙ୍ଗସାଥି ମାନଙ୍କ ସାଙ୍ଗରେ କଥା ହେଲାବେଳେ ସହଜ ହେଇ ପାରୁନଥିଲା। ସବୁବେଳେ ତାର ମନେ ହେଉଥିଲା, ତା'ର ପର୍ସନାଲିଟିରେ କେଉଁଠି ଖାଦରହି ଯାଉଛି ସେ ସମସ୍ତେ ତାକୁ ବେଖାତିର କରୁଛନ୍ତି। ଏମିତିକି ଆଗେ ଗାଁ ପାଖ ବସ୍ ଷ୍ଟପେଜ୍‌ରେ, ସାକ୍ଷୀଗୋପାଳରେ କିମ୍ବା ପୁରୀରେ ଚା' ଦୋକାନରେ ପଶିଯାଇ ଚା' କପେ ମାଗିଲେ ବି ହୋଟେଲ ପିଲାମାନେ ତା' କଥା ଶୁଣୁ ନଥିଲେ। ଅଥଚ ଏଇ କୋଲିୟାରୀକୁ ଆସି ସେ ଫେରିପାଇଚି ତାର ନିଜସ୍ୱ ବ୍ୟକ୍ତିତ୍ୱ। ଅଥଚ

କି ବିରୋଧାଭ୍ୟାସ ଦେଖ। ଏଇଠି ହିଁ ସେ ହରେଇଚି ତା'ର ଆତ୍ମ ପରିଚୟ। ହୁଏତ ଏମିତି ହିଁ ହୁଏ। ଗୋଟେ କିଛି ପାଇଲା ବେଳକୁ ଆଉ ଗୋଟେ ହରେଇବାକୁ ପଡ଼େ। ଏଠି ସମସ୍ତେ ଜାଣିଛନ୍ତି ଯେ ତା'ର ନାଁ ସମାରୁ ଖଡ଼ିଆ ନୁହଁ। ସେ ଯେ ବ୍ରାହ୍ମଣ ପିଲା, ଏଇଟା ବି ସମସ୍ତଙ୍କୁ ଜଣା। ସମାରୁ ଖଡ଼ିଆ ନାଁଟା ଯେମିତି ତା'ର ମୁଖା। ସେ ଯେ ସେଇ ମୁଖାଟା ପିନ୍ଧି ଏଠି ଅଭିନୟ କରୁଛି ଓ ମୁଖାତଳର ଲୋକଟା ଅଲଗା ଲୋକ, ଏଇଟା ବି ସମସ୍ତେ ଜାଣୁଛନ୍ତି, ତେବେ ପ୍ରଦ୍ୟୁମ୍ନର ଏତେ ଦୁଃଖ କରିବାର କ'ଣ ଥାଇପାରେ? କାହିଁକି ସେ ଭାବୁଛି ତା'ର ଆତ୍ମ ପରିଚୟ ହଜି ଯାଇଚି ବୋଲି?

ଲୋକଟି କହିଲା: ଏଇ ଷ୍ଟ୍ରାଇକ୍‌ଟା ଶଳା ଦେଶମୁଖ ସାହେବର ଚା'ଲ। କ'ଣ କହୁଚ? ଧ୍ରୁବ ଖଟୁଆକୁ ମୁଁ ହାଡ଼େ ହାଡ଼େ ଚିହ୍ନେ। ଶଳା ମେନେଜ୍‌ମେଣ୍ଟ୍‌ର ଦଲାଲ।

ଅପ୍ରସ୍ତୁତ ହୋଇଗଲା ପ୍ରଦ୍ୟୁମ୍ନ। ଏସବୁ ପ୍ରସଙ୍ଗ ଏଇ ହୋଟେଲରେ ଉଠେଇବା ଭଲ ନୁହଁ। ଖଟୁଆ ଦଳର କେହି ଲୋକ ଥିଲେ ନିଶ୍ଚେ ଝାମେଲା କରିବ। ସେ ତରବରରେ ଚା' ପିଇକି ଉଠି ଠିଆ ହେଲା। ଲୋକଟିର କାନ୍ଧରେ ହାତ ଦେଇ କହିଲା: ଏ ବିଷୟରେ ପରେ କଥା କହିବା। ଆଜି ସମୟ ହେଇଯାଇଛି। ମୁଁ ଯାଉଛି।

କହିଲା ଓ ବାହାରି ଆସିଲା। ଏ ଭିତରେ କେତେ ଚାଲାକ ହେଇଯାଇଚି ସେ ଦେଖ। ଗାଁର ସେଇ ସରଳ ଓ ଦୁନିଆ ଦେଖି ନଥିବା ପ୍ରଦ୍ୟୁମ୍ନ ଆଉ ନାହିଁ। ଏଇ ଯେ ମଦୁଆ ଲୋକଟିକୁ ଏମିତି ଆଡ଼େଇ ଚାଲି ଆସି ପାରିଲା, ସେଇଟା କଣ ସମ୍ଭବ ହୁଅନ୍ତା ପୁରୀ କିମ୍ବା ସାକ୍ଷୀଗୋପାଳ କିମ୍ବା ଗାଁରେ? ହୁଏତ ହୁଅନ୍ତାନି। ପ୍ରଦ୍ୟୁମ୍ନ ଏଇ କୋଲିୟାରୀକୁ ଆସିଲା ପରେ ଭାରି ଚାଲାକ୍ ହେଇଯାଇଛି। ଏମିତି ଚିକ୍‌କଣ କଥାରେ ସେ ଭୁଲେନା। ଜନତାକୁ ପୋଥି ପାଠରେ ଯେତେ ସରଳ ଓ ଅମାୟିକ ଲେଖା ଥାଉନା କାହିଁକି, ସେ ଜାଣେ, ଜନତା ସେମିତି ନୁହଁ। ଭାରି ଧୂର୍ତ୍ତ ଓ ସ୍ୱାର୍ଥାନ୍ୱେଷୀ। ଏଇ ଯେ ଲୋକଟା ଏତେ ସହାନୁଭୂତିର ସହ କଥା ହେଉଚି, ମଦ ପିଇଲା ପରେ ବି, ସେ କାହିଁକି ଯାଇ ଷ୍ଟ୍ରାଇକ୍ ଭାଙ୍ଗି କାମରେ ଯୋଗ ଦେଉନି ଯଦି ସେ ଧ୍ରୁବ ଖଟୁଆକୁ ଏତେ ଅପସନ୍ଦ କରେ କିମ୍ବା ହରିଶଙ୍କର ପଟ୍ଟନାୟକ ଯଦି ତା'ର ପ୍ରିୟ ନେତା ତ? ପ୍ରଦ୍ୟୁମ୍ନ ସବୁ ଲୋକଙ୍କୁ ହାଡ଼େ ହାଡ଼େ ଚିହ୍ନିଚି। କୌଣସି ଲୋକଟିଏ ବି ଶଳା ଭଲ ନୁହଁ।

ପ୍ରଦ୍ୟୁମ୍ନ ହୋଟେଲରୁ ବାହାରି ଆସି ରାସ୍ତା ଉପରେ ଚାଲିବାକୁ ଆରମ୍ଭ କଲା। ତା'ର ଚାରିପଟରେ ଯେମିତି କୋଲିୟାରୀ, ତାର କଲୋନୀ, ତା'ର ଅସନା ଅସଜଡ଼ା ଲୋକମାନେ ନାହାନ୍ତି। ସେମାନଙ୍କ ଭିତରୁ ଦୂରେଇ ଯାଇ ଏକ ଜରୁଆ ଅନୁଭୂତି ଭିତରେ, ଦେହ ଖରାପର ବଳୟ ଭିତରେ ସେ ବୁଡ଼ି ଯାଉଛି। ତା'ର ନାକରୁ ଗରମ ପବନ ବାହାରୁଚି। ଆଖି ଛଳଛଳେଇ ଯାଉଛି ଯେ ଯେ କୌଣସି ମୁହୂର୍ତ୍ତରେ ଠକ କିନା ଲୁହ ଗଡ଼ିପଡ଼ି ପାରେ। ତା'ର ମୁଣ୍ଡ ଉଠେଇବାକୁ କଷ୍ଟ ହେଉଚି। ପାଦ ଟଳମଳଉଛି।

ସେ ଅଗୁଣି କକେଇଙ୍କଘର ଆଡ଼କୁ ମୁହେଇଁଲା। ତା'ର ସବୁଠୁ ଅସହାୟ ନିରାପତ୍ତା

ସେଇ ଆଜବେଷ୍ଟସ୍ ଛାତରେ ଛୋଟିଆ ଖୁପୁରି ଘର, ସେଇ ଘରେ ରହୁଥିବା ଲୋକମାନେ ଯେମିତି କେଉଁ ଅନ୍ୟ ଗ୍ରହର ମଣିଷ, ଭାରି ଅପରିଚିତ। ସେମାନଙ୍କ ଭିତରେ ନିଜକୁ ଆଦୌ ଖାପ୍ ଖୁଆଇ ପାରେନା ସେ। ଅଥଚ ସେମାନେ ହିଁ ତାର ପରିବେଶ, ତା'ର ଏବର ଜୀବନଯାପନ ସେମାନେ ହିଁ ସମାରୁ ଖଡିଆର ଆକାଶ, ମାଟି, ପବନ, ପାଣି।

ଅଗଣି କକେଇଙ୍କ ଘରକୁ ପହଞ୍ଚିଲା ବେଳେ ପ୍ରଦ୍ୟୁମ୍ନ ମୁଣ୍ଡ ଉଠେଇ ପାରୁନି। କେହି ଏଇ ସମୟରେ ତାକୁ ଦିଅନ୍ତାକି ଖଟଟିଏ। ରେଜେଇଟେ ଘୋଡ଼େଇହେଇ ସେ ପହଞ୍ଚିଯାନ୍ତା କେଉଁଠି ନା କେଉଁଠି। ହୁଏତ ବିରାଟ ହଲ୍ ଘରର କରିଡ଼ରରେ, ହୁଏତ ସମୁଦ୍ର କୂଳରେ, ଦୁଦୁୱାଲାର ଧର୍ମଶାଳା ଛାତ ଉପରେ, କିମ୍ବା ମିନାକ୍ଷୀର କୋଳରେ। ସେ ହୁଏତ ଆଖିବନ୍ଦ କରି ଉଡିଯାନ୍ତା ମହାକାଶକୁ, ଗଜୁରୀ ଉଠନ୍ତା ଦିଟା ଡେଣା, କିମ୍ବା ବୁଡ଼ିଯାନ୍ତା ଅତଳ ତଳ ପାଣି ଭିତରକୁ, ପଙ୍କ ଉହାଡ଼ରୁ ଉଠେଇ ଆଣନ୍ତା ବୁଢ଼ୀ ଅସୁରୁଣୀର ମୃତ୍ୟୁ କବଜ ଫରୁଆ। ସେ ଶୋଇ ଶୋଇ ହୁଏତ ଶୁଣନ୍ତା ନନାଙ୍କ ଭଗବତ ପାଠ, ଭଉଣୀମାନଙ୍କର ଟି.ଭି. ସିରିଏଲ୍ ଚର୍ଚ୍ଚାର ଗପ, ସେ ହୁଏତ ପିଠିରେ ଅନୁଭବ କରନ୍ତା ବୋଉର କଅଁଳିଆ ସ୍ପର୍ଶ, 'ଧନଟା ପରା, ଉଠ୍ ଖାଇଦେ'।

ଅଗଣି କକେଇଙ୍କ ଘରେ ହରିଶଙ୍କର ବାବୁ ବସିଥିଲେ। ଚୁପ୍‌ଚାପ୍ ଅଗଣି କକେଇ ବି ଗମ୍ଭୀର। ଘର ଭିତରେ ଖୁଡ଼ୀ ସୋନୁକୁ ବାଡଉଛନ୍ତି ଯେ ସେ କାନ୍ଦୁଛି ବାହାଧରି। ଖୁଡ଼ୀ ବୋଧେ ଚିଡିଯାଇଛନ୍ତି ହରିଶଙ୍କର ବାବୁଙ୍କ ଉପସ୍ଥିତିରେ। ଶୋଇବା ଘରକୁ ଅନେଇକି ଦେଖିଲା ପ୍ରଦ୍ୟୁମ୍ନ। ରୁନୁ, ଝୁନୁ ଦି'ଜଣ ଶୋଇଛନ୍ତି ଆକାଶକୁ ଅନେଇ ଚୁପ୍‌ଚାପ୍।

ହରିଶଙ୍କର କହିଲେ; ତମର ଘା' ଶୁଖିଗଲାଣି, ପ୍ରଦ୍ୟୁମ୍ନ ?

ପ୍ରଦ୍ୟୁମ୍ନର କଥା କହିବା ପାଇଁ ଇଚ୍ଛା ହେଲାନି। ହୁଏତ ତା'ର କହିବା ଉଚିତ ଥିଲା ଘା'କୁ ଦେଖି ହସ୍‌ପିଟାଲର ନର୍ସ ଦେଇଥିବା ମନ୍ତବ୍ୟ, ଘା'ର ବର୍ଣ୍ଣନା, ସେପ୍‌ଟିକ୍ ହେଇଥିବା ଦୁଇଟି ଷ୍ଟିଚ କିମ୍ବା ତା' ଦେହର ଜ୍ୱର କଥା କରିବା ଉଚିତ୍ ଥିଲା। କିନ୍ତୁ କିଛି କହିଲାନି ସେ, କହିପାରିଲାନି। ଏମିତି ହିଁ ପ୍ରଦ୍ୟୁମ୍ନ। ଖୁବ୍ ଅନସ୍ମାର୍ଟ। ଗୋଟେ କେମିତି ହିଁ। ସେ ଆଉ ଟିକେ ଅନ୍ୟପ୍ରକାର ହେବା ବୋଧେ ଉଚିତ ଥିଲା। ତା'ହେଲେ ହୁଏତ ସେ ସମାରୁ ଖଡ଼ିଆ ନ ହେଇ ଅସଲ ପ୍ରଦ୍ୟୁମ୍ନ ହେଇପାରନ୍ତା।

ହରିଶଙ୍କର ବାବୁ କହିଲେ; ଦେଖ ପ୍ରଦ୍ୟୁମ୍ନ, ତିନିଦିନ ହେଇଗଲା ଧ୍ରୁବ ଖଟୁଆ ଦଳର ଷ୍ଟ୍ରାଇକ୍‌କୁ। ଏଇଟା ଆମ ପାଖରେ ଗୋଟେ ଚ୍ୟାଲେଞ୍ଜ୍। ଆମକୁ ଯେମିତି ହେଉ ଖଦାନ ଚଳେଇବାକୁ ପଡ଼ିବ। ଏଇଟା ଆମ ପାଇଁ ଲଢ଼େଇର ସମୟ। ପ୍ରଦ୍ୟୁମ୍ନ ଯେମିତି ହେଉ ଆମକୁ ଏ ଲଢ଼େଇ ଜିତିବାକୁ ହେବ। ଆମେ ଠିକ୍ କରିଛୁ, ଆଜିଠୁ ଆମେମାନେ ଜବରଦସ୍ତି ଖଣିକୁ ଓହ୍ଲେଇବୁ। ପ୍ରଥମ ଯେଉଁ ଦଳ ଯିବେ ତା' ଭିତରେ ତମେ ବି ଯିବ।

ମୁଁ? ଚମକି ପଡ଼ିଥିଲା ପ୍ରଦ୍ୟୁମ୍ନ। ତା'ର ଯେ ଜ୍ୱର ହେଉଚି, ପୂର୍ବରୁ କହିବା ଉଚିତ୍ ଥିଲା

ବୋଧେ। ଏବେ କହିଲେ ଏମାନେ ଭାବିବେ ସେ ଡରିକି ଜ୍ୱରର ବାହାନା କରୁଚି। ତଥାପି କହିଲା: ମୋର ଦେହରେ ଜ୍ୱର ଅଛି। ଦିଟା ଷ୍ଟିଚ୍ ସେପ୍‌ଟିକ୍ ହେଇଯାଇଚି।

ଅଗଣି କକେଇ ଟିକିଏ ଚିଡି ଉଠିଲେ: ଆଃ, ଏସବୁ ବାହାନା ଛାଡ଼େ। ତୁ କ'ଣ ଭିତରକୁ କାମ କରିବାକୁ ଯାଉଛୁ? ଯିବୁ ଖାଲି ହାଜିରୀ ଲଗେଇବାକୁ।

ଆଖି ଛଳ ଛଳେଇ ଗଲା ପ୍ରଦ୍ୟୁମ୍ନର। ତାକୁ ସତରେ ଭାରି କଷ୍ଟ ଲାଗୁଛି, ତାକୁ ସତରେ ଭାରି କଷ୍ଟ ଲାଗୁଛି। ସେ କ'ଣ ତା'ର ଅସୁସ୍ଥତା, ତା'ର ଅସହାୟତା କାହାକୁ କମ୍ୟୁନିକେଟ୍ କରିପାରୁନି? କିମ୍ବା ସମସ୍ତେ ନିଜ ନିଜ କଥାରେ ଏତେ ବ୍ୟସ୍ତ ଯେ କେହି ବି ତା' ଆଡ଼କୁ ଅନେଇବାର ଫୁସତ୍ ପାଉ ନାହାନ୍ତି? କିଛି କହି ପାରିଲିନି। ପ୍ରଦ୍ୟୁମ୍ନ। ସେ ୟୁନିଅନରେ କାହିଁକି ମିଶିଥିଲା। ନିଜେ ବି ଜାଣେନି। ସେ ଜାଣେ, ୟୁନିଅନ୍‌ଟା ଗୋଟାଏ ଗୋଷ୍ଠୀ। ଏଇଠି ଜଣଙ୍କର ବ୍ୟକ୍ତିଗତ ଅସୁବିଧା ଅପେକ୍ଷା ଗୋଷ୍ଠୀର ସ୍ୱାର୍ଥ ହିଁ ଦେଖିବା ବଡ଼ ହେଇପଡ଼େ। ଗଣ ପାଇଁ ଜଣର ଆତ୍ମବଳୀ ହିଁ ଶ୍ରେୟ। ତେବେ, ଗୋଷ୍ଠୀ କ'ଣ ଜଣକ ପାଇଁ ନିୟୋଜିତ ହୁଏନି? ନେତାଙ୍କର ଉଚ୍ଚାକାଂକ୍ଷା ପାଇଁ ଗୋଷ୍ଠୀକୁ ବ୍ୟବହାର କରାହୁଏନି। ଆଉ ଏଇ ଯେ ଗୋଷ୍ଠୀରୁ ଅଲଗା ବୋଲି ଭାବୁଚି ପ୍ରଦ୍ୟୁମ୍ନ, ସେ ବି ତ ଏବେ ଏଇ ଟିକିଏ ସମୟ ପୂର୍ବରୁ ଭାବୁଥିଲା ଯେ ସମସ୍ତେ ନିଜ ନିଜ ପରିଧିରେ ଆବଦ୍ଧ ରହୁଥିବାରୁ ତା'ର ଦୁଃଖ ଅସୁବିଧାକୁ ହୃଦୟଙ୍ଗମ କରିପାରୁ ନାହାନ୍ତି, ସେଇ ପ୍ରଦ୍ୟୁମ୍ନ କ'ଣ ଗୋଷ୍ଠୀରୁ ଅଲଗା ହେଇ ଯାଇ ନିଜ ପରିଧିରେ ସୀମାବଦ୍ଧ ହେଇଯାଉନି? ପ୍ରଦ୍ୟୁମ୍ନର ମୁଣ୍ଡ ଭାଁ ଭାଁ କଲା। ଏତେସବୁ ଭାବିବା ଉଚିତ୍ ନୁହେଁ। ଏ ପୃଥିବୀ ଏ ଜୀବନ ବୋଧେ ଆଦୌ ଜଟିଳ ନୁହଁ। ଆମେ ବାରମ୍ବାର ବିଭିନ୍ନ ଭଙ୍ଗୀରେ ଓଲଟେଇ ଦେଖୁ ଦେଖୁ ତାକୁ ଅଡୁଆ ସୂତା କରି ଦେଉଛୁ।

ଅଗଣି କକେଇ କହିଲେ ଚା'ଲେ ମୋ ସାଙ୍ଗରେ ହସ୍‌ପିଟାଲକୁ। ଡାକ୍ତରବାବୁଙ୍କୁ କହିକି ତୋର ଫିଟ କରେଇ ଆଣିବି।

ତିନିଦିନ ହେଲାଣି ଷ୍ଟ୍ରାଇକ୍ ହେଇଚି ତାରବାହାର କୋଇଲା ଖଣିରେ, ଅଥଚ ନା ସମ୍ବାଦ ପତ୍ରରେ ନା ରେଡିଓ ଆଞ୍ଚଳିକ ସମ୍ବାଦରେ କି.ଟି ଭିର ସର୍ବଭାରତୀୟ ଖବରରେ ତା'ର ଟିକିଏ ବି ଉଲ୍ଲେଖ ଦେଖିବାକୁ ମିଳିଲାନି। ଏସବୁ ଭାବିଲେ ପ୍ରଦ୍ୟୁମ୍ନକୁ ଭାରି ହତାଶ ଲାଗେ। ଏ କେଉଁ ଅପାଣ୍ଡବା ରାଜ୍ୟରେ ଆସି ପଡିରହିଚି ସେ। ଚାରିପଟର ଦୁନିଆରୁ ଦୂରରେ- ନିର୍ବାସନ ଭିତରେ- ସମଗ୍ର ପୃଥିବୀରୁ ଅଲଗା, ନିରୁଦ୍ଦିଷ୍ଟ ଭାବରେ। କେତେ କ୍ଷୁଦ୍ର ଓ ଉପେକ୍ଷାର ସ୍ଥାନ ଏଇ ତାର ବାହାର କୋଲିୟାରୀ ପୃଥିବୀ ପାଖରେ, ଭାରତ ବର୍ଷ ପାଖରେ, ଏମିତିକି ଓଡ଼ିଶାରେ ବି। ତା' ଭିତରେ ଉଲ୍ଲେଖହୀନ ଭାବରେ ବଞ୍ଚି ରହିଛି ପ୍ରଦ୍ୟୁମ୍ନ ମିଶ୍ର; ତା'ର ନିଜସ୍ୱ ଆତ୍ମପରିଚୟ ହଜେଇ ଦେଇ। କେତେ ଛୋଟିଆ ଓ ଗୁରୁତ୍ୱହୀନ ଏଇ ଦୁଃଖଟି ଅନ୍ୟମାନଙ୍କ ପାଖରେ। ଏମିତିକି ହରିଶଙ୍କର ବାବୁ ଓ ଅଗଣି କକେଇଙ୍କ ପାଖରେ ବି ଏ ଦୁଃଖଟିର କୌଣସି ମାନେ ଅଛି, ବୁଝି ପାରେନା ପ୍ରଦ୍ୟୁମ୍ନ। ସେମାନେ ଯେମିତି ପ୍ରଦ୍ୟୁମ୍ନକୁ ଭାବିଚିନ୍ତି ଗୋଟେ ଖେଳନା

ବନ୍ଧୁକ। ଟ୍ରିଗର୍ ଚିପିଲେ ହିଁ ଫୁଟିବା ପାଇଁ ଆରମ୍ଭ କରିବ। ତା'ର କୌଣସି ନିଜସ୍ୱ ଲକ୍ଷ୍ୟ ଥାଇପାରେନା, ନିଜସ୍ୱ ଅଭିରୁଚି କି ଇଚ୍ଛା ଅନିଚ୍ଛା ଥାଇପାରେନା।

ପ୍ରଦ୍ୟୁମ୍ନ ପିଟ୍ ପାଖକୁ ଗଲାବେଳେ ତା'ର ଦିହହାତ ଘୋଳା ବିନ୍ଧା ବହୁତ ପରିମାଣରେ କମି ଯାଇଥିଲା। ଜ୍ୱରଟା ବୋଧେ ଛାଡ଼ି ଯାଇଥିଲା। କିନ୍ତୁ ଭାରି ଦୁର୍ବଳ ଲାଗୁଥିଲା ତା'କୁ। ଦେହହାତ ଯେମିତି ଥରୁଚି। ଦୀର୍ଘ ପନ୍ଦର କୋଡିଏ ଦିନ ହେଲା ସେ ଡ୍ୟୁଟି ଯାଇନି। ଏବେ ଖଣିକୁ ଓହ୍ଲେଇବାକୁ ବି ଡର ମାଡୁଚି। ପ୍ରଥମେ ପ୍ରଥମେ ଖଣିକୁ ଗଲାବେଳେ ପ୍ରଦ୍ୟୁମ୍ନକୁ ଯେମିତି ଡରଟେ ମାଡୁଥିଲା, ସେମିତି ଭୟଟେ ମାଡି ଆସୁଚି। ଖଣିକୁ ଥରେ ଓହ୍ଲେଇ, ଉଠିକି ଆସିଲା ବେଳକୁ ଜଂଘ ଦିଟା ଲାଗିଯାଉଥିଲା ସେତେବେଳେ। ପିଟ୍ ହେଡ୍‌ରୁ ଅଗଣି କକେଇଙ୍କ ଘରକୁ ଆସିବାକୁ ବି ଭାବି କଷ୍ଟ ହେଉଥିଲା। ପ୍ରଥମେ ପ୍ରଥମେ ନିଘୋଡ଼ ନିଦରେ ଶୋଇ ପଡୁଥିଲା ଡ୍ୟୁଟିରୁ ଫେରିକି ପ୍ରଦ୍ୟୁମ୍ନ। ଆଠ ନଅ ଦଶ ଘଣ୍ଟା ଶୋଇଲେ ବି ତା' ଆଖିରୁ ନିଦ ସରୁନଥିଲା। ଦିନବେଳାଟା ଘରେ ଖଟିଆ ପକେଇ ମୁର୍ଦ୍ଦାର ଲେଖା ଶୋଇ ରହିବାଟା ଖୁଡ଼ୀ ପସନ୍ଦ କରି ପାରୁନଥିଲେ। ଗାରୁ ଗାରୁ ହେଉଥିଲେ। ସବୁ ଜାଣି ସୁଦ୍ଧା ପ୍ରଦ୍ୟୁମ୍ନ ନିଦରୁ ଉଠି ପାରୁନଥିଲା, ଘାଲେଇକି ପଡି ରହୁଥିଲା। ପରେ ପରେ ଅବଶ୍ୟ ତା'ର ଅଭ୍ୟାସ ଠିକ୍ ହେଇ ଯାଇଥିଲା, ସେତେଟା କ୍ଲାନ୍ତି ବି ମାଡୁନଥିଲା। ଆଜି ପିଟ୍ ହେଡ୍‌କୁ ଆସିଲା ବେଳେ ତା'ର ପୂର୍ବରୁସେଇ କଥାଗୁଡ଼ାକ ମନେ ପଡିଗଲା। ମନେ ହେଲା ସେ ନିର୍ଜୀବ ହେଇ ପଡିଚି। ଥରେ ଖଣି ଭିତରକୁ ଓହ୍ଲେଇ ଗଲେ, ଉଠି ଆସିବାର ଶକ୍ତି ବି ପାଇବନି। କୌଣସି ମତେ ଉଠିଆସିଲେ ବି ଆଉ ଏଠୁ ଅଗଣି କକେଇଙ୍କ ଘରକୁ ଯାଇ ପାରିବନି।

ଏମ୍.ଟି.କେଙ୍କ ଅଫିସରେ ଖାଲି କ୍ଲର୍କମାନେ ହିଁ ଥିଲେ। ଲ୍ୟାମ୍ପ୍ କ୍ୟାବିନ୍‌ରେ କେହି ନାହାଁ। ଏତେ ଗହଳ ଚହଳ ଥାଏ ଏଇ ପିଟ୍ ହେଡ୍ ଅଫିସ୍‌ଟି, ଅଥଚ କେମିତି ଖାଁ ଖାଁ କରୁଚି। ଖାଲି ବ୍ୟାଟେରୀଗୁଡ଼ା ଚାର୍ଜ ହେଇ ଚାଲୁଚି। କନଭେୟର୍ ବେଲ୍‌ଟ ଚାଲୁନି। ଟ୍ରକ୍‌ଗୁଡ଼ାକ କୋଇଲା ଭରିକି ଧାଁ ଦଉଡ଼ କରୁନାହାନ୍ତି। ହେଲମେଟ୍, ଝୁଡ଼ି, ବେଲଚା, କଳାବେଲ୍‌ଟ, ଲ୍ୟାମ୍ପ-ଏପଟ ସେପଟ ହେଉନି। କେବଳ ତିନି-ଚାରିଜଣ ଲୋକ, ଯେଉଁମାନଙ୍କୁ ଅଗଣି କକେଇ ଧରିକି ଆଣିଥିଲେ, ଯେଉଁମାନଙ୍କ ସାଙ୍ଗରେ ପ୍ରଦ୍ୟୁମ୍ନ ବି ଥିଲା; ଠିଆ ହେଇଥିଲେ, ଏମ୍.ଟି.କେ. ସାମ୍ନାରେ। ଜଣେ କ୍ଲର୍କ ଲ୍ୟାମ୍ପ କ୍ୟାବିନ୍‌ରୁ ଲାଇଟ ଆଣି ଟେବୁଲ ଉପରେ ଗଦା କରି ଦେଇ କହିଲା: ଏଇ ତିନି ଚାରିଜଣରେ କ'ଣ ହେବ ? ଲୋଡର୍ କାହାନ୍ତି। ରେଜିଂ ଦରକାର, ବୁଝିଲେ ରେଜିଂ। ପ୍ରଡକ୍‌ସନ୍।

ଅଗଣି କକେଇ ବିରକ୍ତି ହେଇ କହିଲେ: ଏମାନଙ୍କର ଆଟେଣ୍ଡେନ୍‌ସ ଲେଖା ତ, ଖାଲି ବକ୍‌ବାଜି।

ପ୍ରଦ୍ୟୁମ୍ନ ଭାବିଥିଲା, ଧ୍ରୁବ ଖଟୁଆ ଦଳ ନିଶ୍ଚେ ପିଟ୍ ହେଡ୍‌ରେ ପିକେଟିଂ କରୁଥବେ ଓ ସେମାନଙ୍କୁ ଖଦାନ୍ ଭିତରକୁ ଓହ୍ଲେଇବାକୁ ହେଉନଥିବେ। ଗୋଟେ ଭାରି ଝମେଲା ହେବାର

ପ୍ରସ୍ତୁତିରେ ତିଆରି ହେଇକି ଆସିଥିଲା ପ୍ରଦ୍ୟୁମ୍ନ। ଅଥଚ ଏଠି ପହଞ୍ଚି ଦେଖିଲା ପିକେଟିଂ ତ ଦୂରର କଥା, କେହି କେଉଁଠି ନାହାଁ। କାନ୍ଥରେ ବାଡ଼ରେ ସ୍ଲୋଗାନ୍ ବି କିଛି ଲେଖା ହେଇନି। ଅଗଣି କକେଇ କହୁଥିଲେ : ମେନେଜ୍‌ମେଣ୍ଟର କୁଆଡ଼େ ଭୁଲ୍ ହେଇଚି ସାତ ଦିନର ଦରମା କାଟିବାର ନୋଟିସ ଦେଇ। ଯେଉଁମାନେ ଦିନଟେ ବି ଆସିପାରି ନାହାନ୍ତି, ସେମାନେ ସାତ ଦିନର ଦରମା କାଟ ହେବ ବୋଲି ଆସୁ ନାହାନ୍ତି। ଅଷ୍ଟମ ଦିନ ନିଶ୍ଚେ କାମରେ ଯୋଗ ଦେବେ।

ଅଗଣି କକେଇ ସେମାନଙ୍କର ହାଜିରୀ ଲେଖେଇ ଦେଇ ଚାଲିଗଲେ, ଆଉ ଯଦି କାହାରିକୁ ପାଇବେ ଧରି ଆଣିବା ପାଇଁ। ପ୍ରଦ୍ୟୁମ୍ନକୁ ଏସବୁ କାମ ଭାରି ପିଲାଖେଳ ଭଳି ମନେ ହେଉଥିଲା। ଅଥଚ ଏସବୁକୁ ହିଁ କେତେ ବଡ଼ ବଡ଼ ସଂଜ୍ଞାରେ ନାଁ ଦିଆଯାଇପାରେ। ଆଦର୍ଶବାଦ ସାଙ୍ଗରେ ଏସବୁକୁ ଯୋଡ଼ା ଯାଇପାରେ। ଏସବୁ ପିଲାଳିଆ ଓ ଆପାତ ଲଘୁ ଭାବରେ ଘଟୁଥିବା ଘଟଣାସବୁ ଭିତରୁ ହିଁ ଗୂଢ଼ ଅର୍ଥ ବାହାର କରାଯାଇଥାଏ। କିନ୍ତୁ ପ୍ରକୃତରେ ହିଁ ତ ଏସବୁ ତାତ୍ପର୍ଯ୍ୟହୀନ ଓ ଅତି ଗୁରୁତ୍ୱହୀନ ବିଷୟ। ପୃଥିବୀରେ ଯାବତ୍ ସିରିୟସ୍ ଦାର୍ଶନିକ ବାକ୍ୟାବଳୀ ରହିଛି, ସବୁ ପଛରେ ହିଁ କ'ଣ ଏମିତି ତାତ୍ପର୍ଯ୍ୟହୀନ ପରିଣାମ ତକ ହିଁ ଥାଏ ? ତେବେ, ଆମର ଜୀବନ, ଆମର ସାମ୍ପ୍ରତିକତା, ଆମର ପରିବେଶ-ଏସବୁ ଏମିତି ଭାବରେ ପ୍ରଚଳିତ ଧ୍ୟାନ ଧାରଣାରୁ ଊର୍ଦ୍ଧ୍ୱରେ ଗୋଟେ ଅଲଗା ବିଷୟ ? ଜ୍ଞାନରୁ, ପାଠରୁ, ଶବ୍ଦରୁ, ଭାଷାରୁ, ଅଭିବ୍ୟକ୍ତିରୁ ସମ୍ପୂର୍ଣ୍ଣ ଅଲଗା ବିଷୟ ?

ପ୍ରଦ୍ୟୁମ୍ନ ଏସବୁ ଭାବିବାକୁ ଗଲେ ତା'ର ମୁଣ୍ଡ ଗୋଳମାଳିଆ ହେଇଯାଏ। ଏ ଯେମିତି ଅସଜଡା ସୂତାରୁ ଖିଅ କାଢ଼ିବା ଭଳି ବିଷୟ। କେଉଁଠି ଆରମ୍ଭ ହୁଏ, କେଉଁଠି ପଶେ, କେଉଁଠି ଗଣ୍ଠି ପଡ଼େ, କେଉଁଠି ଗୁଡେଇ ହେଇଯାଏ। କିଛି ହିଁ ଜଣାପଡ଼େନି ତାକୁ। ପ୍ରଦ୍ୟୁମ୍ନ କେବେ ବି କୌଣସି ସ୍ଥିର ସିଦ୍ଧାନ୍ତରେ ପହଞ୍ଚି ପାରେନି। କେବେ ବି କୌଣସି ବିଷୟକୁ ଧ୍ରୁବ ସତ୍ୟ ବୋଲି ମାନି ପାରେନା। ସବୁଥିରେ ସେ ସନ୍ଦିହାନ। ପ୍ରତିଟି ପଦକ୍ଷେପ ତା'ର କଂପିତ, ଦୁର୍ବଳ ଓ ଆଶଙ୍କାଗ୍ରସ୍ତ। ପ୍ରତିଟି ବାକ୍ୟ ତା'ର କମ୍ପ୍ଲେକ୍ସଗ୍ରସ୍ତ ଭୀରୁ ଓ ଆତ୍ମ ବିଶ୍ୱାସହୀନ।

କ୍ଲର୍କ ପାଖରେ ବତୀରେ ନାଁ ଲେଖେଇ ନେଇ ବ୍ୟାଟେରୀକୁ ଅଣ୍ଟାରେ ଝୁଲେଇଲା ପ୍ରଦ୍ୟୁମ୍ନ। ବତୀଟିକୁ ହେଲେମେଟରେ ଲଗେଇଲା। ସେମାନଙ୍କ ଭିତରୁ ଜଣେ ପଚାରିଲା: ଆମେ କ'ଣ ଭିତରକୁ ଓହ୍ଲେଇବୁ ?

କ୍ଲର୍କ ଜଣକ ମୁହଁ ପୋତି ରହିଥିଲା ରେଜିଷ୍ଟର ଉପରେ। କହିଲା କ୍ୟାଣ୍ଟିନ୍ ବନ୍ଦ ଅଛି। କେହି ବି ଆସି ନାହାନ୍ତି।

: ଆମେ କ'ଣ କରିବୁ ଭିତରକୁ ଯାଇ ? ଲୋଡର୍ ତ ନାହାନ୍ତି।

ଖାତା ଉପେର ମୁହଁମାଡି ଲେଖଥିବା କ୍ଲର୍କ ଜଣକ ମୁହଁ ଉଠେଇକି କଟମଟ କରି ଅନେଇଲା: ମୋତେ ପଚାରୁଛ କାହିଁକି ? ତମର ମ୍ୟାନେଜରକୁ ପଚାର ? ତମର

ଓଭରମ୍ୟାନ୍ ସର୍ଦ୍ଦାରଙ୍କୁ ପଚାର ? ଯେଉଁ ନେତା ଜଣକ ତମକୁ ଏଠି ଆଣି ଛାଡ଼ିଦେଇ ଗଲେ ତାଙ୍କୁ ପଚାର ?

ପ୍ରଦ୍ୟୁମ୍ନ ସେ ଭିତରୁ ଅପସରି ଆସିଲା । କିଛିକ୍ଷଣ ଲ୍ୟାମ୍ପ କ୍ୟାବିନ୍‌ରେ ବୁଲିଲା ଏଆଡ଼େ ସେଆଡ଼େ । ଚାର୍ଜ ହେଉଥିବା ଲ୍ୟାମ୍ପମାନଙ୍କରୁ ନମ୍ବର ପଢ଼ିଲା । ମ୍ୟାନେଜରମାନଙ୍କ ଅଫିସ୍ ଆଡ଼େ ଯାଇ ଉହୁଁକି ଦେଖିଲା, ସେମାନେ ସମସ୍ତେ ଲୋଡର୍ । ଆଗେ ଟବ୍‌ଚେକର୍‌ରେ ଯାଉଥିଲା । ଏବେ ତାକୁ ଲୋଡିଂରେ ପଠା ହେବା କଥା । ତାକୁ ଆଜି ଗାଡ଼ି ଭରିବା ପାଇଁ ପଡ଼ିବ କି ?

: ତମ ମୁହଁଟା ଟିକେ ଦେଖି । ଏଇଠି ମାଡ ବସିଥିଲା ? ଆହାରେ, କେତେଟା କଟି ଯାଇଚି । ଷ୍ଟିଚ୍ କେତେଟା ପଡ଼ିଥିଲା ? ପରମାନେଣ୍ଟ ଦାଗ ରହିଗଲା ମୁହଁ ଉପରେ, ନୁହଁ ?

ପିଠିରେ ହାତ ମାରୁଥିବା ଲୋକ ଜଣକ, ପ୍ରଦ୍ୟୁମ୍ନ ବୁଲିକି ଦେଖିଲା, ଜଣେ ମାଇନିଂ ସର୍ଦ୍ଦାର, କ'ଣ ନାଁ ତ ଯାର, ମିଶ୍ର ନା ପଣ୍ଡା ନା ନାୟକ ନା ଦାସ ? ମନେ ପକେଇ ପାରିଲାନି ସେ । ବହୁତଥର ଦେଖିଚି ଯାଙ୍କୁ । ନିଜ ରିଲେର ନୁହଁ ସେ । କେବେବି କଥା ହେଇନି ଯାଙ୍କ ସାଙ୍ଗରେ ।

ମାଇନିଂ ସର୍ଦ୍ଦାର ଜଣକ କହିଲେ: ଆସ, ଭିତରକୁ ଯିବା । ଭିତରେ ଥରେ ବୁଲି ଆସିଲେ କାମ ଶେଷ ।

ପ୍ରଦ୍ୟୁମ୍ନ ବିନା କାବ୍ୟବ୍ୟୟରେ ମାଇନିଂ ସର୍ଦ୍ଦାର ପଛରେ ଚାଲିଲା । ଖଣି ଭିତରକୁ ରାସ୍ତାଟା ଠିକ୍ ଗୁମ୍ଫା ଭଳି ହେଉଚି । ଗୋଟେ ବିରାଟ ଗାତ, ଭିତରକୁ ପାହାଚ ସବୁ ପଡ଼ିଚି । ଗାତ ମୁହଁରେ ମା' କାଳୀଙ୍କ ଚିତ୍ର ଟଙ୍ଗା ହେଇଚି । ଏଇଟା ଗୋଟେ ପରମ୍ପରା କୋଇଲା ଖଣିର । ଭିତରକୁ ଓହ୍ଲେଇବା ପୂର୍ବରୁ ସମସ୍ତେ କାଳୀଙ୍କ ଫଟୋ ପାଖରେ ମୁଣ୍ଡିଆ ମାରନ୍ତି । ପ୍ରଥମେ ପ୍ରଥମେ ଭୟ ମାଡୁଥିଲା ପ୍ରଦ୍ୟୁମ୍ନକୁ । ପ୍ରଥମଦିନ ତ ପାଦ ଥରୁଥିଲା । ସବୁବେଳେ ମନେ ହେଉଥିଲା, ଯେମିତି ଛାତ୍ର ଭୁଷୁଡ଼ି ପଡ଼ିବ, ଯେମିତି ଅନ୍ଧାରରେ ଦୌଡୁଥିବା ଟ୍ରଲିଗୁଡ଼ାକ ସାଙ୍ଗରେ ଧକ୍‌କା ହେଇଯିବ । ମୃତ୍ୟୁଟା କ'ଣ, କେତେ ଭୟାନକ ଓ ଜୀବନକୁ କେତେ ଭଲପାଏ ସେ, ପ୍ରଥମକରି ଖଣିକୁ ଓହ୍ଲେଇଲାବେଳେ ସେ ଟେର୍ ପାଇଥିଲା । ଧୀରେ ଧୀରେ ସବୁ ଅନୁଭୂତିବୋଧ ଦକ୍ଷୁଡ଼ା ହେଇଯାଏ । ଖଣି ଭିତରଟାବି ମନେ ହୁଏ ସର୍ଫେସ ଭଳି, କୌଣସିଠି ଅପ୍ରାକୃତିକ କିଛି ଏବେ ଦେଖିପାରେନି ପ୍ରଦ୍ୟୁମ୍ନ ।

ଅଥଚ ଆଜି ଏତେ ଦିନ ପରେ, ଗୁମ୍ଫା ଭିତରର ସିଡ଼ିରେ ଓହ୍ଲାଉ ଓହ୍ଲାଉ ପୁଣି ଡର ମାଡିଲା ପ୍ରଦ୍ୟୁମ୍ନକୁ । ଭିତରେ କିଟି କିଟି ଅନ୍ଧାର । ହେଲମେଟରେ ଲଗେଇଥିବା ଲାଇଟଟାର ଆଲୁଅ ବି ସକ୍ଷମ ନୁହଁ ସେ ଅନ୍ଧାରକୁ ତଡ଼ିଦେବା ପାଇଁ । ଏତେବଡ଼ ଅଣ୍ଡର ଗ୍ରାଉଣ୍ଡ୍-ଅଥଚ କାହିଁ କେଉଁଠି କେହି ନାହାଁ । ପ୍ରଦ୍ୟୁମ୍ନର ଲୋମ ଠିଆ ହୋଇଗଲା ।

ସାମ୍ନାରେ ଆଗଉଥିବା ମାଇନିଂ ସର୍ଦ୍ଦାର ଜଣକ କହିଲେ: ତମ ସାଙ୍ଗରେ କେବେ

କଥାହେବାର ସୁଯୋଗ ମିଳିନଥିଲା । ଏବେ ଭାରି ହିରୋ ହେଇଯାଇଚ । କୋଲିୟାରୀର ସମସ୍ତେ ତମକୁ ଚିହ୍ନନ୍ତି । ଅଫିସରଙ୍କଠୁ ଲୋଡର ଯାଏ ।

ଲୋକଟିର କଥାରେ ପ୍ରତିଧ୍ୱନି ତିଆରି ହେଉଚି । ଆଗେ, କାମ ଚାଲୁଥିଲା ବେଳେ; ଅଣ୍ଡର ଗ୍ରାଉଣ୍ଡର କେବେ ପ୍ରତିଧ୍ୱନୀ ଶୁଣିନି ପ୍ରଦ୍ୟୁମ୍ନ ।

ମାଇନିଂ ସର୍ଦ୍ଦାର ଜଣଙ୍କ କହିଲେ ତମଭଳି ପିଲା ୟୁନିଅନରେ ମିଶିଲା କାହିଁକି ? ୟୁନିଅନ ସବୁ ଟାଉଟରମାନଙ୍କ କାମ । ସତ କହିବାକୁ ଗଲେ, ୟୁନିଅନ୍‌ଜିମ୍‌କୁ ଏଇ ରାଜନୈତିକ ନେତାମାନେ ହିଁ ବଦନାମ କରିଛନ୍ତି । ଆଚ୍ଛା, ଭାବିଦେଖ ଏଇ କେତେବର୍ଷ ଭିତରେ କେମିତି ସବୁ ବଦଳି ଯାଉଛି । ରୁଷ, ଚୀନ୍ ସବୁର କେମିତି ବାମପନ୍ଥୀ ମତାଦର୍ଶ ଉଭେଇ ଯାଉଛି । ମୋତେ ଦୁଃଖଲାଗେ ଯେତେବେଳେ ଭାବେ ଗୋଟେ ମତାଦର୍ଶ କେମିତି ନଷ୍ଟ ହେଇଯାଉଚି । ମୁଁ କମ୍ୟୁନିଷ୍ଟ ନୁହଁ । ତଥାପି କମ୍ୟୁନିଜିମ୍‌ର ମୃତ୍ୟୁ ମୋତେ ଶୋକାଭିଭୂତ କରେ ।

ପ୍ରଦ୍ୟୁମ୍ନ କମ୍ୟୁନିଷ୍ଟ ନୁହଁ । କମ୍ୟୁନିଜିମ୍ ବିଷୟରେ ସେ ବେଶି ଭାବେନା । ମାର୍କିସଜିମ୍, ପେରୋସ୍ତ୍ରୋଇକା, ଗ୍ୟାଙ୍ଗ୍ ଅଫ୍ ୱାର, ଷ୍ଟାଲିନ୍, ବାକୁନିନ୍, କଲଚରାଲ୍ ରିଭଲ୍ୟୁସନ୍, ମାର୍କୁଇନ୍ ଏସବୁ ବିଷୟରେ ସେ କିଛି କିଛିଟା ଜାଣିନି ଏମିତି ନୁହଁ । କିନ୍ତୁ କେବେ ସେ ଏସବୁ ନେଇ ମୁଣ୍ଡ ଖେଳେଇନି । କମ୍ୟୁନିଜିମ୍‌ର ମୃତ୍ୟୁରେ ତା ମନରେ କେଉଁଠି ହେଲେ ବି ଦୁଃଖ ଆସିନି ।

ଟ୍ରେଡ୍ ୟୁନିୟନିଜିମ୍ ସାଙ୍ଗରେ ମାର୍କିସ୍‌ଜିମ୍ କିମ୍ବା ଧର ସର୍ବହରାର ଏକ ନ୍ୟାୟିକ ତନ୍ତ୍ରକୁ ତମେ ଏକାଠି ଭାବିପାର ? ମୋର ମନେ ହୁଏ କଥା ଦି'ଟା ଏକେବାରେ ଇନ୍‌କମ୍ପାଟିବ୍ଲ । ଇନ୍‌କମ୍ପାଟିବ୍ଲ ଶବ୍ଦର ଅର୍ଥ ଜାଣିଛ ?

ମୁଣ୍ଡ ହଲେଇ ନାଁ କଲା ପ୍ରଦ୍ୟୁମ୍ନ । ଏଇ ମାଇନିଂ ସର୍ଦ୍ଦାର ଜଣକ କେତେ ପଢିଥିବ ? ମାଇନିଂ ସ୍କୁଲ୍‌ରୁ ଡିପ୍ଲୋମା ପାଶ୍ କରିନଥିବ ବୋଧେ । କରିଥିଲେ ତ ଓଭରମ୍ୟାନ୍ ହୋଇଯାନ୍ତା । ଲୋକଟି ନିଶ୍ଚେ ବଦ୍‌ଲି ଲୋଡର୍‌ରେ ଭର୍ତ୍ତି ହେଇଥିବ । ତା'ପରେ ଗ୍ୟାସଟେଷ୍ଟିଂ ପରୀକ୍ଷା ଦେଇ, ଫାଷ୍ଟ-ଏଡ୍ ପରୀକ୍ଷାଦେଇ, ମାଇନିଂ ସର୍ଦ୍ଦାରୀ ସାର୍ଟିଫିକେଟ୍ ପରୀକ୍ଷା ପାଶ୍ କରିଥିବ । ଲୋକଟି ଏତେ କଥା ଜାଣିଲା କେମିତି ? ପ୍ରଦ୍ୟୁମ୍ନର ମନେହୁଏ, କୋଲିୟାରୀଟା ମୁର୍ଖଙ୍କ ରାଜତ୍ୱ । ଏଠି ଏତେ ଡିପ୍ଲୋମା ଓ ଗ୍ରାଜୁଏସନ୍ କରିଥିବା ଟେକ୍ନିକାଲ୍ ଲୋକ, ଅଥଚ ପ୍ରକୃତ ବୃଦ୍ଧିମତ୍ତା ଯେମିତି କାହାରି ପାଖରେ ନାଇଁ । କୋଇଲା ଖଦାନ, ରେଜିଂ ପ୍ରଡକସନ, ବ୍ରେକ୍‌ଡାଉନ୍ କିମ୍ବା ପାର୍ଟି, ଜୁଆ,ମଦ ଛଡ଼ା ଏକ୍‌ଜିକ୍ୟୁଟିଭ୍ ହୁଅନ୍ତୁ କି ଷ୍ଟାଫ୍ ହୁଅନ୍ତୁ କି ଲେବର୍- କେହି କିଛି ଜାଣି ନାହାନ୍ତି । ଯେତ ଜଣେ ସାମାନ୍ୟ ମାଇନିଂ ସର୍ଦ୍ଦାର ।

: ଇନ କମ୍ପାର୍ଟି ବ୍ଲ ହେଲା- ତମକୁ କେମିତି ବୁଝେଇବି, ଯେମିତି ଜହ୍ନ ଓ ସୂର୍ଯ୍ୟ ପରସ୍ପରର ଇନ୍‌କମ୍ପାଟିବ୍ଲ- ମାନେ ସେ ଦିହିଁଙ୍କୁ ଏକାଠି ରଖି ହେବନି, ସେମିତି ମାର୍କିସଜିମ୍ ସାଙ୍ଗରେ ଟ୍ରେଡ୍ ୟୁନିଅନ୍‌ର କୌଣସି ସମ୍ପର୍କ ରହିପାରେନି । ଟ୍ରେଡ୍ ୟୁନିୟନ୍ ସବୁବେଳେ ମଧ୍ୟପନ୍ଥା ଧରେ । ମ୍ୟାନେଜମେଣ୍ଟର ଶୋଷଣରୁ ଶ୍ରମିକକୁରକ୍ଷା କରିବା ନାଁରେ ସାଧାରଣ ସୁଖ

ସୁବିଧାତକ ଯୋଗେଇ ଦେବାକୁ ଚେଷ୍ଟାକରେ। ଫଳରେ ଶ୍ରମିକଟି ଧୀରେଧୀରେ ସୁବିଧାଭୋଗୀ ହେଇପଡେ। ଏଇ ଯେ ଲଢେଇ କରିବା, ଶୋଷଣ ବିରୁଦ୍ଧରେ ପ୍ରତିବାଦ କରିବା ଭଳି ସ୍ଲୋଗାନ ସବୁ- ଏସବୁ ଲୋକଙ୍କୁ ଭୁଆଁ ବୁଲେଇବା କଥା। ଟ୍ରେଡୟୁନିଅନ୍ କେବେ ଚାହେଁନା ମ୍ୟାନେଜମେଣ୍ଟ ପାଖରୁ ଛଡେଇ ନେବାକୁ। ମ୍ୟାନେଜମେଣ୍ଟ ବିରୁଦ୍ଧରେ ଶ୍ରମିକ ଅସନ୍ତୋଷକୁ ଚାପି ରଖିବାରେ ହିଁ ୟୁନିଅନ୍ ବରଂ ସାହାଯ୍ୟ କରେ। ତମେ କେବେ ବି ଭାବିଛ ଏ ବିଷୟରେ ?

ଚାରିଆଡ଼େ ଅନ୍ଧାର। ଦୂରରେ କୋଡିଏ ୱାଟର ଟ୍ୟୁବଲାଇଟ୍ ମିଞ୍ଜି ମିଞ୍ଜି ହେଇ ଜଳୁଚି। ହେଲମେଟ ଉପରେ ଲାଗିଥିବା ଲାଇଟ୍ ଆଲୁଅରେ ବି ସାମ୍ନା ମାଇନିଂ ସର୍ଦ୍ଦାର ମୁହଁ ଦେଖାଯାଉନି। ସବୁ କିଛି ଭୌତିକ ଭୌତିକ ଲାଗୁଛି ପ୍ରଦ୍ୟୁମ୍ନକୁ। ସତରେ କ'ଣ ଏଇ ଲୋକଟି କୋଲିୟାରୀର କେହି ? ନା ଏସବୁ ଅଲୌକିକ ? ନା ହ୍ୟାଲୁସିନେସ ? ଏମିତି କ'ଣ ହୁଏ ?

: ଆସ, ଆମେ ଟିକିଏ ଉପର ମହଲାରୁ ବୁଲି ଆସିବା। କାମ ତ କିଛି ନାହିଁ, ଖାଲି ଇନ୍‌ସପେକସନ୍ କରିଆସିବା କଥା। ମାଇନିଂ ସର୍ଦ୍ଦାରଟି ବୁଲି ପଡି ପ୍ରଦ୍ୟୁମ୍ନର ହାତ ଧରି ପକେଇ କହିଲା: ତମର ଦେହରେ ତ ଖଇ ଫୁଟୁଛି। ଏତେ ଜ୍ୱର ନେଇ ତମେ ଭିତରକୁ କାହିଁକି ଓହ୍ଲେଇଲ ? ଆଚ୍ଛା ବସ ବସ। ତମେ ଏଠି ବସିଥା। ମୁଁ ଉପର ମହଲାରୁ ବୁଲି ଆସେ।

ମାଇନିଂ ସର୍ଦ୍ଦାର ଜଣକ ତାକୁ ଛାଡ଼ି ଦେଇ ପାହାଚ ଚଢ଼ି ଚାଲିଗଲେ ଉପର ମହଲାକୁ। ଏତେ ବଡ଼ ଖଣି ଭିତରେ ଅନ୍ଧାରରେ ବସି ରହିଲା ପ୍ରଦ୍ୟୁମ୍ନ। ସେ କ'ଣ ସ୍ୱପ୍ନ ଦେଖୁଛି ? ଚାରିଆଡ଼େ ଅନ୍ଧାର। ଦୂରରୁ ସାଇଁ ସାଇଁ ଶବ୍ଦ ହେଉଚି। ମାଇନିଂ ସର୍ଦ୍ଦାର ଜଣକ ଥିଲାବେଳେ ଜଣା ପଡୁନଥିଲା। ଏବେ ଖୁବ୍ ଜୋର୍‌ରେ ଶବ୍ଦଟା ବାରି ହେଇପଡୁଚି। ପ୍ରଥମେ ଚମକି ଯାଇଥିଲା ପ୍ରଦ୍ୟୁମ୍ନ। ପରେ ପରେ ମନେ ପକେଇଲା, ଏଇଟା ବୋଧେ ଫ୍ୟାନ ହାଉସ୍‌କୁ ଆଉଟଲେଟର ରାସ୍ତା। ଭିତରର ପବନକୁ ଫ୍ୟାନ୍ ହାଉସ୍ ବାଟେ ବାହାରି କରି ଦିଆ ହେଇଚି ? ପ୍ରଦ୍ୟୁମ୍ନ ଗାଁରେ ଥିଲାବେଳେ ତା'ର ଗୋଟେ ବଡ଼ ବଦନାମ ଥିଲା, ସେ ଡରୁଆ ବୋଲି। ଅନ୍ଧାରରେ ସେ ଯିବାକୁ ଡରୁଥିଲା। ଏମିତିକି ଏକୁଟିଆ କୌଣସି ଘରେ ଶୋଉ ନଥିଲା। ଅଥଚ ଏଇ ଅଣ୍ଡରଗ୍ରାଉଣ୍ଡ୍‌ରେ ଏକୁଟିଆ ସେ। ଉପରମହଲାକୁ ଯାଇଥିବା ମାଇନିଂ ସର୍ଦ୍ଦାର ଜଣକ କ'ଣ ମଣିଷ ? ଏଇଠୁ ଚିକ୍ରାର କଲେ କ'ଣ ତାଙ୍କୁ ଶୁଭିବ ? କିମ୍ବା ସେ ବି ଗୋଟେ ଅଶରୀରୀ, ତାକୁ ଭୁଲେଇକି ଡାକି ଆଣିଛନ୍ତି।

ଭୂତ-ଫୁତ ଅଛି କି ନାହିଁ, ପ୍ରଦ୍ୟୁମ୍ନ କେବେ ଏତେ ଭାବିକି ଦେଖିନି। ପୃଥିବୀର ବହୁତ ଜିନିଷ ବିଷୟରେ ସେ ଭାବିନି କେବେ। ବହୁତ ବିଷୟ ଉପରେ ତା'ର କୌଣସି ମତାମତ ନାହିଁ। ତଥାପି ସେ ଅନ୍ଧାରରେ ଡରେ। ମନେହୁଏ ତା' ଚାରିପଟରେ କିଏ ଯେମିତି ବୁଲୁଚି। କେବେ କେବେ ତା'ର ମନେହୁଏ ଭୟଙ୍କର ଚେହେରାର କେହି ତାକୁ ଅନେଇ ରହିଚି ଅନ୍ଧାରରେ। ତାକୁ ଡରଉଚି। ସେଇଟା କ'ଣ ଭୂତ ? କିମ୍ବା ମାନସିକ ସ୍ତରରେ ତା'ର କୌଣସି ପ୍ରତିକ୍ରିୟା ?

ଚାରିଆଡ଼େ ଅନ୍ଧାର। ପ୍ରାଗ ଐତିହାସିକ ଅନ୍ଧାର। କେତେ ବର୍ଷ ତଳେ, କେତେ ଲକ୍ଷ ଲକ୍ଷ ବର୍ଷ ତଳେ ଏଇଠି ଥିବ ପ୍ରାଣୀ ଜଗତ, ଏଇଠି ଥିବ ମାଟି, ଆକାଶ, ପାଣି ପବନ, ଗଛ ଲତା ଜଙ୍ଗଲ। ଏଇଠି ବଞ୍ଚିଥିବ ଜୀବନ। ଆଜି, ଏତେ ଯୁଗ ପରେ, ମାଟି ତଳେ, ପ୍ରଦ୍ୟୁମ୍ନ ଅନ୍ଧାର ଭିତରେ ସେମାନଙ୍କ ମୁହାଁମୁହିଁ। କିଏ ଯେମିତି ବାହାରି ଆସୁଚି କାନ୍ଥ ଭିତରୁ, ଅନ୍ଧାର ଭିତରୁ, କୋଇଲା ଭିତରୁ ଓ ହସୁଚି ପୈଶାଚିକ ହସ।

ଦେହ ହାତ ଥରି ଉଠିଲା ପ୍ରଦ୍ୟୁମ୍ନର। ଭୟର କୌଣସି କାରଣ ଥାଏକି? କାରଣ ନଥାଇ ବି, ସବୁକିଛି ଜାଣିଥିଲା ପରେ ବି; ଭୟ ଭୟ ହିଁ। କାନ ପାଖର ଶିରାଟା ଟାଣି ହେଇଗଲା ତା'ର। ଇଚ୍ଛା ହେଲା, ସେ ତାଣ୍ଡବ ନୃତ୍ୟ କରିବ। ଇଚ୍ଛା ହେଲା, ସେ ଦାନ୍ତ ଦେଖେଇ, ଆଖି ଏଡ଼େ ଏଡ଼େ କରି ବିଭତ୍ସଭାବରେ କାହାରିକୁ ଡରେଇବ। ସେ ଭୂତ। ସେ ଅଶରୀରୀ। ସେ ପ୍ରଦ୍ୟୁମ୍ନ ନୁହଁ। ସେ ସମାରୁ ଖଡ଼ିଆ ନୁହଁ। ସେ ଅଲଗା ଗୋଟେ ଶକ୍ତି। ସେ ଧ୍ୱଂସ କରିଦେବ। ସେ ମାରି ଖାଇଯିବ। ଯେଉଁ ମାନେ ତା' ବିରୁଦ୍ଧରେ; ଯେଉଁମାନେ ତା'ର ଅସ୍ତିତ୍ୱ ପୋଛି ଦେବାକୁ ଆସୁଛନ୍ତି ସେମାନଙ୍କର ରକ୍ତ, ମାଂସ, ଅସ୍ଥି, ମଜ୍ଜା, ଚୋବେଇ, ଚୋଷି, ଗିଳି ଟୁକୁରା ଟୁକୁରା କରି ନଷ୍ଟ କରିଦେବ।

ବିଭତ୍ସ ଚିତ୍କାରଟେ କଲା ପ୍ରଦ୍ୟୁମ୍ନ। ଡେଇଁ ପଡ଼ିଲା ଯୁଦ୍ଧ ଘୋଷଣାରେ। ଆଖି ନାକ କାନ ସବୁ ହେଇଗଲା ତା'ର ଅପ୍ରାକୃତିକ ଓ ଭୟାନକ। ଗଜୁରି ଉଠୁଚି କି ନଖ ଦାନ୍ତ? ସେ କ'ଣ ନୃସିଂହ ଅବତାର ବନି ଯାଇଛି? ସେ କ'ଣ ପିଶାଚ? ପ୍ରଦ୍ୟୁମ୍ନର ଦେହ ଥରୁଚି। ନିଃଶ୍ୱାସ ନେବାକୁ କଷ୍ଟ ହେଉଚି। ତା' ଚାରିପଟେ କ୍ରମଶଃ ଅନ୍ଧାର ମାଡ଼ି ପଡ଼ିଲା।

ହୋଶ୍ ଆସିଲା ବେଳକୁ ପ୍ରଦ୍ୟୁମ୍ନ ଦେଖିଲା, ସେ ସର୍ଫେସ୍‌ରେ। ଚଟାଣରେ ଶୋଇଚି। ତା' ଉପରେ ଦି' ତିନିଜଣ ଝୁଙ୍କି ବସିଚନ୍ତି। କିଏ ଜଣେ ତା' ମୁହଁରେ ପାଣି ଛାଟି ଦେଲା। କାନ ଭିତରେ ପାଣି ପଶି କେମିତି ଗୋଟେ ଝାଇଁ ଝାଇଁ ଲାଗୁଚି। ସେ ଉଠି ବସିବାକୁ ଚେଷ୍ଟା କଲାବେଳେ; ସେଇ ମାଇନିଂ ସର୍ଦ୍ଦାର ଜଣକ ତାକୁ ଜୋର୍ କରି ଶୁଏଇ ଦେଲା ଶୁଅ, ଶୁଅ। ଡରିବାର କିଛି ନାଇଁ। ତମେ ଅଚେତ ହେଇ ଯାଇଥିଲ ଖଦାନ ଭିତରେ।

: ତମର କ'ଣ ଏମିତି ବେମାରି ଅଛି? ପୂର୍ବରୁ ବେହୋସ୍ ହେଇଚ କେବେ?

: ଏତେ ଜ୍ୱରରେ କାହିଁକି ଭିତରକୁ ଓହ୍ଲଉଥିଲ?

: କାହିଁକି ଏଠି ଭିଡ଼ ଜମେଇଛନ୍ତି ପବନ ପାଇଁ ରାସ୍ତା ଛାଡ଼?

ପ୍ରଦ୍ୟୁମ୍ନକୁ ଭାରି ସଙ୍କୋଚ ମାଡିଲା। ଏତେ ଗୁଡ଼େ ଲୋକ ସାମ୍ନାରେ ଓ ସେ ବେହୋଶ୍ ହେଇଯାଉଥିଲି। ତା'ର ମନ ହେଉଥିଲା ସେ ଉଠି ପଳେଇଯିବ। ତା'ର ଦେହରେ କ'ଣ ଏବେ ବି ଜ୍ୱର ଅଛି? ସେ କହିଲା: ମୁଁ ଉଠିବି। ମୋତେ ଏବେ ଟିକିଏ ଭଲ ଲାଗୁଚି।

ତମେ ଡାକ୍ତରକୁ ଦେଖଉଚ ଜ୍ୱର ପାଇଁ? ଏବେ ଡାକ୍ତରଖାନା ଯିବା ପାଇଁ ଚାହଁ କି?

ପ୍ରଦ୍ୟୁମ୍ନ ଉଠିକି ବସିଲା। ତା' ଚାରିପଟେ ଭିଡ଼ ଜମି ଯାଇଚି। ଅଧିକାଂଶ ଲୋକ ହିଁ

ହୁଏତ ମାଇନିଂଷ୍ଟାଫ କିମ୍ବା ମାଇନ୍‌ସ ଟାଇମ୍‌ସ୍ କିପର୍ କିମ୍ବା ଅଣ୍ଡର ମ୍ୟାନେଜର। ସେମାନଙ୍କ ଭିଡ଼ ସେପଟରୁ ଦେଖାଯାଇଚି ପିଟ୍ ହେଡର ଆକାଶ। ସନ୍ଧ୍ୟା ନଇଁ ଆସିଲାଣି, ଆଲୁଅ ଜଳୁଚି ପ୍ରତିଟି ଅଫିସ୍ ରୁମ୍‌ରେ। କେତେ ସମୟ ହେବ: କିଏ ବା କେଉଁମାନେ କଥା ହେଉଥିଲେ, ଷ୍ଟ୍ରାଇକ୍ ଭାଙ୍ଗି ଯାଇଚି। ଧ୍ରୁବ ଖଟୁଆ ଓ ଦେଶମୁଖ ସାହେବ ଭିତରେ ରାଜିନାମା ହେଇଯାଇଚି। ଆଜି ରାତି ପାଳିରୁ କାମ ଆରମ୍ଭ ହେବ।

: ସତରେ ଷ୍ଟ୍ରାଇକ୍ ଭାଙ୍ଗି ଯାଇଚି ? ପ୍ରଦ୍ୟୁମ୍ନ ପଚାରିଲା କାହାକୁ ? କାହା ଉଦ୍ଦେଶ୍ୟରେ ? ପ୍ରଦୁମ୍ନ ର ସେ ପ୍ରଶ୍ନର ଉତ୍ତରରେ କେହି ହେଲେ ପଦୁଟିଏ ବି ଜବାବ ଦେଲେନି।

ତ୍ରୟୋଦଶ ପରିଚ୍ଛେଦ

ଏଇଟା ତେବେ ପରାଜୟ ହରିଶଙ୍କରର? ପରାଜୟ ତେବେ ଏମିତି ଆସେ? ଆସେ ସାଧାରଣ ଭାବରେ, ଆକାଶ, ପୃଥିବୀ, ସୂର୍ଯ୍ୟ, ଚନ୍ଦ୍ର, ପବନ ବତାସ, ଝଡ଼ି ପଡୁଥିବା ପତ୍ର, କଅଁଳି ଉଠୁଥିବା ଫୁଲ ଗୀତ ଗାଉଥିବା ରେଡିଓ, ଧାଇଁ ବୁଲୁଥିବା ପିଲାମାନଙ୍କ ସାଙ୍ଗରେ ଖୁବ୍ ସାଧାରଣ ଲୋକଟି ଭଳି। ଆସେ ଓ ହାତ ମିଳାଏ, କୁଶଳ ପୁଚ୍ଛା କରେ। ଶୋଇ ରହିଥାଏ ହରିଶଙ୍କର ଯେ, ପାଦ ଟିକିଏ ଘୁଞ୍ଚେଇ ନିଏ। ଖଟିଆର ଗୋଟେ କୋଣକୁ ବସେ ପରାଜୟ। ଜାଣେ। ଧୋତିର ଗୋଟେ କାନିକୁ ହାତମୁଠାରେ ଧରି ମୁହଁର ଝାଳ ପୋଛେ ଓ ଏମିତି ଆଖିରେ ଅନାଏ ଯେମିତି ପାଣି ଗ୍ଲାସେ ପାଇଲେ କୃତାର୍ଥ ହୋଇଯିବ।

ହରିଶଙ୍କର ଯେତେବେଳେ ଶୁଣିଲା ତା'ର ହାରିଯିବାର ଖବର। ସେତେବେଳେ ଦଉଡ଼ି ଖଟିଆରେ ଶୋଇ ପେପର ପଢୁଥିଲା। ପ୍ରକୃତରେ ପଢୁ ନଥିଲା ସେ, ଆଖି ସାମ୍ନାରେ ମେଲି ଧରିଥିଲା ଖବରକାଗଜ। କିନ୍ତୁ ମନ ଘୁରି ବୁଲୁଥିଲା ଷ୍ଟ୍ରାଇକ୍, ଧ୍ରୁବ ଖଟୁଆ, ତାରବାହାର କୋଇଲା ଖଣିର ଶ୍ରମିକ କର୍ମଚାରୀ, ଜି.ଏମ୍., ମିଃ ଦେଶମୁଖ ଏ ସମସ୍ତଙ୍କ ଭିତରେ। ସେଇ ସମୟରେ ହିଁ ଅଗଣି ଆସିଲା ସାଇକେଲରେ। ଗୋଟେ ପାଦ ପ୍ୟାଡ଼େଲ୍ ଉପରେ, ଅନ୍ୟଟି ମାଟିରେ ଥାପି, କହିଲା: ଏବେକାର ଖବର ଶୁଣିଲଣି ନେତାଜୀ? ଦେଶମୁଖ ଆଉ ଧ୍ରୁବ ଖଟୁଆ ଭିତରେ ମିଟିଂ ହେଇ ରାଜିନାମା ହେଲା। ଆଜି ସେକେଣ୍ଡ ଶିଫ୍ଟରେ ମୁଁ ପନ୍ଦର ଜଣ ଲୋକଙ୍କୁ ଭିତରକୁ

ପଠେଇକି ଆସିଲି। ଶଳା ଦେଶମୁଖ ସାହେବଟା ଆଉ ଦିନେ ଦି'ଦିନ ଅପେକ୍ଷା କରିଥିଲେ ପୁରା ଷ୍ଟ୍ରାଇକଟା ଭାଙ୍ଗିଯାନ୍ତା।

ଷ୍ଟ୍ରାଇକ୍ ଉଇଥଡ୍ କଲା ତେବେ ଧ୍ରୁବ ଖଟୁଆ, ବିଜୟୀ ଭାବରେ ? ହରିଶଙ୍କର ଭାଙ୍ଗି ଦେଇ ପାରିଲାନି ସେ ଷ୍ଟ୍ରାଇକ୍‌କୁ ? ଯା'ଠୁ ବଡ଼ ହରିଶଙ୍କରର ନିପାରିଲା ପଣ ଆଉ କ'ଣ ଅଛି ?

ଦେଶମୁଖକୁ ଦୋଷ ଦେବନି ହରିଶଙ୍କର। ଯଥେଷ୍ଟ ସମୟ ଦେଇଥିଲା ସେ। ତିନି ଦିନ। ସେ ଭିତରେ ହରିଶଙ୍କରର ଉଚିତ ଥିଲା ନିଜର କ୍ଷମତା ଦେଖେଇ ଦେବା।

ହରିଶଙ୍କର ବୋଧେ ଆଜିକାଲି ଆଉଟଡେଟେଡ୍ ହେଇଗଲେଣି ପରିତ୍ୟକ୍ତ। ହୁଏତ ଆଜିକାଲିକା ସମୟ ସହ ସେ ତାଳ ଦେଇ ଚାଲି ପାରିବନି। ବୁଢ଼ା ଅଥର୍ବ। ତା'ର କ'ଣ ଉଚିତ ଥିଲା ଏମିତି ଆଉଥରେ ୟୁନିଅନ ରାଜନୀତିକୁ ଡେଇଁ ପଡ଼ିବାର ? କିମ୍ବା ଦେଶମୁଖ କିଛି ନୁହେଁ, କେବେ ବି କିଛି ନଥିଲା। ହୁଏତ ହେମବାବୁ ପାଇଁ ହିଁ ସେ ଥିଲା ପ୍ରତିପତ୍ତିଶାଳୀ। ହୁଏତ ଧ୍ରୁବ ଖଟୁଆ ବି କିଛି ନୁହଁ। ହେମବାବୁ ହିଁ ସେଇ ଶକ୍ତି ଯା ପାଇଁ ଆଜି ତା'ର ଜୟ। ହୁଏତ ହେମବାବୁ ବି କିଛି ନୁହଁନ୍ତି ତାଙ୍କ ପଛରେ ଥିବା ମନ୍ତ୍ରୀତ୍ୱର; କ୍ଷମତାର ଶକ୍ତି ହିଁ ସବୁ କିଛି। ହରିଶଙ୍କର ପ୍ରଥମରୁ ହିଁ ତ ବୁଝି ପାରିଥିଲା କ୍ଷମତାର ଦଉଡ଼ି କେତେ ଦୂର, କେତେ ପ୍ରଭାବଶାଳୀ। ଅନେକେ ତାକୁ ଉସୁକାଇଚନ୍ତି ହେମବାବୁଙ୍କ ବିରୁଦ୍ଧରେ ବିଦ୍ରୋହ କରିବାକୁ। ତାଙ୍କ ଦଳ ଛାଡ଼ି ଦେଇ ଅନ୍ୟ ଦଳରେ ଯୋଗ ଦେବାକୁ। କିନ୍ତୁ କେବେ ବି ହରିଶଙ୍କର ସେମିତି ପଦକ୍ଷେପ ନେଇ ନଥିଲା। ଯଦି ଜି.ଏମ୍.ମିଃ ମିରଚଲାନି ତାକୁ ଅଭୟ ପ୍ରଶ୍ରୟ ଦେଇ ନଥାନ୍ତେ ଯଦି ତାକୁ ଆଉ ଗୋଟେ ୟୁନିଅନ୍ ଗଢ଼ିବାକୁ ପ୍ରରୋଚିତ କରି ନଥାନ୍ତେ, ତେବେ ହୁଏତ ସେ କେବେ ବି ଧ୍ରୁବ ଖଟୁଆ ବିରୁଦ୍ଧରେ ଆଉ ଗୋଟେ ୟୁନିଅନ୍ ଠିଆ କରେଇ ନଥାନ୍ତା, କିନ୍ତୁ ଜି; ଏମ୍.ଙ୍କୁ ବି ସେ ଦୋଷ ଦେବନି। ସେ ଯଥେଷ୍ଟ ସହଯୋଗ ଦେଇଚନ୍ତି। ବୋଧେ ହରିଶଙ୍କରର ହିଁ କୌଣସି କ୍ଷମତା ନଥିଲା, ଜନତା ଉପରେ କର୍ତ୍ତୃତ୍ୱ ନଥିଲା।

ତେବେ କ'ଣ ହରିଶଙ୍କର ଜାଣି ସାରିଥିଲା, ମ୍ୟାନେଜ୍‌ମେଣ୍ଟର ଦୟା ଛଡ଼ା ୟୁନିଅନ୍ ଗଢ଼ି ହେବନି ବୋଲି ? ହଁ, ଜାଣି ସାରିଥିଲା ତ। ମ୍ୟାନେଜମେଣ୍ଟର ଦୟା ଛଡ଼ା କେଉଁ ୟୁନିଅନ୍ କେବେ ଦମ୍ଭ ଧରି ଠିଆ ଦେଇଚି ଏଇ ଗଣତାନ୍ତ୍ରିକ ଦେଶରେ ? କ'ଣ ଏମିତି ହିଁ ହେବା କଥା ଥିଲା ? ଏମିତି ହେବା ଉଚିତ ? ଯେଉଁ ଟ୍ରେଡ୍ ୟୁନିୟନ୍ କେବେ ଦମ୍ଭ ଧରି ଠିଆ ହେଇଚି ଏଇ ଗଣତାନ୍ତ୍ରିକ ଦେଶରେ ? କ'ଣ ଏମିତି ହିଁ ହେବା କଥାଥିଲା ? ଏମିତି ହେବା ଉଚିତ ? ଯେଉଁ ଟ୍ରେଡ୍ ୟୁନିଅନ୍‌ର ଜନ୍ମ ଶ୍ରମିକମାନଙ୍କର ସ୍ୱାର୍ଥରକ୍ଷା ପାଇଁ, ସେଇ ୟୁନିଅନ୍ ନିଜସ୍ୱ ଦାୟିତ୍ୱ ଆଡ଼େଇ କାହିଁକି ମ୍ୟାନେଜମେଣ୍ଟ ଆଶ୍ରିତ ହେଇ ରହିଯିବ ? କାହିଁକି ? ଏଇଟା କ'ଣ ବଡ଼ ବିଶ୍ୱାସଘାତକତା ନୁହଁ ?

ହରିଶଙ୍କର ଯେତେବେଳେ ପ୍ରଥମ କରି ୟୁନିଅନ୍ ରାଜନୀତିକୁ ଆସିଥିଲା, ତା'ର ପ୍ରଥମ ଯୌବନରେ, ସେତେବେଳେ ହେମବାବୁ ବି ତ ଏତେ ଉଚ୍ଚାକାଂକ୍ଷୀ ନଥିଲେ। ହରିଶଙ୍କର

ସବୁବେଳେ ଭାବି ଆସିଥିଲା ମ୍ୟାନେଜମେଣ୍ଟକୁ ଶ୍ରେଣୀ ଶତ୍ରୁ ବୋଲି। ଅଥଚ ଏ ଭିତରେ ସବୁ କେମିତି ବଦଳି ଗଲା। ସେଇ ସ୍ୱପ୍ନ, ସେଇ ଆଶା, ସେଇ ପ୍ରବଣତା ସବୁ କେମିତି ବଦଳିଗଲା। ହରିଶଙ୍କର ନିଜେ ହିଁ ତ ମାନି ନେଇଥିଲା ମ୍ୟାନେଜମେଣ୍ଟର ଆଶୀର୍ବାଦକୁ। ହୁଏତ ହରିଶଙ୍କର ଏତେଟା ଉଚ୍ଚାକାଂକ୍ଷୀ ନଥିଲା। ହୁଏତ ୟୁନିଅନ୍‌କୁ ନେଇ ତା'ର ବ୍ୟକ୍ତିଗତ ସମ୍ପତ୍ତି ବଢ଼େଇବାକୁ ଚାହିଁ ନଥିଲା କେବେ ବି। ତଥାପି ନିଜ ୟୁନିଅନ୍‌କୁ ପ୍ରତିଷ୍ଠିତ କରେଇବା ପଛରେ କି ଉଦ୍ଦେଶ୍ୟ ଥିଲା ତା'ର? ସେ କ'ଣ ସ୍ୱାର୍ଥ ରହିତ ଥିଲା? ଟିକେ ବି ତା' ମନରେ ନଥିଲା କି ୟୁନିଅନ୍ ମାର୍ଫତ ନିଜ ପ୍ରତିପ୍ରତି ଜାହିର କରିବାକୁ। ୟୁନିଅନ୍ ଦ୍ୱାରା ଶ୍ରମିକମାନଙ୍କର ଶୋଷଣ ମୁକ୍ତି କେବେ ବି ସେ ଚାହିଁଥିଲା କି? ଚାହିଁଥିଲେ ବି କରିଥାନ୍ତା କି?

ଅଗଣି କହିଲା: ୟା'ପରେ ଆମର ସ୍ଥିତି ବଜାୟ ରଖିବାକୁ ନୂଆ ଲଢ଼େଇ କୌଶଳ ଅବଲମ୍ବନ କରିବାକୁ ପଡ଼ିବ, ନେତାଜୀ। ୟା'ପରେ ମ୍ୟାନେଜମେଣ୍ଟ୍ ଆଉ ପାସଙ୍ଗରେ ପକେଇବନି। ଧ୍ରୁବ ଖଟୁଆ ଏକ ଅପପ୍ରଚାର କରିବେ ଆମ ନାଁରେ। ମଜଦୁରମାନେ ଆମକୁ ଅବିଶ୍ୱାସର ଆଖିରେ ଦେଖିବେ। ଏସବୁ ମୁକାବିଲା କରିବା ପାଇଁ ଆମକୁ ଜବରଦସ୍ତ ସଂଗ୍ରାମ କରିବାକୁ ପଡ଼ିବ। ଏ ସଂକ୍ରାନ୍ତରେ ଆଲୋଚନା କରିବା ପାଇଁ ଆମେ ଏକଜିକ୍ୟୁଟିଭ ବଡ଼ି ମିଟିଂ ଡାକିବାକି ନେତାଜୀ?

ଉଠିକି ବସିଲା ହରିଶଙ୍କର। କାଗଜକୁ ଚଉତେଇକି ରଖିଲା। କହିଲା: ତମେ ୟା' କରୁଛ କର, ଅଗଣି। ମୋତେ କାହିଁକି ବୁଦ୍ଧି ଦିଶୁନି।

ଅଗଣି ସାଇକେଲରୁ ଓହ୍ଲେଇ ଷ୍ଟାଣ୍ଡ ମାରିଲା। ତା'ପରେ ପକେଟରୁ ରୁମାଲ କାଢ଼ି ମୁହଁର ଝାଳ ପୋଛିଲା। ହରିଶଙ୍କର ପାଖରେ ଖଟିଆ ଉପେର ବସିକି କହିଲା: ଦେଖ ନେତାଜୀ, ଆମର ୟୁନିଅନ୍ ଏବେ ଶିଶୁ ଅବସ୍ଥାରେ ଅଛି। ତା'ର ମୌଳିକ ଆବଶ୍ୟକତା ସବୁ ବି ପୂରଣ ହେଇନି। ଆମର ୟୁନିଅନ୍ ତରଫରୁ ବିଧିବଦ୍ଧ ଭାବରେ ସଭ୍ୟ ସଂଗ୍ରହ କରା ହେଇନି। ୟୁନିଅନ୍‌ର ଫଣ୍ଡ ସେମିତି କିଛି ନାଇଁ। ଏମିତିକି ଆମର ୟୁନିଅନ୍ ପାଇଁ ଅଫିସ୍ ଘରଟେ ବି ନାଇଁ। ପ୍ରତିଟି ୟୁନିଅନ୍ ଗଢ଼ି ଉଠିଲା ବେଳେ ଯେଉଁସବୁ ସମସ୍ୟା ଦେଖାଦିଏ, ସେଇଗୁଡ଼ିକୁ ପାରି ହେଇ ସାରିଲା ପରେ ହିଁ ସେ ୟୁନିଅନ୍‌ର ସ୍ଥିତି ମଜବୁତ ହେଇଥାଏ। ଏବେ ଆମ ପାଖରେ ତେଣୁ ବଡ଼ ସମସ୍ୟା ନୁହଁ ଯେ ଧ୍ରୁବ ଖଟୁଆର ଷ୍ଟ୍ରାଇକ୍ ଭାଙ୍ଗିବା ପାଇଁ, ଦେଶମୁଖ ସାହେବ ତା' ସାଙ୍ଗରେ ମିଟିଂ କାହିଁକି କଲା। ଆମକୁ ଯେଉଁଟା ବେଶି ହଇରାଣ କରିବ ଭବିଷ୍ୟତରେ, ସେଇଟା ହେଲା ଧ୍ରୁବ ଖଟୁଆ ସାଙ୍ଗରେ ଦେଶମୁଖ ସାହେବର ରାଜିନାମା। ମୁଁ ୟାହା ଖବର ପାଇଛି, ଏଇ ମର୍ମରେ ରାଜିନାମାଟା ହେଇଚି ଯେ କମ୍ପାନି ଆମ ୟୁନିଅନ୍ ସହ ସମ୍ପର୍କ ରଖିବନି, କୌଣସି ପଲିସି ଡିସିସନ୍‌ରେ ଧ୍ରୁବ ଖଟୁଆ ଛଡ଼ା ଅନ୍ୟ କୌଣସି ୟୁନିଅନ୍ ସହ କଥାବାର୍ତ୍ତା ଚଳେଇବନି ଏବଂ ଆମକୁ ସଭ୍ୟ ସଂଗ୍ରହ ପାଇଁ କୌଣସି ପ୍ରକାର ସୁବିଧା ବି ଦେବନି। ଏସବୁ ଯଦି କାର୍ଯ୍ୟକାରୀ ହୁଏ, ତେବେ ଆମ ୟୁନିଅନ୍‌କୁ ଗଳା ଚିପି ହତ୍ୟା କରିଦେବା ଭଳି ହେବ।

ମୁଁ ଭାବୁଛି, ଆଜି ହିଁ ଆମେ ଆମ ଏକଜିକ୍ୟୁଟିଭ୍ ବଡିର ମିଟିଂ ଡାକିବା ଉଚିତ। ତା' ପୂର୍ବରୁ ଦେଶମୁଖ ସାହେବ ସାଙ୍ଗରେ ଟିକେ କଥାବାର୍ତ୍ତା କରି ନେଲେ ହୁଅନ୍ତା।

: କ'ଣ କ'ଣ କରିବ ଠିକ୍ କରିଛ ତମେ ? ହରିଶଙ୍କର ପଚାରିଲା ଆଗାମୀ କାର୍ଯ୍ୟପନ୍ଥା ଭାବରେ।

: ମୋ ମନରେ ଗୋଟେ ଆଇଡିଆ ଅଛି। ଆମେମାନେ ଅନଶନରେ ବସିଲେ କେମିତି ହୁଅନ୍ତା ?

: ଅନଶନ ? ଆଜି କାଲି ଅନଶନଟା ତ ଗୋଟେ ଫାର୍ଶ।

ହେମବାବୁଙ୍କ ୟୁନିଅନ୍ ସମୟରେ ବହୁତ ଥର ଏମିତି ଅନଶନର ନାଟକ କରେଇଚି ହରିଶଙ୍କର, ଅନେକଟା ହେମବାବୁଙ୍କ ପ୍ରରେଚନାରେ। କୌଣସିଠି କିଛି ହୁଏନା। ଅନ୍ଧାର ରାତିରେ ଅଣ୍ଡା, ବାସି ବରା ପିଆଜି ଖାଇ କିମ୍ବା ଅନ୍ଧାର ରାତିରେ ହିଁ ଝାଡ଼ା ଯାଇ ଫେରି ଆସି ପୁଣି ଅନଶନରେ ବସିଯିବାର ଧପ୍ପାବାଜିର୍ ଆୟୋଜନ ବି ହରିଶଙ୍କର ନିଜେ କରିଛି। ଅନଶନ ହେବା ପୂର୍ବରୁ ବି ପ୍ଲାନ କରାଯାଇଥାଏ ତା'ର ସମାପ୍ତିର। କିଏ କେବେ ଫଳରସ ପିଏଇବ, କ'ଣ ଘୋଷଣା କରାଯିବ, ପ୍ରୋସେସନ୍‌ରେ କିଏ କିଏ ରହିବେ ଓ କ'ର ସ୍ଲୋଗାନ ଦିଅଯିବ କିମ୍ବା ମିଟିଂ କେଉଁଠି କେମିତି ହେବ- ସେସବୁର ପ୍ରସ୍ତୁତ ବି କରା ସରିଥାଏ। କେବେ ସିନା ଗାନ୍ଧିଜୀ ଅନଶନକୁ ଏକ ଅସ୍ତ୍ର ଭାବରେ ବ୍ୟବହାର କରୁଥିଲେ, ଏବେ ଅନଶନ କେବଳ ମାତ୍ର ଲୋକଙ୍କୁ ପ୍ରଭାବିତ କରିବାର, ନିଜକୁ ବିଜ୍ଞାପିତ କରେଇବାର ଗୋଟେ ଗୋଟେ କୌଶଳ। ଗୋଟେ ଗୋଟେ ଫାର୍ଶ।

: ଫାର୍ଶ ? ଆପଣ ଅନଶନକୁ ଫାର୍ଶ କହୁଚନ୍ତି ? ଅଗଣି ପଚାରିଲା।

ବିରକ୍ତ ହେଇ କହିଲା ହରିଶଙ୍କର : ତମେ ତ ଅଭିଜ୍ଞ ଲୋକ ଅଗଣି। ଏତେଦିନ ୟୁନିଅନ୍ କଲଣି। ତା'ଛଡ଼ା ମୁଁ ତମକୁ ପ୍ରାକ୍ଟିକାଲ ଲୋକ ବୋଲି ଭାବୁଚି। ଆଜିକାଲି ଅନଶନରେ କିଛି କାମ ହୁଏ ? ଅନଶନ ତମେ କ'ଣ ଜାଣିନ ଯେ ଗୋଟେ ଧପ୍ପାବାଜି ଛଡ଼ା କିଛି ନୁହଁ ?

ଅଗଣି ଅନେଇଲା ହରିଶଙ୍କରକୁ। ମୁଁ ପ୍ରାକ୍ଟିକାଲ ଲୋକ, ନେତାଜୀ। ପ୍ରାକ୍ଟିକାଲ କଥାଟି ଭଲ ବୁଝେ। ଦେଖନ୍ତୁ, ଆମ ହାତରେ ଅନଶନ ଛଡ଼ା ଆଉ କୌଣସି ଉପାୟ ନାଇଁ। ମୁଁ ମାନୁଛି ଅନଶନ ଜିନିଷଟାର ଗୁରୁତ୍ୱ ଆଉ ନାଇଁ। କିନ୍ତୁ, ଏଇଟା ବି ନିଛକ ସତ କଥା ଯେ ଆମର ନୈତିକ ମନୋବଳ ଯଦି ଦୃଢ଼ ଥାଏ, ତେବେ ଅନଶନ ଦ୍ୱାରା ବହୁତ କିଛି କରି ପାରିବା। ଆମେ ଯଦି ସିରିୟସଲି ଅନଶନରେ ବସିବା, ଆପଣ କ'ଣ ଭାବୁଛନ୍ତି ଆମେ ଆମର ଲକ୍ଷ୍ୟ ହାସଲ କରି ପାରିବାନି ? ପଞ୍ଜାବ କିମ୍ବା ଆନ୍ଧ୍ରପ୍ରଦେଶ ଗଠନ କଥା ଭାବନ୍ତୁ। କେମିତି ସମ୍ଭବ ହେଲା ସେସବୁ ? ଆପଣ ଇତିହାସକୁ ନଜର ଫେରାନ୍ତୁ। କୁହାଯାଏ ଇତିହାସ ନିଜକୁ ଦୋହରେଇ ଥାଏ ବାରମ୍ବାର। ତେବେ, ଯେଉଁ ଅନଶନକୁ ଆପଣ ଫାର୍ଶ କି ଧପ୍ପାବାଜୀ ଭାବୁଚନ୍ତି, ତାକୁ ଭରସା କରି ଆମେ ଆମର ୟୁନିଅନ୍‌କୁ କାହିଁକି ବଞ୍ଚେଇ ପାରିବାନି ?

ଏତେ କଥା କେମିତି ଅଗଣି ଜାଣିଛି ? ହରିଶଙ୍କର ଆଶ୍ଚର୍ଯ୍ୟ ହେଇଗଲା । ଅଗଣିକୁ ସେ ଗୋଟେ କୁଜି ନେତା ଭାବରେ ହିଁ ଭାବି ଆସିଚି । ତା' ଭିତରେ ଏତେ ସୂକ୍ଷ୍ମ ବିଚାରବୋଧ ଓ ଏତେ ପ୍ରାଜ୍ଞ ଚେତନା ବି ଅଛି ? ହରିଶଙ୍କର ଅଭିଭୂତ ହେଇଗଲା ।

ଅଗଣି କହିଲା: ତା'ପୂର୍ବରୁ ଚାଲନ୍ତୁ ଦେଶମୁଖ ସାହେବ ସାଙ୍ଗରେ କଥାବାର୍ତ୍ତା କରିନେବା । ଯଦି ସେ ଆମ ସପକ୍ଷରେ ଥା'ନ୍ତି, ତେବେ ହୁଏତ ଏତେ ବାଟକୁ ଯିବା ପାଇଁ ପଡ଼ିବନି ।

ହରିଶଙ୍କରର ଉଠିବା ପାଇଁ ଇଚ୍ଛା ହେଇ ନଥିଲା । ଗୋଟେ କ୍ଳାନ୍ତି ଦେହସାରା । କିନ୍ତୁ ଅଗଣି ଯିବା ମୁଡ୍‌ରେ ଉଠି ବସିଲା: ଚାଲ ଯିବା ନେତାଜୀ ।

ହରିଶଙ୍କରକୁ ଉଠିବା ପାଇଁ ପଡ଼ିଲା । ଉଠିକି ହାଇ ମାରିଲା । ଅଳସ ଭାଙ୍ଗିଲା ଓ ପାଦରେ ଚପଲ ଗଳେଇ କହିଲା: କୁଆଡ଼େ ଯିବା ? ଦେଶମୁଖ ସାହେବ ସାଙ୍ଗରେ କଥାବାର୍ତ୍ତା କରିକି କିଛି ଲାଭ ହେବ ?

ଅଗଣି ସେ କଥାର ଉତ୍ତର ଦେଲାନି । ସାଇକେଲ ଠେଲି ଠେଲି ଆଗେଇଗଲା । ପଛେ ପଛେ ହରିଶଙ୍କର ।

ଦେଶମୁଖ ଅଫିସ୍ ସାମ୍ନାରେ ସାଇକେଲ ଠିଆକରି ଅଗଣି ପଚାରିଲା ଦରୱାନକୁ : ସାହେବ ଅଛନ୍ତି ?

ଦରୱାନ୍‌ଟି ବସି ବସି ରେଜିଷ୍ଟରରେ କ'ଣ ଲେଖୁଥିଲା । କହିଲା ଏଇଠି ନାଁଟା ଲେଖି ଦିଅନ୍ତୁ ରେଜିଷ୍ଟରରେ ।

ରେଜିଷ୍ଟ୍ରରରେ ନାଁ ଲେଖିକି ଅଫିସ୍ ଭିତରକୁ ଯିବାର ନିୟମ ପୂର୍ବରୁ କେବେବି ନଥିଲା ତାରବାହାର କୋଇଲା ଖଣିରେ । ଏଇଟା ବୋଧେ ଦେଶମୁଖ ସାହେବର ନୂଆ ପ୍ରୟୋଗ । ରେଜିଷ୍ଟରରେ ନାଁ ଲେଖିଲା ଅଗଣି । ଭିତରକୁ ଯିବାର ଉଦ୍ଦେଶ୍ୟ କଲମଟି ଦେଖି ଦରୱାନ୍ କହିଲା, 'ସାହେବ ଏବେ ଜରୁରୀ ମିଟିଂରେ ବସିଚନ୍ତି । ଦେଖା ହେବା ପାଇଁ ଲେଟ୍ ହେବ ।'

: ଭିତରେ କିଏ ଅଛନ୍ତି ?

ଦରୱାନ୍ ଜଣକ ଟିକିଏ ଅପ୍ରସ୍ତୁତ ହେଲା । କହିଲା : ୟୁନିଅନ୍‌ବାଲା ।

: ଧ୍ରୁବ ଖଟୁଆ ?

: ହଁ ମୁଣ୍ଡ ଟୁଙ୍ଗାରିଲା ଦରୱାନ ଜଣକ ।

ଧ୍ରୁବ ଖଟୁଆ ? ଚାପୁଡ଼ାଟେ ମାରିଲା ଭଳି ମନେ ହେଲା ହରିଶଙ୍କରକୁ । କଥାଟା କିଛି ବି ନୁହଁ । ଦେଶମୁଖ ସାହେବ କାହିଁକି ଧ୍ରୁବ ଖଟୁଆ ସହ ମିଟିଂରେ ବସିବେନି, ତା'ର କୌଣସି ଯଥାର୍ଥ କାରଣ ନାହିଁ । ତଥାପି, ଧ୍ରୁବ ଖଟୁଆ ଭିତରେ ବସି ଦେଶମୁଖ ସାଙ୍ଗରେ ମିଟିଂ କରୁଛି, ଜରୁରୀ ମିଟିଂ ଓ ହରିଶଙ୍କର ବାହାରେ ଠିଆ ହେଇ ରହିଚି- ଘଟଣାଟି ତା' ପାଖରେ ଅପମାନଜନକ ମନେ ହେଲା ।

ଅଗଣି କହିଲା : ସାହେବଙ୍କୁ ଫୋନ୍ କରିକି ପଚାରୁନା, ଆମେ ଆସିଚୁ ବୋଲି ।

କିଛି କାମ ହେବନି ଆଜ୍ଞା। ସାହେବ ନିଜେ ମନା କରିଛନ୍ତି କାହାରିକୁ ନ ଛାଡ଼ିବାକୁ।

ତମେ ଫୋନ୍ କରିକି ତ ଦେଖ। ଦେଶମୁଖ ସାହେବ କ'ଣ କହୁଚନ୍ତି, ଆମେ ଜାଣିବାକୁ ଚାହୁଁ।

ଦରଓ୍ୱାନ ଜଣକ ଅନେଇଲା ଅଗଣି ମୁହଁକୁ। ଦୃଢ଼ତାର ଚାହାଁଣୀ, ସେ ଚାହାଁଣୀ ସାମ୍ନାରେ ତରଳିଗଲା ହରିଶଙ୍କର। ଦରଓ୍ୱାନ ଜଣକ ଫୋନ୍ ଉଠେଇଲା ଓ କହିଲା; ସାର୍ ହରିଶଙ୍କର ବାବୁ ଓ ଅଗଣି ହୋତା ଆପଣଙ୍କୁ ଦେଖା କରିବାକୁ ଚାହୁଁଛନ୍ତି।

କହିଲା ଓ କିଛିକ୍ଷଣ ଫୋନ୍ କାନ ପାଖରେ ଧରି ତା'ପରେ ରଖିଦେଲା କେଡ଼େଲ ଉପରେ ଓ ବିରକ୍ତ ହେଇ କହିଲା; ଦେଖିଲେ ତ, ସାହେବ ରାଗିଗଲେ ଅଯଥା। ଆପଣମାନେ ଅଯଥାରେ ମୋତେ ଗାଳି ଶୁଣେଇଲେ।

ଦରଓ୍ୱାନ୍ ସାମ୍ନାରେ ନିଜକୁ ଅପମାନିତ ଲାଗିଲା ହରିଶଙ୍କରର। ଅଗଣି ହସିଲା, ଅପମାନିତର ହସ। ଦୁହେଁ ଯାଇକି ସୋଫା ଉପରେ ବସିଲେ। ହରିଶଙ୍କରର କାନମୁଳ ଗରମ ହେଇଯାଇଛି, ଏଇ ଛୋଟ ଛୋଟ କଥାରେ ଏମିତି ଅପମାନିତ ହେବା ଉଚିତ୍ କି ତା'ର? ତା'କୁ ପ୍ରାକ୍‌ଟିକାଲ ହେବା ଦରକାର ନିଶ୍ଚୟ।

ହରିଶଙ୍କରର ହଠାତ୍ ମନେହେଲା, ତା'ର ସମୟ ସରି ଆସୁଚି- ସେ ବୁଢ଼ା ହେଇଯାଉଛି। ଏଇ ସମୟରେ ଆଉ ନିଜକୁ ବଦଳେଇ ନେବା ତ ତା' ପକ୍ଷରେ ଅସମ୍ଭବ। ଅସମ୍ଭବ ବି ନୂଆ କିଛି କହିବା। ନୂଆ ଭାବରେ ୟୁନିଅନ୍‌ଟି ଗଢ଼ିବା ପାଇଁ ଯେଉଁ ତାରୁଣ୍ୟର ଆବଶ୍ୟକତା ଅଛି - ସେତକ ସେ ହରାଇ ଦେଇଛି।

କାହିଁକି ହରିଶଙ୍କର ଏମିତି ଗୋଟେ ଉଦ୍ୟମ ଆରମ୍ଭ କଲା, ଏଇ ବାର୍ଦ୍ଧକ୍ୟରେ ? କାହିଁକି ? ତା'ର ତ ଆରମ୍ଭ କରିବା କଥା ଥିଲା ସେଇ ସମୟରେ, ଯେବେ ପ୍ରଥମ କରି ସେ କୋଇଲାଖଣିର ଚାକିରିରେ ଭର୍ତ୍ତି ହେଇଥିଲା।

ଭାରି ଗରମ ହେଉଛି ଏଇ ଆଜବେଷ୍ଟସ୍ ଛାତର ଘରଟିରେ। ହରିଶଙ୍କର ପକେଟରେ ହାତ ଭର୍ତ୍ତି କରି ପାଇଲାନି ରୁମାଲ୍। ଧୋତିର କାନିରେ ଝାଳ ପୋଛିନେଲା। ରାସ୍ତା ସାମ୍ନାରେ ଗୋଟେ ଜିପ୍ ଥୁଆ ହେଇଚି। ଦି ତିନିଟା ସାଇକେଲ। ତାରବାହାର କୋଇଲା ଖଣି ବଦଳି ଯାଉଚି ଆସ୍ତେ ଆସ୍ତେ। ଏବେ ଅଫିସରମାନଙ୍କରେ କଂପ୍ୟୁଟର ପ୍ରଚଳନ କରାଯିବାର ପ୍ରସ୍ତାବ ଅଛି। କୋଇଲା ଖଣିର ଚେହେରାମାନଙ୍କରୁ ଲିଭି ଯାଉଛି ମଇଳା ଦାଗ। ସବୁ କିଛି ବଦଳି ଯାଉଛି।

ହରିଶଙ୍କର ପ୍ରଥମ କରି ଯେତେବେଳେ କୋଇଲାଖଣିକୁ ଚାକିରି କରିବାକୁ ଆସିଥିଲା ସେତେବେଳେ ଶୋଷଣର ଯେଉଁ ରୂପ ଥିଲା, ଆଜି ତ ତା'ର କାଣିଚାଏ ବି ନାହିଁ। ଆଜିକାଲି ଲୋଡ଼ରମାନେ ବି ତିନିହଜାର ଟଙ୍କା ପାଇଲେଣି। ତା'ଠୁ ଗୋଟେ କ୍ଲର୍କ କିମ୍ବା କ୍ୟାଟେରରୀ ମ୍ୟାନର ବେସିକ୍ ଦରମା ଥିବା ମିସ୍‌ଲେନିଅସ୍ ମଜଦୁରକୁ ବେଶି ନିର୍ଯ୍ୟାତିତ ଓ ଆର୍ଥିକ ସ୍ତରରେ ଦୁର୍ବଳ ମନେହୁଏ।

ଅଗଣି କହିଲା: ଆଜି ଯେମିତି ହେଲେ ଦେଶମୁଖ ସାଙ୍ଗରେ ଦେଖା କରିକି ଯିବା, ନେତାଜୀ। ମୁଁ ଆପଣଙ୍କୁ କହୁ ନଥିଲି ଯେ ଆମେ ଅପ୍ରୀତିକର ସମସ୍ୟା ଭିତରେ ପଡିଯିବା ବୋଲି ? ଦେଶମୁଖ ଆମକୁ ଏବେଠୁ ଅବମାନନା କରିବାକୁ ଆରମ୍ଭ କରୁଛି। ନେତାଜୀ, ଏଇ ସମୟରେ ଆମକୁ କଠୋର ହେବାକୁ ପଡ଼ିବ। ଆମେ ଯଦି ଏବେ ନରମି ଯାଉ ଏମାନେ ଆମକୁ ନେଇ କୋଉଠିନା କୋଉଠି ଫିଙ୍ଗି ଦେବେ। ଆମର ସ୍ଥିତି ବଜାୟ ରଖିବା ପାଇଁ ଆମକୁ ଦୃଢ଼ ହେଇ ଠିଆ ହେବାକୁ ପଡ଼ିବ।

କେମିତି କରାଯାଏ ସଂଗ୍ରାମ ? କେମିତି ଆରମ୍ଭ ହୁଏ ଭାଷଣର ଭାଷାରେ ଲଢ଼େଇ, ଯୁଦ୍ଧ, ଦ୍ୱନ୍ଦ୍ୱ ? ଅଗଣି କରୁଚି, ଏଇ ସମୟଟା ଲଢ଼େଇର ସମୟ। କିନ୍ତୁ ହରିଶଙ୍କର ଆଦୌ ଉତ୍ସାହ ଖୋଜି ପାଇନି। ଟେନ୍‌ସନ୍ ସାମାନ୍ୟ ଅଛି ନିଶ୍ଚେ। ଏମିତି ଭାବରେ ହିଁ କି ଲଢ଼େଇ ହୁଏ। ହରିଶଙ୍କର ହିଁ ବୋଧେ ହଜେଇ ଦେଇଛି ତାର ସମସ୍ତ ଅନୁଭୂତିବୋଧ। ନିର୍ଲିପ୍ତ ନିର୍ବିକାର ଭାବରେ ସେ ଅଗଣିର ପଛେ ପଛେ ଚାଲିଚି।

ହଠାତ୍ ଅଫିସ ପଟର କବାଟ ଠେଲିକି ଧ୍ରୁବ ଖଟୁଆ ଓ ତା' ସାଙ୍ଗମାନେ ପଶି ଆସିଲେ। ଅଗଣି ଓ ହରିଶଙ୍କରକୁ ଦେଖି ଥମକି ଠିଆ ହେଇଗଲା ଧ୍ରୁବ। ଆଖିରେ ତା'ର ବ୍ୟଙ୍ଗର ହସ। ପାଖରେ ଲୋକଟିକୁ ଧକ୍‌କାମାରି କହିଲା ! ବଡ଼ ନେତାଜୀ ବନିଛୁବେ ଶଳା। ଷ୍ଟ୍ରାଇକ୍ କରୁଛୁ ନୁହଁ !

ଲୋକଟି ହରିଶଙ୍କର ଆଡ଼କୁ ଅନେଇ, ଧ୍ରୁବ ଖଟୁଆର ଥଟ୍ଟାର ଜବାବରେ କହିଲା: ମୁଁ ଶଳା ଏକ ନମ୍ବର ଚାମଚା ମେନେଜମେଣ୍ଟର। ଭିତରେ ଭିତରେ ମ୍ୟାନେଜରମାନଙ୍କୁ ତେଲ ଲଗଉଛି- ବାହାରେ ଶ୍ରମିକ ଦରଦୀ ବୋଲି ପ୍ରଚାର କରୁଚି।

ଶ୍ରମିକ ଦରଦୀ। ଶଳା, ଶ୍ରମିକ ବୋଲି ଜଣେ ନାଇଁ ସମର୍ଥନ କରିବାକୁ। ଏଆଡ଼େ କ'ଣ ନା ଶ୍ରମିକ ଦରଦୀ। ଆଉ ଜଣେ ଲୋକ କହିଲା।

ହାତମୁଠା ହେଇ ଆସିଲା ହରିଶଙ୍କରର। ନା, ତାକୁ ରାଗ ଚାପି ରଖିବାକୁ ପଡ଼ିବ। ଟିକେ ଟିକେ କଥାରେ ଉତ୍ତେଜିତ ହେଲେ ଅନର୍ଥ ହୋଇଯାଇପାରେ, ଅଗଣି କିନ୍ତୁ ଖୁବ୍ ଶୀଘ୍ର ରାଗିଗଲା। ବୁଲିକି ଦେଖିଲା ଧ୍ରୁବକୁ ଠିଆ ସଳଖ ଭାବରେ ଓ ବଡ଼ ପାଟିରେ ଚିଲେଇଲା, ଧ୍ରୁବ ଖଟୁଆ ଯଦି ତୋର ସତ୍ ସାହସ ଅଛି, ମୁହାଁମୁହିଁ କଥାବାର୍ତ୍ତା କର। ଏମିତି ଗାଉଁଲି ମାଇକିନାଙ୍କ ଭଳି କାନ୍ଥ ଶୁଣ, ବାଡ଼ ଶୁଣ ବୋଲି କାହିଁକି କହୁଚୁ।

ଧ୍ରୁବ ଖଟୁଆ ଏ ଅପ୍ରତ୍ୟାଶିତ ଆକ୍ରମଣରେ ଅସତର୍କ ହେଇଗଲା। ଅପ୍ରସ୍ତୁତ। ତାଙ୍କ ଦଳର ଜଣେ ହାଲ୍ ଧରିବାକୁ ଆଗେଇ ଆସି, ପାଟିକଲା; ହାରାମଜାଦା, ଆଗ ନିଜର ଶକ୍ତି କେତେ ଦେଖାଇବେ ତା'ପରେ ଟକ୍‌କର ଦେବାକୁ ଆସିବୁ।

ଅଗଣି ଧାଇଁଯାଇଁ ଲୋକଟିର କଲାର ଧରି ଟାଣି ଆଣିଲା: କ'ଣ ଭାବିଛୁ ? ଶଳା ତୁ କ'ଣ ଭାବୁଛୁ ? ମାଦାରଚୋଦ୍। ଭାବିଚୁ କି ଗୁଣ୍ଡାମି କରି, ଅବାଗିଆରେ ପାଇ, ଓଁ ପ୍ରକାଶ କି

ପ୍ରଦ୍ୟୁମ୍ନକୁ ଯେମିତି ପିଟି ପକେଇଲ- ସେମିତି ସମସ୍ତଙ୍କୁ କରିବ? ଜାଣିରଖ, କାହାର ଶକ୍ତି କେତେ?

ଲୋକଟି ଆଚମକା ଆକ୍ରମଣରେ ହତଚକିତ ଯାଇଥିଲା। ଅଗଣି ଲୋକଟିର କଲାର ଧରି ଆଣି କାନ୍ଥରେ ଢୁ କିନା ପିଟି ଦେଲା। ଲୋକଟି ମଥା ଧରି ବସି ପଡିଲା ବେଳେ ତା'ର ପିଠିରେ ଦୁଲଦାଲ୍ ଲାତ ବସେଇଗଲା।

ହଠାତ୍ ଏବେ ସବୁ ଘଟଣା ଘଟିଗଲା ଯେ ହରିଶଙ୍କର ନିଜକୁ ପ୍ରସ୍ତୁତ କରି ପାରୁନଥିଲା ସେସବୁ ପାଇଁ। ହରିଶଙ୍କର କ'ଣ କରିବା ଦରକାର ଏବେ? ସେ କ'ଣ ଅଗଣିକୁ ଯାଇ ଛଡ଼େଇବ? ଧ୍ରୁବ ଖଟୁଆ ଦଳରୁ କେହି ଆସି ତାକୁ ଯଦି ଆକ୍ରମଣ କରିବେ, ସେଥିପାଇଁ ପ୍ରସ୍ତୁତ ହେଇ ରହିବ? କିମ୍ବା ସେ ଅଗଣି ତରଫରୁ ମୋର୍ଚ୍ଚା ସମ୍ଭାଳିବ? ସେ କିଛି ହିଁ କରି ପାରିଲାନି, କିଛି ହିଁ ଭାବି ପାରିଲାନି। ଯେମିତି ସେ ଏ ଦୁନିଆରେ ନାଇଁ କିମ୍ବା ତା ସାମ୍ନାରେ ଘଟୁଥିବା ଦୃଶ୍ୟଗୁଡ଼ିକ କେବଳ ମାତ୍ର ଟି.ଭି. କିମ୍ବା ଫିଲ୍ମର ଦୃଶ୍ୟ ଓ ଏସବୁ ତା' ସହ ସମ୍ପୃକ୍ତ ନୁହଁ କିମ୍ବା ସେ ଏସବୁକୁ ନିୟନ୍ତ୍ରିତ କରି ପାରିବନି।

ପାଟିତୁଣ୍ଡ ଶୁଣି ବାହାରୁ ଲୋକମାନେ ଧାଇଁ ଆସିଥିଲେ। ସିକ୍ୟୁରିଟି ଗାର୍ଡମାନେ ଧାଇଁ ଆସି ଅଗଣିକୁ ଟାଣି ଆଣିଥିଲେ। ମାଡ ଖାଇଥିବା ଲୋକଟି ମୁଣ୍ଡପୋତି ଚୁପ୍‌ଚାପ୍ ମାଟି ଉପରେ ବସି ପଡିଥିଲା। ଧ୍ରୁବ ଖଟୁଆ ଦଳର ଦି' ତିନି ଜଣ ଅଗଣି ଉପରକୁ ଧାଇଁ ଆସିବାକୁ ଚେଷ୍ଟା କିମ୍ବା ଅଭିନୟ କରୁଥିଲେ- ଯେଉଁମାନଙ୍କ ଆଉ ତିନି ଚାରିଜଣ ସିକ୍ୟୁରିଟି ଗାର୍ଡ ସମ୍ଭାଳି ଥିଲେ। ଗେଟ୍ ପାଖରେ ରେଜିଷ୍ଟର ଜଗିଥିବା ଦରୱାନଟି କେତେବେଳେ ଲୋକମାନେ କାହିଁକି ଏଠି ଜମା ହେଇଚନ୍ତି କିମ୍ବା ମାରପିଟ କରିବା ପାଇଁ ଯଦି ମନ, ତେବେ ବାହାରେ କର, ଅଫିସ ଭିତରେ କିଆଁ କରୁଛ? ରାମଧନ, ଗଲୁ ପୋଲିସରେ ଖବର ଦେବୁ- ବୋଲି ଚିତ୍କାର କରୁଥିଲା ତ କେତେବେଳେ ଧ୍ରୁବ କିମ୍ବା ଆଗଣିକୁ ଆସି ମାରପିଟ ବନ୍ଦ କରିବାକୁ ନେହୁରା ହେଉଥିଲା। ଥରେ ତ ହରିଶଙ୍କର ପାଖକୁ ଆସି କହିଥିଲା; ଦେଖିଲେ ନେତାଜୀ, ଆଜି ନିଶ୍ଚେ ସାହେବ ମୋତେ ଗାଳିଦେବେ। ଆପଣମାନେ ଅପେକ୍ଷା କାହିଁକି କରୁଥିଲେ?

ଧ୍ରୁବ ଖଟୁଆ ଦଳକୁ ଧରାଧରି କରି କିଛିଟା ଜବରଦସ୍ତିରେ, କିଛିଟା ଫୁସୁଲାଫୁସୁଲି ସିକ୍ୟୁରିଟି ଗାର୍ଡମାନେ ଧରିକି ବାହାରକୁ ନେଇଗଲେ। ସେମାନେ ବି ଜାଣିସାରିଥିଲେ, ଏମିତି ଝଗଡ଼ାରୁ ନୂଆ କଥା ଘଟିବନି। ତେଣୁ ସେମାନେ ବି ଚିତ୍କାର କରି କରି ଅଗଣି ଓ ହରିଶଙ୍କରକୁ ଗାଳି ଦେଇ ଦେଇ ଚାଲିଗଲେ।

ୱେଟିଂରୁମ୍‌ରେ ରହିଥିବା ଅଗଣିର କିନ୍ତୁ ରାଗ କମି ନଥିଲା। ତା' ଚାରିପଟରେ ଜମାଥିବା ଦର୍ଶକମାନଙ୍କ ସାମ୍ନାରେ ନିଜର ନାୟକୋଚିତ ବ୍ୟବହାର ଦେଖେଇବାକୁ ଭୁଲିଲାନି ସେ। ଦରୱାନକୁ ଦେଶମୁଖ ସାହେବକୁ; ମେନେଜମେଣ୍ଟକୁ ଗାଳି ଦେଉ ଦେଉ ସେ ଆଉ ପରମିଶନର ଅପେକ୍ଷା କଲାନି। ଏଥର ହରିଶଙ୍କରର ହାତ ଧରି ଟାଣି ଟାଣି ନେଇଗଲା ଓ ୱେଟିଂରୁମ୍‌ର

ଗେଟ୍ ଖୋଲି ଅଫିସ ଭିତରକୁ ପଶିଲା । କରିଡ଼ର ସାରା ଲୋକ ହାଉଯାଉ । ସମସ୍ତେ କୌତୁହଳୀ ହୋଇ ଅନେଇ ରହିଚନ୍ତି- କ'ଣ ହେଉଚି ଦେଖିବା ପାଇଁ । ହରିଶଙ୍କରର ହାତ ଟାଣି ଟାଣି ନେଇଗଲା ଅଗଣି ଦେଶମୁଖ ସାହେବର ଚେମ୍ବରକୁ । ଚେମ୍ବର ସାମ୍ନାରେ ଦରଓ୍ୱାନ ଏଥର ବାଧା ଦେବାର ସାହସ କରି ପାରିଲାନି କିମ୍ବା ସେ ବାଧା ଦେବାର ପୂର୍ବରୁ ହିଁ କବାଟ ଠେଲି ପଶିଲା ଅଗଣି । ସେତେବେଳ ପର୍ଯ୍ୟନ୍ତ ସେ ଜୋର୍‌ରେ ଧରିଥାଏ ହରିଶଙ୍କରର ହାତ । କବାଟ ଖୋଲିଲା ମାତ୍ରେ ହିଁ ତା' ସାମ୍ନାରେ ଦେଶମୁଖ ସାହେବ ବସିଚନ୍ତି- ସେକ୍ରେଟାରୀଏଟ ଟେବୁଲ ସେପଟେ । ହଠାତ୍ ତାଙ୍କୁ ଦେଖି ପକେଇ ଅଗଣି ଓ ହରିଶଙ୍କର ଥ' ହେଇଗଲେ । ହାତରୁ ହୁଗୁଳି ଗଲା କବାଟର ହ୍ୟାଣ୍ଡେଲ୍ । ଶବ୍ଦ କରି କବାଟଟା ବନ୍ଦ ହେଇଗଲା । ଦେଶମୁଖ ସାହେବ ହସିଲେ, ଶାନ୍ତ ହସ । ଯେମିତି କିଛି ହିଁ ହେଇନି । ବାହାରେ ହେଇଥିବା ମାରପିଟ ବିଷୟରେ ସେ ଯେମିତି ପୂରା ଅଜଣା । ହସିଲେ; ଗୁଡମର୍ଣ୍ଣିଂ । ଆସନ୍ତୁ, ଆସନ୍ତୁ । ବସନ୍ତୁ ।

ଦେଶମୁଖ ସାହେବଙ୍କ ଚେମ୍ବର୍‌ରେ ଅଳ୍ପ ଅଳ୍ପ ଶବ୍ଦ କରି କୁଲର୍ ଚାଲୁଚି । ଦାମୀ କୁଲର୍ । ରୁମ୍ ଫ୍ରେଶନର୍‌ର ବାସ୍ନାରେ ମହକୁଚି ଚେମ୍ବରଟା, ପାଦ ତଳରେ ଗାଲିଚା । କାନ୍ଥରେ ଦାମୀ ଡିସଟେମ୍ପର । ଟେବୁଲ ପାଖକୁ ଫାଇଲ ଓ ବହି ର୍‌ୟାକ୍ । କାନ୍ଥରେ ବିଭିନ୍ନ ଗ୍ରାଫ । ହରିଶଙ୍କର ଓ ଅଗଣି ଚେୟାରରେ ବସିଲେ । ଦେଶମୁଖ ସାହେବ ହସିଲେ, କୃତାର୍ଥ ହେଇଯିବାର ହସ । ସେ ନ କହୁଣୁ, ପିଅନ ଆସି ଦି' କପ୍ ଚା' ରଖି ଦେଇଗଲା । ହରିଶଙ୍କର ଭୁଲିଗଲା ହଠାତ୍, କ'ଣ କରିବାକୁ ଆସିଥିଲା ତ ? ତା'ର କ'ଣ କିଛି ବିଶେଷ କଥା କହିବାର ନଥିଲା । ଦେଶମୁଖ ସାହେବ ହସିଲେ, କୃତାର୍ଥ ହେଇଯିବାର ହସ । ହରିଶଙ୍କରକୁ ଏତେ ଥଣ୍ଡା, ସୁଲୁସୁଲିଆ ପବନରେ, ସୁଗନ୍ଧ ବାସ୍ନାରେ ନିଦ ମାଡି ଆସୁଥିଲା । ସେ ଖୁବ୍ କଷ୍ଟରେ ହାଇ ଚାପି ଦେଲା ଓ ଦେଶମୁଖ ସାହେବ କିଛି କହିବା ପୂର୍ବରୁ ଚା' କପ୍‌ଟିଏ ଉଠେଇ ନେଇ ଚୁମ୍‌କ୍ ଦେଲା ।

ଅଗଣି ପ୍ରଥମେ କଥା ଆରମ୍ଭ କଲା ଆପଣ ଆମକୁ ଆଲୋ ଏଡ କରିବାକୁ ଚାହୁଁ ଥିଲେ ସାର୍ ?

: ଆଲୋ ଏଡ ? ଆଶ୍ଚର୍ଯ୍ୟ ହେବାର ଅଭିନୟ କରୁଛନ୍ତି କି ଦେଶମୁଖ ସାହେବ ? କହିଲେ, ଆପଣମାନେ ତ ମୋର ନିଜ ଲୋକ । ଆପଣଙ୍କୁ ଆଲୋ ଏଡ କରିବି କାହିଁକି ?

: ଟିକିଏ ପୂର୍ବରୁ କିନ୍ତୁ ଦରଓ୍ୱାନକୁ ଫୋନ୍‌ରେ ଆପଣ ଗାଳି ଦେଲେ ।

: ଗାଳି ଦେଲି ? ଦରଓ୍ୱାନ୍ ଜଣକ ହୁଏତ ମିଛ କହିଚି । ନ ହେଲେ ଡାକିକି ପଚାରିବା ଦରଓ୍ୱାନକୁ ।

: ଦେଖନ୍ତୁ ସାର୍ । ଦରଓ୍ୱାନକୁ ଡାକିବା କିମ୍ବା ତାକୁ ଧମକେଇବା ଦରକାର ନାହିଁ, ଆପଣ ଯେ ତାକୁ ଗାଳି ଦେଲେ ସେଇଟା ଆମେ ବୁଝିସାରିଥିଲୁ ଆପଣଙ୍କ ଫୋନ୍‌ରୁ ହିଁ ।

ଏତେ ଆତ୍ମ ବିଶ୍ୱାସ ଅଗଣି ପାଇଲା କେମିତି ? ସାମାନ୍ୟ ଜଣେ ମଜଦୁରଟେ ସେ । ଇ-ଫୋର୍ ବି.ଇ.ଫାଇଭ୍ ର୍‌ୟାଙ୍କର ଜଣେ ହାୟର୍ ଏକଜିକ୍ୟୁଟିଭ୍ ସାମ୍ନାରେ ଚେୟାରରେ ବସି

ଏମିତି ଯୁକ୍ତି ତର୍କ କରିବାର ସାହସ କୋଉଠୁ ପାଇବ ସେ ? ହରିଶଙ୍କର କେବେ ବି ଏମିତି ସାହସ ଯୁଟେଇ ପାରିନଥାନ୍ତା। ପାରିନାହିଁ ଆଜିଯାଏ ବୋଲି ତ ଏମିତି ଆଉଟ୍ ଡେଟେଡ୍। ଅଥଚ ତା'ର କ'ଣ ଉଚିତ ନଥିଲା ଏମିତି ଛାତି ଫୁଲେଇ ମୁଣ୍ଡ ଉଠେଇ ଗର୍ବରେ ବସିବାର ? ସେ କେମିତି ନଇଁପଡି ବସଚି ଦେଖ। ମୁଣ୍ଡ ତଳକୁ ନୁଏଇଁ, ପିଠିର ମେରୁଦଣ୍ଡ ବଙ୍କେଇ। ସିଧା ଠିଆ ହେଇ ବସିବାକୁ ଚେଷ୍ଟା କଲା ହରିଶଙ୍କର ଅଗଣି ଭଳି। ଟେବୁଲ ଉପରେ କହୁଣୀ ଥୋଇ ଦେଶମୁଖ ଆଡ଼କୁ ଅନେଇଲା।

ଦେଶମୁଖ ଏଥର ସିଧାସଳଖ ଅନେଇଲେ ଅଗଣିକୁ ଓ ଗମ୍ଭୀର ହେଇ କହିଲେ: ସେତେବେଳେ ଆମର ୟୁନିଅନ୍ ସାଙ୍ଗରେ ମିଟିଂ ଚାଲୁଥିଲା।

: ୟୁନିଅନ୍ ? କେଉଁ ୟୁନିଅନ୍ ? ଧ୍ରୁବ ଖଟୁଆର ତ ?

: ସେଇଟା ହିଁ ଆପାତତଃ ଆମର ସ୍ୱୀକୃତ ୟୁନିଅନ୍।

: ଆପଣଙ୍କର ସ୍ୱୀକୃତ ୟୁନିଅନ୍ ବୋଲି ଖାତାପତ୍ରରେ କ'ଣ ଲେଖା ଅଛି ? ଯେଉଁ ୟୁନିଅନ୍‌ରେ ଗଲା ତିନି ବର୍ଷ ଧରି ଇଲେକ୍‌ସନ୍ ହେଉନି, ଯେଉଁ ୟୁନିଅନ୍‌ରେ ଗଲା ମାସରେ ଗୋଟେ ବି ଚାନ୍ଦା ସଂଗ୍ରହ ହେଇନି- ଯା' ପଛରେ ଜନସମର୍ଥନ ନାହିଁ, ସେଇଟା ଆପଣଙ୍କ ସ୍ୱୀକୃତ ୟୁନିଅନ୍ ? ଅଗଣି ସଳଖି ବସି, ଗଳା ସଫା କରି କହିଥିଲା।

: ଦେଖନ୍ତୁ। ଦେଶମୁଖ ସାହେବ କହିଲେ: ୟୁନିଅନ୍‌ର ନିର୍ବାଚନ ହେଲା କି ନାହିଁ, କିମ୍ବା କେତେ ଚାନ୍ଦା ସଂଗ୍ରହ ହେଲା- ସେସବୁ ଆମ ଦେଖିବା କଥା ନୁହଁ। ଆଉ ଜନସମର୍ଥନ କଥା ରହିଲା- ଗତ ଷ୍ଟ୍ରାଇକ୍ ବେଳେ ହିଁ ଜଣାପଡ଼ି ଯାଇଥିଲା କାହାର ଜନସମର୍ଥନ କେତେ ? ମୁଁ ଆପଣମାନଙ୍କୁ ତିନିଦିନର ସମୟ ଦେଇଥିଲି। ପାରିଲେ ଆପଣମାନେ ସେ ଷ୍ଟ୍ରାଇକ୍‌କୁ ଭାଙ୍ଗିଦେଇ ?

ଅଗଣି ଟିକିଏ ଅପ୍ରସ୍ତୁତ ହେଇଗଲା। ତା'ପରେ ନିଜକୁ ସମ୍ଭାଳି ନେଇ କହିଲା: ସେଇଠୁ କ'ଣ ପ୍ରମାଣ ହେଇଗଲା ଯେ, ସେମାନଙ୍କ ପଛରେ ଜନସମର୍ଥନ ଅଛି ବୋଲି ? ଗୁଣ୍ଡାଗିରି ଦ୍ୱାରା, ଲୋକଙ୍କୁ ଡରେଇ ଧମକେଇକି ସେମାନେ ଅଟକେଇ ରଖିଲେ। ଆପଣ କ'ଣ ଚାହାନ୍ତି ଆମେ ବି ଗୁଣ୍ଡାଗିରି କରିବୁ ? ଆପଣ କ'ଣ ଚାହାନ୍ତି ଆମେ ବି ଆଉ ଗୋଟେ ଷ୍ଟ୍ରାଇକ୍ ଡାକି, ଆମର ସାମର୍ଥ୍ୟ ଦେଖେଇବୁ ?

ଦେଶମୁଖ ବିରକ୍ତ ହେଇ କହିଲେ: ଆପଣମାନେ ବୁଝୁ ନାହାନ୍ତି କାହିଁକି ? ଯେ ପର୍ଯ୍ୟନ୍ତ ଆପଣମାନେ ଶକ୍ତିଶାଳୀ ହେଇନାହାନ୍ତି- ଆମେମାନେ ଆପଣଙ୍କୁ ମାନିପାରିବୁନି।

: କିନ୍ତୁ ଆପଣ ଯେଉଁ ରାଜିନାମା କରିଚନ୍ତି, ଧ୍ରୁବ ଖଟୁଆ ସାଙ୍ଗରେ, ସେଥିରେ ଆମକୁ ମୂଳରୁ ମାରି ଦେବାକୁ ପ୍ଲାନ୍ କରିଛନ୍ତି। 'ଆପଣ ନା' ତ ଆମକୁ ଚାନ୍ଦା ସଂଗ୍ରହ ପାଇଁ ଅନୁମତି ଦେଇଛନ୍ତି, ନା ଆମ ୟୁନିଅନ୍ ସାଙ୍ଗରେ କୌଣସି କଥାବାର୍ତ୍ତା କରିବାକୁ ପ୍ରସ୍ତୁତ ଅଛନ୍ତି। କୁହନ୍ତୁ, ଆମେ ସେଥିରେ କେମିତି ଉଧେଇବୁ।'

ଏଥର ହସିଲେ ଦେଶମୁଖ ସାହେବ : ଦ୍ୟାଟସ୍ ଦି ପଏଣ୍ଟ୍। ଆପଣମାନେ ୟୁନିଅନ୍ କରିବାକୁ ଆସିଚନ୍ତି ? ଆମମାନଙ୍କ ସାହାଯ୍ୟରେ ହିଁ ବଞ୍ଚିବେ ? ଆପଣ କ'ଣ ଭାବୁଚନ୍ତି, ଆମେ ଆପଣଙ୍କୁ ବଞ୍ଚେଇ ରଖିବୁ ଆପଣ ଆମ ବେକ କାଟିବେ ବୋଲି ? ଆପଣ ଯଦି ଆମ ବେକ କାଟିବା ପାଇଁ ଚାହୁଁଥାନ୍ତି- ତେବେ ଆପଣଙ୍କୁ ନିଜ ସାହାଯ୍ୟରେ ହିଁ ଆମ ବେକ ପର୍ଯ୍ୟନ୍ତ ଉଠିବାକୁ ପଡ଼ିବ- ବାଇ ଦି ବାଏ, ତମ ନାଁଟା, କ'ଣ ତ ? କୋଉ ପିଟ୍‌ରେ କାମ କରୁଛ ? କେତେ ନମ୍ବର ଇନ୍‌କ୍ଲାଇନ୍‌ରେ ?

ଅଗଣି ଟିକେ ମର୍ମାହତ ହେଲା ଭଳି ଜଣାଗଲା। ଜାଣିଶୁଣି ଦେଶମୁଖ ସାହେବଙ୍କୁ ଆଘାତ ଦେବା ପାଇଁ କହିଲା: ଦେଖନ୍ତୁ, ଆମେ ଆମର ବିଜିନେସ୍ ଠିକ୍ ଭାବରେ ଜାଣୁଁ। ଆମକୁ ଜଣା, କେମିତି କେଉଁଠି ଠିଆ ହେବାକୁ ପଡ଼ିବ। ଆମେ ଯେଉଁଦିନ ଠିଆ ହେଇ ପଡ଼ିବୁ, ସେଦିନ ଆପଣଙ୍କର ଏଇ ଦୁର୍ନୀତିଗ୍ରସ୍ତ ଆସନ ଟଳିପଡ଼ିବ। କ'ଣ ଭାବିଚିନ୍ତି ଆପଣ ନିଜକୁ ? ଇନ୍ଦ୍ରଚନ୍ଦ୍ର କେହି ? ଆମେ ୟୁନିଅନ୍‌ବାଲା। ଏଇ ମାଟିରେ ଅଛୁ, ଏଇ ମାଟିରେ ରହିବୁ। ଆପଣଙ୍କ ଭଳି ହଜାର ହଜାର ସାହେବ ଆସିବେ ଓ ଚୁଟୁକି ବଜେଇଲା ମାତ୍ରେ ପଳେଇବେ।

ଦେଶମୁଖର ମୁହଁ କଠୋର ହେଇଗଲା। ହରିଶଙ୍କରକୁ ଅନେଇ କହିଲା: ଦେଖନ୍ତୁ ପଟ୍ଟନାଏକ ବାବୁ, ଆପଣଙ୍କ ସାଙ୍ଗରେ ମୋର ବନ୍ଧୁତ୍ୱ ଥାଇପାରେ। ତା' ଅର୍ଥ ନୁହଁ ଆପଣଙ୍କ ସାଙ୍ଗରେ ଯେ କୌଣସି ଥାର୍ଡ କ୍ଲାସ ଲୋକ ମୋ ଅଫିସ ଭିତରକୁ ପଶି ଆସି ଏମିତି କୁର୍ସି ଅଧିକାର କରି ବସିବ।

ଅଗଣି ଚିତ୍କାର କରି ଉଠିଲା; ମୁଁ ଥାର୍ଡକ୍ଲାସ ଲୋକ ନୁହଁ, ମିଃ ଦେଶମୁଖ। ମୁଁ ଆମ ୟୁନିଅନ୍‌ର ପ୍ରେସିଡେଣ୍ଟ୍। ମୋର ଯଥେଷ୍ଟ ଅଧିକାର ଅଛି ଆପଣଙ୍କ ସାମ୍ନାରେ ବସି କଥା ହେବାର।

ନିଜକୁ ତମେ ପ୍ରେସିଡେଣ୍ଟ୍ ବୋଲି ପରିଚୟ ଦେଉଚ, ଏଇଥିରୁ ହିଁ ଜଣାଯାଉଚି ତମ ୟୁନିଅନ୍‌ର ଗୁରୁତ୍ୱ। କୋଉ ୟୁନିଅନ୍ ସେ ?

ଠିଆ ହେଇଗଲା ଅଗଣି। ରାଗରେ ଥରୁଥିଲା। କହିଲା; ଆପଣ ଦେଖିବା ପାଇଁ ଚାହାନ୍ତି କୋଉ ୟୁନିଅନ୍ ? ଦେଖିବେ ତ ? ଠିକ୍ ଅଛି। ଏଇ କୋଇଲାଖଣିରେ ହୁଏତ ଆପଣ ରହିବେ ନ ହେଲେ ଆମ ୟୁନିଅନ୍ ରହିବ। ଖୁବ୍ ଶୀଘ୍ର। ଖୁବ୍ ଶୀଘ୍ର ଡିସିସନ୍ ହେଇଯିବ।

ଅଗଣି ରାଗିଯାଇ ବାହାରି ଗଲା। ଅଥଚ ବସି ରହିଲା ହରିଶଙ୍କର ଚୁପ୍‌ଚାପ୍। ଗମ୍ଭୀର ଦେଶମୁଖ ସାମ୍ନାସାମ୍ନି। ଅପ୍ରସ୍ତୁତ ଭାବରେ। ତା'ର କ'ଣ ଉଠିଯିବା ଉଚିତ୍। ଉଠି ପଳେଇବା ଉଚିତ ? ନା ଦେଶମୁଖ ସାହେବ ସାମ୍ନାରେ ତା'ର କ୍ଷମା ମାଗି ନେବା ଉଚିତ୍। ଅଗଣିର ଆଚରଣ ପାଇଁ ? କିମ୍ବା ଅଗଣି ତରଫରୁ ଯୁକ୍ତି କରିବା ଦରକାର ତା'ର ?

ହରିଶଙ୍କର ବସି ରହିଚି ଚୁପ୍‌ଚାପ୍। ଘର ସାରା ନୀରବତା। ଏୟାରକୁଲରଟା ବନ୍ଦ

କାହିଁକି ହେଇଯାଇଚି। ତା'ର ଶବ୍ଦ ଆଉ ଆସୁନି। ଘଣ୍ଟାରେ ଶବ୍ଦ ଭାସି ଆସୁଚି; ଟିକ୍ ଟିକ୍ ଟିକ୍।

ଦେଶମୁଖ ଗମ୍ଭୀର। ଚୁପ୍‌ଚାପ୍। ହରିଶଙ୍କର ମୁହଁ ପୋତି ତଳକୁ ବସିଚି। କ'ଣ କରିବ ସେ? ଉଠିଯିବ ବିନା ବାକ୍ୟବ୍ୟୟରେ? କ'ଣ କହିକି ଯିବ ତେବେ? ଅଗଣି କୁଆଡ଼େ ଗଲା ଯେ? ବାହାରେ ସେ କ'ଣ ଅପେକ୍ଷା କରିଛି ହରିଶଙ୍କରକୁ? ହରିଶଙ୍କର ଯେ, ଏମିତି ବସି ରହିଲା, ଅଗଣି ସାଙ୍ଗରେ ଉଠି ଗଲାନି, ଅଗଣି କ'ଣ ଖରାପ ଭାବୁଥିବ? ଭାବୁଥିବ କି ସେ ଦେଶମୁଖର ଚାମଚା? ଗଲାନି କାହିଁକି? ହରିଶଙ୍କର? ସେ କ'ଣ ଦେଶମୁଖ ସାମ୍ନାରେ ବିଦ୍ରୋହ କରିବାକୁ ଚାହେଁନି? ଦେଶମୁଖ କିଏ? କାଲିସୁଦ୍ଧା ତ ସେ ଦେଶମୁଖକୁ ଖାତିର କରେନି। ତେବେ ଉଠି ଗଲାନି କାହିଁକି?

ଦେଶମୁଖ ସାହେବ ରୁମାଲ କାଢି କପାଳରୁ ଝାଳ ପୋଛିଲେ ଓ କହିଲେ; ଯା'ନ୍ତୁ ଆପଣ ପଟ୍ଟନାଏକ ବାବୁ, ମୋର ବହୁତ କାମ ଅଛି ପ୍ଲିଜ୍ ମୋତେ ଡିଷ୍ଟର୍ବ କରନ୍ତୁ ନାଇଁ।

ଦେଶମୁଖର କଥାରେ ଅପମାନିତ ହେଇଗଲା ହରିଶଙ୍କର। ସେ କାହିଁକି ବସି ରହୁଥିଲା? ଆଗରୁ ତ ଉଠିଆସି ପାରିଥାନ୍ତା। ସେ ଉଠି ଆସିଲା। କବାଟ ପାରି ହେଇ ଆସିଲା ପରେ ତା'ର ମନେ ପଡିଲା ହଡବଡେଇକି ବାହାରି ଆସିଥିବାରୁ ନମସ୍କାର କରି ପାରିଲାନି। ଦେଶମୁଖ ସାହେବ ଖରାପ ଭାବିଥିବେ କି?

ସଂଧ୍ୟାବେଳକୁ ହରିଶଙ୍କରର ବସା ସାମ୍ନାରେ ପହଞ୍ଚିଗଲେ ତିରିଶ ସରିକି ଲୋକ। ସମସ୍ତେ ତା'ର ୟୁନିଅନ୍‌ର କର୍ମକର୍ତ୍ତା। ଅଗଣି ସମସ୍ତଙ୍କୁ ଜୁଟେଇକି ଆଣିଛି। ହରିଶଙ୍କର ଏତେଗୁଡ଼େ ଲୋକଙ୍କୁ ବସିବାକୁ ଦେବ କୋଉଠି? ସାନପୁଅ ଘରଘର ବୁଲି ତିନୋଟି ସତରଞ୍ଜି ମାଗିଆଣିଲା ତିରିଶଜଣ ଲୋକଙ୍କୁ ନିଅଣ୍ଟ।

ଗୋଟେ ଦଉଡ଼ିଖଟିଆରେ ହରିଶଙ୍କର ଓ ଅଗଣି ବସିଲେ। ହରିଶଙ୍କର ଜାଣିପାରିଲା, ଆଜି ଧ୍ରୁବ ଖଟୁଆ ଓ ଦେଶମୁଖ ସାହେବ ସାଙ୍ଗରେ ଅଗଣିର ଝଗଡ଼ାର ଖବର ତାରବାହାର କୋଲିୟାରୀରେ ରାଷ୍ଟ୍ର ହେଇଯାଇଚି। ଏଠୁ କୌଣସି ଖବର କାଗଜ ବାହାରେନି। ତଥାପି ଯେକୌଣସି ଖବର ଏଠି ପଚାରିତ ହୋଇଯାଏ ଖୁବ୍ ଅଳ୍ପ ସମୟ ଭିତରେ। ଏ କୋଲିଆରୀର କଲୋନିର ପ୍ରତିଟି ଘରର ପ୍ରତିଟି କାନ୍ଥକୁ ଉଇ ଖାଇ ଯାଇଚି। ସମସ୍ତଙ୍କ ଘର ଭିତରର ଦୃଶ୍ୟ ସମସ୍ତେ ଦେଖି ପାରନ୍ତି। ଓପନ ସିକ୍ରେଟ୍ ସବୁ ପାପ ଓ ପୁଣ୍ୟ, ଲଜ୍ଜା ଓ ମହାନୁଭବତା।

ହରିଶଙ୍କର ଜାଣେ ୟୁନିଅନର ମାରପିଟ ଖବରକୁ ଏଠିକା ଜନତା ବଡ଼ କୌତୁହଳୀ ହେଇ ଆଲୋଚନା କରୁଥିବେ। କିନ୍ତୁ କେହି ବି ସାମ୍ନାକୁ ବାହାରିବେନି। ହରିଶଙ୍କର ପାଖକୁ ଧାଇଁ ଆସିଥିବା ଏଇ ତିରିଶ ଜଣ ଲୋକ ହିଁ ତା'ର ସମ୍ବଳ, ତା'ର ହତିଆର, ତା'ର ଜନତା।

ଅଗଣି ସମସ୍ତଙ୍କୁ ସମ୍ବୋଧିତ କରି କହିଲା; ତେବେ ଭାଇମାନେ, ଆଉ ଫର୍ମାଲ୍ ମିଟିଂ ନୁହଁ। ଆମ ହାତରେ ସମୟ ଖୁବ୍ କମ୍। କାଲି ସକାଳୁ ଆମକୁ ଅନଶନରେ ବସିବାକୁ ପଡ଼ିବ।

ତା'ପାଇଁ ଏବେଠୁ ଛାମୁମୁଣ୍ଡିଆ କରି, ମାଇକ୍ ଓ ଗଦି ଆଣିବା ଦରକାର। ରାତାରାତି ମଞ୍ଚା ତିଆରି କରିବା ଦରକାର। ତା'ଆଗରୁ ତମମାନଙ୍କର ମତ ଦିଅ। ତମେମାନେ ଏ ଅନଶନରେ ରାଜି କି ନୁହଁ?

ତିରିଶଜଣ ଯାକ ଲୋକେ ହଇ ହଇ କରି ଉଠିଲେ; ଆମେ ରାଜି ଆମେ ରାଜି।

ଓଁ ପ୍ରକାଶ ଗୋଡ଼ରେ ପ୍ଲାଷ୍ଟର। ସେ ଛୋଟେଇ ଛୋଟେଇ ଠେଙ୍ଗା ଧରିକି ଆସିଥିଲା ଓ ଗୋଟେ କୋଣରେ ଠିଆ ହେଇଥିଲା। ଆଗେଇ ଆସି ହିନ୍ଦୀରେ କହିଲା; ଭାଇମାନେ, ଆମ ପ୍ରେସିଡେଣ୍ଟ ହୋତା ବାବୁ ଯେଉଁ ପ୍ରସ୍ତାବ ଦେଲେ ମୁଁ ତାକୁ ସମର୍ଥନ କରୁଛି। ଦେଶମୁଖ ସାହେବ ଆଜି ଯେଉଁଭଳି ଭାବରେ ଆମ ୟୁନିଅନ ପ୍ରତି ବ୍ୟବହାର କଲା, ଲୋକେ ତାଙ୍କ କୁକୁର ମାଙ୍କଡ଼କୁ ବି ଏମିତି ବ୍ୟବହାର କରୁ ନଥିବେ। ଭାଇମାନେ-

ଅଗଣି ତାକୁ ବାଧା ଦେଇ କହିଲା; ଓଁ ପ୍ରକାଶ, ଏବେ ଭାଷଣ ଦେବାର ସମୟ ନାହିଁ। ତା'ଠୁ ଆସ କାମ ବାଣ୍ଟି ନେବା।

ଓଁ ପ୍ରକାଶର ଭାଷଣ ଅଧା ରହିଗଲା। ହରିଶଙ୍କର ଚୁପ୍‌ଚାପ୍ ବସି ରହିଲା। ତା'ର ମତାମତ କେହି ନେଲେନି। ବ୍ୟକ୍ତିଗତ ଭାବରେ ପଚାରିଲେନି ଥରେ ମିଟିଂରେ ଅନଶନ କରିବା ଉଚିତ ହେବ କି ନାଇଁ। ହରିଶଙ୍କର ଚୁପ୍‌ଚାପ୍ ବସିରହି ଶୁଣିଲା ସେମାନଙ୍କର ଅନଶନର ପ୍ରସ୍ତୁତି। ଦରି, କେଉଁଠୁ ଆସିବ, ବ୍ୟାନର୍ କିଏ ଲେଖି ଦେବ ରାତାରାତି, ବ୍ୟାନର ପାଇଁ କନା କେଉଁ ଦୋକାନରେ ମିଳିବ, କ'ଣ କ'ଣ ଲେଖାହବ ବ୍ୟାନରରେ। ଗଦି କେତେଟା ଆସିବ। କେଉଁ ଟେଣ୍ଟ ହାଉସ୍‌କୁ ବରାଦ ଦିଆଯିବ ଛାମୁଣ୍ଡିଆ ପାଇଁ। ପୋଷ୍ଟର କିଏ କିଏ ଲେଖିବେ ଓ କ'ଣ କ'ଣ ଲେଖାଯିବ। କେଉଁଠୁ ଏବେ ପୁରୁଣା ଖବର କାଗଜ ଅଣାଯିବ, ସ୍ୟାହି କିଏ ଦେବ ଓ କା'ଘରେ ମଇଦାର ଅଠା ତିଆରି ହେବ, କେଉଁଠୁ ମାଇକ୍ ଆସିବ, ଟୁଇନ୍-ଓ୍ୱାନ୍ କେଉଁଠୁ ଆସିବ (ଆସୁ, ନେତାଜୀ ଖବର ଶୁଣିବେ, କେହି କେହି ବିବିଧ ଭାରତୀ ବି ଶୁଣି ପାରନ୍ତି।) କିଏ ଜଣେ କହିଲା: ପୋର୍ଟେବୁଲ ଟି.ଭି.ଟେ ନେଲେ କେମିତି ହୁଅନ୍ତା? ଆଉ ଜଣେ ତାକୁ ଧମକେଇ ଦେଲା : ତୋ ମାଇକିନାକୁ ବି ସାଙ୍ଗରେ ନେଇକି ଯାଉନୁ?

ହରିଶଙ୍କର ପଦୁଟିଏ ବି କଥା କହିଲାନି। ଲୋକଙ୍କ ଭିତରେ ଉତ୍ସାହ ଖେଳି ବୁଲୁଛି, ଯେମିତି କାଲି ସକାଳେ ପିକ୍‌ନିକ୍ ଓ ଆଜି ସେମାନେ ତା'ର ପ୍ରସ୍ତୁତିରେ। ଶେଷରେ ଅଗଣି ସବୁ ତାଲିକା କରିସାରି କହିଲା : ଏବେ ଠିକ୍ କରିବା କିଏ କିଏ ଅନଶନରେ ବସିବେ।

ଓଁ ପ୍ରକାଶ ଆଗେଇ ଆସିଲା ପ୍ରଥମେ : ମୁଁ ଅନଶନ କରିବି।

ଅଗଣି ଧକେଇ ଦେଲା : ଚୁପ୍, ଆମରଣ ଅନଶନ ମାନେ ଜାଣିଛୁ? ତୁ ରୋଗୀ ଲୋକ। ତୋତେ କିଏ ସମ୍ଭାଳିବ ସେଠି। ତା'ଛଡ଼ା ଯେଉଁମାନେ ଅନଶନରେ ବସିବେ, ସେମାନେ ଯେମିତି ଦରକାରୀ ଲୋକ, ସେମାନଙ୍କୁ ସାହାଯ୍ୟ କିରବାକୁ ବି ଥିବା ଲୋକମାନେ କମ୍ ଦରକାରୀ କି ଗୁରୁତ୍ୱପୂର୍ଣ୍ଣ ନୁହନ୍ତି। ପାଞ୍ଚଜଣ ଲୋକ ବସିବେ ଅନଶନରେ। ଆଉ ପାଞ୍ଚ ଜଣ

ଲେଖେ ଆଠଘଣ୍ଟା ଲେଖାଏଁ ସେମାନଙ୍କ ସାଙ୍ଗରେ ରିଲେ କରିକି ଅନଶନରେ ବସିବେ। ଆଉ ପାଞ୍ଚ ଜଣ ଜଗିକି ରହିବେ ଆଠଘଣ୍ଟା କରିଲାଠି, ଛୁରୀ ଧରିକି, ବିଶେଷତଃ ରାତିବେଳେ। କାଳେ ଧ୍ରୁବ ଖଟୁଆର ଗୁଣ୍ଡାମାନେ ଆକ୍ରମଣ କରିବେ ତାକୁ ପ୍ରତିହତ କରିବାକୁ।

ଭିଡ଼ ଭିତରୁ ଜଣେ କହିଲା : ତମେ ହିଁ ହୋତାବାବୁ ନାଁ କହିଦିଅ। ଯା'କୁ ଯେଉଁ ଦାୟିତ୍ୱ ଦିଆଯିବ- ସେମାନେ ସେୟା କରିବେ। କ'ଣ କହୁଚ।

ସମ୍ମିଳିତ ଭିଡ଼ ପାଟି କଲା : ଠିକ୍ ସେୟା। ଠିକ୍ ସେୟା।

ଅଗଣି ଉଠି ପଡ଼ି କହିଲା: ନେତାଜୀ, ମୁଁ ମୋର ପୁତୁରା ପ୍ରଦ୍ୟୁମ୍ନ ଯିଏ ସମାରୁ ଖଡିଆ ନାଁରେ ଏଠି ଚାକିରି କରିଛି ଓ ପ୍ରଡ଼କ୍ସନ୍ ସେକସନରୁ ମିତ୍ରଭାନୁ ଓ ୱାର୍କସପ୍‌ରୁ ଚନ୍ଦ୍ରଶେଖରର ନାଁ ପ୍ରପୋଜ୍ କରୁଚି ଆମରଣ ଅନଶନରେ ବସିବା ପାଇଁ। କ'ଣ କହୁଚ ସମସ୍ତେ ?

ସମ୍ମିଳିତ ଭିଡ଼ ପୁଣି ପାଟି କଲା : ହଁ,ଠିକ୍ ଅଛି, ଠିକ୍ ଅଛି।

ଅଗଣି ପଚାରିଲା : କ'ଣ କହୁଚ ନେତାଜୀ ? ତମର ମତାମତ ?

କ'ଣ କହିବ ହରିଶଙ୍କର ? ଆକାଶକୁ ଅନେଇଲା, ଆକାଶରେ ଗୋଟେ ଦି'ଟା ତାରା ଦେଖାଗଲାଣି। ରାତି ହେଇଯିବ ଅଳ୍ପ ସମୟ ପରେ ଏଇ ରାତି ପାଇଲେ ହିଁ ତେବେ ପୂର୍ବ ନିର୍ଦ୍ଧାରିତ ଆମରଣ ଅନଶନ।

ଚତୁର୍ଦ୍ଦଶ ପରିଚ୍ଛେଦ

ନେକ୍ ଟ୍ରାକ୍‌ଶନ ଦେଇ ବସିଚି ଅନୀତା। ବେକରେ ଗୋଟେ ବେଲ୍‌ଟ ବନ୍ଧା ହେଇଚି- ସେଇଠୁ ଗୋଟେ ଦଉଡ଼ି ଉଠିଯାଇଚି ଉପରକୁ। ଉପରେ, ଛାତରୁ ଝୁଲୁଥିବା କଡି ବରଗାରେ ଲଟକି ରହିଚି ଫୁଲଟିଏ। ବେଲ୍‌ଟରୁ ଯାଇଥିବା ଦଉଡ଼ିଟି ଫୁଲି ଭିତରେ ପଶି ଖସି ଆସିଚି ତଳକୁ। ତଳେ ଦେଢ଼ଟା ଇଟା ବନ୍ଧା ହେଇଚି। ଦେଶମୁଖ ଅନୀତାର ବେକରେ ଟ୍ରାକ୍‌ଶନ୍ ବାନ୍ଧି ଦେଇ ଘଣ୍ଟା ଦେଖିଲା ଆଠ ନଅ ଉପରେ ମିନିଟ୍ କଣ୍ଟା ଆସିଲେ ଟ୍ରାକଶନ୍ ଖୋଲା ହେବ।

ଅନୀତାର ସ୍ପଣ୍ଡାଲାଇଟିସ୍‌ର ଦରଜ ବାହାରିଥିଲା ବେଶ୍ କିଛିଦିନ ହେଲା। ହସ୍ପିଟାଲରେ ଏକ୍‌ସରେ କରା ହେଇଥିଲା। ତରୁଣ, ଉତ୍ସାହୀ ଓ ଅତି ଭକ୍ତିରେ ଗଦଗଦ ହେଉଥିବା ଡାକ୍ତର ଜଣକ ଖୁବ୍ କମ୍‌ରେ ଘଣ୍ଟାଟେ ପରୀକ୍ଷା କରିଥିଲେ ଅନୀତାକୁ। ତା'ପରେ କହିଥିଲେ : ସର୍ଭିକାଲ୍‌ରିବ।

ସର୍ଭିକାଲ୍ ରିବ୍? ଏତେ ଟେକ୍‌ନିକାଲ କଥା ବୁଝେନା ଦେଶମୁଖ। ଡାକ୍ତର ଜଣକ ଅବଶ୍ୟ ଏକ୍‌ସରେ ପ୍ଲେଟ ଦେଖେଇ ବୁଝେଇବାକୁ ଚାହିଁଥିଲେ, ଏଇ ଦେଖନ୍ତୁ, ଆମର ଏଇ ଜାଗାରେ ଛଅଟା ହାଡ଼ ରହିବା ଦରକାର। ମ୍ୟାଡାମଙ୍କର ରହିଚି ଆଉ ଦୁଇଟା ଏକଷ୍ଟ୍ରା ହାଡ଼।

ଦେଶମୁଖ ସେତେବେଳେ ନୂଆ କରି ଚାର୍ଜ ନେଇଚି ମିଃ ମିଶ୍ରଙ୍କଠୁ। ହାତରେ ବହୁତ କାମ। ଫୁର୍ସତ ନାଇଁ। ଅନୀତା ଏପଟରେ ଯନ୍ତ୍ରଣାରେ କାତର। ଦେଶମୁଖ ଜାଣିବାକୁ ଚାହେଁନା ସର୍ଭିକାଲ୍ ରିବ୍ କ'ଣ କେମିତି ହୁଏ। ସେ ଚାହେଁ କେବଳ ମାତ୍ର ଅନୀତାର ଏଇ ଯନ୍ତ୍ରଣାରୁ

ମୁକ୍ତି। ଅନୀତା ଅସୁସ୍ଥ ମାନେ ତା' ଘର, ତା' ସଂସାର ସବୁ ଅସ୍ତବ୍ୟସ୍ତ ହୋଇଯାଏ। ଡାକ୍ତର ଜଣକ କହିଥିଲେ: ଆପଣ ବଡ଼ ଡାକ୍ତରଙ୍କୁ ଦେଖାନ୍ତୁ ସାର୍। କଟକରେ ଡଃ ତେଜେଶ୍ୱର ରାଓ ଅଛନ୍ତି- ଭାରତର ଜଣେ ଜଣାଶୁଣା ଡାକ୍ତର।

: ମୁଁ ଡଃ କୁଲ୍‌କର୍ଣ୍ଣିଙ୍କୁ ଦେଖେଇ ପାରେ କି? ନାଗପୁରର ଜଣେ ଅତି ବିଖ୍ୟାତ ଅର୍ଥୋପେଡିସିଆନ୍। ବମ୍ବେ, ପୁଣେ ଓ ନାଗପୁରରେ ସପ୍ତାହକୁ ଦି'ଦିନ ଲେଖାଏଁ ସେ କ୍ଲିନିକି କରନ୍ତି। ଆମ ମହାରାଷ୍ଟ୍ରରେ ତାଙ୍କର ବହୁତ ନାଁ ଡାକ ଅଛି।

ଡାକ୍ତର ଜଣକ ଡଃ କୁଲକର୍ଣ୍ଣିଙ୍କୁ ଚିହ୍ନି ନଥିଲେ, ତଥାପି ରାଜି ହେଇଗଲେ। ଦେଶମୁଖ ଅନୀତାକୁ ନେଇକି ନାଗପୁର ଯାଇଥିଲା। ତା' ପକ୍ଷରେ ବୁର୍ଲା କିମ୍ବା କଟକଠୁ ନାଗପୁର ସହରଟା ବେଶି ସୁବିଧାର। ଅବଶ୍ୟ ତାକୁ ସେଇ ସମୟରେ ଛୁଟି ନେବା ପାଇଁ ଭାରି ଅସୁବିଧା ହେଇଥିଲା ଓ ଜି.ଏମ୍. ତା'ର ଛୁଟି କଥା ଶୁଣି ମୁହଁ ଗମ୍ଭୀର କରିଥିଲେ। ତଥାପି ବାଧ୍ୟ ହେଇ, ନୂଆ ନୂଆ ଚାର୍ଜ ନେଇଥିଲାବେଳେ, ସବୁକିଛି ନୂଆ କରି ସଜାଡୁଥିଲା ବେଳେ ହିଁ ଏମିତି ଛୁଟି ନେଇ ଡଃ କଲକର୍ଣ୍ଣି ପାଖକୁ ଯାଇଥିଲା। ଡଃ କୁଲକର୍ଣ୍ଣି ଏକସ୍‌ରେ ପ୍ଲେଟ ଦେଖି ହିଁ ଆଶ୍ଚର୍ଯ୍ୟ ହେଇଯାଇଥିଲେ: କିଏ କହିଲା ସର୍ଭିକାଲ୍ ରିବ? ଏଇ ଦେଖୁ ନାହାନ୍ତି, ଡଃ କୁଲକର୍ଣ୍ଣି ଏକସ୍‌ରେକୁ ମେଲି ଧରିଲେ ସାମ୍ନାରେ, ଛଅଟି ରିବ୍ ତ ଅଛି ଆପଣଙ୍କ ମିସେସ୍‌ଙ୍କର ସ୍ପଣ୍ଡାଲାଇଟିସ ଅଛି ସାମାନ୍ୟ ଇଞ୍ଜେକ୍‌ସନ୍ ଓ ଟାବଲେଟ୍ ସାଙ୍ଗରେ ନେକ୍ ଟ୍ରାକ୍‌ଶନ ନେବାକୁ ପଡ଼ିବ।

ସେଇ ଦିନଠୁ ଅନୀତାର ଏଇ ପନ୍ଦର ମିନିଟିଆ ଫାଶୀଦେବା ଘଟଣା। ପ୍ରଥମ ୭ ଦିନ ଗୋଟାଏ ଇଟାରେ ଥିଲା, ଏବେ ୨ ଦିନ ହେଲା ଦେଢ଼ଟା ଇଟା ଲାଗିଛି, ଆଉ ପାଞ୍ଚଦିନ ପରେ ସାତ ଦିନ ପାଇଁ ଦୁଇଟା ଇଟା ଲେଖାଁ ଲାଗିବ।

ଡଃ କୁଲ୍‌କର୍ଣ୍ଣି ପାଖରୁ ଫେରି ଆସିଲା ପରେ ପରେ ହିଁ ଧ୍ରୁବ ଖଟୁଆ ଦଳ ଷ୍ଟ୍ରାଇକ୍ ଡାକରା ଦେଲେ। ମାଇନ୍‌ସ ଷ୍ଟ୍ରାଇକ୍ ଓ ଅନୀତାର ଟ୍ରାକ୍‌ଶନ୍ ଦୁଇଟାହିଁ ସାଙ୍ଗ ହେଇ ଚାଲିଥିଲା। ଦେଶମୁଖ ଟେନସନରେ ରହୁଥିଲା ସେତେବେଳେ ଓ ଅନୀତା ଟ୍ରାକ୍‌ଶନର କଷ୍ଟରେ। କଳମାଢି ଦି'ଟା ଏତେ ଜୋର୍‌ରେ ଟାଣି ହେଇଯାଏ ଯେ-ଅସହ୍ୟ। ଧ୍ରୁବ ଖଟୁଆଙ୍କ ଷ୍ଟ୍ରାଇକ୍ ପରେ ପରେ ଆସିଲା ହରିଶଙ୍କରର ଆମରଣ ଅନଶନ। ଆଜିକୁ ତିନିଦିନ ହେଲାଣି, ସେମାନେ ଜେନେରାଲ୍ ଅଫିସ୍ ସାମନାରେ ଛାମୁଣ୍ଡିଆ ଟାଙ୍ଗି ବସିଛନ୍ତି। ଦିନ ରାତି ସାରା ମାଇକ୍‌ରେ ଗୀତ, ପ୍ରଚାର, ଭାଷଣ ଓ ସ୍ଲୋଗାନ୍ ଲାଗି ରହିଚି।

ସବୁଠୁ ଯେଉଁଟା ବ୍ୟସ୍ତ କରୁଚି ଦେଶମୁଖକୁ, ହରିଶଙ୍କରର ଏଇ ଅନଶନ। ଧ୍ରୁବ ଖଟୁଆଙ୍କର ଷ୍ଟ୍ରାଇକ୍ ବି ଏତେ ଟେନ୍‌ସନ ଆଣି ନଥିଲା। ସବୁବେଳେ ମନେ ହେଉଚି ଜଣେ ଲୋକ ନଖାଇ ନ ପିଇ ବସି ରହିଚି। ଅଫିସରେ କାମ କଲାବେଳେ, ଅଫିସରମାନଙ୍କୁ ସେମାନଙ୍କ ଦାୟିତ୍ୱ ହୀନତା ପାଇଁ ଗାଳି ଦେଉଥିଲା ବେଳେ, ଅଣ୍ଡର ଗ୍ରାଉଣ୍ଡକୁ ଇନ୍‌ସପେକ୍‌ସନ୍ ପାଇଁ ଯାଇଥିଲା ବେଳେ କିମ୍ବା ଜି.ଏମ୍.ସାଙ୍ଗରେ ଗୁରୁତ୍ୱପୂର୍ଣ୍ଣ ମିଟିଂ ଆଟେଣ୍ଡ କଲାବେଳେ ନହେଲେ

କୌଣସି ଭି.ଆଇ.ପିଙ୍କ ସାଙ୍ଗରେ ଗେଷ୍ଟ୍ ହାଉସ୍‌ରେ ଜି.ଏମ୍‌ଙ୍କ ଆତିଥ୍ୟରେ ଦେଉଥିବା ଘରୋଇ ଡିନର ଭୋଜିରେ ବସିଥିଲାବେଳେ ଦେଶମୁଖ ସାମ୍ନାକୁ ଚାଲିଆସେ ହରିଶଙ୍କର ପଟ୍ଟନାୟକ, ଲୋକଟାର କି ଆସ୍ପର୍ଦ୍ଧା ଦେଖ। ଭିତରେ ଭିତରେ ଅପମାନିତ ଓ ଆହତ ହୁଏ ସେ। ଯେମିତି ଜବରଦସ୍ତି ସେ ନିଜର କାମ ହାସଲ କରେଇ ନେବାକୁ ଯାଉଚି ହରିଶଙ୍କର ପଟ୍ଟନାୟକ। ଯେମିତି ବ୍ଲାକ୍‌ମେଲ୍ କରାହେଉଚି ଦେଶମୁଖକୁ। ଅଥଚ ସେ ନିରୁପାୟ।

ଜି.ଏମ୍.ଙ୍କୁ ବାରମ୍ବାର ହସ୍ତକ୍ଷେପ କରିବା ପାଇଁ ଅନୁରୋଧ କରିବାକୁ ଖରାପ ଲାଗେ ଦେଶମୁଖର। ତଥାପି ସବୁ କିଛି ଜଣାଇବାକୁ ପଡ଼େ। ସବୁଥର ତାଙ୍କ ପାଖକୁ ଗଲାବେଳେ ଗୋଟେ ହୀନମନ୍ୟତାରେ ଭାଙ୍ଗି ପଡ଼େ ସେ। ଜି.ଏମ୍.ଙ୍କ ଡିପ୍ଲୋମାଟିକ ହସ ସାମ୍ନାରେ ଅସହାୟ ହୋଇପଡ଼େ ସେ। ଅଥଚ ଏ କେମିତି କ୍ରୀତଦାସୀୟ ଗର୍ବ ତା'ର ଦେଶମୁଖର। ସେ ଭାରତ ସରକାରଙ୍କର ଗୋଟେ ସଂସ୍ଥାର ଉଚ୍ଚସ୍ତରର ଅଫିସରମାନଙ୍କ ଭିତରୁ ଜଣେ ଅଥଚ କେତେ ଖର୍ବକାୟ ହାତ ସବୁ ତା'ର। ତା' ଗଳାରେ କିଏ ଲଗେଇ ଦେଇଚି ଅଦ୍ଭୁତ ସାଇଲେନ୍‌ସର ଯେ ନିଜର ବାକ୍ୟ, ଶବ୍ଦ, ଅକ୍ଷରର ଉଚ୍ଚାରଣ ବି ନିଜକୁ ଅପରିଚିତ ମନେହୁଏ। ତା'ର ମେରୁଦଣ୍ଡରେ ଲାଗିଯାଉଚି ଘୁଣ ଓ ସ୍ପଣ୍ଡିଲାଇଟ୍‌ସ୍।

ଅନୀତାର ସ୍ପଣ୍ଡିଲାକଟିସ୍। ତାର ପିଠିରେ ଯନ୍ତ୍ରଣା ତା'ର ଉଠେଇ ହେଉ ନଥିବା ହାତ, ତା'ର ଅବ୍ୟକ୍ତ କାତର ଯନ୍ତ୍ରଣା ସତ୍ତ୍ୱେ ସେ ନେଇଯାଇଥିଲା ଜି.ଏମ୍‌ଙ୍କ ସୌଜନ୍ୟମୂଳକ ରାତ୍ରୀ ଭୋଜନକୁ। ସେ ଡିନର୍ ଥିଲା ଏ ପରିବାରର। କମର୍ସିଆଲ ଟ୍ୟାକ୍‌ସ ଅଫିସରଙ୍କୁ ସପତ୍ନୀକ ଭୋଜି ଦେଇଥିଲେ ଜି.ଏମ୍। ଉଦ୍ଦେଶ୍ୟ ଥିଲା, ଓଡ଼ିଶା ସରକାରଙ୍କ ଉପରେ ବାକି ପଡିଥିଲା ଲକ୍ଷ ଲକ୍ଷ ଟଙ୍କା ସେସବୁ କମ୍ କରିବା ପାଇଁ ଆଉଥରେ ରିଭ୍ୟୁ କରିବାର ଅନୁରୋଧ। ଜି.ଏମ୍.କହିଥିଲେ ଫାଇନେନ୍‌ସ ମ୍ୟାନେଜରଙ୍କୁ, ରାତ୍ରୀଭୋଜନଟିଏ ଡାକନ୍ତୁ। ଆମେ ତ ତାଙ୍କୁ ଟଙ୍କା ଆକାରରେ ସେମିତି କିଛି ଦେଇପାରିବାନି ଉତ୍କୋଚବାବଦକୁ। ତେବେ ସେ ଯାହା ଚାହାନ୍ତି, ଯଦି ଚାହାନ୍ତି ଅନ୍ୟ ଉପାୟରେ ଦିଆଯାଇପାରେ। ସେ ଯଦି କୌଣସି ଅନୁଷ୍ଠାନ ବାବଦକୁ ଚାନ୍ଦା ମାଗନ୍ତି- ଆମେ ଆମର କଣ୍ଟ୍ରାକ୍ଟରମାନଙ୍କଠୁଁ ଚାନ୍ଦା ଆଦାୟ କରି ଦେଇପାରିବା। ତେବେ ଏସବୁ ବିଷୟରେ ସିଧାସଳଖ କିଛି କଥାବାର୍ତ୍ତା କରିବା ଅନୁଚିତ। ପ୍ରଥମେ ସେମାନଙ୍କୁ ଡକାଯାଇ ରାତ୍ରୀ ଭୋଜନକୁ। କଥାବାର୍ତ୍ତା ମାଧ୍ୟମରେ ପରଖାଯାଉ। ତା'ପରେ ଆପଣମାନେ ତ ଅନୁଭବି ଲୋକ। ଆପଣଙ୍କ ଉପରେ ନ୍ୟସ୍ତ ରହିଲା ସବୁକିଛି, ବିଭିନ୍ନ ୟୁନିଟର ଡେପୁଟି ସି.ଏମ୍.ଇମାନଙ୍କୁ ଡକାଯାଇ। ସି.ଟି.ଓ ଙ୍କୁ ପଚରାଯାଇ- ସେ ଆଉ କା' ସାଙ୍ଗରେ ଦେଖା କରିବା ପାଇଁ ଚାହାନ୍ତି କି? ତାଙ୍କୁ ବି ଡକାଯାଉ ଭୋଜିସଭାକୁ।

ତମେ ଦେଖୁଛ ମୋର ଏତେ ବଡ଼ ଯନ୍ତ୍ରଣା। ମୁଁ ଟିକେ ବି ମୁହୂର୍ତ୍ତକ ପାଇଁ ସ୍ଥିର ରହି ପାରୁନି, ମୁଁ ଯିବି କେଉଁ ସି.ଟି.ଓ ପାଇଁ ଆୟୋଜିତ ଭୋଜି ସଭାକୁ?

ଅନୀତା ଭାରି ଅହଂ ସଚେତନ ନାରୀ। କିନ୍ତୁ କେମିତି ବୁଝେଇବ ଦେଶମୁଖ ତା'ର

ଅସହାୟତା ? କେମିତି ବୁଝେଇବ ଯେ ସି.ଟି.ଓ ପତ୍ନୀର ସଙ୍ଗଦେବା ପାଇଁ, ମିସେସ୍ ଜି.ଏମ୍.ଙ୍କ ନେତୃତ୍ୱରେ ବିଭିନ୍ନ ଡେପୁଟି ସି.ଏମ୍.ଇଙ୍କ ପତ୍ନୀମାନଙ୍କର ଉପସ୍ଥିତି କେତେ ଆବଶ୍ୟକ। ଅନୀତାର ଅନୁପସ୍ଥିତି ମିସେସ୍ ଜି ଏମ୍‌ଙ୍କୁ କେବଳ ଯେ କ୍ରୁଦ୍ଧ କରାଇବ ତା' ନୁହଁ, ବରଂ ମିଃ ଜି.ଏମ୍ ଏଇଟାକୁ ଗୋଟେ ପ୍ରେଷ୍ଟିଜ୍ ଇସ୍ୟୁ ନେବେ ଦେଶମୁଖର ଏଇ ବିପତ୍ତି ସମୟରେ ଜି.ଏମ୍‌ଙ୍କ ଆଶୀର୍ବାଦ କେତେ ଜରୁରୀ, କେମିତି ବୁଝେଇବ ସେ ?

ଏମିତିରେ ମିସେସ୍ ଜି.ଏମ୍ ଓ ଅନୀତାର ଭଲ ସମ୍ପର୍କ ଅଛି। ଅନୀତା ଫୋନ୍ ବି କରିଥିଲା: ମ୍ୟାଡାମ୍, ମୋର ସ୍ପଣ୍ଡାଲାଇଟିସ୍‌ର ଯନ୍ତ୍ରଣା ଅଛି। ଭୋଜିସଭାକୁ ମୋର ଯିବାଟା କ'ଣ ଏକାନ୍ତ ଜରୁରୀ ?

ଫୋନ୍ ଆରପଟରୁ ମିସେସ୍ ଜି.ଏମ୍‌ଙ୍କ ସ୍ୱର ଶୁଣି ପାରିଥିଲା ଦେଶମୁଖ: ତମେ ଯିବ ନା ଅନୀତା। ନଗଲେ କେମିତି ହେବ ? ଯନ୍ତ୍ରଣା କଥା କହୁଚ ତ ? ଔଷଧ ଖାଇକି ଯିବ। ଇବୁପ୍ରୋଫେନ୍ ନାଁରେ ଗୋଟେ ଔଷଧ ଅଛି- ଖାଇଦେଲେ ଯନ୍ତ୍ରଣା ଆଦୌ ଜଣା ପଡ଼ିବନି- ମୋତେ ଥରେ ଦେଇଥିଲେ ଡାକ୍ତର ମୋର ଅଣ୍ଟାବ୍ୟଥା ହେଇଥିଲା ତ ଭାରି ବଢ଼ିଆ ଔଷଧ- ମୁଁ ଖୋଜିକି ଦେଖୁଚି, ମୋ ପାଖରେ ଥାଇପାରେ ଗୋଟେ ଅଧେ ଔଷଧ।

:ବହୁତ ଔଷଧ ଖାଇଲିଣି ମ୍ୟାଡ଼ାମ। ଗୋଟେ ମିନିଟ୍ ବି ମୋ ପକ୍ଷରେ ବସିବା ମୁସ୍କିଲ।

ମିସେସ୍ ଜି.ଏମ୍.ସେ କଥା ଅଶୁଣା କରି କହିଥିଲେ: କ'ଣ କ'ଣ ଆଇଟେମ୍ ହେବ କହିଲ ଅନୀତା ? ମାଛର କଟଲେଟ, ଅଣ୍ଡା ତରକାରୀ, ଚିକେନ, ଗୋଟେ ରାଇତା, ଆଳୁ ପୋଟଳ ତରକାରୀ ଗୋଟେ, ଫ୍ରାଇଡ୍ ରାଇସ୍, ଫ୍ରୁଟ ସାଲାଡ ସହ କଷ୍ଟାର୍ଡ। ଆଚ୍ଛା, ଚପାତି କରିବା କି ପୁରି କରିବା ନା ଛୋଲେ ବଟୋରେ କରିବା ? ଛୋଲେ ବାଟୋରେ ଆମ ଗେଷ୍ଟ ହାଉସ୍‌ର କୁକ୍ କରି ପାରିବନି କହୁଚି। କିନ୍ତୁ ଆମ ମିସେସ୍ ଫାଇନାନ୍‌ସ ମ୍ୟାନେଜର କହୁଚନ୍ତି ସେ ଗୋଟେ ଭଲ କୁକ୍‌କୁ ଚିହ୍ନିଚନ୍ତି। ତାକୁ ଡାକି ଆଣିଲେ ଛୋଲେ ବଟୋରେ କରି ପାରିବ।

ଫୋନ୍ ରଖି ଦେଇଥିଲା ଅନୀତା। ଆଖି ଛଳ ଛଳେଇ ଯାଇଗଲା। କହିଥିଲା: ଡ୍ୟାମ୍ ଇୟୋର ସର୍ଭିସ୍। ଆଇ କିକ୍ ଇଟ୍।

ସ୍ପୋଣ୍ଡା ଲାଇଟିସ୍‌ରେ ଯନ୍ତ୍ରଣା କାତର ଅନୀତାର ଆଖିରେ ଲୁହ। ସେ ଲୁହରେ ଭାସି ଯାଉଚି ତା'ର ସବୁ ଗର୍ବ ଦେଶମୁଖ ପାଇଁ, ଜାଲ୍‌ନା ସହରର ସେଇ ପୁରୁଣା କାଳିଆ କୋଠାର ଅନ୍ଧାରୁଆ ବଖରା ପ୍ରତି ତା'ର ଘୃଣା, ଦେଶମୁଖର ଅନୀତା ପ୍ରତି ମୋହହୀନ ବିକର୍ଷଣ।

ଡିନର୍ ମିଟିଂ ହିଁ ସବୁଠୁ ଉପଯୁକ୍ତ ସ୍ଥଳ ଯେଉଁଠି ଏଇ ଅନଶନ ବିଷୟରେ ଜି.ଏମ୍.ଙ୍କ ସାଙ୍ଗରେ କଥାବାର୍ତ୍ତା କରିହେବ ଏମିତି ଗୋଟେ ଧାରଣା ଥିଲା ଦେଶମୁଖର। ସେଇଥିପାଇଁ ହିଁ ସ୍ୱାର୍ଥପର ଭାବରେ ଜୋର୍ କରିଥିଲା ଅନୀତାକୁ ଡିନର୍ ମିଟିଂକୁ ଯିବାକୁ ପାଟଶାଢ଼ୀ ପିନ୍ଧି, ମେକ୍‌ଅପ ନେଇ ଅନୀତା ଜୀପରେ ବସିଥିଲା ଦେଶମୁଖ ସାଙ୍ଗରେ, ଯେତେବେଳେ ତା'ର ବେକରେ ଏତେ ଦରଜ ଯେ ସେ ଭଲ କରି ମୁଣ୍ଡ ହଲେଇ ପାରୁନି। ତା'ର ଗୋଟେ ହାତ

ଉଠେଇବାକୁ କଷ୍ଟ ହେଉଚି। ଖୁବ୍ ଧୀରେ ଧୀରେ ଗାଡ଼ି ଚଳେଇଥିଲା ଦେଶମୁଖ। ଅନୀତାକୁ କହିଥିଲା: ପ୍ଲିଜ୍, ପ୍ଲିଜ ଅନୀତା। ଟିକେ ଧୈର୍ଯ୍ୟ ଧରି ରୁହ। ମୋତେ ଟିକେ ସାହାଯ୍ୟ କର।

ଅନୀତା ରାଗରେ, କ୍ଷୋଭରେ, ଯନ୍ତ୍ରଣାରେ ଦେଶମୁଖର ଅଭଲ ପାଇବାରେ ଦାନ୍ତ ଚାପି ପକେଇଥିଲା ନିଜର ଓଠକୁ। ଆଖି ଲୁହ ଟଳମଳ। ଦେଶମୁଖ ସବୁ ବୁଝି ପାରି ସୁଦ୍ଧା ଚୁପ୍ ହେଇ ରହିଥିଲା ନିର୍ମମ ଭଳି। ଏସବୁ କଥା କେହି ବୁଝିବେ ନାହିଁ। କାହାକୁ କହିଦେବ ଏଇ ଅସହାୟତା ସବୁ? କାହାକୁ କହିହେବ, ଅନୀତାର ସ୍ପଣ୍ଡାଲାଇଟିସର ଯନ୍ତ୍ରଣା ସତ୍ତ୍ୱେ ଏମିତି ଏକ ଅର୍ଥହୀନ ଡିନର୍ ମିଟିଂର ଆଟେଣ୍ଡ କରିବାର ଯନ୍ତ୍ରଣା - ଯେଉଁଠି ଅନୀତା କିମ୍ବା ଦେଶମୁଖ ଉପସ୍ଥିତି କୌଣସି କାମର ନୁହଁ କେବଳ ବାଧ୍ୟବାଧକତା। ଯେ ମିଟିଂରେ ବସି ସି.ଟି.ଓ କହୁଥିବେ ମୁଦ୍ରାସ୍ଫୀତି କଥା ରାଜ୍ୟ ଓ କେନ୍ଦ୍ର ରାଜନୀତି କଥା, ଲୋକ ସଂସ୍କୃତି ଓ ଆର୍ଟ ଫିଲ୍ମ କଥା ଓ ଅନ୍ୟମାନେ ମୁଗ୍ଧ ଭାବରେ, ତାଙ୍କ କଥାରେ ସମ୍ମତି ଜଣଉଥିବେ। ସି.ଟି.ଓ କହୁଥିଲେ : ଏଆଡେ କାଠ ବହୁତ ଶସ୍ତା, ନୁହଁ। କେତେ ପରିମାଣରେ ଜଙ୍ଗଲ କଟା ଚାଲିଚି। କୋଲିଆରୀ ପାଇଁ ବି ବହୁତ ଜଙ୍ଗଲ ପଦା ହେଇଗଲାଣି। ଦି'ବର୍ଷ ତଳେ ମୁଁ ଏଆଡ଼େ ଆସିଥିଲି। ଆଗରେ ଯେଉଁଠି ଦେଖୁଥିଲି ଘଞ୍ଚ ଜଙ୍ଗଲ, ଏବେ ଦେଖୁଚି ସେଇଠି ଧୂ ଧୂ ପଡ଼ିଆ ଭୂଇଁ- ଆପଣମାନଙ୍କର ଓପନ୍ କାଷ୍ଟ ଖଣି।

ଜି.ଏମ୍ କହୁଥିଲେ : ଆମେ କିନ୍ତୁ ବୃକ୍ଷରୋପଣ କାର୍ଯ୍ୟକ୍ରମରେ ସତୁରି ଲକ୍ଷ ଗଛ ଲଗେଇଚୁ ଗଲା ବର୍ଷ।

ସି.ଟି. ଓ କହୁଥିବେ: ସେସବୁ ସରକାରୀ ଗଛ କ'ଣ ବଞ୍ଚେ କେବେ? ଆମ ରେଭିନ୍ୟୁ ବିଭାଗ ତରଫରୁ ମୋତେ କୁହାଯାଇଥିଲା ଏଇ ବୃକ୍ଷରୋପଣ କାର୍ଯ୍ୟକ୍ରମଃ ହାତକୁ ନେବାକୁ। ମୁଁ ସିଧାସଳଖ ମନା କରିଦେଲି। ସେସବୁ ଫରେଷ୍ଟ ଡିପାର୍ଟମେଣ୍ଟର ଦେଖିବା କଥା।

ଫାଇନାନ୍ସ ମ୍ୟାନେଜର ଯେମିତି ସୁଯୋଗ ଖୋଜି ବୁଲୁଥିବେ, କହିବେ: ଏଆଡ଼େ କିନ୍ତୁ କାଠର ଦାମ୍ ବି ଶସ୍ତା ନୁହଁ। ଫର୍ନିଚର ବି ଭାରି ମହଙ୍ଗା।

: ଶସ୍ତା ନୁହଁ? ଶସ୍ତା ତ? ଆମେ ସେଆଡ଼େ ଅପେକ୍ଷା ଭାରି ଶସ୍ତା।

: ଏଇଠୁ ଦି'ଶହ କିଲୋମିଟର ଦୂରରେ ଗୋଟେ ଜାଗା ଅଛି ସାର୍, ଜଙ୍ଗଲ ଭିତରେ ସେ ଜାଗାଟା ସେଠି ଫର୍ନିଚରଗୁଡ଼ିକର ଦାମ ଏତେ ଶସ୍ତା ଆପଣ ଭାବିପାରିବେନି।

: ଦୁଇଶହ କିଲୋମିଟର ବହୁତ ଦୂର, ନୁହଁ? ଏତେ ବାଟରୁ ପରିବହନ ଖର୍ଚ୍ଚ?

: କିଛି ନୁହଁ ସାର୍। ଟ୍ରକ୍‌ରେ ତ ଆସିବ।

: ଆପଣମାନଙ୍କର ସିନା ଟ୍ରକ୍ ଅଛି? ଆମର?

ମାଛ ଥୋପ ଗିଳୁଛି ଦେଖି ଉତ୍ସାହୀ ହେଇ ଫାଇନାନ୍ସ ମ୍ୟାନେଜର କହୁଥିବେ: ଆମ କୋଲିୟାରୀଗୁଡ଼ିକର ଟ୍ରକ୍ ପ୍ରାୟତଃ ସେଇ ରାସ୍ତାରେ ଯାଏ। ଆପଣଙ୍କର ଦରକାର ଥିଲେ କହିବେ ସାର୍, ଯେକୌଣସି ସମୟରେ ସେଇ ଟ୍ରକ୍‌ରେ ଅଣେଇ ହେବ।

ଦେଶମୁଖ ପାଖରେ ଏସବୁ ଆଲୋଚନା ଅର୍ଥହୀନ, ତା'ର କୌଣସି ଭୂମିକା ନାହିଁ ସେଠି। ଡିନର୍ ମିଟିଂରେ ସବୁବେଳେ ତାକୁ ବ୍ୟସ୍ତ କରୁଥିଲା ହରିଶଙ୍କରର ଅନଶନ ଓ ଅନୀତାର ସ୍ପାଣ୍ଡାଲାଇଟିସ୍। ରାତି ଅନ୍ଧାରରେ ଜଣେ ଲୋକ ବସି ରହିଚି, ଏତେ ଆସ୍ପର୍ଦ୍ଧା ତା'ର- ସିଏ ଅନଶନରେ ବସିନି ଯେ ଦେଶମୁଖ ପାଖରୁ ଛଡ଼େଇ ନେଇଚି ଶାନ୍ତି। ହରିଶଙ୍କର ଲୋକଟା ଯଦି ମରିଯିବ? ମରିଯାଏ କି କେହି ସତରେ? ଦେଶମୁଖ ଖବର ନେଇଥିଲା; ସେମାନେ ସିରିଅସ୍‌ଲି ଅନଶନ କରୁଚନ୍ତି। ଏମିତି କି ଲୁଚେଇ ଚୋରେଇକି ବି ଖାଉନାହାନ୍ତି ରାତି ଅଧରେ। ହରିଶଙ୍କର ଯେଉଁ ଦିନରୁ ଅନଶନରେ ବସିଚି ପାଣି ବି ପିଉନି। ହସ୍ପିଟାଲର ଡାକ୍ତର ସବୁଦିନ ଯାଇ ବ୍ଲଡ ପ୍ରେସର ମାପିକି ଆସୁଚନ୍ତି। ବ୍ଲଡପ୍ରେସର ଖସି ଖସି ଆସୁଚି। ଦେହରେ ପାଣି ଅଂଶ କମି ଯାଉଛି। ଡାକ୍ତର କହିଥିଲେ, ଏବେ ତ ସେମିତି ବିପଦର କାରଣ କିଛି ନାହିଁ ସାର୍; ତେବେ ଏମିତି ଅନଶନ ଚାଲୁ ରହିଲେ ତାଙ୍କ ଅବସ୍ଥା ସାଂଘାତିକ ହେବ।

ହରିଶଙ୍କର ବାବୁଙ୍କ ଅନଶନ ସମସ୍ୟା ତୁଟିଲା ପରେ ହିଁ ଦେଶମୁଖ ଆଉ ଥରେ ଅନୀତାକୁ ନାଗପୁର ନେଇଯିବ। ଏବେ ସୁଦ୍ଧା ବେକହଲେଇ ପାରୁନି ଅନୀତା। ଡଃ କୁଲକର୍ଣ୍ଣି ଠିକ୍ ଡାଇଗ୍ନୋସିସ୍ କରୁଛନ୍ତି ତ? ସ୍ପଣ୍ଡାଲାଇଟିସ୍ ନ ହେଇ ସର୍ଭିକାଲ ରିବ୍ ହେଉଥିଲେ? ଡଃ କୁଲକର୍ଣ୍ଣି ତ କହିଥିଲେ ଔଷଧ ଖାଇଲେ, ଏକ୍‌ସରସାଇଜ୍ କଲେ ଓ ଟ୍ରାକଶନ ନେଲେ ଶୀଘ୍ର ଛାଡ଼ିଯିବ ଅନୀତାର ଦରଜ। ଅଥଚ ଟିକେ ବି କମୁନି ଯେ?

ଦେଶମୁଖ ପାଇଁ ଖୁବ୍ ଯନ୍ତ୍ରଣାରେ ସେ ଡିନର ପାର୍ଟି ଥିଲା। ଅନୀତା ପାଇଁ ବି। ପାଖ ଘରେ, ନାରୀମହଲର ମିଟିଂରେ ଅନୀତା ତ କୋଲା କେମିତି ତିଆରି ହୁଏ, କିମ୍ବା ମହାରାଷ୍ଟ୍ରରେ ରୁଟି ଓ ଭାତ ଏକା ସାଙ୍ଗରେ କେମିତି ଖିଆ ହୁଏ ବର୍ଣ୍ଣନା କରୁଥିଲା, ତା'ର ଗଳାର ଶବ୍ଦରେ ଦେଶମୁଖ ଆର ଘରେ ଥାଇ ବି ବୁଝି ପାରୁଥିଲା, ଯନ୍ତ୍ରଣାରେ ଓଠ କାମୁଡ଼ି ପକଉଥିବ ଅନୀତା, ହାତମୁଠା କରି ପକଉଥିବ।

କୌଣସିଠି ବି ସୁଯୋଗ ପାଇନଥିଲା ଦେଶମୁଖ ଜି.ଏମ୍.ଙ୍କ ସାଙ୍ଗରେ କଥା କହିବା ପାଇଁ। ଅଥଚ ହରିଶଙ୍କରର ଅନଶନ ବିଷୟରେ ତାଙ୍କଠୁ ପରାମର୍ଶ ନେବାକୁ ପଡ଼ିବ। ସି.ଟି.ଓ.ଓ ତାଙ୍କ ପରିବାରକୁ କାର୍‌ରେ ଉଠେଇ ବିଦାୟ କରି ସାରି ଜି.ଏମ୍.ନିଜ କାରରେ ଚଢ଼ିବାକୁ ଯାଉଛନ୍ତି, ଦେଶମୁଖ ଅଗତ୍ୟା ଉପାୟ ନ ପାଇ ଧାଇଁ ଯାଇ ଜି.ଏମ୍.କୁ କହିଥିଲା: ସାର୍, ଗୋଟେ କଥା ଥିଲା।

: କେଉଁ କଥା?

: ହରିଶଙ୍କରର ଅନଶନ ବିଷୟରେ।

ଜି.ଏମ୍.ଟିକେ ଚାରିଆଡ଼କୁ ଚାହିଁଥିଲେ। ଯେମିତି ସତର୍କ ହେଇଗଲେ। କହିଲେ: କହିଚି ତ, ସେସବୁ ତା'ର ଜୁରିସ୍‌ଡିକସନ୍‌ର ବିଷୟ। ତମେ ଯେମିତି ସେସବୁକୁ କାବୁ କରିବ, ସେସବୁ ତମର ଦେଖିବା କଥା।

ଦେଶମୁଖ ଆହୁରି ଟିକିଏ ବିନୟୀ ହେଇ କହିଥିଲା: ଆପଣଙ୍କ ପରାମର୍ଶ ମାଗୁଥିଲି ସାର୍।

ଜି.ଏମ୍.କାର୍‌ରେ ପଶି ଯାଉଥିଲେ, ଅଟକି ଗଲେ। ଦେଶମୁଖଙ୍କର ପିଠିରେ ହାତ ଦେଇ କହିଥିଲେ: ମୋର ପରାମର୍ଶ ହେଉଚି, ହରିଶଙ୍କରକୁ ଅନଶନରୁ ନିବୃତ୍ତ କର। କିନ୍ତୁ କେମିତି କରିବ, ସେଇଟା ତମ କାମ। ତା' ଫଳରେ ଯେଉଁ ସୁଫଳ କିମ୍ବା କୁଫଳ ଦେଖାଦେବ, ତା'ର ଭାଗୀଦାର ତମେ ହେବ। ମୁଁ ନୁହଁ। ତେବେ, ତମେ ତମର ସବର୍ଡ଼ିନେଟ୍ ଅଫିସରମାନଙ୍କ ସାହାଯ୍ୟ ନେଉନ କାହିଁକି ? ସେମାନଙ୍କ ଭିତରେ ବି ଭଲ ପାରିବାର ଲୋକ ଅଛନ୍ତି। ସେମାନଙ୍କ ସାହାଯ୍ୟ ନିଅ। ଆଦୌ ଚିନ୍ତା କରନା। ପୃଥିବୀରେ ଅସମ୍ଭବ ବୋଲି କିଛି ନାହିଁ।

ଜି.ଏମ୍.ଚାଲି ଯାଇଥିଲେ ତା'ପରେ ଦେଶମୁଖକୁ ଏମିତି ଏକୁଟିଆ ଛାଡ଼ି ଦେଇ। ସାଙ୍ଗରେ ତା'ର ସ୍ତ୍ରୀ ସ୍ପଣ୍ଡାଲାଇଟିସ ଓ ହରିଶଙ୍କରର ଅନଶନ। ଦେଶମୁଖ ଅନୁଭବ କରୁଥିଲା, ଅନ୍ୟାନ୍ୟ ୟୁନିଟର ଡେପୁଟି ସି.ଏମ୍.ଇ ମାନେ ବି କେମିତି କରଛଡ଼ା ଦେଉଛନ୍ତି। ଏତେ ସମୟ ଧରି ସେମାନେ ପାଖରେ ବସିଥିଲେ, ହେଲେ କେହି ବି ଥରେ ପଚାରି ନଥିଲେ ତାରବାହାର କୋଇଲା ଖଣିର ଶ୍ରମିକ ଅଶାନ୍ତି କଥା। ପଚାରି ନଥିଲେ, କେମିତି ଦେଶମୁଖ ମୁକାବିଲା କରୁଚି ସେସବୁର। ବରଂ ସେମାନଙ୍କ ଆଖିରେ ମୁହଁରେ ଥିଲା ଚତୁର ନୀରବତାର ହସ। ଯେମିତି ଖୁବ୍ ମଜ୍ଜା ପାଉଛନ୍ତି ସେମାନେ ଦେଶମୁଖକୁ ଏଇ ଅବସ୍ଥାରେ ଦେଖି।

ଏସବୁ ଗତକାଲିର କଥା। କାଲି ରାତିଟାରେ ନିଦ ଆସି ନଥିଲା ଦେଶମୁଖର। ବିଛଣାରେ ଛଟପଟ ହେଇଥିଲା ସେ। କାହା କାହା ସାଙ୍ଗରେ ସେ ପରାମର୍ଶ କରିବ, କ'ଣ ପରାମର୍ଶ କରିବ ସେସବୁ ଚିନ୍ତା ତାକୁ ବ୍ୟସ୍ତ କରି ପକେଇଥିଲା। ସକାଳେ, ପର୍ସନେଲ୍ ଅଫିସରକୁ ଡକେଇ ତାଙ୍କର ମତାମତ ଓ ପରାମର୍ଶ ମାଗିଥିଲା ଦେଶମୁଖ।

ପର୍ସନେଲ ଅଫିସର୍ ଜଣଙ୍କ କହିଥିଲେ : ମୋ ମତରେ ସାର୍, ଏବେ ଯାହା ଅବସ୍ଥା ହେଲାଣି, ହରିଶଙ୍କର ବାବୁମାନଙ୍କ ସହ ଦଫାରଫା ହେଇଗଲେ ଭଲ ହୁଅନ୍ତା। ସେମାନଙ୍କର ଦାବୀସବୁ ମାନିନେଲେ ଚଳନ୍ତା।

: ଆପଣ ଜାଣିଛନ୍ତି ସବୁ ଘଟଣା, ତା'ପରେ ବି କହୁଚନ୍ତି ? କିଛିଦିନ ତଳେ ହରିଶଙ୍କର ବାବୁମାନଙ୍କୁ ଚାନ୍ଦା ଉଠେଇବାର ଅନୁମତି ଦେଲା ପରେ ଆପଣ ଦେଖିଚନ୍ତି କେତେ ବଡ଼ ଷ୍ଟ୍ରାଇକ୍‌ଟା ହେଲା। ଆପଣ ତ ଜାଣିଛନ୍ତି ଯେ ଧ୍ରୁବ ଖଟୁଆର ନୈତିକ ମୂଳଭିତ୍ତି ନଥିଲେ ବି ଅସଲରେ ସେ ଭାରି ପାରଙ୍ଗମ ବ୍ୟକ୍ତି। ତା'ର କିଛିଟା ପ୍ରଭାବ ବି ଅଛି। ଆଉ ହରିଶଙ୍କର ବାବୁ, ତାଙ୍କ ୟୁନିଅନ୍‌ର କ'ଣ ଜନସମର୍ଥନ ଅଛି ?

ପର୍ସନେଲ ଅଫିସର ହସିଲେ ଟିକେ। ବିନୟୀ ହେଇ କହିଲେ: ସାର୍, ଆପଣ ଯେମିତି ନିର୍ଦ୍ଦେଶ ଦେବେ, ଆମେ ମାନିବୁ। କିନ୍ତୁ ଏ ଲାଇନ୍‌ରେ ମୋର ଚଉଦ ପନ୍ଦର ବର୍ଷର ଅଭିଜ୍ଞତା ହେଲାଣି। ଜନତା, ୟୁନିଅନ୍ ଏସବୁକୁ ମୁଁ ପ୍ରାୟ ଦେଖି ଆସୁଚି। ଅସଲରେ କ'ଣ ଜାଣନ୍ତି–

ସାର୍, ସେଣ୍ଟିମେଣ୍ଟ ଜିନିଷଟି କିଏ କେଉଁ ଭାବରେ ବ୍ୟବହାର କରିବ କହି ହେବନି। ଧରନ୍ତୁ ହରିଶଙ୍କର ବାବୁଙ୍କର କିଛି ହେଇଯିବ- ଆପଣଙ୍କୁ ନା ସରକାର ଛାଡ଼ିବେ ନା ଜନତା। କାରଣ ସେ ଅନଶନ କରୁଥିଲେ ଆପଣଙ୍କ ଅଫିସ୍ ସାମ୍ନାରେ।

: ଏଇଟା ତ ପୁରା ବ୍ଲାକ୍‌ମେଲ ?

ପର୍ସନେଲ ଅଫିସର ପୁଣି ଥରେ ହସିଲେ : ଧ୍ରୁବ ଖଟୁଆର ଷ୍ଟ୍ରାଇକ୍‌ଟି କ'ଣ ବ୍ଲାକ୍‌ମେଲ୍ ନଥିଲା ? ଆପଣ ପୂରା ଟ୍ରେଡ୍ ୟୁନିଅନିଜିମ୍‌ର ଗତି ଓ ପ୍ରକୃତିକୁ ଦେଖନ୍ତୁ, ସେମାନଙ୍କର ସମ୍ପୂର୍ଣ୍ଣ ରାଜନୀତିଟା ହିଁ ବ୍ଲାକ୍‌ମେଲ। ମ୍ୟାନେଜମେଣ୍ଟକୁ ଏଇଠୁ ବର୍ତ୍ତି ଯିବାକୁ ହେଲେ, ସେମାନଙ୍କୁ ବି ବ୍ଲାକମେଲ୍ କରିବା ଦରକାର।

ଦେଶମୁଖଙ୍କୁ ଭାରି ବିଚିତ୍ର ଲାଗେ ଏ ଦୁନିଆ। ଆଜି ସୁଦ୍ଧା ତା'ର ସେ ଦୁନିଆ, ତା'ର ପରିବେଶ ପୂରା ଅଲଗା ଥିଲା ତ। ତା'ର ଦୁନିଆରେ, ତା'ର ଅଭିଜ୍ଞତା ଭିତରେ ରାଜନୀତି ଥିଲା, କୁଜୀନେତା, ଟାଉଟର ବି ଥିଲେ। ସେ ଜାଣିଥିଲା ଆମର ସାଂପ୍ରତିକ ରାଜନୀତି କେମିତି ଜାତିପ୍ରଥା ଦ୍ୱାରା ପ୍ରଭାବିତ। ସେ ଜାଣିଥିଲା କେମିତି ସାମନ୍ତବାଦୀ ଧ୍ୟାନ ଧାରଣା ଆଚ୍ଛାଦିତ ଆମର ରାଜନୈତିକ ନେତାମାନଙ୍କର ପୃଷ୍ଠଭୂମି। ସବୁଠୁ ଯାହା ଘୃଣ୍ୟ-ସେଇ, ଫ୍ୟାସିଜିମ୍ ସମ୍ବନ୍ଧରେ ବି ସେ ଜାଣି ନଥିଲା, କିଛି ସେମିତି ନୁହଁ। କିନ୍ତୁ ତା'ର ଆଜିଯାଏଁ ଧାରଣା ଥିଲା ସବୁ କିଛି ହିଁ ସ୍ୱଚ୍ଛ। ଦୁଇ ଯୁକ୍ତ ଦୁଇରେ ଚାରି ହେଉଥିଲା। ତା'ର ପୂର୍ବ ଅଭିଜ୍ଞତାରେ କେବେ ଏମିତି ଆକାରହୀନ, କିଂଭୂତ କିମାକାର ରାଜନୀତି ଦେଖି ନଥିଲା ତ ସେ। ଏଠି ତ ଦୁଇରେ ଦୁଇ ମିଶେଇଲେ ପାଞ୍ଚ ଛଅ ସାତ ଆଠ ସବୁ କିଛି ହେଇପାରେ।

ଦେଶମୁଖ ଯେତେବେଳେ ମାଇନିଙ୍ଗ ଇଞ୍ଜିନିୟରିଂ ପଢ଼ିଥିଲା, ସେତେବେଳେ ସେ ଭାବି ପାରିଥିଲା କି, ଏମିତି ଆଦର୍ଶହୀନ କିମ୍ଭୂତ କିମାକାର ୟୁନିଅନ୍ ରାଜନୀତିକୁ ବି ତାକୁ ସମ୍ଭାଳିବାକୁ ପଡ଼ିବ। ସେଇ ସମୟର ମାର୍କସବାଦୀ ଦେଶମୁଖ କ'ଣ ପ୍ରକୃତରେ ଚିହ୍ନି ପାରିଥିଲା ଏ ଦେଶର ଜନତା ଓ ତା'ର ଉଦ୍ଧାର କର୍ତ୍ତାମାନଙ୍କୁ।

ପର୍ସନେଲ ଅଫିସର କହିଲେ: ସାର୍, ଆପଣ ଯେଉଁ ଚେଆରରେ ବସିଚନ୍ତି- ସେଇଟା ଖାଲି ଚେୟାର ନୁହଁ। ଯୁଦ୍ଧ ପଡ଼ିଆରେ ସେଇଟା ଆପଣଙ୍କ ରଥ। ଆପଣଙ୍କୁ ସମଗ୍ର ଚାକିରି କାଳଟା ଲଢ଼େଇ କରିବାକୁ ହେବ- ଅଧସ୍ତନଙ୍କ ସହ, ଉପରିସ୍ଥଙ୍କ ସହ। ଶ୍ରମିକ ସହ, ଅଫିସରଙ୍କ ସହ। ଆପଣଙ୍କୁ ସବୁଠି ହିଁ ଖୁବ୍ ଦେଖି ଚାହିଁ ପାଦ ରଖିବାକୁ ପଡ଼ିବ। ଯେ କୌଣସି ଭୁଲ୍ ପଦକ୍ଷେପ ପାଇଁ ଆପଣଙ୍କର ଦୁର୍ଗ ଭୁଷୁଡ଼ି ପଡ଼ିପାରେ, ଆପଣଙ୍କୁ ପରାଜୟ ମାନିନେବାକୁ ପଡିପାରେ। ତେବେ, କେମିତି ଲଢ଼େଇ କରିବେ ଆପଣ, ସେଇଟା ଆପଣଙ୍କ ଉପରେ ନିର୍ଭର କରେ। ତେବେ ମୁଁ ଗୋଟେ ଉପାୟ ଭାବିଚି ସାର୍। ଆପଣ ପରୀକ୍ଷା କରି ଦେଖିପାରନ୍ତି। ହରିଶଙ୍କର ବାବୁମାନଙ୍କର ଯେଉଁ ଡିମାଣ୍ଡ ଅଛି ସେସବୁ ଭିତରେ ଅସଲ ଡିମାଣ୍ଡ ହେଲା ତାଙ୍କ ୟୁନିଅନର ସ୍ୱୀକୃତି ଦେବା। ସେଇ ଡିମାଣ୍ଡଟା ଆଡ଼େଇ ଦେଇ ବାକି ଡିମାଣ୍ଡ ଆଗେ ପୂରଣ କରି

ପାରିବା। ଭବିଷ୍ୟତରେ ସେମାନଙ୍କ ପହିଲା ଦାବୀଟାକୁ ମ୍ୟାନେଜମେଣ୍ଟ ଗୁରୁତ୍ୱର ସହ ବିଚାର କରିବ ବୋଲି ପ୍ରତିଶ୍ରୁତି ଦେଲେ ହିଁ ମୁଁ ଭାବୁଛି ସେମାନେ ଆମ କଥା ମାନିଯିବେ। ସେମାନଙ୍କ ଦଳରେ ଅଗଣି ହୋତା ଲୋକଟି ହେଉଚି ମୁଖ୍ୟ କାରପଟଦାର। ତାକୁ ଯଦି ଆମେ ସନ୍ତୁଷ୍ଟ କରିଦେବା, ମୁଁ ଭାବୁଚି ହରିଶଙ୍କରବାବୁଙ୍କୁ ସେ ଅନଶନ ଭାଙ୍ଗିଦେବା ପାଇଁ ପ୍ରବର୍ତ୍ତେଇ ପାରିବ। ଅଗଣିତ ଗୋଟେ ପୁତୁରା ଅଛି ସାର୍। ବ୍ରାହ୍ମଣ ପିଲାଟେ, କିନ୍ତୁ ସମାରୁ ଖଡିଆ ନାଁରେ ଭର୍ତ୍ତି ହେଇଚି। ଇମ୍‌ପର୍ସନେସନ୍ କେଶ୍। ଯଦି ଆମେ ତାକୁ ତା'ର ନିଜ ନାଁଟା ଫେରେଇ ଦେବା, ଅଗଣି ବୋଧେ ଆମ କଥାରେ ରାଜି ହେଇଯିବ।

: କିନ୍ତୁ, ସେମାନଙ୍କୁ ଯଦି ଆମେ କହିବା ଯେ ସେମାନଙ୍କର ଦାବୀକୁ ଆମେ ଭବିଷ୍ୟତରେ ବିଚାର କରିବୁ, ସେମାନେ ତ ପୁଣି ସଭ୍ୟ ସଂଗ୍ରହ କରିବା ପାଇଁ ଚାହିଁବେ କାଉଣ୍ଟର ପାଖରୁ ପୁଣି ତ ଧ୍ରୁବ ଖଟୁଆ ଦଳ ବିରୋଧ।

: ଏଥର କରିବେନି ସାର୍। ଏଥର ସେମାନେ ଆଦୌ ବିରୋଧ କରିବେନି।

ପର୍ସନେଲ୍ ଅଫିସର ଜଣକ କେମିତି ଏତେ ସାହସରେ କହି ପାରୁଛନ୍ତି କଥାଟା ? ଦେଶମୁଖ ସିଧାସଳଖ ଅନେଇଲା ତାଙ୍କ ମୁହଁକୁ। ତାଙ୍କ ମୁହଁରେ ସବୁ ଜାଣିଲାର ହସ : ଧ୍ରୁବ ଖଟୁଆମାନେ ଜାଣିଛନ୍ତି ସେମାନଙ୍କର ଶକ୍ତି କେତେ। ଆମେ ସିନା ସାତଦିନା ଦରମା କାଟ ନିଷ୍ପତ୍ତିରୁ ଓହରି ଯାଇଚୁ, କିନ୍ତୁ ଯେଉଁ ତିନିଦିନ ଷ୍ଟ୍ରାଇକ୍ ହେଇଚି, ସେ ଦିନମାନଙ୍କର ଦରମା 'ନୋ ୱାର୍କ ନୋ ପେ' ରୁଲ୍‌ରେ ଶ୍ରମିକମାନଙ୍କୁ ଦିଆ ହେଇନି। ଏ ଭିତରେ ଆଉ ଗୋଟେ ଷ୍ଟ୍ରାଇକ୍ ଡାକରାରେ ଶ୍ରମିକମାନଙ୍କ ସହଯୋଗ ସେ ପାଇବନି, ସେ କଥା ତାଙ୍କୁ ଅଜଣା ନୁହଁ। ହଁ ଧ୍ରୁବ ଖଟୁଆ ଦଳ ପାଟିତୁଣ୍ଡ କରିବେ ନିଶ୍ଚେ। ସେମାନଙ୍କୁ ଚୁପ୍ କରେଇବାର ବି ଉପାୟ ଅଛି। ଧ୍ରୁବ ଖଟୁଆର ଦୁଇ ତିନିଜଣ ପାଖ ଲୋକ ଏ ଭିତରେ ସସ୍‌ପେଣ୍ଡ ହେଇଛନ୍ତି ଚୋରୀ ଅଭିଯୋଗରେ। ସେମାନଙ୍କର ମାଫିଆଗୋଷ୍ଠୀ ସାଙ୍ଗରେ ଯୋଗାଯୋଗ ଅଛି। ସେମାନଙ୍କୁ ଆମେ ଯଦି ପୁଣି ସସ୍‌ପେନ୍‌ସନ ଆଦେଶ ଉଠେଇ ନେଇ କାମ ଦେଉ, ମୁଁ ଭାବୁଚି ଧ୍ରୁବ ଖଟୁଆକୁ ହାତମୁଠାକୁ ଆଣି ହେବ।

ଦେଶମୁଖ ସାଙ୍ଗରେ ପର୍ସନେଲ ଅଫିସରର ଏସବୁ କଥାବାର୍ତ୍ତା ହେଇଥିଲା ଆଜି ସକାଳେ ଓ ଦେଶମୁଖ ବୁଝି ପାରିଥିଲା ସେ ତାକୁ ଗୋଟେ ରିସ୍କ ନେବାକୁ ହିଁ ହେବ ଓ ପର୍ସନେଲ ଅଫିସରର କଥାରେ ରାଜି ହେବା ଛଡ଼ା ଆଉ ଉପାୟ ନାହିଁ। ଶେଷରେ ହଁ କରି ଦେଇଥିଲା ଦେଶମୁଖ।

ଟ୍ରାକ୍‌ସନ୍ ନେଉଥିବା ଅନୀତାର ଡାକରେ ପ୍ରକୃତିସ୍ଥ ହେଲା ଦେଶମୁଖ। ପନ୍ଦର ମିନିଟ୍ ଜାଗାରେ ବାଇଶି ମିନିଟ୍ ହେଲାଣି। ଏଥର ଟ୍ରାକ୍‌ସନ୍ ଖୋଲିଦେବା କଥା। ସେ ବେଲ୍‌ଟର ଗଣ୍ଠି ଫିଟାଇ ପଚାରିଲା: ଯନ୍ତ୍ରଣା କମିଚି ? ବେକ ହଲେଇ ପାରୁଚ ?

ଅସ୍ଫୁଟ ଶବ୍ଦ କଲା ଅନୀତା। ଦେଶମୁଖ ତାଙ୍କୁ ଧରିକି ଉଠେଇଲା : ତମେ ଶୋଇପଡ଼।

ଆମେ ଶୀଘ୍ର ନାଗପୁର ଯିବା, ଡାକ୍ତରଙ୍କୁ ଦେଖେଇବାକୁ।

: କେମିତି ଯିବ ? ତମର ମାଇନ୍‌ସର ଶ୍ରମିକ ଅଶାନ୍ତି ? ପଚାରିଲା ଅନୀତା।

: ଆଜି କାଲି ଭିତରେ ବୋଧେ ଅନଶନ ଭାଙ୍ଗିଯିବ ହରିଶଙ୍କର ପଟ୍ଟନାଏକଙ୍କର। ଆଜି ରାତିରେ ଗୋଟାଏ ସୁରାକ୍ ମିଳିଯିବ।

ଏଇ ସମୟରେ ହିଁ ଚାକର ଟୋକାଟା ଆସି ଖବର ଦେଲା; ପର୍ସନେଲ ଅଫିସର ଆସିଚନ୍ତି।

: ସାଙ୍ଗରେ କିଏ କିଏ ଆସିଛନ୍ତି ?

: ଆଉ ଦି'ଜଣ କିଏ ଅଛନ୍ତି।

: ସେମାନଙ୍କୁ ଡ୍ରଇଂ ରୁମ୍‌ରେ ବସା। ମୁଁ ଆସୁଚି।

ଦେଶମୁଖ ତରବରରେ ଆଉ ପୋଷାକ ବଦଳେଇବା କଥା ବି ଭାବିପାରିଲାନି। ତରବର ହେଇ ଚାଲିଗଲା ଅନୀତାକୁ ଖଟ ଉପରେ ବସେଇ ଦେଇ। ପର୍ସନେଲ ଅଫିସରଙ୍କ ସାଙ୍ଗରେ ଅଗଣି ଓ ଆଉ ଗୋଟେ ତରୁଣ। ସେ ଦି'ଜଣ ନମସ୍କାର କଲେ। ଦେଶମୁଖ ସେମାନଙ୍କୁ ବସିବାକୁ ଅନୁରୋଧ କଲା।

ପର୍ସନେଲ ଅଫିସର ଜଣକ କହିଲେ; ମୁଁ ପ୍ରାରମ୍ଭିକ କଥାବାର୍ତ୍ତା କରିସାରିଚି ସାର୍। ଆମର ସର୍ତ୍ତରେ ସେମାନେ ପ୍ରାୟ ରାଜି। ତେବେ ଆପଣଙ୍କ ସାଙ୍ଗରେ ଯାହା ଫାଇନାଲ୍ କଥାବାର୍ତ୍ତାଟା ହେବା ଦରକାର।

ଶାନ୍ତିରେ ନିଃଶ୍ୱାସ ମାରିଲା ଦେଶମୁଖ। ମୁଣ୍ଡ ଉପରେ ଥିବା ବୋଝଟା ଯେମିତି ଓହରିଗଲା ତା' ମୁଣ୍ଡରୁ। ଖୁବ୍ ହାଲୁକା ହାଲୁକା ଲାଗିଲା। ସେ ଖୁସିରେ ହାତ ବଢ଼େଇ ଦେଲା ଅଗଣି ଆଡକୁ। ଅଗଣି ହାତକୁ ମୁଠେଇ ଧରିଲା ବେଳେ କିନ୍ତୁ ସଙ୍କୋଚରେ ଆଉ ଥରେ ନଇଁ ପଡ଼ିଲା। ଏଇ ଲୋକଟାକୁ ସେଦିନ ସେ ଅଫିସରୁ ଅପମାନ ଦେଇ ତଡ଼ି ଦେଇଥିଲା। ଆଜି ନିଜ ଡ୍ରଇଂ ରୁମ୍‌ରେ ହିଁ ସେ ଲୋକଟିର ହାତ ମୁଠେଇ ଧରୁଚି ଉଚ୍ଛ୍ୱାସରେ। ଦେଶମୁଖର ବ୍ୟକ୍ତିତ୍ୱ ଯେମିତି ପାଣି ହେଇ ତରଳି ଯାଉଚି। ଅନ୍ତତଃ ଅଗଣି, ଏଇ ଲୋକଟା ତ ଜାଣି ପାରିଥିବ ଦେଶମୁଖ ସାହେବ ଅସଲରେ ଅଫିସରେ ଯେମିତି ଦେଖାଯା'ନ୍ତି ସେଇଟା ତାଙ୍କର ମୁଖା; ମୁହଁ ନୁହଁ। ଅନ୍ତତଃ ପର୍ସନେଲ ଅଫିସର ତ ଜାଣି ସାରିଥିବେ ଦେଶମୁଖ ଅସଲରେ କେତେ ଭୀରୁ ବୋଲି। ଭାରି ଅପମାନିତ ଲାଗିଲା ତାକୁ। ସେ ମୁଣ୍ଡ ଉଠେଇ ଅନେଇ ପାରିଲାନି ସେମାନଙ୍କୁ। କହିଲା; ବସନ୍ତୁ, ବସନ୍ତୁ, ଆପଣମାନେ ଠିଆ ହେଇ ରହିଲେ ଯେ ?

ପଞ୍ଚଦଶ ପରିଚ୍ଛେଦ

ଦେଶମୁଖ ସାହେବ ସେମାନଙ୍କୁ ବସିବାକୁ କହିଥିଲେ, ପ୍ରଦ୍ୟୁମ୍ନର ପାଦ ଦିଟା ଥରୁଥିଲା। ଅଳ୍ପ ଅଳ୍ପ। ଭୟରେ ନା ଉତ୍ତେଜନାରେ, ନା ଦୁର୍ବଳତାରେ ? ଦେଶମୁଖ ସାହେବ ବେଶ୍ ଦୁର୍ଦ୍ଦାନ୍ତ ଅଫିସର ବୋଲି ଶୁଣିଚି। ଏଇ ମଣିଷଟା, ଡେପୁଟି ସି.ଏମ୍.ଇଙ୍କ ଚାର୍ଜ ପାଇବା ପୂର୍ବରୁ ଭାରି ଶାନ୍ତ ଓ ନିରୀହ ଥିଲେ। ଅଥଚ ଡେପୁଟି ସି.ଏମ୍.ଇ. ହେଲା ଦିନୁ ପୂରା ବଦଳି ଯାଇଛନ୍ତି। ବଡ଼ ବଡ଼ ଅଫିସରମାନେ ବି ଯାଙ୍କ ନାଁ ଶୁଣିଲେ ଡରି ଯା'ନ୍ତି। ଯାହାକୁ ଯେତେବଡ଼ ଦେଖିଲେ ସେ ଏମିତି ଅନାନ୍ତି କଟମଟ କରି ଯେ ତାଙ୍କ ଆଖି ସାମ୍ନାରେ ତିଷ୍ଠି ରହିବା ଅସମ୍ଭବ ହୋଇପଡ଼େ। ଲୋକେ କୁହାକୁହି ହୁଅନ୍ତି, କୋଲିଆରୀର ସର୍ବତ୍ର ଦେଶମୁଖ ସାହେବ ନିଜର ଦୂତ ରଖିଚନ୍ତି। କେଉଁଠି କ'ଣ ହେଇଚି ସବୁ ଖବର ତାଙ୍କ ପାଖକୁ ପହଞ୍ଚେ। ଦେଶମୁଖ ସାହେବ ଡେପୁଟି ସି.ଏମ୍.ଇ ହେଲା ପରଠୁ ଅଫିସ ନିୟମ କାଇଦା ବହୁତ ବଦଳିଛି। ଆଗେ ଅଫିସ ସମୟରେ ପାଖ ମାର୍କେଟରେ, ପୋଷ୍ଟ ଅଫିସ୍‌ରେ ବୁଲୁଥିବା ଓ ଚା' ପିଉଥିବା କ୍ଲର୍କ ବାବୁମାନେ ଆଉ ଅଫିସ ବାହାରକୁ ଆସୁ ନାହାନ୍ତି। ଅଣ୍ଡର ମ୍ୟାନେଜରମାନେ, ଅଣ୍ଡର ଗ୍ରାଉଣ୍ଡକୁ ଯାଉନଥିଲେ, ଏବେ ସେମାନେ ଉପରେ ରହିବାର ସାହସ କରିପାରୁ ନାହାନ୍ତି। ଟିମ୍ବର କୁଲି କିମ୍ବା ଡ୍ରେସରମାନେ ତାଙ୍କ କାମ ସାରି ଦେଇ ଦୁଇ ତିନି ଘଣ୍ଟା ଆଗରୁ ପଳେଇ ଆସୁଥିଲେ ଘରକୁ। କିନ୍ତୁ ଏବେ ସମସ୍ତଙ୍କୁ ଆଠ ଘଣ୍ଟା ରହିବା ପାଇଁ ପଡୁଚି। ମାଇନିଂ ସର୍ଦ୍ଦାରମାନେ ବି ନିଜ ହାତରେ ବାରୁଦ ଲଗାଉଛନ୍ତି ବିସ୍ଫୋରଣ ପାଇଁ। ଏମିତି ଏମିତି ଗୁଡ଼େ ପରିବର୍ତ୍ତନ ମନକୁ ମନ ହେଇଯାଇଚି ଏଇ

ଅଛି କେଇଦିନ ଭିତରେ ବୋଲି ପ୍ରଦ୍ୟୁମ୍ନ ଖବର ପାଇଚି। ଆଜି ସେଇ ଦୁର୍ଦ୍ଦାନ୍ତ ଦେଶମୁଖ ସାହେବ ହସିହସି ପ୍ରତି ନମସ୍କାର କରି କହୁଚନ୍ତି ବସିବାକୁ।

ଖୁବ୍ ଦୁର୍ବଳ ଲାଗୁଥିଲା ପ୍ରଦ୍ୟୁମ୍ନକୁ। ସେ ଅନଶନ ବେଳେ ପାଣି ପିଉଚି ଖାଲି। ଅଗଣି କକେଇ ଓ ହରିଶଙ୍କର ବାବୁ ତାକୁ ଏଥିପାଇଁ ଅନୁମତି ଦେଇଚନ୍ତି। ପ୍ରଥମେ ପ୍ରଥମେ ଅନଶନ କଥା ଭାବିଲା ବେଳକୁ ଭାରି ନର୍ଭସ ଲାଗୁଥିଲା। ଅଗଣି କକେଇ ଯେତେବେଳେ ଘରେ ଆସି କହିଥିଲେ କହିଥିଲେ ଯେ ସେ ଓ ପ୍ରଦ୍ୟୁମ୍ନ ଅନଶନରେ ବସିବେ ବୋଲି ୟୁନିଅନ୍ ମିଟିଂରେ ଠିକ୍ ହେଇଚି। ଖୁଡ଼ୀ ଲଙ୍କା କାଣ୍ଡ କରିଥିଲେ। ରୁନୁ ଓ ଝୁନୁ ଦିହେଁ ଖୁଡ଼ୀ ସାଙ୍ଗରେ ସ୍ୱର ମିଳେଇ ପାଟି କରିଥିଲେ। କିନ୍ତୁ ସେମିତି କିଛି ଫଳ ହେଇନଥିଲା ଓ ଅଗତ୍ୟା ଅନଶନ ପୂର୍ବରୁ ଭୋର୍ ଚାରିଟା ବେଳେ ଖୁଡ଼ୀ ଓ ତାଙ୍କ ଦୁଇ ଝିଅ ମିଶି ଯଥେଷ୍ଟ ଭାତ ଖୋଇ ଦେଇଥିଲେ ପ୍ରଦ୍ୟୁମ୍ନ ଓ ଅଗଣି କକେଇଙ୍କୁ ବାଧ୍ୟ କରି।

ଗାଁରେ ଖିଆପିଆରେ ପ୍ରଦ୍ୟୁମ୍ନ ଥିଲା ସମ୍ପୂର୍ଣ୍ଣ ଅଲଗା ପ୍ରକାର ପିଲା। ସେ କେବେ ବି ବେଶି ଖାଉ ନଥିଲା। କିନ୍ତୁ ତା'ର ଖାଇବାର ଠିକ୍ ଠିକଣା ନଥିଲା। ଯାଉଣୁ ଆସୁଣୁ ତରକାରୀ ଗିନାଏ କିମ୍ବା ନଡ଼ିଆ କୋରା ମେଞ୍ଚାଏ, ଲଡୁ ଦିଟା କି ମିକ୍ଶ୍ଚର ମୁଠାଏ, କିଛି ନ ହେଲେ ପଖାଳ ଅଧ କଂସାଏ ଚଳେଇ ଦେଇଥିଲା ଓ ପ୍ରତିଥର ସେ ଯେତିକି ଖାଉ ନଥିଲା, ତା'ଠୁ ବେଶି ଛାଡ଼ି ଯାଉଥିଲା ଥାଳିରେ, ଯେଉଁଥିପାଇଁ ଭାଉଜ ବିରକ୍ତ ହେଉଥିଲେ।

ପ୍ରଦ୍ୟୁମ୍ନ ସହ ଭାଉଜଙ୍କର ଗୋଟେ ଶୀତଳଯୁଦ୍ଧ ଚାଲିଥିଲା ଖାଇବା ପିଇବା ବିଷୟରେ। ସେ ବାରମ୍ବାର ଖାଇବାକୁ ମାଗିବାଟା ଭାଉଜ ପସନ୍ଦ କରି ପାରୁନଥିଲେ ଓ ଏମିତିରେ ବି ତାଙ୍କ ନଣନ୍ଦମାନେ ଅଭିଯୋଗ କରୁଥିଲେ ଯେ ସେ ବଢ଼ାବଢ଼ି କରିବାରେ ଭାରି ପାତର ଅନ୍ତର କରନ୍ତି ବୋଲି। ବେଳେବେଳେ ପ୍ରଦ୍ୟୁମ୍ନକୁ ତା'ର ନାନୀମାନେ ବାଢ଼ି ଦେଉଥିଲେ ଓ କେହି ନ ଥିଲେ ପ୍ରଦ୍ୟୁମ୍ନ ନିଜେ ରୋଷେଇ ଘରୁ ବାଢିକି ନେଉଥିଲା। ଏତେ ଯେ ଶୁଚି ବାୟୁଗ୍ରସ୍ତ ବୋଉ, ଯିଏ ରୋଷେଇ ଘରକୁ ପାଲଟା ଲୁଗା ନ ହେଲେ କାହାରିକୁ ଛାଡ଼େନି, ତା'ର ଈଶାଣ କୋଣରେ ଠାକୁର ଅଛନ୍ତି କହି ସିଏ ବି ପ୍ରଦ୍ୟୁମ୍ନର ଏଇ ବେଆଦବୀ ଟିକକୁ ସହ୍ୟ କରି ନେଇଥାଏ ସ୍ନେହରେ, ସମତାରେ।

ସେଇ ପ୍ରଦ୍ୟୁମ୍ନ କ'ଣ ନା ଅନଶନରେ ବସିଲା ଏଇ ତାର ବାହାର କୋଇଲା ଖଣିର ଜେନେରାଲ୍ ଅଫିସ୍ ସାମ୍ନାରେ। ପ୍ରଥମେ ପ୍ରଥମେ ନର୍ଭସ୍ ଲାଗୁଥିଲା ଭାରି। ସେ ଭୋକ ସମ୍ଭାଳି ପାରିବ ତ? ବେହୋସ ହେଇ ଯିବନି ତ? ଯଦି ମରିଯାଏ ସେ? ପ୍ରଥମ କରି ଅନୁଭବ କରିଥିଲା ପ୍ରଦ୍ୟୁମ୍ନ, ସେ ଜୀବନକୁ ଭାରି ଭଲପାଏ। ଭାରି। ଏଯାଏଁ ଅନେକ ଅନୁଭୂତ ସେ ପାଇନି। ଅନେକ ଅଭିଜ୍ଞତା ତଥାପି ଅଙ୍ଗେ ନିଭେଇବାକୁ ଅଛି, ଅନେକ ସୁଖଦୁଃଖ ତାକୁ ଭୋଗିବାକୁ ଅଛି। ଏଇ ସମୟରୁ ଏମିତି ଆଦର୍ଶ ପାଇଁ, ୟୁନିଅନ ପାଇଁ ସେ ପ୍ରାଣତ୍ୟାଗ କରିବ?

ଅଗଣି କକେଇ ତାକୁ ଏକାନ୍ତରେ ଡାକି କହିଥିଲେ; ବାବୁ, ତମକୁ ମୁଁ ଅନଶନରେ ଜୋର୍ କରି ଏଇଥିପାଇଁ ବସେଇଲି ଯେ ତମକୁ ମୁଁ ଗୋଟେ ଫିଗର୍ କରିବାକୁ ଚାହୁଁଚି ଏଇ

କୋଲିୟାରୀରେ। ଦେଖ, ଅନଶନରେ ବସିଲା ପରେ- ଯେମିତି ହେଲେ ମ୍ୟାନେଜମେଣ୍ଟ ଆମ ସାଙ୍ଗରେ ଗୋଟେ ଦଫାରଫା କରିବାକୁ ଚାହିଁବ। ସେତେବେଳେ ଆଉ କିଛି ଦେଉ ନ ଦେଉ, ତମର ଦାବୀ, ତମର ସମସ୍ୟାତକ ତ ତାଙ୍କୁ ବୁଝେଇ ହେବ। ଦ୍ୱିତୀୟ କଥା ହେଲା, ଅନଶନରେ ବସି ସାରିଲା ପରେ ତମେ ପୁରା ନେତା ହେଇଯାଇଥିବ। ମ୍ୟାନେଜମେଣ୍ଟ ତମର ଦାବୀ କିମ୍ବା ସମସ୍ୟା କଥା ନ ବୁଝିଲେ ବି ଏଇଟା ନିଶ୍ଚିତ ଯେ ତମକୁ ଆଉ ଗାଡ଼ି ଭରିବାକୁ କେହି ଜୋର୍ ଜବରଦସ୍ତି କରିବନି।

ଅଗଣି କକେଇଙ୍କର ଦୂରଦୃଷ୍ଟି ଓ ବିଚକ୍ଷଣତାରେ ଆଶ୍ଚର୍ଯ୍ୟ ହେଉଥିଲା ପ୍ରଦ୍ୟୁମ୍ନ। ତାଙ୍କ ଗାଁର ଅଗଣି ହୋତାକୁ ସେ ପୂର୍ବରୁ ଦୂରରୁ ଦେଖିଥିଲା। ଖୁବ୍ ମେଳାପୀ ଓ କଥାବାର୍ତ୍ତା କରିବାକୁ ଭଲ ପାଉଥିବା ଅଗଣି ହୋତା, କଥା କହିଲା ବେଳେ ତାଙ୍କ ପାଟି ଲାଗି ଆସେ, ଅଧେ ଶବ୍ଦ ସେ ନିଜେ ଗିଳି ପକାନ୍ତି। ତାଙ୍କର ବ୍ୟକ୍ତିତ୍ୱରେ ଗୋଟେ ତାରଲ୍ୟ ବି କେଉଁଠି ଅଛି। ସେ ବାହାରକୁ ଆଦୌ ସିରିୟସ୍ ବି ଦେଖାଯାନ୍ତି ନାହିଁ। ଏଇ ତାର ବାହାର କୋଇଲା ଖଣିରେ ତାଙ୍କର କିଛି ଦୁର୍ନାମ ବି ଅଛି ଯେ ତାଙ୍କର କୁଆଡ଼େ ଗୋଟେ ଛତିଶଗଡ଼ି, ରକ୍ଷିତା ଝିଅ। ସେ ଭାରି ପିଆପିଇ କରନ୍ତି ଓ ସବୁଠୁ ବଡ଼ ଦୁର୍ନାମ ହେଉଚି ଯେ ସେ ସ୍ତ୍ରୈଣ ଓ ମାଇଚିଆ ଏବଂ ଖୁଡ଼ୀ ଭାରି ଚଣ୍ଡୀ ଏବଂ ତାଙ୍କର ଦୁଇଟି ଉଦ୍ଦଣ୍ଡୀ ଝିଅ ଅଛନ୍ତି, ଯେଉଁମାନଙ୍କର ଚରିତ୍ର ବିଷୟରେ କୋଲିୟାରୀ ଲୋକେ ଆଦୌ ଆଶ୍ୱସ୍ତ ନୁହନ୍ତି। ସେଇ ଅଗଣି କକେଇଙ୍କୁ ରାଜନୀତିରେ ଅଲଗା ମଣିଷଟିଏ ଭାବରେ ପାଇଚି ପ୍ରଦ୍ୟୁମ୍ନ। ସେ ଭାଷଣ ଦେବା ବେଳେ, ସବୁଠୁ ଆଶ୍ଚର୍ଯ୍ୟର କଥା ତାଙ୍କର ପାଟି ଲାଗେନା। ସେ ନିଜସ୍ୱ ସିଦ୍ଧାନ୍ତ ଗୁଡ଼ିକରେ ଭାରି ସିରିୟସ ଓ ତାଙ୍କର ଦୂର ଦୃଷ୍ଟିକୁ ହରିଶଙ୍କର ବାବୁ ଭଳି ବିଜ୍ଞ ଲୋକ ବି ତାରିଫ କରନ୍ତି।

ଅଗତ୍ୟା ତାଙ୍କର ପରାମର୍ଶରେ ଅନଶନରେ ବସିଥିଲା ପ୍ରଦ୍ୟୁମ୍ନ। ପ୍ରଥମ ଦିନଟା ସବୁଠୁ ଆଶ୍ଚର୍ଯ୍ୟର କଥା, ଭୋକ ଲାଗିଲାନି। ଦ୍ୱିତୀୟ ଦିନ ଭୋକ ଲାଗୁଥିଲା ଟିକେ- କିନ୍ତୁ ସମ୍ଭାଳି ଗଲା ପ୍ରଦ୍ୟୁମ୍ନ। ତା'ପରେ ତୃତୀୟ ଚତୁର୍ଥ ଓ ପଞ୍ଚମ ଦିନ- ଆଦୌ ଭୋକ ହିଁ ଲାଗିଲାନି ପ୍ରଦ୍ୟୁମ୍ନକୁ। ସେ ନଖାଇ ନ ପିଇ ବଞ୍ଚି ରହିଚି- ଏଇଟା ସବୁଠୁ ଆଶ୍ଚର୍ଯ୍ୟକର ମନେ ହୋଇଥିଲା ତାକୁ। ଖାଲି ଯାହା ତାକୁ ବ୍ୟସ୍ତ କରୁଥିଲା- ତାହା ତା'ର ବୋରନେସ ଓ ଶାରୀରିକ ଦୁର୍ବଳତା। ତାଜାଠୁ ବାସୀ ସମ୍ବାଦପତ୍ର ଯାଏ ବାରମ୍ବାର ପଢ଼ି ପଢ଼ି, ହାତପାଆନ୍ତା ବହିପତ୍ର- ଏମିତିକି ତାର ବାହାର କୋଇଲା ଖଣିର ଷ୍ଟାଣ୍ଡିଂ ଅର୍ଡରଠୁ ଆରମ୍ଭ କରି ନ୍ୟାସନାଲ କୋଲ୍ ମଜଦୁର ସଙ୍ଗଠନର ସଂବିଧାନ ପର୍ଯ୍ୟନ୍ତ ସବୁ ସେ ଚର୍ବିତ ଚର୍ବଣ କରି ସାରିଲାଣି। ପ୍ରଥମେ ପ୍ରଥମେ ଖୁବ୍ ଆଗ୍ରହର ସହ ପ୍ରତିସିଫ୍ଟ ଆରମ୍ଭ ପୂର୍ବର ଉତ୍ସାହୀ ଦର୍ଶକ ଜନତାଙ୍କୁ ଅଗଣି କକେଇଙ୍କର ବାନ୍ଧିରଖୁଥିବା ଜ୍ୱାଳାମୟୀ ଭାଷଣ ବି ଆସ୍ତେ ଆସ୍ତେ କମି ଆସୁଥିଲା। ସେ ବି କେମିତି ଦୁର୍ବଳ ଓ ନିସ୍ତେଜ ହୋଇ ପଡୁଥିଲେ। ଅଥଚ ପ୍ରଦ୍ୟୁମ୍ନକୁ ଆଦୌ କିଛି ଅସ୍ୱାଭାବିକ ଲାଗୁନଥିଲା ଖାଲି ଦୁର୍ବଳ ଲାଗିବା ଛଡ଼ା। ଏଇ ଗୋଟେ ଜାଗାରେ ଚୁପ୍‌ଚାପ୍ ବସି ରହିବାଠୁ ଆଉ ଅସହ୍ୟ କିଛି ମନେ ହେଉନଥିଲା। ଦେହହାତ ଥରୁଥିଲା

ଟିକିଏ ପ୍ରଥମେ ପ୍ରଥମେ ହରିଶଙ୍କର ବାବୁ ଆଉ ଅଗଣି କକେଇ କିମ୍ବା ଜଗିବାକୁ ଆସିଥିବା ଲୋକମାନଙ୍କ ସହ ଗପୁଥିଲା ଆଗ୍ରହରେ ପ୍ରଦ୍ୟୁମ୍ନ। ପରେ ପରେ ଆଉ ଗପିବାକୁ ଭଲ ଲାଗୁନଥିଲା। ଦି' ପହରଟାରେ ସବୁଠୁ କଷ୍ଟ ହେଉଥିଲା ଖରା ଓ ଗରମ ପାଇଁ। ସନ୍ଧ୍ୟା ସାତଟାରୁ ନିଦ ହେଇଯାଉଥିଲା ଓ ରାତି ଦି'ଟାରେ ନିଦ ଭାଙ୍ଗି ଯାଉଥିଲା ପ୍ରଦ୍ୟୁମ୍ନର।

ଅଗଣି କକେଇଙ୍କର ହାତ ଦିଟାକୁ ଧରି ପକେଇଥିଲେ ଦେଶମୁଖ ସାହେବ, ଅତି ଆଗ୍ରହରେ। କହିଲେ ବସନ୍ତୁ, ବସନ୍ତୁ।

ପର୍ସନେଲ ଅଫିସର ଓ ଅଗଣି କକେଇ ସାଙ୍ଗରେ ପ୍ରଦ୍ୟୁମ୍ନ ବସିଥିଲା ସୋଫା ଉପରେ। ଘର ଭିତରେ ଜିରୋ ପାୱାର ଆଲୁଅ ଜଳୁଥିଲା। କେହି ଉଠିକି ବେଶି ଆଲୁଅର ବତୀ ଜାଳୁ ନଥିଲା। କୁଲରଟେ ଚାଲୁଥିଲା ନା ଏୟାର କଣ୍ଡିସନର? ଠିକ୍ ବୁଝିପାରୁ ନଥିଲା ପ୍ରଦ୍ୟୁମ୍ନ। ତେବେ ଗୋଟେ ଥଣ୍ଡା ପବନ ବୋହୁଥିଲା ଘର ଭିତରେ। ଝାଳ ସରସର ହେଇ ଯାଇଥିଲା ପ୍ରଦ୍ୟୁମ୍ନ। ତା' ପାଖରେ ରୁମାଲଟେ ନଥିଲା ଥିଲେ ଭଲ ଲାଗନ୍ତା।

ଏସବୁ ଟିକିଏ ପୂର୍ବର କଥା। ଅଗଣି କକେଇ ଓ ପ୍ରଦ୍ୟୁମ୍ନ ଯାଇଥିଲେ ପର୍ସନେଲ ଅଫିସରଙ୍କ ସାଙ୍ଗରେ ଦେଶମୁଖ ସାହେବର ଘରକୁ। ପର୍ସନେଲ ଅଫିସର ଜଣକ ଡାକି ଆସିଥିଲେ। ସେଇଠି, ଦେଶମୁଖ ସାହେବ, କୁଣ୍ଢେଇ ପକେଇଥିଲେ ଅଗଣି କକେଇଙ୍କ ହାତ। ଅଗଣି କକେଇ ବି କହିଥିଲେ, ଦେଖନ୍ତୁ ସାର; ଆମେ ଜାଣୁ ଆପଣଙ୍କର ଅସୁବିଧା କଥା। ଆମେ କେବେ ବି ଆପଣଙ୍କୁ ଅସୁବିଧାରେ ପକେଇବାକୁ ଚାହିଁବୁନି। ଆମେ ଆପଣଙ୍କୁ ଏମିତି ବି ଜୋର୍ ଜବରଦସ୍ତି କରିବାକୁ ଚାହୁଁନୁ ସେ ଆମକୁ ହିଁ ଆପଣ ସ୍ୱୀକୃତି ଦିଅନ୍ତୁ ଓ ଧ୍ରୁବ ଖଟୁଆ ସହ ସମ୍ପର୍କ ତ୍ୟାଗ କରନ୍ତୁ। ଆମେ ଜାଣୁ, କେମିତି ଆମର ସ୍ଥିତି ଜାହିର କରିବାକୁ ପଡ଼ିବ। ଆମର କେବଳ ମାତ୍ର ଗୋଟେ ଦାବୀ, ଆମ ଲଢ଼େଇ ଆମକୁ ଲଢ଼ିବାକୁ ଦିଅନ୍ତୁ। ମ୍ୟାନେଜମେଣ୍ଟ ଏଠି ଗୋଟେ ନିରପେକ୍ଷ ଭୂମିକାରେ ରହୁ।

ପର୍ସନେଲ ଅଫିସର ଜଣକ ଯେତେବେଳେ ଡାକି ଆସିଥିଲେ, ହରିଶଙ୍କର ବାବୁ କହିଥିଲେ- ଦେଶମୁଖ ସାହେବ ଏଇଠିକୁ ଆସୁ ନାହାନ୍ତି କାହିଁକି? ଆମେ କାହିଁକି ଯିବୁ?

ଅଗଣି କକେଇ କିନ୍ତୁ ଖୁସି ହେଇଯାଇଥିଲେ। ହରିଶଙ୍କର ବାବୁଙ୍କ ସାଙ୍ଗରେ ଯୁକ୍ତି କରିଥିଲେ ଦେଖନ୍ତୁ, ମ୍ୟାନେଜମେଣ୍ଟ, ମ୍ୟାନେଜମେଣ୍ଟ ହିଁ। ସାହେବମାନେ ସାହେବ। ମ୍ୟାନେଜମେଣ୍ଟ ଏତେ ଦୂର ନଇଁଲାଣି। ଏବେ ଆମେ ଏ ସୁଯୋଗର ଫାଇଦା ନ ନେବାଟା ଆମର ବୋକାମୀ ହେବ।

ହରିଶଙ୍କର ବାବୁ ବେଶୀ କିଛି କହି ନଥିଲେ। ଖାଲି ଗମ୍ଭୀର ହେଇଯାଇଥିଲେ। ଅଗଣି କକେଇ ପ୍ରାୟ ଜୋର କରି, ହରିଶଙ୍କର ବାବୁଙ୍କ ସମ୍ମତି ବିନା ହିଁ ଯାଇଥିଲେ ଦେଶମୁଖ ସାହେବଙ୍କ ଘରକୁ ଓ ସାଙ୍ଗରେ ଥିଲା ପ୍ରଦ୍ୟୁମ୍ନ। ଯିବା ପୂର୍ବରୁ, ପ୍ରଦ୍ୟୁମ୍ନକୁ ଫିସ୍‌ଫିସ୍ କରି କହିଥିଲେ ଅଗଣି କକେଇ; ହରିଶଙ୍କର ବାବୁ କେବେ ବି ପ୍ରାକ୍ଟିକାଲ୍ ହେଲେନି। ସେଥିପାଇଁ ଆଜିଯାଏ

ସେ ଉଠିପାରୁ ନାହାନ୍ତି ପଲିଟିକ୍ସରେ। ଦେଶମୁଖ ସାହେବଙ୍କ ଘରେ ଅଗଣି କକେଇଙ୍କୁ ସାହେବ କହିଥିଲେ ଦେଖନ୍ତୁ, ମ୍ୟାନେଜମେଣ୍ଟର ୟୁନିଅନ ବିଷୟରେ କିଛି କହିବାର ନାହିଁ। ତଥାପି ଆମକୁ ଦି'ଟା ବିଷୟ ଦେଖିବାକୁ ପଡ଼ିଥାଏ। ଗୋଟେ ହେଲା ପ୍ରଡକ୍ସନ ଓ ଅନ୍ୟଟି ଶାନ୍ତି ଶୃଙ୍ଖଳା। ଏଇ ଦିଟା ବିଷୟ ବ୍ୟାହତ ନ ହେଲେ, ଆମର କହିବାର କ'ଣ ଅଛି?

ଅଗଣି କକେଇ କହିଥିଲେ; ପ୍ରଡକ୍ସନ ବ୍ୟାହତ ହେବନି- ସେ ଗ୍ୟାରେଣ୍ଟି ଆମେ ଏବେଠୁ ଦେଇଚୁ। ଯା ପୂର୍ବରୁ ବି ଧ୍ରୁବ ଖଟୁଆ ଦଳ ଷ୍ଟ୍ରାଇକ୍ କରି ପ୍ରଡକ୍ସନ୍ ବନ୍ଦ କରିଥିଲେ, ଆମେ ନୋହୁଁ। ଆଉ ରହିଲା ଶାନ୍ତି ଶୃଙ୍ଖଳାର କଥା, ଆମେ ପୁରା ଗାନ୍ଧୀବାଦୀ ସାର୍। ନ ହେଲେ, ଆମେ ଅନଶନରେ ପନ୍ଥା ଧରି ନ ଥାନ୍ତୁ। ହୁଏତ ଭଙ୍ଗାରୁଜା ଆରମ୍ଭ କରି ଦେଇଥା'ନ୍ତୁ।

ଜଣେ କିଏ ଆସି ଚା' ଚାରି କପ୍ ରଖି ଦେଇଯାଇଥିଲା। ସାଙ୍ଗରେ ଥଣ୍ଡା ପାଣି। ପ୍ଲେଟରେ ବିସ୍କୁଟ ଓ ମିଠା। ପ୍ରଦ୍ୟୁମ୍ନ ନିଜ ଅଜାଣତରେ ବିସ୍କୁଟଟିଏ ଅନ୍ୟମନସ୍କ ଭାବରେ କାମୁଡ଼ଇ ପକେଇଥିଲା ପାଟିରେ। ଠିକ୍ ସେତିକିବେଳେ ହିଁ ତା'ର ମନେ ପଡ଼ିଥିଲା ଅନଶନ କଥା। ତିନି ଦିନ ହେଲା ପ୍ରଦ୍ୟୁମ୍ନ କିଛି ଖାଇନଥିଲା, ପାଣି ପିଇବା ଛଡ଼ା। ଏଠି ଏବେ ଦେଶମୁଖ ସାହେବ ଓ ପର୍ସନେଲ ଅଫିସରଙ୍କ ସାମ୍ନାରେ ବିସ୍କୁଟ ଖାଇ ଦେବାଟା କେତେ ଲଜ୍ଜାକର ଓ ପ୍ରଦ୍ୟୁମ୍ନର ଏତେ ଦିନର ଅନଶନ ପ୍ରତି କେତେଟା ଅନାସ୍ଥାସୂଚକ- ଭାବିଲା ମାତ୍ରେ ହିଁ ଲାଜରେ ନଇଁ ପଡ଼ିଥିଲା ପ୍ରଦ୍ୟୁମ୍ନ। କ'ଣ କରିବ ସେ? ପାଟି ଭିତରେ ଥିବା ବିସ୍କୁଟକୁ ଚୋବେଇ ପାରୁନଥିଲା ସେ। ହାତରେ ଅଇଁଠା ବିସ୍କୁଟକୁ ପ୍ଲେଟରେ ଥୋଉ ପାରୁନଥିଲା। ମୁହଁ ଉଠେଇ ମୁହାଁମୁହିଁ ଅନେଇ ପାରୁନଥିଲା ଦେଶମୁଖ ସାହେବ କିମ୍ବା ପର୍ସନେଲ ଅଫିସରଙ୍କ ଆଡ଼େ। ତା'ର କାନମୂଳ ଲାଲ୍‌ହେଇ ଯାଉଚି।

ଅଗଣି କକେଇ କହିଥିଲେ: ଦେଖନ୍ତୁ ଫର୍ମାଲ୍ ଆଲୋଚନା ପୂର୍ବରୁ ଆମର ଦୁଇଟା ଦାବୀ ଅଛି। ସେଗୁଡ଼ିକୁ ମାନିନେବାକୁ ପଡ଼ିବ। ଅବଶ୍ୟ ଦାବୀଗୁଡ଼ିକ ସେମିତି କିଛି ନୁହଁ। ଆପଣ ଚାହିଁଲେ କରି ପାରିବେ। ଅଗଣି କକେଇ ଟିକିଏ ଚୁପ୍ କରିଥିଲେ। ଦେଶମୁଖ ଓ ପର୍ସନେଲ ଅଫିସର ତାଙ୍କ ଆଡ଼େ ପ୍ରଶ୍ନବାଚୀରେ ଅନେଇଥିଲେ କି? ପ୍ରଦ୍ୟୁମ୍ନ ହାତ ମୁଠାରେ ଲୁଚେଇ ରଖିଥିଲା ତା'ର ଖଣ୍ଡିଆ ବିସ୍କୁଟ, ତାର ଗୋପନୀୟ ପାପଭଳି। ମୁହଁରେ ଅଟକି ଯାଇଚି ବିସ୍କୁଟ ଟୁକୁରା ତା'ର ଅପମାନ ଭଳି। ସେ ଗିଳି ପାରୁନଥିଲା। ମୁହଁ ଉଠେଇ ପାରୁନଥିଲା। ଦେଶମୁଖ ସାହେବ କ'ଣ ଅଗଣି କକେଇର କଥା ଶୁଣିନଥିଲେ, ପ୍ରଦ୍ୟୁମ୍ନର ଅବସ୍ଥା ଦେଖି ମଜା ପାଇ ହସୁଥିଲେ। କିମ୍ବା ଭାବୁଥିଲେ କେତେ ଠକ ପ୍ରଦ୍ୟୁମ୍ନ, ଅନଶନ ନାଁରେ ପ୍ରତାରଣା କରୁଚି ବୋଲି?

ଅଗଣି କକେଇ କହିଥିଲେ: ଆମର ଦୁଇଟା ଦାବୀରୁ ପ୍ରଥମଟି ହେଲା ଓଁ ପ୍ରକାଶର ଯା'ର ଗୋଡ଼ ଭାଙ୍ଗିଯାଇଚି ୟୁନିଅନ ମାରପିଟରେ, ଯା'ର ଆଉ ସିକଛୁଟି ନାହିଁ ତା'କୁ ହାଲୁକା କାମରେ ଫିଟ କରାଇ ଦେବା ଓ ଅନ୍ୟଟି ହେଉଚି ପ୍ରଦ୍ୟୁମ୍ନର- ମାନେ ମୋର ପୁତୁରାର, ଯିଏ ସମାରୁ ଖଡ଼ିଆ ନାଁରେ ଏସି କୋଲିୟାରୀରେ ଭର୍ତ୍ତି ହେଇଚି, ତା'କୁ ଅଫିସକୁ ଆଣି କ୍ଳର୍କ

କାମରେ ନିୟୋଜିତ କରିବା ଏବଂ ସେ ଆଫିଡେଭିଟ କରି ତା'ର ନାଁ ବଦଳେଇକି ଆଣିଲେ, ସେଇ ଆଫିଡେଭିଟକୁ ଆଧାର କରି ଖାତାପତ୍ରରେ ତା'ର ନାଁ ସମାରୁ ଖଡ଼ିଆ ବଦଳରେ ପ୍ରଦ୍ୟୁମ୍ନ ମିଶ୍ର କରିଦେବା।

ପ୍ରଦ୍ୟୁମ୍ନର କାନ ସତର୍କ ହେଇଯାଇଥିଲା। ଛାତିର ପାଲ୍ ପିଟେସନ୍ ବଢ଼ି ଯାଇଥିଲା। କ'ଣ କହିବେ ଦେଶମୁଖ ସାହେବ ? ମୁଣ୍ଡ ଉଠେଇକି ଅନେଇଥିଲା। ଏଇଟା ସେଇ ମୁହୂର୍ତ୍ତ, ଯେତେବେଳେ ପ୍ରଦ୍ୟୁମ୍ନ ମିଶ୍ର ସ୍ଥିତିର, ଅସ୍ତିତ୍ୱର, ଭବିଷ୍ୟତର ଓ ଜୀବନର ଫଇସଲା ହେବାକୁ ଯାଉଚି। ମୁହୂର୍ତ୍ତକ ଭିତରେ ଜଣା ପଡିଯିବ ତା'ର ଆଗାମୀ ଜୀବନଗୁଡ଼ିକ କେମିତି ହେବ। ତାର ସଫଳତା, ବିଫଳତା, ତା'ର ହସ ଉଲ୍ଲାସ- ସବୁ ଜଣା ପଡିଯିବ। ଦେଶମୁଖ ସାହେବ କିଛି କହିବା ପୂର୍ବରୁ ହିଁ ପ୍ରଦ୍ୟୁମ୍ନ ବୁଝି ପାରିଥିଲା। ପାଟିର ବିସ୍କୁଟଟା ଗିଳି ଦେଇଗଲା, ଅନ୍ୟମନସ୍କ ଭାବରେ।

ଏତେ ଶୀଘ୍ର ସବୁ ସମସ୍ୟାର ସମାଧାନ ହେଇଯିବ, ଭାବି ପାରି ନଥିଲା ପ୍ରଦ୍ୟୁମ୍ନ। ଦେଶମୁଖ ସାହେବଙ୍କ ସମ୍ମତିରେ ହିଁ ବାଜି ଉଠିଥିଲା ଦୂରରେ କେଉଁଠି ଘଣ୍ଟା ଶବ୍ଦ। ଆଖି ବନ୍ଦ କଲା ପ୍ରଦ୍ୟୁମ୍ନ ଖୁସିରେ। ତା' ଆଖିପତା ତଳେ ଦିଗନ୍ତବ୍ୟାପୀ ସମୁଦ୍ରର ବେଳାଭୂମି। ପୂରା ଲ୍ୟାଣ୍ଡସ୍କେପ ବ୍ୟାପୀ, କେହି ନାହାଁ। ନା ଟ୍ୟୁରିଷ୍ଟ, ନା ଶାମୁକା ବିକୁଥିବା ଫେରିବାଲା, ନା ମୁଢି ବିକୁଥିବା ପିଲା, ନା କ୍ୟାମେରା ଧରି ବୁଲୁଥିବା ଟୁରିଷ୍ଟ କେହି ନାହାନ୍ତି। ଏମିତିକି ନୋଳିଆଟା ବି ନାହାଁ। ଖୁବ୍ ଦୂରରୁ ଦିଗ୍‌ବଳୟ ପାଖରୁ ଛୋଟ ବିନ୍ଦୁଟେ ଆଗେଇ ଆସୁଚି। ଆଗେଇ ଆସୁ ଆସୁ ବଡ଼ ହେଇ ଯାଉଚି। ସିଲ୍‌ହଟ ହେଇଯାଉଚି। ଓଃ ସେ ମିନାକ୍ଷୀ। ଆଗେଇ ଆସୁଥିବା ଝିଅଟି ମିନାକ୍ଷୀ। ସମୁଦ୍ର ବେଳାଭୂମି ଅଶାନ୍ତ ଓ ନିର୍ଜନ। ଗୋଟେ ସଶବ୍ଦ ନିରବତା ଓ ନିର୍ଜନ ଶୂନ୍ୟତା ଭିତରେ ମିନାକ୍ଷୀ ଆହୁରି ଅସହ୍ୟ ଭାବରେ ଶୂନ୍ୟ ଓ ନୀରବ କରି ଦେଉଚି ପରିବେଶକୁ। ଓଃ ମିନାକ୍ଷୀ ହାୟ, ଏତିକି ବେଳେ ମନେ ପଡ଼ିବାକୁ ଥିଲା ପ୍ରଦ୍ୟୁମ୍ନର ମିନାକ୍ଷୀ କଥା ?

ଦେଶମୁଖ ସାହେବ ଆଖି ବନ୍ଦ କଲେ, ମିନିଟକ ପାଇଁ ଓ କହିଲେ: ଠିକ୍ ଅଛି। ମୁଁ ରାଜି। ଆପଣମାନେ ଧରି ନିଅନ୍ତୁ ଏ ଦି'ଟା କାମ ହୋଇଗଲା। ଯାହା ଯାହା ଏଗ୍ରିମେଣ୍ଟ ହେବା କଥା ପରେ ବି କରାଯାଇପାରେ। କିନ୍ତୁ ଆପଣମାନେ ଅନଶନ ଭାଙ୍ଗନ୍ତୁ ଆଗେ।

: ଅନଶନ ଭାଙ୍ଗିଯିବ ସାର୍। ଅଗଣି କକେଇ କହିଲେ: ତେବେ, ଆପଣଙ୍କ ସାଙ୍ଗରେ କ'ଣ କଥାବାର୍ତ୍ତା ହେଲା ଆମ ହରିଶଙ୍କର ବାବୁଙ୍କୁ ଜଣେଇବା ଦରକାର। ଏଆଡ଼େ ଆମ ପାର୍ଟି ମେମ୍ବରମାନଙ୍କୁ ବି ଜଣେଇବା ଦରକାର। ଆପଣ ଏମିତି କରନ୍ତୁ, କାଲି ସକାଳ ଦଶଟା ବେଳେ ଆସି ଫଳରସ ପିଆଇ ଦିଅନ୍ତୁ ହରିଶଙ୍କର ବାବଙ୍କୁ। ତା'ପରେ ସେଠି ଆନୁଷ୍ଠାନିକ ଭାବରେ ଆମେ ଘୋଷଣା କରିବା...

ବାଧା ଦେଇ କହିଲେ ଦେଶମୁଖ ସାହେବ, କିନ୍ତୁ ଆପଣମାନେ ଏଇ ଅନଶନକୁ ନେଇ ରାଜନୈତିକ ସ୍ତରରେ ଯେତେ ଲାଭବାନ ହୁଅନ୍ତୁନା କାହିଁକି, ଗୋଟେ କଥା ମନେ ରଖିବେ, ମ୍ୟାନେଜମେଣ୍ଟ ଚାହେଁନା ଯେ କୌଣସି ପରିସ୍ଥିତିରେ ଉପହାସିତ ହେଇଯିବାକୁ,

ଆପଣମାନେ ଏମିତି ବି କୌଣସି ଘୋଷଣା କରିବେନି, ଯା'ଫଳରେ ଧ୍ରୁବ ଖଟୁଆ ଦଳ ଉତ୍ତ୍ୟକ୍ତ ହେବେ।

ଅଗଣି କକେଇଙ୍କ ନମ୍ର ବ୍ୟବହାର ଦେଖି ଆଶ୍ଚର୍ଯ୍ୟ ହୋଇଗଲା ପ୍ରଦ୍ୟୁମ୍ନ। ଏଇ କିଛି ଦିନ ତଳେ ତାଙ୍କୁ ଦେଶମୁଖ ସାହେବ ଅପମାନିତ କରି ବାହାର କରି ଦେଇଥିଲେ। ତଥାପି କେମିତି ନମ୍ର ହେଇ ପାରୁଚନ୍ତି ସେ ? ପ୍ରଦ୍ୟୁମ୍ନ ତ ଏତେଟା କଅଁଳ ବ୍ୟବହାର କରି ପାରିନଥାନ୍ତା କେବେ ବି ? ଅଗଣି କକେଇ କହିଲେ: ଆପଣ ନିଶ୍ଚିନ୍ତ ରୁହନ୍ତୁ ସାର୍। ଆପଣଙ୍କୁ ଅସୁବିଧାରେ ପକେଇଲା ଭଳି ଆମେ ଆଦୌ କୌଣସି କାମ କରିବୁନି।

ସମସ୍ତଙ୍କ ସାଙ୍ଗରେ ବାହାରକୁ ଆସିଲା ପ୍ରଦ୍ୟୁମ୍ନ। ଏଇ ଗ୍ରୀଷ୍ମ ରାତ୍ରୀର ଉତ୍ତପ୍ତ ଗରମ ପବନ ସତ୍ତ୍ୱେ , ତାକୁ ପୃଥିବୀଟା ଭାରି ସୁନ୍ଦର ଓ ମନୋରମ ମନେ ହେଉଥିଲା। ତାକୁ ଆଦୌ ସୁଖ କିମ୍ବା ଶାନ୍ତି ଦେଇନଥିବା ଏଇ ତାରବାହାର କୋଇଲା ଖଣିର କଲୋନି ବି ନୂଆ ରୂପରେ ଦେଖାଗଲା। ମୋହମୟୀ। ତା'ର ଜୀବନଯାପନ ପ୍ରଣାଳୀରେ ଆଉ ମଇଳା ଆସ୍ତରଣ ବି ନାହିଁ। ନାହିଁ ମନୋଟନସ ବନ୍ଦୀତ୍ୱ।

ଦେଶମୁଖ ସାହେବ ଓ ପର୍ସନେଲ ଅଫିସରଙ୍କଠୁ ବିଦାୟ ନେଇ, ଜିପ୍‌ରେ ଉଠିଲା ମାତ୍ରେ ଅଗଣି କକେଇ କହିଲେ: ତୁ ଯା' ପ୍ରଦ୍ୟୁମ୍ନ, ଆମର ଆସନ୍ତା କାଲିର ଅନଶନ ଭାଙ୍ଗିବାର ଖବରଟା କମିଟିର ଅନ୍ୟାନ୍ୟ ମେମ୍ବରମାନଙ୍କୁ ଜଣେଇଦେବୁ। କାଲି ଦେଶମୁଖ ସାହେବ ନେତାଜୀଙ୍କୁ ଫଳରସ ପିଆଇ ଆନୁଷ୍ଠାନିକ ଭାବରେ ଅନଶନ ଭାଙ୍ଗିବା ପରେ ଗୋଟେ, ପ୍ରୋସେସନ୍ ବାହାର କରିବାକୁ ପଡ଼ିବ। ତୁ ସମସ୍ତଙ୍କୁ ନେଇକି ଆ' ଅନଶନ ଜାଗାକୁ। ସେଇଠି ଆଲୋଚନା ହେବ। ତୁ ଟିକିଏ ଘରକୁ ବି ଯିବୁ। ସେଇଠି ତୋ ଖୁଡ଼ୀହେରିକାଙ୍କୁ ଜଣେଇଦେବୁ ଆମ ଅନଶନର ଖବର। ଘରେ କିଏ କେମିତି ଅଛନ୍ତି କେଜାଣି। ଅନଶନରେ ବସିବା ପୂର୍ବରୁ ତୋ ଖୁଡ଼ୀ କହିଥିଲା ଅଟା ନାହିଁ ଘରେ। ଗହମ ଆଣିବା ପାଇଁ ଭୁଲି ଯାଇଥିଲି। କ'ଣ କରିଛନ୍ତି ସେମାନେ କେଜାଣି ? ରବିବାର ମାଂସ ବି ଆସି ନଥିବ ବୋଧେ। ତୋ ଖୁଡ଼ୀ ତ ରାଗିକି ପଞ୍ଚମ ହେଇ ଯାଇଥିବ। ତୁ ଟିକିଏ ସାକୁଲେଇ କି ପଚାରିବୁ ତ।

ଅଗଣି କକେଇଙ୍କ ବାହାରର ଆପାତ କଠୋର ଓ ପ୍ରାକ୍ଟିକାଲ୍ ଚେହେରା ତଳେ ଗୋଟେ ଅତି ନରମ ମଣିଷଟେ ଲୁଚି ରହିଚି, ଆଜି ପ୍ରଦ୍ୟୁମ୍ନ ହଠାତ୍ ତା'ର ଦର୍ଶନ ପାଇଲା। ଗୋଟେ ମଣିଷ ଭିତରେ କେତେ କେତେ ମଣିଷ ଲୁଚି ରହିଥାନ୍ତି ? ପ୍ରଦ୍ୟୁମ୍ନର ଅଭିଜ୍ଞତା କେତେ କ୍ଷୁଦ୍ର ଓ ଅନୁଭବହୀନ ସତରେ ? ପ୍ରଦ୍ୟୁମ୍ନ ଅଗଣି କକେଇଙ୍କ ବ୍ୟକ୍ତିତ୍ୱର ପ୍ରଭାବରେ କ୍ରମଶଃ ଆଚ୍ଛନ୍ନ ହେଇପଡୁଥିଲା ଯେମିତି।

ଜିପ୍ ଓହ୍ଲେଇ ଦେଇଗଲା ପ୍ରଦ୍ୟୁମ୍ନକୁ ଅଗଣି କକେଇଙ୍କ ଘର ପାଖରେ। ତିନିଦିନ ହେଲା ବସିବା ସ୍ଥାନରୁ ଉଠିନି ପ୍ରଦ୍ୟୁମ୍ନ। ତାରବାହାର କଲୋନିଟା ଯେମିତି ଗୋଟେ ଅପରିଚିତ ବର୍ଷାରେ ଗାଧୋଇ ପଡ଼ିଚି। ତା'ର ପରିଚିତ ଏଇ କଲୋନି ଯେମିତି ନୂଆ ଜାମାଟେ ପିନ୍ଧି

ପକେଇ ସତେଜ ଦେଖା ଯାଉଚି। ପ୍ରଦ୍ୟୁମ୍ନ ଦେଖି ପାରିଲା, ଦୂରକୁ ଅଗଣି କକେଇଙ୍କ ଘର ସାମ୍ନାରେ ଆଲୁଅ ଜଳୁଚି।

ପ୍ରଦ୍ୟୁମ୍ନ ଭାବିଥିଲା, ସେମାନଙ୍କର ଅନଶନରେ ବସିବା ନେଇ, ଅଗଣି କକେଇଙ୍କ ଘରସାରା ନିସ୍ତବ୍‌ଧତା ଛାଇ ଯାଉଥିବ। ଖୁଡ଼ୀ ଘର ଅନ୍ଧାର କରି ଶୋଇ ରହିଥିବେ। ରୁନୁ ଝୁନୁ ପରସ୍ପର ସାଙ୍ଗରେ ଅତି ସଂକ୍ଷିପ୍ତ ଓ ଦରକାରୀ କଥା ମାତ୍ର ହେଉଥିବେ। ଘରଟା ଖାଁ ଖାଁ ଲାଗୁଥିବ। ଅଥଚ ସେମିତି କିଛି ହେଉନଥିଲା। ବରଂ ଘର ଭିତରେ ଗହଳ ଚହଳ ଶୁଭୁଥିଲା। ଡ୍ରଇଂରୁମ୍‌ରେ ପାଦ ଦେଲା ମାତ୍ରେ, ପ୍ରଦ୍ୟୁମ୍ନ ବୁଝି ପାରିଥିଲା; ବେଡ୍ ରୁମ୍‌ରେ ତାସ୍ ଖେଳ ଚାଲିଚି। ଡ୍ରଇଂରୁମ୍‌ରେ ପ୍ରଦ୍ୟୁମ୍ନର ପାଦ ଶବ୍ଦ ଶୁଣି, ଝୁନୁ ଧାଇଁ ଆସି ଦେଖିଥିଲା ପ୍ରଦ୍ୟୁମ୍ନକୁ ଓ ଆଶ୍ଚର୍ଯ୍ୟ ହେଇ କହିଥିଲା। ଏ ମା', ତମେ ? ବୋଉମ, ଭାଇନା ଆସି ଗଲେଣି।

ପ୍ରଦ୍ୟୁମ୍ନର ହାତ ଧରି ଟାଣି ନେଇ ଯାଉଥିଲା ବେଡ୍‌ରୁମ୍‌କୁ। ସେଠି ଖଟ ଉପରେ ଖୁଡ଼ୀ, ରୁନୁ, ଝୁନୁ ଓ ପିଟର ବସିକି ଟ୍ୱେଣ୍ଟିନାଇନ୍ ଖେଳୁଥିଲେ। ଖୁଡ଼ୀ ହସିକି ପଚାରିଲେ। ଅନଶନରେ ବସିଥିଲ ପରା ତମେ ? ହଠାତ୍ ଏଆଡ଼େ ?

ପିଟର କେବେ କଥାବାର୍ତ୍ତା କରେନି ପ୍ରଦ୍ୟୁମ୍ନ ସାଙ୍ଗରେ। ସେ ମୁହଁ ତଳକୁ ପୋତି ତାସ୍ ସଜଉଥିଲା। ରୁନୁ ଲାଜରେ ମୁହଁ ବୁଲେଇକି ବସିଥିଲା। ସେ ପ୍ରଦ୍ୟୁମ୍ନ ପାଖରେ କେବେ ବି ସହଜ ହେଇପାରେନି। ଝୁନୁ ଖୁବ୍ ଆପଣାର ଭାବରେ ହାତ ଧରି ପ୍ରଦ୍ୟୁମ୍ନର ଗାଲରେ ଓଠରେ ହାତ ମାରି କହୁଥିଲା ବୋଉ ଦେଖିଲୁଣି ? ଭାଇନା ଏ ତିନିଦିନ ଭିତରେ କେମିତି ଝଡ଼ି ଯାଇଛନ୍ତି ? ପ୍ରଦ୍ୟୁମ୍ନର ହଠାତ୍ ମିନାକ୍ଷୀର କଥା ମନେ ପଡ଼ିଗଲା। ମିନାକ୍ଷୀ କ'ଣ ପ୍ରକୃତରେ ପ୍ରଦ୍ୟୁମ୍ନକୁ ଅପେକ୍ଷା କରି ବସିଥିବ ? ବସିଥିଲେ ବି, ଗୋଟେ ଖଣ୍ଡାୟତ ଝିଅକୁ ବାହା ହେବାର ସତ ସାହସ ପ୍ରଦ୍ୟୁମ୍ନର ଅଛି କି ? ଏତେ ଦିନ ପରେ ପ୍ରଦ୍ୟୁମ୍ନ ଖୋଜି ପାଇଚି ମାଟି। ସମାରୁ ଖଡ଼ିଆର ପରିଚୟକୁ ମୁକୁଳି ଯିବ ସେ ଆଉ ଅଳ୍ପ ଦିନ ପରେ। ସେ ଖୋଜି ପାଇବ ତା'ର ଆତ୍ମ ପରିଚୟ, ତା'ର ବଂଶ ମର୍ଯ୍ୟାଦା, ତା'ର ଅତୀତ, ତାର ସ୍ମୃତି। ସେ ସମାରୁ ଖଡ଼ିଆ ବଦଳରେ ପ୍ରଦ୍ୟୁମ୍ନ ହେଇଗଲା ପରେ ବି କ'ଣ ସତରେ ଖୋଜି ପାଇବ। ମାଟି ? ମିନାକ୍ଷୀ ବଦଳରେ ପ୍ରଦ୍ୟୁମ୍ନ କ'ଣ ସୁଖୀ ହେଇ ପାରିବ ? ତୃପ୍ତ ? ପରିପୂର୍ଣ୍ଣ ? ହୁଏତ କେବେ ବି ସମ୍ପୂର୍ଣ୍ଣ ମଣିଷ ହେଇ ପାରିବନି ପ୍ରଦ୍ୟୁମ୍ନ। ଅଧା ମଣିଷ ହେଇକି ହିଁ ରହିଯିବ।

ପ୍ରଦ୍ୟୁମ୍ନ କିନ୍ତୁ ମନେ ମନେ ଠିକ୍ କରିନେଲା, ସେ ଯାହାହେଉ ପଛେ, ଅଗଣି କକେଇଙ୍କ ଘରର ଏଇ ପରିବେଶ ସେ ମାନି ନେଇ ପାରିବନି। ସେ ଅଣନିଶ୍ୱାସନେଇ ଯିବ। ସେ ନିଶ୍ଚେ ଦୂରେଇ ଯିବ ଏଇ ପରିବେଶରୁ। ଅଲଗା କରି ଜୀବନ ଜୀଇଁବ। ନା' ତା'ର ଆଉ ସମାରୁ ଖଡ଼ିଆ ହେବାର କୌଣସି ଦରକାର ନାଇଁ। ଯା'ପରେ ସେ ପ୍ରଦ୍ୟୁମ୍ନ ମିଶ୍ର ହିଁ ହେବ। ଅସଲି ପ୍ରଦ୍ୟୁମ୍ନ ମିଶ୍ର।

ଷୋଡଶ ପରିଚ୍ଛେଦ

କିଏ କୁଆଡ଼େ ଗଲେ ? ଆଖି ମେଲି ଅନେଇଲା ହରିଶଙ୍କର। ସକାଳ ହେଇଗଲାଣି। ସୂର୍ଯ୍ୟ ଉଠି ଯାଇଚି। ସକାଳର ପାଉଁରୁଟି ବାଲା, ଦୁଧବାଲା, ଖବରକାଗଜବାଲା ଯା' ଆସ କରୁଚନ୍ତି। ସ୍କୁଲ ପିଲାଙ୍କୁ ନେଇ ବସ୍‌ରେ ଚାଲିଗଲା। ଗୋଟେ ଶଗଡ଼ ଗାଡ଼ି ନଡ଼ା ବୋଝେଇ କରି ଖୁବ୍ ମନ୍ଥର ଗତିରେ ଡେଇଁଗଲା ଅନଶନ ମଣ୍ଡପ ସାମ୍ନାରେ। ଦି'ତିନିଜଣ ଲୋକ ସାଇକେଲ ଚଳେଇ ଗଲେ। ଜଣେ ସାଇକେଲରୁ ଓହ୍ଲେଇ ନମସ୍କାର କଲା ହରିଶଙ୍କରକୁ, ଆଜି ଚତୁର୍ଥ ଦିନ ଅନଶନରେ ଅଥଚ ଅଗଣିମାନେ ଚାଲିଗଲେ। ସେମାନେ ଯେ ଆଉ ଫେରିବେନି, ହରିଶଙ୍କର ଜାଣି ସାରିଥିଲା କାଲି, ସେମାନଙ୍କ କଥାବାର୍ତ୍ତାରୁ।

କେତେ ଶୀଘ୍ର ସବୁ ବଦଳିଯାଏ। ଏଇ କିଛି ଦିନ ତଳେ ଅଗଣି ଆଗେଇ ଆସିଥିଲା ନୂଆ ୟୁନିଅନ ଗଢ଼ିବାକୁ। ହରିଶଙ୍କରକୁ ନେତା ମାନି ନେଇଥିଲା। ସଭା ସମିତିରେ ହରିଶଙ୍କରର ପ୍ରଶଂସା କରୁଥିଲା। ହରିଶଙ୍କରର କେହି ନିନ୍ଦା କଲେ ଚିଡି ଉଠୁଥିଲା। ଯେଉଁ ଅଗଣି ତାକୁ ଜୋର୍ କରି ଅନଶନରେ ବସେଇଥିଲା, ସେଇ ଅଗଣି ହିଁ ଛାଡ଼ିକି ପଳେଇଲା ତାକୁ ଅନଶନ ଆରମ୍ଭରୁ ?

ହୁଏତ ହରିଶଙ୍କର ହିଁ ଭୁଲ୍। ହୁଏତ ଅଗଣି ହିଁ ଠିକ୍। ସେତ ପ୍ରାକ୍‌ଟିକାଲ ମଣିଷ। ହୁଏତ ତା' କଥା ହିଁ ଠିକ୍। ହରିଶଙ୍କର ଇମ୍‌ପ୍ରାକ୍‌ଟିକାଲ୍ ହେଇ ପଡୁଚି। ବୋଧେ। ଇମୋଶନାଲ୍ ହେଇ ଯାଇଥିବ। କିମ୍ବା ସେସବୁ ଆଦର୍ଶ ଫାଦର୍ଶର ସ୍ଥାନ ଆଉ ନାହିଁ ବୋଧେ,

ଯେମିତି ହରିଶଙ୍କର ଭାବୁଚି। ପ୍ରଥମକରି ଯେତେବେଳେ ସେ ୟୁନିଅନ୍‌ରୁ ଆସିଥିଲା, ହେମବାବୁ ସେତେବେଳେ ଯୁବନେତା। ହରିଶଙ୍କର ତାଙ୍କର ପଟ୍ଟଶିଷ୍ୟ। ସେତେବେଳେ ଯେଉଁ ଆଦର୍ଶ ତା' ମନରେ ଥିଲା, ଯେଉଁ ସ୍ୱପ୍ନ-ସମାଜବାଦ ଜିନିଷଟା ଉପରେ ଗୋଟେ ଅସ୍ପଷ୍ଟ ଧାରଣା ଓ ମୋହ ଥିଲା ତାର ସେସବୁ କୁଆଡ଼େ ଗଲା। ୟୁନିଅନ୍‌ଟେ କରିବା ତା'ପାଇଁ ବିରାଟ ଲଢ଼େଇ ଲଢ଼ିବା ଭଳି ଥିଲା। ଅଥଚ ଆଜି? ୟୁନିଅନ୍‌ଟା ଗୋଟେ ମୃତ୍‌ଫରକା ଲାଭଦାୟକ ବ୍ୟବସାୟରେ ପରିଣତ ହେଇଗଲାଣି। ଏଇ ବ୍ୟବସାୟିକ ଧାଁ-ଦଉଡ଼ରେ ହରିଶଙ୍କର କ୍ଳାନ୍ତ। ସେ ପାରିବନି। ନା ପାରିବନି।

କାଲି ରାତିରେ ହିଁ ପର୍ସନେଲ୍ ଅଫିସର ଡାକି ନେଇଥିଲେ ଅଗଣିକୁ ଓ ଦେଶମୁଖ ସାହେବ ସାଙ୍ଗରେ କଥାବାର୍ତ୍ତା କରିବି ଫେରି ଆସିଥିଲା ଅଗଣି। ବିଜୟ ଗର୍ବରେ ଖୁସିରେ ଫେରି ଆସିକି କହିଥିଲା; ଆମ କାମ ହୋଇଗଲା: ନେତାଜୀ।

ହରିଶଙ୍କର ଜାଣିସାରିଥିଲା ସେତେବେଳକୁ, କ'ଣ କ'ଣ କଥା ହେଇଥିବ ଦେଶମୁଖ ସାଙ୍ଗରେ ଅଗଣିର। ତା'ର କେଜାଣି କାହିଁକି ମନେ ହେଇଥିଲା, ଏସବୁ ନିତାନ୍ତ ଫର୍ମୁଲା ଓ ଏମିତି ହିଁ ହେବା କଥା ଥିଲା। ତା'ର ମନେହେଲା, ସେମାନଙ୍କର ଅନଶନ ପୂର୍ବରୁ ହିଁ ଲୋକମାନେ ଜାଣି ସାରିଥିବେ ଏମିତି ଗୋଟେ ପରିଣତି କଥା।

ଅଗଣି ଯେତେବେଳେ ଅନଶନ ଭାଙ୍ଗିବାର ପ୍ରସ୍ତାବ ଦେଲା ଓ ଆଗାମୀ ସକାଳରେ ଦେଶମୁଖ ସାହେବ କେମିତି ସରବତ ପିଏଇବାକୁ ଆସିବେ ଏ କେମିତି ଶୋଭାଯାତ୍ରା ହେବ, ସଭାସମିତି ହେବ ତା'ର ଯୋଜନାରେ ବ୍ୟସ୍ତ ଥିଲା, ହରିଶଙ୍କର ଅଭ୍ୟସ୍ତ ହେଇ ପଡିଥିଲା। ଟିକେ ବଡ଼ ପାଟିରେ ହିଁ କହିଥିଲା; ମୁଁ ଅନଶନ ଭାଙ୍ଗିବନି ଅଗଣି।

ଆକାଶରୁ ପଡିଥିଲା ଅଗଣି; ଅନଶନ ଭାଙ୍ଗିବେନି? କ'ଣ କହୁଚନ୍ତି ନେତାଜୀ? ଆମର ସବୁ ଦାବୀ ପୂରଣ ହେଇଗଲା ପରେ ବି ଆପଣ ଅନଶନ ଭାଙ୍ଗିବେନି?

: ଆମର ଦାବୀ ପୂରଣ କେଉଁଠି ହେଲା, ଅଗଣି?

: ଆମର ଦାବୀସବୁ ସେମାନେ ଉଚ୍ଚ କର୍ତ୍ତୃପକ୍ଷଙ୍କ ପାଖକୁ ପଠେଇବେ। ବାସ୍। ଏଇ ଉଚ୍ଚ କର୍ତ୍ତୃପକ୍ଷ କିଏ? ସେମାନେ ଆମର ଦାବୀ ଉପରେ ବିଚାର କରିବେ- ଏ ଗ୍ୟାରେଣ୍ଟି ଆମକୁ କିଏ ଦେବ? ବିଚାର କଲେ ବି ସେମାନେ ଆମର ଦାବୀ ମାନିନେବେ ଏକଥା କିଏ କହିବ? ଆମେତ ଅନଶନ ନକରି ସୁଦ୍ଧା ଆମର ଦାବୀପତ୍ରକୁ ଉଚ୍ଚ କର୍ତ୍ତୃପକ୍ଷଙ୍କ ପାଖକୁ ପଠେଇ ପାରନ୍ତୁ।

: ଯା'ଛଡ଼ା ଦେଶମୁଖ ସାହେବ ଆଉ କ'ଣ କହିବେ କୁହନ୍ତୁ? ସବୁ କ୍ଷମତା ତ ତାଙ୍କ ହାତରେ ନାଇଁ?

: ତମେ କଣ ଦେଶମୁଖ ସାହେବ ପାଇଁ ହିଁ ଅନସନ କରୁଥିଲ ଅଗଣି? ଆମର କଥା ଥିଲା, ୟୁନିଅନର ସ୍ୱୀକୃତି ନା? କେଉଁ ୟୁନିଅନର ସ୍ୱୀକୃତି ତମେ ଚାହଁ ଅଗଣି? ଆମ

ଦେଶରେ ଅଛିକି ଏମିତି ୟୁନିଅନ-ୟା' ପଛରେ ମ୍ୟାନେଜମେଣ୍ଟର ଆଶୀର୍ବାଦ ନାହିଁ? ପ୍ରକୃତ ଜନତାଙ୍କର ପ୍ରତିନିଧି ହେଇ, ଜନତାଙ୍କର ଶକ୍ତିରେ କେଉଁ ୟୁନିଅନ୍ ଚାଲୁଛି କୁହ?

: ଆମେ କ'ଣ କରିପାରିବା ନେତାଜୀ? ଆମକୁ ତ ଏମିତି ହିଁ ୟୁନିଅନ୍ କରିବାକୁ ପଡ଼ିବ। ଆମର ପ୍ରତିଦ୍ୱନ୍ଦୀମାନଙ୍କ ସାଙ୍ଗରେ ଟକ୍କର ଦେବାକୁ ପଡ଼ିବ।

ହରିଶଙ୍କର ଅଗଣିର ମୁହଁକୁ ଘଡିଏ କାଳ ଅନେକ ରହିଥିଲା। ଅଗଣି କଣ ଭୁଲିଯାଇଚି ସ୍ୱାଧୀନତା ପୂର୍ବର ସେଇ ଦିନଗୁଡ଼ିକୁ? ଗାନ୍ଧିଜୀଙ୍କର ସେଇ ଆଦର୍ଶବୋଧର ବାଣୀଗୁଡ଼ିକୁ। ସତ୍ୟାଗ୍ରହ, ଅନଶନକୁ? ଜୀବନଟାକୁ ବସ୍ତୁତାନ୍ତ୍ରିକ କ୍ଷମତା ଓ ମୋହଠୁ ଉର୍ଦ୍ଧ୍ୱରେ ଉଠେଇ କିଛି ଗୋଟେ କରିଯିବା ପାଇଁ ଯେଉଁ ବ୍ୟାକୁଳତା ସେଗୁଡ଼ିକୁ କ'ଣ ଭୁଲିଯାଇଚି ଅଗଣି? ହରିଶଙ୍କର କହିଲ; ତମେ ଗାନ୍ଧୀବାଦରେ ବିଶ୍ୱାସ କର କି ନା ମୁଁ ଜାଣେନା ଅଗଣି, ମୁଁ କିନ୍ତୁ ଏବେବି କରେ। ଏବେ, ଏତେ ଦିନ ପରେ ମୋତେ କାହିଁକି ବିଶ୍ୱାସ ହେଉଚି ଗାନ୍ଧୀବାଦକୁ ଛାଡ଼ି ଆଉ ଦ୍ୱିତୀୟ ପନ୍ଥା କିଛି ନାହିଁ। ଦେଖ ହିଂସାଶ୍ରୟୀ ରାଜନୀତି ଆମକୁ କେବଳ ଦାସତ୍ୱ ଛଡ଼ା କିଛି ଦେଇଛି କି? ପୋଲିସ୍‌ର ଦାସତ୍ୱ ମ୍ୟାନେଜମେଣ୍ଟର ଦାସତ୍ୱ। ଗୁଣ୍ଡା ବଦମାସଙ୍କ ଦାସତ୍ୱ। କାହିଁ କେଉଁଠି ଗଲା ଜନଚେତନାର କଥା? ମାସ୍ ମୁଭମେଣ୍ଟର କଥା?

ଅଗଣି ହସିଥିଲା : ଗାନ୍ଧୀବାଦର କଥା ତମେ ଏବେ କହୁଚ ନେତାଜୀ, ଯେତେବେଳେ ଗାନ୍ଧୀଜୀଙ୍କୁ ଇତିହାସ ପୃଷ୍ଠାରେ ଖୋଜିବାକୁ ପଡୁଚି? ଗାନ୍ଧୀଜୀ କଥା ଯଦି କହିଲେ ନେତାଜୀ, ଆପଣ ହିଁ ଭାବି ଦେଖନ୍ତୁ- ଗାନ୍ଧିଜୀଙ୍କର ସବୁଠୁ ପଟ୍ଟଶିଷ୍ୟ ନେହେରୁ କ'ଣ ଗାନ୍ଧୀବାଦୀ ଥିଲେ? ଗାନ୍ଧୀଜୀଙ୍କଠୁ ଠିକ୍ ଅଲଗା ମେରୁରେ ନ ଥିଲେ କି ନେହେରୁ? ଚିନ୍ତାରେ, ଚେତନାରେ, କାର୍ଯ୍ୟରେ? ତା'ଛଡ଼ା ଗାନ୍ଧିଜୀଙ୍କର ପ୍ରତିଟି ପଦକ୍ଷେପ ହିଁ କ'ଣ ନଥିଲା କଣ୍ଟ୍ରାଡିକ୍‌ସନର? ଗାନ୍ଧିଜୀଙ୍କର ଯୌନବିକାର କଥା, ବିଶେଷକରି ନୂଆଖାଲିରେ ସାଂପ୍ରଦାୟିକ ଗଣ୍ଡଗୋଳ ସମୟରେ ତାଙ୍କୁ କୌଣସି ଯୁବତୀ ସାଙ୍ଗରେ ଶୋଇଥିବା ଘଟଣାକୁ ଉଲ୍ଲେଖ କରି ସେ ସମୟରେ ଓ ତା'ପରେ ବି କମ୍ୟୁନିଷ୍ଟମାନେ ଗୁଡ଼େ ପାଟିତୁଣ୍ଡ କରିଥିଲେ, ଆପଣଙ୍କର ମନେ ଥିବ। ସେତେବେଳେ ଖୋଦ୍ ଗାନ୍ଧିଜୀ କଣ ତା'ର ପ୍ରତିବାଦ କରିଥିଲେ? ନା ତାଙ୍କ ପକ୍ଷରୁ କେହି? ନା ନେହେରୁ? ନା କଂଗ୍ରେସ? ଆଦର୍ଶବାଦ ଜିନିଷଟା ହିଁ ସେୟା ନେତାଜୀ। କୁହାଯାଏ ଗୌତମ ବୁଦ୍ଧ ଜୀବନର ଶେଷ କାଳରେ ଘୁଷୁରି ମାଂସ ଖାଇଥିଲେ। ମିଛ ହେଇପାରେ କଥାଟି। କିନ୍ତୁ ଇତିହାସ ସାକ୍ଷୀ ଅଛି- ପ୍ରତିଟି ଆଦର୍ଶ ବାଦର ଶେଷ ପରିଣତି ଥାଏ ନିଜସ୍ୱ ଦର୍ଶନର ବିରୁଦ୍ଧାଚରଣ କରିବାରେ।

ହରିଶଙ୍କର କିଛି କହି ପାରିଲାନି। ଯୁକ୍ତି ତର୍କରେ ସେ ସବୁଦିନ ହିଁ ଦୁର୍ବଳ। ଗାନ୍ଧୀବାଦର ଗାନ୍ଧୀଜୀଙ୍କର ନିନ୍ଦୁକ ସବୁବେଳେ ହିଁ ଥିଲେ। ହରିଶଙ୍କର ବି ସେମିତି ବଡ଼ ଗାନ୍ଧୀବାଦୀ କେବେ ବି ନଥିଲା। ଏଇ ଆଜି ପର୍ଯ୍ୟନ୍ତ ସେ ହେମବାବୁଙ୍କୁ ହିଁ ତା'ର ଆଦର୍ଶ ମାନି ଆସିଥିଲା, ଯିଏ ନାଁକୁ ମାତ୍ର ଗାନ୍ଧୀବାଦୀ- କେବେ ଗାନ୍ଧୀବାଦର ଆଦର୍ଶ ମାନି ନାହାନ୍ତି। କିନ୍ତୁ ଏଇ

ମୁହୂର୍ତ୍ତରେ ତା'ର କେଜାଣି କାହିଁକି ମନେ ହେଉଚି ଗାନ୍ଧୀବାଦ ହିଁ ପ୍ରକୃଷ୍ଟ ପନ୍ଥା। ତା'ଛଡ଼ା ଅନ୍ୟ ଗତି ନାଇଁ। ହରିଶଙ୍କରର ଏଇଟା ବିଶ୍ୱାସ। ତା'ର ଭିତରୁ ଜଣେ କିଏ ପ୍ରବଳ ଭାବରେ ନିୟନ୍ତ୍ରିତ କରୁଛି ହରିଶଙ୍କରକୁ ଓ ବାଧ୍ୟ କରିଛନ୍ତି ଅନଶନ ନ ଭାଙ୍ଗିବାକୁ।

ହରିଶଙ୍କର କିଛି କହିଲାନି। ଚୁପ୍‌ଚାପ ଶୋଇ ରହିଥିଲା। ଅଗଣି ବି। କ୍ରମଶଃ ୟୁନିଅନ୍‌ର କମିଟି ମେମ୍ବରମାନେ ଭିଡ଼ ଜମଉଥିଲେ। ହରିଶଙ୍କର ଆଖି ବନ୍ଦ କରି ଶୋଇ ରହିଥିଲା। ଭାରି ଦୁର୍ବଳ ଦୁର୍ବଳ ଲାଗୁଛି ତାକୁ। ପାଟି ଭିତରଟା ଅଠା ଅଠା ଲାଗୁଛି। ଓଠର ଚମଡ଼ା ଫାଟି ଯାଉଚି। ସେ ପ୍ରଥମ ଦିନେ ଦି ଦିନ ଟିକେ ଭୋକ ଶୋଷ ଲାଗିଥିଲା ହରିଶଙ୍କରକୁ। ଏବେ ଆଉ ଭୋକ ଶୋଷ ବ୍ୟସ୍ତ କରେନି ତାକୁ। ଯେମିତି କେବେଠୁ ଖାଇବା ଭୁଲିଯାଇଚି ସେ। ଯେମିତି ତା' ଭିତରେ ଜମା ରହିଚି ଅଫୁରନ୍ତ ଶକ୍ତି ଓ ଖାଦ୍ୟ। ସେଇତକ ସମ୍ବଳ କରି ସେ ବଞ୍ଚିଯିବ ବହୁତ ଦିନ।

ହରିଶଙ୍କର ଶୁଣି ପାରିଥିଲା, ଅଗଣି ଡାକୁଚି ନେତାଜୀ, ନେତାଜୀ। ଅଗଣିର ଡାକଟା ବି ଆସୁଚି ଯେମିତି କେଉଁ ଦୂର ଜାଗାରୁ। ଆଖି ଖୋଲିବାକୁ ଇଚ୍ଛା ହେଲାନି ତା'ର। କ'ଣ କହିବ ବା ସେ? ତାକୁ ଯୁକ୍ତି କରି ଆସିନି। ସେ ପାରିବନି ଏବେ ସବୁ ବାକ୍ ଚାତୁରୀ ସାମ୍ନାରେ ମୁକାବିଲା କରି। ଯାହା ସେ ବୁଝିଚି ବୁଝିଚି। ତା'ର ଦେହ ଅବଶ ହେଇ ଆସୁଥିଲା। ଯେମିତି ଗୋଟେ କଳା ମେଘ ନଇଁ ଆସୁଚି ତା' ଉପରକୁ। ଜିଭ ପଶି ଯାଉଚି ପାଟି ଭିତରକୁ। ନା, ତାକୁ ପ୍ରସ୍ତୁତ ହେବାକୁ ପଡ଼ିବ, ଲଢ଼ିବାକୁ ପଡ଼ିବ। ବହୁତ ହେଲା; ଆଉ ନୁହେଁ। ଜୀବନଟା ତ ଏମିତି ବ୍ୟର୍ଥରେ ଗଲା। ବାକି ଜୀବନରେ ତା'ର କିଛି କ୍ଷମତା କି ଅର୍ଥର ଆଉ କ'ଣ ଦରକାର ଅଛି। ଜୀବନଟା କିଛି ଉଦ୍ଦେଶ୍ୟରେ ଲାଗିବା ଦରକାର।

ଅନଶନ ନ ଭାଙ୍ଗିଲେ କ'ଣ କରିବ ହରିଶଙ୍କର ? ତା' ପାଇଁ ତା'ର ଏ ଅନଶନ ତେବେ? କ'ଣ ଚାହେଁ ସେ? ହରିଶଙ୍କର ଜାଣେନା ସେ କ'ଣ ଚାହେଁ। ହଁ, ଏଇଟା ନିଜର ସତକଥା। ଏଇ ଅନଶନ ଭିତରେ ହିଁ ଆତ୍ମ-ସମୀକ୍ଷା କରିଯିବ ହରିଶଙ୍କର। ଏଇ ଅନଶନ ଭିତରେ ହିଁ ନିଶ୍ଚେ ସେ ଖୋଜି ପାଇବ ତା'ର ଅନଶନର କାରଣ। ହୁଏତ ଏଇଟା ତା'ର ଆତ୍ମଶୁଦ୍ଧି ପାଇ ଅନଶନ। ଏତେଦିନ ଧରି ୟୁନିଅନ୍ ନାଁରେ ଯେତେ ଧାଁ ଦଉଡ଼ କରିଛି ହରିଶଙ୍କର ତା'ପାଇଁ ତା'ର ପଶ୍ଚାତ୍‌ତାପ ଓ ଅନୁଶୋଚନାର ଅନଶନ। ହୁଏତ ଏ ଅନଶନ ଜନଜାଗରଣ ପାଇଁ। ହୁଏତ ଜନତାର ମନ ପରିବର୍ତ୍ତନ ପାଇଁ ଏ ଅନଶନ। ଆମର ସାମ୍ପ୍ରତିକ ଜନମାନସରେ ନୈତିକତାର ଅବମୂଲ୍ୟାୟନ ଏମିତି ପର୍ଯ୍ୟାୟକୁ ଆସି ଯାଇଚି ଯେ ପ୍ରତିଟି ଅନୈତିକ କାମ ହିଁ ନାୟକୋଚିତ ମନେ ହେଉଚି, ହୁଏତ ଏଇ ମୂଲ୍ୟବୋଧ ବିରୁଦ୍ଧରେ ହିଁ ହରିଶଙ୍କରର ଅନଶନ। ହରିଶଙ୍କର ଠିକ୍ ଭାବରେ ଏବେ ବି ଦୃଢ଼ ନିଶ୍ଚିତ ନୁହଁ। ସେ କନ୍‌ଫ୍ୟୁଜ୍‌ଡ କି? ଜାଣେନା ସେ। ବୋଧେ ହଁ। ବୋଧେ ନାଇଁ। ବୋଧେ ସେ ଏବେ ବି

ଶିଶୁ। ଅନେକ କିଛି ଜାଣିବାକୁ ଅଛି। ଅନେକ କିଛି ଶିଖିବାକୁ ଆହୁରି ବାକି ଅଛି। ହୁଏତ ଏବେଠୁ ହିଁ ତା'ର ଆରମ୍ଭ ହେବ ନୂଆ ରାଜନୀତିର ପାଠ।

ଆଖି ବନ୍ଦ କରି ପଡ଼ି ରହିଥିଲା ହରିଶଙ୍କର ଅଗଣି ଡାକରେ ଜବାବ ନଦେଇ। ତାକୁ ଖୁବ୍ ଦୁର୍ବଳ ଲାଗୁଥିଲା। ଦୁଇ ତିନିରାତି ଭଲ ନିଦ ହେଇନଥିଲା ମଶା କାମୁଡ଼ାରେ, ଲୋକମାନଙ୍କର ଗହଳଚହଳରେ। ଆଖିପତା ମାଡି ପଡୁଥିଲା। ସେମିତି ପଡ଼ି ରହୁ ରହୁ ଶୋଇ ପଡିଥିଲା କେତେବେଳେ ହରିଶଙ୍କର। ହଠାତ୍ ଚାଇଁକିନା ନିଦଟା ଭାଙ୍ଗିଗଲା ଓ ସେ ଦେଖିଲା କେହି କୁଆଡ଼େ ନାଇଁ। ଅନଶନ ମଣ୍ଡପଟା ଫାଙ୍କା। ରାତି କେତେ ହେବ ? କେତେ ସମୟ ଶୋଇପଡ଼ିଥିଲା କି ହରିଶଙ୍କର? ଅଗଣିମାନେ ତେବେ ଅନଶନ ଭାଙ୍ଗିଦେଲେ ? ପ୍ରଡକ୍‌ସନ ଓ ୱାର୍କଶପ୍ ସେକ୍‌ସନର ମିତ୍ରଭାନୁ କିମ୍ବା ଚନ୍ଦ୍ରଶେଖର ବି ନାହାନ୍ତି। ରାତିରେ ଜଗିବାକୁ ଆସୁଥିବା ଲୋକମାନେ ବି ନାହାନ୍ତି। ସମସ୍ତେ ତେବେ ହରିଶଙ୍କରକୁ ଏକୁଟିଆ ଛାଡ଼ି ଚାଲିଗଲେ ?

ଭାରି ଅସହାୟ ଲାଗିଲା ହରିଶଙ୍କରକୁ। ଟିକେ ଭୟ ବି। ଯେମିତି ଆଗରେ ଧୁଧୁ ମରୁଭୂମି ଓ ତାଙ୍କ କାରାଭାନ୍ ତାକୁ ଛାଡ଼ି କୁଆଡ଼େ ପଳେଇ ଯାଇଚି। ଏବେ ଯୁଆଡ଼େ ଦେଖିଲେ ଦିଗନ୍ତବ୍ୟାପି ଖାଲି ମରୁଭୂମି ଓ ମଝିରେ ଏକା, କେବଳ ଏକା ହରିଶଙ୍କର ହିଁ।

ଜହ୍ନରାତି। ଦୂରରେ କେଉଁଠି ଗୋରଖପୁରିଆମାନେ ମେଳି ବାନ୍ଧି ଗୀତ ଗାଉଛନ୍ତି। ସେମାନଙ୍କର ଭଜନରେ ଗୋଟେ ଅଦ୍ଭୁତ ମିଠା ଅଂଶ ଅଛି। ହରିଶଙ୍କର ଉଠି ଠିଆ ହେଲା। ତାକୁ ଅସ୍ଥିର ଅସ୍ଥିର ଲାଗିଲା। ସେ କ'ଣ କରିବ ତେବେ? ଛାଡ଼ିକି ପଳେଇବ? କାଲି ମୁହଁ ଉଠେଇକି ଅନେଇ ପାରିବ କାହାକୁ? ଆଉ ଏକୁଟିଆ ସେ ପାରିବ କି ଅନଶନ ଚଳେଇ ନେଇ? ଗୋଟେ ଲୋକ, ତା' ପଛରେ କୌଣସି ୟୁନିଅନ ନଥିବ। ଜନତା, ଶ୍ରମିକ କେହି ନଥିବେ ଏମିତି ଭାବରେ ଅନଶନ ଚଳେଇ ସେ କ'ଣ କରିବ? କାଲି କୋଲିୟାରୀ ସାରା ଖବର ହେଇଯିବ ହରିଶଙ୍କର ପଟ୍ଟନାୟକ ପାଗଳ ହେଇଯାଇଚି ବୋଲି। ଲୋକେ ତାକୁ ଦେଖିବାକୁ ଆସିବେ, ଚିଡିଆଖାନାର ଜନ୍ତୁ ଭଳି। ଦେଖିବେ ଓ ଛିଗୁଲେଇ ହେବେ ଏବଂ ହସିବେ।

ହରିଶଙ୍କର ଭାବିଥିଲା, ତା' ପଛରେ ସଙ୍ଗଠନ ଅଛି। ଅନ୍ତତଃ ତା'ର ୟୁନିଅନ୍‌ର ତିରିଶ ଜଣ ଲୋକ ଅଛନ୍ତି। ସେ ଭାବିଥିଲା, ୟୁନିଅନ୍‌ମାନେ ସେ ହିଁ। ସେମାନଙ୍କର ଭରସାରେ ସେ ଲଢ଼ିବ। ଜନତାକୁ ସେ ପ୍ରଭାବିତ କରିବ ଓ ସେମାନଙ୍କୁ ଭାବିବାକୁ ବାଧ୍ୟ କରିବ ୟୁନିଅନ୍ ରାଜନୀତି ବିଷୟରେ, ଆମର ନୈତିକ ଅବମୂଲ୍ୟ ବିଷୟରେ। ହୁଏତ ଏଇଟା ହିଁ ଭୁଲ୍ ଥିଲା ହରିଶଙ୍କରଙ୍କର। ସେ ଯେ ନିଜେ ୟୁନିଅନ୍ ନୁହଁ ତାକୁ ଯେ କେହି ଅଧିକାର ଦେଇନି ଏମିତି ଗୋଟେ ଲଢ଼େଇ ଲଢ଼ିବାକୁ ଯେ ଖାଲି ନିମିତ୍ତ ମାତ୍ର, ଏବେ ଏଇ ମୁହୂର୍ତ୍ତରେ ସେ ଭଲ କରି ବୁଝିପାରୁଥିଲା।

ତେବେ କ'ଣ ସେ ଉଠିକି ପଳେଇବ? ଯାଇ ଅଗଣିକୁ କହିବ, ଯାହା ହେଲା। ଏବେ ମୁଁ ତମ ସାଙ୍ଗରେ ଅଛି? ଯା'ପରେ ୟୁନିଅନ୍ ଛାଡ଼ି ଦେଇ ଚୁପ୍‌ଚାପ୍ ବସିଯିବ କି ହରିଶଙ୍କର? ନିଜ ପରିବାର ନେଇ, ପାଗେଳୀ ସ୍ତ୍ରୀ, ବୁଢ଼ୀମା' ନଷ୍ଟ ହେଇଯାଉଥିବା ପିଲାମାନଙ୍କୁ ସମ୍ଭାଳିବ? ଚାକିରି କରିବ ଦଶଟାରୁ ପାଞ୍ଚଟା? ତାରବାହାର କୋଇଲା ଖଣିର କେଉଁଠି ବି ହେଲେ ସେ ଆଉ ରହିବନି ତେବେ?

ବେଶ୍ ତ ଥିଲା ହରିଶଙ୍କର ହେମବାବୁଙ୍କ ପାଖରୁ ଦୂରେଇ ଯାଇ, ରାଜନୀତି କଥା ଭୁଲିଯାଇ, ହରିଣ ପାଳୁଥିଲା ହରିଶଙ୍କର। ହଠାତ୍ କ'ଣ ହେଲା ତା'ର? କାହିଁକି ସେ ୟୁନିୟନ୍ ରାଜନୀତିକୁ ପଶି ଆସିଲା? କ'ଣ କ୍ଷମତା ପାଇଁ? ପଦ ମର୍ଯ୍ୟାଦା ପାଇଁ? ଅର୍ଥ ଓ ସମ୍ମାନ ପାଇଁ? ବହୁତ ଦିନର ତ କିଛି ଗୋଟେ କରିବା କଥା ଭାବୁଥିଲା ହରିଶଙ୍କର। କିନ୍ତୁ ୟୁନିଅନ୍? ହିଂସାଶ୍ରୟୀ ରାଜନୀତି? ମ୍ୟାନେଜମେଣ୍ଟର ଚାମଚା ୟୁନିଅନ୍ ଗଢ଼ି କି କିଛି ଲାଭ ଅଛି କି? ସେମିତି ୟୁନିଅନ୍ କରି କେବଳ ମାତ୍ର ଲୋକଙ୍କୁ ଠକିବା, ମ୍ୟାନେଜମେଣ୍ଟକୁ ପୋଷିବା ଓ ନିଜ ପାଇଁ ଦି'ପଇସା କମେଇବା ଛଡ଼ା ଦେଶର କ'ଣ ଲାଭ ହେବ?

ଜନତା ସବୁ ବୁଝି ସାରିଛନ୍ତି। ସେମାନେ ଆଉ ରାଜନୈତିକ ନେତାମାନଙ୍କୁ ବିଶ୍ୱାସ କରୁ ନାହାନ୍ତି। ସେମାନେ ଆଉ ୟୁନିଅନ୍ ନେତାମାନଙ୍କ ସହ ନାହାନ୍ତି। ହୁଏତ ୟୁନିଅନ୍‌ବାଲାଙ୍କୁ ସେମାନେ ଡରୁଛନ୍ତି। ନଚେତ୍ ନିଜର ସମସାମୟିକ ସ୍ୱାର୍ଥ ହାସଲ ପାଇଁ ପାଖକୁ ଆସି ବିନୟୀ ହେବାର ଓ ସମର୍ଥନ କରିବାର ଅଭିନୟ କରୁଛନ୍ତି। ହରିଶଙ୍କର ଚାହିଁଥିଲା ଗୋଟେ ନୂଆ ୟୁନିଅନ୍ ଗଢ଼ିବା। ସମ୍ପୂର୍ଣ୍ଣ ଜନତାର ମତାଶ୍ରିତ ୟୁନିୟନ୍। ହେମବାବୁଙ୍କୁ ଦେଖେଇ ଦେବ, ଜନତା ସମ୍ପର୍କରେ ତାଙ୍କର ଧାରଣାସବୁ କେତେ ଭ୍ରାନ୍ତ, କେତେ ଅଳୀକ। କିନ୍ତୁ ବୋଧେ ଜନତା ନିଜେ ହିଁ ଭୁଲି ଯାଇଚି ତା'ର ନିଜସ୍ୱ ପରିଚୟ, ନିଜସ୍ୱ ମୂଲ୍ୟବୋଧଗୁଡ଼ିକୁ। ଅଗଣି ଯେମିତି କହିଲା, ଗାନ୍ଧୀଙ୍କୁ ଇତିହାସରେ ଖୋଜିବାକୁ ପଡୁଚି, ତାଙ୍କର ଅହିଂସା, ସତ୍ୟାଗ୍ରହ ବି ବୋଧେ ଅକାମୀ ହେଇପଡ଼ିଚି। ଜନତା ଚାହେଁ ଆତଙ୍କ, ଚାହେଁ ଚାବୁକ୍‌ମାଡ଼। କଡ଼ା ଶାସନ। ଇମର୍ଜେନ୍‌ସି। ଆମ ଦେଶଟା ହିଁ ବୋଧେ ଅନୁଶାସନ ହୀନ। ନ ହେଲେ ଏଠି ଠିକ୍ ସମୟରେ ଟ୍ରେନ୍ ଚଳେଇବା ପାଇଁ ଇମର୍ଜେନ୍‌ସି ଲାଗୁ କରିବାର ଆବଶ୍ୟକତା ହୁଅନ୍ତା ନାଇଁ। ଦୁଧବାଲା ଦୁଧରେ ପାଣି ମିଶେଇବାଟା ତାର ନୈତିକ ଅଧିକାର ବୋଲି ଭାବନ୍ତା ନାଇଁ। ଲାଞ୍ଚ ନ ଖାଉଥିବା ଲୋକଟି ଅପଦାର୍ଥ ବୋଲି ଗଣା ହୁଅନ୍ତା ନାଇଁ।

ହରିଶଙ୍କର ପାଖକୁ ସେଇ ସମୟରେ ଆସିଥିବା ରାତି ଡ୍ୟୁଟିରେ ଥିବା କନେଷ୍ଟବଲଟି। ଅନଶନ ପରଠୁ, ତାକୁ ଏଇଠି ଡେପୁଟ୍ କରାଯାଇଚି ପୁଲିସ ତରଫରୁ, ସେମାନଙ୍କ ସୁରକ୍ଷା ପାଇଁ। ଆସିକି ପଚାରିଲା କେହି କୁଆଡ଼େ ନାହାନ୍ତି ଯେ? କ'ଣ ହେଲା ନେତାଜୀ? ବାକି ଲୋକେ କୁଆଡ଼େ ଗଲେ?

ହରିଶଙ୍କର ସେ କଥାର ଉତ୍ତର ଦେଉନି। କହିଲା- ବସ ଟିକେ। ତମକୁ କେତେଗୁଡ଼େ କଥା ପଚାରିବାର ଅଛି। କୁହ, ତମେ କେବେ ଜନତା କଥା ଭାବିଛ?

କନେଷ୍ଟବଲଟି ହସିଲା। କହିଲା: ସତ କହିବାକୁ ଗଲେ ଆପଣମାନଙ୍କ ଭଳି ଆମର ବି କାମ ଜନତାକୁ ନେଇ। ଆଉ ଏଇଟା ବି ଭାରି ଆଶ୍ଚର୍ଯ୍ୟର କଥା ଯେ ଆପଣମାନଙ୍କ ସହ ଆମର ସାମ୍ୟ ବହୁତ ବେଶି। ଅନ୍ତତଃ ଜନତାର ଧାରଣା କ୍ଷେତ୍ରରେ। ଜନତା ଧରି ନେଇଥାଏ ଯେ ପୁଲିସବାଲା କିମ୍ବା ରାଜନୈତିକ ନେତା, ଉଭୟେ ହିଁ ପଇସା ଖାଆନ୍ତି, ମିଛ କୁହନ୍ତି ଓ ଶାସନ କିମ୍ବା କ୍ଷମତା ଆଗରେ ନିଜକୁ ବିକି ଦେଇଥାନ୍ତି।

: ଏଇଟା ତ ଜନତାର ଧାରଣା ତୁମ ଆମ ପ୍ରତି। କିନ୍ତୁ ତମେ ଜନତାକୁ କେଉଁ ଆଖିରେ ଦେଖ?

କନେଷ୍ଟବଲଟି କହିଲା: ସତ କହିବାକୁ ଗଲେ, ଏଯାଏଁ ମୁଁ ଜନତା ବିଷୟରେ ସେମିତି କିଛି ସଠିକ୍ ଧାରଣା କରି ପାରିଲାନି। ଦେଖନ୍ତୁ, ସାମ୍ପ୍ରଦାୟିକ ଦଙ୍ଗାରେ ଯେଉଁ ଲୋକମାନେ ଲୁଟ ତରାଜ ଚଳାନ୍ତି, ସେଇମାନେ ହିଁ ପୁଣି ଶାନ୍ତି କମିଟୀ ଗଢ଼ନ୍ତି, ସେଇମାନେ ହିଁ ଶାନ୍ତି ଶୃଙ୍ଖଳା ରକ୍ଷା କରିବାରେ ପୁଲିସର ବ୍ୟର୍ଥତା ଅଭିଯୋଗରେ ଶୋଭାଯାତ୍ରା ବାହାର କରନ୍ତି। କୁହନ୍ତୁ, ଏ'ଭିତରୁ କେଉଁଟା ଜନତାର ଅସଲ ଚରିତ୍ର? କେଉଁ ରୁପଟାକୁ ଆପଣ ବାଛିନେବେ ତା' ଭିତରୁ? ବୋଧେ ଜନତା ଏମିତି ହିଁ। ମେଣ୍ଢାପଲ ଭଳି। ଯୁଆଡ଼େ ମତାଇଲେ ସେଆଡ଼େ ଚାଲେ। ହୁଏତ ଜନତାର କିଛି ଚିନ୍ତା ଶକ୍ତି ନାହିଁ, ବାଛ ବିଚାର ନାହିଁ। ଜନତା ଗୋଟେ ପାଣି ସ୍ରୋତ।

ପୁଣି ହେମବାବୁ? ଠିକ୍ ସେଇଭଳି ଦୃଷ୍ଟିଭଙ୍ଗୀ, ସେଇଭଳି ଅଭିଜ୍ଞତା? ତେବେ, ହେମବାବୁ ହିଁ ଠିକ୍? ଜନତା ସମ୍ପର୍କରେ ଆଉ କିଛି ମୁଣ୍ଡବ୍ୟଥା ରହିବା ଦରକାର ନାହିଁ? ହରିଶଙ୍କର ଜାଣେ, ସେ ପ୍ରତିବାଦ କରି ପାରିବନି। ଯୁକ୍ତି କରି ପାରିବନି। ଜନତା ଏଇୟା ନୁହଁ, ଏମିତି ହେବା କଥା ନୁହଁ- ଏତିକି କହି ପାରିବ ଖାଲି। ସେ ଜାଣେନା, କେମିତି ବଦଳେଇବ ଏଇ ଧାରଣାକୁ। ଜାଣେନା କେମିତି ବଦଳେଇବାକୁ ପଡ଼ିବ ଜନତାଙ୍କୁ, ତାଙ୍କ ମତିଗତିକୁ। ହୁଏତ ଅନଶନ ହିଁ ସଠିକ୍ ବାଟ। ହୁଏତ ଏମିତି ଅନେକ ଅନେକ ଲୋକଙ୍କ ଅନଶନ ଦରକାର ପଡ଼ିବ। ଆଜି ନୁହଁ। କିନ୍ତୁ ଦିନେ ନା ଦିନେ ପରିସ୍ଥିତି ବଦଳିଯିବ। ଜନତା ନିଜକୁ ନିଜେ ବଦଳେଇ ନେବ। ନିଜର ମୂଲ୍ୟବୋଧକୁ, ନିଜର ନୈତିକତାକୁ ଚିହ୍ନିନେବ। ସେତେଦିନ ପର୍ଯ୍ୟନ୍ତ କେହି ନା କେହି, କେଉଁଠି ନା କେଉଁଠି ଏମିତି ଅନଶନ ଚଳେଇ ଯିବା ଉଚିତ। ଏମିତି ଭାବରେ ହିଁ ଆରମ୍ଭ ହେବା ଉଚିତ ସତ୍ୟାଗ୍ରହର ଆନ୍ଦୋଳନ।

କିଏ କ'ଣ କଲା ନ କଲା ହରିଶଙ୍କର କିଆଁ ଭାବିବ? ତା'ର ଏଇ ଅନଶନ ସଫଳ ହେବ କି ନାହିଁ ସେଇଟା ବି ଭାବିବା ଦରକାର କି? ହୁଏତ ଏଇ ଅନଶନ ବି ବ୍ୟର୍ଥ ଯିବ। ଗାନ୍ଧଜୀଙ୍କର ଅନଶନ କ'ଣ ବନ୍ଦ କରି ପାରିଥିଲା ସାଂପ୍ରଦାୟିକ ଦଙ୍ଗା ନା ଭାରତ ବିଭାଜନ।

ଗାନ୍ଧିଜୀଙ୍କ ପରେ ଆହୁରି ହଜାର ହଜାର ଗାନ୍ଧିଜୀ ବାହାରି ଆସିବା ଉଚିତ୍ ଥିଲା। କେହି ବାହାରି ନାହାନ୍ତି ବୋଲି ହରିଶଙ୍କର ବି ବାହାରିବନି, ଏମିତି କଥା ଅଛିକି ? ହରିଶଙ୍କର ପୁଣି ଅଣ୍ଟା ସଳଖେଇବା ପାଇଁ ଗଡ଼ି ପଡିଲା ସତରଞ୍ଜି ଉପରେ।

କନେଷ୍ଟବଲଟି ପଚାରିଲା: ଅନ୍ୟମାନେ କୁଆଡ଼େ ଗଲେ ନେତାଜୀ।

: ସେମାନେ ବୋଧେ ଅନଶନ କରିବେନି।

: କରିବେନି କାହିଁକି ?

: ସେମାନେ ଯାହା ଚାହୁଁଥିଲେ ପାଇଗଲେ।

: ଆଉ ଆପଣ ? କନେଷ୍ଟବଲଟି କିଛି ବୁଝି ପାରିଲାନି। ହରି ଶଙ୍କର କିଛି କହିଲାନି। ଆଖି ବନ୍ଦ କଲା। ତା'ର କ'ଣ କିଛି କହିବା ଉଚିତ ନୁହଁ? ଏଇ କନେଷ୍ଟବଲ୍‌ଟି ବି ତ ଜନତାର ଗୋଟେ ଅଂଶ। ଯାକୁ ତ ବୁଝେଇବା ଦରକାର ହରିଶଙ୍କରର ଅନଶନ ନ ଭାଙ୍ଗିବାର ଉଦ୍ଦେଶ୍ୟ। କିନ୍ତୁ ହରିଶଙ୍କର କିଛି କହୁନି। ଚୁପ୍‌ଚାପ୍ ରହୁଚି। ଯା'ଫଳରେ ଜନତାଠୁ ଦୂରେଇ ଯାଉନି କି ହରିଶଙ୍କର? ଜନତା ପାଇଁ ଲଢ଼ିବାକୁ ବାହାରିଥିବା ହରିଶଙ୍କର ଜନତାଠୁ ଏମିତି ଦୂରେଇ ଯିବା ଉଚିତ କି ?

ତଥାପି ହରିଶଙ୍କର କିଛି କହିଲାନି। କହିବା ପାଇଁ ତାର ଇଚ୍ଛା ହିଁ ହେଲାନି। ଏତେସବୁ କଥା, ଏତେ ସବୁ ଯୁକ୍ତି, ଏତେ ସବୁ ଉଦାହରଣ- ଉଃ, କ୍ଳାନ୍ତିକର। ସେ ପାରିବନି। ସେ ଆଦୌ ତା'ର ଛାତି ତଳର ବକ୍ତବ୍ୟକୁ ଭାଷାରେ ପ୍ରକାଶ କରି ପାରିବନି। ସେ ଆଦୌ ତା'ର ଛାତି ତଳର ବକ୍ତବ୍ୟକୁ ଭାଷାରେ ପ୍ରକାଶ କରି ପାରିବନି। ସେ ଚୁପ୍ ହିଁ ରହିଲା। ସତରଞ୍ଜି ଉପରେ ଶୋଇ ରହିଲା, ପାଦ ଲମ୍ବେଇ, ଦି ହାତକୁ ମୁଣ୍ଡ ତଳେ ଛନ୍ଦି, ଆଖି ବନ୍ଦ କରି। ଶୋଇ ରହିଲା କନେଷ୍ଟବଲ୍‌ର ପ୍ରଶ୍ନଗୁଡ଼ିକ ଉପେକ୍ଷା କରି।

ବେଶ୍ କିଛି ସମୟ ପରେ, କନେଷ୍ଟବଲ୍‌ଟି କହିଲା: ଆପଣ ଶୋଇଥାନ୍ତୁ ନେତାଜୀ, ମୁଁ ଘେରାଏ ବୁଲି ଆସୁଚି।

କାହିଁକି ଚାଲିଯାଇଥିଲା ଯେ ଯାଇଥିଲା। ରାତି ସାରା ଆଉ ଫେରିନଥିଲା ସେ। ହରିଶଙ୍କର ଏକୁଟିଆ ଶୋଇ ରହିଥିଲା ପେଣ୍ଡାଲ୍‌ରେ, ମଶା କାମୁଡ଼ା ସହି ସହି। ନିଦ ଆସି ନଥିଲା ରାତିସାରା। ଦୂରରୁ ଗୋରଖପୁରୀ ଭଜନ ବନ୍ଦ ହେଇଯାଇଥିଲା। ଜହ୍ନ ବୁଡ଼ି ଯାଇଥିଲା। ଟ୍ରେନ୍‌ର ଶବ୍ଦ କୁକୁରର ଭୁକିବା ଶବ୍ଦ, ଦୂରରେ କଲୋନି ଜଗୁଥିବା ବାହାଦୁରମାନଙ୍କର ହ୍ୱିସିଲ୍ ଶବ୍ଦ ଓ ଝିଙ୍କାରୀର ଶବ୍ଦ ସାଙ୍ଗକୁ ଆକାଶ ଭର୍ତ୍ତି ତାରା ଦେଖୁ ଦେଖୁ ସେ କଟେଇ ଦେଇଥିଲା ରାତିଟା।

ଆଉ ଏବେ ସକାଳ। ବେଶ୍ ସକାଳ ହେଇ ଗଲାଣି। ଖରା ଉଠି ଆସିଛି। ହରିଶଙ୍କରର ଗଳା ଶୁଖି ଯାଇଚି। ସେ ପିଇ ଦେବକି ପାଣି ? ଭାଙ୍ଗି ଦେବ ଅନଶନ? ଏତେ ଗୁଡେ ଲୋକ ସାଙ୍ଗରେ ଥିଲେ ତ ତାକୁ ଭୋକ ଶୋଷ ଜଣା ପଡୁ ନଥିଲା। ଏବେ ଏକୁଟିଆ

ହେଲାଠୁ ଅସହ୍ୟ ମନେ ହେଇଚି ଅନଶନଟା। ହରିଶଙ୍କର ଏଯାଏଁ ଠିକ୍ କରି ପାରିଲାନି ସେ ଅନଶନ ଭାଙ୍ଗିବ କି ନାହିଁ। ତା'ର ମୁଣ୍ଡ ବୁଲେଇ ଦେଉଛି। ଚିନ୍ତା ଭାବନା ସବୁ ଗୋଳେଇ ହେଇଯାଉଛି। ଅଗଣି କଥା ଭାବୁ ଭାବୁ ସେ ଧ୍ରୁବ ଖଟୁଆ କିମ୍ବା ହେମବାବୁଙ୍କ ପାଖରେ ପହଞ୍ଚି ଯାଉଚି। ହେମବାବୁଙ୍କ କଥା ଭାବୁ ଭାବୁ ବାପାଙ୍କ ଜଟାଜୁଟ ସନ୍ୟାସୀ ଚେହେରା ପାଖରେ ପହଞ୍ଚି ଯାଇଚି ତ। ସେ ଆଖି ମେଲି ଅନେଇ ପାରୁନି ଅଥଚ ଶୋଇନି ସେ। ସ୍ପଷ୍ଟ ଦେଖିପାରୁଚି ସେ ତା'ର ଅତୀତରୁ ବର୍ତ୍ତମାନ ଯାଏ ସବୁକିଛି।

ଗାଁ ଦାଣ୍ଡ। ମୁହଁ ସଂଜବେଳ। ହରିଶଙ୍କର ଅନେଇ ରହିଚି ଗୋଟେ ଦାଢ଼ିଆ ଲୋକକୁ, ଯିଏ ତା'ର ବାପା। କହୁଚି; ତୁ ବଡ଼ ହେଲେ ମୋତେ ନିଶ୍ଚେ ବୁଝିପାରିବୁ। ସେତେବେଳେ ମୋର ବିଶ୍ୱାସ, ତୁ ନିଶ୍ଚେ ମୋତେ କ୍ଷମା କରିଦେବୁ। ତୋ ମା' ପ୍ରତି ମୁଁ କେବେ ନ୍ୟାୟ, କରିନି। ତାକୁ ସୁଖରେ ରଖିବୁ।

ମୁହଁ ସଞ୍ଜ ଅନ୍ଧାରରେ ଗାଁ କଡର ରାସ୍ତାରେ ହରିଶଙ୍କରକୁ ଏକୁଟିଆ ଛାଡ଼ି ଦେଇ ଜଣେ ସନ୍ନ୍ୟାସୀ ଗହୀର ବିଲ ଭିତରକୁ ପଶି ଯାଉଚି ଓ ହରିଶଙ୍କର ଠିଆ ହେଇ ରହିଚି ଏକା, ପୂରା ଏକା। ତା' ପିଠିରେ କିଏ ହାତ ମାରୁଚି। ହରିଶଙ୍କର ବୁଲିକି ଅନଉଚି। ଧ୍ରୁବ ଖଟୁଆ। ହସୁଚି: ୟୁନିଅନ୍‌ର ମଜା ମିଳିଗଲା, ନେତାଜୀ?

ଧ୍ରୁବ ଖଟୁଆର ଚେହେରାଟା ହଠାତ୍ ହେମବାବୁଙ୍କ ଚେହେରାରେ ବଦଳି ଯାଉଚି। ଅଜସ୍ର ପାନ ଖାଉଥିବା ଓ ସବୁବେଳେ ନିଶାଗ୍ରସ୍ତ ରହୁଥିବା ହେମବାବୁ କହୁଛନ୍ତି? ମୁଁ ତମର ଜନତାକୁ କେୟାର କରେନି। ଜନତା ଇଜ୍ ମାଇଁ ଫୁଟ୍।

ହରିଶଙ୍କର ସାଇକେଲ ପେଲି ପେଲି ଚାଲିଚି। କୁଆଡ଼େ? ଜି.ଏମ୍.ଅଫିସ ଶୀଘ୍ର ପହଞ୍ଚିବାକୁ ପଡ଼ିବ। ଏଗାରଟା ବାଜି ଗଲାଣି। ଘୋଷ ବାବୁଟା ଭାରି ଦେଖେଇ ଶୁଣେଇ କଥା କୁହେ। ତା' ପଛରେ ମା' ଧାଇଁ ଧାଇଁ ଚାଲିଚି : ହରିରେ, ହରିଆ, ଏ ବାବା ହରିଶଙ୍କର। ମୋତେ କିଛି ପଇସା ଦେ'ଘରେ ଚାଉଳ ନାହିଁ। ମୁଁ ବରା ସିଙ୍ଗଡ଼ା ଖାଇବି। ମନେ ନାହିଁ ତୋତେ କୋଡ଼ିଏ ଟଙ୍କା ଦେଇଥିଲି ତୋ ଚାକିରି ପୂର୍ବରୁ ଗହଣା ବନ୍ଧାଦେଇ?

: ନେତାଜୀ, ନେତାଜୀ।

ହରିଶଙ୍କର ସ୍ୱପ୍ନ ଦେଖୁଥିଲା କି? ସେ ଶୋଇ ନଥିଲା ତ। ଖାଲି ଆଖି ବନ୍ଦ କରିଥିଲା। କାହାକୁ ଡାକରେ ଆଖି ମେଲି ଅନେଇଲା। ଉଃ, ଆଖି ମେଲି ଅନେଇବାକୁ କଷ୍ଟ ହେଉଚି। ପୁରା ପୃଥିବୀଟା ବୁଲୁଚିକି ଖୁବ୍ ଜୋର୍‌ରେ। ହରିଶଙ୍କର ବହୁତ କଷ୍ଟରେ ଦେଖିଲା, ମାଇକ୍ ବାଲା ଆସିଚି। କହୁଚି: ମାଇକ୍‌ଟା ନେଇ ଯାଉଚି ନେତାଜୀ।

ହରିଶଙ୍କର କିଛି ଉତ୍ତର ଦେଲାନି। ଆଖି ପୁଣି ଥରେ ବନ୍ଦ କଲା। ୟା'ପରେ ଆସିବ ଛାମୁଣ୍ଡିଆ ଖୋଲି ନେବା ପାଇଁ ଟେଣ୍ଟ ହାଉସର ଲୋକ। ପ୍ୟାଣ୍ଡାଲ୍ ଖାଲି ହେଇଯିବ। ଖୋଲା ଆକାଶ ତଳେ ହରିଶଙ୍କର ପଡ଼ି ରହିବ? ତା' ଚାରିପଟେ ଘେରି ରହିଥିବେ

ତାରବାହାର କୋଇଲା ଖଣିର ଲୋକମାନେ ଓ ହସୁଥିବେ। ଖୁବ୍ ଜୋର୍‌ରେ ହସୁଥିବେ ସମସ୍ତେ। ଯେମିତି ଏତେ ମଜାଦାର ଦୃଶ୍ୟ ସେମାନେ କେବେ ବି ଦେଖି ନାହାନ୍ତି?

ହରିଶଙ୍କର ପୁଣିଥରେ ସବୁ ଯୋଗସୂତ୍ର ହଜେଇ ଦେଲା ଯେମିତି ଏ କେଉଁ ସହର? ଉଃ, ଏତେ ଲୋକ, ଏତେ ଭିଡ଼। ଏଇଟା କ'ଣ କାହାରି ସଭା? ନା ରଥଯାତ୍ରା? ଏତେ ଠେଲା ପେଲାରେ ସମସ୍ତେ କିଏ କୁଆଡ଼େ ଯାଉଚନ୍ତି କି? ସେଇ ଭିତରେ ଠେଲା ପେଲାରେ ଗୋଟେ ବାବାଜୀ ତା' ଆଡ଼କୁ ହାତ ବଢ଼ଉଥିଲା: ହରିରେ, ବାପ ହରିଶଙ୍କର। ମୁଁ କୁମ୍ଭ ମେଳା ଆସିଥିଲି, ଭଲ ହେଲା ଦେଖା ହେଲା। ତୋ କଥା ମୋର ଭାରି ମନେ ପଡ଼େରେ! ତୋ ପ୍ରତି ମୁଁ ଠିକ୍ ନ୍ୟାୟ କରି ପାରିଲିନି ବାପା।

ହରିଶଙ୍କର ହାତ ବଢ଼େଇଲା। କିନ୍ତୁ ସେ ହାତ ପାଖକୁ ପହଞ୍ଚି ପାରିଲାନି। କୁଆଡ଼େ ଗଲା ସେ ବାବାଜୀର ହାତ? ସେ ବାବାଜୀ? ଭିଡ଼ ଠେଲି ନେଉଥିଲା ହରିଶଙ୍କରକୁ। କୁଆଡ଼େ ଯାଉଚି ହରିଶଙ୍କର? କୁଆଡ଼େ ଆସିଥିଲା କି? କିଏ ଜଣେ ଉଡ଼େଇ ନେଇ ଯାଉଛି ତା'କୁ କି? ଶାଗୁଣା ଭଳି ଝାମ୍ପି ନେଉଛି କି? ନା, ଉପରକୁ ଟାଣି ନେଉଛି ଯିଏ, ସିଏ ଦେଶମୁଖ ସାହେବ। କହୁଚନ୍ତି : ଆସନ୍ତୁ ନେତାଜୀ, ମିଃ ମିରଚଲାନୀ ହେଲିକପ୍‌ଟର ଉପରେ ବସିଚନ୍ତି। ଉପରକୁ ଆଖି ମେଲି ଅନଉଚି ହରିଶଙ୍କର। ଉପରେ ହେଲିକପ୍‌ଟର। କବାଟ ପାଖରେ ଉହୁଙ୍କି ପଡ଼ିଛି ଘୋଷ ବାବୁ। ଗୋଟେ ଦଉଡ଼ି ଧରି ଝୁଲି ଆସିଚି ଦେଶମୁଖ ସାହେବ। ହରିଶଙ୍କରକୁ ଟେକି ନେଇଛି। ତଳେ ଜନତା। ଚାରିଆଡ଼େ ଜନତା। କୁମ୍ଭମେଳାର ଜନତା? ଏମିତି ଭିଡ଼ ତ ଥରେ ପୁରୀରେ ଦେଖିଥିଲା ସେ। ରଥଯାତ୍ରା ସମୟରେ। ସେଇ ଭିଡ଼ଭିତରେ ଦେଖିଲା, ଫର୍ଗୁସନ ସାହେବ ହାପ୍ ପ୍ୟାଣ୍ଟ୍ ପିନ୍ଧି, ମୁଣ୍ଡରେ ସୋଲାର ଟୋପି ପିନ୍ଧି ହ୍ୱିସିଲ୍ ଫୁଙ୍କୁଚି। ଘୋଷବାବୁ ହେଲିକପ୍‌ଟରରୁ ପାଟି କରୁଚି : ଆଜି ବି ଆପଣ ଡେରି କଲେ ନେତାଜୀ?

ହରିଶଙ୍କରକୁ କିଏ ଟାଣିଆଣିଲା ସେ ଦୃଶ୍ୟ ପାଖରୁ? ଆଖି ମେଲି ଅନେଇଲା ହରିଶଙ୍କର। ଏଇଟା ଓଁ ପ୍ରକାଶ କି? ହଁ, ଓଁ ପ୍ରକାଶ ବୋଧେ। କ'ଣ କହିବାକୁ ଚେଷ୍ଟା କଲାକି ହରିଶଙ୍କର। ତାକୁ ବଡ଼ ଶୋଷ। ତା'ର ଜିଭ ମୋଟା ହେଇଯାଉଚି। ନା, ସେ ପାଣି ପିଇବନି। ସେ ଅନଶନ ଚଳେଇ ଯିବ। ଆମରଣ ଅନଶନ। ସେ ଆଦୌ ପାଣି ପିଇବନି। ସେ ଅନଶନ ଭାଙ୍ଗିବନି। କେବେ ବି ନୁହଁ।

ଓଁ ପ୍ରକାଶ କହିଲା: ଆପଣଙ୍କର ଦେହ ଭଲ ନାଇ କି, ନେତାଜୀ?

ହରିଶଙ୍କର ଆଉ ଶୁଣି ପାରିଲାନି ଓଁ ପ୍ରକାଶର କଥା, ଯେମିତି ବହୁତ ଦୂରରୁ ଭାସି ଆସୁଚି ତା' କଥା। ସମସ୍ତେ ତ ଛାଡ଼ି ଚାଲିଯାଇଥିଲେ, ଓଁ ପ୍ରକାଶ କାହିଁକି ଆସିଚି? ସେ ଛାମୁଣ୍ଡିଆ ଖୋଲିନେବ କି?

ଓଁ ପ୍ରକାଶ ହରିଶଙ୍କରର କାନ ପାଖକୁ ମୁହଁ ନେଇ କହିଲା: ସେମାନେ ଆପଣଙ୍କ

ଛାଡ଼ି ଚାଲିଯାଇ ପାରନ୍ତି, ନେତାଜୀ। ମୁଁ ଛାଡ଼ି ପାରିବନି। ଆପଣ ଆମର ଲିଡର। ଆପଣ ଧୈର୍ଯ୍ୟ ଧରନ୍ତୁ। ଆମେ ନୂଆ ୟୁନିଅନ ଗଢ଼ିବା। ମୋର ବିଶ୍ୱାସ ନେତାଜୀ, ତାରବାହାର କୋଇଲାଖଣିର ସବୁ ଲୋକ ଆମ ୟୁନିଅନକୁ ସମର୍ଥନ କରିବେ।

ହରିଶଙ୍କର ଆଖି ବନ୍ଦ କଲା। ଆଃ, ଶାନ୍ତି। ଓଁ ପ୍ରକାଶ ତ ଅଛି। ସେ ଏକା ନୁହଁ। ଏକା ନୁହଁ। ତା'ପଛରେ ଜଣେ ହେଲେ ଅଛି। ତା'ର ମନେ ହେଲା, ସେ ଯେମିତି ଗାଁ ମୁଣ୍ଡରେ ଠିଆ ହେଇଚି ମୁହଁ ସଞ୍ଜବେଳେ। ଦେହରେ ସନ୍ନ୍ୟାସୀର ବେଶ। ଦାଢ଼ୀ ବଢ଼ି ଯାଉଚି। ଓଁ ପ୍ରକାଶକୁ କହୁଚି: ତୁ ବଡ଼ ହେଲେ ବୁଝିବ ମୁଁ କ'ଣ କହୁଥିଲି। ସେତେବେଳେ ନିଶ୍ଚେ ଆଉ ଇମ୍‌ପ୍ରାକ୍ଟିକାଲ କହି ଦୋଷ ଦେବୁନି ମୋତେ।

କହୁଚି ଓ ଓଁପ୍ରକାଶକୁ ଗାଁ ମୁଣ୍ଡରେ ଠିଆ କରେଇ ଦେଇ, ଅନ୍ଧାରରେ ଚାଲିଯାଇଚି ଗହୀର ବିଲ ଭିତର ଦେଇ। ହରିଶଙ୍କରକୁ ହଠାତ୍ ଖୁବ୍ ଶାନ୍ତି ଲାଗିଲା। ଆଉ ଛାତି ଭିତରଟା ଗୋଳେଇ ଘାଣ୍ଟି ହେଉନି। କି ଶାନ୍ତି, କି ଶାନ୍ତି ! ଏତେ ଲୋକ କୁଆଡ଼େ ? ଆରେ, ୟେ ତ ବଡ଼ ଶୋଭାଯାତ୍ରା। ଏତେ ବଡ଼ ଶୋଭାଯାତ୍ରା ଓ ହରିଶଙ୍କର ତା'ର ନେତୃତ୍ୱ ନେଉଛି। ହରିଶଙ୍କର ପଛକୁ ବୁଲିକି ଅନେଇଲା। ତା' ପଛରେ ଚାଲିଚନ୍ତି ବିରାଟ ଜନତା। ପୂରା ତାରବାହାର କୋଇଲା ଖଣିର ସବୁ ଲୋକ ଉଠି ଆସିଚନ୍ତି। ଏତେ ବଡ଼ ଶୋଭାଯାତ୍ରା ହରିଶଙ୍କର କେବେ ଦେଖି ନଥିଲା ତ। ହରିଶଙ୍କର ସ୍ପଷ୍ଟ ଦେଖିପାରିଲା, ହେମବାବୁ ବି, ଧ୍ରୁବ ଖଟୁଆ ବି, ଅଗଣି ବି। ଏମିତିକି ଦେଶମୁଖ ସାହେବ, ଫର୍ଗୁସନ ସାହେବ, ମିରଚଲାନି ସମସ୍ତେ ଚାଲିଚନ୍ତି ସେ ଶୋଭାଯାତ୍ରାରେ। ଆହା, କେତେ ଟିକି ଟିକି ପିଲାମାନେ କେମିତି ଉତ୍ସାହରେ ଚାଲୁଚନ୍ତି। ଯେମିତି ଆଗେ ପ୍ରଭାତଫେରୀ ହେଉଥିଲା ସ୍କୁଲମାନଙ୍କରେ। କେତେ ଉତ୍ସାହ ପିଲାମାନଙ୍କ ଭିତରେ ତ। କିଏ ରାମଧୁନ୍ ଗାଉଛି ତ ? ହରିଶଙ୍କରର ପ୍ରିୟ ଗୀତ ସେଇଟା। ତା'ର ରେକର୍ଡ ଆଜିକାଲି ମିଳୁନି ପରା ? କିଏ ଖୋଜି ଆଣିଲା ସେ ରେକର୍ଡଟା ?

ହରିଶଙ୍କର ଆତ୍ମ ତୃପ୍ତିରେ ନିଃଶ୍ୱାସ ମାରିବାକୁ ଗଲାବେଳେ ତା'ର ମନେ ପଡ଼ିଗଲା ଓଁ ପ୍ରକାଶ କଥା। କେଉଁଠି ଓଁ ପ୍ରକାଶ ? ତା'ର ଭଙ୍ଗା ଗୋଡ଼, ତା'ର ଏତେ ମୋଟା ପ୍ଲାଷ୍ଟର ନେଇ ସେ ଚାଲି ପାରୁଥିବ ଏଇ ଶୋଭାଯାତ୍ରାରେ ? କାହିଁ, କେଉଁଠି ସେ ? ହରିଶଙ୍କର ବଡ଼ ପାଟିରେ ଡାକିବାକୁ ଚେଷ୍ଟା କଲା: ଓଁ ପ୍ରକାଶ। ଓଁ ପ୍ରକାଶ କେଉଁଠି ତୁ ?

ଭିଡ଼ର ନିଜସ୍ୱ ଚିତ୍କାରରେ ଶୁଣାଗଲାନି। ଓଁ ପ୍ରକାଶ କାହିଁ ? କେହି ଉତ୍ତର ଦେଲେନି। ହରିଶଙ୍କର ପାଟି କଲା: ବନ୍ଦ କର। ବନ୍ଦ କର ଏ ଶୋଭାଯାତ୍ରା। କୁହ, ଓଁ ପ୍ରକାଶ କାହିଁ ?

ଭିଡ଼ ତାକୁ ଠେଲି ନେଇଗଲା। ଶୋଭାଯାତ୍ରାର ଆଗରେ ହରିଶଙ୍କର। ତା' ନିୟନ୍ତ୍ରଣ ବାହାରେ ଶୋଭାଯାତ୍ରା। ଭିଡ଼ ଠେଲି ଠେଲି ନେଇଯାଉଛି ହରିଶଙ୍କରକୁ। କିଏ ଜୋର୍ ଭଲ୍ୟୁମରେ ବଜେଇ ଦେଉଚି ରାମଧୁନ୍। ତା'ର ଘଁ ଘଁ ଆଓ୍ୱାଜରେ ହରିଶଙ୍କରର କଥା ସବୁ ଲୁଚିଗଲା ଭିତରେ ଧକ୍‌କାରେ ଆଗେଇଗଲା ହରିଶଙ୍କର। ଭିଡ଼ ପାର୍ଟି କଲା : ଜୟ ବଲୋ, ଜୟ।

ଦେଶମୁଖ ସାହେବ ଓ ଡାକ୍ତର ନଇଁ ପଡ଼ିଥିଲେ ହରିଶଙ୍କର ଉପରେ। ଅନଶନ ପ୍ୟାଣ୍ଡେଲ୍ ଲୋକାରଣ୍ୟ। ଦୂରରେ ଦୁଇ ତିନୋଟି ଜିପ୍ ଥୁଆ ହୋଇଥିଲା। ସମସ୍ତେ ଫୁସ୍‌ଫାସ୍ କରୁଥିଲେ। ଭିଡ଼ ପେଲି ଥାନା ଅଫିସର ଆଗେଇ ଆସୁଥିଲେ। ଦେଶମୁଖ ସାହେବ କହିଲେ ଡାକ୍ତରଙ୍କୁ : ଯେ କୌଣସି ଭାବରେ ୟା'ଙ୍କୁ ବଞ୍ଚେଇବାକୁ ପଡ଼ିବ, ଡକ୍ଟର। ଯେମିତି ଭାବରେ ହେଉ।

ଡାକ୍ତର ବ୍ଲଡପ୍ରେସର ଯନ୍ତ୍ର ଗୋଟେଇ ରଖି ପୁଣିଥରେ ନାଡି ଦେଖିଥିଲେ। ତାଙ୍କ ମୁହଁ ଗମ୍ଭୀର ହେଇ ଯାଇଥିଲା। କହିଲେ: ଦେଖୁଚି ଚେଷ୍ଟା କରି। ତେବେ, ଆଶା ବଡ଼ କ୍ଷୀଣ।

■■